KB123305

기인기사록 상

奇人奇事錄 上

기인기사록 상

奇人奇事錄 上

송순기 편저 | 간호윤 역주

보고사
BOGOSA

머리말

『기인기사록』은 상·하 두 권으로, 송순기(宋淳夔, 1892~1927)가 현토식 한문으로 편찬한 신문연재 구활자본 야담집이다. 『기인기사록』과 함께 한 지 어언 20여 년이 되어간다. 그동안 일반인을 위한 『기인기사』(푸른역사, 2008)와 『별난 사람 별난 이야기』(경진, 2022)를 선보였고 연구자들을 위한 『기인기사록』 하(보고사, 2014)를 먼저 출간한 뒤 이제 『기인기사록』 상을 완역하여 학계에 보고한다. 이로써 『기인기사록』은 상·하권이 완역되었다. 1921년 문창사에서 『기인기사록』 상이 간행된 지 100년 만에 야담집의 귀환인 셈이다.

송순기는 총독부 기관지인 '매일신보'에 1919년경 입사하여 21년 편집부 기자, 22년 논설부 기자를 거쳐 23년 4월 4일부터 논설부 주임으로 편집 겸 발행인이 되어 1927년 5월 11일까지 자리에 있었다. 그는 8년 정도를 신문기자로 있었던 셈이다. 단속적인 자료이지만 추적한 결과 송순기는 봉의산인(鳳儀山人)과 물재(勿齋), 혹은 물재학인(勿齋學人)이라는 필명을 사용하였으며, 1920년에서 1925년까지 문필활동을 한 유학자요, 신문기자를 지낸 근대적 지식인임을 현시하고 있다. 송순기는 '매일신보'를 그만둔 1927년 9월 12일 36세로 병사하였다.

『기인기사록』이 '매일신보'에 연재된 신문연재야담이라는 특징, 야담작가 중 신문기자라는 독특한 이력은 여기서 연유한다. 특히 '7자 대구 컬레 제명'과 평어인 '외사씨 왈'은 이 야담집의 득의처이다. 『기인기사록』 상·하권은 총 107화로 상권(1921년)은 51화 203쪽, 하권(1923년)은

56화 195쪽이며 두 권 모두 문창사에서 간행하였다. 서는 녹동(綠東) 최연택(崔演澤)이 잡았다.

「기인기사 서」를 잡은 녹동 최연택은 당시 선각자였다. 최연택은 『위인의 성』(윤치호 선생 교열, 백설원·최연택 공편, 문창사, 1922)과 편집 겸 발행자로 『죄악의 씨』(문창사, 1922), 그리고 저작 겸 발행인으로 『단소』(문창사, 1922) 등을 내었으며, '매일신보'에 〈김태자전:서유영의 〈육미당기(六美堂記)〉(1914. 6. 10~11. 14)와 「송재총담」(1921)을 연재한 문인이었다.

『기인기사록』이 1920년대 출간된 구활자본임에도 불구하고 하권을 거의 볼 수 없는 이유는 일제강점기에 금서로 지목되어서인 듯하다. 『기인기사록』은 상·하 두 권 중, 하권만 금서이며 그 이유는 '치안'이었다. 대략 일제하 금서들은 '민족주의 사상, 사회주의 사상, 자유주의 사상' 따위와 관련인 것들이 대부분이다. 이를 그대로 받아들인다면 『기인기사록』하권은 상권과 다른, 위 사상들과 밀접한 연관이 있어야 한다. 하지만 두루 살핀바, 상권과 하권을 뚜렷이 구별할 만한 차이는 별로 없다. 다만 일제와 역사를 고려할 때, 하권이 상권에 비하여 임진왜란 관련 화소가 두어 편 많은 정도이다.

그렇게 자료를 정리 중, '김충선 화소'를 발견하였다. 역자는 이 '김충선 화소' 때문에 『기인기사록』하권이 금서가 된 것으로 추정한다. '김충선이 항왜란 점에서 당연히 부닥뜨리는 일제와 긴장성', '당시 지식인들이 모를 리 없을 것이라는 가설을 전제 삼아 역으로 추론'하는 따위 논의를 이어 '『기인기사록』(하) 소재 김충선 화소는 그만큼 일제하 금서 이유에 용이하게 접근했다.'라 결론지었다. 이것이 『기인기사록』하권을 먼저 번역하게 된 동기이다.

『기인기사록』상·하권 화소는 다음과 같다.

『기인기사록』(상): 보은담 : 6, 피화담 : 5, 현부담 : 5화, 기인담 : 4, 연애담 : 4, 결연담 : 3, 명기담 : 3, 명장담 : 3, 이인담 : 3, 지인담 : 3, 취첩담 : 3, 고승담 : 2, 귀신담 : 2, 복수담 : 2, 예지담 : 2,

　기타: 거유담, 경쟁담, 귀물담, 급제담, 명복담, 방사담, 보수담, 중매담, 징치담, 충복담, 개과담, 해원담.

『기인기사록』(하): 현부담 : 8, 열녀담 : 5, 명기담 : 4, 충신담 : 4, 효자담 : 4, 보은담 : 3, 성혼담 : 3, 이인담 : 3, 지인담 : 3, 취첩담 : 3, 효자담 : 3, 기인담 : 2, 급제담 : 2, 명관담 : 2, 연애담 : 2, 용력담 : 2, 중매담 : 2, 충비담 : 2,

　기타: 결연담, 명당담, 명복담, 명부담, 몽조담, 실의담, 악한담, 예지담, 이인담, 중매담, 피화담, 호협담, 특이(아이를 대신 낳은 이야기), 남녀이합담, 항왜담(분류표에 없음)

　『기인기사』를 만난 것이 20년 전이다. 그동안 물재 송순기 선생과 함께 한 시간이 즐거웠다. 아울러 이 책을 공간케 해준 많은 분들께 고마움을 표한다.

2023년 4월 6일 휴휴헌에서 간호윤

차례

기인기사록 上

일러두기

1. 맞춤법은 한글 맞춤법과 표준어 규정을 따랐다.

2. 원문의 번역은 원의(願意)에 충실히 직역을 하되, 순후한 우리말로 고쳐 문학적인 표현이 되도록 유의하였다.

3. 원문의 분명한 오자·탈자는 바로잡고 각주에 이유를 밝혔으며 바로 잡은 글자에 맞춰 해석하였다.

4. 긴 문장은 읽기를 고려하여 끊었으며, 문맥 또한 이야기의 전개에 맞춰 단락을 나누었다.

5. 시는 본문과 나누어 별행으로 처리하였다.

6. 원문은 세로쓰기로 띄어쓰기 및 단락 구분이 없다. 읽기 편하게 띄어쓰기를 하였다.

기인기사록 상편 서

속담에 "비록 좋은 술이 있으나 맛보지 아니하면 그 맛을 알지 못하고 비록 옥 덩이가 있더라도 다듬지 않으면 그것이 보배임을 알지 못한다." 라 하였으니 정녕이로구나 이 말이여! 생각하면 사람도 그러하니 세상에 비록 기이한 재주를 가진 선비나 위대한 사람이라도 그가 평소에 행한 일을 보지 않는다면 기이함을 알 수 없다.

아아! 유독 우리 조선에는 인물의 성대함이 예로부터 훌륭하였다. 군자숙녀와 이름난 여인과 재주 있는 남자들의 기이한 일과 발자취를 보는 것이, 여러 대가들의 기록에서 여러 번 나오니 그 비슷한 것들이 하나둘이 아니다.

그러나 이 기록이 세상에 돌아다니는 것은 거의 드문성싶다. 그러므로 훗날 사람들이 그 일을 견주어 살피거나 그 실상을 알지 못한다. 세상에 어떤 이가 이를 수집하여 간행하려는 사람이 있지만도 대부분 그릇되었고, 또 없어져 소략하여 그 전체 모양을 알기 어려우니 안타깝다.

송물재 군은 이 시대 역사가이다.

송 군은 널리 듣고 기억을 잘하고 독실하게 학문을 닦아 지혜가 많은 것이 정평이 나 있다. 이 송 군이 신문 지상에 집필하여 이로써 우리나라의 기이한 사람과 기이한 일을 천하에 소개하려고 하였다. 이에 곧 널리 전에 들은 이야기를 채록하고 또 여러 대가의 잡설을 수집하여, 혹은 불필요한 글자나 글귀 따위를 지워 버리고 혹은 덧붙여서 자세히 설명하였으며, 혹은 양쪽의 좋은 점을 골라 뽑아 알맞게 조화시켜서 한 편을 만들고, 이름을 『기인기사록』이라 하였다.

이 책은 단지 기이한 일과 기이한 이야기만이 아니다.

그중에는 남의 착한 행실을 드러내고 의로움에 감동한 일이 많이 있으니 세상 사람들을 가르치고 모범이 될 만하다.

어느 누가 대수롭지 않은 일들을 기록한 것이나 한가한 이야기로만 돌리겠는가.

1921년 음력 12월
상한 녹동 최연택이 쓰다.

序

語에 曰 雖有美酒ㄴ 不嘗ㅎ면 不知其味ㅎ고 雖有璞玉이ㄴ 不琢ㅎ면 不知其爲寶ㅣ라 ㅎ니 信矣哉ㅣ라 斯言이여! 惟人도 亦然ㅎ니 世雖有奇士偉人이라도 不觀其平日之所行이면 不知其爲奇也ㅣ라 嗚呼라! 惟我朝鮮人物之盛이 自古로 彬彬可觀而君子淑女와 名媛才子之奇事異蹟이 雜出於諸家之記錄者ㅣ 不一其類나 然이ㄴ 此 記錄之行于世者ㅣ 幾希矣ㅣ라 故로 後人이 不得以考其 事而窺其 實ㅎ고 世或有蒐集而刊行之者ㄴ 然이ㄴ 率多訛誤遺失疏略ㅎ야 難可以得其全豹之一斑ㅎ니 可勝惜哉리오 何幸宋君勿齋는 當時之一史家也ㅣ라 博聞强記ㅎ고 篤學多知는 世旣有定評而君之執筆於報壇也에 以我東之奇人奇事로 將欲紹介於天下ㅎ야 於是에 乃博採舊聞ㅎ고 又 蒐集諸家之雜說ㅎ야 或刪削之ㅎ며 或敷衍之ㅎ며 或折衷之ㅎ야 以成篇ㅎ고 名之曰奇人奇事錄이라 ㅎ니 此 書가 非特爲奇事奇譚也ㅣ라 箇中에 多有彰善感義之事ㅎ야 使世人으로 可以敎可以法也ㅣ라 誰可以稗說閑話로 歸之也哉리오.

辛酉 十二月 上澣
綠東 崔演澤 序

1. 천리를 내다보는 부인의 지혜,
   일세에 성공한 대장부의 영광(상)

창의사(倡義使)[1] 김천일(金千鎰, 1537~1593)[2]의 처는 어느 집안의 여인[3]인지 모른다. 우귀(于歸)[4]하는 날부터 어떠한 일도 하지 않고 날마다 낮잠만 자니 시아버지[5]가 항상 타일러 주의를 주었다.

"네가 용모와 재질이 뛰어난 부인네지만, 다만 흠은 부인의 도리에 조금도 빠지는 혐의가 없는 것은 아니란다. 마땅히 조심하고 두려워하여 근심하고 경계하는 마음을 가져야 앞날의 허물을 고칠 것이다.

무릇 부인이라 함은 모두 각각 그 부인의 책임이 있는 것이니 네가 이미 시집온 이상에는 집안을 다스리고 재산을 경영하는 것이 직분이라. 그런데 너는 시집온 뒤 이러한 일들은 조금도 손을 쓰지 않고 오직 날마다 낮잠만 잘 뿐이니 이 어찌 부인의 도리라 하겠느냐!"

그 부인이 대답하였다.

---

1) 나라에 큰 난리가 일어났을 때에 의병을 일으킨 사람에게 주던 임시 벼슬이다.
2) 의병장(1537~1593)으로 자는 사중(士重). 호는 건재(健齋)이다. 임진왜란 때 나주에서 의병을 일으켜 경기·경상·전라·충청 4도에서 활약한 임진 삼장사의 한 사람으로 진주성이 함락되자 남강에 투신하였다. 나머지 임진 삼장사는 임진왜란 때 김천일과 함께 남강에 투신하여 순국한 최경회(崔慶會, 1532~1593)와 고종후(高從厚, 1554~1593)이다. 저서에 『건재집』이 있다.
3) 김천일은 1554년 18세 되던 해에 위원군수(渭原郡守) 김효량(金孝亮)의 딸 김해 김씨(金海金氏)와 혼인하였다. 이 글 속의 부인이 김해김씨인지는 정확히 알 수 없다. 『일사유사』 권6에는 양부인(梁夫人)으로 되어 있다.
4) 전통 혼례에서, 대례(大禮)를 마치고 3일 후 신부가 처음으로 시집에 들어가는 것을 말한다.
5) 기록에 의하면 이 야화에서 부인에게 집안을 흔쾌히 경영하게 한 아버지는 이미 김천일이 태어났던 해 세상을 떠났다(김천일의 아버지는 부인이 김천일을 낳은 다음 날 죽자, 그해 7월에 세상을 떴다). 따라서 김천일은 외가에서 생활하였고 김천일의 부인은 시아버지를 보지도 못하였다.

"존구(尊舅)[6]께서 가르치시는 바가 이치가 있습니다만 비록 재산을 다스리려 한들 맨손으로야 무슨 일인들 해나가겠습니까."

시아버지가 이를 듣고 즉시 삼십 석의 조(租, 쌀)와 너덧 명 노비와 여러 마리 소를 주며 말하였다.

"이만하면 가히 재산을 경영하는 밑천으로 충당할만하냐."

이러니 그 부인이 "이만하면 족합니다."라며 이어 노비를 불러 말하였다.

"이후로부터 너희들은 이미 나에게 속하였으니 마땅히 내 지휘감독을 받아야 한다. 너희들은 이 삼십 석 조를 소에 나누어 싣고는 무주(茂朱)[7] 땅 아무 곳에 들어가 깊은 계곡을 택하여 나무를 베고 집을 얽어라. 이 조로 농사짓는 동안 먹을 양식을 삼고 화전을 부지런히 경작하여 매년 가을에 그 수확한 곡물의 수량을 정산하여 나에게 와 고하여라. 또 이를 실제 수량대로 벼를 찧어 쌀로 만들어 저장하여 두기를 매년 이와 같이 하거라."

노비들이 명을 받들고 무주로 향했다.

부인이 여러 날 뒤에 천일을 대하여 말하였다.

"남자의 수중에 돈과 곡식이 없으면 모든 일을 이루지 못하리니 대장부가 어찌 이에 생각이 미치지 않는지요."

천일이 말했다.

"내가 부모 모시는 사람으로 의식을 모두 부모에게 의지하여 왔으니 돈이나 곡식을 어느 곳에서 변통하여 마련하겠소."

부인이 말하였다.

"첩이 들으니 이 인근에 이 생원 아무개가 있다고 하는데 거만(鉅萬)[8]

---

6) 시아버지를 높여 이르는 말이다.
7) 전라북도 북부에 있는 읍이다.

의 재물을 쌓아놓고 성품이 내기를 즐긴다하니 군자(君子)⁹⁾께서는 모름지기 저이와 천 석의 노적가리를 한 번 놓고 내기하는 것이 어떠신지요."

천일이 말했다.

"이 사람은 가장 장기바둑을 잘 두어 그 이름이 일세에 높고 나는 수법이 심히 졸렬하니 저와 승부에서 이길 수 있겠소?"

부인이 말하였다.

"이것은 실로 쉬운 일이니 첩이 마땅히 묘수를 하나하나 가르쳐 드리지요."

천일도 또한 기걸 찬 사람이라, 한나절을 출입하지 않고 대국의 진법을 하나하나 배워 조리가 분명하고 널리 통하게 되었다. 부인이 이에 천일에게 권하였다.

"이제 이미 수법을 깨달아 가히 바둑을 둘만하니 군자께서는 모름지기 삼판양승으로 내기를 하십시오. 처음에는 거짓으로 져주고 두 번째, 세 번째 대국에서 승부를 결정지으세요. 이미 저 사람의 노적가리를 얻은 후에, 저 사람이 다시 겨루기를 청하거든 이때에는 신묘한 법을 운용하여 다시는 저이로 하여금 대적치 못하게 하세요."

천일이 이 말을 따라 다음 날 이 아무개 집으로 가서 내기 바둑 두기를 청하니 그 사람이 웃었다.

"내가 그대와 한 동리에 살았으나 그대가 내기 바둑을 두었다는 말은 듣지 못하였소. 그대는 내 적수가 아니니 대국할 필요가 없소이다."

이러니 천일이 지재지삼(至再至三)¹⁰⁾토록 대국하기를 굳이 청하니 주인이 부득이 대국을 하자며 말하였다.

---

8) 만의 곱절이라는 뜻으로, 많은 수를 비유적으로 이르는 말이다.
9) 예전에, 아내가 자기 남편을 높여 이르던 말이다.
10) 두 번 세 번이라는 뜻으로 여러 차례이다.

"내 평생에 쓸데없는 내기를 하지 않았는데 이제 그대가 대국하려면 장차 어떤 물건으로 노름빚을 하려느냐."

천일이 "그대 집의 천 석 노적가리로 내기합시다."라 하니, 그 사람이 "그대는 뭣으로써 하려 하오?" 하였다. 천일이 "나도 천 석으로써 내기하겠소." 하니, "그대가 부모님을 모시는 사람으로 천 석을 어떻게 마련한단 말이오?"라 물었다.

천일이 대답했다.

"이는 승부를 결정지은 후에 이야기할 바요. 내가 진 이상에야 천 석을 족히 염려할 바 아니오."

이에 삼판양승으로 결정을 내기로 하고 처음에 일 국을 거짓으로 지니 주인이 웃으며 말했다.

"과연 그대는 내 적수가 아니오. 내 애초에 말하지 않았소."

천일이 "아직도 두 번 대국이 남았으니 나머지 결과를 봅시다." 하고 다시 대국을 하니 주인이 심히 괴이쩍고 의심스러웠다.

최후의 두 국은 마침내 천일의 승리로 돌아갔다. 주인이 매우 놀랍고 이상하여 즉시 천 석을 내주며 "세간에 이와 같은 이치가 어찌 있으리오." 하고는 다시 내기 바둑을 청하였다. 천일이 허락하고 이번에는 신묘한 수를 써서 다시는 내기 바둑을 두지 못하게 하였다.

一. 明見千里婦人智, 成功一世丈夫榮(上)[11]

金倡義使天鎰의 妻는 誰 家의 女子인지 未知이나 于歸하는 日부터 何等의 業에 就하는 事가 無하고 日로 晝寢을 事홈으로 其 舅가 常히 戒하되 汝가 佳婦가 아닌 바는 아니나 다만 欠되는 바는 婦道에 少히

缺如호 嫌이 不無하니 宜히 戒懼惕念하야 前日의 過를 改홀지라 大凡 婦人이라 하는 것은 모다 各各 其 婦人의 任이 有호 것이니 汝가 旣히 出嫁호 以上에는 家를 治하고 産을 營하는 것이 汝의 職分이라 그런대 汝는 于歸 以後로부터 此等 事에는 小毫도 手를 染치 아니하고 오즉 日로 午睡를 事홀 뿐이니 此 엇지 婦人의 道라 謂하겟느뇨 其 婦가 對하되 尊舅의 所敎가 有理치 아니호 바는 아니나 비록 産을 治하려혼들 赤手空拳으로 엇지 써 營爲홈을 得하리잇가 其 舅가 此를 憫憐하야 卽時 三十石의 租와 四五口의 奴婢와 數頭의 牛를 與하야 曰하되 이만하면 可히 써 營産의 資에 充當홀만하다혼즉 其 婦가 答하되 如是하면 足하다 하고 이에 奴婢를 呼하야 曰하되 今後부터는 汝의 輩가 旣히 我에게 屬하얏스니 맛當히 我의 指揮監督을 受홀지라 汝等은 此 三十石의 租를 數牛에 分하야 載하고 茂朱 某處에 入하야 深峽中을 擇하야 木을 伐하야 家를 搆하고 此 租로써 農糧을 作하야 火田을 勤耕하고 每年 秋에 其 收穫穀物의 數量을 精算하야 我에게 來告하고 此를 實數대로 作米貯置하야 每年 此와 如히 하라 하얏는대 奴婢의 輩가 命을 承하고 茂朱로 向하야 去하얏더라.

　夫人이 數日 後에 天鎰을 對하야 言하되 男子의 手中에 錢穀이 無하면 百事를 不成하리니 大丈夫가 엇지 此에 念及치 아니 하나잇가 혼즉 千鎰이 曰하되 我가 侍下의 人事로 衣食을 모다 父母에게 依賴하야 來하얏슨즉 錢이나 穀을 何處로부터 辦出홈을 得홀 것이리오 혼대 夫人이 曰하되 妾이 聞하니 比鄰에 李生員 某가 有하야 鉅萬의 財를 積하고 性이 賭博을 喜혼다 하니 君子는 須히 彼로 더부러 千石의 露積一塊로써 賭를 爲홈이 何如하뇨 혼즉 千鎰이 曰하되 此人은 가장 博奕에 長하야 其 名이 一世에 高하고 我는 手法이 甚拙하니 엇지 敢히 彼와 輸贏을 決홈을 得하리오 夫人이 曰하되 此가 實로 容易하니 妾이 맛당히 妙法을 一一히 敎授하리라 하고 이에 博局을

携하야 千鎰의 前에 置하고 諸般의 妙手眞訣을 一一히 敎授하니 千鎰도 쏘훈 奇傑훈 人이라 半日을 不出하야 對局의 陣法을 一一히 曲暢旁通하얏더라 夫人이 이에 千鎰을 勸하되 今에는 旣히 手法을 曉得하야 可히 賭홀만하니 君子는 須히 三局兩勝으로 賭를 爲하야 初局에는 거짓 輸하고 二三局에는 勝을 決하야 旣히 彼露積을 得훈 後에 彼가 更히 雌雄을 決하기를 請하거든 伊時에는 神妙의 法을 運하야 更히 彼로 하야금 下手홈을 不得하게 하소셔 千鎰이 其 言을 從하야 翌日 李某 家에 躬往하야 賭博하기를 請하니 其 人이 笑하되 我가 君으로 더부러 同隣에 居하얏스되 君의 賭博하얏다홈을 不聞하얏나니 君은 我의 敵手가 아니라 對局홀 必要가 無하다훈즉 千鎰이 至再至三토록 對局하기를 强請훈즉 主人이 不得已 此를 從하야 局을 對하며 曰하되 我平生에 無用훈 博戱를 爲치 아니하얏나니 今에 君과 局을 對하랴면 將次何物로써 賭債를 爲코자하나뇨 千鎰이 曰하되 君家의 千石露積으로 賭하쟈 훈즉 主人이 曰하되 君은 何로써 爲하려하나뇨 千鎰이 曰하되 我도 千石으로써 賭하겟노라 主人이 曰하되 君이 侍下의 人으로 千石을 如何히 辦出홈을 得홀 것인가 千鎰이 曰하되 此는 勝負를 決훈 後에 論할 바이라 我가 輸훈 以上에야 千石을 足히 慮홀 바ㅣ 아니라 하고 이에 三局兩勝으로 限을 하고 初에는 一局을 佯輸하니 主人이 笑하되 果然 君은 我의 敵手가 아니라 我가 當初에 云치 아니 하얏는가 千鎰이 曰하되 尙히 二局이 餘하얏스니 下回의 結果를 見홀 것이라 하고 更히 局을 對하얏는대 主人이 甚히 怪疑하더니 最後의 二局은 맛참니 千鎰의 勝利로 歸하얏는대 主人이 甚히 驚異하야 卽時 千石을 出하야 給하기로 하고 世間에 如斯훈 理가 豈有하리오 하고 更히 賭하기를 請홈이 千鎰이 許하고 此에 至하야는 神妙훈 手를 出하야 更히 下手를 못하게 하엿더라.

1. 천리를 내다보는 부인의 지혜,
일세에 성공한 대장부의 영광(하)

천일이 천 석의 조를 얻어 가지고 집에 돌아와 부인에게 말하였다.

"지금 이미 이를 얻었으니 이것으로 장차 무엇을 하고자 하오."

부인이 말했다.

"군자께서 평일 친근하게 지내는 오래된 벗과 친척 가운데 혼인과 상을 당하여 궁한 자와 또 사리가 가깝고 멀고를 묻지 말고 집안이 가난하여 능히 직업을 가지고 생활을 꾸리지 못하는 자에게 일일이 모두 구휼을 베푸세요. 이와 같은 자선사업에 진췌(盡悴, 盡瘁)[1]하고 또 원근의 귀하고 천한 사람 가운데 만일 기걸한 사람이 있거든 사람됨을 묻지 말고 이 사람과 교류하고 날마다 맞아 오신다면, 술과 밥 비용은 첩이 스스로 힘써 갖추어 모자라 탄식하는 일은 없게 하겠습니다."

천일이 이 말을 따라 그대로 행하니 원근에 칭송하는 소리가 자자하여 만구성비(萬口成碑)[2]할만치 되었다.

하루는 부인이 시아버지에게 청하였다.

"제가 장차 농사를 지으려 하오니 울타리 밖에 있는 닷새갈이 밭을 내려주시기를 바라옵니다."

시아버지가 이를 허락하니 부인이 사람을 시켜 밭을 갈고 곡식을 뿌리지 않고는 전부 박을 심었다. 가을 추수기에 이르러 익은 후에는 이를 거두어 칠을 하여 저장해두었다. 매년 이와 같이 하여 몇 년 후에는

---

1) 몸이 초췌해지도록 마음과 힘을 다하여 애쓴다는 뜻이다.
2) 많은 사람의 말이 비석을 이룬다는 뜻으로, 많은 사람이 칭찬하는 것은 마치 송덕비를 세우는 것과 같다는 말이다.

다섯 칸 곳간에 그득하였다. 또 별도로 공장이를 고용하여 큰 쇠로 이 박과 같은 모양으로 여러 개의 쇠박을 주조하여 이를 보관하였다. 집안 사람들은 그 까닭을 깨닫지 못하였다. 혹 묻는 자가 있으면 부인은 웃으면서 훗날에 알 날이 있을 것이라고 할 뿐 이를 말하지 않았다. 그 뒤에 임진왜란이 일어나니 부인이 천일에게 말하였다.

"첩이 평소에 군자께 궁한 자를 구휼하고 가난한 자를 구제하며 기걸한 인사와 교류를 맺으라함은 이때를 당하여 그 힘을 쏟고자 함이었지요. 이제 군자께서는 모름지기 궐연(蹶然)[3]히 일어나 의병을 일으키어 왕실에 관련된 일에 마음과 힘을 다하세요. 이것은 위로는 국가에 충성함이요, 중간으로는 부모를 드러냄이요, 아래로는 향기로운 이름을 당세와 후세에 드리울 것입니다. 군자의 입신양명이 이 한 번 거사에 있습니다. 시부모님께서 피난할 곳은 첩이 이미 무주 지방 아무 산속에 논밭을 간 지 오래되었으니 집도 있고 곡식도 있습니다. 털끝만큼이라도 군자에게 근심을 끼치지 않을 겁니다. 첩은 이곳에 있어 군량을 힘써 마련함에 힘을 다하여 끊어지는 근심이 없도록 할 터이니, 군자는 짧은 시간이라도 머뭇거리지 말고 곧 거사를 일으키세요."

천일이 흔연히 이를 따라 드디어 의병을 일으키니 원근의 사람으로 평소에 은혜를 입은 자가 들어와 평일 안에 정병 사오천 인을 얻었다.

이에 군졸로 하여금 각각 그 칠한 박을 차고 싸움을 하게하고 진지로 돌아올 때에 고의로 쇠박을 길에 버려두고 떠났다. 적군이 이를 주어 들어보니 그 무게가 수십 근이라 크게 놀라 말하였다.

"조선 군졸들이 이 쇠박을 찼건마는 그 행동이 나는 것 같으니 그 용력이 절륜함을 가히 알만하다."

그러고 드디어 군중을 단단히 경계하여 쇠박 찬 군대를 만나거든 적

---

3) 매우 기운이 가득하고 힘차게 움직이는 모양.

을 가볍게 보지 말고 그 창을 피하라 하였다. 이런 까닭으로 천일의 병사들이 향하는 곳에는 왜적들이 모두 그 명망을 듣고 우러러보며 분주히 달아나 감히 칼을 휘두르지 못하였다. 천일이 적과 대전한 지 여러 차례에 수많은 기이한 공을 세웠다. 이것은 모두 그 부인의 선견의 지혜와 보통 사람보다 뛰어난 술법과 계략에 의거함이다.

一. 明見千里婦人智, 成功一世丈夫榮(下)

千鎰이 旣히 千石의 租를 得하야 가지고 家에 歸하야 夫人다려 謂하되 今에 旣히 此를 得하얏스니 此로써 將次 何를 爲코져 하나뇨 夫人이 曰하되 君子 平日의 親知하는 故舊親戚의 中에 窮婚窮喪者와 又 其他 親疎를 勿問하고 家가 貧하야 能히 資生치 못하는 者에게 ──히 各各 賑施하야 此와 如혼 慈善事業에 盡瘁홀지며 又 遠近貴賤의 中에 萬一奇傑혼 人이 有하거든 何人됨을 勿問하고 此와 더브러 許交를 하고 日을 逐하야 邀來하면 酒食의 費는 妾이 스스로 辨備하야 匱乏의 嘆이 無케하리라 하니 千鎰이 其 言을 從하야 此를 행하니 遠近에 頌聲이 藉藉하야 萬口가 碑를 成홀 만치 되엿더라 一日은 夫人이 其 舅에게 請하되 婦가 將次 農業을 事하려 하오니 籬外에 在혼 五日耕의 田을 下附하기를 望하나이다 其 舅가 此를 許하니 夫人이 이에 人을 使하야 田을 耕하야 穀을 播치 아니하고 全部 瓠를 種하야 秋期에 至하야 熟한 後에는 此를 收하야 漆을 着하야 貯置하고 每年 此와 如히 하야 數年後에 五間 倉庫에 充溢하고 又 別로히 工匠을 雇入하야 大鐵로써 此 瓠와 同一혼 樣子로써 數個의 鐵瓠를 鑄造하야 此를 保管하얏는대 家人이 其 故를 曉치 못하고 或問하는 者ㅣ有하면 夫人은 笑하면서 後日에 自知홀 日이 有하다홀 쑨이오 此를 言치 아니 하얏더니 其 後 壬辰의 亂이 起홈익夫人이 千鎰다려 謂하되 妾이 平日에 君子를 勸하야 窮호 者를 恤하고 貧호 者를 濟하며 奇傑호 人士를 結交하라 홈은 此時에 際하야 其 力을 得코져 홈이라 今에 君子가 須히 蹶然히 起하야 義兵을 倡起하야 王事에 盡瘁홀 진대 此는 上으로 國家에 忠홈이오 中으로 父母를 顯홈이오 下으로 芳名을 當世와 後世에 垂홀 것이니 君子의 立身揚名이 此 一擧에 在호지라 舅姑의 避亂홀 地는 妾이 旣히 茂朱地方 某 山谷中에 耕起[4]호 지 已久하야 家도 有하고 穀도 有하야 小毫도 君子에게 憂를 貽치 아니홀지오 妾은 此處에 在하야 軍糧을 辦備홈에 力을 盡하야 乏絶의 患이 無하도록 홀터이니 君子는 願컨대 片刻을 躊躇치 말고 곳 事를 擧하라 혼즉 千鎰이 欣然히 此를 從하야 드대여 義兵을 起하니 遠近의 人으로 平日에 恩을 受하든 者가 모다 內附하야 不日의 內에 精兵 四五千人을 得하얏더라.

이에 軍卒로 하야금 各各 其 漆瓠를 佩하야 戰을 交케 하고 其 回陣할 時에 故意로 鐵鑄호 瓠를 路에 遺棄하고 去하얏는대 敵軍이 此를 拾取하야 擧하니 其 重이 數十斤이라 이에 大驚하야 曰하되 此 軍卒 等이 此 鐵瓠를 佩하얏것마는 其 行이 飛홈과 如하니 其 勇力이 絶倫 홈을 可히 知홀 것이라 하고 드대여 軍中을 戒飭하야 鐵瓠軍을 遇하 거든 輕敵치 말고 其 峰을 避하라 하얏더라 此 故로써 千鎰의 兵이 向하는 處에는 皆 望風奔走하야 敢히 其 鋒을 嬰치 못하얏슴으로 千 鎰이 對陣호 지 數十回에 多히 奇功을 建하얏나니 此는 皆 其 夫人의 先見의 智와 過人의 方畧에 依홈이더라

---

4) 원본에는 '經紀'로 되어 있다. 문맥을 고려하여 '耕起'로 바로 잡았다.

2. 주인을 위해 원수를 갚은 계집 종,
남 대신해 원수 죽인 의로운 남아(상)

동계(桐溪) 정온(鄭蘊, 1569~1641)[1]이 어렸을 때이다. 마을에 이름난 선비 여러 사람과 더불어 회시(會試)[2]에 나아갈 때였다. 도중에 한 소교(素轎)[3]와 혹 앞서거니 뒤서거니 갔다. 소교 뒤에는 한 어린 계집종이 뒤를 따라가는데 검은 머리를 뒤에 늘어뜨렸고 그 용모가 매우 아름답고 행동거지가 단아하였다. 어떤 사람이 보든지 간에 눈길을 멈추지 않을 자가 없었다. 여러 사람이 말 위에서 모두 눈길을 주면서 함께 가니 어린 계집종도 자주 뒤를 돌아보는데, 유독 동계 정온에게만 추파를 보냈다.

이렇게 동행한 지 한나절이 되자 여러 사람이 정온을 희롱하였다.

"우리들이 문장학식에는 당연히 동계에게 자리를 양보할 것이나 용모에 있어서는 우리들보다 특출한 점이 없거늘 저 여자가 무슨 까닭으로 유독 동계에게만 마음을 주고 추파를 보내지? 세상일이란 이렇듯 알기 어려운 것이로다."

그러며 서로 실없이 희롱하며 웃기를 그치지 않았다.

얼마 후에 그 소교는 한 촌락을 향하여 가는지라, 동계가 이에 말을 세우고 말하였다.

"이로부터 이십여 리를 지나면 주막집이 있으니 자네들은 이곳에서

---

1) 자는 휘원(輝遠). 호는 동계(桐溪)·고고자(鼓鼓子). 부제학을 지냈다. 병자호란 때 척화(斥和)를 주장하였으며, 이듬해 화의가 성립되자 벼슬을 버리고 은거하였다. 저서에 『덕변록(德辨錄)』, 『동계집』 따위가 있다.

2) 문·무과 과거의 초시 급제자가 서울에 모여 제2차로 보는 시험. 복시(覆試).

3) 장례에서 상제가 타기 위하여 희게 꾸민 평교자.

머물며 나를 기다리게들. 나는 아는 이 집에서 하룻밤 지내고 동이 트면 곧 자네들이 머무는 곳으로 뒤쫓아 가겠네."

여러 사람들이 말하였다.

"동계에게 기대하는 것이 실로 가볍지 않네. 지금 과거 길에 말고삐를 나란히 하면서 가기에 중도에서 서로 이별치 못할 것이거늘, 지금 도중에 자그마한 한 요녀를 만나 부질없이 정욕에 끌려 도리에 어긋나는 마음을 일으켜 우리들 보고 주막집에 머무르게 하다니. 이와 같은 망령된 행동을 하니 고인의 소위 '사람은 진실로 알기가 쉽지 않고 다른 사람을 알기도 역시 쉬운 일이 아니다(人固未易知 知人亦未易也)'[4]라고 한 말이 실로 자네의 행동을 이름일세."

동계는 웃으면서 대답지 않고는 말에게 채찍을 휘둘러 그 소교가 향한 마을로 들어갔다. 소교가 도착한 집에 이르러보니 집채가 크고 아름다우나 바깥쪽에 달린 사랑채는 부서진 지가 이미 오래되었다. 동계가 말에서 내려 사랑의 난간 위에 앉아 그들의 동정이 어떠한 지를 보았다. 잠시 후에 그 어린 계집종이 안에서 나오는데 웃는 얼굴이 품에 안을 만하였다.

어린 계집종이 동계에게 말하였다.

"서방님께서 이곳에 오실 줄 제가 이미 점쳤지요. 이미 이곳에 오신 이상에야 이와 같이 찬 난간에 앉아 계시지 마시고 잠깐 제 방으로 가시지요."

동계가 계집종을 따라서 들어가 보니 방 안이 극히 정결하였다. 저녁 상을 내왔는데 풍성하게 잘 차렸다. 동계가 밥을 다 먹기를 마치니 어린 계집종이 말하였다.

---

4) 『사기(史記)』「범수채택열전(范雎蔡澤列傳)」에 나오는 말로 후영(侯嬴)이 신릉군에게 한 말이다.

"제가 안에 들어가 청소를 하고 다시 나오겠습니다."

어린 계집종이 안에 들어간 지 여러 시간 뒤에 나와서 무릎을 맞대고 촛불아래 앉으니 동계가 웃으면서 물었다.

"네가 어찌 내가 올 줄 알고 이와 같이 하는 것이냐?"

어린 계집종이 말하였다.

"제 나이 이제 막 열일곱에 용모가 자못 추루하지는 않지요. 오늘 길에서 여러 차례 서방님에게 추파를 보내어 정을 잇기를 한두 번이 아니었지요. 그렇게 하였기에 서방님같이 굳센 마음을 지닌 사내라도 마음을 움직이지 않으시지는 못하셨을 겁니다. 제가 이와 같이 한 것은 가슴 속에 가득 찬 원통한 마음이 있어 서방님의 손을 빌려 원통함을 풀고자 함이에요. 원컨대 저에게 은혜를 내려주세요."

그리고는 눈물을 흘리니 안색이 처연하였다. 동계가 그 연유를 물으니 어린 계집종이 대답하였다.

"저의 상전은 여러 대 독자로 한 음란한 부인을 만나셨지요. 가까운 일가붙이도 없어서 원통함을 풀어 복수할 방법도 없고 다만 저 한 사람 뿐이에요. 마음속 깊이 원통하고 분한 마음이 가슴 속에 맺혔으나 스스로를 돌아보건대 일개 여자의 몸으로 실로 어떻게 하기가 어려웠지요. 그래 천하의 뛰어난 인물에게 몸을 허락하고 손을 빌려 이 원통함을 풀고자 하였습니다. 오늘은 음란한 부인이 친가에서 돌아옴에 제가 부득이 뒤를 따른 것이랍니다. 길에서 서방님 일행을 만났을 때 여러 사람 중에 오직 서방님이 가장 영웅호걸의 기상이 있어 평생의 원하던 바를 이룰 수 있겠기에 이와 같이 한 것이지요. 오늘 밤에 간남(奸男) 간부(奸婦)가 또 안방에서 만나 음란한 짓이 낭자할 것이니 이것은 실로 천년에 한 번 있는 기회예요. 원컨대 서방님께서 이 기회를 타서 일을 꾀해주신다면 백 년의 한을 풀어 볼까 하옵니다."

二. 爲主報讎忠義婢, 代人殺仇義俠兒(上)

鄭桐溪蘊이 年少홀 時에 洞中의 名下士 數人으로 더부러 會試의
行을 作홀 새 途中에서 一 素轎를 乘훈 者ㅣ 有하야 或先或後로 同行
홈에 轎 後에 一 童婢가 有하야 隨去홈에 綠髮이 後에 垂하고 其 容貌
가 佳麗하고 擧止가 端雅하야 何人이 見하든지 視線을 注치 아니홀
者가 無홀만치 되얏더라 諸 人이 馬上에셔 모다 目을 注하면셔 同行하
더니 童婢가 頻頻히 後를 顧하면셔 獨히 秋波를 鄭桐溪에게만 送하는
지라 此와 如히 同行한지 半日에 諸 人이 셔로 더부러 戲하기를 吾輩
가 文章學識에 至하야는 當然히 桐溪에게 讓頭홀 것이나 容貌에 在하
야는 特히 吾輩보다 特出한 點이 無하거늘 彼 女子가 何故로 獨히
桐溪에게만 情을 屬하고 秋波를 送하는가 世間의 事란 如斯히 知하기
難훈 것이로다 하고 互相 戲笑하기를 止치 아니하얏는대 旣而오 其
素轎가 一村閭를 向하여 去하는지라 桐溪가 이에 馬를 立하고 言하되
此로부터 二十餘里의 地를 過하면 旅店이 有하리니 君等은 此處에서
歇宿하고 我를 待하면 我는 此 村家에셔 寄宿하고 黎明에 곳 某 店舍
로 追到하리라 홈에 諸 人이 皆曰하되 吾輩가 桐溪에게 期望훈 바가
實로 輕少치 안이훈지라 今에 千里科行에 聯轡同行하면서 中路에셔
可히 써 相離치 못할 것이어늘 今에 途中에서 么麼훈 一個의 妖女를
逢하야 空然히 情慾의 牽훈 바 되야 非義의 心을 起하고 我等을 舍하
고 此와 如훈 妄行을 爲코져 하니 古人의 所謂 人固未易知오 知人亦
難이라 홈이 實로 君을 謂홈이로다 桐溪는 笑하면셔 答치 안이하고
鞭을 促하야 其 素轎의 向훈 村으로 入하야 其 到着하는 家에 至하니
其 家舍의 結構가 甚히 壯麗훈대 其 外廊은 廢훈 지 已久훈지라 桐溪
가 이에 馬에 下하야 其 舍廊의 軒上에 坐하야 其 動靜의 如何를 觀하
더니 少焉에 其 童婢가 內로부터 出홈에 笑容을 可掬홀만한지라 이여

桐溪를 對하야 言하되 書房主끠셔 此에 到하실 줄을 小婢가 旣히 卜
호지라 旣히 此에 枉臨호 以上에 此와 如호 冷軒에 坐하시지 말고
暫間 小婢의 房으로 入하소셔 桐溪가 童婢를 隨하야 其 房에 入호즉
室內가 極히 精潔하고 而已오 夕飯을 進홈에 쏘호 盛饌을 設하얏더라
桐溪가 食을 畢홈에 童婢가 曰하되 小婢가 內에 入하야 庭除를 灑掃
하고 更히 出來하겟다 하고 內에 入호 지 數時間後에 出하야 膝[5]을
促하고 燭下에 坐하니 桐溪가 笑問하되 汝가 엇지 我가 來홀줄 知하고
此와 如호 排設을 爲하얏나뇨 婢가 對하되 小婢가 年方十七에 容貌가
頗히 陋하지 아니하옵기로 今日 路上에서 頻頻히 書房主에게 秋波를
送하야 情을 屬하기를 一再에 止치 아니하얏슨즉 書房主가 如何히
剛腸의 男子일지라도 動心치 아니치 못홀지라 小婢가 此와 如호 것은
滿腔의 冤情이 有하야 書房主의 手를 假하야 伸雪코져 홈이니 願컨대
小婢에게 恩을 垂하소서 하고 因하야 淚를 灑하며 顔色이 凄然호지라
桐溪가 其 故을 問하니 婢가 對하되 小婢의 上典이 屢代의 獨子로써
一淫婦를 娶하야 同居하얏는대 强近의 親屬이 無하야 雪冤復讐홀 道
가 無하고 오즉 小婢의 一人이 有홀 쑨인대 冤憤과 痛恨의 心이 胸中
에 結하얏스나 自顧하건대 一個 女子의 身으로 實로 如何키 難하와
다만 天下의 英傑에게 身을 許하고 手를 假하야 此 冤을 雪코져 하얏
든바 今日의 淫婦가 親家로부터 歸함이 小婢가 不得已 後를 隨하온지
라 路上에서 書房主 一行을 逢着홈이 諸 人의 中에 오즉 書房主가
가장 英傑의 氣象이 有하야 可히 平生의 願하든 바를 可遂하겟기로
此 擧에 出하온지라 今夜에 奸男奸婦가 又 內室에서 相會하야 淫謔
이 狼藉하니 此가 實로 千載의 一時이라 願컨대 書房主는 此 機會를
乘하야 圖하시면 可히 써 百年의 恨을 雪홀가 하나이다.

---

5) 원문에는 '滕'으로 되어 있다. 문맥을 고려하여 '膝'로 바로 잡았다.

2. 주인을 위해 원수를 갚은 계집 종,
남 대신해 원수 죽인 의로운 남아(하)

동계가 어린 계집종의 원통한 마음과 그 절의가 가상함을 칭찬하고 감탄하며 쓸쓸하니 얼굴빛을 바꾸고는 말했다.

"너의 뜻과 절개가 실로 기이하고도 장하구나. 내가 일개 서생으로 무기를 지니고 있지 않으니 어찌 능히 이 큰일을 행하겠는가?"

어린 계집종이 말했다.

"제가 평소에 원수 갚으려고 뜻을 다지고는 좋은 활을 구하여 감춰 둔 지 이미 오래지요. 비록 활 쏘는 법이 묘하지 못할지라도 활을 당겨 쏘실 줄은 아실 테니 만일 화살을 쏘기만 한다면 맞추실 거예요. 제가 비록 흉악하고 사나운 사내일지라도 어찌 죽지 않을 까닭이 있겠는지요."

그러고는 활과 화살을 내와 주었다. 동계가 이에 활시위를 매서는 조용히 어린 계집종과 함께 함께 안채로 기회를 타 들어가 창틈으로 엿보았다. 촛불이 밝아 환한 아래에 한 커다란 사내가 옷을 벗고 가슴을 드러내고 음부와 함께 서로 안고는 농지거리를 하는데 못하는 이야기가 없었다. 그 사내가 누워있는 곳이 아주 방문에 가까웠다. 동계가 이에 활을 잡아당겨 창틈으로 힘을 다하여 화살을 쏘니 화살이 정확히 그 사내의 배에 맞아 관통하였다. 다시 화살 하나로 그 음부를 쏘려 하니 어린 계집종이 손을 저어 만류하고 급히 밖으로 동계를 밀어내며 말했다.

"저 음부를 비록 죽여도 아깝지 않으나 제가 어릴 때부터 섬겨온 지가 오래되었답니다. 노비와 주인의 명분이 있으니 어찌 제 손으로 저 음부를 죽이겠는지요. 그러니 저 음부를 내치고 가는 것만 못합니다."

그러고는 동계를 재촉하여 행장을 수습하여 삼경에 문을 나와 갔다. 동계가 어린 계집종을 말에 태우고 20리를 가 동행하던 과객들이 묵는 숙소를 찾아갔다. 이때에 하늘빛은 아직 밝지 않았다. 어렵게 주막집을 찾아 들어가니 동행들이 심히 괴이한 눈으로 쳐다보았다. 동계가 그 여자와 함께 온 것을 보고 그중에 한 사람이 얼굴빛을 바로잡으며 꾸짖었다.

"우리들은 평일에 그대와 몸을 닦고 삼간 선비로서 학문으로 청백개결한 사람으로 자네를 추대하였네. 그런데 일개 여자에게 마음이 빠져 이미 우리들과 말머리를 함께하지 않았고, 또 한밤중에 여자를 데리고 온 것은 실로 군자의 처신하는 법이 아닐세. 평소에 우리들이 생각하여 우러러든 것과는 전연 상반된 행동이니 선비 군자로서 행동함이 어찌 이와 같은가?"

동계가 웃으면서 말하였다.

"나도 글을 읽은 사람일세. 어찌 여인을 탐하여 사대부의 행동을 알지 못하고 이와 같은 일을 만들었겠는가. 거기에는 기이한 곡절이 있다네."

그러고는 어린 계집종의 내력과 행한 일의 전말을 자세히 이야기하니 일행이 모두 놀랍고 기이하게 여겨 크게 외치거나 떠들어대며 그 어린 계집종의 의로운 마음과 충성스런 마음을 칭찬하지 않는 자가 없었다.

다음 날 아침에 동계는 다시 일행과 함께 그녀를 데리고 서울로 와 한 지역의 집을 빌려 머물게 하였다. 동계는 즉시 과거에 응시하여 회시에 합격하고 벼슬길에 오른 이후에 어린 계집종으로 부실(副室)[1]을 삼아 함께 살았다. 그 여인이 또한 그윽하고 한가하며 징조가 바르고 성격이 조용하여 부덕을 모두 갖추어 동계가 사랑함이 늙도록 줄어들지 않으니 고을에서 그 현숙함을 칭찬하여 말하지 않는 자가 없었다.

---

1) '첩'이나 '첩의 집'을 대접하여 일컫는 말이다.

二. 爲主報讎忠義婢, 代人殺仇義俠兒(下)

桐溪가 童婢의 冤情과 其 義節의 嘉尚홈을 稱嘆하야 愀然히 色을 動하며 曰하되 汝의 志槩가 實로 奇壯하니 我가 一個의 書生으로 武器를 携帶치 못하얏스니 엇지 能히 此 大事를 行하겟나뇨 童婢가 曰하되 小婢가 平日에 報讐의 志를 蓄하고 良弓을 購하야 藏置혼 지 已久하온지라 비록 射法이 妙치 못홀지라도 弓을 挽하야 矢를 放하실 줄은 知하실지니 萬一 矢를 放하야 中홀진대 彼 비록 凶獰혼 漢일지라도 엇지 不死홀 理가 有하릿가 하고 이에 弓矢를 出하야 與하거눌 桐溪가 이에 弓을 張하고 從容히 童婢로 더부러 內舍에 闖入ᄒᆞ야 窓隙으로 窺혼즉 燭火가 明亮혼 下에 一大漢이 衣를 脫하고 胸을 露하며 淫婦로 더부러 相抱戱謔이 無所不至하는데 其 臥가 稍히 房門에 近혼지라 桐溪가 이에 弓을 挽하야 窓隙을 從하야 極力으로 射去하니 一矢가 正히 厥 漢의 背를 中하야 胸을 貫하야 地上倒하는지라 更히 一矢로써 其 淫婦를 射코져 하니 童婢가 揮하야 止하고 急히 外로 出케 하야 桐溪다러 謂하되 彼 淫婦가 비록 殺之無惜할만혼 者이나 小婢가 幼時로부터 事하야 來혼 지 已久혼지라 奴主의 名分이 有하니 엇지 我의 手로써 彼를 殺하리잇고 此를 棄하고 去홈만 不如하다 하고 곳 桐溪를 促하야 行李를 收拾하야 가지고 三更에 門을 出하야 行홀 세 桐溪가 童婢를 馬에 載하고 二十里의 路程을 行하야 同行하든 科客의 宿泊하는 處所를 訪하니 時에 天色이 아즉 未明한지라 難辛이 旅店을 覓하야 入한즉 其 同行이 甚히 驚怪혼 眼으로써 桐溪가 其 女子로 더부러 偕來혼 것을 見하고 其 中에 一人이 有하야 色을 正히 하며 桐溪를 責하되 吾等이 平日에 在하야 君으로써 修身謹飭의 士이며 學問上 淸白介潔혼 人으로 推하엿더니 一個 女子에게 耽惑혼 바ㅣ 되야 旣히 我等과 中路에셔 駕를 同히 아니하고 又 半夜에 女子

를 携伴하야 行하는 것은 實로 君子의 處身行己의 法이 아니며 平日 吾人의 想望하든 바와는 全然 相反호 行動이니 士君子의 行事홈이 엇지 此와 如하뇨 桐溪가 笑하면셔 曰하되 我도 또호 讀書호 人이라 엇지 色에만 耽하야 士大夫의 行을 知치 아니하고 此等의 事를 作하 얏스리오 箇中에 多히 奇異曲折호 事가 有하엿슴이라 하고 이에 其 童婢의 來歷과 行事의 顚末을 細述하니 一行이 모다 驚異하야 嘖嘖 히 其 童婢의 義心忠腸을 稱揚치 안는 者가 無하얏더라 翌朝에 桐溪 는 更히 一行과 共히 其 女를 帶하고 京師에 來하야 一區의 家를 借하 야 居케 하고 桐溪는 卽時 科에 應하야 會試를 中하고 靑雲의 路에 登호 以後로 因하야 副室을 作하야 同居하얏는대 또호 幽閑貞靜하야 婦德을 具備함으로 桐溪가 甚히 愛하야 老에 至하도록 衰치 아니하고 一鄕은 其 賢淑홈을 稱道치 아니하는 者가 無하얏더라.

3. 기이한 만남은 전생의 인연이 분명하고
    사나운 아내는 생에게 투기하지 못하다(1)

안동 권 진사(權進士) 아무개는 집안이 부요하고 성품 또한 엄숙하고 굳세며 바르고 점잖아 집안 다스리는 법도가 있었다. 일찍이 한 자식을 두어 며느리를 맞아들였는데 그 성질이 극히 사납고 질투심이 강하여 억누르기가 어려웠다. 오직 시아버지만이 엄숙함으로 감히 기를 펴지 못하게 하였다. 권 진사가 가정을 꾸려감에 만일 성낼만한 일이 있으면 반드시 자리를 큰 대청마루에 펴고 앉아서는 엄정히 위의를 펼치고 계집종과 사내종을 때려죽였다. 설령 목숨이 끊어짐에 이르지는 않을지라도 유혈이 땅에 흐르는 것을 본 후에야 그치고야 마는 지나친 버릇이 있었다. 이로 인하여 만일 대청에 자리를 펴는 것을 보기만 하면 일가 사람들이 모두 모두 두려워하여 반드시 죽을 사람이 있다는 것을 알았다.

그 아들(권생)의 처가가 이웃 고을에 있었다. 하루는 아들이 장인을 뵙기 위하여 처가에 갔다가 다음 날 집으로 돌아올 때였다. 길에서 큰 비를 만나 주막집으로 피하여 들어갔다. 한 소년 과객이 있었는데 대청에 앉았고 마구간에는 대여섯 마리 준마가 있으며 남녀 종 또한 많았다. 한번 봄에 부인을 거느리고 가는 자임을 알만했다.

그 소년이 권생(權生)을 보고 한훤(寒暄)[1]을 마친 뒤에 술과 안주로써 권하여 은근하니 견권(繾綣)의 정[2]이 안색에 넘쳤다. 권생이 속으로 혼잣말하기를 '나와 같이 초면인 자에게 이와 같이 친절하게 하는 것은 실로 일종의 기이한 느낌이 없지 않다' 하고 인하여 서로 간에 그 성씨와

---

1) 날씨의 춥고 더움에 대하여 말하는 인사말이다.
2) 마음속에 굳게 맺혀서 잊히지 않는 정이다.

주소를 물었다. 권생은 사실대로 말하고 그 먼저 온 소년은 다만 성씨만 말하고 주소는 알려주지 않으며 말했다.

"나는 부평초처럼 떠도는 자취 없는 사람으로 우연히 이곳을 지나다가 비를 피하여 이 주막에 들어왔습니다. 뜻하지 않은 때에 우연히 영형(令兄)[3]과 같은 준수한 선비를 만났으니 공경하고 사모하는 마음이 일어납니다. 이 기회는 다시 얻기 어려우니 밤새도록 기쁘게 취하고 싶습니다."

그러고는 이에 술을 내와 은근히 권함에 권생이 술잔을 이기지 못하고 먼저 취하여 쓰러져 깊이 잠들었다가 밤이 깊은 후에 비로소 술에서 깨어나 주위를 둘러보았다. 함께 술을 마시던 소년은 모습이 보이지 않고 자기는 안방에 누웠는데 그 옆에는 한 소복한 아름다운 여인이 있었다. 꽃다운 나이는 열여덟 아홉 가량쯤 되었는데 몸가짐이 극히 단정하고 아름다워 한번 봄에도 예사로운 촌가 상천(常賤)[4]의 부녀자가 아니었다. 반드시 서울 재상가의 여자임이 분명하였다. 권생이 크게 놀라 그 여자에게 물었다.

"이곳에 왜 누워 있으며? 또 그대는 뉘 집의 부녀자인데 이곳에 있는 게요?"

그러니 그 여자가 부끄러워 얼굴을 붉히며 대답하지 않고 두세 번 물어도 마침내 입을 열지 않았다. 이렇게 꽤 시간이 지나간 후에 비로소 음성을 낮추어 말하였다.

"첩은 본래 서울의 대대로 벼슬한 집안의 여자로 열넷에 시집갔다가 열다섯에 지아비를 잃었답니다. 아버님께서는 일찍이 돌아가시고 오라버니가 집안의 주인이 되셨지요. 첩이 집에 돌아가 절개를 지켰으나

---

[3] 남의 형을 높여 이르는 말이다.
[4] 상인과 천인을 아울러 이르는 말이다.

오라버니의 성정이 청상과부로 절개를 지키는 것은 사람의 도리를 저버리는 것이라 하였지요. 그러고는 시속을 따라서 예법을 지키지 않고 장차 첩으로 상당한 가문에 다시 시집보내려 하니 종당(宗黨)[5]의 비난이 크게 일어났답니다. 이것은 가문의 명예를 더럽히고 욕되게 하는 것이라 하고 험악한 말로 엄히 배척함으로 오라버니가 부득이하여 의논을 그만두었습니다. 그러고는 몰래 가마와 말을 갖추어 저를 태우고 문을 나서 정처 없이 작심하고 이리저리 다니다가 이곳까지 온 것이에요. 그 취지는 만일 도중에서 뜻이 맞는 사내가 있으면 첩을 맡기고 자기는 피하여 종중의 이목을 막고자 함입니다. 어제 우연이 그대를 뜻밖에 만나 풍채와 태도가 비범한 것을 보고 그래 술을 권한 후에 그대가 취한 틈을 타 사내종으로 하여금 업어다 이곳에 눕혀놓고는 첩에게 말하기를 '평생을 이 사람에게 의탁하라' 하고는 멀리 가버렸답니다. 첩 또한 그대의 몸가짐을 보건대 넉넉히 흠모하는 마음을 이기지 못하여 이에 이른 것이지요."

그러고는 곁에 있는 한 상자를 가리키며 "이 속에 오륙백 은자가 있으니 이것으로써 그대의 의복을 마련하는 비용으로 삼으세요." 하였다.

권생이 매우 놀랍고 기이하여 밖에 나와 보니 그 소년과 여러 사람들과 말이 모두 사라져 쓸쓸하니 공허하였다. 그가 간 곳은 알지 못하고 다만 어린 계집종 두 사람만이 있을 뿐이었다. 권생이 이에 안으로 들어가 그 여자를 마주하니 또한 그 꽃답고 애틋한 정을 억제키 어려워 드디어 이끌어 남녀 간의 정을 나누었다.

---

5) 부계(父系) 일족이다.

三. 奇遇分明前生緣, 悍婦不敢生妒忌(一)

安東 權進士 某가 家計가 富饒하고 性이 又 嚴毅方正하야 治家하기를 法度가 有하더니 일즉이 一子를 有하야 婦를 娶하얏는대 性行이 甚히 悍妬하야 牽制키 難하나 오즉 其 舅의 嚴으로써 敢히 氣를 使치 못하더라 權進士가 家庭의 事에 對하야 萬一 忿怒혼 事만 有하면 반다시 席을 大廳上에 舖하고 坐하야 盛히 威儀를 張하고 婢僕을 打殺하며 設令 傷命홈에는 至치 아니홀지라도 流血이 塗地홈을 見혼 後에야 止하는 癖이 有함으로 此로 因하야 萬一 大廳에 席을 舖홈을 見하면 一家의 人이 모다 惴惴하야 必死홀 人이 有홈을 知하는 터이더라 其 子의 妻家가 隣邑에 在혼데 一日은 其 子가 其 外舅를 謁하기 爲하야 妻家에 往하얏다가 翌日에 家로 歸할새 路中에서 大雨를 遭하야 店舍로 避入하니 一少年의 過客이 有하야 廳上에 坐하고 廐에 五六의 駿馬가 有하고 婢僕이 又 多하야 一見홈에 內眷을 率行하는 者임을 可知하겟더라 其 少年이 權生을 見하고 寒暄을 罷혼 後에 酒饌으로써 勸하야 殷勤繾綣의 情이 顔色에 溢하는지라 權生이 內心에 獨語하되 我와 如혼 初面으로 相逢하는 者에게 如斯히 親切하게 하는 것은 實로 一種의 奇異의 感이 不無하다 하고 因하야 互相 其 姓氏와 住所를 問홈이 權生은 其 實대로 告하고 其 先來혼 少年은 다만 姓氏만 通하고 其 住所는 告하기를 不肯하야 曰하되 我는 浮萍의 踪으로 偶然히 此에 過하다가 雨를 避하야 此 店에 入하얏는대 不期而會로 令兄과 如혼 秀才를 逢하얏스니 敬慕하는 心이 油然히 出하는지라 此 期會는 再得키 難하니 終夜토록 歡醉하기를 謀하자 하고 이에 酒를 進하야 殷勤히 相勸홈이 權生이 盃酌을 勝치 못하고 먼져 醉倒하야 熟睡하더니 夜深혼 後에 비로소 覺醒하야 眼을 擧하야 環顧한즉 其 同盃하든 少年은 形影이 無하고 自己는 內室에 臥하얏는대 其 傍

에 一 素服혼 佳娥가 有하야 芳年 十八九 假量쯤 되얏눈대 容儀가
極히 端麗하야 一見에 尋常혼 村家 常賤의 婦女가 아니오 必然 洛下
卿相家의 女子됨이 分明혼지라 權生이 大驚하야 其 女子를 對하야
問하되 我가 如何히 此處에 臥하얏스며 또 君은 誰 家의 婦女이완대
此處에 在혼가 혼즉 其 女子가 羞澀하야 答치 아니하고 再三 叩問하
여도 맛참니 口를 開치 아니하더니 數食頃을 過혼 後에 비로소 聲을
低하야 言하되 妾은 本來 洛下 仕宦家의 女子로 十四에 出嫁하얏다
가 十五에 夫를 喪하얏눈대 嚴親은 早히 棄世하시고 男兄이 家를 主
흠이 妾이 家에 歸하야 節을 守하얏스나 男兄의 性이 靑春의 孀婦로
節을 守홈은 人道에 背홈이라 하고 時俗을 從하야 禮를 執하지 아니
흐려 하고 將次 妾으로 相當혼 家門에 改適코져 하얏스나 宗黨의 非
難이 大起하야 此로써 門戶를 汚辱홈이라 하고 峻辭로써 嚴斥홈으로
兄이 不得已하야 罷議하고 暗히 轎馬를 具하야 我를 駄하고 門을 出
하야 定處업시 作行하다가 轉하야 此에 至하얏눈대 其 主意인즉 萬一
路中에셔도 合意혼 男子만 有하면 妾을 委託하고 自己눈 避하야 宗
中의 耳目을 遮코져홈이라 昨日에 偶然이 君을 邂逅홈이 風度가 非
凡홈을 見하고 因하야 酒로써 勸혼 後에 君의 醉홈을 乘하야 奴子로
하야곰 負하야 此處에 臥하고 妾다려 言하기를 平生을 此人에게 託하
라 하고 因하야 遠走하얏눈대 妾이 또혼 君의 容儀를 見하건대 十分
이나 欽慕하눈 情을 不勝하야 此에 至하얏노라 하고 傍에 在혼 一箱
을 指하되 此 中에 五六百銀子가 有하니 此로써 君의 衣服의 資를
作하랴 홈이로다 權生이 甚히 驚異하야 外에 出하야 視하니 其 少年
及 許多人馬가 蕭然 一空하야 其 去處를 不知하고 다만 童婢 二人만
有홀 뿐이라 權生이 이에 內에 入하야 其 女子를 對홈이 또혼 其 芳情
의 動홈을 制하기 難하야 드대여 其 女子를 携하고 雲雨의 中으로
入하얏더라.

3. 기이한 만남은 전생의 인연이 분명하고
   사나운 아내는 생에게 투기하지 못하다(2)

권생이 한 때 꽃다운 정에 마음이 동하여 중구(中冓)의 일[1]을 치른 뒤로 백방으로 생각해 보았다. '엄한 아버지 시하에 사사로이 첩을 점찍은 것이 아들의 도리에 배반되고 어그러짐은 말할 필요도 없는 것이라. 그 아버지의 엄하심이 다른 사람과 비할 바가 아니니 반드시 큰 조치가 있을 것이다. 아내의 질투도 끝내는 용납지 못할 것이니 이를 장차 어떻게 하면 좋은가' 하고 여러 가지로 생각하고 헤아려도 조금도 좋은 계책이 없었다. 도리어 기이한 인연으로 아름다운 여인을 만난 것이 한 커다란 두통을 만든 것이라.

동이 트자 일어나 계집종들로 하여금 문을 삼가 정성껏 지키라 하고 그 여자에게 말하였다.

"어젯밤 일은 실로 천고의 기이한 인연이오. 그러나 집에 엄하신 부친이 계시고 내 자의로 행하기 어려우니 집에 돌아 가 마땅히 여쭌 뒤에 인솔할 테니 여러 날만 이곳에서 머물며 하회를 기다리시오."

그러고는 주막집 주인에게도 틀림없음을 단단히 이른 뒤에 문을 나서 곧장 그 가까운 벗 가운데 지혜 많은 자를 방문하여 이 사실을 말하고 좋은 방도를 구하였다. 그 벗이 속으로 한참을 깊이 생각하더니 말하였다.

"백번 생각하여도 일 처리하기가 신히 어려워. 따로 좋은 계책은 없으나 시험적으로 한 계책을 쓰려네. 집에 돌아간 지 여러 날이 지나면 내가 술자리를 베풀고 그대를 초대하겠네. 그대는 다음 날 술자리를

---

1) 음란한 일. 또는 남녀의 정담. 여기서는 남녀의 운우지락이다.

배설하여 나를 청하면 내가 술자리에 가 참석했을 때, 무슨 방편을 마련토록 할 것이니, 이에 틀리거나 잘못됨이 없도록 하게나."

권생이 크게 기뻐하며 곧장 집에 돌아간 지 여러 날 뒤에 과연 그 친구가 연회에 오라는 초대장을 보내왔다. 권생이 그 뜻을 아버지에게 아뢰니 아버지가 이를 허락하였다.

그다음 날에 권생이 아버지에게 아뢰었다.

"그 벗이 어제 풍성한 잔치를 베풀고 이 아들을 맞았으니, 술자리로 답례하는 예를 갖춰야겠습니다. 오늘 마땅히 술과 안주를 마련하고 마을의 여러 벗들을 청해 맞는 것이 좋을 듯합니다."

이러하니 아버지가 또 이를 허락하였다.

권생이 이에 풍성하게 술자리를 마련하였다. 특히 그 벗을 맞이한 후에 마을의 소년들도 여럿을 초대하였다. 여러 사람이 시간에 맞추어 와서 먼저 권생의 아버지에게 일일이 절하여 뵈었다.

늙은 권 진사가 말하였다.

"그대들 여러 소년이 술자리를 마련하고 서로 즐거워하되 한 번도 나와 같은 늙은이를 청하지 않으니 심히 애석하구나."

그러자 여러 소년들이 대답하였다.

"존장(尊丈)께서 자리에 계시면 연소한 시생(侍生)[2]의 무리가 행동거지와 즐겁고 우스운 소리를 마음대로 하지 못할 것입니다. 또 존장의 성품과 도량이 몹시 엄하여 잠시 절하고 뵈어도 충분히 삼가고 조심하여 혹 과실을 만들까 염려됩니다. 어찌 종일토록 술자리에서 모시고 앉아 있겠는지요. 존장께서 만일 저희들과 함께하신다면 실로 몰풍경됨을 면치 못할 것입니다."

늙은 권 진사가 웃으면서 말했다.

---

2) 웃어른에게 대하여 자기를 낮추어 일컫는 말이다.

"술자리에는 원래 장유와 노소의 구별이 없는 것이라. 오늘 술자리는 내가 마땅히 주석(主席)[3]이 될 것이니 그대들은 모름지기 평일의 구속되던 예절을 모두 벗어나 종일토록 즐겁게 취함을 다하라. 그대들이 설령 나에게 백 번을 실례할지라도 내가 조금도 개의치 않을 터이니, 옛사람의 노소동락(老少同樂)의 뜻을 몸 받아 털끝만큼도 괘념치 말고 즐겁고 우스운 이야기를 하여, 이 늙은이에게 하루의 고적한 마음을 위로하라."

여러 소년들이 일시에 대답하고 받들어 늙은 권 진사를 자리에 모시고 술동이를 기울여 막힘없이 마셨다. 늙은 권 진사도 흥미진진하고 취흥이 도도한 가운데 옥산퇴(玉山頹)[4]하고 홍조창(紅潮漲)[5]하기를 약속하였다.

三. 奇遇分明前生緣, 悍婦不敢生妒忌(二)

權生이 一時 芳情에 動혼 바ㅣ 되야 中驀의 事를 爲혼 後로 百般으로 思量혼즉 嚴親의 侍下에 私私로히 妾을 卜홈이 子의 道理에 背戾됨은 尙矣라 勿論하고 其 父의 嚴俊홈이 他人의 比가 안인즉 반다시 大擧措가 有혼 터이며 其 妻의 悍妒로써 畢竟相容홈을 得치 못홀지니 此를 將次 如何히 홀가 하고 千思萬量을 爲하야도 小毫도 好箇 計策이 無홈으로 反히 奇遇의 佳人으로써 一大頭痛을 作혼지라 黎明에

---

3) 술자리의 통솔자이다.
4) 술에 취해서 몸을 가누지 못하는 것을 이르는 말이다. 『세설신어(世說新語)』 「용지(容止)」에 "산공(山公)이 말하기를 '혜숙야(嵇叔夜)의 사람됨은 외로운 소나무가 우뚝하게 서 있는 듯하며 술에 취하면 높고높은 옥산(玉山)이 장차 무너지려는 것 같다.'고 했다. (嵇叔夜之爲人也 巖巖若孤松之獨立 其醉也 峨峨若玉山之將崩)"에서 유래하였다. '옥산'은 신선이 사는 산이다.
5) 홍조는 술에 취하거나 부끄러워 달아오른 얼굴빛으로 여기서는 술에 취해서 몸을 가누지 못하는 것을 일컫는 말로 옥산퇴(玉山頹)와 대구로 만든 조어이다.

三. 奇遇分明前生緣, 悍婦不敢生妒忌(二) 43

起하야 婢子로 하야곰 門戶를 謹守하라 하고 이에 其 女子다려 謂하
되 昨夜의 事는 實로 千古의 奇緣이라 그러나 家에 嚴親이 有하야
我의 自意로 行키 難혼즉 家에 歸하야 맛당히 奉稟혼 後에 率居홀
터이니 아즉 數日만 此處에 滯留하야 下回만 俟하라 하고 其 店主에
게도 丁寧히 申飭혼 後에 門을 出하야 直히 其 親友中에 智慮가 多한
者를 訪하야 其 事實로써 告하고 其 劃策하기를 乞하니 其 友가 沈吟
한지 良久에 曰하되 百爾思之하야도 處事하기가 甚難하야 別로히 好
策이 無하나 試驗的으로 一計策을 用코져 하노니 家에 歸한지 數日
後에 我가 酒席을 設하고 君을 招待할 터이니 君이 其 翌日에 또한
酒筵을 設하야 我를 請하면 我가 宴에 赴하야 讌飮의 時에 我가 무슨
方便이 有할터인즉 此에 依하야 差誤함이 無케 하라 權生이 大喜하야
直히 家에 歸한지 數日 後에 果然 其 友人이 宴會에 赴하라는 請帖을
送하얏거날 權生이 其 旨로써 其 父에 稟告하니 其 父가 此를 許하얏
더라 其 翌日에 權生이 其 父에게 稟하되 某 友가 昨日에 盛宴 張하고
子를 邀하얏슴이 酬答의 禮를 可히 闕치 못할지라 今日에 맛당히 酒
饌을 設하고 洞中의 諸 友를 請邀함이 好할듯하외다 한즉 其 父가
又 此를 許하얏더라 權生이 이에 盛히 酒筵을 設하고 特히 其 友를
邀한 外에 洞中 諸 少年 끼지도 多數히 招待하얏는대 諸 人이 期와
如히 來會하야 먼져 權生의 父에게 一一히 拜見한즉 老權이 曰하되
君等의 諸 少年이 酒를 置하고 相會歡樂을 爲하되 一次도 我와 如한
老夫를 請치 아니하니 甚히 痛惜할 바이라 하거날 諸 少年이 對하되
尊丈께셔 席을 主하시면 年少 侍生의 輩가 坐臥起居와 言談戲謔에
任意로 함을 不得하며 且 尊丈의 性度가 太히 嚴峻하야 侍生輩가
暫時 拜謁하야도 十分이나 操心謹愼하야 或 過失을 作할가 慮하는
터이거늘 엇지 可히 終日토록 酒席에셔 侍坐하리잇가 尊丈이 만일
降臨하시면 實로 沒風景됨을 免치 못하겟나이다 老權이 笑하되 酒席

에는 元來 長幼와 老少의 別이 無한 것이라 今日의 酒는 我가 맛당히 主席이 될지니 君等은 須히 平日의 拘束되는 禮節을 모다 擺脫하고 終日토록 歡樂을 取함이 極好하니 君等이 設令 我에게 百番을 失禮할지라도 我가 小毫도 介意치 아니할터이니 古人의 老少同樂의 意를 體하야 小毫도 掛念치 말고 歡談戱謔을 善히 하야써 老夫 一日의 孤寂한 懷를 慰하라 諸 少年이 一時에 應承하고 老權을 席에 陪하고 樽을 傾하야 暢飮할시 老權도 坐한 興味津津 趣興陶陶한 中에서 玉山이 頹하고 紅潮가 漲하기를 期하얏더라.

3. 기이한 만남은 전생의 인연이 분명하고
사나운 아내는 생에게 투기하지 못하다(3)

술이 반쯤 취하자 권생과 약속하였던 지혜 많은 소년이 늙은 권 진사 앞에 나아가 말했다.

"시생이 기이한 한 고담(古談)이 있으니 원컨대 존장을 위하여 우스갯소리를 들려드리고자 합니다."

늙은 권 진사가 말하였다.

"고담이 아주 좋으니 그대가 나를 위하여 말해보라."

그 소년이 이에 권생이 주막집에서 겪은 기이한 일을 고담으로 만들어 한 편을 자세하게 이야기하니 늙은 권 진사가 절절이 기이함을 칭찬하였다.

"실로 기이한 일이로다. 옛날에는 혹 이러한 기이한 인연이 있었으나 지금은 이러한 일이 있음을 듣지 못하였도다."

그 소년이 말하였다.

"만일 존장께서 이러한 일을 당하신다면 어떻게 일을 처리하시겠는지요? 적적한 삼경, 사람도 없는 때에 절대가인이 그 옆에 있으면 이를 가까이할 것입니까? 아니면 돌아보지 않을 것입니까? 또한 만일 이 여인을 가까이 한 이상에는 첩으로 삼겠습니까? 아니면 버리겠습니까?"

늙은 권 진사가 말하였다.

"진실로 궁형(宮刑)[1]을 당한 이가 아닌 이상에 아름다운 여인을 한밤중 은밀한 방에서 만나 어찌 그저 보낼 이치가 있으며 이미 여인을 가까이

---

[1] 자손을 끊어 버릴 의도에서 남자는 생식기를 거세하고 여자는 그 음부를 막아버리는 형벌이다.

하여 베개와 자리를 함께한 이상에는 끝까지 인연을 맺지 않을 수 없으리라. 어찌 이를 버리고 저 여인으로 하여금 원한을 품게 하겠는가."

그 소년이 말하였다.

"존장께서는 원래 성품이 엄하고 준열하셔서 비록 이와 같은 경우를 당하실지라도 반드시 마음을 움직이지 않으시며 절개를 훼손치 않으실 듯합니다."

늙은 권 진사가 머리를 저으며 말하였다.

"이것은 천부당만부당한 말이네. 혈기 방정한 소년이 왕왕 미인을 보면 온갖 계책으로 유인하는 일도 있거늘, 하물며 이것은 그 여자가 가슴에 가득 차 우러나오는 정으로써 나를 흠모한 것 아닌가. 제 스스로 나에게 온 이상에 소년의 풍치와 정회로 아름다운 여인을 보고 마음이 동하는 일은 예사로운 일이라. 그 여자가 이미 사족(士族)²⁾의 신분으로 이러한 일을 행한 것은 실로 그 정경이 슬픈 것이오, 그 근거로 삼는 처지가 궁한 것이라. 만일 그 원하는 바와 구하는 것을 거절한다면, 이것은 반드시 부끄러움을 머금고 원한을 쌓아 불행이 그 몸을 덮쳐 제 명대로 살지 못하게 할 터이니, 이 어찌 사람에게 악을 쌓는 것이 아니리오. 군자의 처사는 한 곳에 치우쳐 둘을 잊으면 안 되는 것이라."

소년이 늙은 권 진사의 마음을 더욱 굳게 하기 위하여 다시 물었다.

"인정과 사리가 존장의 가르침과 같이 진정 이와 같고 다른 변통은 없겠는지요?"

늙은 권 진사가 말하였다.

"어찌 다른 의도가 있으리오. 단연코 박정한 사람을 만들지는 아니할 것이라."

그 소년이 이에 웃으면서 말하였다.

---

2) 문벌이 좋은 집안. 또는 그 자손이다.

"이것은 고담이 아니라 즉 영윤(令胤)³⁾의 일입니다. 곧 영윤이 일전에 아무 주막집에서 여차여차하여 이와 같은 기이한 일이 있었습니다. 존장께서 이미 사리의 당연한 것으로 두세 차례 틀림없이 이를 단언하셨으니 영윤이 이제는 다행이도 잘못에 대한 책임을 면하겠습니다."

늙은 권 진사가 듣기를 마치고는 한나절토록 말이 없다가 홀연히 노기를 띠고 인하여 얼굴빛을 바로하고 음성을 엄숙히 하여 말했다.

"그대들은 모름지기 자리를 파하고 가거라. 내가 마땅히 처치할 일이 있다."

여러 사람들이 모두 놀라 겁을 내어 일시에 흩어졌다.

늙은 권 진사가 이에 고성으로 노비에게 명하여 "자리를 대청에 펴라." 하니 집안사람들이 모두 두려워 몸을 옹송그리고는 장차 어떤 사람에게 어떤 죄를 다스릴지 알지 못하여 각자 부들부들 떨며 어찌할 바를 몰랐다. 늙은 권 진사가 자리에 높이 앉아 또 높은 음성으로 급히 작도판을 가져오라 하였다. 사내종이 황망히 명을 받들고 작도를 가져와 섬돌 아래에 놓으니, 늙은 권 진사가 또 음성을 높이 하여 "곧 그놈을 데려와 작도판에 엎드리게 하라." 하였다. 사내종이 권생을 데리고 와 목을 작도판 위에 놓았다. 늙은 권 진사가 크게 꾸짖어 말했다.

"패륜한 자식이 입에서 젖비린내도 가시지 않은 아이놈이 부모에게 고하지 않고 첩을 사사로이 둔단 말이냐. 이는 집안이 망하는 행동이라. 내가 세상에 있을 때도 오히려 이렇거늘 하물며 내가 죽은 뒤에는 어떠하겠느냐. 이러한 패륜한 자식을 두었다가는 집안이 망할 뿐이니 내가 생전에 머리를 잘라 뒷날의 폐단을 막는 것만 못하다."

말을 마치고는 추상같이 호령하여 사내종으로 하여금 "작도에 올려 놓은 발을 들어 목을 잘라라." 하니 이때에 위아래가 어찌할 바를 몰라

---

3) 남의 아들에 대한 경칭이다.

얼굴빛이 아니었다.

三. 奇遇分明前生緣, 悍婦不敢生妬忌(三)

酒가 半酣에 至함이 權生과 約束하얏든 多智의 少年이 老權의 前
으로 進하야 告하되 侍生이 奇異한 一 古談이 有하오니 願컨대 尊丈
을 爲하야 一笑에 供코져 하나니다 老權이 曰하되 古談이 極好하니
君이 我를 爲하야 言하라 其 少年이 이에 權生의 客店奇遇한 事를
古談으로 作하야 一遍을 細述하니 老權이 節節이 奇異함을 稱하되
實로 奇異한 事이로다 古에는 或 此等의 奇緣이 有하되 今에는 此等
의 事가 有함을 未聞하얏도다 其 少年이 曰하되 萬一 尊丈으로 하야
곰 此에 當하실진대 如何히 處事하겟나잇가 寂寂한 三更 無人한 時에
絶對佳人이 其 傍에 在하면 此를 接近할 것이릿가 或은 此를 顧치
아니하리잇가 쏘한 萬一 此를 接近한 以上에는 此를 蓄하리잇가 或은
棄하리잇가 老權이 曰하되 苟히 宮刑한 人이 안인 以上에 佳人을 半
夜密室에서 逢하야 엇지 虛度할 理가 有하며 旣히 彼를 近히 하야
枕席을 同히 한 以上에는 永久히 緣을 結치 아니치 못할지라 엇지
此를 棄하야 彼로 하야금 寃을 含하며 恨을 飮케 하리오 其 少年이
曰하되 尊丈께서는 元來 性度가 嚴峻하야 비록 如此한 境遇를 當하
실지라도 必然 心을 動치 아니하시며 節을 毀치 아니 하실듯 하외다
老權이 頭를 掉하며 曰하되 此는 千不當 萬不當한 言이니 血氣 方剛
한 少年으로는 往往 美人을 見하면 百計로써 誘引하는 事도 有하거든
하물며 此는 其 女子가 滿腔의 衷情으로써 我를 欽慕하야 스스로 我
에게 來한 以上에 少年의 風情으로 美色을 見하고 心이 動함과 如한
事는 普通例事이라 其 女子가 旣히 士族의 身分으로써 此事를 行함
에 至한 것은 實로 其 情境이 感然한 것이오 其立脚地가 窮한 것이라

萬一 其 願하는 바와 求하는 바를 拒絶할진대 彼가 반다시 羞를 含하고 怨을 蓄하야 不幸히 其 一身을 非命에 投할 터이니 此ㅣ 엇지 人에게 積惡함이 아니리오 君子의 處事가 可히 一에 偏하야 二를 忘치 못할지니라 少年이 老權의 心을 더욱 堅케 하기 爲하여 更히 問하되 人情事理가 尊丈의 敎함과 如히 眞正 此와 如하고 他의 變通이 無할 것이릿가 老權이 曰하되 엇지 他意가 有하리오 斷然코 薄倖한 人을 作치 아니할 것이니라 其 少年이 이에 笑하면셔 言하되 此가 古談이 아니라 卽 令胤의 事이니 卽 令胤이 日前에 某 客店에셔 如此如此하야 此와 如한 奇事가 有한지라 尊丈이 旣히 事理의 當然한 것으로 再三 丁寧히 此를 斷言하셧슨즉 令胤이 今에는 幸히 罪責을 免하겟나이다 老權이 聽罷에 半晌토록 語가 無하다가 忽然히 怒氣를 帶하고 因하야 色을 正하고 聲을 厲하야 曰하되 君輩는 모롬직이 罷去하라 我가 맛당히 處置할 事가 有하다 하니 諸 人이 모다 驚愕하야 一時에 席이 散하얏더라 老權이 이에 高聲으로써 奴子를 命하야 席을 大廳의 上에 設하라 하니 家人이 모다 悚然하야 將次 如何한 人에게 如何한 罪를 治할는지 知치 못하야 各自로 惴惴慄慄하야 其 所措를 莫知하얏는대 老權이 席上에 高坐하고 또 高聲으로 急히 斫刀板을 持來하라 하니 奴子가 慌忙히 命을 承하고 斫刀를 持하야 階下에 置함미 老權이 또 聲을 厲하야 곳 書房主를 捉下하야 斫刀板에 伏케 하라 하니 奴子가 權生을 捉下하야 頸을 刀板上에 置하니 老權이 大叱하야 曰하되 悖子가 口尙乳臭의 兒로 父母에게 告하지 안코 妾을 私蓄하는 것은 此는 亡家의 行이라 我가 在世할 時에도 尙히 如此 하거든 허물며 我의 死한 後이겟나뇨 此等의 悖子를 留하얏다가는 家를 亡할 뿐이니 我가 生前에 頭를 斷하야 後弊를 杜함만 不如하다 하고 言罷에 秋霜갓치 號令하야 奴子로 하야금 趾를 擧하야 斫하라 하니 此時에 上下가 惶惶하야 面에 人色이 無하얏더라.

3. 기이한 만남은 전생의 인연이 분명하고
   사나운 아내는 생에게 투기하지 못하다(4)

이때에 늙은 권 진사의 아내와 며느리가 대청 아래에 엎드려 애걸하였다.

"저 아이의 죄가 설령 죽어 아깝지 않다할지라도 어찌 눈앞에서 외아들의 머리를 자르겠습니까."

그러고는 울며 간청하기를 그치지 않으니, 늙은 권 진사가 더욱 노하여 고성으로 꾸짖어 물리쳤다. 그 아내가 놀라 물러나니 며느리가 머리로 땅을 두드려 유혈이 얼굴을 덮으며 아뢰었다.

"나이 어린 사람이 설령 방자하게 멋대로 한 죄가 있을지라도 존구(尊舅)[1]의 혈속이 오직 이 이뿐입니다. 존구께서 어찌 차마 이와 같은 잔혹한 일을 행하여 누대봉사(累代奉祀)[2]의 집안으로 하여금 하루아침에 대를 끊게 하는 것인지요. 청컨대 며느리의 몸으로 그 죄를 대신하여 죽겠나이다."

늙은 권 진사가 말하였다.

"집안에 패륜아가 있으면 그 집안을 망하게 함은 물론이오, 욕이 선조에게 미칠지니 내가 차라리 눈앞에서 죽여 다시 명령(螟蛉)[3]으로 대를 구함만 같지 못하다. 이렇게 하거나 저렇게 하거나 어쨌든 집안 망하기는 일반이라. 차라리 깨끗하게 망함만 못하다."

인하여 사내종을 호령하여 급히 머리를 자르라 하니 종이 입으로는

---

1) 부인네들이 시아버지를 높여 이르는 말이다.
2) 조상의 제사를 받듦을 말한다.
3) 나나니(구멍벌)가 명령을 업어 기른다는 뜻으로, 양아들을 비유적으로 이르는 말이다.

비록 "예" 대답하나, 차마 다리를 들지 못하였다. 이때 그 며느리가 다시 울며 간하기를 더욱 괴롭게 하니 늙은 권 진사가 말했다.

"이 자식이 집안 망하게 한 일은 한 가지에 그치는 것이 아니다. 부모를 모시는 자식으로 사사로이 첩을 두니 그 망조가 하나요, 너의 사나운 강샘으로 반드시 서로 용납지 못하여 가정이 날로 어려우리니 그 망조가 둘이라. 이와 같은 망조가 있은 즉, 내 눈앞에서 제거함만 같지 못하니라."

며느리가 울면서 말하였다.

"저도 사람의 얼굴과 사람의 마음을 갖추고 있습니다. 눈앞에서 이러한 광경을 보고 어찌 '질투' 한 자에 생각이 미칠 까닭이 있겠습니까? 만일 존구께서 한 번 용서하신다면 제가 마땅히 그 여자와 함께 살아가며 터럭만큼도 화락함을 잃지 않겠습니다."

늙은 권 진사가 말하였다.

"네가 비록 오늘 일이 급박하여 이러한 말을 하지만 반드시 얼굴로만 그러함이요, 속으로는 그러하지 않으리라."

며느리가 말했다.

"그러할 까닭이 있겠는지요. 만일 이와 같이 한다면 하늘이 반드시 죽이고 귀신이 반드시 죽일 것입니다."

늙은 권 진사가 말하였다.

"네가 내 생전에는 혹 그리할지는 모르나 내가 죽은 후에 네가 반드시 다시 그 질투의 악을 늘어놓을까 걱정되니, 그때는 내가 없어 패륜한 아들놈이 능히 집안을 정돈하지 못할 게다. 내 생전에 머리를 잘라 화근을 영원히 없애는 것만 같지 못하니라."

며느리가 말하였다.

"어찌 감히 이와 같은 까닭이 있겠습니까. 존구께서 돌아가신 후에 만일 조금이라도 이같은 좋지 않은 마음이 있다면 개돼지만도 못한 것입니다.”

그제서야 늙은 권 진사가 말하였다.

“네가 정녕 이와 같다면 한 번은 용서하리라.”

그리고 그 아들을 풀어주고 또한 종의 우두머리를 불러 분부하였다.

“너는 급히 가마와 말을 가지고 인부를 인솔하여 아무 주막에 가서 서방님의 소실을 맞아 오너라.”

종이 명을 받들고 한나절이 못 되어 그 여자를 데리고 왔다. 이에 즉시 구고지례(舅姑之禮)[4]를 행하고 또 정배(正配)[5]에게 절을 한 뒤에 한 집에 살았다. 며느리는 감히 투기를 부리지 못하고 극히 온화한 마음으로 그 소실을 대하여 늙도록 화락자담(和樂且湛)[6]하여 집안에 두 사람 사이를 이간하는 말이 없었다 하더라.

三. 奇遇分明前生緣, 悍婦不敢生妬忌(四)

此時에 老權의 妻와 其 子婦가 堂에 下하야 伏地哀乞하되 彼의 罪가 設令 殺之無惜한 罪라 할지라도 엇지 目前에셔 獨子의 頭를 斷하리잇가 하고 泣諫하기를 不已하니 老權이 더욱 怒하야 高聲으로 叱退함이 其 妻는 驚惻하야 退去하고 其 婦는 頭로써 地에 叩하야 流血이 被面하야 告하되 年少한 人이 設令 放恣自擅한 罪가 有할지라도 尊舅의 血屬이 오즉 此뿐이니 尊舅가 엇지 참아 如此한 殘酷의 事를 行하야 累代奉祀의 家로 하야금 一朝에 嗣를 絶케 하리잇가 請컨대 子婦의 身으로써 其 罪를 代하야 死하겠나이다 老權이 曰하되

---

4) 예식이 끝나고 시부모가 며느리에게 덕담을 하는 예이다.
5) 정식으로 혼례를 치르고 맞이한 아내이다.
6) 『시경(詩經)』의 “형제가 서로 화합해야 화락하고 즐겁다.(兄弟既翕 和樂且湛)”라는 구절에서 나온 말이다.

家에 悖子가 有하면 其 家를 亡함은 勿論이오 辱이 先祖에게 及할지니 我가 차라리 目前에서 殺하야 更히 螟蛉의 嗣를 求함만 不如하니 於此 於彼에 亡家하기는 一般이라 찰아리 乾淨하게 亡함만 不如하다 하고 因하야 奴子를 號令하야 急히 頭를 斫하라 하니 奴子가 口로는 비록 應承하나 참아 足을 擧하지 못하더라 此時에 其 子婦가 泣諫하기를 益苦하니 老權이 曰하되 此 子 亡家의 事가 一再에만 止함이 아이니 侍下의 人事로써 私私로 妾을 蓄하는 것이 其 亡兆가 一也오 汝의 悍妬로써 반드시 相容치 못하야 家庭이 日로 亂하리니 其 亡兆가 二也라 如斯한 亡兆가 有한즉 我의 目前에서 除去함만 不如하니라 子婦가 泣하면셔 曰하되 少婦도 쏘한 人面과 人心을 具有한지라 目前에서 此等의 光景을 見하고 엇지 妬의 一字에 念及할 理가 有하리잇가 만일 尊舅의 一次 容恕하심을 蒙하면 少婦가 맛당히 彼로 더부러 同處하야 小毫도 和樂함을 失치 아니 하겟나이다 老權이 曰하되 汝가 비록 今日의 擧措에 迫하야 此等의 言을 出하지만은 必然 面으로 諾함이오 內心에는 不然하리라 婦가 曰하되 如斯할 理가 有하리잇가 萬一 如斯할진대 天이 반드시 殛하고 鬼가 반드시 誅하리이다 老權이 曰하되 汝가 我의 生前에는 或 그리할지도 未知이나 我가 死한 後에는 汝가 必然 更히 其 悍妬의 惡을 肆할가 慮하는 바이니 其 時에는 我가 不在하면 悖子가 能히 家를 整치 못할지니 我의 生前에 頭를 斷하야 禍根을 永絶함만 不如한 것이니라 婦가 曰하되 엇지 敢히 如斯할 理가 有하리잇가 尊舅끠셔 下世하신 後에 萬一 一分이라도 如此한 非心이 有할진대 犬豚만 不如한 것이니이다 老權이 曰하되 汝가 果然 此와 如할진대 今에 一次는 容恕하리라 하고 이에 其 子를 救하야 外에 出케 하고 又 首奴를 呼하야 分付하되 汝가 急히 轎馬와 人夫를 率하고 某 店에 往하야 書房主의 小室을 迎하야 來하라 하얏는대 奴子가 命을 承하고 半日이 못되야 其 女子를 率來하얏더라 이에 現

舅姑의 禮를 行하고 또 正配에게 禮拜한 後 一家에 同處하얏는대 其婦가 敢히 悍妒의 性을 使치 못하고 極히 溫和한 情으로써 其 小室을 待하야 老에 至하도록 和樂且湛하야 庭에 間言이 無하다 云하니라.

4. 해질녘 궁벽한 목숨을 구하려는 나그네,
천한 집안 여자 택하여 몸을 의탁하다(상)

연산 갑자사화(甲子士禍)[1]가 크게 일어나 일시에 청류(淸流)[2]들이 살육되어 거의 태반이 죽었다. 한 이씨 성을 자진 자가 있었는데 교리(校理)[3]로 지내다 목숨을 건지려고 달아났다. 보성(寶城)[4]을 지나다가 한 곳에 이름에 목이 몹시 말랐다. 마침 시냇가에 한 여자아이가 물을 긷기에 이 교리[5]가 황급한 걸음으로 달려가서 마실 물을 구하니 그 여자아이가

---

1) 1504년(연산군 10) 연산군의 어머니 윤씨(尹氏)의 복위문제에 얽혀서 일어난 사화이다. 연산군은 비명에 죽은 생모의 넋을 위로하기 위해 폐비 윤씨를 복위시켜 왕비로 추숭하고 성종묘(成宗廟)에 배사(配祀)하려 하였는데, 응교 권달수(權達手)·이행(李荇) 등이 반대하자 권달수는 참형하고 이행은 귀양 보냈다. 이 과정에서 연산군은 정·엄 두 숙의를 궁중에서 죽이고 그들의 소생을 귀양 보냈다가 사사하였다. 그의 조모 인수대비에게도 정·엄 두 숙의와 한 패라하여 병상에서 난동을 부렸으며 인수대비는 그 화병으로 세상을 떠났다. 또한 성종이 윤씨를 폐출할 때 찬성한 윤필상(尹弼商)·이극균(李克均)·성준(成俊)·이세좌(李世佐)·권주(權柱)·김굉필(金宏弼)·이주(李胄) 등을 사형에 처하고, 이미 죽은 한치형(韓致亨)·한명회(韓明澮)·정창손(鄭昌孫)·어세겸(魚世謙)·심회(沈澮)·이파(李坡)·정여창(鄭汝昌)·남효온(南孝溫) 등을 부관참시(剖棺斬屍)하였으며, 그들의 가족과 제자들까지도 처벌하였다. 이 외에도 홍귀달(洪貴達)·주계군(朱溪君) 등 수십 명이 참혹한 화를 당하였다.
2) 절의를 지키는 깨끗한 사람들이다.
3) 교서관(校書館), 승문원(承文院)의 종5품 벼슬이나 홍문관(弘文館)의 정5품 벼슬이다.
4) 전라남도 보성군의 군청 소재지이다.
5) 이장곤(李長坤, 1474~1519)을 말한다. 본관은 벽진(碧珍). 자는 희강(希剛), 호는 학고(鶴皐)·금헌(琴軒)·금재(琴齋)·우만(寓灣)으로 신지(愼之)의 증손이다. 1504년 교리로서 갑자사화에 연루되어 이듬해 거제도에 유배되었다. 이때 연산군이 무예와 용맹이 있는 그가 변을 일으킬까 두려워해 서울에 잡아 올려 처형하려 하자 이를 눈치채고 함흥으로 달아나 양수척(楊水尺)의 무리에 발을 붙이고 숨어 살았다. 후일 중종반정으로 자유의 몸이 된 뒤, 동부승지, 평안도병마절도사, 대사헌, 이조판서를 역임하였다. 기묘사화에는 조광조(趙光祖)를 비롯한 신진 사류들의 처형을 반대하다가 삭탈관직을 당하였다. 그 뒤 경기도 여강(驪江, 지금의 여주)과 경상도 창녕에서 은거하였다. 사후 창녕의 연암서원(燕巖書院)에 제향 되었다. 저서로는 『금헌집』이 있으며 시호는 정도(貞度)이다.

바가지에다 물을 뜬 후에 버드나무 잎을 따서 물에 띄워 주었다.

그래 이 교리가 속으로 의아스러워 물렀다.

"지나는 길손이 갈증이 심하여 물을 구하거늘 무슨 까닭으로 물에 버드나무 잎을 띄어서 주는 게요."

그 여자아이가 대답하였다.

"제가 나그네께서 몹시 갈증나하시는 것을 보니 만일 찬물을 급히 마시면 반드시 뜻밖의 병이 나실까 염려되었습니다. 그래, 나뭇잎을 물에 띄워 천천히 마시게 하려고 그러했습니다. 이 교리가 이 말을 듣고 자못 놀라며 그 명민한 지혜에 끌려 이에 뉘 집의 여자임을 물으니 개울 건너 유기장(柳器匠)[6]의 딸이라고 대답하였다.

교리가 드디어 그 뒤를 따라 유기장의 집에 가서 사위 되기를 청하여 일신을 의탁하게 되었다. 교리는 본래 서울 재상가 아들로 오직 학업을 일삼았을 뿐이니, 어찌 유기 만드는 방법을 알리오. 날마다 하릴없이 오직 낮잠으로 일과를 삼으니 유기장 부부가 성내어 꾸짖었다.

"내가 사위를 데릴사위로 얻은 본래 뜻은 유기 만드는 일을 보조하기를 바람이었는데, 소위 신랑이란 자가 다만 조석으로 밥만 먹고 오직 낮잠만 일삼으니 일 개 반낭(飯囊)[7]이라. 다음부터는 아침저녁 밥을 반을 덜고 주어라."

그 딸이 이를 심히 민망히 여겨 늘 부모 눈을 피하여 속이고 음식주기를 게을리하지 않으며, 이 교리에게 은밀히 말했다.

"군자의 상이 거친 범인이 아니에요. 지금은 한 때 액을 만나 곤궁한 처지로 방황을 하나 훗날에는 반드시 복록이 무궁할 것입니다. 원컨대 어려운 괴로움을 견디시고 후일 운이 도래하기를 기다리세요."

---

6) 고리장이. 고리버들로 고리짝이나 키 따위를 만들어 파는 일을 직업으로 하는 사람이다.
7) 밥주머니라는 뜻으로, 무능하고 하는 일 없이 밥이나 축내는 사람을 조롱하는 말이다.

그리고 부부 사이에 은정이 아주 돈독하였다. 이와 같이 지낸 지 수년 후에 중종(中宗)으로 임금이 바뀌었다. 이에 연산군 조정에서 죄를 얻어 폐한 선비들 모두를 너그러이 사면하고 그 관직을 되돌려주라는 큰 조서를 천하에 반포하였다. 교리의 본가, 또 기타 오랜 벗에게 사람을 파견하여 이 교리의 소재를 탐문하였다. 이 이야기가 널리 마을과 마을 사이에 자자하니 이 교리도 이 말을 듣고 속으로 심히 기뻐하여 장차 출각(出脚)[8]할 방책을 생각하였다. 마침 초하루가 되자 주인집이 장차 유기를 관부에 납품하려 하자 교리가 이에 그 부옹(婦翁, 장인)에게 말하였다.

"이번에는 내가 관부에 납품하러 가겠네."

그 부옹이 꾸짖었다.

"그대와 같이 몹시 잠만 자고 동과 서도 알지 못하는 자가 어찌 유기를 관부에 납품한단 말인가. 또 내가 납품할지라도 늘 보고 물리는 일이 많거늘, 그대 같은 어리석은 사람이 어찌 무사히 납품하겠는가."

그러고는 받아들이지 않으니 그 딸이 말했다.

"옛사람들이 말하기를 '사람은 진실로 알기 쉽지 않고 다른 사람 알기도 역시 쉬운 일이 아니다(人固未易知 知人亦未易也)[9] 하였으니, 소녀의 지아비가 비록 불민하다 할지라도 일 행하는 것을 본 연후에 그 가부를 이야기하세요. 어찌 미리 그 불가함을 책망하시는지요. 한번 시험하는 것이 좋겠습니다."

그 아버지가 이에 허락하니 이 교리가 직접 유기를 지고 관문에 도착하여 곧장 마당 한가운데 들어가 큰 소리로 본관사또를 불러 말하였다.

---

8) 벼슬 자리에서 물러났다가 다시 벼슬길에 나아가는 것을 말한다.
9) 『사기(史記)』 「범수채택열전(范雎蔡澤列傳)」에 나오는 말로 후영(侯嬴)이 신릉군에게 한 말이다.

"아무 곳에 사는 유기장수가 유기를 납품하노라."

본관사또는 곧 이 교리와 평소에 절친한 무변(武弁)이었다. 본관이 그 소리를 들은 뒤에 얼굴을 살피더니 크게 놀라 버선발로 당에서 내려와 손을 모으고 탄식하고 눈물을 흘리며 "그대가 목숨을 구하기 위해 도망한 후로 종적을 어느 곳에 감추었다가 오늘에야 어찌 이러한 행색으로 온 것인가. 조정에서 그대를 찾은 지 이미 오래되었으니 속히 상경하게."

그러고는 술과 음식을 내와 잘 대접하고 또 의관을 가져와 옷을 바꿔 입게 하였다. 이 교리가 눈물을 흘리며 말했다.

"죄를 진 사람이 목숨을 유기장의 집에서 도둑질하여 오늘까지 죽지 않고 모질게 살아 목숨을 이어왔네. 어찌 태양을 다시 볼 줄 뜻하였겠는가."

본관이 수레와 말을 준비하여 상경하기를 재촉하니 이 교리가 말했다.

"삼 년이나 주인과 나그네의 정의를 돌아보지 않으면 안 되고 또 그 딸과 조강(糟糠)의 정이 있으니 내가 마땅히 주옹(主翁, 주인 영감 : 장인)에게 작별 인사를 고하고 수일 후에 출발하려 하네. 자네는 내일 내가 사는 곳을 방문해주게."

그러고는 다시 올 때의 옷으로 갈아입고 유기장의 집으로 돌아와 "이번에 유기를 무사히 상납하였소." 하니 주옹이 말하였다.

"기이하도다. 옛글에 말하기를 '올빼미도 천 년을 늙으면 능히 꿩을 잡는다(鴟老千年 能搏一雉)'라 하더니 과연 헛말이 아니로구나. 오늘 저녁은 마땅히 큰 사발에 밥을 주거라."

四. 夕陽窮途亡命客, 托身賤門配淑女(上)

燕山 甲子에 士禍가 大起하야 一時의 淸流가 殺戮殆盡하얏는대
一 李姓이 有하야 校理로써 命을 亡하야 寶城을 過하다가 一處에 至
함이 喉가 甚渴한지라 맛참 川邊에 一 童女가 有하야 水를 汲하거늘
李校理가 忙步로 趨하야 飮을 求한즉 其 女가 瓢子에다 水를 盛한
後에 川邊의 柳葉을 摘하야 水中에 浮하야 與하는지라 李校理가 內
心에 怪訝하야 問하되 過客이 渴甚하야 急히 飮을 求하거늘 何故로
水에 柳葉을 浮하야 與하나뇨 其 女가 答하되 我가 尊客의 甚渴함을
見하건대 萬一 冷水로써 急히 飮한즉 반다시 不虞의 病을 生할가 慮
하야 柳葉을 水에 浮한 것은 尊客으로 하야금 緩緩히 飮케 하고져
한 바이로다 李校理가 此 言을 聞하고 頗히 驚異하야 其 明敏한 智를
服[10]하고 이에 誰 家의 女子됨을 問하니 越邊 柳器匠의 女라고 答하
는지라 校理가 드대여 其 後를 隨하야 柳器匠家에 往하야 女婿되기를
求하야 一身을 托하얏스나 本來 京華 卿相家 貴骨로써 오즉 學業을
事하얏슬 뿐이니 엇지 柳器의 製造를 知하리오 每日에 從事할 業務가
無하야 오즉 午睡로써 常事를 作하니 柳器匠의 夫妻가 怒罵하되 我
가 女婿를 贅한 本意는 柳器의 役을 補助하기를 冀함이어날 所謂 新
郎이란 者가 다만 朝夕의 飯만 喫하고 오즉 午睡로써 事를 爲하니
卽 一個의 飯囊이라 此後로는 朝夕의 飯에 半分을 減하야 饋하라 홈
이 其 女가 此를 甚히 憫憐하야 每樣 其 父母의 眼을 欺하고 供饋하기
를 不怠하며 李校理다려 私謂하되 君子의 相이 草草한 凡人이 아니
라 今에는 一時에 厄으로 窮途에서 彷徨하나 他日에는 必히 福祿이
無窮하올지라 願컨대 難苦를 耐하야 後日의 運이 到來하기를 俟홈만

---

10) 원문에는 '服'으로 되어 있다. 문맥을 고려하여 '伏'으로 바로 잡았다.

不如하다 하고 夫婦의 間에 恩情히 甚篤하야 此와 如히 度了한지 數年 後에 中宗이 改玉하심에 際하야 曾히 昏朝에서 獲罪沉廢한 士類를 一並赦宥하고 其 官을 復하라는 大詔가 渙發하엿슴으로 校理의 本家 又는 其他 知舊의 間에서 人을 四處에 派遣하야 李校理의 所在를 探問하얏는대 此 傳說은 汎히 閭巷間까지 藉藉함이 李校理도 此 傳說을 聞하고 內心에 甚히 喜하야 將次 出脚할 策을 思하더니 맛참 朔日을 當하야 主家가 將次 柳器를 官府에 納하려 하거날 校理가 이에 其 婦翁다려 謂하되 今番에는 我가 親히 官府에 輪納코져 하노라 其 婦翁이 罵하되 君과 如한 渴睡漢이 東과 西를 不知하는 者로 엇지 柳器를 官門에 納함을 得하리요 且 我가 親히 輪納할지라도 每每 見退하는 事가 多하거날 君과 如한 癡漢이 엇지 無事納付함을 得하겟나뇨 하고 容諾치 아니하니 其 女가 曰하되 古人이 云하되 人固未易知오 知人亦難이라 하얏스니 少女의 夫가 비록 不敏하다 할지라도 行事함을 觀한 然後에 其 可否를 論할지라 엇지 預히 其 不可함을 責할 것이릿가 一次 試驗하는 것이 可하니이다 其 父가 이에 許諾하니 李校理가 親히 柳器를 負하고 官門에 到하야 直히 中庭에 入하야 高聲으로 本官을 呼하야 曰하되 某處 柳器匠이 柳器를 輪納하얏노라 하얏는대 本官은 卽 李校理와 平日에 切親한 武弁이라 本官이 其 聲을 聞하고 後에 其 貌를 察하더니 이에 大驚하야 跣足으로 堂에 下하야 手를 執하고 噓唏流涕하되 一自君이 亡命한 後로 蹤跡을 何處에 晦하얏다가 今日에 엇지 此 行色으로 來하얏나뇨 朝廷에서 君을 搜訪한지 已久하니 速히 上京하라 하고 이에 酒饌을 進하야 款待하고 또 衣冠을 出하야 服을 改着하니 李校理가 淚를 垂하야 曰하되 負罪한 人이 生을 柳器匠家에 偸하야 今日까지 頑命을 延하야 來하얏는대 엇지 天日을 復觀할 줄을 意하얏스리오 本官이 車馬를 備하야 上洛하기를 促하니 李校理가 曰하되 三年主客의 誼를 顧치 아니치 못하겟스

며 且 其 女로 더부러 糟糠의 情이 有하니 我가 맛당히 主翁에게 告別
하고 數日 後에 出發하려 하노니 君은 明日에 我의 所在處로 訪하라
하고 更히 來時의 衣를 還着하고 柳器匠家로 歸하야 復命하되 今番
에 柳器를 無事히 上納하얏노라 하니 主翁이 言하되 奇異하도다 古語
에 云하되 鷗老千年에 能搏一雉라 하더니 果然 虛言이 아니로다 今
夕에는 宜히 大碗의 飯을 給하라 하얏더라.

4. 해질녘 궁벽한 목숨을 구하려는 나그네,
천한 집안 여자 택하여 몸을 의탁하다(하)

다음 날 날이 밝자 이 교리가 일찍 일어나 문간을 물 뿌리고 쓰니 주옹이 말하였다.

"우리 사위가 어제는 무사히 유기를 납품하고 오늘 아침에는 또 문간을 청소하니 전일에는 낮잠만 일삼던 때에 비교하면 거의 대인군자가 되었도다."

이 교리가 짚방석을 뜰에 펴니 주옹이 그 까닭을 물었다. 이 교리가 말하였다.

"금일 본관이 장차 행차하기에 이와 같이 하오."

이렇게 말하니 주옹이 냉소하며, "그대가 꿈속에 말을 하는구나. 본관의 지위로 어찌 우리 같은 상천(常賤)[1]의 집에 행차할 까닭이 있으리오. 이는 천 가지도 가깝지 않고 만 가지도 가깝지 않은(千不近萬不近) 사리에 전혀 맞지 않는 황탄한 이야기라. 지금 생각하니 어제 유기를 무사히 납품했다는 것이 필연 노상에 버리고 돌아와 과장된 헛말을 한 게 아닌가."

주옹이 말을 마치기도 전에 문밖에서 "물렀거라!" 하는 벽제(辟除)[2] 소리가 들리더니 관부의 공방아전이 채색 방석을 가지고 급히 들어와 방 안에 펴며 말하였다.

"본관사또의 행차가 문밖에 이미 두착하였다."

이러하니 주옹 부처가 크게 놀라 창황히 얼굴빛이 변하여 머리를 잡

---

1) 상민과 천민을 아울러 말한다.

2) 지위 높은 사람이 지나갈 때 구종 별배(驅從別陪)가 잡인의 통행을 통제하는 소리이다.

고는 울타리 사이에 숨었다. 잠깐 동안 앞을 인도하는 소리가 문에 이르더니 본관이 말에서 내려 방 안으로 들어와 이 교리의 손을 잡고 한훤(寒暄)[3]을 마친 후에 교리에게 말하였다.

"제수씨와 상면하고 싶네."

교리가 이에 그 아내로 하여금 와서 뵙게 하니 아내가 형차포군(荊釵布裙)[4] 차림으로 와서 절하였다. 그 몸 가지는 태도가 단아하여 상천의 여자와는 크게 다르니 본관이 감사의 말을 하였다.

"이 학사(學士)가 어려운 처지에 있는 것을 다행히도 제수씨의 힘을 얻어 오늘에 이르렀으니 비록 의기남자라도 이보다 더하지 못할 것이니 어찌 경탄치 않겠소."

그 딸이 옷깃을 여미고 대답하였다.

"미천한 여자로 군자의 건즐(巾櫛)[5]을 얻어 모신지 삼 년에 귀한 분인 줄을 전연 알지 못하고 대접하고 일을 처리하는 절차에 무례가 많았습니다. 어찌 감히 본관사또의 치하말씀을 받겠습니까."

이러하자 본관이 큰소리로 칭찬하고 관례(官隷)[6]에게 명하여 유기장 부부를 불렀다. 주옹 부부가 매우 두려워 어찌할 바를 몰라 무릎걸음으로 납작 엎드려 뜰아래에 부복하여 감히 우러러 쳐다보지를 못하였다. 본관이 관례로 하여금 부축하여 일으키게 하여 마루에 올라오게 하고 술을 내려 치하하였다. 하루 이틀을 지남에 이 교리의 사실과 앞뒤 이야기가 퍼져 알게 되니 여러 고을의 수재(守宰)[7]가 차례로 와서 뵙는 것이

---

3) 날씨의 춥고 더움을 말하는 인사말이다.
4) 『열녀전(烈女傳)』에 보이는 고사로 가시나무 비녀를 꽂고 베치마를 입은 부인의 검소한 차림. 후한시대 양홍(梁鴻)의 처인 맹광(孟光)의 고사에 나온다.
5) 수건과 빗으로 부인이 되어 남편의 시중을 든다는 의미이다.
6) 관가에서 부리던 하인들이다.
7) 각 고을을 맡아 다스리던 지방관들을 통틀어 이르는 말이다.

문 앞에 끊임이 없고 매일 인마가 모여 떠들썩하니 구경하는 자들이 담과 같았다.

이 교리가 본관에게 말하였다.

"저 사람이 비록 상천의 딸이라 하여도 내가 이미 배필로 삼아 삼년간 함께 산 정의가 있을 뿐 아니라, 저 사람이 나를 위하여 정성과 예의를 갖추었으니 내가 지금에 귀하게 되었다고 바꾸지 못할 것이네. 원컨대 교자 하나를 빌려 함께 가고자 하네."

본관이 이에 수레와 말을 준비하고 행구(行具)[8]를 갖추어 이 교리 부부를 경성으로 올라가게 하였다.

이 교리가 대궐에 들어가 은혜에 사례하니 중종(中宗) 임금께서 이곳저곳 떠돌아다닌 자초지종을 물었다. 이 교리가 그 전후사실을 아뢰니 임금이 두세 번이나 탄식하시며 "이 여자는 가히 천한 첩으로 대하지 못할 것이라. 특별히 후부인으로 올리라." 하셨다. 이 교리가 오래지 않아 지위가 판서(判書)[9]에 이르고 그 여자와 더불어 종신토록 해로하여 지체가 높고 귀함이 비교할 데가 없으며 또 자녀가 집안에 그득하였다. 이것은 곧 판서 이장곤의 이야기라 하더라.

四. 夕陽窮途亡命客, 托身賤門配淑女(下)

其 翌日 平明에 李校理가 早起하야 門庭을 灑掃하니 主翁이 日하되 吾 婿가 昨日에는 無事히 柳器를 納하고 今朝에는 又 門庭을 灑掃하니 又 門庭을 掃除하니 前日의 午睡만 事하든 時에 比較하면 거의 大人君子가 되얏도다 李校理가 藁席을 庭에 舖함이 主翁이 그 故를

---

8) 여행할 때 쓰는 물건과 차림이다.
9) 육조(六曹)의 으뜸 벼슬로 정2품이다.

問하니 李校理가 曰하되 今日 本官이 將次 行次할 터이기로 此와 如
히 하노라 한즉 主翁이 冷笑하되 君이 夢中의 語를 出하는도다 本官
의 地位로셔 엇지 我와 如한 常賤의 家에 行次할 理가 有하리오 此는
千不近萬不近의 謊說이라 到今思之컨대 昨日에 柳器를 無事히 納付
하얏다는 것이 必然 路上에 委棄하고 歸하야 誇張의 虛語를 作함이
아닌가 言을 畢하기 前에 門外에 辟除의 聲이 聞하더니 官府工吏가
彩席을 持하고 急히 門內에 入하야 房中에 舖하며 曰하되 官司主 行
次가 門外에 已至하얏다 하는지라 主翁의 夫妻가 大驚하야 蒼黃히
色을 失하고 頭를 抱하야 籬間에 匿하얏더라 少焉에 前導聲이 門에
及하더니 本官이 馬에 下하야 房內에 入하야 李校理의 手를 執하고
寒暄을 罷한 後에 校理다려 謂하되 嫂氏와 相面코져 하노라 校理가
이에 其 妻로 하야금 來拜케 하니 其 女가 荊釵布裙으로써 來拜함이
容儀가 端雅하야 常賤의 女子와는 大히 不同한지라 本官이 致謝하되
李學士가 身이 窮途에 在한 것을 幸히 嫂氏의 力을 得하야 今日에
至하얏스니 비록 意氣男子라도 此에 過하지 못할지라 엇지 敬歎치
아니하리오 其 女가 衽을 斂하고 對하되 微賤의 女로써 君子의 巾櫛
을 得侍한지 三年에 貴人인줄을 全然히 不知하고 接待周旋의 節에
無禮가 極한지라 엇지 敢히 尊客의 致謝를 受하리잇가 本官이 嘖嘖稱
嘆하고 官隸를 命하야 柳匠夫妻를 召하니 主翁夫婦가 恐懼莫措하야
膝行匍匐하면셔 階下에 俯伏하야 敢히 仰視치 못하는지라 本官이 官
隸로 하야금 扶起하야 堂에 上케 하고 酒를 賜하야 謝를 致하얏더라
一二日을 過한 後 李校理의 事實顚末이 傳播聞知함이 列邑의 守宰
가 次第로 來見하야 門外에 絡繹不絶하고 每日人馬가 熱鬧하니 觀
光하는 者가 堵와 如하더라 李校理가 本官다려 謂하되 彼가 비록 常
賤의 女이라도 我가 旣히 配를 作하야 三年間 同居의 誼가 有할 쑨
아니라 彼가 我를 爲하야 誠과 禮가 備至하얏스니 我가 今에 可히

貴한 것으로써 易하지 못할지라 願컨대 一 轎子를 借하야 더부러 偕行
코져 하노라 本官이 이에 轎馬를 備하고 行具를 治하야 李校理의 夫
妻를 送하야 京城으로 上케 하얏더라 李校理가 闕에 入하야 恩을 謝
하니 中宗께서 流離의 顚末을 下問하심에 李校理가 이에 其 前後 事
實을 奏達하니 上이 再三嗟嘆하시며 此 女子는 可히 써 賤妾으로 待
하지 못할 것이라 特히 後夫人으로 陞하라 하셧더라 李校理가 未幾에
位가 判書에 至하고 其 女로 더부러 終身偕老하야 榮貴가 無比하며
又 子女가 滿堂하얏는대 此가 卽 李判書 長坤의 事라 云하니라.

5. 열다섯 살 신부와 쉰 살 신랑, 장수부귀하고 아들이 많구나(상)

　해풍군(海豊君) 정효준(鄭孝俊, 1577~1665)[1]이 나이 마흔셋에 빈궁하여 입을 옷조차 없었다. 일찍이 세 차례나 아내를 잃고 다만 딸만 셋 있을 뿐이었다. 영양위(寧陽尉)[2]의 증손으로 본가의 제사를 받는 외에 또 노릉(魯陵)[3]과 현덕왕후(顯德王后) 권씨(權氏)[4], 노릉왕후(魯陵王后) 송씨(宋氏)[5] 삼위(三位)의 신주를 받들었지만 향불조차 준비할 방도가 없었다. 늘 근심하고 고뇌하는 가운데 집안에 있으면 다만 근심스럽고 심란하여, 매

---

1) 본관은 해주(海州)이고 자는 효우(孝于), 호는 낙만(樂晚), 시호는 제순(齊順)으로 어려서부터 시를 잘 지었고, 특히 변려문(駢儷文)을 잘 썼다. 아버지는 돈령부판관을 지낸 정흠(鄭欽)이다. 1618년(광해군 10) 사마시에 합격하여 생원이 되었고 1613년(광해군 5) 때 이이첨 등이 인목대비(仁穆大妃)를 폐하려 하자, 어몽렴(魚夢濂)·정택뢰(鄭澤雷) 등과 함께 이이첨의 처형을 건의하였다. 인조반정 이후에 효릉참봉(孝陵參奉)이 되었으며, 왕실의 제사용 가축을 기르는 관청인 전생서의 봉사(奉事)가 되고 뒤에 자여도찰방(自如道察訪) 등을 거쳐 1652년(효종 3) 돈령부도정에 임명되었다. 1656년 해풍군(海豊君)에 봉해졌으며 동지돈령부사가 되었다. 그 뒤 아들 다섯이 모두 급제하여 관직에 등용되었으므로 1663년 판돈령부사로 승진되었다.
2) 정종(鄭悰, ?~1461)으로 1450년(세종 32)에 문종의 딸 경혜공주(敬惠公主)와 혼인한 뒤 영양위(寧陽尉)에 봉하여지고, 단종 초기에 형조판서가 되어 단종의 두터운 신임을 받았다. 1455년(단종 3)에 금성대군 유(錦城大君瑜)의 사건에 관련되어 영월에 유배되었다가 이후, 1461년 승려 성탄(性坦) 등과 반역을 도모하였다 하여 능지처참되었다. 그와 함께 유배되어 관비(官婢)가 된 경혜공주가 적소에서 아들을 낳자, 세조비 정희왕후(貞熹王后)가 친히 양육하고 세조가 미수(眉壽)라 이름을 지었다. 영조 때 신원(伸冤)되었고, 단종묘와 공주 동학사(東鶴寺) 숙모전(肅慕殿)에 배향되었다. 시호는 헌민(獻愍)이다.
3) 조선 제6대 왕(재위 1452~1455)인 단종(端宗)으로 어린 나이에 즉위하여 숙부인 수양대군에게 왕위를 빼앗기고 상왕이 되었다가 서인으로 강등되고 결국 죽음을 당하였다.
4) 본관은 안동(安東)이며 화산부원군(花山府院君) 권전(權專)의 딸이다. 조선 제5대 왕 문종의 비(1418~1441)이다. 성품이 단아하고 효행이 있어 세종과 소헌왕후(昭憲王后)의 총애를 받았다. 1441년 원손(元孫, 뒤의 단종)을 출생하고 3일 뒤에 죽었다. 같은 해 현덕(顯德)이라는 시호를 받았다.
5) 단종의 비로 판돈령부사(判敦寧府事)의 딸이다.

일 이웃에 사는 병사(兵使) 이진경(李進慶)[6] 집에 가 박혁(博奕)[7]하는 것으로 소일거리를 삼았다.

이 병사는 판서 이준민(李俊民, 1524~1590)의 손자이다. 하루는 해풍군이 갑자기 이 병사에게 말했다.

"내 속에 들은 간절한 말이 있는데 자네가 내 마음을 가련히 여겨 이를 들어주겠나?"

병사가 말하였다.

"자네와 나 사이야 젊은 시절부터 일찍이 사귀어 그 정의가 돈독함이 실로 타인에 비할 바가 아닐세. 어찌 자네의 간절하고 애틋한 사정을 받아들이지 않을 리 있겠는가? 숨기지 말고 곧 사실대로 말하게나."

해풍군은 머뭇거리면서 말을 제대로 하지 못하고 입만 벌렸다 오므렸다 한참을 하더니 말했다.

"우리 집안은 비단 여러 대를 받들어 제사할 뿐만 아니라 아울러 지존(至尊)[8]의 신위도 받들고 있는 처지일세. 그런데 나는 지금 홀아비로 아내가 없으니 기필코 제사가 끊어짐을 면치 못할 것일세. 일신의 고독함은 오히려 말할 필요도 없으나 죽은 뒤 일을 생각해 보면 실로 딱한 처지가 박절하니 어찌 가련치 아니한가. 만일 자네가 아니라면 감히 입을 열 것이 아닐세. 자네가 모름지기 내 처지를 가련하게 여겨 나를 그대의 사위로 삼는다면 어떠한가?"

병사가 이에 발칵 성을 내어 얼굴빛을 변하며 말했다.

"자네 말이 진담인가 농담인가? 내 딸아이는 이제 열다섯일세. 어떻게 자네 같은 나이 쉰에 가까운 자에게 배필을 허락하겠는가? 그 말이

---

6) 본관은 여주이며 이무인(李武仁)의 아들로 절충장군(折衝將軍)을 지냈다.
7) 장기와 바둑을 아울러 말한다.
8) 여기서는 단종을 말한다.

망령되네. 이후로는 결코 이런 말을 입 밖에 내지도 말게."

해풍군은 온 얼굴에 부끄러운 빛을 띠고 한마디도 못하고 집에 돌아와 다시는 그 병사의 집에 가 감히 함께 노닐지 못하였다.

여러 날이 지난 후에 이 병사가 베개를 베고 잠들었는데, 갑자기 문가 뜰에 시끄럽게 떠드는 소리가 났다. 멀리서 경필(警蹕)[9]하는 소리가 들리더니 한 관복을 입은 자가 문을 밀치고 들어와 병사를 일으켰다.

"지금 대가(大駕)[10]가 그대 집에 행차하셨으니 곧 문을 열고 임금을 맞으라."

병사가 크게 놀라 황망히 의관을 바로잡고 뜰에 내려가 엎드렸다. 한 소년 왕이 금으로 된 면류관을 쓰고 대청 위로 임하시어 병사에게 명하여 당하에 엎드리게 하고 가르침을 내렸다.

"정 아무개가 그대와 더불어 결친(親結)[11]하고 싶은데, 그대가 이를 거절하였다 하니, 너의 뜻은 어떠한 이유 때문인가?"

병사가 땅에 엎드려 대답하였다.

"성교(聖敎)의 가르침을 내리심에 어찌 감히 뜻을 거역할 이치가 있겠습니까마는, 다만 신의 딸은 나이 겨우 계년(筓年)[12]이 되었고 정효준은 나이 쉰에 가까우니 신의 딸보다 서른 살이나 많사옵니다. 나이가 서로 합당치 못하오니 어찌 배필이 되겠나이까?"

임금이 가르쳐 말씀하셨다.

"나이 많고 적음은 족히 비교할 바가 아니니, 사흘 이내에 곧 폐백을 드리고 혼인을 하여 짐의 명령을 어기지 말라."

---

9) 임금이 거동할 때 경호하기 위하여 통행을 금한 일이다.
10) 임금이 타는 수레이다.
11) 친분을 맺음. 혹은 사돈 관계를 맺는 것을 말한다. 여기서는 사돈관계이다.
12) 여자가 비녀를 꽂을 수 있는 나이. 곧 15세 정도의 소녀를 말하는 것으로 시집갈 나이가 되었음을 뜻한다.

그러고 환궁하시었다. 병사가 홀연히 놀라 깨니 잠자리의 한 꿈이었다. 속으로 심히 놀랍고 괴이하여 즉시 일어나 안으로 들어가니 그의 아내 또한 불을 밝히고 앉아 있거늘 병사가 꿈속의 일을 말하니 부인이 말하였다.

"첩의 꿈도 또한 그러하니 참 이상한 일입니다."

병사가 말하였다.

"이는 대수롭지 않게 넘길 일이 아닌데, 이를 장차 어떻게 하면 좋겠소?"

부인이 말하였다.

"꿈속의 일은 허경(虛境)에 불과하니 어찌 이를 믿고 가벼이 혼사를 처리하려 하십니까?"

그러하여 혼인의 의논을 파하였다.

五. 十五新婦五十郎, 長壽富貴又多男(上)

海豊君 鄭孝俊이 年이 四十三에 貧窮無依하더니 曾히 三次나 妻를 喪하고 다만 三女만 有할얏슬뿐인대 寧陽尉의 曾孫임으로써 本家를 奉祀하는 外에 쪼 魯陵과 顯德王后 權氏, 魯陵王后 宋氏의 三位 神主를 奉安하야 來하는 바 家가 赤貧함으로써 香火를 備할 途가 無하야 常히 憂苦하는 中에 在하얏는대 家에 在하면 徒히 愁亂할 뿐임으로 每日 隣居하는 李兵使 眞卿家에 赴하야 오즉 博奕으로써 逍遙의 法을 作하얏나니 李兵使는 卽 判書 俊民의 孫이더라 一日은 海豊이 猝然히 李兵使를 對하야 曰하되 我中心의 衷曲한 言이 有하니 君이 或 我의 情을 憐하야 此를 聽納함을 得할가 兵使ㅣ 曰하되 君我의 間은 早年의 宿交로써 其 情誼의 親篤함이 實로 他人의 比가 아이니 엇지 君의 衷曲한 事情을 容認치 아니할 理가 有하리오 隱諱치 말고

곳 直言하라 海豊이 囁嚅한지 良久에 曰하되 吾 家가 다만 累世奉祀
일 뿐 아니라 兼하야 至尊의 神位까지 奉安하는 處地에 我가 今에
鰥居로 妻子가 無하니 必然 絶嗣됨을 免치 못할지라 一身의 孤獨함
은 尙矣라 勿論하고 身後의 事를 思컨대 實로 情地가 迫切하니 엇지
可憫할 바ㅣ 아니리오 만일 君이 아니면 敢히 開口할 바ㅣ안이니 君은
須히 我의 情勢를 矜惻하게 思하야 我로서 君의 女婿를 作함이 何如
한고 兵使가 이에 勃然히 色을 作하야 曰하되 君의 言이 眞인가 詐인
가 我의 女는 今에 十五歲이니 엇지 可히 君과 如한 五十歲에 近한
者에게 作配함을 許할 것이리오 君 言이 妄함이니 此後로는 決코 此
等의 言을 口에 出치 말라 海豊이 滿面 羞慚하야 更히 一言을 發치
못하고 家에 歸하야 其 後로는 其 兵使의 家에 敢히 從遊치 못ᄒ더라

數日을 過한 後에 李兵使가 바야흐로 枕에 就하야 睡하더니 忽然
門庭이 喧囂하며 遠遠히 警蹕의 聲이 聞하더니 一位 官服한 者가
門을 排하고 入하야 兵使를 起하되 今에 大駕가 君家에 幸하시니 곳
門에 出하야 至尊을 迎接하라 하는지라 兵使가 大驚하야 慌忙히 衣冠
을 整하고 階에 下하야 俯伏하니 一位 少年王者가 金冕珠旒로 大廳
의 上에 來臨하야 兵使를 命하야 堂下에 伏케 하고 敎를 下하사대
鄭某가 汝로 더부러 親을 結하려 하거늘 汝가 此를 拒絶하얏다 하니
汝의 意는 如何한 理由에 依하얏나요 兵使가 地에 伏하야 對하되 聖
敎의 下에 엇지 敢히 聖旨를 違忤할 理가 有하리잇가마는 다만 臣의
女는 年이 僅히 笄年에 及하얏고 鄭孝俊은 年이 五十에 近하얏스오니
臣의 女보다 三十年이나 長하온지라 年紀가 相當치 못하오니 엇지
作配함을 得하리잇가 上이 下敎하시되 年紀의 多少는 足히 較計할
바ㅣ 아이니 三日 以內에 곳 幣를 納하고 婚을 成하야 朕의 命을 違逆
치 말라 하시고 因하야 還宮하시거늘 兵使가 忽然히 警覺하니 枕上의
一夢이라 內心에 甚히 驚怪하야 卽時 枕에 起하야 內室로 入한즉 其

夫人이 또한 燭을 明하고 坐하얏거늘 兵使가 夢中의 事로써 告하니 夫人이 曰하되 妾의 夢事도 亦然하오니 實로 怪異한 事이로다 兵使 曰하되 此가 尋常 偶然한 事가 아이니 此를 將次 如何히 하면 可할 것인가 夫人이 曰 夢中의 事는 虛境에 不過함이니 엇지 此를 信하고 輕輕히 事를 處理할 것이리오 하야 드대여 結婚의 議를 罷하얏더라.

5. 열다섯 살 신부와 쉰 살 신랑, 장수부귀하고 아들이 많구나(중)

십여 일이 지난 후에 이 병사가 또 꿈을 꾸었다. 대가(大駕)가 또 위의를 성대히 차리고 대청 위에 임하여 옥안(玉顏)이 심히 불예(不豫)[1]한 빛을 띠며 말씀하셨다.

"전에 정녕 두세 번이나 하교한 바가 있거늘 자네는 지금까지도 이를 받들어 행하지 않는 것은 무슨 까닭인고!"

병사가 황망히 땅에 엎드려 사죄하여 말했다.

"어찌 성교의 가르치심에 거역하는 바가 있겠습니까. 마땅히 헤아려 잘 생각하여 처리하겠나이다."

그러고는 꿈을 깨서 아내에게 말하였다.

"꿈이 또 이와 같으니 이는 필시 하늘의 뜻이오. 만약 하늘을 거역한다면 큰 화가 내릴지 모르니 이를 장차 어찌하면 좋겠소?"

그 처가 말했다.

"꿈의 일이 비록 이와 같으나 이치상으로는 결코 이 같지 못할 것입니다. 어찌 우리 부부의 애지중지하는 열다섯 된 딸아이를 집안의 형세가 매우 가난하고 나이도 쉰에 가까운 사람에게 짝을 지어 딸아이를 평생 그릇되게 하겠습니까? 이는 하늘이 정했건 사람이 정했건 모두 물론하고 죽을지라도 따르지 못하겠습니다."

병사가 감히 그 부인의 고집을 꺾기 어려워 일시 이를 중지하였으나 이후로는 자못 심사가 불안하여 몹시 걱정스럽고 두려워 침식이 편치 못했다. 또 십여 일 후에 대가가 꿈에 나타나서 말씀하셨다.

---

1) 임금의 몸이 편치 않음을 말한다.

"지난 번 너에게 하교한 것은 비단 하늘이 정한 인연일 뿐만 아니라, 이것이 즉 복 많은 사람이니 백 가지 이익이 있고 한 가지 해도 없다. 내가 여러 차례 하교했음에도 네가 여전히 완강히 사리에 어둡게 이를 거역하니 너의 죄는 용서받지 못할지라. 장차 큰 화를 내리겠노라."

병사가 황공하여 땅에 엎드려 사죄하여 말했다.

"전일의 죄는 어리석고 무지하여 그러한 것이옵니다. 이제는 마땅히 성교를 받들겠나이다."

그러자 다가가 또 하교를 하시었다.

"이는 너의 본심이 아니고 전부 네 처가 완강하게 고집하여 명을 받들지 않은데서 말미암은 것이니, 당장 그 죄를 다스리겠노라."

그리고 나서는 이졸(吏卒)[2]들에게 명하여 병사의 부인을 잡아온 후에 크게 형벌 도구를 펼쳐놓고 죄를 헤아렸다.

"너의 가장은 나의 명령을 따르고자 하는데, 너는 홀로 성질이 고약하고 도리에 어긋나 명을 받들지 않는구나. 마땅히 불순한 죄를 다스릴 것이라."

그리고는 형벌을 다스리는 관리에게 명하였다. 사오십 장의 태형을 가하자 부인이 머리를 땅에 두드리고 애걸하며 명 받들 것을 맹서하였다.

병사가 홀연 놀라 깨어나니 땀이 흘러 몸에 흥건하였다. 마음속으로 크게 놀라 급히 내실로 들어가 보니 부인이 또한 꿈속의 일을 말하고는 무릎을 어루만지며 앉는데, 형장의 흔적이 있었다. 병사 부부가 몹시 놀라고 두려워하여 서로 상의한 후 뜻을 결정하였다. 그다음 날 사람을 시켜 "근일에 무슨 연고로 한참을 지나도록 누추한 내 집에 오지 않았는가?"라고 해풍을 정하였다.

해풍이 사람을 따라서 오니 병사가 문밖까지 나와 맞으면서 손을 잡

---

2) 낮은 벼슬아치이다.

고 말했다.

"자네는 지난번의 일에 대하여 나에게 거절을 당했음으로 스스로 부끄러운 마음이 있어 오지 않은 겐가? 내가 요즈음 천 번 만 번 헤아려 보니 내가 아니면 자네의 홀아비로서 곤궁함을 구제해줄 사람이 없을 것 같네. 설령 내 딸아이의 평생을 그르친다 해도 단연코 자네에게 시집 보내기로 결정했네. 주단(柱單)³⁾은 특별히 서로 바랄 필요가 없고 이 자리에서 글을 써 나에게 주는 것도 무방하네."

그리고 나서 한 폭의 간지(簡紙)⁴⁾을 주어 쓰게 한 후에 그 자리에서 책력을 펼쳐 대례(大禮) 일을 정하고, 서로 정녕하게 약속한 뒤 보냈다.

해풍은 뜻밖의 즐거움에 오직 길일이 오기만을 고대하였다.

五. 十五新婦五十郎, 長壽富貴又多男(中)

十餘日을 過한 後에 李兵使가 又 夢을 得하얏는대 大駕가 坯 威儀를 盛히 하고 大廳上에 臨하야 玉顔이 甚히 不豫한 色을 帶하며 曰하되 前者에 旣히 丁寧 再三의 下敎한 바가 有하거늘 汝가 尙今까지 此를 奉行치 아니함은 何故인고 兵使가 慌忙히 地에 伏하야 謝罪하야 曰하되 엇지 聖敎의 下에 違逆할 바ㅣ 有하리잇가 맛當히 商量하야 處하려 하나이다 하고 이에 夢을 覺하야 其 妻다려 謂하되 昨夜의 夢事가 坯 此와 如하니 此는 반다시 天意이라 萬一 天을 逆하다가는 災禍가 降할는지도 未知이니 此를 將次 如何히 할고 夫人이 曰하되 夢事론 設令 此와 如하다 할지라도 事理 上으로는 決코 此와 如히

---

3) 사주단자로 혼인이 정해진 뒤 신랑 집에서 신부 집으로 신랑의 사주를 적어서 보내는 종이이다.
4) 두껍고 품질이 좋은 편지지. 흔히 장지(壯紙)로 만드는데 정중한 편지에 썼으며 같은 장지로 된 편지 봉투에 넣었다.

못할지니 엇지 我 夫婦의 愛之重之하는 十五歲의 女兒로 家勢도 赤
貧하고 年紀도 五十이나 逼近한 人에게 配를 作하야 女兒 平生을 誤
할 수 잇스리오 此는 天定이거나 人定이거나 都是 勿論하고 死할지라
도 可히 從치 못하겟나니이다 兵使가 敢히 其 夫人의 固執의 意를
奪키 難하야 一時 此를 中止하얏스느 此後로는 頗히 心事가 不安하
야 寢食이 不甘하더니 又 十餘日後에 大駕가 又 夢中에 現하야 曰하
되 向日에 汝에게 下敎한 바는 다만 天定의 緣일 뿐 아니라 此가 卽
多福한 人이니 百利가 有하고 一害가 無할지라 予가 數次 敎를 下하
얏스되 汝가 尙히 頑迷하야 此를 違逆하니 汝의 罪는 可히 赦치 못할
지라 將次 大禍를 降하리라 兵使가 惶恐伏地하야 罪를 謝하야 曰하
되 前日의 罪는 愚昧無知함에셔 由하온지라 今에는 맛당히 聖敎를
奉하겟나이다 大駕가 又 敎를 下하샤디 此가 汝의 本心이 아니라 全
혀 汝의 妻가 頑冥固執하야 命을 奉치 아니함이니 宜히 其 罪를 治할
것이라 하고 因하야 吏卒을 命하야 兵使의 夫人을 拿入한 後에 大히
刑具를 張하고 罪를 數하되 汝의 家長은 予의 命을 從코저 하거늘
汝가 獨히 頑悖하야 奉命치 아니하니 맛당히 不順의 罪를 治할 것이
라 하고 이에 刑官을 命하야 四五十 杖을 笞하니 夫人이 叩頭 哀乞하
야 奉命하기를 誓하얏는디 兵使가 忽然 驚覺함에 汗이 流하야 體에
遍한지라 心中에 大懼하야 急히 內堂에 入한즉 夫人이 坯한 夢中의
事로셔 告한 後 膝을 捫하고 坐함에 膝에 刑杖의 痕이 有한지라 兵使
의 夫妻가 甚히 驚懼하야 이에 相議한 後 意를 決하고 其 翌日에 人으
로 하야곰 海豊을 請하야 曰하되 近日에 何故로 多日을 經하도록 鄙
處에 來臨치 아니하나냐 한즉 海豊이 곳 人을 隨하야 來하얏더라 兵使
가 戶外까지 出迎하야 手를 執하고 曰하되 君이 前日의 某事에 對하
야 我에게 拒絶을 當하얏슴으로 自愧의 心이 有하야 來치 아니ᄒ얏는
가 我가 近日以來로 千思萬量한 則 我가 아니면 君의 孤獨窮困함을

救할 者이 無하겟기로 設令 我 女의 平生을 誤할지라도 斷然코 君에게 送歸하리니 柱單은 特히 相請할 必要가 無하고 此 席에서 書ㅎ야 我에게 與홈도 無妨하다 하고 이에 一幅의 簡紙를 與하야 書케 한 後에 又 其 卽席에셔 曆을 披하야 大禮의 日을 擇하고 丁寧히 相約하야 送하얏ᄂ대 海豊은 喜가 望外에 出하야 오즉 吉日이 來하기만 苦待하얏더라.

5. 열다섯 살 신부와 쉰 살 신랑,
   장수부귀하고 아들이 많구나(하)

다음 날 아침에 병사의 딸이 잠자리에서 일어나더니 어머니에게 말했다.

"지난밤 꿈이 매우 기이하옵니다. 아버님의 친구 정 생원이 갑자기 용으로 변하더니 저를 향해 '너는 나의 아들을 받으라'고 하였습니다. 소녀가 치마폭을 펼쳐 작은 용 다섯 마리를 받았는데 치마폭 위에서 구물구물했어요. 한 마리 용이 갑자기 떨어져 목이 부려져 죽은 것을 보았으니 어찌 괴이하지 않나요?"

병사 부부가 이 말을 듣고 심히 이상하게 생각하였다.

그 딸이 정씨 집안에 들어간 후로 해마다 자식을 낳았는데 남자아이만 다섯이었다. 아이들이 장성하여 차례로 등과하였으니, 장남과 이남은 지위가 판서(判書)에 이르렀고, 삼남은 대사간(大司諫)에 이르렀으며, 사남과 오남은 옥당(玉堂)[1]에 이르렀다. 또한 그 손자가 해풍의 생전에 과거에 급제하였다. 해풍은 다섯 아들이 과거에 급제함으로써 한 품계를 더하여 아경(亞卿)[2]에 이르렀다. 90여 세에 돌아가셨으며 손자들과 증손들이 앞에 가득했으니 그 복록의 성대함이 세상에 비할 자 드물었다.

그 후에 오남이 서장관(書狀官)[3]으로 연경(燕京)에 갔다 돌아오는 길에 병으로 죽었다. 과연 그 꿈속의 일과 꼭 들어 맞았다.

---

1) 홍문관(弘文館)을 말한다.
2) 종2품 벼슬을 높여 이르던 말. 정2품 벼슬을 이르는 경(卿)에 버금간다는 뜻이다.
3) 외국에 보내는 사신을 따라 보내던 임시 벼슬인 기록관이다.

해풍이 처음 아주 궁핍했을 때 마침 아는 친구 집에 갔다가 한 술사(術士)를 만났다. 좌중의 여러 사람이 일일이 자신들의 앞길을 물었는데 해풍만 홀로 말하지 않으니 주인이 말했다.

"이 사람 관상 보는 법이 신이하여 백발백중인데 한 번 관상을 보는 게 어떠하오."

해풍이 말했다.

"빈궁한 사람의 운명과 재산이 많이 어그러졌으니 관상 보았자 무슨 이로울 게 있겠소?"

술사가 해풍을 한참 응시하더니 말했다.

"저분은 누구인지 알지 못하나 지금은 비록 곤궁하지만 다른 날 복록이 무궁하여 가히 먼저 곤궁한 후에 형통하여 오복(五福)[4]을 두루 갖춘 상이라 할만합니다. 이 자리에 있는 사람들은 저분에 미치지 못할 것입니다."

그 후에 과연 그 술사 말과 꼭 같았다.

해풍이 처음 아내를 얻었을 때 초례(醮禮)날 저녁, 꿈에 한 사람의 집에 들어갔는데 곧 당상(堂上)에 배설한 것이 하나같이 혼례 차림이었는데, 다만 신부가 없었다. 해풍이 꿈을 깨 의아하게 생각했다.

오래지 않아 아내를 잃고 재혼하는 날 밤, 꿈을 꾸었다. 그 집에 또 들어갔는데 처음 혼인하던 때 꿈의 일과 털끝만큼도 차이가 없었다. 그 후에 또 처를 잃고 세 번째 혼인하던 저녁에 또 그 집에 들어간 즉 전일의 꿈처럼 혼례 의식인데 이른바 신부가 아직도 강보(襁褓)[5]를 벗어나지 못하였다. 또 오래지 않아 상처를 하고 이 병사의 딸을 취하여 그 용모를 보니 곧 세 번째 혼인할 때 꿈속에서 본 강보의 아이였다.

---

4) 수(壽), 부(富), 강녕(康寧), 유호덕(攸好德), 고종명(考終命) 등 다섯 가지 복이다.
5) 포대기이다.

이로 보면 모든 일이 '모두 전생에 정해진 인연이 있다' 하는 것이 실로 꾸며낸 말이 아니라 하겠다. 이 병사의 꿈속에 나타난 임금은 단종 이라고 하더라.

五. 十五新婦五十郎, 長壽富貴又多男(下)

其 翌日에 朝에 兵使의 女가 起寢하야 其 母에게 言하되 昨夜의 夢事가 甚히 奇異하니 父親의 親友되는 鄭生員이 忽然히 化하야 龍이 되야 小女를 向하야 曰하되 汝가 我의 子를 受하라 하기에 小女가 裳幅을 開ᄒ고 小龍 五個를 受ᄒ엿는디 裳幅 上에서 蜿蜿蛇蛇하더니 一小龍이 忽然 地에 落하야 項이 折하야 死함을 見하얏스니 엇지 怪異치 아니하리잇가 兵使의 夫婦가 其 言을 聞하고 甚히 奇異하게 思하엿더니 其 女가 鄭門에 入한 後로 逐年 生産을 爲하야 一胎에 男子 五人을 得하얏는대 其 長成함에 及하야 次第로 科에 登하야 長男 二男은 位가 判書에 至하고 三男은 位가 大司諫에 至하고 四男 五男은 玉堂을 卜하얏고 又 其 孫이 海豊의 生前에 登第하얏스며 海豊은 五子의 登科로써 一資를 加하야 位가 上卿에 至하고 享年이 九十餘에 孫曾이 前에 滿하야 其 福祿의 盛함은 世에 罕比할만치 되얏더라 其後에 第五男이 書狀으로써 燕에 赴하얏다가 中途에서 病死하얏는대 果然 其 夢中의 事와 符하얏더라 海豊이 最初 貧窮홀 時에 맛침 知舊의 家에 往하얏다가 一術士를 逢하얏는디 座中의 諸 人이 一一히 其 前程의 休咎를 問하얏스되 海豊이 獨히 言치 아니하니 主人이 謂하되 此人은 相術이 神異하야 百發百中하는 터이니 一次相을 觀함이 何如하뇨 한즉 海豊이 答하되 貧窮한 人이 命途가 多舛하니 觀相한들 何益이 有하리오 術士가 海豊을 熟視하더니 曰하되 這位가 是 誰인지 未知이나 今에는 비록 貧窮할지도 他日의 福祿이 無窮하야 可謂先

窮後達로 五福이 俱全할 相이니 座上의 人이 能히 企及할 바 l 아니
라 하더니 其 後에 果然 其 言과 符하얏더라 海豊이 初娶할 時에 醮禮
의 夕에 夢에 一人의 家에 入한 則 堂上의 排設한 것이 一一히 婚娶의
儀와 如한데 堂中에 新婦가 無한지라 海豊이 夢을 覺하야 甚히 怪異
하게 思하얏더니 未幾에 妻를 喪하고 又 再娶하든 夜에 또 夢을 得하
얏는디 其 家에 入한즉 前日 初娶하든 時의 夢事와 小毫도 異치 아니
하더니 其 後에 又 妻를 喪하고 三娶하든 夕에 又 夢에 其 家를 入한
則 前日의 夢事와 如한데 所謂 新婦라 하는 것이 尙히 襁褓를 脫치
못하얏는지라 又 未幾에 妻를 喪하고 及 其 李兵使의 女를 娶하든
時에 其 容貌를 見한즉 卽 三娶의 時에 夢中에서 見하든 襁褓의 兒이
라 此로써 觀하면 凡事가 다 前定의 緣이 有하다 하는 것이 實로 不誣
의 言이라 하겟스며 李兵使에게 顯夢하든 君上은 端宗이라 云하니라.

6. 세 명의 여자가 한 지아비 섬기니,
이것은 하늘이 정해준 인연이라네(상)

유생(柳生) 아무개는 본래 경성 사람이다. 이른 나이에 문명이 있어 스무 살에 진사(進士)를 하였으나 가세가 빈곤함으로 수원(水原)으로 이사 가서 살았다. 그 아내 남씨(南氏)는 재색을 갖춘 아름다운 여인으로 바느질로 생활을 꾸렸다.

하루는 문밖에서 왁자지껄 떠드는 소리가 들렸다. 한 여자가 검무(劒舞)를 잘한다 하는지라 유생이 뜰 안으로 불러들여 재주를 시험하여 보았다. 그 여자가 부인 남씨를 한참 응시하더니 돌연히 대청에 올라가 안고는 크게 곡을 하였다. 유생이 그 까닭을 알지 못하여 그 아내에게 물어보니 "일찍이 본적이 있습니다."라 대답하고 여자는 검무도 추지 않았다. 여러 날을 머무른 후에 돌려보냈다.

대엿새가 지나 유생이 바깥을 바라보니 길 위에 가마 석 대를 말이 끌고 앞에는 계집종이 역시 말을 탔는데 뒤따르는 다른 사람은 없고 곧장 그의 집으로 향하였다.

유생이 매우 의심스러워 사람으로 하여금, '어디에서 오는 내행(內行)[1]인데 우리 집에 잘못 오느냐'고 물었으나 대답도 하지 않고 곧장 안에 들어와 교자를 안뜰에 내리고 사람과 말은 모두 바깥마당으로 나가 여관으로 갔다. 유생은 더욱 괴이하고 의아하여 그 안사람에게 물으니, "이 뒤에 알게 될 겁니다." 하였다.

이날부터 저녁밥상의 그릇붙이가 산뜻하고 깨끗하며 생선과 육류가 모두 갖추어졌다. 유생은 또 아내에게 물으니, "배불리 드시고 억지로

---

1) 여행길에 나선 부인네를 일컫는 말이다.

묻지는 마세요. 그리고 며칠 동안은 안채에 들어오지도 마세요." 하였다.

　유생은 의심스러울 따름이었다. 하루는 안사람이 글을 내와 갑자기 서울로 올라가기를 재촉하였다. 유생이 괴이하게 여겨 중문간에서 보기를 청하여 얼굴을 대하고는 물었다.

　"내행은 어디에서 왔으며, 조석의 공급은 어째서 전일에 비하여 풍성하고 깨끗하며 또 나에게 서울행을 재촉함은 무슨 까닭이오?"

　남씨가 말했다.

　"이에 관한 사실은 다 다음에 알려드릴 것입니다. 서울행에 쓰일 사람과 말에 대해서는 반드시 괘념하실 필요 없습니다. 다만 길을 떠나시기만 하세요."

　유생이 몹시 의아스러우나 처가 하라는 대로 하였다. 다음 날 세 개의 가마가 전처럼 말을 멍에 지우고, 유생 자신이 탈 말도 안장을 갖추어 와서 기다리고 있었다. 유생이 부득이 말을 타고 일행을 따라 갔다. 서울 남대문에 도착하여 회동(會洞)[2]으로 들어가, 한 큰 저택 안 뜰에 도착했다. 유생은 중대문(中大門) 밖에서 말을 내려 사방을 둘러보니 곧 빈집의 한 구석이었다. 바깥 대청에는 돗자리를 깔고 서책, 붓과 벼루 등의 문방제구가 잘 정리되어 좌우에 벌려 있었다. 관을 쓴 자 여러 명이 있는데 마치 청지기 같은 모습을 하고 노복 네댓 명이 뜰에 들어와 예를 갖춰 인사하기에 유생이 물었다.

　"너희들은 누구냐?"

　"노자(奴子)[3]이옵니다."

　"이 댁은 누구의 집이냐?"

　"진사님 댁이옵니다."

---

2) 지금의 서울특별시 중구의 남서쪽에 위치한 동이다.
3) 사내종이다.

"여기 좌우에 갖춘 물건들은 누구를 위한 것들이냐?"

"모두 진사님께서 쓰실 물건들입니다."

유생이 이러한 까닭을 헤아릴 수 없어 홀로 우두커니 앉아있었다. 저녁을 먹고 밤이 깊은지 오래되었다. 그 부인이 글을 보냈는데 "오늘 밤 한 미인이 올 것이니 외로운 나그네의 마음을 위로하세요."라 쓰여 있었다.

유생은 우스갯소리로 여길 뿐이었다.

청지기들이 나가자 안에서 한 쌍의 갈래머리를 한 계집종이 한 절세 미인을 감싸고 와 촛불 아래에 앉히고 곧 침구를 폈다. 유생이 그 연유를 풀지 못하여 "어느 곳에 사는 미인인데 나와 동침을 원하는 게요?" 물었으나 미인은 미소만 지을 뿐 대답하지 않았다. 유생은 그 까닭이 어떠한가는 알지 못하지만, 이미 부인 편지가 있었고 또 미인을 보니 품고 싶은 정을 자제하기 어려웠다. 드디어 그 여인의 옥 같은 손을 잡고 사랑을 나눌 비단 이불로 들어가 어수지락(魚水之樂)[4]을 다하였다.

六. 三個女娘事一人, 此 是人間天定緣(上)

柳生某는 本 京城人이라 早年에 文名이 有하야 二十에 進士하얏스나 家勢가 貧困함으로 水原에 移寓함에 其 妻 南氏가 才色이 俱美하야 針線으로 資生하더니 一日은 門外에셔 喧傳하되 一 女子가 有하야 劍舞를 善히 한다 하는지라 柳生이 內庭으로 招入하야 試藝케 하더니 其 女子가 南氏를 熟視하다가 突然히 廳에 上하야 抱住大哭하는지라 柳生이 其 故를 莫知하야 其 妻다려 問한즉 曾所面識이라 答하고 劍舞를 試치 아니하고 數日을 留한 後에 送歸하얏더니 越 五六

---

4) 고기가 물을 만난 즐거움으로 부부나 남녀가 매우 사랑하는 것이다.

日에 柳生이 外邊을 望見한 則 街上에 新轎 三臺에 馬를 駕하고 前頭
에 女婢 二人이 亦是 馬를 騎하얏는디 後에 他陪行은 無하고 直히
其 家로 向하거늘 柳生이 甚疑하야 人으로 하야곰 何來內行이 吾 家
로 誤入하나냐 하고 問하되 答치 아니하고 直히 入內하야 轎子는 內
庭에 下하고 人馬는 다 外庭으로 出하야 店舍로 往하는지라 柳生이
더욱 怪訝하야 其 妻에게 問한즉 終當知之라 答하더니 伊日 夕飯으로
부터 器皿이 鮮潔하며 水陸이 備陳이라 柳가 또 其 妻다려 問한즉
다만 飽食만 하고 强問치 말며 또 數日間은 入內치도 말느 하는지라
柳生이 疑惑할 따름이더니 一日은 其 妻의 內書가 出하야 忽然 京行
하기를 促하거늘 柳生이 其 妻를 中門으로 請하야 面會하고 問하되
內行은 何로 從하야 來하얏스며 飮食은 如何히 하야 豊潔하며 또 我
다려 洛行을 促함은 何故이뇨 南氏가 謂ᄒ되 本事實은 다 次第로 告
知하려니와 京行 人馬까지도 반다시 掛念할 것이 無하니 다만 治行만
ᄒ소셔 柳가 甚訝하나 아즉 其 所爲디로 任하더니 翌日에 三轎子가
依然히 馬를 駕하고 自己의 乘할 馬도 鞍을 具하야 來待한지라 柳生
이 不得已 馬에 上하야 一行을 隨去하더니 京城 南大門內에 至하야
는 會洞으로 入하야 轎子가 엇던 大家 內庭으로 入하는지라 自己는
中門外에셔 下馬하야 四面을 環視하니 곳 空宅一區라 外廳에는 鋪筵
設席하고 書冊筆硯 等의 文房諸具가 整整齊齊히 左右에 排列하얏고
冠者 數人이 有ᄒ대 傔從樣과 如하고 奴僕 四五名이 入庭 現謁하는
지라 柳生이 問하되 汝等은 何人이뇨 對하되 奴子니이다 柳가 又 問
하되 此는 誰宅이뇨 曰進士宅이니이다 諸般 鋪設은 誰를 爲함이뇨
曰 進士主需用物이니이다 柳가 其 故를 莫測하야 다만 兀然히 孤坐
하얏더니 夕飯을 畢하고 夜久함에 其 夫人 內書에 하얏스되 今夜에
맛당히 一 美人이 來하리니 孤寂한 客懷를 慰하라 하얏는지라 柳生이
戲言으로 知하얏더니 而已오 僕從이 出外하고 內로부터 一雙 丫鬟이

一個의 絶對美人을 擁至하야 燭下에 坐하고 곳 寢具를 舖하거늘 柳生이 其 由를 解치 못하야 問하되 何許美人이완대 我와 同寢함을 願하나뇨 美人이 微笑할 짜름이오 答치 아니하는지라 柳生이 其 事由의 如何는 不知하나 旣히 夫人의 內書가 有하고 且 美人을 相對함에 芳情의 動함을 自制키 難하야 드듸여 其 玉手를 携하고 雲雨의 衾으로 入하야 魚水의 樂을 盡하얏더라.

6. 세 명의 여자가 한 지아비 섬기니, 이것은 하늘이 정해준 인연이라네(하)

다음 날 아침 부인 남씨가 다시 글을 써 새로운 사람을 얻음을 하례하고 또 말하였다.

"오늘 밤에 또 다른 미인을 보내겠습니다."

그날 밤이 되니 시비들이 전날 밤처럼 한 미인을 부축하여 나오는데, 자세히 살펴보아도 어제 그 미인이 아니었다. 유생은 또 새로운 여자와 더불어 운우지락을 보냈다.

또 그다음 날 아침에 남씨가 글을 보내 축하하였다.

오후가 되자 문밖에서 갑자기 갈도(喝道)[1]하는 소리가 나며 한 종이 들어와 알렸다.

"권 판서 대감께서 행차하십니다."

유생은 깜짝 놀라 숨이 멎을 듯하여 마루를 내려와 두 손을 마주잡고 섰다. 조금 있으니 한 백발의 노 재상이 초헌(軺軒)[2]을 타고 들어와, 유생을 보자 흔연히 손을 잡고 마루에 올라가 좌정하였다.

유생이 물었다.

"대감께서는 어느 존귀한 분이신지 모르겠습니다. 소생은 한 번도 뵌 일이 없습니다. 어떻게 오셨는지요?"

권 판서가 웃으면서 말했다.

"그대는 아직도 번화한 꿈을 깨지 못하고 있군. 내가 말해 주겠네. 자네처럼 좋은 팔자는 예로부터 지금까지 드물 것일세. 연전에 자네의

---

1) 지체 높은 사람이 행차할 때 구종(驅從)이 소리를 질러 일반인의 통행을 금하던 일이다.
2) 종2품 이상의 벼슬아치가 타던 수레이다.

장인 댁이 우리 집, 또 역관 현 지사(玄知事)의 집과 서로 담을 격하고 있었지. 그런데 같은 해, 같은 달, 같은 날에 일시에 세 집에서 딸을 낳았으니 기이한 일이네. 각자 여덟아홉 살이 되자 그 덕성과 용모, 언어와 동작이 막상막하이며 또 그 심지가 서로 합하여 세 낭자가 서로 떨어지지 않으며 왕래하고 놀더니 저희들끼리 맹서하기를 장차 시집갈 때에는 함께 한 사람을 섬기기로 굳게 약속하였다네. 이런 사실을 나도 알지 못하였고 다른 집에서도 모두 몰랐었지. 그 후 자네 장인 댁이 다른 곳으로 이사가 소식을 들을 수 없었네. 내 딸은 측실 소생일세. 나이가 계년(笄年)[3]에 이르자 혼사를 의논하면 죽기로 저항하며 원치 않으며 다만 말하기를 '이미 전에 한 약속이 있으니 아무개 낭자를 따라 한 사람을 섬길 것이라' 하네. 현가(玄家)의 딸아이 또한 이와 같이 말하였네. 내가 딸아이를 여러 방법으로 꾸짖기도 하고 회유해 보기도 했으나 끝내 마음을 돌리지 못했네.

그러는 사이에 시나브로 세월이 흘러 스물다섯 살이 넘었어도 여전히 시집을 가지 못했지. 예전에 들으니 현가의 딸이 검기(劍技)를 배워 남장을 하고 팔방을 유람하며 그대의 장인 댁을 찾으러 다닌다는 소리를 들었네. 이제 수원 땅에서 그대의 집을 찾은 후에, 우리 딸에게 통지하여 약속을 하고는 자네의 부인 남씨와 상의하여 이와 같이 한 거라네.

그저께 밤에 왔었던 미인은 현 지사의 딸이요, 어젯밤에 온 미인은 이 늙은이의 딸이라네. 가사(家舍), 노비, 집물, 서책 및 전토 등은 나와 현 지사가 균등히 자금을 내었네. 자네 평생에 충분할 만큼 될 것일세. 자네는 하루아침에 두 미인과 재산을 얻었으니 옛날의 양소유(楊少遊)[4]

---

3) 여자가 비녀를 꽂을 수 있는 나이. 곧 15세 정도의 소녀를 말하는 것으로 시집갈 나이가 되었음을 뜻한다.
4) 서포(西浦) 김만중(金萬重)의 소설 『구운몽(九雲夢)』의 주인공이다. 그는 8선녀를 거느리고 부귀와 영화를 마음껏 누렸다.

라도 이보다 더 하지는 않을 걸세. 자네는 정말 좋은 팔자일세."

유생이 듣기를 마치니 꿈을 처음 깬 것 같아 심히 기이하여 가만히 속으로 탄식하였다. 권 판서가 즉시 하인에게 현 지사를 청하여 오라고 시켰다. 조금 있으니 한 노인이 아관(峨冠)⁵⁾에 넓은 띠를 두르고 허리를 구부리고 왔다.

이에 큰 잔치를 열어 종일토록 즐거움을 다하고 헤어졌다.

권 판서는 즉 권대운(權大運, 1612~1699)⁶⁾이다.

유생은 이로부터 일처 이첩으로 한 집에서 화락하였다.

여러 해가 지나 하루는 유생의 처가 남편에게 말했다.

"지금 조정을 보니 당인(黨人)⁷⁾이 득세합니다. 권 판서는 이때 나랏일을 담당하던 자이라 근일의 일은 멸륜(滅倫)의 일 아닌 것이 없습니다. 오래지 않아 반드시 패하게 될 것인데, 패하게 되면 두렵게 화가 미칠 우려가 있습니다. 그러니 스스로 일찍 고향으로 내려가 은거하여 화를 면할 계책으로 삼는 것이 좋을 듯합니다."

유생은 그 말에 따라 가산을 팔아 처첩을 거느리고 고향에 있는 집으로 내려온 이후 다시는 서울에 들어가지 않았다. 갑술년에 왕비가 복위되시고⁸⁾ 당인이 모두 주찬(誅竄)⁹⁾되었다. 권대운 또한 그 속에 들어갔으나 유생만이 유독 연좌의 죄에서 벗어나니 남씨는 실로 앞을 내다보는 부인이다.

---

5) 예전에, 높은 벼슬의 관리가 쓰던 관이다.
6) 숙종 때 예조판서·병조판서, 우의정에 승진했다. 남인의 중심적 인물로 처신했다. 기사환국으로 영의정에 등용, 서인 영수 송시열을 사사하게 했다. 검소, 청렴해 명망이 높았다.
7) 여기서는 남인이다.
8) 인현왕후(仁顯王后, 1667~1701)이다. 숙종 7년(1681)에 왕비가 되었으나, 장 희빈의 농간으로 폐위되었다가 1694년 갑술환국으로 다시 복위되었다.
9) 형벌(刑罰)로 죽이거나 귀양 보내거나 하는 일이다.

六. 三個女娘事一人, 此 是人間天定緣(下)

明朝에 夫人 南氏가 更히 書로써 新人을 得함을 賀하고 又 曰하되 今夜에 또 맛당히 他 美人을 換送하겟노라 하얏더라 其 夜에 至하니 侍婢가 昨宵와 如히 一美人을 携出하거늘 다시 審視하야도 其 美人이 아니라 柳生이 또 더부러 雲雨의 樂을 遂하얏더니 又 其 翌朝에 南氏가 書로써 賀하고 午時에 至하야 門外에 喝道聲이 出하며 一隷가 入告하되 權判書大監이 行次하신다하는지라 柳生이 一驚을 喫하고 堂에 下하야 拱立하니 俄而오 一白髮老宰가 軺軒을 乘하고 入來하야 柳生을 見하고 欣然히 手를 握하고 堂으로 上하야 坐를 定하는지라 柳生이 問하되 大監은 何許 尊貴하신 人이신지 未知하거니와 生이 一次도 承顔한 事가 無하거늘 엇지 來訪하시니잇고 權判書가 笑하되 君이 尙此 繁華의 夢을 未醒하얏도다 吾가 試言하리라 君과 如한 好八字는 古今에 罕有라 年前에 君의 聘宅이 吾 家와 또 譯官 玄知事家로 더부러 隔墻하야 同居하얏는대 同年月日에 三家가 一時에 女兒를 生産하니 實로 奇異한 事이라 各히 八九歲에 至함에 其 德性과 容貌와 言語動作이 莫上莫下하고 又 其 心志가 相合함으로 三個女娘이 須臾를 相離치 아니하고 互相 往來 遊戱하더니 渠輩가 셔로 矢心하기를 將來 出嫁할 時에는 共히 一人을 事하기로 牢約하얏셧는디 我도 不知하고 彼家에서도 亦 皆知치 못한지라 其 後에 君의 聘家가 他所로 移居함에 聲息이 相通치 못하더니 吾 女는 곳 側生이라 年이 及笄하기로 議婚코져 한즉 抵死하고 願치 아니하며 但 曰하되 旣是 前約한 것이 有하니 某 娘子를 從하야 一人을 共事하리라 하고 玄家의 女子도 또한 如是하다 云하는지라 我가 女兒를 百方으로 責之諭之하되 맛침너 回心치 아니하기로 荏苒 二十五歲를 過하기에 至하도록 尙히 適人치 못하고 向者에 聞한 則 玄女는 劍技를 學하야

男服을 着하고 八方으로 周遊하야 將次 君의 聘家를 訪한다 하더니
更聞한즉 水原地方에서 君家를 搜得한 後 吾 女에게 通知하야 約束
을 結하야 가지고 君의 夫人 南氏와 相議하야 如斯한 擧에 出한 것이
라 再昨夜에 出來한 美人은 卽 玄知事의 女이오 昨夜에 出來혼 것은
卽 老夫의 女兒이며 家舍奴婢 什物書冊 田庄 等은 我와 玄翁이 均等
히 資金을 出하야 君의 平生에 自足할만치 設備 排置한 것이니 君이
一朝에 兩美人과 財産을 得하얏스니 古時의 楊少遊라도 能히 過치
못할지라 可謂 好八字로다 柳生이 聽罷에 夢을 初覺함과 如하야 甚
히 其 奇異함을 暗嘆하더니 權判書가 卽時 下人을 送하야 玄知事를
請邀함에 居無何에 一老人이 峨冠博帶로 傴僂히 來하ᄂᆞᆫ지라 이에 一
大宴을 設하야 終日토록 歡을 盡하고 다 罷歸하얏ᄂᆞᆫᄃᆡ 權判書ᄂᆞᆫ 卽
權大運이러라 柳生은 此後로부터 一妻二妾으로 同室和樂하야 數年
을 經過하더니 一日은 南氏가 謂하되 現今 朝廷에서 黨人이 勢를 執
하니 權判書ᄂᆞᆫ 伊時 當局한 者이라 近日의 事가 無非滅倫인즉 不久
에 반다시 敗하리니 敗하면 恐컨ᄃᆡ 禍及할 慮가 有하지라 일즉이 下
鄕[10]隱處하야 免禍할 策을 爲함만 不如하다 하니 柳生이 其 言을 從
하야 다 家舍什物을 賣하고 妻妾을 携伴하고 鄕第로 下京한 後에 다
시 入京치 아니하더니 甲戌年에 坤殿이 復位하시고 黨人이 다 誅竄함
에 權大運이 ᄯᅩ한 其 中에 入하얏스나 柳生이 獨히 收坐의 律을 脫하
니 南氏ᄂᆞᆫ 實로 先見이 有한 夫人이더라.

---

10) 원문에는 '卿'으로 되어 있다. 문맥을 고려하여 '鄕'으로 바로 잡았다.

7. 신령스런 점쟁이 능력 귀신이 하는 바를 알고
사악한 귀신 감히 바른 사람을 범하지 못하네

백사(白沙) 이항복(李恒福, 1556~1618)[1]은 문학, 지혜와 덕행, 명예와 절제를 겸비하여 당시에 제 일인자로 받들었다. 어릴 때 아무개 재상의 아들과 함께 한 동리에서 살며 사귐이 매우 친밀하였다. 날마다 어울려 놀더니 그 사람이 아무런 빌미도 없이 여러 해 고질병에 걸려 백약이 무효하여 반드시 죽을 지경에 이르렀다. 그 아버지가 다른 자녀는 없고 오직 이 독자만 있기에 밤낮으로 근심하고 탄식하여 의원을 찾고 점쟁이에게 앞으로 운세의 좋고 나쁨을 묻는 등 이르지 않는 곳이 없었다.

하루는 사람의 생사를 잘 맞춰 당시 이름난 점쟁이라고 칭하는 맹인을 찾아내었다. 곧 말을 보내어 맞아 온 뒤에 그 아들의 길흉을 점치라 하였다. 그 맹인이 점을 치다가 고개를 숙이고 작은 소리를 읊조리기를 한참동안 하더니 말했다.

"이 병은 반드시 불행하여 금년 아무 달 아무 시에 마침내 사망할 것입니다. 설령 편작(扁鵲)[2]이 다시 살아난다 해도 구하지 못합니다."

이러거늘 그 아버지가 통곡하며 슬프게 물어보았다.

"혹 구할 방법이 없는가? 밝은 가르침을 바라네."

점쟁이가 말했다.

"다만 한 가지 방법이 있기는 하나 이것은 말하지 못하겠습니다."

---

1) 자는 자상(子常). 호는 백사(白沙)·필운(弼雲). 임진왜란 때 병조 판서로 활약했으며, 뒤에 벼슬이 영의정에 이르렀다. 광해군 때에 인목 대비 폐모론에 반대하다 북청(北靑)으로 유배되어 죽었다. 저서에 『백사집(白沙集)』, 『북천일기(北遷日記)』, 『사례훈몽(四禮訓蒙)』 따위가 있다.

2) 중국 전국 시대의 명의이다.

그 아버지가 구할 방법이 있다는 말을 듣고 더욱 애걸하니 점쟁이가 말하였다.

"만일 말하면 내가 반드시 죽을 것이니 어찌 내가 남을 위하여 대신 죽겠습니까."

그 아버지가 오히려 간절히 방법을 구하기를 그치지 않으니 점쟁이가 안색이 변하여 말하였다.

"주인장의 요구가 실로 무리하며 인정이 아니오. 삶을 좋아하고 죽음을 싫어하는 것은 인지상정이거늘, 주인장이 아들을 위하는데 나만 유독 내 자신을 위하지 않겠소. 이 일은 다시 말하지 마시오."

그 아버지가 어찌하기가 어려워 다만 통곡할 뿐이었다. 그 병자의 처가 이 말을 듣고 안에서 칼을 가지고 돌연히 와서 점쟁이의 머리를 잡고 말하였다.

"나는 병자의 아내요. 지아비가 죽는다면 나도 따라 죽기로 결심하였소. 당신이 만일 점괘를 알지 못하여 말하지 않으면 그만이지만 이미 점괘를 풀어 구할 방법이 있다고 말하면서 자기가 죽는다고 말하지 않으니, 내가 듣지 못하였으면 그만이지만 이미 들어 알고서야 어찌 당신을 돌아가게 놓아두겠소. 내가 이 칼로써 당신을 찔러 죽이고 나도 또한 자살하겠소."

그러고는 칼을 그 목에 대니 점쟁이가 크게 놀라 말하였다.

"옛말에 사불급설(駟不及舌)[3]이라더니 바로 이를 말함이로구나. 말하리니 나를 놓아주시오."

그 부인이 손을 놓으니 점쟁이가 말하였다.

"이항복이라는 자가 있소?"

---

3) 네 마리 말이 끄는 빠른 수레도 사람의 혀에는 미치지 못한다는 뜻으로 소문은 빨리 퍼지므로 말조심하라는 말이다.

그 아버지가 말하였다.

"우리 이웃에 있는 아이의 벗이네만."

점쟁이가 말하였다.

"금일부터 이 사람을 맞아 병자와 함께 거하여 잠시도 서로 떨어지지 못하게 하면 아무 날을 지나서 병이 자연 쾌유할 것입니다. 그러나 나는 이날 반드시 죽을 것이니 내 처자를 잘 거두어 한집안 식구처럼 여겨주십시오."

그러고 곧 작별 인사를 하고는 갔다. 그 아버지가 즉시 백사를 청하여 맞아서는 전후 사실을 갖추어 말하고 병자와 함께 거하기를 요청하였다. 백사가 이를 허락하고 그날부터 곧 와서 머물러 병자와 함께 일상생활을 함에 잠시도 떨어지지 않았다.

어느 날 밤 삼경에 음산한 바람이 방으로 불어오더니 촛불이 흔들렸다. 병자는 숨 쉬는 것이 거칠고 정신이 아득해지더니 죽은 듯이 인사불성이 되었다. 백사가 그 곁에 누웠다가 잠깐 보니 완연히 촛불 그림자 아래 얼굴이 흉한 한 귀신이 검을 잡고 서서 백사의 이름을 부르고 말하였다.

"너는 병자를 내놓아라."

백사가 말하였다.

"무슨 이유로 병자를 내놓으라고 하느냐?"

귀신이 말했다.

"이 사람은 나와 전생에 묵은 원한이 있으니 오늘 밤에 원수 갚을 기회라. 만일 이 시기를 놓치면 어느 해 어느 때에 원수를 갚을지 알지 못하니, 원컨대 빨리 내놓아라."

백사가 말했다.

"이미 이 아들을 나에게 부탁하였으니 어찌 너에게 내어 주겠는가."

귀신이 말했다.

"네가 만일 내놓지 않으면 내가 너까지 함께 죽이리라."

백사가 말하였다.

"죽으면 그만이거니와 내가 죽기 전에는 결코 너에게 내주지는 않으리라."

귀신이 이에 크게 성내어 검을 잡고 백사의 앞으로 가 곧장 찌르려 하다가 갑자기 뒤로 물러서며 칼을 던지고 엎드려, "원컨대 대감은 저의 정상을 가련히 여겨 이 사람을 내어 주소서." 하니 백사가 말하였다.

"네가 나는 어찌 죽이지 않느냐?"

귀신이 말하였다.

"대감은 국가의 동량이라. 이름이 죽백(竹帛)[4]에 드리울 것이니 어찌 감히 해치겠소. 병자를 내주기만 원하오이다."

백사가 말했다.

"나를 죽이는 것 외에는 다른 방도가 없느니라."

그러고는 병자를 껴안으니 이미 닭이 새벽을 알렸다. 귀신이 이에 크게 곡하고 "이제 원수를 갚지 못하니 어찌 원망치 않으리오. 이것은 반드시 아무개 맹인이 가르쳐 준 것이니 내가 이 사람에게 원한을 풀리라." 하고 언뜻 보이다가 바로 없어졌다.

이때 병자가 혼절하여 오래되었다가 따뜻한 물을 입에 흘려 넣으니 겨우 소생하였다. 다음 날 아침에 사람을 시켜 점쟁이 소식을 알아보려 하니, 문 앞에 벌써 점쟁이의 부고가 도착하였다. 주인집에서 슬픔을 이기지 못하여 처음부터 마칠 때까지 장례비용을 후하게 지급하고 그 처자를 거두어 주었다.

---

4) 대나무쪽이나 비단 등에 쓴 글이나 책. 여기서는 역사에 이름을 올리는 것을 말한다.

七. 靈卜能知鬼所爲, 邪孽不敢犯正人

白沙 李恒福이 文學才智와 德行名節이 兼備하야 當時에 第一人으로 推하더니 少時에 某 宰相의 子로 더부러 同閤하야 居하며 又 交誼가 甚히 親密하야 日復日 셔로 交遊하더니 其 人이 無何의 祟로 積年沈痼하야 百藥이 無效홈이 必死乃已홀 境에 至혼지라 其 父가 無他子女하고 오즉 此 獨子를 有하얏슴으로 晝夜 憂嘆하야 迎醫問卜을 無所不至하더니 一日은 一盲者가 有하야 人의 生死를 善推홈으로 當時의 名卜이라고 稱하는 者ㅣ 有홈을 探問하고 이에 馬를 送하야 迎來혼 後에 其 子의 吉凶을 卜하라 하니 其 盲人이 卦를 作하다가 俯首沈吟혼 지 良久에 曰하되 此 病이 반다시 不幸하야 今年 某 月時에 맛참니 死亡홀 터이니 設令 扁鵲이 復生홀지라도 可救치 못홀 것이라 하거날 其 父가 이에 痛哭하며 哀告하되 或 可救홀 方이 無혼가 明教하기를 望하노라 卜者가 曰하되 다만 一事가 有하야 可救홀 道가 有하기는 하나 此 인즉 可히 發說치 못하겟노라 其 父가 可救홀 方이 有하다 홈을 聞하고 더욱 哀乞하니 卜者ㅣ 曰 萬一 言하면 我가 반다시 死하리니 엇지 我가 人을 爲하야 代死하리오 其 父가 오히려 懇求하기를 不已하니 卜者가 作色하야 曰하되 主人의 要求가 實로 無理하며 人情이 아니로다 好生惡死는 人의 常情이니 主人의 子를 爲하는데 我는 獨히 我自身을 爲치 아니하리오 此事는 更히 提起치 말나 홈에 主人이 如何키 難하야 다만 痛哭홀 쑨이더니 其 病人의 妻가 此을 聞하고 內로부터 刀를 持하고 突然히 出來호야 卜者의 頭를 拿호고 言히되 吾는 곳 病人의 妻이라 夫가 死하면 我도 從死하기로 決心한지라 汝가 萬一 卜理를 知치 못하야 不言호얏스면 已어니와 旣히 卦를 解하야 可救홀 方法이 有하다고 言하면서 汝가 死하겟다 하야 言치 아니하니 我가 不聞하얏스면 已이니와 旣爲 聞知하고셔야

엇지 汝를 放歸하리오 我가 將次 此 刀로써 汝를 刺殺하고 我도 쏘흔
自殺하리라 하고 이에 刀를 其 頸에 加하니 卜者가 大驚하야 曰하되
古語에 駟不及舌이라 하더니 正히 此를 謂흠이로다 我가 將次 言하리
니 我를 赦하라 其 婦人이 手를 緩하니 卜者ㅣ 曰하되 李恒福이라는
者가 有한가 主人이 曰하되 此 比隣에 有흐니 吾 兒의 親友ㅣ니라
卜者ㅣ 曰 今日로부터 此人을 邀하야 病人과 同處하야 暫時도 相離
치 못흐게 하면 某日을 過하야 病이 自然 快癒하리라 然이나 我는
伊日에 반다시 死하리니 吾의 妻子를 善히 周恤하야 一家人과 如케
하라 하고 곳 辭去하는지라 主人이 卽時 白沙를 請邀하야 其 事實을
備言하고 病人과 同處하기를 求하니 白沙가 此를 許하고 其 日로부터
仍히 來留하야 病人으로 더부러 坐臥起居에 片時를 不離하더니 一日
夜는 三更에 陰風이 入戶하야 燭光이 明滅흠이 病人은 氣息이 昏昏
沈沈하야 人事를 不省하는지라 白沙가 其 側에 臥하얏다가 瞥見혼즉
宛然히 燭影下에 狀貌가 凶녕혼 一鬼가 劒을 杖하고 立하야 白沙의
名을 呼하야 曰 汝는 病人을 出給하라 白沙ㅣ 曰하되 何由로 病人을
出하라 흐나뇨 鬼曰 此人이 我로 더부러 宿世의 業冤이 有하니 今夜
는 곳 報讐흘 時期라 萬一 此 期를 一失하면 쏘 何年何時에 可報흘는
지 不知이니 願컨대 速速히 出給하라 白沙가 曰하되 人이 旣히 其
子로써 我에게 托하엿스니 엇지 汝에게 與하리오 鬼曰 汝가 萬一 出
給치 아니하면 我가 汝까지 並殺하리라 白沙ㅣ 曰 死혼즉 已어니와
我가 死하기 前에는 決코 汝에게 與치 아니하리라 鬼가 이에 大怒하야
劒을 擧하고 白沙의 前으로 直向하야 斫하려 하다가 忽然退縮하며
擲劒 俯伏하되 願컨대 大監은 我의 情狀을 憐하야 此人을 出給하소
셔 白沙 曰하되 汝가 엇지 我를 殺치 아니하나뇨 鬼曰 大監은 國家棟
樑이라 名이 竹帛에 垂흘지니 엇지 敢히 害하리오 病人을 出給하기만
願하노이다 白沙ㅣ 曰 我를 殺하기 外에는 他道가 無하니라 하고 이에

病人을 抱住하니 旣而오 村鷄가 曉를 唱하는지라 鬼가 이에 大哭하되 今에 報讐홈을 得치 못하니 엇지 冤恨치 아니하리오 此가 必是 某 盲의 指示혼 바ㅣ니 我가 此人에게 雪恨하리라 ᄒ고 因忽不見하는지 라 此時에 病人이 昏絶혼지라 已久홈으로 이에 溫湯으로 口에 灌하야 겨우 回甦홈을 得하얏더라 翌朝에 人으로 하야금 卜者의 消息을 探問 코저 하더니 門前에 발셔 卜者의 通計가 至하는지라 主家에셔 悲感홈 을 不勝하야 初終葬需를 厚給하고 其 妻子를 周恤하니라.

8. 인간의 운수는 피하기가 어렵고
   죽은 뒤 혼령은 기이함이 많도다(상)

감사(監司) 김치(金緻, 1577~1625)[1]의 호는 남곡(南谷)이니 백곡(栢谷) 김득신(金得臣, 1604~1684)[2]의 아버지이다. 어릴 때부터 닥쳐올 운수를 미리 헤아려 앎이 정통하였기에 기이한 가운데 신이한 일이 많았다. 일찍이 혼조(昏朝)[3]에 벼슬을 하여 홍문교리(弘文館校理)[4]가 되었다가 만년에 비로소 후회하였다. 드디어 병을 칭탁하고 벼슬을 버린 뒤에 용산(龍山)[5]의 위에 자리 잡고 살며 문 닫아걸고는 자취를 감춰 손님을 사절하였다. 하루는 모시는 자가 들어와 고하였다.

"남산동에 사는 심생(沈生)이라는 분이 뵈러 오셨습니다."

김 공이 하인을 시켜 사양하여 말하기를, "존객께서 이 사람이 병으로 몸을 제대로 쓰지 못하는 줄을 알지 못하고 왕림했군요. 나는 사람을 만나지 않은 지가 이미 오래되어 존객을 보기가 어렵소." 하고 되돌려 보냈다.

김 공이 평소에 매양 자기 사주로 평생 운수를 점치곤 했는데, 수변인

---

1) 본관은 안동(安東). 자는 사정(士精), 호는 남봉(南峰) 또는 심곡(深谷). 아버지는 부사 김시회(金時晦)이며, 영의정에 추층된 김시민(金時敏)에게 입양되었으며 아들이 김득신(金得臣)이다. 저술에는 『남봉집(南峰集)』, 『심곡비결(深谷秘訣)』 따위가 있다.

2) 자는 자공(子公), 호는 구석산인(龜石山人). 한문 4대가 중 한 사람인 이식(李植)으로부터 '당대 문단의 제1인자'라는 평가를 받으며 시명(詩名)을 떨쳤다. 문집인 『백곡집(栢谷集)』에 많은 글들이 전해지고 있다. 특히 오언·칠언절구를 잘 지었다. 뿐만 아니라 시를 보는 안목도 높아 『종남총지(終南叢志)』 같은 시화도 남겼다. 그 밖에 술과 부채를 의인화한 가전소설 「환백장군전(歡伯將軍傳)」과 「청풍선생전(淸風先生傳)」을 지었다.

3) 임금이 혼미(昏迷)하여 국사를 잘 다스리지 못하는 조정. 조선의 연산군(燕山君)이나 광해군(光海君) 때의 조정을 이름. 여기서는 광해군 때를 말한다.

4) 궁중의 경서(經書)·사적(史籍)을 관리하는 정5품 벼슬이다.

5) 지금의 서울특별시 용산구이다.

(水邊人)⁶⁾의 도움을 얻으면 큰 화를 면할 운수였다. 별안간 이를 떠올리고 속으로 생각하기를 '찾아온 이가 물 수변의 성이니 이 사람이 나에게 힘이 되는 자가 되지 않을까?' 하고는 급히 하인을 시켜 중도에서 돌아오게 하니 이 사람이 곧 심기원(沈器遠, 1587~1644)⁷⁾이었다.

심생이 그 하인을 따라 돌아오니 김 공이 황망하니 뜰에 내려가 맞으며 말했다.

"노부가 세상일을 끊은 지가 이미 오래되었답니다. 존객이 찾아주셨으나 채신지우(採薪之憂)⁸⁾가 들어, 맞이하는 예를 잃었으니 황송무지로소이다."

심생이 말하였다.

"소생이 일찍이 어르신을 뵙지는 못하였으나 운수를 미리 헤아리는 것에 정통하다는 소문을 들었기에 분수에 지나침을 가리지도 않고 장래 일을 묻고자 왔습니다. 제 나이 사십의 궁한 선비로 팔자가 사납습니다. 지금 온 것은 귀신같은 눈으로 길흉을 묻고자 해서입니다."

그러하고는 품 안에서 사주를 꺼내 보이고 또 말하였다.

"올 때에 한 벗이 또 사주를 부탁하기에 거절하기가 어려워 부득이 가지고 왔습니다."

김 공이 하나하나 이를 보고 극구 칭찬하였다.

"오래지 않아 부귀가 눈앞에 올 것이니 모름지기 다시 물을 것이 없소이다."

---

6) 성에 물 수(水)가 들어가는 사람이다.
7) 본관 청송. 자 수지(遂之). 권필(權韠)에게서 배웠다. 유생의 신분으로 인조반정에 참여, 1등공신에 녹훈되고 청원부원군(靑原府院君)에 봉해졌다. 우의정과 좌의정을 지냈으며 1644년 남한산성 수어사(守禦使)를 겸하였을 때 회은군(懷恩君) 이덕인(李德仁)을 추대하는 반란을 꾸몄다는 고발을 당하여 여러 심복과 함께 역모로 처형되었다.
8) 병이 들어 나무를 할 수 없다는 뜻으로, 자기의 병을 겸손하게 이르는 말이다.

심생이 마지막으로 또 한 개의 사주를 내놓으며 말했다.

"이 사람은 부귀를 원하지 않습니다. 다만 평생에 질병이 없기만을 원하고 또 타고난 수명이 길고 짧은지만 알고자 합니다."

김 공이 이를 보더니 곧 하인에게 명하여 자리를 깔고 향안(香案)[9]을 설치한 후에 의관을 가다듬고 무릎을 모으고 옷자락을 바로 하여 단정히 앉아 그 사주를 책상 위에 놓고 향을 사르며 말하였다.

"이 사주는 말할 수 없이 귀합니다. 보통 사람의 운수가 아니니 흠모하여 공경치 않을 수 없소이다."

심생이 물러가겠다고 하니 김 공이 말하였다.

"노부가 병중이라 시름이 많아 정신이 어지럽고 이런저런 생각들이 뒤얽혀 떨쳐버리기가 어렵구려. 존객은 나를 위하여 여러 날을 머물러 이 병을 앓고 있는 동안의 회포를 위로해주시기 바라겠소이다."

심생이 이에 하루를 머물 때, 한밤중이 되자 김 공이 무릎으로 옆에 가까이 와서는 귀에다 대고 말하였다.

"내가 실은 병을 빙자한 것이오. 노부가 불행히 이 세상에 나와 벼슬길에 출각(出脚)[10]하였다가 만년에 잘못을 뉘우치고 깨달아 문을 닫아걸고 병을 앓다 칩거하고는 인간세상과 인연을 끊었소이다. 그러나 조정의 번복이 가까운 시일에 박두하였고 그대가 와서 물어볼 것을 내가 이미 알았으니 다행이오. 그러니 꺼리어 피하지 말고 사실을 말해 주시오.

심생이 크게 놀라 처음에는 꺼리어 피하려 하다가 마침내 그 사실을 말하니 김 공이 말하였다.

"이 일은 성공할 것입니다. 장차 어느 날에 거사하려 하오?"

심생이 말하였다.

---

9) 향로를 놓아두는 탁자이다.
10) 벼슬자리에서 물러났다가 다시 벼슬길에 나아감을 말한다.

"아무 날로 정하였습니다."

공이 속으로 깊이 생각하며 한참을 있다가 말하였다.

"이날이 길하기는 하나 이러한 대사에는 불길하니 내가 그대를 위하여 따로 길일을 택하리다."

그러고는 달력을 펼쳐 삼월 십육일로 정하였다. 심생이 그 일을 헤아리고 꿰뚫어 봄을 경탄하고 공에게 말하였다.

"그러시다면 공의 이름도 우리들의 명부에 기입하겠습니다."

김 공이 말하였다.

"이는 내가 원하는 바가 아니오. 다만 그대가 일이 성사한 후에 요행히 내 목숨을 구하여 화가 미치지 않도록 바라겠소."

심생이 이를 흔쾌히 허락하고 갔다. 급기야 정국이 바뀌는 날에 조정에서 김 공에게 용서하지 못할 죄라하여 장차 엄한 법률로 다스리려 하였으나, 심 공이 극력으로 구하여 화를 면하고 오래지 않아 천거, 발탁되어 경상감사(慶尙監司)를 초배(超拜)[11]케 하였더라.

八. 人間命數難可逃, 死後精靈亦多異(上)

金監司緻의 號는 南谷이니 栢谷 金得臣의 父이라 少時로부터 推數하기에 精하야 奇中神異의 事가 多하더니 曾히 昏朝에 仕하야 弘文校理가 되얏다가 晩年에 비로소 懊悔하야 드디여 病을 托하고 官을 鮮한 後로 龍山의 上에 卜居하야 杜門晦跡하고 賓客을 謝絶하더니 一日에 侍者가 入告하되 南山洞居하는 沈生이 拜謁하러 來하얏나이다 金公이 侍者로 하야금 謝하야 曰하되 尊客이 此 漢의 病廢훈 줄은 知치 못하고 枉顧하얏도다 我는 人事의 廢絶홈이 已久하야 尊客을 迎하기

難하다 하고 回送호엿는대 金公이 平日에 每樣 自家 四柱로서 平生
을 推數하여 본즉 水邊人의 力을 得하여 可히 大禍를 免하리라 하얏
는지라 瞥然히 此를 想起하야 內心에 謂하되 來客이 旣히 水邊의 姓
인즉 此人이 或 我에게 有力혼 者가 되지 아니홀가 하고 急히 侍者로
하야금 中路에 追還하니 此가 卽 沈器遠이라 沈生이 其 侍者를 隨하
야 還來혼 則 金公이 忙步로 階에 下하야 迎하야 曰하되 老夫가 人事
를 絶廢혼 지 已久혼지라 尊客이 屈居홈이 採薪의 憂가 有하야 迎拜
의 禮를 失하얏스니 惶愧하기 無地하노라 沈生이 曰하되 小生이 曾히
承顔치 못하얏스나 長者끠셔 推數에 精通하시다 홈을 聞혼 故로 敢히
猥越홈을 不避하고 將來의 事를 質코져 來하얏나이다 生이 四十의
窮儒로써 命途가 崎嶇하니 今에 來혼 것은 神眼의 下에셔 休咎間 質
正하려 홈이니다 하고 因하야 身中으로부터 四柱를 出하야 示하고 且
曰하되 某가 來時에 一親友가 有하야 또 四柱로써 托하기로 此를 恝
却하기 難하야 不得已 帶來하얏나이다 金公이 一一히 此를 見하고
極口 稱揚하되 未久에 富貴가 當前하얏스니 須히 更問홀 것이 無하
도다 沈生이 最後에 又 一個의 四柱를 出示하야 曰하되 此人은 富貴
를 願홈이 아니오 다만 平生에 疾病이 無하기를 願하고 又 壽限의
脩短을 知코져 하는 것이니다 金公이 此를 見하더니 곳 侍者를 命하
야 席을 舖하고 香案을 設혼 後에 衣冠을 整하고 斂膝跪坐하야 其
四柱로써 書案上에 置하고 香을 焚하며 曰하되 此 四柱는 貴不可言
으로 非常의 命數가 有하니 欽敬치 아니치 못하겟도다 而已오 沈生이
退歸하기를 告하니 金公이 曰하되 老夫가 病中에 愁亂이 交集하야
逍遣기 難하니 尊客은 幸히 我를 爲하야 幾日을 淹留하야 此 病懷를
慰홈을 望하노라 沈生이 이에 一日을 留宿홀세 夜半에 至하야 金公이
膝을 促하고 前에 近하야 耳를 附하고 言하되 我가 其 實은 托病혼
者이니 老夫가 不幸히 此世에 出하야 宦路에 出脚하얏다가 晚年에

悔悟하야 杜門病蟄으로 人間의 緣을 絶홈이라 朝廷의 飜覆이 目睫의
間에 追하얏는대 君의 來質홈을 我가 旣히 領會ᄒ얏슨즉 幸히 忌諱치
말고 實로써 告하라 沈生이 大驚하야 初에는 諱코져 하다가 終에 至
하야 其 實을 告하니 公이 曰하되 此事는 可히 成功홈을 得홀지라
將次 何日로써 擧事코쟈 ᄒ느뇨 沈生이 曰 某日로 定ᄒ엿느니다 公이
沈吟良久에 曰하되 此 日이 吉ᄒ기는 吉ᄒ나 此等 大事에는 不吉하
니 我가 君을 爲ᄒ야 別로 吉日을 擇ᄒ리라 ᄒ고 이에 曆을 披ᄒ야
三月 十六日로 定ᄒ니 沈生이 其 料事 如見홈을 驚歎ᄒ고 公다려
謂ᄒ되 然ᄒ면 公의 名字도 我輩 錄名簿에 入ᄒ겟느니다 公曰 此는
我의 所願이 안이요 다만 君이 成事한 後에 幸히 我命을 救ᄒ야 禍에
及치 안이하기를 望ᄒ노라 沈生이 此를 快諾ᄒ고 去ᄒ엿더니 及 其
更化의 日에 朝廷에서 金公으로써 可宥치 못홀 罪라 ᄒ야 將次 重典
에 置코쟈 ᄒ엿는대 沈公이 極力으로 救ᄒ야 禍를 免ᄒ고 未幾에 又
薦拔ᄒ야 慶尙監司를 超拜케 ᄒ엿더라.

8. 인간의 운수는 피하기가 어렵고
죽은 뒤 혼령은 기이함이 많도다(하)

김 공이 평일에 일찍이 자기 사주를 중국 술사(術士)에게 물어보니 그 술사가 일 구의 시를 주었다.

화산에 소 탄 나그네   華山騎牛客
머리에 한 가지 꽃을 꽂았네   頭戴一枝花

공이 그 뜻을 깨닫지 못했다. 그 뒤에 경상감사(慶尙監司)가 되어 순행하다 안동(安東)에 이르렀는데 우연히 중간에서 병을 얻었다. 병을 물리치는 방법을 물어보니, 어떤 자가 검은 소를 거꾸로 타면 즉시 치료된다고 말하였다. 김 공이 이에 그 말을 따라 소를 타고 가다가 여관에서 내려 안에 들어가 누우려 할 때였다. 두통이 매우 심한지라 한 기생에게 머리를 주물러 달라하고 그녀의 이름을 물어보니 '일지화(一枝花)'라고 대답하였다. 김 공은 문득 중국 사람의 시구를 생각하고 탄식하였다.
"죽고 사는 것에는 명이 있도다. 명은 가히 피하지 못하는구나."
이에 종에게 명하여 새 자리를 펴라고 명하고 새로 지은 옷으로 갈아입은 후 의관을 갖추고 베개를 반듯이 벤 후 잠깐 있다 세상을 떴다.
이날 삼척 부사 아무개가 관아에 있었는데 홀연히 김 공이 위의를 성대히 하고 문으로 들어오는 것을 보고 놀라 일어나 맞으며 말했다.
"공께서 어찌 타 도(道)를 넘어 하관(下官)[1]에 내방하셨습니까?"
김 공이 웃으면서 말했다.

---

1) 아랫자리의 벼슬이다.

"나는 이 세상 사람이 아닐세. 조금 전 이미 세상을 떠나 지부(地府)[2]에 들어가 염라왕의 명으로 지방순찰의 임무를 띠고 가는 길에 자네에게 들린 것이고 또 부탁할 것이 있네. 내가 지금 순찰 임무를 띠고 가는데 새로 지은 장복(章服)[3]이 없으니, 자네가 평일의 정의를 생각해서, 요행히 한 벌을 나에게 주었으면 하네."

삼척부사가 한편으론 놀랍고 한편으론 괴이하여 그것이 허탄한 것인지 알았지만, 김 공이 청하였음에 상자 속에서 비단 한 필을 꺼내 그에게 주니, 김 공이 흔연히 고맙다는 인사를 하고 갔다. 삼척부사가 심히 놀랍고 의아하여 곧 사람을 보내어 탐지해보니 과연 그날에 안동부(安東府)에서 김 공이 죽었다고 하였다. 삼척부사가 크게 놀람을 그치지 못하였다. 이 일이 알려져 김 공이 염라대왕이 되었다는 설이 세상에 두루 퍼졌다.

구당(久堂) 박장원(朴長遠, 1612~1671)[4]과 김 공의 아들 백곡(栢谷)은 사귐이 절친하였다. 평일에 닥쳐올 운수를 미리 헤아린 바에 의하면 아무 년 아무 일에 마땅히 죽을 것이라고 쓰여 있었다. 그해 정초에 이르러 장원이 백곡을 청하여 한 장의 편지지를 주면서 말했다.

"금년 아무 달에 내가 죽을 것이네. 자네의 돌아가신 아버지께 간절히 애걸하면 목숨을 연장시킬 방도가 있으니 자네는 나를 위해 이 편지지에 이유를 쓰면 내가 마땅히 자네 아버지께 드리겠네."

---

2) 저승이다.
3) 벼슬아치들이 입던 공복. 특히 단령(團領)을 일컫는다.
4) 본관은 고령(高靈). 자는 중구(仲久), 호는 구당(久堂)·습천(隰川). 쟁(爭)의 증손으로, 할아버지는 좌랑 효성(孝誠)이고, 아버지는 직장(直長) 훤(烜)이다. 1627(인조 5) 생원이 되고 1640년 사간원정언(司諫院正言)으로 춘추관기사관이 되어 『선조수정실록』의 편찬에 참여하였다. 1653년(효종 4) 승지로 있을 때에 남인의 탄핵으로 흥해(興海)에 유배되었다가 이듬해 풀려나 이조판서, 공조판서, 대사헌을 거쳐 예조판서·한성부판윤 등을 역임한 뒤 자청하여 개성부유수에 부임, 재직 중에 죽었다. 저술로는 『구당집』이 있다.

백곡이 웃으면서 황탄함을 책망하니 장원이 말했다.

"자네는 나를 허탄하다 여기지 말고 시험적으로 나를 위해 써주게나."

백곡이 부득이 장원이 가르쳐주는 대로 썼다.

「아들의 벗인 아무개는 수명이 장차 금년에 그치도록 되어 있습니다. 엎드려 바라옵건대 특별히 불쌍하고 가엽게 여기시어 그의 수명을 연장하도록 해주십시오.」

그리고 겉봉투에는 '아버지 전 상서, 아들 아무개 아룁니다.'라 써서 주었다. 장원이 이에 한 방을 깨끗이 치우고 분향한 후 그 글을 태우고 마음속으로 기원한 후에 말했다.

"지금 이후로 가히 죽음을 면하게 되었다."

과연 그해를 무사히 보내었다. 김 공의 정령은 다른 사람보다 특이하여 십여 년 후까지도 매일 밤마다 따르는 사람들로 하여금 등촉을 나란히 들고 장동(長洞)[5]과 낙동(駱洞)[6]을 왕래하다가 혹 아는 사람을 만나게 되면 말에서 내려 회포 펴기를 평소와 다름없이 하였다.

하루는 한 소년이 한밤중에 낙동을 지나다가 김 공을 노상에서 만나 물었다.

"존 공께서는 어디에서 오십니까?"

김 공이 말했다.

"오늘 밤에는 곧 나의 기일(忌日)이라. 음식을 흠향(歆饗)하러 갔다가 제물이 심히 불결하여 한 젓가락질도 못하고 슬프게 돌아간다."

그리고는 홀연히 사라졌다. 그 소년이 백곡 집을 방문하여 그 사실의 앞뒤를 고하였다. 백곡이 크게 놀라 곧 안으로 들어가 제물을 자세히 살펴보니 하나도 불결한 것이 없는데 마지막 고깃국을 살피자 사람 터

---

5) 현재 서울시 중구 회현동 일부의 마을이다.
6) 현재 서울시 중구 회현동3가·충무로1가·명동2가에 걸쳐 있던 마을이다.

럭이 하나 들어 있었다. 집안사람들이 모두 놀라고 두려워하여, 그 후로 또 기일을 당하면 특히 주의를 더하였다. 이외에도 신이한 일이 많으나 일일이 기술하기 어려워 이만 그친다.

八. 人間命數難可逃, 死後精靈亦多異(下)

金公이 平日에 曾히 自家 四柱로써 中原 術士에게 問혼즉 其 術士가 一句의 詩로써 與하되 華山騎牛客 頭戴一枝花라 하얏거늘 公이 其 意를 解치 못하얏더니 其 後에 慶尙監司가 되야 安東地方에 巡視하얏다가 偶然히 中途에서 疾을 遇하얏는대 療却의 方을 問혼즉 或者가 黑牛를 倒騎하면 卽差한다고 云하는지라 金公이 이에 其 言에 依하야 牛를 騎하고 周行하다가 客館에서 下하야 室內에 入하야 臥하려 홀 際에 頭痛이 極甚홈으로 一妓를 命하야 頭를 按摩케 홀시 其 名을 問혼즉 一枝花라고 對하는지라 公이 忽然히 中原人의 詩句를 憶하고 嘆하되 死生이 命이 有하야 命은 可히 逃치 못홀 것이라 하고 이에 侍者를 命하야 新席을 舖하고 新衣를 換着하고 枕을 正히 하야 臥하더니 旣而오 悠然히 逝하얏더라 是日에 三陟倅 某가 郡衙에 在하다가 忽然 公이 威儀를 盛히 하야 門으로 入하는 것을 見하고 驚하야 起迎하며 曰하되 公이 엇지 他道를 越하야 下官을 訪하나잇가 公이 笑하되 我가 此世의 人이 아니라 頃者에 旣히 世를 棄하고 地府에 入하야 閻羅王의 命으로 地方巡察의 任을 帶하얏슴으로 歷路에 君을 見하고 또 君의게 賴홀 바이 有하니 我가 今에 巡察의 任에 赴홀이 新件 章服이 無하니 君은 平日의 誼를 念하야 幸히 一領으로써 我에게 與하라 三陟倅가 一驚一怪하고 其 虛誕한 줄 知하면셔도 請求에 依하야 篋中의 緞一匹을 出하야 與하니 金公이 欣然히 致謝하고 去하는지라 三陟倅가 甚히 疑怪하야 卽時 人을 送하야 探혼 則 果然

其 日에 安東府에셔 沒하얏다 하눈지라 三陟倅이 大히 驚異홈을 不已하얏더라.

朴久堂 長遠은 金公의 子 栢谷으로 더부러 交誼가 親密하더니 平日에 推數호 바에 依하면 某年 某日에 當死하리라 하얏눈대 其 年 歲初에 至하야 長遠이 栢谷을 請하야 一張 簡紙를 與하야 曰 今年 某月에 我가 當死할지라 君의 先君에게 懇乞하면 可히 써 延壽홀 道가 有하니 君은 我를 爲하야 此 簡紙에 理由대로 書하면 我가 맛당히 先尊長끽 送納하겟노라 栢谷이 笑하며 妄誕홈을 責하니 長遠이 曰하되 君이 我로써 妄誕하다 하지 말고 試히 我를 爲하야 書하라 栢谷이 不得已 長遠의 敎示호대로 書하되 「子之親友某 壽限將止於今年, 伏望特垂矜憐, 俾延其壽」라 하고 皮封에 「父主前上書, 子某白」이라 書하야 與하니 長遠이 이에 一室을 淨掃하고 香을 焚호 後에 其 書를 焚하야 暗祝호 後에 曰하되 今以後에눈 可히 免홈을 得하얏다 하더니 果然 其 年을 穩度하얏더라 如斯히 金公의 精魄은 人보다 特異하야 十餘年後까지도 每夜에 趨從者로 하야금 燈燭을 列하고 長洞 駱洞의 間으로 往來하야 或 知舊를 逢하면 馬에 下하야 懷를 敍하기를 平日과 無異하더라 一日은 一少年이 夜半에 駱洞을 過하다가 金公을 路上에서 逢하야 問하되 尊公이 何處로 從하야 來하나잇가 金公曰 今夜 눈 卽 我의 死日이라 飮食을 饗하러 往하엿더니 祭物이 甚히 不潔하야 一箸를 下치 못하고 悵然히 歸하노라 하고 因忽不見하눈지라 其 人이 栢谷의 家를 訪하야 其 事實의 顚末을 告하니 栢谷이 大驚하야 直히 內堂에 入하야 一一히 祭物을 審査홈이 一도 不潔호 者ㅣ 無하고 最後에 肉羹을 審査하니 一 人毛가 有호지라 擧家가 惶恐莫措하야 其 後로눈 其 忌日을 當하면 特히 注意를 加하얏더라 此 外에도 神異호 事가 多하나 一一히 記述키 難홈으로 此에 止하노라.

9. 촌 노인이라고 어찌 어리석으리오,
일대 명장은 기백을 잃어버리다

선조 임진의 난리 때에 명나라 장수 제독(提督) 이여송(李如松, 1549~
1598)[1]이 신종(神宗)의 명을 받들어 대군을 이끌고 와 구원하였다. 평양
을 회복한 후 성중에 들어가 주둔한 여러 날에 산천의 아름다움을 보고
다른 마음을 품었다. 장차 선조의 마음을 견제하고 이 나라를 차지하고
자 하였다.

하루는 여러 장수들을 이끌고 연광정(練光亭)[2]에 잔치를 벌려놓았다.
술자리를 차려 놓고 한창 마실 즈음에 마침 한 노인이 연광정 십여 보
가량 되는 길 위에서 점잖게 검은 소를 타고 지나가니 군교(軍校)[3] 무리
가 높은 목소리로 "물렀거라!" 하였다. 노옹이 듣고도 못 들은 체하고
고삐를 당겨 천천히 가는지라 제독이 크게 노하여 군교에게 명하여 잡
아 오라 하였다.

군교가 명을 받들고 쫓아가 포박하려 할 때였다. 소의 걸음은 빠르지
않으나 마침내 따라가지 못하는지라, 여송이 대로함을 이기지 못하였

---

1) 명나라 장군. 자는 자무(子茂). 명나라로 귀화한 조선인 출신이며 본관은 성주 이씨라
   전한다. 후일에 농서 이씨(隴西李氏)의 시조가 되었다. 임란 때 군사를 이끌고 와 숱한
   일화를 남겼다. 1593년 평양에서 고니시 유키나가(小西行長)의 군대를 격파했으나, 벽제
   관에서는 고바야카와 다카카게(小早川隆景)의 군대에 대패하고 간신히 목숨을 건졌다.
   그 뒤 화의를 위주로 사태를 수습하고 그 해 말에 귀국했다. 1597년에는 요동 총병관으로
   임명되었다. 이듬해 토만(土蠻)이 침범하자 그 본거지를 공격했으나 복병에게 기습당하
   여 전사했다.
2) 평양의 대동강 가에 있는 누각. 관서 팔경의 하나로 대동강을 내려다볼 수 있는 덕암(德
   巖)이라는 바위 위에 있다.
3) 각 군영 및 지방 관아의 군무(軍務)에 종사하던 낮은 직급의 벼슬아치를 통틀어 이르던
   말이다.

다. 드디어 스스로 천리준마를 타고 검을 가지고 질풍과 같이 좇아갔다. 소의 걸음은 전과 같아 서로 거리가 십여 보에 불과하였다. 말의 걸음은 나는 듯했으나 일 보도 더 가까이 가지 못했다. 마침내 따라잡지 못하고 산 넘고 물 건너 몇 리를 가, 한 산중으로 들어갔다.

노옹이 한 곳에 이르러 검은 소를 시냇가 수양버들 아래에 매어놓고 수간모옥으로 들어가며, 대를 엮어서 만든 사립문은 닫지 않았다.

여송도 말에서 내려 검을 쥐고 들어가니 노옹이 마루 위에서 일어나 맞이하며 말하였다.

"장군이 나를 좇아오기 수고롭지 않은가?"

여송이 말했다.

"너는 어느 곳에 사는 늙은이인데 하늘 높은 줄 모르고 당돌히 군대 위의를 범하여 이곳에 이르게 하였느냐? 내가 황제폐하 명을 받들어 백만 장졸을 데리고 와 너희 나라를 구하였다. 네가 비록 무지한 촌 늙은이나 모를 이치가 없을 것이거늘, 감히 소를 타고 우리 군대의 앞을 통과하니 그 죄가 응당 죽어 마땅하다."

노옹이 웃으며 천천히 말하였다.

"내 비록 촌사람이라도 어찌 천장(天將)의 존귀하심을 알지 못하리오. 오늘 감히 범하지 못할 높은 위엄을 만나 이와 같이 함은 장군을 맞이하여, 이 누추한 곳에 왕림케 하자는 계책이라. 내가 한 일로써 받들어 부탁할 것이 있으나 감히 말로 뜻을 다하기 어려움으로 부득이 이 계책을 행함이로다."

여송이 말하였다.

"네가 이른바 부탁할 것이란 게 무엇인지 시험 삼아 말하여라."

노옹이 말하였다.

"누추한 집에 불초한 아들 둘이 있는데 어릴 때부터 농사를 일삼지 않고 강도짓만 오로지 하며 부모 명을 따르지 않으니 곧 하나의 커다란 화근이라. 노부의 기력으로는 능히 제어하기 어려운지라. 남몰래 듣건대 장군은 신용(神勇)[4]이 세상을 덮는다기에 신위(神威)[5]를 빌려 이 패륜한 자식들을 없애고자 함이라."

여송이 말하였다.

"패륜한 아들들은 어느 곳에 있는가?"

노옹이 말하였다.

"후원 초당 위에 있는데 장군이 온 것을 알지 못하니 이 기회를 타서 저 놈들을 제거하면 다행일까 하노라."

여송이 이에 검을 가지고 올라가 보니 두 소년이 바야흐로 책을 읽고 있었다. 여송이 큰 소리로 꾸짖었다.

"너희들이 이 집의 패륜한 아들들이냐! 너의 아비가 나로 하여금 너희를 베라 하였으니 내 검을 받아라."

그러고는 검을 휘둘러 치니 그 소년들이 얼굴빛을 변하지 않고 천천히 책갈피로 막았다. 마침내 베지 못하니 여송이 대로하여 다시 검을 휘둘렀다. 소년이 대나무로 검을 맞아 치니 검 날이 "쨍그랑." 한 번 소리를 내고 부러져 두 동강이가 나 땅에 떨어졌다. 여송이 크게 놀라 기가 막히고 땀이 흘렀다. 잠시 후에 노옹이 들어와 꾸짖었다.

"아이들이 어찌 감히 무례한고!"

그러고 두 소년을 물러나 앉게 하니 여송이 노옹에게 말하였다.

"저 패륜한 아들들의 용력이 비범하여 당해내기가 어려워 노옹의 부탁을 저버렸소다."

노옹이 웃으며 말하였다.

"아까 말은 희언이라. 저희들이 비록 용력이 있고 그 열 배 무리들이

---

4) 사람의 지혜로는 생각할 수 없는 용기이다.
5) 신의 위엄이다.

라도, 능히 이 늙은이 한 사람을 당해내지 못할지라. 장군이 황제의 뜻
을 받들고 우리나라에 와 다행히도 이 나라를 구하였소. 우리는 대대로
대국의 은혜를 잊지 않을게요. 또 장군도 이름이 역사에 드리워질 테니,
이 어찌 대장부의 공명이 아니리오. 그런데 이는 생각지 않고 다른 뜻을
품으니 하늘이 어찌 당신을 용서하리오. 오늘 이곳에 거동케 한 것은
장군으로 하여금 조선에도 이런 인재가 있음을 알게 함이오. 장군이
만일 계획을 변경하지 않고 여전히 잘못을 고집한다면 내 비록 늙었으
나 장군의 머리를 베리라. 촌사람이 말이 심히 당돌하여 존귀한 위의를
모독하였으나 내 말을 심각하게 받아들여 후회를 부르지 말라."

여송이 듣기를 마치고 머리를 숙이고 기운이 상해 반나절토록 말이
없다가 노옹을 향하여 잘못을 사죄한 후 몸을 굽혀 산문(山門)을 나왔다
한다.

九. 野老豈是盡愚夫, 一代名將喪氣魄

宣祖 壬辰의 亂에 明將 李提督 如松이 神宗의 命을 奉하야 大軍을
提하고 來援하야 平壤을 復혼 後로 城中에 入據하야 駐屯혼 지 多日
에 山川의 佳麗홈을 見하고 異心을 陰懷하야 將次 宣祖의 心을 牽制
하고 此를 據有코져 ᄒ얏는대 一日은 諸將을 率ᄒ고 宴을 練光亭에
設하야 置酒高飮홀 際에 맛참 一 老翁이 有하야 亭을 距하기 十餘步
假量되는 路上에셔 儼然히 黑牛를 騎하고 通過홈이 軍校輩가 高聲으
로 辟除하되 老翁이 聽若不聞하고 轡을 按하야 徐行하는지라 提督이
大怒하야 軍校를 命ᄒ야 拿來하라 하니 軍校가 命을 承하고 追捕하려
홀시 牛의 行은 疾치 아니하되 맛참너 追及하지 못하는지라 如松이
大怒홈을 不勝하야 드듸여 스사로 千里駿馬를 騎하고 劍을 按하야
疾風과 如히 追홀셰 牛行은 前에 在하야 相距가 十餘步에 不過하고

馬의 行은 飛홈과 如하되 一步를 더 逼近치 못하야 맛참니 可及치 못하고 山을 踰하며 水를 渡하야 幾里를 行하야 一 山中으로 入하얏 는대 老翁이 一處에 至하야 黑牛를 溪邊 垂楊의 下에 繫하고 數間茅 屋으로 入하야 竹扉을 掩치 아니하는지라 如松이 쏘혼 馬에 下하야 劒을 杖하고 入혼즉 老翁이 堂上에셔 起迎하며 曰 將軍이 我를 追하 기 勞치 아니혼가 如松이 曰하되 汝는 何許 野老이완대 天이 高혼줄 不知하고 唐突히 軍威를 犯하야 此에 至하얏나뇨 我가 皇上의 命을 奉하야 百萬의 衆을 帶하고 來하야 汝邦을 救하얏슨즉 汝가 비록 無 知혼 野老의 夫이기로 不知홀 理가 無홀 것이어늘 敢히 牛를 騎하고 我軍의 前을 通過하니 其 罪가 當死홀지로다 老翁이 笑하며 徐答하 야 曰하되 我가 비록 山野人일지라도 엇지 天將의 尊貴하심을 知치 못하리오 今日에 敢히 尊威를 觸하야 此와 如혼 行事에 出홈은 專혀 將軍을 邀하야 鄙所에 枉屈케 하자는 計이라 某가 一事로써 奉託홀 者이 有하나 敢히 口舌로써 意를 達하기 難홈으로 不得已 此 計를 行홈이로다 如松이 曰 汝의 所謂 所託홀 者가 何事인고 試言하라 老 翁이 曰 鄙家에 不肖의 子 二人이 有혼대 幼時로부터 士農의 業을 事치 아니하고 强盜의 事를 專行하야 父母의 命을 不遵하니 卽 一大 禍根이라 老夫의 氣力으로는 能制키 難혼지라 竊聞컨더 將軍은 神勇 이 世에 蓋하다홈으로 神威를 假하야 此 悖子를 除코져홈이로라 如松 이 曰 悖子가 何處에 在한고 老翁 曰 後園 草堂上에 在하야 將軍의 來홈을 不知하니 此 機를 乘하야 彼를 除하면 幸일가 하노라 如松이 이에 劒을 持하고 上혼즉 兩少年이 바야흐로 書를 讀하는지라 如松이 大聲으로 叱하되 汝가 此 家의 悖子이냐 汝 翁이 我로 하야금 汝를 斬하라 히얏스니 我의 一劒을 受하라 하고 因하야 劒을 揮하야 擊하니 其 少年이 聲色을 不動하고 徐徐히 書簡竹으로써 捍함이 맛참니 擊 함을 不得하니 如松이 大怒하야 更히 劒을 揮하야 擊하니 少年이 竹

으로써 劍刀을 迎擊흔즉 劍刀이 錚然 一聲에 折하야 兩段이 되야 地에 落흐는지라 如松이 大驚흐야 氣가 塞하고 汗이 流하더니 少焉에 老翁이 入하야 叱하되 小子ㅣ 엇지 敢히 無禮흐고 하고 兩少年을 退坐케 하니 如松이 老翁다려 謂하되 彼 悖子의 勇力이 非凡하야 抵當키 難하니 老翁의 託을 負하얏도다 老翁이 笑曰하되 頃者의 言은 戲흠이라 彼가 비록 勇力이 有하다 홀지라도 渠 十輩로 能히 老父 一人을 當치 못홀지라 將軍이 皇旨를 奉하고 東來흐야 幸히 我國을 救흐얏스니 我國은 世世로 大國의 恩을 忘치 안이흐고 且將軍도 名이 竹帛에 垂할 것이니 此 엇지 大丈夫의 功名이 안이리오 그런대 此를 思치 안이하고 異志를 懷하니 天이 엇지 汝를 救하리오 今日의 擧는 將軍으로 하야금 朝鮮에도 如此 흔 人材가 有흐다 흠을 知케 흠이니 將軍이 萬一 改圖치 안이하고 尙히 執迷홀진대 我가 비록 老하얏스나 可히 써 將軍의 頭를 斷하리라 山野의 人이 語가 甚히 唐突하야 尊威를 冒瀆흐얏스나 我의 言을 深刻하야 後悔를 招치 말나 如松이 聽罷에 垂頭 喪氣흐야 半日토록 語가 無하다가 老翁을 向하야 過를 謝흔後 躬을 鞠하야 山門을 出하얏다 하니라.

10. 일대명사 심일송, 천하여걸 일타홍(1)

일송(一松) 심희수(沈喜壽, 1548~1622)[1]가 일찍이 고아가 되어 공부할 시기를 놓치고 관례(冠禮)를 하기 전부터 방탕을 일삼아 밤낮으로 기생 집을 끼고 왕래하였다. 공자왕손(公子王孫)[2]의 잔치와 가아무녀(歌娥舞女)[3]의 모임에 찾아가지 않는 곳이 없었다. 쑥대처럼 텁수룩하게 흐트러진 머리털에 떨어진 신발과 해진 옷을 입고 있으면서도 조금도 부끄러워하는 기색이 없으니 사람들은 모두 그를 광동(狂童)[4]으로 지목하였다.

하루는 아무 군(郡) 권 태수(權太守) 잔치자리에 달려가 기생 가운데 섞여 있었다. 사람들이 침을 뱉고 꾸짖어도 돌아보지 않고 내쫓아도 가지 않았다. 기녀 중에 명기 일타홍(一朶紅)이라는 여인이 있었다. 새로이 금산(錦山)[5]에서 올라왔는데 용모와 가무가 일세에 독보적이었다. 풍류남자와 부유한 집의 자제들이 천금을 주고 하룻밤 합환하기를 구하는 자가 날마다 왔지마는 일타홍은 지조가 특이하여 한 번도 몸을 허락치 않고 거절하였다.

희수가 그녀의 미색을 연모하여 자리를 붙이고 앉았어도 그 기녀는 조금도 싫어하는 기색이 없었다.

---

1) 자는 백구(伯懼), 호는 일송(一松)·수뢰루인(水雷累人). 본관은 청송(靑松). 1572(선조 5)년 별시문과에 병과로 급제, 승문원에 등용됨. 임진왜란 때 왕을 호송했다. 1599년 이조판서가 되었고, 우찬성·좌찬성을 지낸 뒤 1606년 좌의정이 되었다. 1615(광해 7)년 영돈령부사(領敦寧府事)가 되었고, 1620년 판중추부사에 임명되었으나 국사를 비관하여 취임하지 않았다. 문장에 능하고 글씨를 잘 썼으며 청백리였다. 영의정을 지낸 노수신(盧守愼, 1515~1590)의 문하에서 학업을 닦았다. 저서로 『일송집』이 있다.
2) 공과 같이 높은 지위에 있는 사람의 자손과 왕의 자손이라는 뜻이다.
3) 노래 부르고 춤추는 기생.
4) 미친 아이.
5) 충청남도 금산.

희수가 아름다움을 사모하여 자리에 그대로 있으니 좌중의 여러 기생들이 꾸짖어 욕하였다.

"어떠한 추물이기에 우리의 코를 막게 하느냐."

그러고는 내쫓으려 하는데 오히려 일타홍은 추파를 던지며 그의 동정을 가만히 살폈다. 인하여 일어나 측간에 간다는 핑계를 대고 나가 은밀한 귀퉁이에서 손짓으로 희수를 불러내 까치발을 하고 귀에 입을 대고 속삭였다.

"그대의 댁이 어디신지요?"

희수가 아무 동 몇 번째 집이라고 자세히 말해주었다. 홍랑(일타홍)이 말했다.

"그대는 모름지기 먼저 가 계십시오. 첩이 마땅히 잔치가 파하기 전에 병을 핑계대고 뒤따라 곧 가겠습니다. 그대는 약속을 저버리지 마십시오. 첩이 결코 신의를 잃지 않겠습니다."

희수가 기대했던 이상이므로 한편으론 기뻐하고 한편으론 의아해하며 먼저 집으로 돌아가 뜰의 먼지를 쓸어내고 기다렸다.

저무는 해가 산에 걸리니 홍랑이 과연 약속대로 왔다. 희수가 뜻밖의 일에 기뻐하여 더불어 무릎을 맞대고 수작을 하였다. 한 나이 어린 계집종이 안에서 나오다가 그 광경을 보고 달려가 모부인(母夫人)에게 아뢰었다. 부인이 아들의 광기어린 방탕함을 근심하여 장차 불러들여 꾸짖으려 할 때였다.

홍랑이 말했다.

"첩이 지금 들어가 대부인(大夫人)[6]을 뵙고 일일이 사유를 아뢰겠습니다."

그러고는 계집종을 불러 먼저 이러한 사실을 통지한 후에 안으로 들

---

6) 남의 어머니를 높여 이르는 말.

어가 섬돌 아래에서 절을 올리며 말했다.

"저는 금산 기생 일타홍으로 금일 아무개 재상의 연회자리에서 마침 귀댁 도련님을 보았습니다. 여러 사람들이 모두 그를 광동으로 지목하지만, 천첩이 비록 관상을 보는 재주는 없어도 사람을 알아보는 능력은 있습니다. 첩이 귀댁 도련님을 보건대 얼굴의 모습이 비범하고 골격이 특이하여 훗날 반드시 금장자수(金章紫綬)[7]로 벼슬길에 올라 크게 현달할 상입니다. 그러나 학업은 하지 않고 기질이 조화롭지 못하여, 여항의 목수(牧竪)[8]의 태도를 벗어나지 못하였습니다. 이제부터 몸을 학문과 책 숲의 사이에 있게 하여 학업을 닦아 기질을 변화하여 학식과 능력이 있는 사람이 되게 한 뒤에야 훗날 입신출세를 바랄 것입니다. 첩이 만일 화류계의 풍정으로 유장천혈(踰墻穿穴)[9]하려 하였다면 어찌 도련님과 같은 빈한한 걸인 아이를 따르겠습니까. 첩이 불민하나 도련님이 학업 닦는 일을 일체 맡겠습니다. 첩이 비록 함께 하더라도 도련님의 학문이 성취하기 전에는 결코 한 이부자리에 눕는 즐거움을 위하여 그 뜻을 잃게 하지는 않을 것입니다. 부인은 이에 뜻이 있으신지요."

부인이 말하였다.

"우리 아이가 일찍이 아버지를 잃어 학업에 힘쓰지 않고 오로지 광기 어린 방탕한 짓만 일삼아 늙은 어미의 훈계를 가슴에 새기지 않더구나. 늙은 몸이 밤낮으로 근심하고 탄식할 뿐이었는데, 천만 뜻 밖에도 어디선가 순풍이 불어 너 같은 일대가인(一代佳人)이요, 여중호걸(女中豪傑)을 우리 집으로 보내었구나. 우리 집 광동으로 하여금 그릇이 이루어지고 재주를 기르게 하는데 온 힘을 쏟고자 한다니 실로 이 인생 이 세상에

---

7) 황금인(黃金印)의 붉은 인끈을 말하는데, 고관을 지칭한다.
8) 풀을 뜯으며 가축을 치는 더벅머리 아이라는 뜻이다.
9) '담을 넘고 구멍을 뚫는다'는 뜻으로 남의 집 여자를 탐내어 몰래 들어가는 것을 말한다. 여기서는 일타홍이 그런 사내들과 어울리지 않는다는 의미로 썼다.

막대한 은혜이다. 어찌 감사해야 할지 모르겠으나 우리 집이 가난하여 아침저녁 끼니도 잇지 못한단다. 너는 호화롭고 사치한 가운데에서 자라난 기녀로서 어찌 춥고 배고픔을 참으며 고독하고 적막함을 달게 여겨 이곳에 머물겠느냐?"

홍랑이 말했다.

"이것은 조금도 의심하실 것이 없습니다."

드디어 그날부터 청루(靑樓)[10]와 인연을 끊고 발자취를 거두어 은밀히 심씨 가문에 몸을 숨기고 오직 희수로 하여금 밤낮으로 학업을 부지런히 닦게 하였다. 학업의 과정을 엄히 세우고 조금이라도 태만하면 발연히 얼굴빛을 바꾸며 말하였다.

"이와 같다면 첩은 도련님을 버리고 가서 다시는 얼굴을 보지 않을 거예요."

그러니 희수가 이를 꺼려 감히 학업을 태만치 못하였다.

十. 一代名士沈一松, 天下女傑一朵紅(一)

沈一松 喜壽가 早孤 失學하야 編髮의 時로부터 全혀 放蕩을 事하야 日과 夜로 挾斜靑樓의 邊으로 往來하며 公子王孫의 宴과 歌娥舞女의 席으로 徘徊하야 無處不往ᄒ되 蓬頭突鬢과 破履弊衣로 小毫도 羞澀의 色이 無하니 人이 모다 狂童으로써 目하더라 一日은 某 郡權太守 宴席에 赴하야 紅綠叢中에 雜하얏ᄂ대 唾罵하야도 顧치 아니하며 驅逐하여도 去치 아니하더니 粉黛叢中에 一少年 名妓 一朵紅이라는 者가 有하야 新히 錦山으로부터 上來하얏ᄂ대 容貌와 歌舞가 一世에 獨步흠이 風流男子와 豪家子弟 等이 千金을 擲하야 一夜 合

歡하기를 求하는 者가 日至하것마는 此 一朵紅은 志操가 特異하야
一次도 身을 許치 아니하고 動輒 拒絶을 爲하얏더라 喜壽가 其 色을
慕하야 席을 接하고 坐흠이 座中의 諸 妓가 詬罵하되 何許 醜物이
吾等의 鼻를 掩케 하느뇨 하고 驅逐흠이 오즉 一朵紅은 小毫도 厭苦
의 色이 無하고 秋波로써 其 動靜의 色을 微察하더니 因하야 如厠흔
다 稱하고 僻處 一隅에 至하야 手로써 喜壽를 招하야 足을 躡하고
耳를 附하야 謂하되 君의 家가 何處에 在흔고 喜壽가 某 洞 第幾家임
을 詳述하니 紅娘이 曰 君은 須히 先往하야 家로 歸하라 妾이 맛당히
宴이 罷하기 前에 病을 托하고 席을 起하야 隨後 卽往흘 터이니 君은
幸히 三亭의 約을 負치 말나 妾이 決코 信을 失치 아니흐리라 喜壽가
其 過望임을 一喜一訝하며 먼져 家에 歸하야 門庭의 塵을 掃하고 俟
하더니 落日이 山에 掛흠이 紅娘이 果然 約과 如히 來흔지라 喜壽가
喜出望外하야 더부로 膝을 接하고 酬酌흘세 一 童婢가 內로부터 出하
야 其 光景을 見하고 走하야 其 母夫人에게 告하얏는디 其 夫人이
其 子의 狂蕩으로써 爲憂하야 將次 招入하야 叱責하려흘 際에 紅娘
이 曰 妾이 今에 入하야 大夫人씌 謁하고 一一히 事由를 上達하리라
흐고 童婢를 呼出하야 먼저 其 事實을 通흔 後에 內에 入흐야 階下에
拜伏하며 曰흐되 某는 錦山妓의 一朵紅이란 者로 今日 某 宰家 宴會
席에서 맛참 貴都令과 邂逅하얏는디 諸 人은 모다 狂童으로써 目하나
賤妾이 비록 相人의 術은 無할지라도 知人의 鑑이 無타 謂키 難하온
지라 妾의 肉眼으로 貴都令을 觀흐건대 相貌가 非凡하고 骨格이 特
異흐야 他日에 必然 金章紫綬로 靑雲에 登하야 大히 顯達할지오 又
名이 一世에 動할지라 그러나 學業을 不事하고 氣質이 未化하야 閭巷
牧豎의 態를 蟬脫치 못하얏슨즉 今으로부터 身을 講樹書林의 間에
投케 하야 學業을 修得하고 氣質을 變化케 하야 人材를 成就케 흔
後에야 可히 他日 出身의 望이 有할지라 萬一 花柳의 風情으로써 踰

墻穿穴을 爲하얏다 ㅎ면 엇지 都令과 如한 寒乞의 兒를 從ㅎ얏스릿가 妾이 비록 不敏ㅎ나 都令 修學의 事ᄂᆞᆫ 一切 擔任할지오 妾이 비록 同居할지라도 都令의 學問이 成就ㅎ기 前에ᄂᆞᆫ 決코 衽席의 歡을 爲 ㅎ야 其 志를 喪케 하니하리니 夫人은 此에 意가 有하시니가 夫人이 曰 吾 兒가 家嚴을 早失하야 學業을 勉치 아니하고 全혀 狂蕩放縱을 爲事하야 老母의 訓을 服膺치 아니홈으로 老身이 日과 夜로 憂愁悲 嘆할ᄲᆞᆫ이더니 千萬料外에 何許好風이 汝와 如한 一代佳人과 女中豪 傑을 我家로 吹送ㅎ야 我의 狂童으로 ㅎ야금 成器養材에 全力을 注 코져 하니 實로 此 生此世의 莫大한 恩이라 僕僕 感謝할 바를 不知하 나 다만 吾 家가 貧寒하야 朝夕의 饕餐을 可繼치 못하고 汝ᄂᆞᆫ 繁華豪 奢의 中의셔 生長ㅎ든 娼女로 엇지 能히 飢寒을 忍하며 孤寂을 甘하 야 此에 留하겟ᄂᆞᄂᆢ 紅娘이 對하되 此ᄂᆞᆫ 小毫도 念慮홀 바 아니라 하고 드대여 其 日로부터 緣을 靑樓에 絶하고 이에 踪을 斂하고 跡을 秘하야 沈家에 身을 隱하고 오직 喜壽로 하야금 晝夜로 課工에 勤케 하야 科程을 嚴立하고 稍히 怠意만 有하면 문득 勃然作色하며 曰 都 令이 如是홀진대 妾은 都令을 捨하고 退去하야 更히 相見치 아니하겟 다 홈으로 喜壽가 此를 憚하야 敢히 學業을 怠치 못하얏더라.

10. 일대명사 심일송, 천하여걸 일타홍(2)

희수가 이렇게 공부를 부지런히 한 지 여러 해에 학업이 일취월장하였다. 나이가 약관(弱冠)이 되었으나 홍랑 때문에 아내를 취하려고 하지 않았다. 홍랑이 그 뜻을 두려워하여 하루는 희수에게 혼인 논의를 권하였다.

희수가 "그대가 있는데 아내를 얻으면 어떻게 하리오."라 하니 홍랑이 정색을 하며 말했다.

"도련님은 명문가의 자제로 앞길이 만 리입니다. 어찌 저와 같은 일개 천한 기생 때문에 대륜(大倫)[1]을 폐하려 하십니까? 도련님이 만일 아내를 취하지 않는다면 첩은 당장 떠나렵니다."

희수가 부득이하여 아무 가문에 매파를 놓아 아내를 취하였다.[2] 홍랑은 기운을 낮춘 부드러운 목소리로 몸가짐을 신중하고 신실히 하여 노부인을 섬기듯 부인을 섬겼다. 희수로 하여금 한 달에 이삼 회씩만 방에 들어오게 제한하였다. 만약 이 기한을 어기면 반드시 문을 닫고 들이지 않았다.

이와 같이 하여 여러 해 세월이 지났다. 희수가 혼인을 한 뒤로는 학업을 싫어하는 증세가 날로 더하여 공부를 태만히 하였다. 하루는 홍랑 앞에 책을 던지며 말했다.

"네가 아무리 나로 하여금 학업을 부지런히 닦게 한들 내가 하고 싶지 않은데 어찌하겠느냐!"

홍랑이 이를 보고 말로 다투지 못할 줄 알고 하루는 희수가 외출한

---

1) 사람이 마땅히 지켜야 할 큰 도리이다.
2) 노극신(盧克愼, 1524~1598)의 딸인 광주 노씨이다. 노극신의 형이 노수신이다.

때를 타서 노부인에게 아뢰었다.

"서방님의 책읽기 싫어하는 증세가 날로 더욱 심해져 첩의 성의로도 어찌 못할 지경에 이르렀습니다. 첩은 지금 당장 떠나려는 말씀을 올립니다. 첩이 오늘 떠나는 것은 만부득이하여 나가는 것입니다. 장차 이로써 도련님의 마음을 격동시키려는 계책입니다. 첩이 비록 물러간들 영원히 이별할 이치가 있겠습니까. 오늘 이후 도련님께서 잘못을 뉘우쳐 학업을 게을리하지 않고 크게 성취한 후, 과거에 급제했다는 소식을 들으면 마땅히 돌아오겠습니다."

그러더니 일어나 절을 올리고 작별을 고하였다. 부인이 그녀의 손을 잡고 눈물을 흘리며 말했다.

"네가 온 이후로 우리 집 망나니 아이가 엄한 스승을 만난 듯하였다. 학업이 거의 성취함에 이르고 온갖 예의범절이 옛 모습을 벗었다. 우리 아이가 사람이 된 것은 모두 너의 은덕이구나. 이제 책 읽는 것을 싫증내는 한 가지 일로 홀연히 우리 모자를 버리고 간다니 누구를 의지하며 또 아이의 학업은 누구에게 힘입어 이루겠느냐?"

홍랑이 눈물을 머금고 말했다.

"첩이 목석이 아닌데 어찌 이별하는 고통을 모르겠는지요. 그러나 도련님을 격동시키는 방법은 오직 이 한 길에 있습니다. 첩의 이러한 행동은 실로 만부득이합니다. 도련님이 귀가하여 첩이 하직하던 말과 과거에 급제한 후에 다시 만나겠노라고 결심하였다는 말을 들으면, 반드시 발분망식(發憤忘食)[3]하고 뼈를 깎는 고통으로 힘써 행하여 학업 성취할 것을 스스로 약속할 것입니다. 멀면 6, 7년이요, 가까우면 4, 5년간

---

3) 『논어』「술이(述而)」에 "진리를 터득하지 못하면 발분하여 먹는 것도 잊어버리고, 진리를 터득하면 즐거워서 걱정도 잊어버린 가운데, 늙음이 장차 닥쳐오는 것도 알지 못한다.(發憤忘食 樂以忘憂 不知老之將至)"라는 공자의 말에서 보인다.

의 일입니다. 첩도 몸을 깨끗이 지키어 과거에 급제할 날만을 기다리겠습니다. 바라옵건대 이 뜻을 도련님께 전해주세요."

그리고 홍랑은 개연히 문을 나서 훌쩍 떠나가 버렸다.

이때 홍랑이 망망하니 문을 나서 장안 일대를 두루 다니다가 어떤 노 재상의 집을 방문하여 말하였다.

"저는 죄 많은 집안의 목숨붙이로 의지가지없는 몸을 의탁할 곳이 없습니다. 비복의 열에 끼워주시면 견마(犬馬)의 수고로움[4]을 다하여 바느질을 하고 음식을 만들고 집안을 쓸고 닦으며 또한 기타 일을 시키시면 온 힘을 다하겠습니다."

노 재상은 홍랑의 용모가 단정하고 아름다우며 언사가 편안하고 또 예의범절과 기거동작이 법도가 있음을 보고 몸을 의탁하여 살도록 허락하였다.

홍랑이 그날부터 주방에 들어가 음식을 갖추고 반찬을 준비함에 달콤한 향과 살지고 기름진 맛을 다하여 그의 식성에 알맞도록 하니 노 재상은 더욱 그녀를 아껴 말했다.

"늙은이가 아주 궁박한 운명으로 다행히도 너를 만나 음식이 입에 맞으니 내 만년의 즐거움은 오직 너에게 의지하리라. 나는 이미 너에게 마음을 주었고 너 또한 성의를 다하니, 지금부터 부녀의 정을 맺도록 하자꾸나."

이에 종의 대열에서 벗어나게 하여 안채에 거처하게 하고 딸로 호칭하였다. 홍랑도 또한 그 노 재상을 아버지 같이 섬겨 여러 해가 지났다.

---

[4] 윗사람에게 바치는 자기의 노력을 겸손하게 이르는 말이다.

十. 一代名士沈一松, 天下女傑一朶紅(二)

喜壽가 如斯히 課工을 勤혼 지 數年에 學業이 日就月將흠에 至하고 年이 弱冠에 及흠에 紅娘의 故로써 娶妻코져 아니하니 紅娘이 그 意를 揣하고 一日은 喜壽를 對하야 議親하기를 勸혼디 喜壽 曰 汝가 在하니 娶妻하면 何爲ᄒ리오 紅娘이 正色하며 曰 都令이 名家의 後裔로써 前程이 萬里이니 엇지 我와 如혼 一賤妓로써 人家의 大倫을 廢하리오 都令이 萬一 娶妻치 아니하시면 妾은 此로 從하야 逝하겟노이다 喜壽가 不得已하야 某 門에 媒를 通하야 妻를 娶하니 紅娘이 下氣怡聲하며 洞洞屬屬하야 老夫人을 事흠과 如히 하며 喜壽로 하야금 一月에 二三回式 內房에 入하기를 制限하야 萬一 此 制限을 違홀 時에는 紅娘이 必히 門을 掩하야 納치 아니하얏는내 如斯혼 지 數年을 過하얏더라 喜壽가 成親혼 後로 厭學의 症이 日滋하야 課業을 怠하더니 一日은 書를 紅娘의 前에 投하며 曰하되 汝가 아모리 我로 하야금 學業을 勤케 하고져 혼들 我가 欲치 아니흠에야 如何히 하겟나뇨 紅娘이 此를 見흠이 口舌로써 可히 爭치 못홀줄 知하고 一日은 喜壽가 出外혼 時를 乘하야 老夫人에게 告하야 曰하되 阿郎 厭讀의 症은 日로 滋長하야 비록 妾의 誠意로도 如何키 難혼 境에 至하온지라 妾은 此로 從하야 告辭하겟노이다 妾의 今日의 擧도 쏘흔 萬不得已흠에서 出하야 將次 此로써 激動勸誘의 策을 爲코져흠이니 妾이 비록 辭退흔들 엇지 永辭할 理가 有하리잇가 今後에 都令이 前非를 悔하야 學業을 不怠하고 大히 成就한 後에 登科하얏다는 報만 聞하면 맛당히 卽地 還來하겟나이다 하고 因하야 拜辭하니 夫人이 手를 執하고 流涕하며 曰하되 汝가 入한 以後로 吾家 狂悖의 兒가 嚴師를 得흠과 如하야 學業이 거의 成就함에 至하고 行儀凡百이 舊態를 脫却하얏스니 吾 兒가 成人됨에 至함은 皆 娘子의 賜한 바 | 라 今에 厭讀의

一事로써 忽然히 我의 母子를 捨하고 去하니 將次 誰를 倚하며 巫 家兒의 學業은 誰를 賴하야 成就함을 得하리오 紅娘이 含淚하며 曰 妾이 木石의 腸이 안인 바에 엇지 別離의 悲함을 不知하리잇가 그러나 都令을 激勸하는 道는 오즉 此 一事에 在한 거이니 妾의 此 擧는 實로 萬不得已함이라 都令이 歸家하야 妾의 辭歸한 事와 登科 後에 相逢 하기로 決心하얏다는 言을 聞할진디 必然發憤忘食하고 刻苦精勵하 야 學業을 成就하기로 自誓할지니 遠하면 六七年이오 近하면 四五年 間의 事이라 妾은 맛당히 潔身自守하야 登科의 期만 待할 터이오니 幸히 此 意로써 都令에게 傳敎하소서 하고 因하야 慨然히 門을 出하 야 飄然히 去하얏더라.

此時 紅娘이 望望히 門을 出하야 長安一帶의 地를 遍行하다가 엇 던 老宰의 家에 入하야 其 老宰를 對하야 曰 禍家의 餘生이 形單影隻 하고 托身할 處가 無하니 願컨대 奴婢의 班에 編하시면 맛당히 犬馬 의 勞를 盡하야 裁縫飮食과 灑掃 又는 其他 使役의 節에 盡悴하겟노 이다 老宰가 紅娘의 容貌가 端麗하고 言辭가 安閑하고 又 行儀動作 이 法이 有함을 見하고 甚히 奇愛하야 其 住接함을 許하니 紅娘이 其 日로부터 廚에 入하야 飯을 具하고 饌을 備함에이 極히[5] 甘香肥濃 의 旨를 盡하야 其 食性을 適케 하니 老宰가 더욱 奇愛하야 曰 老夫가 奇窮의 命으로써 幸히 汝와 如한 者를 得하야 衣服과 飮食이 甚히 口體에 適하니 我의 晚年의 樂은 오즉 汝에게 依賴할 것이라 我가 旣히 心을 許하얏스니 汝도 쏘한 誠을 殫하야 自今으로 父女의 義를 結하자 하고 이에 婢子의 列로부터 拔擢하야 內舍에 處케 하고 女로 써 呼함이 紅娘도 쏘한 其 老宰를 父와 如히 事하야 數年의 光陰을 度了하얏더라.

---

5) 원문에는 '이 極히'로 되어 있다. 문맥을 고려하여 '極히'로 바로 잡았다.

10. 일대명사 심일송, 천하여걸 일타홍(3)

이때에 희수가 집에 돌아와 보니 홍랑이 없었다. 어머니에게 까닭을 물으니 그 사유의 전말을 이야기하고 인하여 책망했다.

"네가 사내로서 학업을 닦아 다른 날 공명을 취하는 것은 남을 위함이 아니다. 곧 너 자신을 위함이거늘 학업을 태만히 하여 한 편으로는 여자에게 용납되지 못하고 한 편으로는 장래 입신출세를 막으니 무슨 면목으로 세상에 서겠느냐. 그 아이가 말하기를 네가 과거에 급제한 후라야 다시 만나겠다 하니 만일 네가 훗날 월계관(月桂冠)[1]을 취하지 못하는 때에는 그 애와 상봉치 못할 것은 물론이고 너의 장래 신세도 오직 초야에 묻혀 늙을 뿐이다. 이런데 하루라도 이 세상에 더 살아서 무엇을 하려느냐. 속히 죽는 것만 못하다."

희수가 듣기를 마치고는 눈물이 그렁그렁하고 칼로 가슴을 찌르는 것 같아 반나절을 말이 없었다. 그다음 날 사람을 시켜 경성 안팎을 두루 다니며 홍랑의 소식을 탐문하였으나 형용이 묘연하였다. 이에 가슴을 움켜쥐고 크게 통곡하며 스스로 맹서하였다.

"내가 호방한 장부로 한 여자에게 버림을 당했으니, 장차 머리에 쓴 관 먼지를 털고 갓끈을 떨치고 이 세상에 서겠는가. 홍랑이 이미 내가 과거에 급제한 후 상봉하겠다는 기약을 하였으니 내 마땅히 잠을 안 자고 발분망식하여 학업을 성취한 후에 청운의 사닥다리에 올라 홍랑을 저버리지 않으리라."

그러고는 드디어 문을 닫아걸고 손님을 사절한 채 밤낮을 쉬지 않고 부지런히 과업을 닦고 학문을 돈독히 하였다.

---

1) 여기서는 과거급제를 말한다.

이와 같이 한 지 수년에 학업이 크게 이루어져 가히 대가의 문학을 지을 만치 되었다. 이에 과거에 응시하여 장원에 발탁되어 높이 용문(龍門, 과거)에 합격하였다. 신은유가(新恩遊街)[2]의 날에 명 재상가를 두루 방문하여 서로 사귀기를 할 때였다.

하루는 우연히 노 재상을 방문하니 곧 희수의 부집(父執)[3]이었다. 흔연히 손을 잡고 무수히 치하하고 여러 시간을 머물게 하여 주인이 예로써 극히 환대할 때였다. 희수가 마음속으로 '내가 학업을 성취하여 몸이 청운의 길에 오른 것은 모두 홍랑이 베푼 것이라. 또 나에게 오늘을 기약한 것은 오로지 홍랑을 만나자는 결심에서 나왔거늘 내가 이제 과거에 올랐으나 홍랑의 종적은 막연히 물을 곳이 없으니 이를 장차 어찌하나' 하고 생각하였다.

그러고는 쓸쓸히 즐겁지 않을 뿐이었다. 술과 찬이 나왔지만 희수는 수저를 내려놓다가 그 반찬거리가 유별나게 진기하게 보여 근심하는 얼굴빛으로 변했다. 노 재상이 이를 이상하게 여겨 그 까닭을 물어보니, 희수가 홍랑에 관한 앞뒤의 이야기를 자세히 이야기해주고 또 말했다.

"시생이 뼈를 깎는 노력으로 학업을 닦아 과거에 급제하기를 기약한 것은 오로지 옛 여인과 상봉하기 위한 것이었습니다. 지금의 반찬거리를 맛보니 그 요리법이 완연 홍랑이 한 것 같기에 슬퍼 상심함을 감당치 못한 것입니다."

노 재상이 '여인의 나이 및 생김새가 어떠하냐' 묻고는 말했다.

"나에게 한 양녀가 있는데 여러 해 함께했으나 어느 곳에서 왔는지

---

2) '신은'은 새로 과거에 급제한 사람을 말한다. 과거에 급제하는 것은 매우 영광스러운 일이므로, 나라에서 신은에게 어사화(御賜花)를 나누어 주고, 풍악을 앞세우고 서울 거리를 한바탕 돌아다니게 하였는데, 이것을 '유가'라 한다. 신은이 각기 고향으로 돌아가면, 나라에서는 또 영친연(榮親宴)을 베풀어 주었다.

3) 아버지와 친한 벗이다.

알지 못하네. 혹 이 아이가 바로 홍랑이 아닌가 싶네만."

노 재상의 말이 미처 끝나기도 전에 홀연 한 미인이 뒤창을 열고 뛰어 들어와 희수를 껴안고 통곡했다. 희수가 똑바로 쳐다보니 이 여인은 딴 사람이 아니라 곧 늘 생각하고 잊지 못하던 홍랑이었다. 희수가 한편으론 놀랍고 한 편으론 기뻐하여 또한 홍랑을 안고 우니, 한때 노 재상집에 비극의 막이 열린 것 같았다.

노 재상이 이미 그 사실을 들었고 또 그 광경을 목격함에 그 신이함을 탄식하고 칭찬하였다. 희수는 노 재상을 향하여 그 은혜에 거듭 감사하고 또 말하였다.

"시생이 홍랑과 더불어 이미 함께 무덤에 들어가기로 약속하였으니 마땅히 죽고 사는 것을 함께 할 것입니다. 원컨대 이 여인을 시생에게 허락해 주소서."

노 재상이 말했다.

"내가 죽음이 드리운 나이에 다행히 이 아이를 얻어 만년의 즐거움을 누리려 하였네. 이제 자네에게 보내기를 허락한다면 이 늙은이는 마치 좌우의 손을 잃은 듯 할 걸세. 그러나 자네가 옛 인연을 다시 이으려 하는데 어찌 이를 막겠는가."

희수가 복복(僕僕)[4]히 사례하였다.

몸을 일으켜 길을 떠날 때 날은 저물어 어두워졌다. 홍랑과 함께 나란히 한 말을 타고 종들에게 횃불을 잡혀 앞을 인도하여 집 문 앞에 당도하였다. 큰 소리로 그 어머니를 부르며 "홍랑이 왔습니다!"라 하니 모부인이 놀라 기쁨을 이기지 못하여 신발을 거꾸로 신고 중문 안까지 나와 홍랑의 손을 잡고 슬픔과 기쁨이 뒤섞여 말을 잇지 못하였다.

이로부터 심씨 가문에 화기가 온 집안에 넘치고 희수는 홍랑과 더불

---

4) 귀찮을 만큼 번거로운 태도이다.

어 화촉(華燭) 아래에서 넉넉히 즐거움을 다하였다.

十. 一代名士沈一松, 天下女傑一朵紅(三)

此時에 喜壽가 家에 歸한 則 紅娘이 不在한지라 其 母에게 問하니
夫人이 其 事由의 顚末을 述하고 因하야 責하되 汝가 男兒로써 學業
을 修하야 他日에 功名을 取함은 人을 爲함이 안이라 卽 我를 爲함이
어날 課業을 怠하야 一方으로는 一個 女子에게 容한 바ㅣ 되지 못하고
一方으로는 將來 出身의 途를 杜하니 何 面目으로 世에 立코져 하나
냐 彼가 言하기를 汝가 登科한 後라야 更히 相逢하겟다 하니 萬一
汝가 他日에 月桂冠을 取하지 못하는 時에는 彼와 相逢하지 못할 것
은 勿論이어니와 汝의 將來 身勢도 오즉 林泉의 下에서 老할 뿐이니
如斯할진대 一日이라도 此世에 生하야 何를 爲하려 하나뇨 速히 死함
만 不如하니라 喜壽가 聽罷에 涕泗가 滿眶하며 痛恨함이 劍으로 胸
을 刺함과 如하야 半晌토록 語가 無하다가 其 翌日에 人을 使하야
京城 內外를 遍踏하면셔 紅娘의 消息을 探하얏스나 形影이 渺然한지
라 이에 搥胸大痛하며 스사로 心에 矢하야 曰하되 我가 落落丈夫로써
一個 女子에게 見棄된바ㅣ 되얏스니 將次 何 面目으로 冠을 彈하며
纓을 振하야 此世에 立하리오 彼가 旣히 登科한 後에 相逢하기로 約
을 爲하얏슨 則 맛당히 熱心撑目하고 發憤忘食하야 써 學業을 成就
한 後에 靑雲에 梯에 躋하야 紅娘을 負치 안이하리라 하고 드대여 門
을 杜하야 客을 謝하고 晝夜를 不徹하야 勤課篤學하아 如是한지 數
年에 學業이 大就하야 可히 文學大家를 做할만치 되얏더라 이에 科에
應하야 壯을 擢하야 高히 龍門에 等하얏는대 新恩遊街의 日에 各宰
相의 家를 遍訪하야 交를 納할 셰 一日에 偶然히 一 老宰를 訪問하니
卽 喜壽의 父執이라 老宰가 欣然히 手를 握하야 無數히 賀를 致하고

數刻을 留케 하야 方丈의 需로셔 極히 款待할 際에 喜壽가 心에 語하
되 我가 學業을 成就하야 身이 靑雲의 路에 登함은 皆 紅娘의 所賜이
라 且我가 今日이 有함을 期한 것은 專혀 紅娘을 逢하자는 決心에서
出함이어날 我가 今에 科에 登하얏스나 紅娘의 跡踪은 漠然히 問할
處가 無하니 此를 將次 如何히 할가 하고 愀然히 樂치 아니하더니
而已오 酒饌이 進하는지라 喜壽가 箸를 下함이 其 饌品이 珍異함을
見하고 悄然히 色이 動하는지라 老宰가 此를 怪하야 其 故를 問하니
喜壽가 紅娘의 前後首末로써 告하고 曰하되 侍生이 刻意做業하야
登科하기를 期한 바는 專혀 故人相逢의 地를 爲함이라 今에 饌羞를
嘗함에 其 料理의 法이 完然 紅娘의 所爲인듯 하기로 스스로 感然히
傷心함을 不堪하는 바이니이다 老宰가 年紀와 容貌의 如何를 問하고
曰하되 吾가 一個 養女를 畜한지 數年이 餘함이 其 所從來를 莫知하
얏더니 或은 此가 아인가 言이 未畢에 忽然 一 美人이 後窓을 推하고
突入하야 喜壽를 抱하고 痛哭하는지라 喜壽가 睛을 定하고 看하니
此가 別個의 人이 아니오 卽 思切慕切하든 紅娘이라 喜壽가 一驚一
喜하야 쏘한 紅娘을 抱하고 泣하니 一時는 其 老宰家에 一悲劇의 幕
이 開함과 如하더라 老宰가 旣히 其 事實을 聞하고 又 其 光景을 目擊
함에 其 神異함을 嘆賞하더니 喜壽가 老宰를 向하야 恩을 謝하고 且
曰하되 侍生이 紅娘으로 더부러 旣히 同穴의 約이 有하온지라 맛당히
死生을 同히 하리니 願컨대 此 女子를 侍生에게 許하소셔 老宰ㅣ 曰
하되 我가 垂死의 年에 幸히 此 女를 得하야 晩年의 樂을 享하려 하얏
더니 今에 君에게 許歸하면 老夫는 此로 從하야 左右의 手를 失함과
如한지라 그러나 君이 舊緣을 復續하려 함에 際하야 엇지 此를 沮止
함을 得하리오 喜壽가 僕僕히 稱謝하고 卽히 身을 起하야 程을 發할
셰 日이 旣히 昏黑함으로 紅娘으로 더부러 竝히 一馬를 騎하고 僕從
으로 炬火를 執하고 前을 導하야 家에 歸할 셰 門에 及하야 大聲으로

其 母를 呼하며 今에 紅娘이 來한다 하니 母夫人이 驚喜함을 不勝하
야 屜을 倒하고 中門에 까지 及하야 紅娘의 手를 執하고 悲喜交集[5]하
야 能히 語를 成치 못하더라 此로 從하야 沈門에 和氣가 一堂에 充溢
하고 喜壽는 紅娘으로 더부러 每夜 洞房華燭의 下에서 兩情이 十分
歡呼함을 極하얏더라.

_____

5) 원문에는 '悲喜爻集'으로 되어 있다. 문맥을 고려하여 '悲喜交集'으로 바로 잡았다.

10. 일대명사 심일송, 천하여걸 일타홍(4)

그 후에 희수가 천관랑(天官郎)[1]이 되었다.

하루는 저녁에 홍랑이 옷깃을 여미며 말했다.

"첩의 한줄기 마음은 오로지 나리의 성취만을 위하느라고 10여 년 동안 생각이 다른 것에 미치지 못하였어요. 제 고향에 계시는 부모님의 안부 또한 들을 겨를이 없었으니, 이것이 첩의 마음을 밤낮으로 누릅니다. 나리는 이제 벼슬길에 들어서셨으니 첩을 위하여 금산고을 수령이 되시어 첩으로 하여금 부모님을 생전에 만나 뵙게 한다면 지극한 원을 이룰 수 있겠어요."

희수가 말했다.

"그것은 쉬운 일이네."

이에 상소를 올려 지방에 보직을 원하였다. 오래지 않아 과연 금산 원님이 되었다. 이에 홍랑을 데리고 함께 금산에 부임하는 날에 그 부모의 안부를 찾아보니 그들은 모두 무탈하게 지내고 있었다.

홍랑이 크게 기뻐하여 사흘이 지난 후 술과 음식물을 성대하게 갖추어 친정집에 가 절하고 뵈니 그 부모가 또한 기쁨과 슬픔이 뒤섞여 탄식함을 그치지 못하였다. 홍랑이 또한 친척들을 한 집에 모아 사흘을 크게 잔치를 하니 이웃 마을의 여러 사람들이 모두 떠들썩하니 칭찬하지 않는 자가 없었다.

잔치를 마친 후, 그다음 날에 의복과 일용에 쓰는 물품을 극히 풍부히 부모에게 드리고 말했다.

"관아는 여염집과 다르고 관아의 내권(內眷)[2]도 다른 사람들과 더욱

---

1) 육조(六曹)의 5~6품관인 정랑(正郎)·좌랑(佐郎)의 통칭이다.

다릅니다. 부모형제가 만일 저 때문에 자주 출입하신다면 사람들의 논란을 부를 것이며 또한 백성을 다스리는 데에 누를 끼치는 일이 적지 않을 겁니다. 이제 제가 부모님과 헤어져 한번 관아에 들어간 후에는 자주 나오지 못하며, 또한 부모형제도 관아에 들어오지 말아 공사의 구분을 엄히 해주세요."

그러고 인하여 절하여 작별을 고하고 관아로 돌아간 후로는 거의 가는 것도 오는 것도 없었다.

이와 같이 여러 해를 지나며 희수와 홍랑의 정은 날로 더욱 두터워졌다.

하루는 희수가 관청에 앉아 공사를 다스릴 때였다. 계집종이 관아로 와서는 홍랑이 '안채로 잠깐 들어오시라' 하였다고 청하였다. 희수는 마침 공사를 결정하기 직전이기에 곧바로 일어나 가보지 못하였는데, 잠깐 있으니 계집종이 또 와서 들어오기를 재촉하였다.

공이 마음속으로 심히 괴이하여 급하게 안으로 들어가 보니 홍랑이 새로 지은 옷을 입고 새로 지은 이부자리를 펴고 별다른 질병의 고통이 없는데도 얼굴에 몹시 슬프고 애달픈 빛을 띠고 말했다.

"첩이 오늘은 나리와 영원히 이별하고 저승에 갈 날인 것 같아요."

희수가 놀라 얼굴빛을 잃고 말하였다.

"당신의 이 말이 참이오? 거짓이오? 홀연히 오늘 이 무슨 말이요."

홍낭이 눈물을 흘리며 말하였다.

"나리와 만난 지 지금 십여 년이 지났어요. 본래의 뜻은 영원히 나리를 받들어 모시고 백 년을 해로하며 부귀를 함께 누리려 하였지요. 그러나 운수가 기박하고 명이 짧아 하늘이 목숨을 빌려주시지 않으니 사람의 힘으로는 어찌하기가 어렵군요. 지금에 이르러 중도에 영원히 이별

---

2) 아내이다.

하오니 이 세상에서 다시는 서로 볼 날이 없을 거예요. 후생에서나 서로 만나 이생에서 못 다한 인연을 이어야겠어요. 원컨대 나리께서는 천만 보중하시어 부귀를 길이 누리시고 첩 때문에 마음을 상하지 마세요. 그리고 첩의 죽은 몸은 나리의 선영 아래에 반장(返葬)[3] 시켜주세요."

말을 마치더니 갑자기 죽었다.[4] 희수가 애통히 곡을 하며 여러 날 음식을 먹지 않고 오래도록 탄식하였다.

"내가 학업을 성취하여 청운의 길에 입신출세함은 모두가 홍랑의 힘이었소. 이제 홀연 중도에 나를 버리고 멀리 천대(泉臺, 저승)로 돌아갔으니 멀고 먼 푸른 하늘이 어찌 다함이 있겠는가. 또 내가 이 고을의 수령이 된 것은 오로지 홍랑을 위함이라. 그대가 이미 죽었거늘 내가 어찌 홀로 남아 있겠나."

그러고는 벼슬을 버리고 관을 운반하여 금강(錦江)[5]에 이르렀을 때였다. 이때는 팔월이었다. 가을비가 쓸쓸하여 사람의 슬픈 마음을 부추겼다. 희수가 이에 멍하니 크게 슬퍼하며 홍랑의 죽음을 애도하는 시를 지었다.

한 떨기 붉은 연꽃 유거(柳車)[6]에 실렸으니	一朶紅蓮在柳車
향기로운 넋은 어느 곳에서 서성거리는 가	香魂何處可踟躕
금강의 가을비 단정(丹旌)[7]을 적시는데	錦江秋雨丹旌濕

---

3) 객지에서 죽은 이의 시체를 제가 살던 곳이나 고향으로 옮겨 장사를 지냄을 말한다.
4) 아래는 일타홍이 죽음을 앞두고 자신의 애절한 심정을 읊은 유시(遺詩)라 한다.
　　맑고 고요한 밤 초승달은 유난히도 밝은데　　靜靜新月最分明
　　금빛 한 조각 달빛은 먼 옛날부터 맑았겠지　　一片金光萬古淸
　　무한한 시간과 공간 오늘 밤에야 바라보니　　無限世間今夜望
　　백년인생 근심과 즐거움 느끼는 이 몇일까　　百年憂樂幾人情
5) 충청남도와 전라북도의 경계를 이루는 강.
6) 나라나 민간에서 장사지낼 때에 시체를 실어 끄는 큰 수레이다.

아름다운 여인 이별하여 흘린 눈물이런가　　　　　疑是佳人泣別餘

희수는 후에 큰 벼슬을 차례로 역임하여 우의정에 이르고 나이 칠십여 세에 천수를 누리고 삶을 마쳤다.

十. 一代名士沈一松, 天下女傑一朶紅(四)

其 後에 喜壽가 天官郎이 되얏는대 一夕에 紅娘이 愀然히 袵을 斂하고 言하되 妾의 一端 誠心은 오즉 進賜의 成就하기를 爲하야 十餘年토록 念이 他에 及치 못하얏슴으로 吾 鄕 父母의 安候를 쪼한 承聞할 遑이 無하얏스니 此는 妾이 日夜에 心을 撫하는 바이라 進賜가 今에 可爲홀 道에 在하얏슨즉 幸히 妾을 爲하야 錦山宰를 求하신 後에 妾으로 하야곰 父母를 生前에 得見케 하시면 至願을 畢하겟나이다 喜壽 曰 此는 實로 至易한 事이라 하고 이에 疏를 上하야 地方에 外補하기를 乞하얏더니 未幾에 果然 錦山倅가 되얏더라 이에 紅娘을 挈하고 偕往하야 赴任하는 日에 其 父母의 安否를 探한 則 俱皆 無恙히 經過하는지라 紅娘이 大喜하야 三日을 過한 後에 官府로 브터 盛饌을 備하야 가지고 其 本家에 往하야 父母를 拜見하니 其 父母가 쪼한 喜悲交集하야 噓唏함을 不已하더라 紅娘이 又 故舊親戚을 一堂에 會하야 三日 大宴을 爲함이 隣里 鄕黨이 모다 嘖嘖히 稱揚하지 안는 者가 無하얏더라 宴을 罷한 後 其 翌日에 衣服과 需用의 資를 極히 豊厚케 하야 其 父母에게 遺하고 乃言하되 官府가 私家와 不同하고 官衙의 內眷이 又 他人과 異한터인즉 父母와 兄弟가 萬一 小女의

---

7) 붉은 천에 죽은 사람의 품계·관직·본관·성씨를 쓴 깃발이다. 장대에 달아 상여 앞에서 들고 가서 널 위에 펴고 묻는다.

故로써 頻數히 官衙에 出入하면 人의 論議를 招하며 又는 官政에 累를 貽하는 事가 不少한 것이니 今에 小女가 親側을 離하야 一次 官府에 入한 後에는 數數히 出하지 못할 것이오 又 父母와 兄弟도 頻頻히 官門에 入치 말아서 公私內外의 分을 嚴히 하소셔 하고 因하야 拜辭하고 退하야 官衙에 歸한 後로 殆히 莫往莫來가 되얏더라 如斯히 數年을 過한 後에 喜壽가 紅娘으로 더부러 情好가 日篤하더니 一日은 公이 公廳에 坐하야 公事를 理할 셰 婢子가 內衙로부터 出하야 紅娘의 意로써 內에 入하기를 請함이 맛참 公事를 決하기 前인 故로 卽時 起하지 못하얏더니 未幾에 婢子가 一連 數次로 來하야 入하기를 促하는지라 公이 內心에 甚怪하야 急急히 內에 入한즉 紅娘이 新衣新裳을 着하고 新枕新席을 設하얏는대 別로히 疾病의 痛은 無하나 顔에 悽愴한 色을 帶하고 言하되 妾이 今日에는 進賜를 永訣하고 冥府에 長遊할 期니이다 公이 愕然히 色을 失하며 曰 汝의 此 言이 眞乎아 假乎아 忽然히 今日에 至하야 此가 何謂함이요 紅娘이 流涕하며 曰 하되 進賜와 相逢한지 于今 十餘年의 星霜을 經하온지라 本意는 永久히 君子의 巾櫛을 奉侍하야 百年을 偕老하며 富貴를 同享하려 하얏더니 數가 奇하고 命이 短하야 天이 壽로써 假치 아니하심이 人의 力으로 如何키 難한 것이라 今에 至하야 中途에서 永別하오니 此 生此世에셔는 更히 相見할 日이 無한지라 後生에나 更히 相逢하야 此生의 未盡한 緣을 續하려 하오니 願컨대 進賜는 千萬 保重하시고 富貴를 長享하여 妾의 故로써 懷를 傷치 마소서 그리고 妾의 遺體는 幸히 進賜先塋의 下에 返葬하기를 望하나니이다 言을 罷함이 奄然히 逝하니 公이 哭하기를 痛하야 數日을 醬을 進치 아니하며 이에 長嘆하되 我가 學業을 成就하야 靑雲의 路에 身을 出함은 皆 紅娘의 力이라 今에 忽焉 中途에 我를 捨하고 遠히 泉臺로 歸하니 此 生 此 恨을 將次 如何히 할고 悠悠한 蒼天이 엇지 極함이 잇스리오 且我가 此

郡을 守함은 專혀 紅娘을 爲함이라 渠가 旣히 身死하얏스니 我가 엇지 獨留하리오 官을 棄하고 柩를 運하야 錦江에 至할 세 此時는 八月 天氣라 秋雨가 蕭蕭하야 人의 悲懷를 助하는지라 公이 이에 憮然大痛하야 悼亡詩를 作하야 曰

一朵紅蓮在柳車, 香魂何處可踟躕.

錦江秋雨丹旌濕, 疑是佳人泣別餘.

公은 後에 大官을 次第로 歷하야 右議政에 至하고 年이 七十餘에 天年으로 終하니라.

11. 군자는 홀로 있어도 여인 멀리하고
   음부는 간통을 하다가 그 몸을 잃다

　홍우원(洪宇遠, 1605~1687)[1]이 어렸을 때에 용모가 자못 아름다웠다.
하루는 여행을 갔는데 도중에 날이 어두워 한 여점(旅店)에 들어가니
남자주인은 없고 다만 주인 여자 한 사람만이 있었다.

　나이는 이십여 세 가량 되었는데 미모가 자못 아름답고 음탕한 모습
이 얼굴에 넘쳤다. 우원이 나이 어리고 아름다운 모양을 보고 만면에
기쁜 웃음을 띠고 와서 맞이하고 교태를 머금고 들이대 아첨하는 모양
은 군자의 눈으로 가까이서 바로 보기가 어려웠다. 우원이 보나 보지
않고 행장을 푼 후에 홀로 방 안에 있으니 그 여인이 들어와 손으로
온돌을 어루만지며 "찬가 아닌가?"라며 때때로 추파를 보내어 정을 돋
우었다. 그러나 우원은 원래 정직한 군자라 오직 단정히 앉아 말을 주고
받지 않았다.

　저녁을 마친 후에 몇 시간이 지나 자리에 들었다. 우원은 윗방에 눕고
여주인은 아랫방에 누웠으니 다만 한 벽만이 사이에 있을 뿐이었다.
그 여인이 달콤한 말로 꾀었다.

---

1) 본관은 남양(南陽). 자는 군징(君徵). 호는 남파(南坡). 홍온(洪昷)의 증손으로, 할아버지
　는 형조판서 홍가신(洪可臣)이고, 아버지는 한성서윤 홍영(洪榮)이며, 어머니는 이조판
　서 허성(許筬)의 딸이다.
　1645년(인조 23) 별시문과에 병과로 급제 벼슬살이를 시작했다. 이조판서, 공조판서를
　역임하고 1680년 경신대출척으로 남인이 몰락하자 허적(許積)의 역모사건에 연루되어
　유배 중 사망하였다. 1689년 기사환국으로 복작(復爵)되어 영의정에 추증되었다. 학문
　이 고명(高明)하고 성품이 직절(直節)하다 해서 파직되었을 때마다 조정에서는 서용(敍
　用: 죄로 벼슬을 면한 사람에게 다시 관직을 주어 발탁함)할 것을 국왕에게 진언하였다.
　안성의 남파서원(南坡書院)·백봉서원(白峯書院)에 제향되었다. 저서로는 『남파집(南坡
　集)』 13권이 있다. 시호는 문간(文簡)이다.

"행차(行次)[2]하여 머무시는 방이 누추할 뿐 아니라 또한 방이 차니 이 방에 오시면 깨끗한 이부자리와 베개로 받들겠습니다."

우원이 말하였다.

"이 방이 무릎이 닿을 만큼 적지만 하룻밤을 묵어가기에 어느 곳인들 가하지 않겠소."

그 여인이 또 말했다.

"행차가 혹은 남녀의 구별로 혐의를 두시는 듯하나 저와 같은 상천(常賤)[3]이 어찌 남녀의 분별이 있으리오. 무인공방에 피차가 다 고적하니 한 곳에서 함께하여 그윽한 정을 펴는 것이 어찌 아름답지 않겠는지요."

우원이 대답하지 않고 잠이 들었을 때, 그 기색을 가만히 살펴보건대 반드시 한밤중에 몰래 들어와 겁박할 우려가 있는지라. 이에 행장 속에 삼실을 꺼내어 칸막이벽의 문을 붙들어 매고 잠자리에 들으니 그 여인이 혼잣말을 하였다.

"혹 궁형을 당한 사람이 아닌가? 내가 좋은 뜻으로 재삼 꾀어 미인의 품속으로 오게 하여 운우의 즐거움을 만들려는 것이 젊은 남녀의 풍류호사이거늘, 이를 완강히 거부하여 심지어 방문까지 잠그니 가위 천하의 괴물이야."

우원이 들으나 듣지 못한 체하고 깊이 잠들었다. 한밤중 꿈속에 홀연 아랫방에서 괴이한 소리가 들리며 얼마 안 되어 창밖에서 남자 기침 소리가 나며 우원을 불렀다.

"행차가 취침하셨나이까?"

우원이 놀랍고 괴이하여 말하였다.

"당신은 누구인데 한밤중에 나를 방문하시오."

---

2) 웃어른이 길 가는 것을 높이어 일컫는 말이나 여기서는 길 가는 나그네를 말한다.
3) 상민과 천민을 아울러 이르는 말이다.

십일. 君子獨處遠其色, 淫婦行奸喪厥身 141

그 사람이 말했다.

"소인은 곧 이 집의 주인이오. 지금 친히 행차의 앞에서 아뢸 일이 있나이다."

우원이 이에 일어나 앉아 문을 여니 주인이 불을 밝히고 앉아 한 상의 술과 안주를 내오는지라 우원이 물었다.

"당신이 주인이라면 낮에는 어디 갔다가 밤 깊은 뒤 돌아온 게요."

주인이 말했다.

"행차가 오늘 밤에 한없이 위태로운 지경을 지났나이다. 소인의 처가 얼굴은 아름다우나 행동은 음탕하여 매양 소인이 출타한 때를 타서 간통하는 것이 일정치 않은 까닭으로 소인이 항상 잡기를 꾀하였습니다. 그러나 뜻대로 되지 않았지요. 그래 오늘 밤에는 기어코 간통 현장을 발각하기 위하여 거짓으로 출타한다하고 과도를 품고 뒤 곁 은밀한 곳에 몸을 숨기고 동정을 엿보았습니다. 오늘 저녁에 행차께서 말을 주고받는 것을 이미 들어 알고 있었으니 행차가 만일 저 여인의 유인에 넘어갔더라면 반드시 소인의 칼끝에 저승 혼이 되었을 것입니다. 그런데 행차는 정당한 군자이시라 철석같은 마음으로 처음부터 끝까지 굳게 거절하여 문을 잠그는 지경까지 이르셨습니다. 소인이 실로 흠모하고 감탄함을 이기지 못하여 이제 변변치 못한 술과 안주로써 공경하고 사모하는 정을 표하고자 합니다."

그리고 술을 가득 따라 주는지라 우원이 사양치 못하여 여러 잔을 마셨다. 주인이 또 말하였다.

"그 계집이 행차를 유혹하다가 일이 뜻에 맞지 못하자 음탕한 마음을 제어키 어려워 이웃집의 김 아무개와 깊은 방에서 추잡스런 행동을 하기에 소인이 그때를 타서 곧장 칼로 사내와 계집의 목숨을 끊었습니다. 일이 이미 이와 같이 되었은 즉, 행차는 곧 문을 나서십시오. 잠시도 머무르면 화가 미칠 염려가 있습니다. 소인도 곧 뒤를 따르겠습니다."

우원이 크게 놀라 급히 옷을 입고 문을 나서니 주인이 곧 불을 놓아 그 집을 태웠다. 주인이 우원과 함께 수십 리를 동행하니 하늘이 희미하게 밝아왔다. 갈래 길에서 작별하며, "행차께서는 조만간에 반드시 현달하실 것입니다. 뒷날 만날 기약은 어렵습니다. 천만보중하기를 바랍니다." 하고 은근히 호의를 나타내 보이고 갔다.

그 뒤에 우원이 과거에 급제하여 암행어사로 한 곳에 이르러 산골짜기를 지나갈 때였다. 촌락은 없고 한 초가집만이 있었다. 날이 이미 저물어 한 밤을 머물러야 할 즈음이었다. 주인을 본 즉, 그 사람이었다. 이에 불러 "자네는 나를 모르는가?" 하고 물었다.

주인이 의아해하니 공이 말하였다.

"아무 해, 아무 곳에서 여차여차하고 불을 놓은 뒤에 자네와 수십 리를 동행한 일이 있는데 기억하겠는가?"

주인이 황급히 깨닫고 절하고 맞으며 말하였다.

"행차께서 그 새에 반드시 과거에 급제하셨을 터인데 어찌 초라한 행색으로 이곳에 머무르십니까?"

공이 숨기지 않고 사실을 알려준 후에 물었다.

"자네는 어떻게 이와 같이 사람이 없는 이곳에서 살아가는 겐가?"

주인이 말하기를 "소인이 그 뒤에 다시 아내를 얻었는데 용모가 또한 아름다워 시끌벅적한 마을 한가운데 살면 혹 전날의 전철을 밟을까 염려되어 일부러 사람 없는 곳에 자리 잡고 사는 것입니다." 하였다고 하더라.

十一. 君子獨處遠其色, 淫婦行奸喪厥身

洪宇遠이 少時에 容貌가 頗히 美好하더니 一日은 旅行을 作할 셰 途中에서 日이 暮함이 一 旅店에 投하니 男子主人은 無하고 다만 主

女 一人만 有한대 年 可 二十餘歲에 容色이 頗美하고 其 淫穢의 態가
面目에 溢한지라 宇遠의 年少美貌함을 見하고 滿面喜笑의 色으로써
來迎하고 含嬌納媚하는 態는 君子의 眼으로 殆히 正視키 難한지라
宇遠이 視若不見하고 行李를 解한 後에 獨이 房中에 在하니 其 女가
頻頻히 入來하야 手로써 溫突를 撫하며 曰 冷하지 안이한가 하며 時
時로 秋波를 送하야 情을 挑하얏스되 宇遠은 元來 正直한 君子이라
오즉 端坐하야 酬答치 안이하얏더라 夕飯을 畢한 後에 數時刻을 過하
야 枕에 就하얏는대 宇遠은 上房에 臥하고 主女는 下房에 臥하야 다
만 一壁이 隔할 뿐이라 其 女가 甘言으로써 誘하되 行次 所住의 房은
陋할 뿐 안이라 쏘한 室이 冷하니 此 房에 來하시면 精潔흔 衾枕으로
써 供獻하겟나이다 宇遠이 曰하되 此 房에도 可히 容膝할만하니 一夜
를 歇宿함에 何處인들 可치 안이하리오 其 女가 又 曰하되 行次가
或은 男女의 別로써 嫌을 爲하시는 듯하나 我와 如한 常賤이 엇지
男女의 別이 有하리오 無人空房에 彼此가 다 孤寂하니 幸히 一處에
同會하야 幽情을 暢敍함이 엇지 美치 안이리오 宇遠이 答치 안이하고
睡에 就할 세 其 氣色을 微察하건대 必然 夜半에 鑽穴來劫할 慮가
有한지라 이에 行李中의 麻索을 出하야 隔壁의 戶를 縛하고 枕에 就
하니 其 女가 獨語하야 曰 來客이 或은 宮刑의 人이 아닌가 我가 好意
로써 再三諭之하야 美人의 懷中으로 入케 하야 雲雨의 歡을 作하는
것이 少年男女의 風流好事이어날 此를 頑拒하야 甚至於 房꼬지 鎖하
니 可謂 天字怪物이로다 宇遠이 聽若不聞하고 熟睡하더니 夜半昏夢
의 中에 忽然 下房에서 怪異한 聲이 聞하며 居無何에 窓外에서 男子
咳嗽의 聲이 有하며 宇遠을 呼하되 行次가 就寢하시나잇가 宇遠이
驚怪하야 曰 汝가 何人이완대 三更의 夜에 我를 訪하나요 其 人이
曰 小人은 卽 此 家의 主人이라 今에 親히 行次의 前에서 可白할
事가 有하니이다 宇遠이 이에 起坐하야 門을 開한 則 主人이 燭을

明하고 坐하야 一案의 酒饌을 進하는지라 宇遠이 問하되 汝가 主人일진대 晝에는 何處에 往하얏다가 夜가 深훈 後에 歸來하얏나요 主人이 曰 行次가 今夜이 無限한 危境을 經하얏나이다 小人의 妻가 容色은 美하나 行은 淫하야 每樣 小人의 出他한 時를 乘하야 行奸이 無常하는 故로 小人이 常히 登時捕捉하기를 圖하얏스나 맛참니 意와 如치 못홈으로 今夜에는 期於코 此 奸狀을 發覺하기 爲하야 出他홈을 假托하고 暗히 利刃을 懷하고 後面 秘密훈 處에 身을 匿하야 其 動靜을 伺하얏는대 今夕에 行次의 酬酢을 旣히 聞知하얏스니 行次가 萬一 彼에게 誘引훈 바ㅣ 되얏더면 반다시 小人의 劍頭魂이 되얏슬 것이라 그런대 行次는 正當훈 君子이시라 鐵石의 腸으로 終是 牢拒하야 鎖門하는 境에꼬지 至하셧스니 小人이 實로 欽嘆홈을 不勝하와 今애 菲薄훈 酒肴로써 敬慕의 情을 表코져홈이다 하고 酒를 滿斟하야 進하는지라 宇遠이 辭홈을 不得하야 數盃를 飮훈 後에 主人이 又 曰하되 厭女가 行次를 誘하다가 事가 諧치 못하고 淫心을 難制하야 比隣의 金某로 더부러 中冓의 醜行을 爲홈으로 小人이 其 時를 乘하야 直히 一劍으로써 其 男女의 命을 斷하얏스니 事가 旣히 到此 하얏슨 則 行次는 곳 出門하소셔 小留하면 禍가 及홀 慮가 有하나이다 小人도 此로 從하야 去하겟노이다 宇遠이 大驚하야 急急히 裝을 束하고 門을 出하니 主人이 이에 火를 擧하야 其 家를 燒하고 宇遠으로 더부러 數十里를 同行함이 天色이 微明한지라 이에 路를 分하야 作別하되 行次가 早晩에 必히 顯達하시리니 後會는 難期이나 千萬保重하기를 望하나이다 하고 殷勤히 致意하고 去하얏더라.

其 後에 宇遠이 登第하야 暗行御史로 一處에 至하야 山谷間으로 過홀셰 村落이 無하고 一草舍가 有훈지라 日이 已暮홈으로 一夜를 留宿홀 際에 其 主人을 見훈則 卽其 人이라 이에 呼하야 問하되 汝가 我를 知하는가 主人이 疑訝하거늘 公이 曰 某年 某地에셔 如斯如斯

하고 火를 放혼 後에 汝와 數十里를 同行혼 事를 汝가 能히 記憶하나
뇨 主人이 怳然히 覺하야 이에 迎拜하며 曰 行次가 其 間에 必然 登第
하셧슬 터인대 엇지 草草혼 行色으로 此에 住하얏나잇가 公이 諱치
아니하고 實로써 告혼 後에 問하되 汝가 如何히 後에 此와 如한 四處
無人의 地에셔 住하얏나뇨 主人이 對하되 小人이 其 後에 更히 娶妻
하얏는대 容貌가 쏘혼 美麗홈으로 村閭熱鬧혼 中에 在하면 或 前日의
轍을 踏홀가 慮하야 故意로 深山無人의 處에 擇居하얏다 云하니라.

12. 윤 낭자의 한맺힌 원한, 반드시 보복이 있도다(상)

명종(明宗) 시절, 한 윤 씨 성을 가진 사람이 밀양부사(密陽府使)로 있을 때이다. 딸이 하나 있었는데 방년 열여섯에 자색과 재능이 남달리 뛰어났다. 윤 부사 부부가 심히 사랑하여 유모와 관아 뒤 별당에 함께 거처하며 학업을 닦게 하였다. 어느 날 밤에 유모가 창황히 관아의 안채로 들어와 갑자기 울면서 "지금 호랑이가 낭자를 잡아갔다." 하였다.

윤 부사가 크게 놀라 관아의 졸개들을 모두 동원하여 급히 쫓아가 두루 찾았으나 그림자조차 없었다. 윤 부사 부부가 이 때문에 애통한 마음에 병이 나서 이로 인하여 관직을 사양하고 경성으로 돌아왔다. 이후로 본읍 부사를 새로 제수받은 자가 도임하면 하루 이틀 안에 문득 죽었다. 서너 부사가 지나도록 매번 이와 같아 사람들이 흉한 고을이라고 하여 벼슬을 맡는 자가 없어 드디어 수년간 폐읍이 되었다.

이때에 경성에 사는 이 진사 하는 자가 있었다. 나이는 장차 사십에 불우한 환경으로 때를 만나지 못하여 죽장망혜(竹杖芒鞋)[1]로 팔도의 이름난 누각을 두루 방문하였다. 하루는 영남루(嶺南樓)[2]에 도착하여 밤은 깊고 달빛은 희고 깨끗하니 난간에 기대어 홀로 감상에 빠졌다. 갑자기 음풍(陰風)이 엄습해 오며 한 처녀가 손에 '붉은 기(朱旗)'를 가지고 온몸을 피로 적신 옷차림으로 눈물을 흘리며 누각 앞으로 왔다.

이 진사가 흔들리지 않고 물었다.

"네가 사람이냐? 귀신이냐?"

그 처녀가 대답하였다.

---

1) 대지팡이와 짚신이라는 뜻으로, 먼 길을 떠날 때의 간편한 차림을 이르는 말이다.
2) 경상남도 밀양시 내일동에 있는 누각.

"나는 귀신이요, 사람이 아니에요."

이 진사가 말했다.

"네가 이미 귀신일진대 무슨 원통한 마음을 호소할 일이 있느냐?"

귀신이 말했다.

"소녀는 본 고을의 전 부사 윤후(尹侯)의 여식으로 일찍이 아버지를 따라 고을 관아에 와 머물렀습니다. 하루는 유모가 소녀에게 은밀히 말하기를 '영남루는 칠십일 주의 제일명루요 또한 꽃다운 계절인 삼월입니다. 누각 앞에는 백화가 만발하여 붉고 푸름이 더욱 사랑스러우니 오늘 밤에 잠시 가서 즐기시고 돌아옵시다'라고 해서 처음에는 허락하지 않았다가 두세 번이나 간청하여 부득이 부모님께 말씀드리지 않고 유모를 따라서 이 누각에 도착하여 달빛을 두르고 꽃을 볼 때에 갑자기 한 교활한 사내놈이 들어와 억지로 욕을 보이려 하였습니다. 죽음으로 저항하였더니 최후에 그 사내가 허리에 찬 칼로 찔러 죽여서 누각 아래 대나무 숲에 암매장하였습니다. 소녀가 귀신이 되어 신관사또가 부임한 첫날에 원통한 마음을 하소연하려면 놀라 스스로 죽으므로 아직도 복수하지 못하였습니다. 이제야 공과 같은 위인을 만나 구천의 원한을 하루아침에 씻고자 합니다."

이 진사가 말하였다.

"그대의 말을 들으니 참혹한 슬픔을 감당치 못하겠소. 그러나 나는 일개 한미한 선비로 이를 처리할 방책이 없으니 이를 어쩐단 말이요?"

여자가 말하였다.

"바야흐로 지금 조정에서 과거를 시행하는 영이 내렸으니 존 공(尊公)께서는 급히 경성으로 돌아가시어 과거를 보시면 반드시 급제할 것입니다. 그때에 본 고을의 부사를 자원하신 후에 이 땅에 부임하여 소녀의 하늘에 사무치는 원한을 씻어 주시면 그 막대한 은혜를 보답할 날이 있을 것입니다."

이 진사가 말했다.

"그대의 한은 실로 원통함이 지극하고 애통이 극에 달한지라. 내가 만일 그대 말과 같이 다행히 본 고을의 부사로 제수되어 이곳에 부임하게 된다면 어찌 그대의 뼈에 새긴 원한을 풀어주지 않으리오. 그러나 보은이라 운운함은 내가 감히 받을 바가 아니오."

여자가 몸을 굽혀 무수히 사례하고 천천히 몇 걸음을 옮기고는 홀연히 보이지 않았다. 이 진사가 곧 상경하여 과거에 응시할 준비를 하였더라.

十二. 尹家娘子徹天恨, 人間必有報復理(上)

明宗朝에 一 尹姓이 密陽府使로 在흘 時에 一女를 有하얏는대 芳年二八에 姿色과 才華가 超絶하야 逈히 人에 過흔지라 尹府使 夫婦가 甚히 鍾愛하야 乳母로 더부러 衙 後 別堂에 共處하야 學業을 修케 하더니 一夜에는 乳母가 蒼皇히 內衙에 入하야 突然히 呼哭하면서 今에 虎가 娘子를 獲去하얏다 하는지라 尹府使가 大驚하야 衙卒을 盡發하야 疾追遍探하얏스되 形影이 無흔지라 尹府使 夫妻가 此로 從하야 慟心發病하야 因하야 職을 辭하고 京으로 還하얏는대 此後로 本邑府使를 新除한 者가 到任하면 一二日 內에 輒死하야 三四等 內를 歷하도록 每每如是흠으로 人이 凶郡이라 稱하야 莅任하는 者가 無흠으로 드대여 數年間 廢邑이 되얏더라 時에 京城에 居하는 李進士라 흐는 者ㅣ 有하야 年 將 四十에 落拓不遇하야 竹杖芒鞋로 八道의 名樓를 遍訪흘 셰 一日은 嶺南樓에 到하야 夜는 深하고 月色은 皎潔흔대 欄에 倚하야 獨立玩賞ᄒ더니 忽然 陰風이 襲來하며 一個處 女가 手에 朱旗를 持하고 滿身 血衣로 淚를 灑하며 樓前으로 至하는지라 李進士가 挺然히 不動하고 問하되 汝가 人이냐 鬼이냐 흔즉 其處女가 對하되 我는 鬼이오 人이 아니로소이다 李進士가 曰 하되 汝

가 旣히 鬼일진대 무슨 冤情을 訴홀 事가 有하냐 鬼曰 少女는 本郡의 前府使 尹侯의 女로 일즉 大人을 隨하야 郡衙에 來留하얏더니 一日은 乳母가 少女다려 私謂하되 嶺南樓는 七十一 州의 第一 名樓이오 坮한 芳春 三月에 樓前의 百花가 滿發하야 紅綠이 加愛하니 今夜에 暫往하야 玩賞하고 歸來하자함으로 初에는 許치 아니하얏다가 再三懇請함으로 不得已 父母의게 告치 아니하고 乳母를 隨하야 此 樓에 到하야 帶月看花할 際에 忽然 一狡童이 突入하야 强暴의 辱을 加코져함으로 抵死不從하얏더니 最後에 厥 漢이 佩刀로 刺殺하야 樓下 竹林에 暗埋한지라 少女가 冤魂이 되야 新官 莅任의 初에 冤情을 訴하려한즉 문득 驚ㅎ야 自死함으로 尙히 復讎치 못하얏더니 今에 公과 如한 偉人을 逢하야 九泉의 冤을 一朝에 雪코자 하나이다 李進士曰 女子의 言을 聞하니 慘痛함을 不堪할 바이나 그러나 我는 一個布衣寒士로 此를 處置할 策이 無하니 此를 如何히 할고 女子曰 方今에 朝廷에서 科令을 下한지라 尊公씌셔는 急히 還京赴試하면 반다시 登第하시리니 其 時에 本邑府使를 自願하신 後에 此 地에 赴任하야 少女의 徹天의 冤을 雪하야 주시면 此 莫大의 恩을 報할 日이 有하겟나이다 李進士曰 女子의 恨은 實로 冤이 至하고 痛이 極한지라 我가 萬一 女子의 言과 如히 幸히 本郡의 府使로 除授되야 此에 赴任하게 될진대 엇지 女子의 刻骨의 冤을 伸雪치 아니하리오 그러나 報恩이라 云云함은 我가 敢히 當할 바ㅣ 아니로다 女子가 躬을 鞠하야 無數히 謝하고 苒苒數步에 因忽不見하는지라 李進士가 卽히 京에 歸하야 應科할 準備를 爲하얏더라.

12. 윤 낭자의 한맺힌 원한, 반드시 보복이 있도다(하)

이 진사가 집에 돌아온 지 여러 날이 못되어 과연 과거 일자가 박두하였다. 이에 과장에 들어 시권(試券)[1]을 던지고 먼 데를 바라보니 홀연 공중에서 완연한 윤 낭자가 내려와서 시권을 가지고 답안 내는 곳으로 가더니 오래지 않아 방(榜)을 부르는데 이 진사가 과연 장원을 뽑혔다. 왕의 앞에 가 정숙하게 사례한 후에 밀양부사를 자원하니 왕이 크게 기뻐하여 즉시 이를 제수하셨다.

다음 날 부사가 행장을 꾸려 부임길에 올라 삼사일 후에 본 고을에 도착하니 소위 관속배가 차례로 현신(現身)[2]은 하나 그 기색을 관찰한 즉, 모두 단명할 태수로 보아 별로 공경하는 태도를 보이지 않고 모두가 눈썹을 찡그리는 기색이었다. 부사가 알고도 모르는 듯이 하고는 날이 저물어 황혼이 되니 관속이 각각 흩어져 귀가하고 관아가 적적하여 한 사람도 없었다. 부사가 불을 밝히고 홀로 누워 이리 뒤척 저리 뒤척하며 잠들지 못하였다.

날이 밝으니 문밖에서 사람 말소리가 시끄럽거늘 부사가 자리에서 일어나 창틈으로 내다보니 관속의 무리들이 염습할 여러 가지 것들을 가져와 문을 열고는 먼저 들어가라며 서로서로 미루었다. 부사가 속으로 웃기를 그치지 못하며 곧 문을 열고 바로 앉아서 말하였다.

"너희들이 무슨 까닭으로 이와 같이 시끄럽게 구느냐."

그러니 관속의 무리가 크게 놀라 '신인(神人)이라' 서로 말하며 창황히 뜰아래에 예를 갖추어 허리를 굽히고 나아가 절을 하며 죄를 청하였다.

---

1) 과거 때 글을 지어 올린 종이이다.
2) 아랫사람이 윗사람에게 처음으로 뵈는 것을 말한다.

부사가 거짓으로 크게 성을 내어 추상같이 호령하며 이방과 각 고을 장교의 우두머리를 잡아들여 사또를 모욕한 죄를 엄히 다스렸다. 그 호령이 엄숙함에 관속이 두려워하여 다리를 떨었다. 부사가 부임 후에 이방에게 영을 내려 윤 부사 이래의 이안(吏案)[3]을 거두어 낱낱이 검열해보니 그때 통인(通引)[4]으로 있던 자 중에서 과연 '주기(朱旗, 붉은 기)'라는 성명이 있었다. 이방에게 그 거주하는 곳을 물으니 맡은 일을 마치고 물러나 마을에 산다고 하였다. 즉시 사나운 아전을 보내어 즉각 잡아 오라고 한 후에 형구(刑具)를 크게 벌려놓고 엄히 고문하였다.

"네가 윤 사또의 소저 거처를 반드시 알 것이다. 너의 저지른 죄를 내가 이미 아니 털끝만큼도 숨기지 말고 사실을 바른대로 고하여라." 주기는 이 부사가 숨기고 있는 일을 들춰내는 것이 귀신같음을 보고 감히 속이지 못하고 낱낱이 자백하였다.

"과연 소인이 윤 사또 당시에 통인으로 있으면서 하루는 소저를 잠깐 뵙고 정욕이 크게 일어 억제치 못하고 이로 인하여 병이 되어 백약이 무효하였습니다. 이에 죽을 수밖에 없는 처지에서 한 가닥 살길을 찾을 계책을 감히 생각하여 천금을 유모에게 뇌물로 주고 소저를 남쪽 누각으로 꾀어내어 백방으로 목숨을 구걸하였습니다. 그러나 죽음을 각오하고 듣지 않기에 억지로 범하려 하였으나 또한 완강히 항거하였습니다. 이러한 지경에 이르니 죽는 것과 일반이라 비밀을 막기 위해 죽이고 제가 살기 위해, 허리에 찬 칼로 찔러 죽인 후 시체를 대나무 숲에 매장하였습니다. 이와 같은 큰 죄를 범하였는데 오히려 죽기가 늦었습니다."

이렇게 자백하니 목과 다리에 칼과 차꼬를 채우고 옥중에 가두고 윤 부사 집에 급보하여 유모를 잡아와 대질한 즉, 그 공사(供辭)[5]가 딱 들어

---

3) 관아에 갖추어 두던 아전들의 명부이다.
4) 관아에서 수령의 잔심부름을 하던 구실아치이다.

맞았다. 이에 주(州)의 관아에 역마를 달려 급히 보고하고 주기와 유모를 함께 때려죽이고 낭자의 시체를 파니 모습이 살아있는 것과 같았다. 다시 염을 하고는 관을 갖추어 고향 산에 반장(返葬)[6]하니 윤 부사가 그 원수 갚은 은혜를 감사하였다.

그 뒤에 여러 날을 지나 부사가 잠자리에 들었는데 윤 낭자가 와서 두 번 절하며 말하였다.

"소녀가 구천(九泉)[7]의 땅속에서 철천의 원한을 품고 이를 풀지 못하였다가 요행히도 영명하신 대인을 만나 하루아침에 뼈에 사무친 한을 풀며 큰 원수를 갚았습니다. 대인의 은혜는 실로 하해와 같습니다. 소녀가 장차 존귀하신 은혜의 만분의 일이라도 갚으려 합니다. 대인이 머지않아 내직(內職)[8]으로 전보되신 후에 차례로 중요한 요직에 높은 벼슬을 역임하실 것이며 자손 또한 번창할 것이니, 이것은 곧 소녀가 은혜를 갚는 것입니다."

그러고 인하여 사례하고 갔다. 부사가 놀라 깨니 한 꿈이었다. 여러 달을 지나 과연 동부승지(同副承旨)[9]로 영전되고 또 오래지 않아 고관대작을 차례로 역임하고 그 자손이 또한 여러 대 과거에 급제하였다고 하더라.

十二. 尹家娘子徹天恨, 人間必有報復理(下)

李進士가 家에 歸한지 幾日이 못되야 果然 庭試 日子가 已迫한지

---

5) 범인이 자신의 범죄 사실을 진술하는 말이다.
6) 객지에서 죽은 이의 시체를 제가 살던 곳이나 고향으로 옮겨 장사지내는 것을 말한다.
7) 죽은 뒤에 넋이 돌아간다는 곳이다.
8) 서울 안에 있는 각 관아의 벼슬이다.
9) 승정원의 정3품 벼슬이다.

라 이에 科場에 入하야 券을 投하고 遙望한 則 忽然 空中으로브터
宛然히 尹娘子가 下來하야 試券을 捧하고 臺上으로 進하더니 居無何
에 榜을 呼하는대 李進士가 果然 壯元을 擢한지라 榻前에 肅謝한 後
에 密陽府使를 自願하니 上이 大喜하사 卽時 此를 除授하시니라.

翌日에 府使가 行李를 整하야 赴任의 路에 登하얏는대 三四日 後
에 本郡에 着하니 所謂 官屬輩가 次第로 現身은 하나 其 氣色을 觀察
한 則 모다 短日 太守로 視하야 別로 敬畏의 態를 執치 아니하고 一般
히 蹙眉의 色이 顯有한지라 府使가 知若不知하더니 日이 暮하야 黃
昏에 到함이 官屬이 各各 散歸하고 衙中이 寂寂하야 一人도 無한지
라 府使가 燭을 明하고 獨臥하야 輾轉하며 寐치 못하더니 天이 將明
함이 門外에 人語가 洶洶하거늘 府使가 枕에 起하야 窓隙으로 窺視
하니 官屬輩가 殮襲의 諸具를 携帶하고 開戶 先入하라 互相推諉하
거날 府使가 心笑하기를 不已하며 이에 戶를 排하고 正坐하야 日 汝
輩가 何故로써 若是히 洶洶하나뇨 하니 官屬輩가 大驚하야 神人이라
相謂하며 蒼黃히 庭下에 趨拜하야 罪를 請하거늘 府使가 거즛 大怒
하야 秋霜갓치 號令하며 首吏와 首校를 拿入하야 其 侮慢한 罪를 嚴
治하니 號令이 肅肅함이 官屬이 惴惴하야 股를 慄하더라 府使가 赴
任後에 首吏에게 令하야 尹侯 以來의 吏案을 收하야 這這히 檢閱한
則 其 時 通引으로 在하든 者中에서 果然 「朱旗」라는 姓名이 有한지
라 首吏에게 其 居住를 問하니 役을 退하야 村에 居한다 하거늘 卽時
猛吏를 發하야 卽刻으로 捉來한 後에 刑具를 大設하고 嚴히 拷問하
되 汝가 尹使道의 小姐 去處를 必知하리라 汝의 所犯을 我가 已知하
니 小毫도 隱諱치 말고 事實을 直告하라 朱旗가 李府使의 發奸摘伏
이 如神함을 見하고 敢히 欺蔽치 못하야 一一히 自白하되 果然 小人
이 尹使道 當時에 通引으로 一日은 小姐를 瞥見하옵고 慾火가 大熾
하야 能히 抑制치 못하고 此로 因하야 病을 致함이 百藥이 無效한지

라 이에 死中求生의 計를 敢生하야 千金으로써 乳母에게 賂를 行하고 小姐를 南樓로 誘出하야 百般으로 命을 乞하얏스되 抵死不聽함으로 强暴의 手段을 行하려 하얏스나 또한 頑强히 抗拒함으로 到此 地頭하야는 死에 犯하기는 一般이라 滅口圖命코져 하야 이에 佩刀로써 刺殺한 後에 屍體를 竹林에 埋하얏거니와 如斯한 大罪를 犯하고 오히려 死하기가 遲晩이로소이다 하거날 이에 項足을 並鎖하야 獄中에 牢囚하고 尹府使家에 急報하야 乳母를 押囚對質한 則 其 供辭가 符合한지라 이에 州營에 馳報하야 朱旗와 乳母를 並히 杖殺하고 娘子의 屍體를 掘하니 面目이 生함과 如한지라 改殮具棺하야 故山에 返葬하니 尹府使가 其 報讎한 恩을 謝하얏더라.

其 後 數日을 經하야 府使가 寢에 就하더니 尹娘子가 來하야 再拜하며 曰하되 少女가 九泉의 下에서 徹天의 寃을 含하고 此를 伸雪치 못하얏다가 幸히 英明하신 大人을 逢하야 一朝에 刻骨의 恨을 雪하며 大讎를 報함을 得하얏스오니 大人의 恩惠는 實로 河海와 如하온지라 少女가 將次 尊恩의 萬一이라도 報하려 하오니 大人이 未幾하야셔 內職으로 轉하신 後에 次第로 樞要의 大官을 歷하실지며 子孫도 또한 昌盛하오리니 此가 卽 少女의 恩을 報하는 바이로소이다 하고 因하야 謝去하는지라 府使가 驚覺하니 이에 一夢이라 數月을 過하야 果然 同副承旨로 榮轉되고 又 未幾에 高官大爵을 次第로 歷任하고 其 子孫이 또한 屢世를 登科하얏다 云하니라.

13. 호걸이 어찌 촌구석에서 마치리,
명기는 원래 영웅을 알아본다(상)

　옥계(玉溪) 노진(盧禛, 1518~1578)[1]은 일찍이 아비를 잃고 집안이 가난
하였는데 남원의 땅에서 살았다. 나이가 이미 십오 세에 달하였으나
빈한하여 아직도 아내를 취하지 못하였다. 그 종속(從叔)[2] 무변(武弁)[3]이
이때에 선천부사(宣川府使)[4]가 되었는데 그 어머니가 옥계에게 권하여
친히 선천에 가서 혼수를 빌려 오라 하였다. 옥계가 편발(編髮)[5]로 걸어
길을 떠나 발을 선천부의 문 앞에 들이밀었으나 문지기가 막아 들어가
지를 못하고 여러 시간을 길 위에서 방황하였다. 마침 한 어린 기생이
있는데 용모가 자못 단정하고 아름다우며 의복이 극히 화려하고 사치스
럽게 꾸몄다. 지나가다가 홀연히 옥계를 보고 문득 걸음을 멈추고 한참
을 보더니 물었다.

　"도령은 어느 곳에서 오셨는지요?"

　옥계가 사실을 말해주니 기생이 말하였다.

　"저의 집이 아무 동, 몇 번째 집이니 이곳에서 거리가 멀지 않습니다.

---

1)　본관은 풍천(豊川). 자 자응(子膺). 호 옥계(玉溪)·칙암(則庵). 시호 문효(文孝)이다. 1546
　년 증광문과에 을과로 급제한 후 예조의 낭관을 거쳐 지례현감이 되었는데, 선정을
　베풀어 청백리에 녹명되었다. 이후 형조참의, 도승지, 충청도관찰사 등을 거쳐 부제학이
　되었다가 홀어머니 봉양을 위해 모두 사퇴하고 곤양군수로 나갔다. 1575년 예조판서에
　올랐으나 사퇴하고 다시 대사헌·예조판서·이조판서 등의 내직을 받았으나 병 때문에
　나가지 못하였다. 평소 기대승(奇大升)·노수신(盧守慎)·김인후(金麟厚) 등의 학자들과
　교유하였다. 어머니에 대한 지극한 효도로 정문(旌門)이 세워졌고, 남원의 창주서원(滄
　州書院), 함양의 당주서원(溏州書院)에 배향되었다. 문집『옥계집』이 있다.
2)　아버지의 사촌 형제로 오촌이 되는 관계이다.
3)　무관을 말한다.
4)　평안북도에 있는 고을의 부사이다.
5)　관례하기 전에 머리를 길게 땋아 늘이던 일. 또는 그 머리이다.

날이 저물기 전에 저의 집에 왕림하는 것이 어떠신지요?"

옥계가 이를 허락하였다.

그리고 간신히 선천부에 들어가 그 종숙을 배알하고 오게 된 사유를 말하니 부사가 눈살을 찌푸리고 얼굴을 찡그리며 말했다.

"내가 새로 부임한 지 얼마 되지 않아 관아의 채무가 산적하여 눈앞의 형편이 어찌하기가 어렵네."

그러하며 말하는 행동과 대하는 것이 심히 차디찼다. 옥계가 여관에 가서 숙박할 뜻을 말해도 만류치 않았다. 곧 문을 나와 그 어린 기생의 집을 방문하니 기생이 문밖에 서서 기다렸다가 흔연히 손을 잡고 방으로 끌어들인 후에 그 어머니로 하여금 저녁 찬을 정성껏 준비하여 내오고 지극히 환대하며 말하였다.

"첩이 부사의 사람됨을 보건대 비록 가까운 사이일지라도 혼수를 보태주지 않을 것이니 모름지기 단념함이 좋을까 합니다. 첩이 도령의 생김새와 기골을 보건대 훗날 크게 현달할 상입니다. 어찌 구구히 걸객(乞客)[6]이 행하는 일을 달게 하시는지요. 첩이 비록 불민하나 일찍이 오백 냥의 은자를 사사로이 갖춘 것이 있습니다. 이곳에 며칠 머무르셨다가 다시 관아에 들어가지 말고 이 은자를 가지고 곧장 집으로 돌아가신 후에 혼인하는 비용으로 삼으세요."

옥계가 말하였다.

"너의 말이 실로 감사하기 무한하구나. 무엇으로써 훗날에 은혜를 갚으리오. 또 행동거지를 이렇게 가볍게 하면 종숙이 어찌 나를 책망치 않겠는가."

기생이 말하였다.

"도령은 비록 지극히 가까운 가족의 정분으로 하나 저 이는 그렇게

---

6) 몰락한 양반들로서 의관을 갖추고 다니며 얻어먹는 사람이다.

대하지 않는 이상에 이별하는 것이 어찌 안 되는지요."

그리고 여러 날 뒤에 기생이 촛불 아래에서 행장을 꾸리고 은자를 보자기에 싼 후에 이른 아침에 마구간에서 말 한 필을 끌고 와 옥계로 하여금 타고 가기를 재촉하며 말했다.

"도령께서는 십 년 안팎에 반드시 청운의 길에 오르셔서 크게 귀해질 것입니다. 첩은 삼가 몸을 깨끗이 하고 스스로를 지켜서 군자를 기다리겠습니다. 얼굴을 볼 기약은 오직 잠시 한숨 쉬는 사이에 있습니다. 뒷날 만날 기약을 저버리지 마시고 천만보중하세요."

그러며 눈물을 흘리고 손을 놓았다. 옥계도 또한 처연히 눈물을 떨구고 귀향길에 올랐다.

옥계가 마음속으로 그 어린 기생의 고상한 의협심과 넉넉함에 매우 감탄하고 집에 돌아와 그 사실의 전말을 모부인에게 고하니 그 어머니도 또한 놀랍고 기이함을 그치지 못하였다. 옥계가 그 은자로 아내를 취하여 집안을 경영케 하니 그 처가 또한 현숙하고 근검하여 의식을 절약하니 자못 어려운 처지에 빠진 탄식이 없게 되었다. 옥계가 이에 공부하는 일에 각별히 애를 써 여러 해를 지남에 학업이 크게 나아졌다. 이에 과거에 응하였더니 과연 장원하여 암행수의(暗行繡衣)[7]로 관서(關西)지방의 안렴(按廉)[8]이 되었더라.

十三. 豪傑豈是終林泉, 名妓元來識英雄(上)

盧玉溪禛이 早孤家貧하야 南原의 地에 寓居하더니 年이 旣히 弱冠의 歲에 達하얏스나 貧寒함으로써 尙히 娶치 못하얏더라 其 從叔 武

---

7) 암행어사이다.
8) 안찰사이다.

弁이 時에 宣川府使가 되얏는대 其 母가 玉溪를 勸하야 親히 宣川에 往하야 婚需를 乞하야 來하라 하니 玉溪가 編髮로써 徒步作行하야 足을 宣府의 門에 納하얏스나 闇이 阻하야 得入치 못하고 數時間을 路上에서 彷徨하더니 맛참 一 童妓가 有하야 容貌가 頗히 端麗하며 衣服이 極히 華靡한 者가 過去하다가 忽然히 玉溪를 見하고 문득 步를 停하야 熟視하더니 因하야 問하되 都令이 何處로 從하야 來하얏나뇨 玉溪가 其 實로써 告하니 妓曰 儂의 家가 某 洞 第幾家니 此에서 距하기 不遠한지라 日暮하기 前에 我의 家로 枉臨함이 何如호뇨 玉溪가 此를 許하고 艱辛히 門에 入하야 其 從叔을 謁하고 下來한 事由를 告하니 府使가 嚬蹙하며 曰하되 我가 新任한지 未幾에 官債가 山積하야 目下의 事勢로는 何如키 難하다 하며 言動과 待遇가 甚히 冷落한지라 玉溪가 旅店에 往하야 宿泊할 意를 告함에 쯘한 挽留치 아니함으로 곳 門을 出하야 其 童妓의 家를 訪하니 童妓가 豫히 門外에 佇待하얏다가 欣然히 手를 握하고 房으로 延入한 後에 其 母로 하야금 夕餐을 精備하야 進하고 極히 款待를 爲하며 曰 妾이 本 官司의 爲人을 見하건대 비록 至親의 間일지라도 婚需 等의 補助를 爲하기 不肯할지니 須히 斷念함이 可할가 하노라 妾이 都令의 狀貌와 氣骨을 見하건대 他日에 可히 大顯達할 相이라 엇지 區區히 乞客의 行하는 事를 甘爲하리오 妾이 비록 不敏하나 曾히 五百兩의 銀子를 私備한 者가 有하니 此에 幾日을 留하다가 更히 官衙에 入치 말고 此 銀子를 持하고 直히 還家한 後에 婚娶의 資를 爲하소셔 玉溪가 曰 汝의 言이 實로 感謝하기 無地하지라 何로써 他日에 恩을 報하리오 그러나 行止를 如斯히 飄忽하야 來去가 明白치 아니하면 從叔이 엇지 我를 責치 아니하리오 妓曰 都令은 비록 至親의 誼로써 하나 彼는 至親의 情으로 待치 아니하는 以上에 告別치 아니한들 엇지 不可함이 有하리오 하고 數日 後에 妓가 燭下에서 行裝을 理하고 銀子를 褓로써 裹한

後에 早朝에 廐上의 一匹馬를 牽出하야 玉溪로 하야금 乘케 하고 行하기를 促하야 曰 都令이 十年 內外에 必히 靑雲의 路에 登하야 大貴를 致할지라 妾이 此로 從하야 謹히 潔身自守하야 君子를 俟할 터이오니 會面의 期는 오즉 此 一欵의 事에 在한지라 後期를 負치 마시고 千萬保重하소셔 하며 因하야 淚를 灑하고 手를 分하는지라 玉溪도 쏘한 凄然히 淚를 下하고 歸鄕의 道에 就하얏더라.

　玉溪가 心中으로 其 童妓의 高尙한 義俠心이 富함을 嘆賞하고 家에 歸하야 其 事實의 顚末을 母夫人에게 告하니 其 母도 쏘한 驚異함을 不已하더라 玉溪가 其 銀子로써 妻를 娶하야 家産을 營케 함에 其 妻가 쏘한 賢淑하고 勤儉하야 衣食의 節에 頗히 屢空의 嘆이 無케 하얏는지라 玉溪가 이에 刻意做工하야 數年을 過함에 學業이 大就한지라 이에 科擧에 應하얏더니 果然 壯元高第를 擢하야 暗行繡衣로 關西를 按廉하게 되얏더라.

13. 호걸이 어찌 촌구석에서 마치리,
명기는 원래 영웅을 알아본다(하)

옥계가 선천에 이르러 먼저 그 기생 집을 방문하니 기생은 없고 오직 그 어머니만 홀로 있었다. 옥계가 그 어머니에게 자기가 옥계임을 말하고 그녀의 소식을 물으니 옥계의 옷자락을 잡고 울며 "내 딸이 한 번 서방님을 송별한 후로 늘 그리워함을 이기지 못하였지요. 하루는 이 어미를 버리고 도망하여 간 곳을 알지 못한 지 지금 몇 해가 되었답니다. 늙은 몸이 밤낮으로 생각하니 흐르는 눈물이 마를 날이 없군요."

이러하거늘 옥계가 망연자실하다가 스스로 생각하되 '내가 이곳에 온 것이 오로지 옛 여인을 상봉하려 함이거늘, 이제 모습이 없어 만날 날을 기약할 수 없구나. 심장이 모두 부서지는 것 같으니 이를 스스로 치료하기가 어렵구나. 그러나 저 여인이 당초에 나를 경성에 돌려보낼 때에 맹서가 단단하였다. 지금 집을 버리고 발자취를 감춘 것은 오로지 나를 위하여 몸을 깨끗이 하고 스스로를 지키고자 하는 계획이 아닐까' 하고 다시 그 어머니에게 물었다.

"그대의 딸이 한번 간 뒤로 죽었는지 살았는지를 아직도 듣지 못하였는가?"

기생의 어머니가 말했다.

"근래에 어떤 사람이 전하는 말을 들으니 제 딸이 성천(成川)[1]의 어떤 산사에 자취를 감추고 숨어 있다고 하는데 그 얼굴을 본 자가 없다고 합니다만. 풍문을 족히 믿기 어려우며 또 늙은 몸이 나이 많고 기력이 쇠하여 그 종적을 쫓아가 찾지 못하였습니다."

---

1) 평안남도 남동부에 위치한 군이다.

옥계가 듣기를 마치고는 한참동안을 생각하다가 그 노모와 작별을 하고 곧장 성천에 가 경내에 있는 많은 사찰을 두루 다니며 끝까지 찾아보았으나 흔적이 없었다. 마지막에 한 사찰에 이르러 물어보려 올라갔다. 절 뒤에 천 길이나 되는 절벽이 있고 그 위에 조그만 암자가 있는데 산이 몹시 가팔라서 발을 디디기가 어려웠다. 옥계가 덩굴 잡고 등나무를 더위잡고 간신히 올라가니 두서너 명의 중이 있었다. 그들에게 물어보니, "사오 년 전에 한 여자가 스무 살 안팎쯤 돼 보이는데, 약간 은자를 예불하는 수좌(首座)[2]에게 부탁하였지요. 그것으로 아침저녁의 비용으로 삼고 부처님을 모신 아래 엎드려 머리를 풀어헤치고 얼굴을 가리고 조석은 창틈으로 들이고 볼일을 볼 때에만 잠시 나왔다가 도로 들어가기를 늘상 일로 하였답니다. 이와 같이 하기를 여러 해 지났음으로 본사의 스님들은 모두 살아있는 보살이라 하여 감히 그 앞에 가까이 못한답니다." 하였다. 옥계가 속으로 생각하기를 '혹 이 여인이 아닌가?' 하고 이에 수좌로 하여금 창틈으로 말을 전하기를 "남원 노 도령이 오로지 낭자를 위하여 왔으니 문을 열고 맞으라." 하였다.

그러자 그 여인이 말하였다.

"노 도령이 왔으면 과거에 급제하였는지? 못 하였는지요?"

옥계가 급제한 후에 수의어사로 관서지방에 왔다는 앞뒤 이야기를 갖추어 말하니 그 여인이 이에 펄쩍 뛰며 말하였다.

"첩이 여러 해를 이곳에 몸을 감추어 괴로움을 삼킨 것은 오로지 낭군을 위함이었습니다. 이제 과거에 급제하셨다 하니 어찌 흔연히 나가 맞지 않겠습니까마는 그러나 오랜 세월 귀신의 형용으로 장부의 행차에 나타나기 어렵습니다. 만일 저를 위하여 십여 일을 기다려 주시면 첩이 마땅히 때를 씻고 분단장을 한 뒤에 귀신같은 몰골을 사람 모양으로

---

2) 절의 우두머리이다.

회복한 후에 나타나 뵙겠습니다. 옥계가 그 말에 따라 절에서 머물렀다. 십여 일을 지나 그 여인이 분단장을 하고 꾸밈을 성대히 하여 나타났다.

옥계가 손을 잡고 흐느껴 우니 그 여인도 또한 옥계를 안고 슬픔과 기쁨이 뒤섞여, 두 사람의 정경을 말로 설명하기가 어려웠다. 옥계가 즉시 관아에 기별하여 가마와 말을 빌려서 선천으로 길을 떠나 그 어머니와 상면케 하였다.

그러고 오래지 않아 공무를 마치고 천폐(天陛)[3]에 복병(復命)[4]한 후에 비로소 인마를 보내어 경성으로 인솔하여 부부의 즐거움을 누렸다. 금슬(琴瑟)의 두터움과 종고(鐘鼓)[5]의 즐거움은 실로 말하지 않아도 상세히 알만하다.

十三. 豪傑豈是終林泉, 名妓元來識英雄(下)

玉溪가 宣川에 至하야 먼져 其 妓의 家를 訪하니 妓는 無하고 오즉 其 母만 獨在한지라 玉溪가 其 母를 對하야 自個가 玉溪임을 言하고 其 女의 消息을 探하니 其 母가 이에 玉溪의 裾를 執하고 泣하되 我의 女가 一自書房主를 送別한 後로 常히 戀戀함을 不勝하더니 一日은 母를 棄하고 逃走하야 去向을 不知한지 于今 幾年에 老身이 晝夜로 思念하야 淚水가 乾할 日이 無하다 하거늘 玉溪가 茫然自失하다가 自念하되 我의 此 來가 專혀 故人을 相逢코져 함이어늘 今에 形影이 無하야 相逢이 無期하니 心膽이 俱碎하야 此를 自醫키 難한지라 그러나 彼가 當初에 我를 京城에 送還할 時에 信誓가 旦旦하얏스니 今에

---

3) 제왕이 있는 궁전의 섬돌이다.
4) 명령을 받고 일을 처리한 사람이 그 결과를 보고하는 것을 말한다.
5) 부부 간의 화목함을 말한다.

家를 棄하고 踪을 晦한 것은 專혀 我를 爲하야 潔身自守하자는 計가
안일가 하고 更히 其 母다려 問하되 君의 女가 一去한 後로 死生과
存歿을 尙히 聞치 못하얏는가 其 母ㅣ 曰 近日에 至하야 人의 所傳을
聞한 則 我의 女가 成川 境內 엇든 山寺에 藏踪秘跡하얏는대 其 面을
見한 者가 無하다 云하나 風聞의 言을 足히 取信키 難하며 且 老身이
年이 晚하고 氣가 衰하야 其 踪跡을 追尋치 못하얏나이다 玉溪가 聽
罷에 熟思良久하다가 其 老母를 辭하고 因하야 直히 成川地에 赴하
야 一境內에 在한 幾多 寺刹을 遍踏窮搜하얏스나 맛참너 形影이 無
한지라 最後에 一寺에 至하야 探問하고 登할시 寺後에 千仞絶壁이
有하고 其 上에 一個 小庵이 有한대 甚히 峭峻하야 足을 着키 難한지
라 玉溪가 蘿를 攀하고 藤을 挐하야 艱辛히 上去한 則 數三僧徒가
有한지라 其 前에 趨하야 探問한 則 四五年에 一個 女子로 二十內外
된 者가 若干 銀子로써 禮佛의 首座에 付하야 朝夕의 費를 爲하고
因하야 佛座卓下에 伏하야 髮을 披하며 面을 掩하고 朝夕의 飯은 窓
穴로 從하야 入하고 便事를 爲할 時에만 暫時間을 出하얏다가 還入하
기를 常事로 하얏는대 如斯하기를 數年이 過하얏슴으로 本寺의 僧徒
一般은 모다 菩薩生佛이라 하야 敢히 其 前에 近치 못한다 하거늘
玉溪가 內心에 以爲하되 或은 此 女가 안인가 하고 이에 首座로 하여
금 窓隙을 從하야 言을 傳하되 南原 盧都令이 專혀 娘子를 爲하야
來하얏스니 門을 開하야 迎하라 其 女가 曰하되 盧都令이 來하얏스면
登科하얏는가 否하얏는가 玉溪가 登科한 後 繡衣御史로 關西의 行을
作하얏다는 前後首末을 言하니 其 女가 이에 踊躍하며 曰하되 妾이
積年하도록 此에 晦跡하야 苦를 喫한 것은 全혀 郎君을 爲함이라 今
에 科에 登하얏다 하니 엇지 欣然히 出迎치 아니하리오 그러나 積年의
鬼形으로써 丈夫의 行次에 出現키 離하니 萬一 我를 爲하야 十餘日
을 留하시면 妾이 맛당히 垢를 洗하고 粧을 理하야 鬼形을 人形으로

復한 後에 敢히 出見하겟나이다 玉溪가 其 言에 依하야 寺에셔 逗留
하더니 十餘日을 過하야 其 女가 粧을 凝하고 飾을 盛히 하야 出하거
날 玉溪가 手를 執하고 嘘唏流涕함에 其 女도 坐한 玉溪를 抱하고
悲喜交集하얏는대 其 兩人의 情景은 이로 形言키 難하더라 玉溪가
卽時 本府에 通하야 轎馬를 借하야 宣川으로 治行하야 其 母와 相面
케 하고 未幾에 公務를 畢하고 天陛에 復命한 後에 비로소 人馬를
送하야 京城으로 率來하야 同室의 樂을 享하얏는대 其 琴瑟의 厚와
鐘鼓의 樂은 實로 不言可祥이더라.

14. 일국 수상을 바라는 것이 아니요, 단지 천하일색만을 원할 뿐이라오(상)

　세상에는 실로 기이한 일도 있다. 선조(宣祖) 임진(壬辰)에 명나라 장수 이여송(李如松)이 조선을 구원하러 와 평양에 있을 때였다. 한 김(金)씨 성의 역관에게 용양(龍陽)¹⁾의 총애가 있었다. 김 역관의 나이는 스물이요, 용모와 자태가 아름답고 고와 당시 남자 가운데 일색(一色)이라는 이름을 차지하였다. 여송이 주야로 사랑하여 일시라도 헤어지지 않으니 비록 여자가 사랑을 독차지하는 총애라도 이보다 더하지는 못하였다. 말할 때마다 반드시 이야기하며 따르지 않음이 없었다.

　그 뒤에 군대를 철수하여 귀국할 때였다. 역관을 데리고 함께 유문(柳門)에 도착할 때 요동(遙東) 땅의 도통(都統)²⁾이 군량 약속한 기간을 어겼다. 그러므로 여송이 대로하여 장차 군법을 시행하려 하였다. 도통에게는 세 아들이 있었다. 장자는 시랑(侍郎)³⁾이요, 차자는 서길사(庶吉士)⁴⁾였다. 막내는 귀신같은 중이란 신승(神僧)으로 명나라 황제의 신사(神師)⁵⁾가 되어 임금이 거처하는 대내의 별도로 마련한 사원에 거처하니,

---

1) 중국 전국 때에 위왕(魏王)이 총애하는 신하가 용양군(龍陽君)이라 일컬은 고사에서 나온 말로 사내들 끼리 성교하듯이 하는 짓을 말한다.
2) 남북조 시대의 문하성(門下省)에 속했던 지의국(至衣局)의 무관(武官). 당대(唐代)에는 원수(元帥)의 차위(次位)오서 병마(兵馬)를 통솔(統率)한 대신이다. 명나라에는 없는 직책이다.
3) 당나라 때에는, 중서(中書)·문하(門下) 두 성(省)의 실질상 장관이다.
4) 명나라의 태조가 서경에서 입교서상길사(立敎庶常吉士)라고 한 것을 본받아 설치한 관직명이다. 새로 진사가 된 자들 가운데, 학문이 우수한 자나 글씨를 잘 쓰는 자로 임명하였다. 조선의 사가독서(賜暇讀書)제도와 유사하다.
5) 원래 영신(靈神)의 스승이라는 뜻으로, 교황(敎皇), 주교(主敎), 신부(神父)를 이르는 말이다.

당(唐) 숙종(肅宗, 711~762)[6]의 이업후(李鄴侯, ?~789)[7]로 대함과 같았다.

세 사람이 그 아비가 장차 참살 당할 것을 듣고 황망히 요동에 들어와 만나 아비 구할 계책을 상의하였다. 이는 천자의 명으로도 구하기 어려운 일이라며 신승(神僧)이 말하였다.

"내가 들으니 조선 김 역관이 제독(이여송)에게 총애가 있어 말하는 것은 반드시 들어준다 하니 이 사람을 가서 보고 천 가지로 애걸하면 혹 구할 방도가 있겠다."

그리고 드디어 이여송의 군영 밖에 함께 이르러 좌우사람들에게 청을 넣어 김 역관에게 면회를 하니, 김 역관이 여송에게 말하였다.

"도통의 형제 삼 인이 소인을 뵙고자 하니 어찌 하오리까?"

여송이 말하였다.

"저희들이 반드시 그 아비를 위하여 목숨을 구하러 온 것이다. 그러하나 저들은 상국(上國)의 존귀한 사람이요, 너는 외국의 일개 역관이라. 어찌 감히 가서 보지 않으리오. 김 역관이 이에 나가 보니 삼 인이 존경하는 마음으로 몸을 굽혀 예를 다하며 합하여 간청하였다.

"아버지께서 불행히 변을 만나서 살아나실 방도가 만무하니 원컨대 우리를 위하여 제독에게 잘 말씀드려서 죽게 된 목숨을 구해주시면 마땅히 그 재생의 은혜를 갚겠소."

김 역관이 말하였다.

"나와 같은 외국의 자잘한 천 것이 어찌 능히 천장의 군율을 어지럽게

---

6) 당나라의 황제(재위, 756~762)로 현종(玄宗)의 세 번째 아들이다.
7) 당나라 이필(李泌). 자는 장원(長源). 덕종(德宗) 때인 정원(貞元) 3년(787)에 업현후(鄴縣侯)로 봉해졌음. 숙종이 안록산과 싸울 때, 형산(衡山)에 은거하는 그를 불러 함께 수레를 타고 군중(軍中)에 다니니, 군사들이 '누런 옷 입은 이는 성인(聖人), 임금이요 흰옷 입은 이는 산인(山人)이다' 하므로, 숙종이 이필에게 억지로 벼슬을 주어 조복(朝服)을 입게 했다고 한다.

하리요. 말씀에 '장수는 밖에 있을 때 임금의 명령을 듣지 않는 것이 있으니(將在外 君命 有所不受)[8]라 하였으니 이미 군법을 범한 이상에는 비록 천자의 조서로도 이를 어떻게 하기가 어려운 것이라. 어떻게 내가 할 바가 아니오."

시랑 형제 삼 인이 머리를 수그리고 애걸하되, "들은 즉 그대가 제독에게 은총이 있어 말하는 바와 청하는 것을 듣지 않는 것이 없다 하더군요. 다행히 우리를 위해 힘을 써 아버지를 살린다면 그 은혜는 마땅히 결초보은 할 것이오."라 하니 김 역관이 말했다.

"귀인의 간절함이 이와 같으니 어찌 모른 체 물리치리오. 성사 여부는 알 수 없으나 삼가 성심을 다하여 제독에게 우러러 청하겠소. 천장의 처분을 기다리시오."

이러하니 시랑 형제 삼 인이 무수히 절하며 사례하고 물러갔다. 김 역관이 돌아오니 여송이 물었다.

"저들이 말한 게 도통의 일로써 간절히 구하려는 것이 아니냐?"

김 역관이 말하였다.

"과연 그렇습니다."

그리고 그 문답하든 전말을 자세하게 이야기하니 여송이 깊이 생각한 지 오래되어 말했다.

"내가 싸움터에 거리낌 없이 오고가며 사사로이 간청을 받아 공사를 해치지 아니하였는지라. 그러나 지금 네가 자잘한 몸으로 이와 같이 대국 귀인의 간청을 받으니, 네가 나에게 절실한 것을 알겠다. 내가 너를 데리고 이곳에 와 다른 것은 가히 생색낼 것이 없으니, 군대 규율이 비록 엄하나 마땅히 너를 위하여 이번에 특히 저를 용서하리라."

김 역관이 기뻐하여 이에 삼 인을 보고 제독이 용서한다는 사실을

---

8) 『손자병법』 제9편에 보인다.

전하였다. 삼 인이 나란히 머리를 숙이고 절하며 말했다.

"그대 덕에 힘입어 아버지 목숨을 구하였으니 천지의 큼과 하해 같은 깊음을 장차 어찌 갚으리오. 새의 깃과 털, 짐승의 이빨, 가죽과 금은옥백을 오직 명하는 대로 주리다."

김 역관이 말하였다.

"나는 집이 원래 맑고 검소하니 진귀한 보물은 진실로 원하는 바가 아니오. 그리고 또 자질구레한 수고로 어찌 보은을 바라겠소."

삼 인이 말하였다.

"그대는 조선의 일개 역관이지만 만일 상국의 명으로 그대를 귀국의 수상이 되게 하면 어떻겠소?"

김 역관이 말했다.

"우리나라는 명분을 오로지 숭상하거늘 나는 보통 사람이오. 만일 수상을 한다면 반드시 '중인(中人)정승'이라 할 것이니 도리어 하지 않느니만 못하오."

삼 인이 말하였다.

"그러하면 그대로 상국의 품계가 높은 벼슬을 위하여 중원의 높고 큰 가문을 만들어주면 어떠하오?"

김 역관이 말하였다.

"내 부모가 모두 조선에 있으니 부모가 계신 곳을 떠나가는 정이 절박하여 하루가 삼추와 같은지라. 오직 원하는 바는 총독이 회군한 뒤에 곧 내가 고국에 돌아가게 하면 그 은혜가 막대하다 하겠소."

삼 인이 말했다.

"그러나 아버지를 살려주신 은혜를 보답치 않을 수 없으니 그대가 소원을 말하면 비록 지극히 귀하여 구하기 어려운 물건일지라도 반드시 구해줄 것이오."

그러며 매우 간절히 그치지를 않으니 김 역관이 이에 서둘러 말했다.

"나는 소원이 없고 다만 천하일색을 원하는 바이오."

삼 인이 이 말을 듣고 서로 돌아보며 입을 다문 채 한참을 있다가 신승이 말하였다.

"이것은 실로 쉽지는 않으나 우리들이 정성과 힘을 다한다면 별로 어려운 일은 아니라."

그러하고 흔쾌히 승낙한 후에 흩어졌다.

十四. 一國首相非所望, 但願天下第一色(上)

世에는 實로 奇異한 事도 有한 것이로다 宣祖 壬辰에 明將 李如松이 朝鮮을 來援하야 平壤에 在할 時에 一 金姓 譯人으로 더부러 龍陽의 寵이 有하니 金譯의 年은 二十이오 容姿가 美麗하야 當時男中一色이라는 名을 擅한지라 如松이 晝夜相昵하야 一時를 離치 아니하니 비록 女子專房의 寵이라도 此에 過치 못하야 有言必稱하며 無願不從하얏더라 其 後 撤兵歸去할 時에 仍히 率去할세 柳門의 地에 到하니 時에 遙東都統이 軍糧違限한 事가 有한 故로 如松이 此를 大怒하야 將次軍法을 施하려 하얏는대 時에 都統이 三子를 有하얏스니 長은 侍郞이오 次는 庶吉士오 季는 神僧으로 明帝의 神師가 되야 大內別院에 處하야 唐肅宗의 李鄴侯로 待홈과 如하더라 三人이 其 父가 將斬홈을 聞하고 慌忙히 遼東에 來會하야 救父의 策을 相議할 세 此는 天子의 命으로도 可救키 難혼 것이라 神僧이 曰하되 我는 聞하니 朝鮮金譯이 提督(李如松)에게 有寵하야 所言을 必聽하며 所願을 必從혼다 하니 此人을 往見하고 千般으로 哀乞하면 或 可救할 道가 有하다 하고 드대여 轅門 外에 俱至하야 左右를 請囑하야 金譯에게 面會를 求하니 金譯이 如松에게 告하되 都統의 兄弟 三人이 小人을 求見하오니 엇지 써 處하리잇가 如松이 曰하되 彼等이 必是 其 父를 爲하야 命을 求하러 來훈 것이로다 然하나 彼는 上國의 尊貴훈 人이오 汝는 外國의 一個 譯人이라 엇지 敢히 往見치 아니 하리오 金譯이 이에 出見하니 三人이 鞠躬盡禮하며 合辭懇請하야 曰하되 家親이 不幸히 變을 遭하야 生훌 道가 萬無하니 願컨대 我輩를 爲하야 提督에게 善稟하야 垂死의 命을 救하야주면 맛당히 其 再生의 恩을 報하리라 金譯이 曰하되 我와 如훈 外國의 么麼훈 賤踪으로 엇지 能히 天將의 軍律을 撓훌 수 잇스리오 古人의 言에 『將在外에 君命을 有所不受』라 하얏스니 旣히 軍法을 犯훈 以上에는 비록 天子의 詔로도 此를 如何키 難훈 것이라 엇지 我의 能爲훌 바이리오 侍郞 兄弟 三人이 稽首哀乞하되 聞한즉 君이 提督에게 恩寵이 有하야 言하는 바와 請하는 바를 聽치 아니훔이 無하다 하니 幸히 我等을 爲하야 盡力하면 活父의 恩은 맛당히 草를 結하야 報하리라 金譯이 曰하되 貴人의 所懇이 如斯히 勤摯하니 엇지 辭却하리오 成事의 與否는 未知이나 謹히 誠心을 殫하야 提督에게 仰請하리니 아즉 天將의 處分을 俟하라 하니 侍郞 兄弟 三人이 無數히 拜謝하고 退하얏더라 此時 金譯이 歸하니 如松이 問하되 彼 輩의 所言이 果然 都統의 事로써 懇求훔이 아니냐 金譯이 曰하되 果然하더니다 하고 其 問答하든 顚末을 細述하니 如松이 沉思훈 지 良久에 曰하되 我가 戰陣에 橫行훔에 일즉 私人의 懇으로써 公事를 害치 아니하얏는지라 그러나 今에 汝가 么麼한 身으로 如斯히 大國貴人의 懇請을 受하얏스니 汝가 吾에게 緊切훈 것은 可知라 吾가 汝를 帶하고 此에 來하야 他는 可히 生色훌 者ㅣ 無하니 師律이 비록 嚴하나 맛당히 汝를 爲하야 今番에 特히 彼를 容貸하리라 金譯이 喜하야 이에 三人을 出見하고 提督이 容貸한다는 事實을 告하니 三人이 並히 稽首百拜하며 曰君의 德을 賴하야 父의 命을 救하얏스니 天地의 大훔과 河海의 深훔을 將次 엇지 報하리오 羽毛齒革과 金銀玉帛을 오즉 命대로 從하리라 金譯이 曰하되 我는 家가 元來

淸儉하니 珍寶玩好의 物은 誠히 所願이 아니로다 그리고 且 區區ᄒ
微勞로써 엇지 報恩홈을 望하리오 三人이 曰 君은 朝鮮의 一 譯人이
라 萬一 上國의 命으로 君을 貴國의 首相이 되게 하면 何如하뇨 金譯
이 曰하되 我國은 名分을 專尙하거날 我ᄂ 中人이라 萬一 首相을 爲
하면 반다시 中人政丞이라 指홀지니 反히 不爲홈만 不如하니라 三人
이 曰 然하면 君으로 上國의 高官崇秩을 爲하여 中原의 高大ᄒ 家門
을 作케 하면 何如한고 金譯이 曰 我의 父母가 俱히 朝鮮에 在하니
離闈의 情이 切迫하야 一日이 三秋와 如ᄒ지라 오즉 願ᄒᄂ 바는 總
督이 回軍ᄒ 後에 곳 我로 故國에 還歸케 하면 其 恩惠됨이 莫大하다
하겟노라 三人이 曰 그러나 活父의 恩을 可히 報치 아니치 못홀지니
君이 所願만 言하면 비록 至貴難得홀 物이라도 반다시 奉副하리라
하며 懇懇하기를 不已하거늘 金譯이 이에 率爾이 發口하되 吾ᄂ 所願
이 無하고 다만 天下一色을 願見하노라 三人이 此 言을 聞하고 相顧
하며 默然良久에 神僧이 曰하되 此가 實로 容易홀 바ㅣ 아니나 吾等
의 誠力이 及하ᄂ 바에는 別로 極難ᄒ 事가 아니라 하고 快히 承諾ᄒ
後에 因하야 席이 散하얏더라.

14. 일국 수상을 바라는 것이 아니요,
단지 천하일색만을 원할 뿐이라오(하)

김 역관이 들어가니 여송이 말하였다.

"저들이 반드시 은혜를 갚는다하였을 것이니 너는 무슨 원을 말하였느냐?"

김 역관이 대답하였다.

"조선의 수상과 중국의 벼슬자리를 원치 않고 천하일색 한번 보기를 원하였습니다."

여송이 벌떡 일어나 그 손을 잡으며 등을 두드리며 말했다.

"네가 소국의 인물로 어찌 말이 이와 같이 큰가. 저들이 이를 허락했느냐?"

김 역관이 말했다.

"허락했습니다."

여송이 말했다.

"저들이 장차 어느 곳에서 얻어 올까? 황제의 귀함으로도 구하기 용이치 아니할 터인데."

오래지 않아 김 역관이 여송을 따라서 황성에 입궁하니 삼 인이 와서 맞이하여 한 방에 이르니 화려하게 새로 만든 누각인데 꾸밈이 굉장하고 금벽이 휘황하였다. 인하여 다과를 마친 후에 김 역관에게 말하였다.

"오늘 밤에 마땅히 천하일색을 향기로운 휘장의 아래로 보낼 것이오. 모름지기 오늘 밤을 길게 즐기시오."

잠깐 있다가 온 집안에 향기로운 냄새가 스며들어오며 안 문이 열리는 곳에 화장을 한 여인 수십 명이 혹은 향로를 받들고 혹은 붉은 보자기

로 싼 상자를 받들고 둘 둘씩 차례로 줄지어 당에 올랐다. 김 역관이
이를 보니 나라를 기우뚱하게 만들 아름다운 여인들이었다. 김 역관이
일어나려 하니 삼 인이 말하였다.

"어찌 일어나는 게요?"

김 역관이 말하였다.

"소원하는 바를 이미 보았으니 오래 머무를 필요가 없지요."

삼 인이 말하였다.

"이들은 시녀라오. 어찌 천하일색이리오. 천하의 일색은 금방 올 것
이오."

잠시 뒤에 안 문이 크게 열리며 한 떨기 난초의 향이 짙게 풍기었다.
시녀 십여 인이 에워싸고 나오더니 한 천상선녀가 짙은 화장에 옷을
화려하게 갖추어 입고 들어왔다. 삼 인이 김 역관과 함께 의자에 나란히
앉아 말하였다.

"이 여인이 곧 그대가 보기를 원했던 천하일색이니 과연 어떠하오?"

김 역관이 본즉 온몸을 푸른 구슬로 감싸 아름다운 채색이 남의 혼을
빼앗아 눈이 어질어질하고 정신이 몽롱하여 멍하니 쳐다만 보았다. 실
로 어떻게 형용해야 할지 알 수가 없었다.

삼 인이 말하였다.

"오늘 밤에 원컨대 성친(成親)[1]의 합을 하시오."

김 역관이 말하였다.

"나는 한 번 보기만을 원할 따름이오. 다른 뜻은 실로 없소."

삼 인이 말하였다.

"이게 무슨 말이오. 우리 삼 인이 아버지를 살려주신 은혜에 감격하여
그대가 일색을 보기 원함에 비록 마정방종(摩頂放踵)[2]할지라도 어찌 그

---

1) 친척을 이룬다는 뜻으로, 혼인을 달리 일컫는 말이다.

대의 원을 수행치 않으리오. 두 번째 세 번째 미색은 얻기 어려운 것이 아니나, 제일 색은 천자의 권세로도 얻기가 어려운 것이라. 연전에 운남 왕(雲南王)이 원수가 있다하기에 내가 저를 위하여 복수하였더니 저가 은혜를 갚기 위하여 나의 소청을 들어주지 않음이 없었다오. 마침 왕의 딸은 천하의 일색이라. 그대가 보기를 원하는 미인인 듯하였소. 그래, 그때 그대와 이별하고 곧 운남으로 달려가 혼인을 청하였더니 운남왕이 이를 허락하고 그대가 연경에 들어오는 날에 맞추어 보내달라 하였소. 그 사이에 천리마 세 필을 썼으니 비용만도 은자 수만 냥이고 운남과 연경의 거리는 삼만 리오. 다행히 오늘 서로 만나게 되었거늘 만일 한 번 보고 헤어지면 저 여인은 국왕에 옹주라. 어찌 연고 없는 다른 나라 남자를 볼 이치가 있겠소. 이치상 그렇지 못할 것이니 사양치 말고 오늘 좋은 시절을 만나 혼례를 올리고 성친하는 것이 좋겠소."

김 역관이 부득이하여 초례를 행하고 신방에 들어가니 붉은 빛깔을 들인 초가 휘황하고 분향이 날아드니 눈에 비치는 빛이 몽롱하고 심신 이 황홀하여 미인을 보아도 보이지 않았다. 김 역관이 이에 잠자리에 들어 고기가 물을 만난 즐거움을 마치고 아침 일찍 일어나니 삼 인이 이미 와서 기다렸다가 김 역관에게 말하였다.

"저 여인을 어찌 할 것이오?"

김 역관이 말하였다.

"다른 나라 사람의 작은 발자취로 졸연히 은혜를 넘치게 받아, 앞으로 의 일을 어떻게 할지 작정치 못하였소. 삼 인이 말하였다.

"그대가 요행히 기이한 인연으로 천하의 일색을 얻어 한 번 만나고는 영원히 이별하련 어찌 사람이 차마 할 짓이겠소. 다만 그대가 외국인으

---

2) 정수리부터 갈아 닳아져서 발꿈치까지 이른다는 뜻으로, 자기를 돌보지 않고 남을 깊이 사랑함을 이르는 말. 혹은 온몸을 바쳐서 남을 위하여 희생함을 이른다.

로 거느리기도 어려울 것이고 이곳에서 해로하는 것도 사정이 허락지 않겠지. 우리 세 사람이 이미 그대의 큰 은혜를 입었으니 그대의 일을 어떻게 소홀히 하겠소. 그대가 이미 역관의 임무를 맡아 매년 정사(正使)들이 올 때마다 반드시 수행역관으로 따라 들어오니 일 년에 한 차례 만나 견우와 직녀가 칠석에 한 번 만나는 것 같이 하는 것 또한 아름답지 않겠소. 우리들이 마땅히 이곳에 있으며 주인이 돼주리다."

김 역관이 이에 그 말을 따라 젊어서부터 늙을 때까지 역관으로 매년 한 차례씩 중국에 들어가 그녀를 만나 합환의 즐거움을 누리고 들어오기를 매 해하였다. 마침내는 몇 명의 아들을 두었는데, 김 역관의 후예들은 연경에서 창성하여 일대문호를 이루었다.

인조(仁祖) 책봉(冊封)[3] 때에 김 역관의 자손이 일을 맡아 칙사를 수행하여 조선에 왔다고 한다.

十四. 一國首相非所望, 但願天下第一色(下)

金譯이 提督을 入見하니 如松이 曰하되 彼 輩가 반드시 報恩홀 바이 有 하리니 汝는 何願으로써 爲言하얏나뇨 金譯이 對하되 朝鮮의 首相과 中國의 高官崇秩을 不願하고 天下一色을 一見하기를 願하얏나이다 如松이 蹴然하야 其 手를 執하며 其 背를 撫하야 曰 汝가 小國의 人物로 엇지 言이 如是히 大하뇨 彼 輩가 此를 許하더뇨 金譯曰 許하더이다 如松이 曰 彼가 將次 何處에서 得來홀고 皇帝의 貴로도 得하기 容易치 아니하리로다 未幾에 金譯이 如松을 隨하야 皇城에 入宮홈이 三人이 來邀하야 一室에 至하니 華麗하게 新構혼 樓閣인디 制度가 宏傑하고 金碧이 輝煌하더라 因하야 茶果를 罷혼 後에 金譯

---

3) 중국에서 사신을 보내어 임금을 봉하여 세우는 것을 말한다.

다려 謂하되 今夜에 맛당히 天下의 一色을 香帷의 下에 奉納하리니 須히 今宵를 永할지어다 少頃에 渾室熏香이 襲人하며 內門이 開하는 處에 粉黛數十이 或은 香爐를 擎하고 或은 紅帕의 箱을 奉하고 兩兩히 排行하야 堂에 上하거날 金譯이 此를 見홈에 無非傾國의 色이라 已而오 金譯이 起코져 하니 三人이 曰 엇지 起하나뇨 金譯이 曰 所願하든 바를 已見하얏스니 久留홀 必要가 無하도다 三人이 曰하되 此는 侍女이라 엇지 天下의 一色이 되리오 天下의 一色은 方今에 出來혼다 하더니 少焉에 內門이 大闢하며 一朶蘭蕙의 香이 濃濃郁郁혼디 侍女 十餘人이 擁護出來하더니 一個 天上 仙女가 濃粧盛服으로 入來하는지라 三人이 金譯과 共히 椅子에 排坐하야 曰 此가 卽 君의 願見하는 바 天下一色이라 果然 何如하뇨 金譯이 見혼 則 滿身珠翠에 精彩가 奪人하야 目이 眩하고 神이 迷하야 茫然히 見하는 바ㅣ 無하야 實로 何狀인지 知홀 수 無하더라 三人이 曰 今夜에 君은 願컨대 成親의 合을 爲홀지어다 金譯이 曰 我는 一見만 願홀 짜름이오 他意는 實無하노라 三人이 曰 此가 何言이뇨 我 三人이 君의 活父之恩을 感하야 君이 一色을 願見홈이 비록 摩頂放踵홀지라도 엇지 君의 願을 遂치 아니하리오 第二三色은 得하기 不難하나 第一色에 至하야는 天子의 勢로도 得致하기 難혼 것이라 年前에 雲南王이 人에게 有仇홈이 我가 彼를 爲하야 復仇하얏더니 彼가 恩을 酬하기 爲하야 무릇 我의 所請을 不從홈이 無하더니 맛참 王의 女는 天下의一色이라 君이 願見홈이 極難홈이 無홀듯하야 其 時에 君과 相別혼 後에 곳 雲南에 走媒하얏더니 雲南王이 此를 許하고 君의 入京하는 日에 送納코져 하야 這間에 千里馬 三匹을 折하고 銀子 數萬兩을 費하얏스니 雲南이 距京하기 三萬里이라 幸히 今日에 相會하얏거늘 萬一 一見하고 卽散하면 彼는 國王에 翁主이라 엇지 無故히 異國男子를 見홀 理가 有하리오 事理上 그러치 못홀지니 幸히 辭치 勿하고 今日良

辰에 合졸成親홈이 好하다 하는지라 金譯이 不得已하야 醮禮를 行하고 洞房에 入하니 紅燭이 輝煌하고 氛香이 飛襲홈이 眼彩가 朦朧하고 心神이 恍惚하야 美人을 視하야도 不見하는지라 金譯이 이에 枕席에 就하야 魚水의 樂을 遂하고 早朝에 起하니 三人이 旣히 來待하야 金譯다려 謂하되 彼美人을 엇지 區處하랴 하나뇨 金譯이 曰 外國의 微踪으로 猝然히 恩을 濫受하야 來頭의 事를 如何히 홀지 作定치 못하겟노라 三人이 曰 君이 幸히 奇遇로 天下의 一色을 得하야 一會永別하면 엇지 人의 忍爲홀 바이리오 다만 君이 外國人으로 率育홈도 難하고 此에셔 偕老홈도 쏘혼 事情이 不許홀지라 我의 三人이 旣히 君의 大恩을 蒙하엿스니 君의 事에 엇지 泛然하리오 君은 譯任이 旣有하니 每年 正使의 行에 반다시 隨行 譯官으로 入來하면 一年에 一逢하야 牛女七夕의 會와 如히 홈이 쏘혼 美치 아니리오 吾等 맛당히 此에 在하야 主人이 되리라 金譯이 이에 其 言을 從하야 少로부터 老에 至하기꺼지 譯官으로 每年 一會 行樂하고 還하기를 常例로 爲하야 맛참닉 幾個 男子를 有하고 後裔가 燕京에셔 昌大하야 一大門戶를 成立하고 仁祖 冊封時에 金譯의 孫이 任事로 勅使를 隨行하야 朝鮮에 來하니라.

15. 부인 식견 거북점보다도 나아, 남의 궁달을 딱 들이맞추네

문곡(文谷) 김수항(金壽恒, 1629~1689)[1]의 부인은 명촌(明村) 나양좌(羅良佐, 1638~1710)[2]의 누이로 식감(識鑑)[3]이 밝고 민첩하였다. 일찍이 그 딸을 위하여 사위를 선택할 때 셋째 아들 삼연(三淵)[4]에게 민씨(閔氏) 문중의 아들들을 가서 보고 사위를 택하도록 하였다. 삼연이 가서 보고 와 아뢰었다.

"민씨 집안 자제들은 모두 기운이 짧고 용모 또한 뛰어나지 못하여 그릇을 이룰만한 사람이 없습니다."

부인이 말했다.

"민 씨는 현재 명문가이니 후진(後進)이 반드시 그렇지 않을 것이다."

그 후 삼연이 이씨(李氏) 문중에서 낭자를 사위로 택하여 정하고 와서 말하였다.

"오늘 과연 좋은 사윗감을 얻었습니다."

부인이 말하였다.

"그가 누구냐? 그 규범과 풍모는 어떠하더냐?"

삼연이 대답하였다.

---

1) 자는 구지(久之). 본관은 안동(安東). 영돈령부사(領敦寧府使) 청음(淸陰) 김상헌(金尙憲)의 손자이다.
2) 자는 현도(顯道), 호는 명촌(明村). 본관은 안정(安定)으로 기사사화로 자형 김수항, 매제 이사명이 극형으로 죽자, 혼자서 천리 길을 달려가 이사명의 상을 치르고 돌아왔다. 느지막이 사헌부 장령을 지냈다.
3) 사람을 잘 알아보는 감식력이다.
4) 김창흡(金昌翕, 1653~1722)이다. 자는 자익(子益), 호는 삼연. 성리학에 밝아 형 창협(昌協)과 더불어 이름이 났으며 삼형제가 모두 이이(李珥) 이후의 대학자로 명성을 떨쳤다.

"풍모와 위의가 아름다운데다 또한 재능이 남보다 뛰어납니다. 참으로 후일 진실로 큰 그릇이 될 겁니다."

부인이 말했다.

"과연 네 말과 같다면야 아주 좋지!"

드디어 그 사위를 맞은 날 부인이 한번 보고는 길게 탄식하였다.

"셋째 아이가 눈은 있으나 눈망울은 없도다!"

삼연이 심히 의아하여 물으니 부인이 말했다.

"신랑이 아름답기는 아름답다만 수명이 크게 부족하여 삼십을 넘기지 못하고 요절할 것이니 지금에 와서야 이를 어찌할꼬!"

그러고는 삼연을 책망하기를 그치지 않았으나 삼연은 속으로 복종치 않고 그렇게 되지 않을 것이라 생각했다.

하루는 지제(趾齋) 민진후(閔鎭厚, 1659~1720)[5]와 단암(丹嵒) 민진원(閔鎭遠, 1664~1736)[6]의 제종형제(諸從兄弟)[7]가 모두 약관의 나이로, 마침 일이 있어 와 모였다. 삼연이 어머니에게 아뢰었다.

"어머님께서는 늘 민 씨와 혼인 맺지 못한 것을 한스럽게 여기셨으니 지금 민씨 집안 소년들이 왔으니 어머님께서는 창틈으로 살펴보십시오. 반드시 소자의 말이 그릇된 것이 아니었음을 헤아리시게 될 것입니다."

부인이 그 말을 듣고 창틈으로 엿보고 나서 삼연을 불러 책망하였다.

"너는 과연 눈망울이 없는 사람이구나! 우리 집에 온 민씨 집안 여러

---

5) 숙종비 인현왕후(仁顯王后)의 오빠이며 민진원의 형이다. 의금부판사·돈녕부판사·홍문관제학·예조판서 겸 수어사·한성부판윤·공조판서 들을 역임하였다. 1719년 의정부 우참찬에 올랐으나 병으로 사양하고, 그 뒤 개성유수로 재직 중 죽었다. 인품은 선비다우며 외척의 호화로운 습속이 전혀 없었다고 한다. 저서로는 『지재집(趾齋集)』이 전한다.

6) 노론(老論)의 영수. 자는 성유(聖猷). 본관은 여흥(驪興). 숙종비 인현왕후의 동생, 송준길(宋浚吉)의 외손이다.

7) 여러 종형제. 종형제는 사촌인 형과 아우이다.

소년들은 상모가 비범하여 원대한 기상이 있으니 훗날 극히 현달할 뿐만 아니라 또 후세에 아름다운 이름을 드리울 큰 그릇들이다. 참으로 애석하구나! 네가 아는 것이 없어 이들과 연혼(連婚)[8]함을 맺지 못하였으니 후회막급한 일이로다."

과연 그 후 부인의 말과 같이 민 씨 여러 소년들은 모두 크게 현달하였고, 이씨(즉 부인의 사위)는 나이 서른을 겨우 넘기고 참봉(參奉)으로 요절하였다. 삼연이 이에 이르러 그 어머니의 식감이 딱 들어맞음을 보고서야 복종하였다.

부인이 평일에 일찍이 비단 세 필을 짜서 한 필은 문곡(文谷)의 관복을 만들었고, 두 필은 깊숙이 간직해 두었다. 둘째인 농암(農岩)[9]이 과거에 급제하여 궁궐에 입고 들어가는 조복(朝服) 만드는 것을 허락하지 않았다. 그 후 몽와(夢窩)[10]가 음관(蔭官)으로 과거에 합격하자 곧 한 필을 꺼내어 조복을 짓게 하고 나머지 한 필은 다시 간직해 두었다. 그 후에 손녀사위 조문명(趙文命, 1680~1779)[11]이 과거에 급제하자 그것으로 조복을 짓게 하였다.

부인의 뜻은 삼정승의 지위에 오르지 못할 사람들에게는 비단을 주지 않은 것이다. 처음에 농암이 과거에 급제하여 들어가 뵈니 부인이 눈썹을 찌푸리며 말하였다.

"네가 어찌 산림처사 모양 같은가?"

---

8) 혼인으로 인하여 인척 관계가 생김을 말한다.
9) 김창협(金昌協, 1651~1708)이다. 창협의 자는 중화(仲和), 호는 농암, 삼주(三洲). 1689년의 기사환국 때 아버지가 진도(珍島) 배소에서 사사된 후 은거하였다. 문학과 유학의 대가로 문장에 능했고 글씨도 잘 썼다.
10) 김창집(金昌集, 1648~1722)을 가리킴. 창집의 자는 여성(汝成), 호는 몽와. 노론 4대신의 한 사람.
11) 자는 숙장(叔章). 호는 학암(鶴岩). 본관은 풍양(豊壤). 김창협(金昌協)의 문인. 탕평책에 적극 협조, 불편부당한 인사관리를 하였다.

그 후 몽와가 급제하여 들어가 뵈니 이번에는 웃으며 "우리 집안에 참으로 일개 대신(大臣)이 나타났구나." 하였다.

과연 농암은 현달하지 못하고 몽와는 고관 벼슬을 차례로 역임하여 부인의 말과 딱 들어맞았다.

十五. 夫人明鑑勝於龜, 言人窮達知合符

文谷 金壽恒의 夫人 羅氏는 明村 羅良佐의 娣라 識鑑이 明敏하더니 嘗히 其 女를 爲하야 壻를 擇홀세 第三子 三淵으로 하야금 閔氏 門中의 子弟를 往見하고 東床을 擇定하라 하니 三淵이 往見하고 歸告하되 閔家의 子弟가 모다 氣短하고 且 外貌가 不揚하야 器를 成홀 者ㅣ 無하더이다 夫人이 曰 閔氏는 現代名家라 其 後進이 반다시 不然하리라 其 後에 三淵이 李氏 門中에서 郞子를 擇定하고 來告하되 今日에 果然 一佳郞을 得하얏나이다 夫人이 曰하되 是ㅣ 誰이며 其 風範이 何如하더뇨 三淵이 對하되 風儀가 佳好하고 又 才華가 絶人하야 참으로 他日에 大器를 成하겟더이다 夫人이 曰 果然 汝의 言과 如홀진대 極好하도다 하얏더니 及 其 迎壻하는 日에 夫人이 一見하고 長嘆하되 三兒가 目은 有하나 珠가 無하도다 三淵이 甚히 疑怪하야 問혼즉 夫人이 曰하되 新郞이 佳ᄒ기는 佳하나 壽限이 大히 不足하야 三十을 過치 못하고 夭逝홀지라 今에 至하야 此를 奈何하리오 하고 三淵을 責하기를 不已하얏스나 三淵은 內心에 服치 아니하야 마참니 不然하게 知하얏더라 一日은 閔趾齋 鎭厚와 閔丹巖 鎭遠의 諸從兄弟가 共히 弱冠으로써 맛참 事가 有하야 來會혼지라 三淵이 母夫人에게 告하되 每樣 閔家와 結婚치 못홈을 恨하셧스니 今에 閔家의 諸 少年이 來혼지라 母親은 須히 窓隙을 從하야 一見하시면 반다시 小子의 言이 不誣홈을 諒하시리이다 夫人이 其 言을 從하야 窓隙

으로부터 窺視하더니 三淵을 招하야 責ᄒ여 曰하되 汝가 果然 眼珠가 無ᄒᆫ 人이로다 我家에 來ᄒᆫ 閔家 諸 少年이 相貌가 非凡하야 遠大의 氣象이 有하니 他日에 極히 顯達ᄒᆯ 쑨아니라 또 後世에 芳名을 垂ᄒᆯ 大器이라 可惜하도다 汝가 知흠이 無하야 此의 連婚흠을 不得하얏스니 追悔無及의 事로다 하더니 果然 其 後에 至하야 夫人의 言과 如히 閔氏 諸 少年은 모다 顯達하고 李氏ᄂᆫ(卽 夫人의 女壻)年이 三十을 稍過하야 一參奉으로써 夭折하얏ᄂᆫ대 三淵이 是에 至하야 其 母의 識鑑이 符節과 如흠을 服하얏더라

夫人이 平日에 嘗히 錦布 三疋을 織하야 一疋로ᄂᆫ 文谷 官服을 製하고 二疋은 深藏ᄒᆞ엿ᄂᆫ데 第二男 農巖이 第에 登하얏스되 朝服을 制흠을 許치 안이 하얏더니 後에 夢窩가 蔭宮으로써 登第흠이 其 一疋을 出하야 朝服을 製케 하고 餘 一疋을 또 藏置하얏더니 其 後 孫壻 趙文命 이 登第흠에 其 一疋을 出하야 朝服을 制ᄒᆯ 次로 送給하얏더라 未幾에 其 三人은 모다 位가 三公에 至하얏ᄂᆫ대 夫人의 意가 三公의 位에 至치 못ᄒᆯ人에게ᄂᆫ 其 錦布를 許給코자 아니흠이더라 初에 農巖이 第에 登하야 入謁하니 夫人이 眉를 蹙하야 曰 汝가 엇지 山林 處士의 樣과 如하뇨 其 後에 夢窩가 登第하야 入謁ᄒᆫ 則 이에 喜笑하며 曰하되 吾 家에 참으로 一個 大臣이 出ᄒᆞ엿다 하더니 果然 農巖은 顯達하지 못하고 夢窩ᄂᆫ 高官 崇秩을 次第로 歷任하야 其 夫人의 言을 符合하니라.

16. 가엾게도 호걸이 촌에서 늙어가고
   십년 경영 하루아침에 물거품일세(상)

정익공(貞翼公) 이완(李浣, 1602~1674)[1]은 효종(孝宗)의 총애를 입고 장차 북으로 청나라 치기를 모의하고자 인재를 구할 때였다. 비록 노상에서라도 모습이 뛰어난 자를 보게 되면 반드시 문안 뜰로 맞아들여 그 재능을 시험한 뒤 조정에 천거하였다.

일찍이 훈련대장의 직책을 맡았을 때에 휴가를 얻어 성묘를 가다가 용인(龍仁)에 도착하여 주막을 지나칠 때였다. 마침 한 총각이 있는데 나이는 삼십쯤 되어 보였고, 신장은 거의 십 척에, 얼굴의 길이는 일 척쯤 되며, 비쩍 마른 골격은 우람하였다. 짧은 머리털은 더부룩하고 베옷은 몸도 제대로 가리지 못한 채 흙마루 위에 걸터앉아, 질그릇 잔에 막걸리를 따라 큰 고래처럼 마셨다. 이 공은 이를 잠시 보고 속으로 '이 사내가 반드시 심상한 사람은 아니다'라고 여겼다. 이에 말에서 내려 섬돌 위에 앉은 뒤, 사람을 시켜 그 총각을 불러오도록 하였다.

그 총각은 명을 받들어 와서 예의도 차리지 않고 돌 위에 걸터앉았다. 이 공이 그에게 성명을 물어보니 대답하였다.

"성은 박(朴)이고 이름은 탁(鐸)입니다."

또 지체와 문벌을 물으니 말했다.

"우리 선조는 원래 반족(班族)이었는데 부친의 대에 이르러 가세가 영

---

1) 자는 징지(澄之), 호는 매죽헌(梅竹軒), 본관은 경주. 1624(인조 2)년 무과에 급제, 현령, 군수, 부사, 1631년 병마절도사, 1638년 병마절도사 역임. 1652(효종 3)년 훈련대장이 되어 신무기의 제조, 성곽의 개수·신축 등으로 전쟁을 서둘렀다. 효종의 별세로 북벌계획이 중지되었으며, 1664년 공조판서, 1668년 훈련대장에 각각 재임, 다음해 병조판서에 임명되었으나 사양하고 은퇴했다가, 1673년 포도대장을 거쳐 이듬해 우의정에 올랐다.

락하여 세력이 꺾이어 도와주는 사람도 없지요. 집안에는 홀어머니만이 계시는데 가난하여 매일 땔나무 지어 팔아 그것으로 모친을 봉양하고 있습죠."

공이 또 "자네는 술을 잘 마시는 모양인데 더 마실 수 있겠는가?" 물으니 대답하였다.

"술 마시는 것을 어찌 마다하겠습니까?"

이 공이 이에 하인에게 명하여 백 문(文)$^{2)}$의 돈으로 술을 사오라고 시켰다.

막걸리 두 동이를 사서 가져오자 이 공은 스스로 한 사발의 술을 마시고 술을 전부 부어 주니 박탁이 조금도 사양하거나 부끄러워하는 기색 없이 계속해서 두 동이의 술을 기울였다. 이 공이 말했다.

"네가 비록 초야에 묻혀 춥고 배고픔에 어려움을 겪고 있지만 골상이 비범함을 보니 가히 크게 쓸만한 인물일세. 자네는 혹 내 이름을 들었는지 모르겠지만 나는 훈련대장 이완일세. 방금 임금께서 나라의 큰 사업을 경영하고자 하여 장수될만한 인재들을 구하는 중이니 자네가 만약 나를 따라간다면 부귀야 어찌 말로 다하겠는가."

박탁이 말했다.

"늙은 모친께서 집에 계신지라 이 몸을 감히 다른 사람에게 허락할 수 없습니다."

이 공이 말했다.

"그렇다면 내가 자네 모친을 뵙고 승낙을 받겠네."

이 공이 박탁과 그 집에 가니 몇 칸 집으로 비바람도 제대로 가리지 못할 정도였다. 박탁이 문 안으로 들어가더니 해진 자리를 가지고 와

---

2) 엽전의 단위. 푼이라고도 함. 10문을 1전, 1백 문을 1냥, 1천 문을 1쾌 또는 관(貫)이라고 하는데 1냥을 1꾸러미로 하였다.

사립문 밖에 펼쳤다. 잠시 후에 봉두난발에 해진 옷을 입은 육십쯤 돼 보이는 부인이 나와 맞으니, 곧 박탁의 어머니였다.

공이 자리를 손님과 주인으로 나누어 앉고 말했다.

"나는 훈련대장 이 아무개올시다. 성묘차로 고향을 가다가 길에서 아드님을 만났는데 한번 보니 그 사람됨이 비범하다는 것을 알았소. 존수(尊嫂)[3]께서 이같이 기걸 찬 아들을 두셨으니 축하할만합니다."

탁의 어머니가 옷깃을 여미며 말하였다.

"초야에서 자란 아이가 아비도 없고 학업도 잃어 산짐승 들짐승과 다를 바 없는데, 대감께서 이처럼 지나치게 칭찬해주시니 참괴스러움을 이길 수 없습니다."

이 공이 말했다.

"존수께서는 비록 초야에 계시지만 조정에서 바야흐로 인재를 널리 구한다는 일은 알고 계실 것이오. 내가 아드님을 우연히 만나 보니 헤어지기가 어려워 장차 함께 가 공명을 꾀할 일을 권하였지요. 그랬더니 어머니의 말씀이 없으셨다고 사양하더군요. 그래 부득이 내가 직접 찾아와 감히 청하는 것입니다. 존수께서 이를 허락해주시면 다행이겠습니다."

부인이 말했다.

"시골의 어리석은 아이가 무슨 지식이 있기에 감히 대사를 감당할 수 있으려는지요. 게다가 이 아이는 이 늙은이의 독자로, 모자가 서로 의지하며 연명해가고 있습니다. 그러니 멀리 떠나보내는 것은 어렵겠사오니, 감히 명을 받들지 못하겠나이다."

이 공이 재삼 간청하니 부인이 말했다.

"남자로 태어나서 사방에 뜻을 두고 이미 국가에 몸을 바쳤다면 구구

---

3) 본래 형수를 높여 부르는 말이다.

한 개인 사정을 돌아보는 것은 옳지 못할 것입니다. 게다가 대감의 성의가 이 같으시니 이 늙은이가 어찌 감히 허락하지 않겠습니까."

十六. 可憐豪傑老林泉, 十年經營一朝非(上)

李貞翼公浣이 孝宗의 眷注의 恩을 蒙하야 將次 北으로 淸國을 伐하기를 謀하야 人材를 求홀시 비록 行路上에셔도 人의 形貌가 魁偉훈 者를 見하면 반다시 延致하야 其 才를 試훈 後에 朝廷에 薦하얏더라 嘗히 訓鍊大將의 職에 在홀 時에 暇를 得하야 省墓의 行을 作할새 龍仁에 到하야 一旅店을 過할 際에 맛참 一總角이 有하야 年이 三十歲 假量에 至하얏는대 身長이 十尺餘이오 面長이 一尺餘로 瘦骨이 層稜하야 短髮이 鬖鬆하야 布衣가 能히 其 身을 掩치 못한 者인대 土床의 上에 踞坐하야 瓦盆으로써 濁醪를 酌하야 飮흐기를 長鯨과 如히 하는지라 公이 此를 見하고 內心에 以爲하되 此 兒가 必是 尋常훈 人이 아니라 하고 이에 馬에서 下하야 岸上에 坐하고 人으로 하야금 其 總角을 招하니 其 總角이 命을 承하고 至하야 禮를 爲하지 아니하고 坐 石上에 踞坐하거날 公이 其 姓名을 問하니 答하되 姓은 朴이오 名은 鐸이라 하는지라 坐 其 地閥을 問하니 答하되 我 祖先은 元來 班族으로 父兄의 代에 至하야는 家勢가 零替하야 零丁孤苦하며 다만 家에 偏母가 有하나 家가 貧훔으로 每日 薪을 負하야써 養훈다 하는지라 公이 又 問하되 汝가 酒를 善飮하니 今에도 다시 能히 飮하겟나뇨 對하되 巵酒를 엇지 足히 辭하리오 公이 이에 下隷를 命하야 百文錢으로써 酒를 沽하야 來하라 하얏는대 已而오 濁酒 二大盆을 持來훈지라 公이 스사로 一椀을 飮하고 全部 此를 與하니 朴鐸이 小毫도 辭讓羞愧의 意가 無하고 連하야 二盆을 倒하니 公이 曰하되 汝가 비록 草野에 埋沒하야 飢寒에 困하얏스나 汝의 骨相이 非凡하니 可히

大用홀 人이라 汝 或 我를 聞하얏는지 未知하거니와 我는 卽 訓將 李浣이라 方今 聖上이 國家의 大事를 營하심에 將帥가 될만혼 材를 求하시는 中이니 汝가 萬一 我를 隨하야 去하면 富貴를 엇지 足히 道하리오 朴鐸이 對하되 老母가 堂에 在하시니 身으로써 人에게 許하지 못하겟노이다 公이 曰하되 그러면 我가 汝의 母親을 謁하고 承諾을 得하겟노라 하고 이에 朴鐸으로 더브러 其 家에 往하니 數間斗屋에 風雨를 不蔽하는지라 朴鐸이 先入하야 弊席을 布하고 柴門外에 舖하고 而已오 蓬頭弊衣로 六十歲 假量된 婦人이 出迎하니 此가 卽朴鐸의 母이라 公이 席을 賓主로 分하야 坐하고 曰하되 我는 訓將 李某이라 省墓次로 歸鄕하다가 中路에셔 令胤을 逢홈이 一見에 可히 써 其 爲人이 凡俗치 아니홈을 知혼지라 尊嫂가 如此 혼 奇傑의 男을 有하얏스니 可히 賀홀 만하도다 鐸의 母가 衽을 斂하고 對하되 草野의 間에셔 生長혼 兒가 早孤失學하야 山禽野獸와 無異하거늘 大監이 詡將을 過加하시니 慚愧홈을 不勝하노이다 公이 曰 尊嫂가 비록 草野間에 在홀지라도 朝廷에셔 人材를 廣求혼다는 事를 聞하얏슬지라 我가 令胤을 邂逅홈이 참아 遽別키 難홈으로 將次 同行하야 功名을 圖홀 事를 勸혼 則 令胤이 親命이 無홈으로써 辭하기로 不得已 我가 躬來하야 敢請하오니 幸히 尊嫂는 此를 許하소셔 婦人이 曰하되 鄕谷無知혼 兒가 무슨 智識이 有하야 敢히 此와 如혼 大事를 當하리오 且彼는 老身의 獨子이라 母子가 相倚하야 僅僅혼 生活을 圖하는 터인즉 可히 遠離히 못홀지라 敢히 命을 奉치 못하겟노이다 하고 此를 拒絶하얏더라.

16. 가엾게도 호걸이 촌에서 늙어가고
십년 경영 하루아침에 물거품일세(하)

이 공은 크게 기뻐하며 즉시 부인에게 인사하고, 총각과 더불어 도로 서울로 돌아왔다.

이 공이 대궐에 나아가 청대(請對)¹⁾하니, 상께서 말씀하셨다.

"공은 이미 소분(掃墳)²⁾ 길을 떠났으면서 무엇 때문에 도중에 돌아왔는고?"

공이 아뢰었다.

"소신이 내려가는 길에 한 기남자를 만나 더불어 같이 왔사옵나이다."

임금께서 입시하라고 한즉, 그는 봉두난발한 빈한한 한 거렁뱅이었다. 곧바로 탑전(榻前)³⁾으로 들어오더니 예도 하지 않고 자리에 앉았다.

임금께서 웃으며 말씀하셨다.

"자네는 어쩌면 그리도 심하게 수척한가?"

"장부가 세상에서 뜻을 얻지 못했는데 어찌 수척하지 않겠습니까?"

"그 한마디 말이 기이하고도 장하도다."

임금께서 이 공을 돌아보시더니 말씀하셨다.

"무슨 직을 제수해야 마땅하겠는가?"

"이 아이는 아직 산야의 금수 태도를 면하지 못하였으니 신이 삼가 저희집에서 거느리면서 세월로써 연마하여 인사를 차리게 한 후, 한 직임의 일을 책임 짓도록 하겠습니다."

---

1) 신하가 급한 일이 있어 임금에게 만나 뵙기를 청하는 일.
2) 경사스러운 일이 있을 때 조상의 산소를 찾아가 무덤을 깨끗이 하고 제사지내는 일이다.
3) 임금의 자리 앞.

임금께서도 그렇게 하라고 허락하셨다.

이 공은 항상 그를 자신의 좌우에 두고 의식을 풍족하게 주며 병법과 행세하는 법을 가르쳤다. 그는 하나를 들으면 열을 알아, 그렇게 일취월 장하니 더 이상 이전의 어리석은 모습이 아니었다. 임금께서 이 공을 대하시면 매번 빠트리지 않고 박탁의 성취를 물으셨고, 공은 그때마다 진보하고 있노라고 아뢰었다. 이같이 하면서 일 년의 세월이 흘렀다.

이 공이 매번 박탁과 더불어 북벌의 일에 관해 의논한 즉 그가 내는 계책이 자신보다 도리어 우월하여 이 공은 그를 무척 기특하게 여기고 크게 쓰시라고 아뢸 참이었다.

그런데 얼마 지나지 않아 효종께서 빈천(賓天)[4]하셨다.

박탁이 하늘을 우러러 통곡하며 말했다.

"만사가 끝이로구나."

그러더니 인산례(因山禮)[5]가 끝나자, 박탁이 이 공에게 영결(永訣)의 뜻을 말하니 공이 놀라 말했다.

"내 너와 더불어 정이 부자지간과 같은데, 너는 어찌 차마 나를 버리고 어디로 가려 하느냐?"

탁이 눈물을 흘리며 말했다.

"저의 털끝 하나하나가 모두 대감님의 깊고 크신 은혜입니다. 어찌 이를 잊겠습니까마는 제가 이곳에 온 그 처음 뜻이 먹는 것을 취하려는 것만은 아니었습니다. 영웅적인 군주께서 계시기에 세상에 할 일이 있을 줄 믿고 장차 국가의 큰일을 꾀하려 하였더니 황천(皇天)께서 돌연히 하루아침에 신하와 백성들을 버리셨습니다. 천하의 일이 이미 틀어져 버렸습니다. 이것은 진실로 천고의 영웅이 눈물을 금하지 못할 일입니

---

4) 천자가 세상을 떠나는 것을 말한다.
5) 장례이다.

다. 밭 갈고 우물을 파 스스로 먹으며 비록 대감님의 문하에 머물러 있다 한들 쓸만한 기회는 없고 다만 폐만 끼칠 뿐입니다. 장차 고향으로 돌아가 밭이나 갈며 일생을 마치려 합니다."

그리고 눈물을 흘리면서 문을 나와 뒤도 돌아보지 않고 황망하게 돌아갔다.

이 공은 탄식하기를 그치지 못하였다. 박탁이 고향으로 돌아가 그의 어머니와 깊은 산속으로 들어가 그 끝마친 바는 모른다고 하더라.

외사씨 왈: 옛말에 "영웅도 시대를 만난 연후에야 참으로 일개 영웅이 된다."함이 과연 헛말 아님을 깨닫는다. 그러므로 여상(呂尙)도 주나라 문왕(文王)을 만나지 못하였으면 위수(渭水)가에서 마쳤을 것이요, 자방(子房)도 한고조(漢高祖)를 만나지 못하였다면 누항에서 늙었을 것이다. 그러므로 말하기는 "말은 주인을 만나 귀해지고 사람은 때를 만나면 귀해진다."라 하였으니 어떠한 호걸남아일지라도 때를 얻지 못하면 박탁의 최후를 좇지 않을 사람이 몇 명이나 있겠는가. 만일 하늘이 효종에게 여러 해의 수명을 허락하시고 박탁으로 하여금 나라의 기둥을 맡기셨다면 제 이의 을지문덕(乙支文德)이 태어났을지도 모를 일이다. 아아! 중도에 만사가 이미 끝나버렸으니 애석하도다!

十六. 可燐豪傑老林泉, 十年經營一朝非(下)

貞翼公은 其 老母의 拒絶홈도 不拘하고 至再至三 懇願하기를 不已하니 其 老母ㅣ 또한 如何키 難홈 事情임을 知하고 이에 公을 對하야 曰하되 大丈夫가 되야 志를 四方에 在홀진대 區區홈 家庭의 事에 拘繫치 안니홈이 當然홈 事이라 故로 古人의 言에 「爲天下者눈 不願家事」라 하얏나니 我가 엇지 微細한 一身의 事情으로써 男兒의 大事

를 誤하리오 且 大監의 誠意가 懇至하니 快히 承諾하겟노라 公이 大
喜하야 厚히 金帛으로써 贈하고 鐸으로 더부러 其 老母를 辭하고 駕
를 同히 하야 京城에 返흔 後 家에 留케 하고 翌日에 闕에 詣하니
孝宗께셔 引見하시고 下敎하으대 卿이 掃墳의 行을 作하는 其 間에
或 所見과 所得이 無하뇨 公이 對하되 果然 臣이 下鄕하는 路次에서
一奇男子를 邂逅하야 將次 大用할 材임을 知하고 더브러 俱來하얏나
이다 上이 喜하으 即時 朴鐸을 闕內로 召하으 引見하시니 鐸이 蓬頭
突鬢으로 入흠이 即 山野寒乞의 兒이라 곳 榻前에 來하야 長揖하고
拜치 아니하니 上이 笑하시며 敎하으대 汝가 엇지 瘦瘠하기를 此에
至하얏나뇨 鐸이 對하되 大丈夫가 世에 志를 得치 못하얏스니 엇지
不然하리잇가 上이 曰 此 一言이 實로 奇하고 또 壯하도다 하시고
公더려 謂하시되 今에 將次 何職을 除흘고 公이 對하되 此 兒가 아즉
山野禽獸의 態를 脫치 못하얏사오니 臣이 謹히 家中에서 率養흐야
行儀作法의 等節을 修鍊흔 後에 可히 써 登庸흘 것이니이다 上이 許
하시니 公이 常히 左右에 置하야 其 衣食을 豊足히 하며 每日 文學과
處身 行世의 禮節을 敎하니 鐸이 穎悟 出衆하야 一을 聞하면 十을
知흠으로 日就月將하야 朞年이 過흠이 學業이 大就하고 德器가 已成
하야 超然히 前日의 態를 蟬脫하얏슴에 凜凜흔 一個 豪傑이라 上이
每樣 李公을 對하시면 반다시 朴鐸의 成就흠을 問하셧는대 公은 必히
人材의 卓異흠을 奏達하얏더라 如斯히 흔 지 一年 有餘에 公이 常히
鐸으로 더부러 北伐의 事를 議흔 則 其 出謀發慮가 特異하야 自家로
는 敢히 企及치 못흘지라.

公이 奇愛하야 將次 上奏하야 大用하려 하얏더니 未幾에 孝宗께셔
賓天하신지라 朴鐸이 仰天痛哭하며 曰 萬事가 已矣로다 하더니 其
因山의 禮를 畢흔 後에 鐸이 公에게 拜謝하고 永別의 意를 述하니
公이 且驚且怪하야 曰 吾가 汝로 더부러 情이 父子와 同하니 汝가

엇지 참아 我를 捨하고 何處로 往하려 하나뇨 鐸이 淚를 垂하야 曰하되 小子의 一毛 一髮이 모다 大監의 深大한 恩이라 엇지 此를 忘하리오마는 某가 此에 來한 것은 其 初志가 喫着의 計를 爲함이 아니라 英武하신 君主가 在하심이 可히 世에 有爲할 줄로 信하고 將次 國家의 大事를 圖하려 하얏더니 皇天이 不弔하야 聖上께서 奄然히 一朝에 臣民을 棄하시니 天下의 事가 旣히 去한지라 此가 眞實로 千古英雄이 淚를 禁치 못하는 바로소이다 某가 비록 大監 門下에 留在한들 可用할 機會가 無할지오 徒히 弊만 貽할지라 將次 故山에 歸하야 耕鑿自食하야 年을 終하려 하나이다 하고 이에 淚를 揮하고 門을 出하야 望望然히 去함이 公이 嗟嘆함을 不已하얏더라 鐸이 鄕에 歸하야 其 老母를 侍하고 深山에 入하야 其 所從을 莫知하얏다 云하니라.

外史氏 曰 古語에 英雄도 時代를 遭한 然後에야 眞個의 英雄이 된다 함이 果然 虛言이 아님을 覺하겟도다 故로 呂尙도 周文을 遇치 못하얏스면 渭濱에서 終하얏슬 것이오 子房도 漢高祖를 不遇하얏스면 林泉에서 老하얏슬 것이라 故로 曰「馬貴遇主하며 人貴乘時」라 하얏스니 如何한 豪傑男兒일지라도 時機를 得치 못하면 朴鐸의 最後를 遂치 아니할 者가 幾人이나 有하리오 萬一 天이 孝宗으로 하야곰 數年의 壽를 假하시고 朴鐸으로 하야곰 干城의 任을 委하얏슬진대 或은 第二의 乙支文德이가 出生하얏슬는지도 未知이어늘 嗚呼 中途에 萬事가 已去하니 惜哉로다.

17. 선을 쌓는 집 반드시 경사 남음 있고
복숭아를 던지니 구슬로 보답하는구나(상)[1]

강릉 김씨인 한 선비가 있었는데 집안이 가난하였다. 가빈친로(家貧親老)[2]하여 변변치 않은 음식으로 봉양하는 것조차 궁핍하였다. 하루는 그 어머니가 말하였다.

"우리 집의 선대는 본래 부자로 불렸다. 노복들이 호남의 섬 가운데 흩어져 있으나 알지 못하니 네가 가서 저들을 속량(贖良)[3]하고 돈과 곡식을 거두어 오너라."

그리고 노비 문권을 내주었다. 김생(金生)이 그 문권을 가지고 섬 가운데 가니 백여 호가 한 마을을 만들어 번성히 그 자리에서 살아가고 있었다. 이들은 모두 노비의 자손이었다. 김생이 그 문권을 내보이니 모두 앞에 와 나열하여 절하고 수천 금을 거두어 노비 이름을 삭제해주기를 청했다.

이에 김생이 그 문권을 불태우고 돈을 말에 싣고 오다가 도중에 금강(錦江)[4]을 지날 때였다. 이때는 십이월 한겨울이었다. 날씨가 몹시 추웠는데 이리저리 거닐며 강변을 바라보니 한 영감과 노파, 그리고 한 나이

---

1) '복숭아를 던지니 구슬로 보답하네'는 『시경』 「위풍(衛風)」 '모과(木瓜)'에 보인다. 원문은 "나에게 복숭아를 던지니 구슬로 보답하네.(投我以木桃得瓊 報之以瓊瑤)"이다. 그 뒤는 "보답했다 여기지 않음은 오래도록 좋게 지내기 위해서이다.(匪報也 永以爲好也)"라고 하였다.

2) 집이 가난하고 부모가 늙었을 때는 마음에 들지 않은 벼슬자리라도 얻어서 어버이를 봉양해야 한다는 말이다.

3) 몸값을 받고 종을 풀어 주어서 양민(良民)이 되게 함. 속신(贖身)이라고도 한다.

4) 우리나라 서남 지방을 흐르는 강으로 소백산맥에서 시작하여 넓은 삼각강을 이루면서 황해로 들어감. 상류는 산간 분지를 굽이돌아 대전 분지를 이루고 중류는 내포평야와 전북평야를 형성한다.

어린 부인이 강물 속으로 들어가려 하자 서로 붙잡고는 만류하며 또 통곡하였다. 김생이 심히 괴이하여 그곳에 달려가 까닭을 물으니 영감이 말하였다.

"내가 독자를 두어 금영(錦營)[5]에서 아전을 하다가 포흠(逋欠)[6]으로 감옥에 갇혀 있답니다. 누차 납부 기한을 어겨 내일이 곧 죽는 날이라오. 집안 형편이 몹시 가난하여 동전 한 푼 마련할 대책조차 없으니 어찌 수천 금을 변통하여 자식의 사형을 구할 도리가 있겠소. 이렇기에 결심하고 물에 빠져 죽으려고 하니 늙은 아내와 며느리가 함께 죽는다고 하는군요. 이게 어찌 사람이 할 일이겠소. 그리하여 서로 강물에서 꺼내고 함께 통곡하는 거라오."

그러고는 다시 부르짖으며 우니 김생이 만류하며 말했다.

"만일 돈이 얼마 있으면 포흠을 보상하겠소."

영감이 말하였다.

"이천 금만 있으면 충당할만하지요."

김생이 말했다.

"내가 방금 받아오는 게 족히 이천 금은 되리니 이것으로써 갚으시오."

그러하고는 말에 싣고 온 금전 전부를 꺼내니, 세 사람이 크게 놀라 통곡하며 말했다.

"우리 세 사람의 생명이 이로 인하여 다시 살아나고 또 죽은 자식을 구해내니 이와 같은 큰 은혜가 이 세상에 어디 있겠소. 종신토록 집편(執鞭)의 종[7]이 될지라도 이 생애동안 다 갚지 못하겠습니다. 원컨대 우리 집으로 가 하룻밤 머물고 내일 아침에 길 떠나시기를 바랍니다."

---

5) 충청감영을 이르던 말이다.
6) 관청의 물건을 사사로이 써버림.
7) 중국에서 귀인이 나다닐 때에 채찍을 들고 따라다니며 길을 터서 치우던 사람.

김생이 말하였다.

"날이 저물고 길은 먼 데 나이 드신 어머님께서 의려(依閭)[8]하신 지 오래되셨소이다. 하루라도 머무르지 못하오."

그러고 말을 끌고 가니 그 영감과 그 처, 부인 세 사람이 다만 백배치사할 따름이었다. 즉시 그 돈을 실어 가지고 금영으로 가 묵은 채무를 모두 갚으니 그 당일에 아들이 석방되었다. 그 부모 처자 기쁨이 어찌 다함이 있으리오.

이후로는 밤낮으로 은혜 갚길 생각하나 김생의 거주하는 곳과 성명을 영원히 알 도리가 없어 이것을 생전의 한으로 삼았더라.

十七. 積善家中必有慶, 投以木桃報瓊球(上)

江陵 金氏의 一 士人이 家貧親老하야 菽水의 供饋가 乏하더니 一日은 其 母가 謂하되 吾 家의 先世가 本來 富로써 稱하야 奴僕 等이 湖南島中에 散在호 것이 不知하나니 汝가 往하야 彼等을 贖良하야 金穀을 收하라 하고 奴婢文券軸을 出給하는지라 金生이 其 文券을 持하고 島中에 往호 則 百餘戶가 自作一村하야 繁盛히 居生홈이 此가 모다 奴婢의 子孫이라 金生이 其 文券을 出視하니 모다 前에 來하야 羅拜하고 드디여 數千金을 收斂하야 奴名 贖除하기를 請하는지라 이에 金生이 其 文券을 燒하고 其 錢을 馬에 駄하야 來하더니 路中에셔 錦江을 過홀시 時는 十二月 冬天이라 日氣는 甚寒호대 遙히 江邊을 望見호 則 一翁 一媼 一少婦가 江에 臨하야 水中에 入코져 홈이셔

---

8) 아들을 기다리는 어머니의 정. 어머니가 아들이 돌아오기를 문에 의지하고서 기다림. 의려지망(依閭之望), 혹은 의문이망(依門而望)으로 제나라 때 왕손가의 어머니가 아들이 나가서 늦게 오면 집 문에 의지하여 아들이 오기를 바라보고 서 있었다는 고사에서 유래하였다.

로 扶持挽留하며 또 셔로 痛哭하는지라 金生이 甚怪하야 當處에 追
至하야 其 故를 問하니 老翁이 曰하되 吾가 獨子를 有하야 錦營에셔
吏役하다가 逋欠으로써 在囚하야 屢次 納限을 違홈이 明日은 곳 死
하는 日이라 家勢의 赤貧으로 分錢尺銅을 辦備하기 無策이니 엇지
數千金을 辦出하야 子息의 死刑을 救出홀 道理가 有하리오 此로 因
하야 決心하고 水에 投하야 死코져 흔 則 老妻와 少婦가 홈께 死하려
하니 此 엇지 人의 홀 바이리오 그리하야 셔로 拯出하고 더부러 痛哭
하노라 하며 다시 號泣하니 金生이 挽止하며 曰 萬一 錢 幾何가 有하
면 逋欠을 償홈을 得홀고 老翁 曰 二千金만 有하면 可히 充當하겟노
라 金生 曰 我가 方今 帶來하는 것이 足히 二千金이 되리니 此로써
償하라 하고 其 駄來흔 金錢의 全部를 出給하니 其 三人이 이에 大驚
大哭하야 曰 我 三人의 生命이 此로 因하야 得活하고 또 死子를 救出
하리니 如此 흔 大恩이 此世에 豈有하리오 終身토록 執鞭의 僕이 될
지라도 此 生此世에 다 報하지 못하겟노이다 願컨대 吾 家로 往하야
一夜를 留宿하고 明朝에 發程하기를 望하노라 金生 曰 日이 暮하고
道가 遠흔데 老親이 依閭하신 지 久흔지라 一日이라도 留連치 못하
겟노라 흐고 곳 馳去하니 其 老翁과 及 其 妻婦 三人이 다만 百拜致
謝를 爲홀 따름이라 卽時 其 錢駄를 携帶하고 錦營으로 往하야 宿債
를 盡償하고 其 當日에 其 子가 獄外에 放出홈을 得하니 其 父母妻
子의 欣喜의 情이 엇지 其 極이 有하얏스리오 此後로는 晝夜로 報恩
하기를 思하나 金生의 居住姓名을 永히 知得홀 道가 無하야 此로써
遺恨을 삼앗더라.

此時 金生이 空手로써 家에 歸홈이 其 老母가 無恙히 往返홈을
喜하고 又 其 推奴 如意홈을 問하고 더욱 喜하며 其 贖良흔 錢은 엇지
輸來홈을 問하니 金生이 悄然히 色이 動하며 錦江의 事로써 告하니
其 母가 金生의 背를 撫하야 曰 積善하며 참 可謂 我의 子로다 汝의

行훈 바가 人에게 施훈 陰德이니 吾 母子는 비록 飢寒에 濱홀지라도 人을 死地에셔 活路를 求하야 與홈과 如홈은 實로 此가 凡人의 能爲홀 바이 아니라 陰德을 有훈 者는 天이 반다시 祐하시니 엇지 今日의 貧寒을 憂홀 것이리오 하고 嘆賞홈을 不已하얏더라.

17. 선을 쌓는 집 반드시 경사 남음 있고
복숭아를 던지니 구슬로 보답하는구나(하)

그 뒤에 김생의 어머니는 천년(天年)[1]을 누리고 돌아가셨다. 가세는 더욱 형편없어지고 온갖 예의범절에 맞추어 성례할 도리가 없었다. 김생이 지관 한 사람과 함께 묘지를 구하기 위하여 여러 산을 두루 다녔다. 한 곳에 이르자 홀연 지관이 얼굴빛을 달리하고 산을 가리켜 크게 찬탄하기를 "부귀복록이 잇달아 무궁할 큰 땅이라." 하였다. 그 산하를 보니 크고 우뚝하니 장엄하고 아름다운 집이 있어 마을 사람에게 물어보았다.

"김씨네 집으로 좋은 밭과 기름진 논이 이 일대에 두루 있고 마을의 땅을 소유한 사람들이 모두 그 집 노비랍니다."

김생이 이에 지관을 돌아보며 말하였다.

"이 산이 비록 크게 길한 땅이라 한들 저 부잣집 뒤꼍이니 나 같이 한미한 자가 어찌 이를 차지하여 얻으리오."

"허!허!" 탄식할 뿐이었다. 하늘빛이 이미 저물어 어둠이 먼 나무 끝에서부터 생겼다. 김생이 지관에게 말하였다.

"날이 이미 저물었으니 하룻밤을 저 집에서 머물다 가는 수밖에 없겠소."

두 사람이 걸음을 같이하여 그 부잣집 문 앞에 당도하였다. 한 소년이 객실로 맞아들이고 저녁을 내와 따뜻이 맞아주었다. 김생이 밥을 다 먹은 후에 등불을 대하니 슬픈 심회가 마음을 흔들었다. 묘 터를 생각하고 홀로 길게 탄식할 따름이었다.

갑자기 안에서 한 젊은 부인이 문을 밀치고 뛰어 들어와 김생을 붙들

---

1) 타고난 수명. 천수.

고 크게 울었다. 김생이 그 이유를 알지 못하여 놀라 괴이함을 그치지 못하였다. 곁에 있던 소년(젊은 부인의 남편)도 또한 심히 놀랍고 의아해 하였다. 그래 까닭을 물으니 젊은 부인이 말하였다.

"이분은 우리의 은인입니다. 수년 전 금강에서 영감, 노파, 젊은 아낙 세 사람의 목숨을 구하고 지아비를 옥중에서 빼내오게 하셨지요. 그 산과 같고 바다와 같은 큰 은혜를 받은 사람입니다."

그 소년이 또한 부여안고는 크게 울고 영감과 노파 또한 은인이 온 것을 알고 뛰어 들어와 안고 울었다.

김생은 이렇게 해후함을 기이하게 생각할 뿐이었다. 이윽고 그 영감 부처와 아들 부부가 함께 앉은 후에 다시 등불을 돋고 각자 그 여러 해의 일들을 들어보니 과연 털끝만큼도 차이가 없어 온 집안이 놀라 기뻐하였다.

당시 그 젊은 부인이 금강 위에서 김생을 만나 한 가족 네 사람의 목숨을 모두 구하였으나 그 은인을 잃은 후로 성명과 주소를 물을 곳이 없었다. 이것이 뼛속 깊이 한이 되었는데 그때로부터 젊은 부인은 밤낮으로 집안 살림을 잘 꾸렸다. 이와 같이 한 지 팔구 년에 집안이 점차 풍요하게 되어 마침내 거만(鉅萬)의 부를 이루게 되었다. 이에 수년간 매일 밤에 목욕재계하고 향을 살라 하늘에 축원하고 은인을 만나 그 은덕 갚기를 기도하였다. 그 남편은 사랑채에 거하며 어떤 여행객이든 지 물론하고 숙박하기를 청하는 자가 있으면 이를 거절치 않고 정성껏 대접하기를 게을리하지 않았다. 이는 혹 은인을 만날까 하는 심산에서 나온 것이요, 젊은 아낙은 객이 올 때마다 반드시 창틈으로 엿보아 그 용모를 관찰하였다.

매일 이렇게 하더니 십여 일 전에 그 젊은 아낙의 꿈에 한 노인이 와서 말하였다.

"네가 오매불망하던 은인을 만날 날이 멀지 않으리라."

젊은 아낙이 꿈을 깬 뒤로 마음속으로 심히 기뻐하여 매일 고대하였다. 이날도 전에 하던 대로 저녁밥을 내온 후에 문틈으로 몰래 보았다. 젊은 아낙은 원래 나이가 어린지만 밝은 눈을 지닌 사람이었다. 김생을 한번 보고 기억하였으니 이것이 모두 지성이 감천한 것이었다.

이에 김생을 대하여 슬픔을 당한 것을 위로하고 또 이곳에 이른 까닭을 물었다. 김생이 이 집 뒤 묘 터의 일을 말하였다. 네 사람이 말을 모아 대답하였다.

"집 뒤는 말할 것도 없고 우리 집의 대청이라도 묘지만 길하거든 장사를 지내십시오. 또 장사 지내는 절차는 우리 집에서 일체 부담하리니 속히 환가하신 후 발인하여 오세요."

장례 치르는 모든 법도와 발인에 필요한 여러 집기와 그 밖의 다른 짐은 노복을 시켜 운반하게 하였다. 겸하야 가마와 말을 보내 식구들을 맞아 오게 한 후에 풍후하고 화려한 의식으로 성대히 장례를 치러주었다.

졸곡(卒哭)[2]을 지낸 후에 김생에게 노비와 땅, 집문서를 주며 말했다.

"이 집과 전답 노비는 상주(喪主)의 은혜를 만분의 일이라도 갚기 위해 준비한 것입니다. 저희 가족은 이 동네 뒤에 따로 집과 전택을 마련해 두었습니다. 원컨대 사양치 마시고 이곳에 사세요. 김생이 사양하기가 어려워 전접(奠接)[3]하였다. 이후로 의식이 풍족하고 자손이 창성하여 한 집안이 대대로 벼슬을 하였다.

十七. 積善家中必有慶, 投以木桃報瓊球(下)

其 後에 金生의 母는 天年으로써 家에셔 從훔이 家勢가 더욱 零殘

---

2) 상례에서 삼우가 지난 뒤 3개월 안에 강일에 지내는 제사.
3) 머물러 살 곳을 정함.

剝落하야 初終凡百과 襄禮 等節에 成禮홀 道理가 無흔지라 金生이 地師 一人으로 더부러 墓地를 求하기 爲하야 諸 山을 遍踏하더니 一處에 到하야 忽然 地師가 色을 動하며 山을 指하야 大讚하되 富貴福祿이 連綿無窮홀 大地라 하고 其 山下를 見하니 一大 宏傑壯麗흔 家舍가 有흔지라 村人에게 問흔 則 金姓의 家로 良田美畓이 一境에 偏在하고 村落이 地를 撲하는 것이 모다 其 奴婢러라 金生이 이에 地師를 顧하며 謂하되 此 山이 비록 大吉의 地라 흔들 彼富豪의 宅後이니 我와 如흔 寒微흔 者로 엇지써 此를 占得하리오 하고 噓唏히 嘆을 發하더니 而已오 天色이 已晩하야 暝色이 遠樹에 生하는지라 地師다려 謂하되 日色이 已暮하얏스니 一夜를 彼의 家에셔 寄宿홀 外에 無하다 하고 兩人이 步를 齊하야 其 富豪의 家門前에 當到하니 一少年이 有하야 客室로 迎接하고 夕飯을 進하야 款待하는지라 金生이 食을 罷흔 後에 燈을 對하야 悲懷가 中을 動하고 山地가 關心홈이 호올로 長吁홀 짜름이더니 忽然 內室로부터 一少婦가 門을 排하고 突入하야 金生을 扶하고 大哭하는지라 金生이 其 理由를 莫知하야 大히 驚怪홈을 不已하며 傍에 在하얏든 少年(少婦의 夫)도 또흔 甚히 驚訝하야 其 故를 詰問하니 少婦가 曰하되 此는 我의 恩人이라 數年前 錦江에서 우리 翁姑婦 三人의 命을 救하고 家夫를 獄中에서 脫出케 흔 如山如海의 大恩을 垂흔 人이라 하니 其 少年이 또흔 抱住大哭하고 老翁 老嫗이 또흔 恩人의 來홈을 知하고 또흔 突出하야 抱哭하는지라 金生이 其 邂逅홈을 奇異하게 思하더니 旣而오 其 老翁의 夫妻와 其 子의 夫婦가 共히 止흔 後에 更히 燈火를 挑하고 各히 其 年條 事實을 聞하니 果然 毫末이 不差홈이 一家가 驚喜雀躍홈을 不勝하얏더라.

　當時 其 少婦가 錦江의 上에서 金生을 逢하야 一家 四人의 命이 全活홈을 得하얏스나 其 恩人을 失흔 後로 姓名住所를 憑問홀 處가

無하야 此로써 刻骨의 恨이 되얏는대 其 時부터 其 少婦는 晝夜로
産業을 治하야 如斯혼 지 八九年에 家가 漸次 豊饒하야 맛참니 鉅萬
의 富를 致하얏는지라 이에 數年間을 每夜에 齋戒沐浴하고 香을 焚하
야 天에 祝하고 恩人을 逢하야 其 恩德을 報酬하기를 祈禱하며 其
夫는 外舍에 居하야 無論 如何혼 行旅든지 宿泊하기를 請하는 者가
有하면 此를 拒絶치 아니하고 款待하기를 不怠하얏나니 此는 或 恩人
을 逢홀가 하는 心算에서 出홈이오 其 少婦는 客이 來홀 時마다 必히
窓隙으로 窺視하야 其 容貌를 觀察하기로 每日 課程을 爲하더니 十
餘日 前에 其 少婦의 夢에 一老人이 來謂하되 汝의 癙痒不忘하던
恩人을 逢홀 日이 不遠하리라 하얏는대 少婦가 夢을 覺혼 後로 心中
에 甚喜하야 每日 苦待하더니 此日에 至하야도 例에 依하야 夕飯을
進혼 後에 門隙으로 偸視하얏는대 少婦는 元來 年少眼明혼 人이라
金生을 一見 記得하얏스니 此가 다 至誠이 感天혼 바이더라 이에 金
生을 對하야 當哀홈을 慰하고 又 此에 至혼 事由를 問하니 金生이
이에 家後 山地의 事로써 言혼즉 四人이 合辭하야 對하되 家後는 姑
捨하고 我家의 大廳이라도 墓地만 吉하거던 入葬하시고 又 入葬節次
는 吾 家에서 一切 負擔하리니 速速히 還家하신 後 發靷하야 來하라
하고 襄禮凡百과 發靷諸具와 外他 擔軍을 奴僕으로써 治送하고 兼
하야 轎馬를 送하야 內眷을 迎하야 並來케 혼 後에 豊厚華麗혼 儀式
으로 盛大히 葬禮를 行하얏더라.

卒哭을 過혼 後에 金生에게 奴婢田宅의 文券을 呈하며 曰하되 此
家舍와 田畓과 奴婢는 都是 喪主의 恩을 萬一이라도 報하기 爲하야
準備혼 깃이오 此 洞後에 別로히 家舍田宅이 有하니 此는 吾 家族의
居住生活홀 處이라 願컨디 辭치 勿하고 此에 居하소셔 金生이 辭홈을
不得하야 此에 奠接하얏더니 此後로 衣食이 豊足하고 子孫이 昌盛하
야 一門이 世世冠冕을 作하얏나라.

18. 이득을 보고 의를 생각하면 참 군자요,
좋은 이야기에 감화되니 속되지 않다

그리 오래지 아니한 옛날, 한 김(金)씨 성을 가진 자가 경성에 살았다. 지조가 맑고 높으며 명예와 이익을 구하지 않고 오직 독서하기를 좋아하였다. 그 처는 집안 형편이 매우 가난하여 삯바느질을 하여 근근이 입에 풀칠하였다. 하루는 밥솥에 불 땔거리조차 없게 되니 아내가 이에 눈물을 머금고 말하였다.

"문학이 비록 사람의 보배라 할지라도 굶주림을 구하지 못하니 지금에 한창려(韓昌藜)[1] 편정(鞭鼎)의 때를 당하고 범문정(范文正)[2] 획죽(劃粥)도 잇지 못하는 날에 이르렀습니다. 청컨대 평소에 가까이 믿으시던 오랜 친척의 집을 두루 방문하여 간곡히 사정을 말씀드리고 단사표음(簞食瓢飲)[3]이라도 구하여 돌아오신 후에 독서함이 어떠합니까?" 김생(金生)이 한숨을 쉬며 서글프게 탄식하고 책을 덮고 문을 나섰다. 종로 한 모퉁이에 이르니 길 옆에 한 금주머니가 있었다. 이를 주어 보니 안에 은 세 봉이 있어 품속에 넣고 노상에 앉아서 임자를 기다렸다.

---

1) 한유(韓愈, 768~824)는 당나라의 대표적 문장가·정치가·사상가이다. 당송 8대가(唐宋八大家)의 한 사람으로 자는 퇴지(退之), 호는 창려(昌黎)이며 시호는 문공(文公)이다. 등주 하내군(남양(南陽)으로 지금의 하남 성 맹주 시) 출신이나, 그 자신은 창려(昌黎, 하북성) 출신으로 자처하여 호도 창려라 하였다. 한유의 〈이상조(履霜操)〉라는 시에 "아버지! 아들은 추워 죽겠습니다. 어머니! 아들은 배고파 죽겠습니다. 제가 잘못했으면 채찍으로 칠 것이지 어이하여 나를 내쫓습니까?(父兮兒寒 母兮兒饑 兒罪當笞 逐兒何爲?)"라는 구절이 있다. 이를 끌어 와 '편정의 때'라 한 것이 아닌가 한다.
2) 범중엄(范仲淹, 989~1052)의 자 희문(希文). 시호 문정(文正). 중엄이 어려서 부친을 여의고 어머니가 개가하자 죽을 끓여 네 조각으로 나눈 뒤 하루에 두 조각으로 끼니를 때웠다. '죽을 나눈다'라는 뜻의 '획죽(劃粥)'이라는 고사가 여기서 나왔다. 범중엄은 죽 그릇에다 글씨 연습을 했다고도 한다.
3) '대그릇의 밥과 표주박의 물'이라는 뜻으로, 변변치 못한 음식을 말한다.

날이 막 저물려는 데 한 사람이 황급한 걸음으로 숨소리가 급하게 와서는 좌우를 두리번거리며 한참을 방황하였다. 김생이 그 사람을 불러 그 까닭을 물으니 은을 잃어버린 일을 말하였다.

김생이 주웠음을 말하고 곧 품 안에서 꺼내어 주니 그 사람이 크게 기뻐하여 고마움 표하기를 그치지 않으며 말하였다.

"집사(執事)[4]의 낡은 옷과 부서진 갓을 보니 그 빈한함을 알겠소. 그런데 이와 같이 곤궁한 처지로 노상의 물건을 주어 갖지 않았으니 실로 세상에 드문 맑고 높은 선비입니다. 감히 존성대명(尊姓大名)을 여쭙겠습니다."

김생이 사실대로 알려 주니 그 사람이 두 볼에 붉은 빛을 띠며 다시 두 번 절하고 말하였다.

"나는 아무 마을에 사는 박(朴) 아무개인대 오늘 아침에 마침 일이 있어 아무 마을에 사는 벗 이생(李生)의 집에 갔답니다. 그 주인이 출타하여 집에 없고 마침 사랑채에도 사람 하나 없었답니다. 그 책상에 은 수십 봉이 있기에 나쁜 욕심이 갑자기 솟아 그 가운데에서 세 봉을 훔쳐 돌아오는 길에 부지중 이를 잃어버린 것입니다. 집사와 같은 맑고 개결한 선비를 만나 잃어버린 물건을 도로 찾았으니 다행이라 하겠습니다. 그러나 스스로 내 양심에 묻건대 나는 집안이 빈궁하지 않은데도 타인도 아닌 벗의 재물을 절취하였고 집사는 빈한한 선비로 길거리에 떨어진 물건도 취하지 않았으니 선악의 거리가 실로 하늘과 땅 차이라고 하겠습니다. 이제 집사에게 아주 감화하여 스스로 개과천선할 마음이 있으니 다행히 멀리 내치지 말아주십시오."

그러고는 인하여 김생과 함께 그 이생의 집에 가서 그 사실의 전말을

---

4) '주인 옆에서 그 집 일을 맡아보는 사람'이라는 뜻으로 많이 쓰이나 여기서는 김생을 가리킨다.

이야기하였다. 이생이 이에 일어나 김생에게 절하고 말하였다.

"옛날에 관녕(管寧, 158~241)[5]이 채소밭에서 금을 보았지만 호미를 버리고 돌아보지 않았다더니[6] 지금 선생이 행한 바를 들으니 곧 금세의 관녕입니다. 진실로 천성이 지극히 선하지 않다면 어찌 이에 이르겠는지요. 또한 벗 박생이 선생의 덕화에 힘입어 능히 개과천선함에 이르렀으니 선생은 사람을 변화시키는 분입니다. 원컨대 나와 형제의 의를 맺읍시다."

그러고는 삽혈동맹(歃血同盟)[7]을 한 후에 즉시 집과 전답을 사서 김생에게 주고 김생의 아내를 데리고 와 새로운 가정을 만들게 하였다.

이로부터 김생은 비로소 완전한 생활의 방향을 얻었다. 이후로 세 사람이 밤낮으로 함께 노닐어 정의가 매우 친밀하였다. 바로 다음 해 가을에 이생이 관서(關西)지방[8]에 일이 있어 장차 떠나려 할 때였다. 일체 재산장부와 모든 곳간의 열쇠 등을 모두 김생에게 주고 떠났다. 김생이 모든 일을 처리 단속하는 일체가 이생이 집에 있을 때와 같았다.

하루는 밤에 관청 앞에서 이리저리 거닐며 달빛을 즐기다가 창구멍으

---

5) 삼국 시대 위나라 사람. 자는 유안(幼安)이다. 어려서 고아가 되어 어렵게 공부했고 여러 번 조정의 부름이 있었지만 끝내 나가지 않았다. 화흠(華歆), 병원(邴原)과 가깝게 지냈다. 일찍이 화흠과 공부를 하고 있었는데 고관대작의 수레가 지나가자 화흠이 책을 덮고 바라보는 것을 보고 세상의 부귀영화에 뜻을 주었다고 하여 같이 쓰던 방석을 갈라 절교했다는 '관녕할석(管寧割席)'이란 고사가 있다.

6) 관녕(管寧)과 화흠(華歆)은 아주 친하여 서로에게 그림자 같은 존재였다. 어느 날 관녕과 화흠이 함께 텃밭에서 김을 매었다. 갑자기 관녕이 호미질을 하는데 아주 단단한 무언가가 호미와 부딪혀 캐어보니 금덩어리였다. 관녕은 "이것이 무어란 말인가, 쇳덩이에 불과하군."이라며, 다시는 돌아보지 않고 계속 김매기를 해나갔다. 그런데 화흠이 금덩이 소리를 듣고서는 자신도 모르게 마음이 동하였다. 그래서 호미를 내동댕이치고 달려와서는 관녕이 금방 버렸던 금덩이를 주워 아주 기쁜 표정을 지었다. 그러자 관녕이 화흠에게 냉담한 표정을 지었고 끝내 화흠도 그 금덩이를 버리고 말았다.

7) 말과 소를 죽여 서로 그 피를 마시거나 피를 입가에 바르며 하는 맹약이다.

8) 평안남북도와 황해도 북부 지역의 별칭이다.

로 안채를 엿보게 되었다. 갑자기 이생의 아내가 매우 예쁜 것을 보고 사특한 생각이 속에서 싹텄다. 중문의 자물쇠를 열고 안채로 몰래 들어가다가 다시 마음을 돌려 자기의 죄를 책망하고 나왔다. 잠자리에 들었으나 잠을 이루지 못하였다. 마음속이 요동쳐 자제하기가 어려웠다.

이에 다시 중문을 거쳐 안방으로 몰래 들어가다가 또 자신을 책망하고 돌아왔다. 이렇게 서너 번이나 하였다. 어언간 닭이 울어 하늘이 밝아 중문을 전과 같이 잠그고 침소로 돌아왔다. 잠깐 있다 한 사람이 나타났다. 눈빛이 불같은 자가 검을 가지고 들어와 김생에게 말했다.

"나는 도적놈이다. 오늘 밤에 장차 너희 집의 보물을 절취하러 왔었는데 네가 도둑을 막는 것이 극히 허술한 구석이 없더구나. 밤새도록 잠자지 않고 안채에 출입하니 내가 어떻게 도둑질을 하겠느냐? 너는 보람 없이 내 애간장을 태우고 내 손에 아무것도 없게 한 자이다. 너는 내 칼에 죽어라."

그러고는 칼을 휘둘러 찌르려 하니 김생이 말하였다.

"원컨대 한마디만하고 죽겠노라."

"무슨 말이야?"

김생이 이에 전일의 돈을 주어 주인에게 돌려주던 일과 세 사람이 형제 결의하던 일과 또 오늘 밤 안채를 들고 나던 일을 하나하나 이야기하였다. 도적이 이에 칼을 버리고 엎드려 사죄하기를. "지금 군자의 말을 들으며 크게 부끄러움을 깨달았습니다. 저도 그대의 말에 감화되어 잘못을 고치고 선함으로 바꾸겠습니다. 나도 또한 옛사람들이 말씀하신 이른바 양상군자(梁上君子)[9]입니다. 청컨대 주이장이 돌아오길 기다

---

9) '대들보 위의 군자'라는 뜻으로 집 안에 들어온 도둑을 비유한다. 후한(後漢) 말 진식(陳寔)이 집에 들어온 도둑이 대들보 위에 숨은 것을 보고 한 말이다. 도둑이 내려와 용서를 빌자, 진식은 비단 두 필을 주어 돌려보냈다. 이후 이 고을에선 도둑을 볼 수 없게 되었다.

려 나도 결의형제 가운데에 들어가겠습니다."라 하더라.

十八. 見得思義是君子, 聞善感化亦不俗

　中古에 一金姓이 有하야 京城에 居하더니 志操가 淸高하야 名利를 求치 아니하고 오즉 讀書하기를 好하며 其 妻는 家勢가 貧寒홈으로 針工을 事하야 僅僅히 口를 糊하다가 一日은 未炊홈에 至흔지라 其 妻가 이에 涙를 含하며 曰 文學이 비록 人의 寶라 할지라도 飢寒을 救치 못호니 今에 韓昌黎의 鞭鼎의 時를 當하고 范文正의 割粥[10]도 繼치 못호는 日에 際흔지라 請컨디 平日에 親信하든 故舊 親戚의 家를 歷訪하야 懇曲히 事情을 述하고 簞食瓢飮의 資를 乞하야 歸흔 後에 讀書홈이 何如하뇨 金生이 喟然히 長嘆하고 이에 卷을 掩하고 門을 出하야 鐘路 一隅에 至하니 路側에 一錦囊이 有하거늘 此를 拾하야 視하니 內에 銀三封이 有흔지라 이에 懷中에 藏하고 路上에 坐하야 待하더니 日이 將暮홈이 一人이 有하야 忙步로 喘息이 急하며 當地에 來到하야 左右顧眄하며 久하도록 彷徨하는지라 金生이 其 人을 招하야 其 理由를 問하니 其 人이 失銀흔 事로써 告하거늘 金生이 拾得홈을 言하고 곳 懷中으로부터 出하야 與하니 其 人이 大喜하야 稱謝홈을 不已하며 乃 曰하되 執事의 弊衣破冠을 見하니 可히 써 其 貧寒홈을 知흘지라 그런데 此와 如히 困窮흔 處地로써 路上의 遺物을 拾하야 己有를 作치 아니하니 實로 稀世의 淸高흔 士이라 敢히 尊姓 大名을 問하노라 金生이 其 實로써 告하니 其 人이 兩頰에 赤을 發하며 更히 再拜하며 曰하되 我는 某 洞 朴某인대 今朝에 맛참 事가 有하야 某 洞 李友家에 往하얏더니 其 主人이 出他不在하고 外舍에 無人

────────────

10) 원문에는 '晝粥'으로 되어 있다. 문맥을 고려하여 '割粥'으로 바로 잡았다.

혼 時인대 其 案上에 銀數十封이 有홈으로 惡慾이 忽萌하야 이에 其
中에셔 三封을 竊取하야 歸家하는 途에 不知中 此를 遺失혼 것이라
執事와 如혼 淸高廉介의 士를 逢하야 已失혼 物을 還得하얏스니 多
幸이라 하겟스나 스사로 我의 良心에 問하건디 我는 家가 貧窮치 아니
혼 者로 他人도 아니오 故人의 財를 竊取하얏고 執事는 貧寒혼 士로
써 路上 遺物도 取치 아니하니 善惡의 相去홈이 實로 天壤이 隔하얏
다 홀지라 今에 執事의게 全然 感化하야 스사로 遷善의 心이 有하니
幸히 遐棄치 勿하라 하고 因하야 金生과 偕行하야 其 李姓의 家에
往하야 其 事實의 顚末을 述하니 李生이 이에 起하야 金生에게 拜하
고 曰하되 昔에 管寧이 菜田에서 金을 見하고 鋤를 揮하야 顧치 아니
하얏더니 今에 先生의 行혼 바를 聞컨디 卽 今世의 管寧이라 苟히
天性의 至善이 아니면 엇지 斯에 至하리오 且 朴友가 先生의 德化를
賴하야 쏘한 能히 改過復初홈에 至하얏스니 先生은 化人하는 者이시
라 願컨디 我와 兄弟의 義를 結하자 하고 이에 歃血同盟을 爲혼 後에
卽時 家舍와 田宅을 購하야 金生을 與하고 金生의 妻를 携來하야
新家庭을 建設케 하얏는디 此로 從하야 金生은 비로소 完全혼 生活의
方을 得하얏더라 此後로 三人이 日夕으로 從遊하야 情誼가 膠膝과
如하더니 翌年 秋에 李生이 關西에 事가 有하야 將次 出發홀 際에
一切財簿 鎖鑰 等을 모다 金生에게 付하고 去하얏는디 金生이 凡事
의 處理檢束을 一切 李生의 在家혼 時와 如히 하얏더라 一夜는 廳舍
前에서 散步하야 月色을 玩하다가 窓孔으로 內庭을 窺하더니 忽然
李生의 妻가 絶艶無雙홈을 見하고 邪念이 暗萌하야 이에 中門의 鑰
을 啓하고 內庭으로 潛入호다가 更히 心을 回하야 罪를 自責하고 出
하야 枕席에 就홈이 成眠치 못하고 中情이 搖하야 自制키 難혼지라
이에 更히 中門으로 由하야 內房으로 闖入하다가 쏘 自責하고 歸하얏
는대 如是하기를 三四回에 至혼지라 於焉間 鷄가 鳴하야 天이 曙홈으

로 中門을 舊와 如히 鎖하고 寢所로 歸하얏더니 俄而오 一人이 有하야 眼光이 炬와 如흔 者가 劍을 杖하고 突入하야 金生을 喝하되 我는即 賊漢이라 今夜에 將次 汝 家의 寶物을 窃取하러 來하얏는디 汝의防盜가 極히 周密하야 夜에 眠치 안이하고 終夜토록 內庭에 出入하니我가 如何히 窃取홈을 得하얏스리오 汝는 徒히 我의 腸을 焦하고 我의 手를 空케 흔 者인즉 汝는 我의 劍에 死하라 하고 因하야 劍을揮하야 刺하려 하거든 金生이 曰하되 願컨디 一言하고 死하겟노라賊이 曰하되 何言인고 金生이 이에 前日의 拾銀 還主하던 事와 三人이 兄弟結義흔 事와 又 今夜의 出入 內庭흔 事를 ——히 陳述하니賊이 이에 劍을 擲하고 伏地 謝罪하되 今에 君子의 言을 聞하니 大慚홈을 不覺하겟도다 我도 君의 言에 感化되야 舊惡을 改하고 善으로遷홀진디 我도 쏘흔 古人의 所謂 梁上君子이니 請컨디 主人의 還홈을 待하야 我도 結義中에 入하겟노라 云云하니라.

19. 소인이 어찌 큰 인물의 뜻 알겠는가,
호걸이 초야에서 늙으니 애석하구나(상)

경성 묵적동(墨積洞)에 허생(許生)[1]이란 자가 있었다. 집안 형편은 가난한데 책읽기를 좋아하여 그 아내가 남들의 삯바느질을 하여 간신히 입에 풀칠을 하였다.

하루는 아내가 너무 배가 고파서 울면서 말했다.

"군자가 평생에 책읽기를 좋아함은 장차 무엇을 하려함이오?"

허생이 웃으며 말하였다.

"나의 독서는 아직 미숙하오."

아내가 성을 내어 꾸짖어 말했다.

"밤낮으로 오직 책만 읽고 공업도 장사도 안하니 어찌 도둑이 되지 않으리까?"

허생이 책을 놓고 일어나 위연히 탄식하였다.

"애석하도다! 내 책읽기를 십 년을 기약했는데 이제 겨우 칠 년이라. 이제 이를 폐할진대 어찌 한 삼태기의 공[2]을 버리는 게 아니겠는가."

그러고는 문을 나서 운종가(雲從街)[3]에 이르러 시장 사람에게 물었다.

---

1) 연암은 『열하일기(熱河日記)』 중 윤영(尹映)이라는 실재(實在)가 확인되지 않는 사람의 말을 인용. '허생은 끝내 자신의 이름을 밝히지 않았으니, 세상에서 그의 이름을 아는 자가 없다.'라 하였다. 하지만 김태준은 『조선소설사(朝鮮小說史)』 중 '대문호 박지원과 그의 작품'에서는, '허생은 실존인물인 와룡처사(臥龍處士) 허호(許鎬, 1654~1714)를 모델로 하였다'고 주장했다.

2) 『서경』 〈여오(旅獒)〉에 "아홉 길 높이 산을 만드는 데 한 삼태기의 흙이 모자라 공을 무너뜨리게 된다."라 한 데서 나온 말로, 작은 성취에 안주하지 말고 끊임없이 노력하여 큰 뜻을 이루라는 것이다.

3) 조선시대 때 한성(漢城)의 거리 이름. 지금의 종로 네거리를 중심으로 한 곳인데, 이곳에 육의전(六矣廛)이 설치되었다.

"이 경성 안에서 누가 가장 부자요?"

시장 사람이 변 아무개(卞氏)[4]라고 대답하였다. 이에 그 사람을 찾아가 깊이 허리를 숙여 인사를 올린 후 말하였다.

"나는 집안이 가난하여 장사밑천을 마련하기가 어렵소이다. 작은 시험을 해보고 싶은데 만금만 빌려주시기 바라오."

변 씨가 이를 거절하지 않고 만금을 빌려주니 그 집의 자제와 손님들이 놀라 물었다.

"대인께서 만금을 한 거지에게 빌려주니 어째서 인지요?"

변 씨가 말했다.

"너희들은 알 바 아니다."[5]

허생이 만금을 가지고 안성(安城)에 가서 대추, 밤, 감, 감자, 귤 따위를 사들였더니 머지않아 나라 안에 과일이 부족하게 되었다. 허생이 이를 팔아 열 배의 이득을 얻었다. 또 제주도에 들어가 말총[6]을 사들여 또 열 배의 이득을 보았다.

허생이 늙은 뱃사공에게 물어 빈 섬을 알아낸 뒤에 산속에 숨어 있는

---

4) 변 씨는 허생과 같은 시대의 거부인 변승업(卞承業)의 조부. 『열하일기』 중 '변승업의 부유함은 그 돈과 재물을 조상으로부터 물려받은 것인데, 승업의 조부 때에는 수만 냥에 불과했다. 그러던 것이 허씨 성을 지닌 선비를 만나 은 십만 냥을 얻었으니, 드디어 나라에서 제일가는 갑부가 되었다.'라는 구절이 있다.

5) 물재는 원래 연암 글에서 여러 부분을 축약하였다. 원 글의 이 부분 해석은 아래와 같이 길게 서술되어 있다. "너희들은 알 바 아니다. 대체로 다른 사람에게 무엇인가를 구할 때에는 반드시 자신의 뜻을 장황하게 이야기하는 법이지. 먼저 자신의 신의를 내보이려고 애쓰지만 그 얼굴빛은 어딘가 비굴하며, 그 말은 했던 것을 자꾸 반복하게 마련이네. 그런데 저 손님은 옷과 신발이 비록 누추하지만, 그 말이 간단했고 그 시선은 오만했으며 부끄러워하는 기색이 조금도 없었다네. 이는 재물에 대한 욕심이 없어 스스로의 처지에 만족하고 있는 사람이기 때문이지. 그가 한번 해보고자 하는 일도 결코 작은 일은 아닐 것이니, 나 또한 그 사람을 시험해 보고 싶은 마음이 든 것이야. 게다가 주지 않았으면 또 모르거니와 이미 만 냥을 주었는데 그 이름을 물어서 무엇하겠는가."

6) 말의 꼬리나 갈기의 털.

도둑 수천 명[7]을 꾀어 모아서는 그 섬에 살게 하고는 삼십만 민(緡)[8]을 주어 산업을 일으키게 하였다. 도둑들을 시켜서 황폐한 땅을 개간하고 오곡을 심었더니 가을에 수백만 석을 수확하였다.

그때 일본이 기근이 들어 배에 싣고 가서 구휼하여 은 백만을 얻었다.

허생이 탄식을 하며 말했다.

"이제야 나의 자그마한 시험을 마쳤도다."

그러고는 섬 안의 여러 사람들에게 "나는 이제 가노라." 하며 은 수천을 제주에 풀어 가난한 자들을 구휼하니 아직도 십여 만이 남았다.

허생은 '이것으로 변 씨의 금을 갚으리라' 하고 즉시 경성으로 돌아갔다. 변 씨를 찾아가니 놀라 말하였다.

"혹 손해를 보았는지요?"

허생이 웃으며 이문을 남긴 자초지종을 이야기한 후에 은 십만을 변 씨에게 돌려주었다. 변 씨가 놀라 십분의 일만 받기를 원하니 허생이 성을 내었다.

"그대는 어찌 나를 장사치로 보는 게요!"

드디어 허생이 옷자락을 떨치고는 집에 돌아왔다.

그 아내는 허생이 한번 문을 나선 이후로 해를 넘기도록 소식이 막연함으로 객사한 것으로 알고 그가 떠난 날에 제사를 지냈다.

변 씨가 사람을 시켜 은을 가져다주니 허생이 또 은을 가지고 변 씨에게 되돌려 주며 말하였다.

"내가 만일 부자가 되려고 바랐다면 백만을 버리고 십만을 취하겠소? 그대가 우리 살림을 계산하여 굶주림이나 면하게 양식을 보내 일생을 지내게 한다면 족하오."

---

7) 연암의 원문에는 변산(邊山)의 도적의 무리로 되어 있다.
8) 화폐의 단위이다.

변 씨가 이 말대로 허생의 살림을 살펴 의식을 날라다 주니 정의가 막역한 사이가 되었다.

하루는 변 씨가 허생에게 말했다.

"지금 조정에서는 남한(南漢)에서의 치욕[9]을 설욕하려 널리 인재를 구하는 중일세. 이는 뜻있는 선비가 팔뚝을 걷어붙이고 그 슬기를 떨칠 때요. 그대와 같이 뛰어난 사람이 공명을 구하지 않고 세상에서 숨어 늙으려 하는 겐가?"

허생이 탄식하며 말했다.

"예로부터 호걸로 어두운 곳에 묻혀 일생을 마친 사람이 어찌 한둘에 그치겠는가? 조성기(趙聖期, 1638~1689)[10]와 같은 자는 능히 나라를 떠받칠만한 재주가 있었지만 마침내 베옷을 입은 선비로 죽었고, 유형원(柳馨遠, 1622~1673)[11]은 족히 대장이 될 만한 재주가 있었지만, 해곡(海曲)[12]에서 한적한 삶을 보냈지. 지금 국정을 꾀하는 자들을 보건대 그 사람됨을 가히 알만하잖나. 나는 장사를 잘하는 사람이라, 나의 은이면 족히 아홉 나라 임금의 머리도 살 수 있었지만, 모두 바다에 던지고 온 까닭은 그 돈을 사용할 데가 없기 때문일세."

변 씨가 말을 듣고는 크게 한숨 쉬기를 그치지 못하였다.

---

9) 1637년 청(淸) 태종(太宗)이 조선에 대하여 군신의 예를 강요하며 침략한 병자호란 때 인조가 남한산성(南漢山城)에서의 항전을 포기하고 삼전도(三田渡)에서 굴욕적인 항복을 한 사실을 가리킨다.

10) 숙종 때의 학자로 자는 성경(成卿), 호는 졸수재(拙修齋). 임천(林川) 사람으로 뛰어난 재주가 있었지만 평생 독서와 학문에만 전심하였다. 저서로는 한문소설『창선감의록(彰善感義錄)』이 있다.

11) 효종 때의 실학자로 자는 덕부(德夫), 호는 반계(磻溪). 문화(文化) 사람으로 평생 저술과 학문 연구에 전념하였으며, 실학을 학문으로서의 위치에 올려놓았다. 그의 학문은 뒤에 이익·홍대용·정약용 등으로 이어졌다. 저서에『반계수록(磻溪隧錄)』등이 있다.

12) 지금의 전북 부안. 유형원은 효종 4년(1653)부터 부안의 우반동(愚磻洞)에서 저술 및 학문 연구에 힘썼다.

十九. 燕雀安知鴻鵠志, 可惜豪傑老林泉(上)

京城 墨積洞에 許生이란 者가 有하야 家勢는 貧寒하되 讀書하기를 好하며 其 妻는 人의 縫刺를 爲하야 僅僅히 糊口하더니 一日은 妻가 飢甚하야 泣하되 君子가 平生에 讀書하기를 好흠은 將次 何를 爲흠이뇨 生이 笑曰하되 吾가 아즉 讀書 未熟하얏노라 妻가 怒罵하되 晝 晝 夜夜에 오즉 書만 讀하고 不工不商하니 엇지 盜賊이 되지 아니하나뇨 生이 이에 卷을 掩하고 起하야 喟然히 嘆하되 可惜하도다 我가 讀書하기를 十年을 期하얏더니 今에 旣히 七年이라 今에 此를 廢흘진디 엇지 一簣의 功을 虧흠이 아니리오 하고 이에 門을 出하야 雲從街에 至하야 市人에게 問하되 此 京城 內에 誰가 가장 富饒하뇨 市人이 卞某로써 對하는지라 이에 其 人을 訪하고 長揖하야 曰 我가 家貧하야 自資키 難흘세 小試흘 바가 有하니 願컨디 萬金을 借하라 卞이 此를 謝却치 안이하고 곳 萬金으로써 與하니 其 子弟와 賓客 等이 諫하되 大人이 一朝에 萬金을 一 丐乞의 者에게 與하심은 何를 爲흠이 니잇고 卞이 曰하되 汝等의 知흘 바 아니니라 生이 旣히 萬金을 得하야 가지고 安城에 往하야 棗, 栗枾, 柑橘의 屬을 貿하얏더니 未幾에 國中에 果가 乏함이 生이 此를 賣하야 十培의 利를 獲하고 又 濟州에 入하야 馬鬣를 買하얏는대 又 未幾에 十培의 利를 得하얏더라 生이 又 老篙師의게 問하야 空島를 得한 後에 山林에 伏在한 群盜 數千 人을 誘說招募하야 其 島에 居케 하고 錢 三十萬緡을 輸하야 産業을 爲할 세 群盜를 使役하야 其 荒蕪의 地를 開墾하고 五穀을 播하얏더니 秋에 至하야 數百萬石을 收穫하얏는지라 時에 日本이 大飢하얏슴으로 船에 載하고 往하야 賑하미 銀百萬을 獲하얏더라 生이 이에 嘆하되 我가 今에 旣히 小試하얏도다 하고 島中諸人다려 謂하되 我는 今에 去하노라 하며 銀 數千萬을 濟州에 散하야 貧寒한 者를 救恤하

고 尙히 十餘萬이 餘한지라 生이 以爲하되 此로 可히 써 卞氏의 金을
報하리라 하고 卽時 京城에 反하야 卞氏를 往見하니 卞이 驚하야 曰
하되 或은 失利함이 아니뇨 生이 笑하며 前後 獲利한 事를 述한 後에
銀 十萬을 卞의게 還하니 卞이 大驚하야 什一의 利를 受키를 願하니
生이 怒하되 君이 엇지 賈竪로써 我를 視하나뇨 하고 드대여 衣를 拂
하고 家에 歸하니 其 妻는 生이 一自 出門혼 以後로 經年토록 信息이
漠然함으로 客死함으로 知하고 其 出家하든 日로 祭를 行하얏더라
卞이 人으로 銀은 生에게 致하니 生이 又 銀을 持하고 卞家에 往하야
遺하고 生이 辭하되 我가 萬一 富하고져 할진대 엇지 百萬을 棄하고
十萬을 取하리오 君이 我의 家口를 計하야 飢寒이나 免하도록 衣糧을
送하야 一生을 過하게 하는 것이 足하니라 卞이 此로 從하야 生의
匱乏을 度하야 문득 衣食으로써 賑恤하고 情誼는 遂히 莫逆으로 되얏
더라 卞이 一日은 生다려 謂하되 方今 朝廷에셔 南漢의 恥를 雪하려
하야 廣히 人材를 求하는 中에 在하니 此는 志士의 振腕奮智의 秋이
라 子와 如한 才로써 功名을 求치 안코 林泉의 下에셔 老코져 하나뇨
生이 嘆曰 古來 豪傑의 沉名한 者가 엇지 一二에 止하리오 趙聖期와
如한 者는 可히 國을 扶할만한 才가 有하얏스되 맛참니 布衣로 死하
고 柳馨遠은 足히 大將이 될만한 才가 有하얏스나 海面에셔 逍遙하야
스니 今에 國政을 謀하는 者를 觀하건대 可히 其 爲人의 如何를 知할
지라 我는 善賈하는 者이니 我의 銀이 足히 九王의 頭를 市할만하나
海中에 投하고 來한 것은 可用할 處가 無홈으로써 함이니라 卞이 言
을 聞하고 太息함을 不已하얏더라.

19. 소인이 어찌 큰 인물의 뜻 알겠는가, 호걸이 초야에서 늙으니 애석하구나(하)

변 씨는 원래 정익공(貞翼公) 이완(李浣, 1602~1673)[1]과 친분이 있는 사이였다. 그때 이 공(李公)이 어영대장(御營大將)[2]이 되어 효종(孝宗)의 총애를 입고는 임금의 뜻을 받들어 장차 북벌(北伐)을 도모하려 널리 인재를 구하였다. 하루는 변 씨와 세상일을 이야기하다가 말하였다.

"위항(委巷)과 여염(閭閻)[3] 중에 혹 기이한 재주를 가진 자가 있어 큰일을 함께할 만한 사람이 있소이까?"

그러자 변 씨가 허생의 이야기를 하자 이 공이 크게 기뻐하며 그 이름을 물으니, 변 씨가 "허생이라 부를 뿐이오." 하였다.

이완이 말했다.

"이 사람은 필시 이인(異人)이요. 오늘 밤 그대와 함께 찾아가 봅시다."

이날 밤에 이완이 수행하는 사람들을 물리치고 홀로 변 씨와 함께 허생의 집을 찾아갔다. 변 씨는 이완을 문밖에 세워두고 먼저 들어가 허생에게 이완이 온 뜻을 말했다. 허생은 못 들은 척하며 다만 변 씨가 가져온 술만 함께 마셨다.

변 씨가 이완이 오래 기다리는 것이 민망하여 여러 차례 말했으나 허생은 대꾸하지 않았다. 밤이 이미 이경(二更)이 되니 허생은 비로소

---

1) 효종·현종 때의 명신으로 자는 징지(澄之), 호는 매죽헌(梅竹軒), 정익공(貞翼公)은 시호이다. 경주 사람으로 효종 때 훈련대장을 지냈으며, 왕의 밀명을 받아 송시열과 함께 북벌의 대업을 도모했으나, 효종의 죽음으로 무산되었다. 현종 때에는 우의정을 지냈다.
2) 어영청(御營廳)의 주장(主將)으로 종2품 벼슬. 어영청은 인조 때에 설치된 어영군(御營軍)이 발전된 것으로서 효종 3년(1652) 이완을 대장으로 삼아 처음으로 군영(軍營)을 설치하였다.
3) 백성들이 모여 사는 거리와 집.

변 씨에게 불러들이라고 하였다.

이완이 들어와 예를 표하였으나 허생은 자리에 앉은 채 움직이지 않았다. 이완이 좌정한 후에 나라에서 어진 사람을 구하는 뜻을 설명하니 허생은 손을 내저으며 말하였다.

"밤은 짧고 말은 기니 듣기에 무척 지루하외다. 자세한 말을 생략하시오. 당신 지금 벼슬이 뭐요?"

이완이 말했다.

"지금 훈련대장을 맡고 있소."

허생이 말하였다.

"나를 찾아온 목적이 뭐요?"

이완이 말했다.

"지금 성상께서 장차 북벌을 계획하고 계시오. 지금 어진 이 구하기를 목마르듯 하시오. 선생의 높은 명성을 듣고 큰 벼슬을 맡기셔서 대업을 이루시려 하오. 장차 선생이 몸을 굽혀주기를 위하여 온 것이오. 선생이 이미 큰 지략과 기이한 재주를 품었으니 불세출의 큰 인물로 뛰어난 이상에야 진실로 국가를 위하여 위로는 남한산성의 치욕을 씻고 아래로는 아름다운 이름을 이 시대와 후대에 남기는 것이 진실로 남아의 일 아니겠소. 선생이 일어난다면 나라의 다행이요 백성들에게도 다행일까 하오."

허생이 말하였다.

"그렇다면 당신은 이 나라의 믿음직한 신하라 할 수 있소이다. 내가 마땅히 제갈공명(諸葛孔明, 181~234)⁴⁾이 될지니 당신은 임금께 아뢰어 삼고초려(三顧草廬)⁵⁾를 하시게 하겠소."

---

4) 삼국시대 촉(蜀)나라의 군사(軍師)이자 승상(丞相)인 제갈량(諸葛亮). 자는 공명(孔明)이며 뛰어난 전략으로 유비를 도와 지금의 사천성 일대에 촉나라를 세우고 만족(蠻族)을 평정하는 등 큰 공을 세웠다. 위(魏)나라를 치던 도중 오장원(五丈原)에서 병사하였다.
5) 유비가 남양(南陽) 융중(隆中) 땅에 있는 제갈량의 초가집을 세 번이나 찾아가 자신의

이완이 고개를 숙이고 한참 생각하다가 말했다.

"이 일은 실로 어렵겠소이다. 그다음의 일을 묻겠소?"

허생이 말하였다.

"그다음은 알지 못하오."

이완이 계속하여 청하니 허생이 말하였다.

"명나라 장군과 벼슬아치들로 조선에 베푼 옛 은혜[6]가 있는 자의 자손들이 우리나라로 많이 탈출했소. 그들은 이리저리 떠돌아다니며 고독하오. 당신이 임금께 청하여 종실(宗室)의 여자들을 출가시키고 김류(金瑬, 1571~1648)[7]와 장유(張維, 1587~1638)[8]의 재산을 털어 저들의 거처를 마련해 주겠소?"

이완이 머리를 숙이고 한참을 생각하다가 말했다.

"이도 또한 어렵겠소이다."

허생이 말하였다.

"인가의 서얼들에 청현(淸顯)[9]의 직분을 주며 사대부집과 서로 혼인하게 하는 제도를 정하겠소?"

이완이 말했다.

"그 폐단이 이미 고질병이 되어 실로 어려운 일이오."

허생이 성내어 말했다.

뜻을 말하고 그를 초빙하여 군사로 삼았다는 고사이다.

6) 임진왜란 때 명나라가 조선에 원군을 파병한 것을 가리킨다.

7) 조선 인조 때의 문신으로 자는 관옥(冠玉), 호는 북저(北渚). 순천(順天) 사람으로 인조반정 때 공을 세워 공신의 반열에 오르고 병자호란 때에는 화친을 주장하였다.

8) 조선 인조 때의 문신으로 자는 지국(持國), 호는 계곡(谿谷). 덕수(德水) 사람으로 인조반정 때 공신이 되었고, 병자호란 때에는 화친을 주장하였다. 예조판서를 거쳐 우의정의 자리까지 올랐다. 저서로 『계곡집(谿谷集)』·『음부경주해(陰符經註解)』 등이 있다.

9) 학식과 문벌이 있으며, 인품이 청렴하여 높은 지위에 있는 것. 혹은 그러한 관직을 뜻함. 곧 청환현직(淸宦顯職)의 준말이다.

"이도 어렵다, 저도 어렵다하면 무슨 일인들 가능하겠소. 일 중에 가장 쉬운 것이 있으니 당신이 해 보겠소?"

이완이 말했다.

"듣기를 바라오."

허생이 말하였다.

"천하에 큰 뜻을 떨치고자 한다면 먼저 천하 호걸들과 교분을 가지지 않으면 안 되오. 또한 남의 나라를 치고자 한다면 먼저 간첩을 이용하지 않고서는 능히 성공할 수 없소. 지금 만주(滿洲)[10]가 갑자기 일어나 천하의 주인이 되었는데 스스로 중국과 친하지 못했소. 우리나라가 솔선하여 저들에게 항복했으니 저들은 우리를 믿을 것이오. 지금 만일 국가에서 자제를 보내어 학문도 배우거니와 벼슬도 하기를 당(唐)·원(元)의 고사(故事)[11]같이 하고, 상인들의 출입을 금지하지 말도록 한다면 저들은 반드시 우리의 친절을 기뻐하며 허락할 것이오. 그러면 나라 안의 자제들을 가려 뽑아, 치발(薙髮)[12]하고 호복(胡服)[13]을 입혀, 군자는 빈공과(賓貢科)를 보게 하고 소인은 멀리 강남땅에까지 장사를 가서, 그 허실을 염탐하고 널리 호걸들과 친분을 맺어 거사를 한다면 천하를 도모할 수 있고 과거의 치욕도 씻을 수 있을 것이오."

이완이 얼이 빠진 듯하다가 말하였다.

"우리나라 사대부들이 모두 예법을 삼가 지키는데 선왕의 법복(法服)이 아니면 감히 입지 않으니 누가 치발을 하고 호복을 받아들이겠소?"

허생이 크게 꾸짖었다.

---

10) 청나라를 세운 여진족(女眞族)을 가리킨다.
11) 당나라·원나라 때는 소위 빈공과(賓貢科)가 있어 우리나라의 유학생들을 받아들였다.
12) 남자의 머리 주위를 깎고 중앙의 머리만을 땋아서 뒤로 길게 늘인 것. 만주 사람들의 풍속이다.
13) 오랑캐의 의복. 여기서는 만주족의 옷을 가리킨다.

"나라의 큰 부끄러움을 씻고자 하는데 어찌 구구하게 예법을 논하려 드는가. 번어기(樊於期, ?~B.C.227)[14]는 사사로운 원한을 갚기 위해 자신의 머리도 아까워하지 않았고, 조무령왕(趙武靈王, ?~B.C.295)[15]은 나라를 강하게 하기 위해 호복을 입는 것도 부끄러워하지 않았다. 지금 명나라를 위하여 원수 갚기를 기약하면서 아직도 한갓 머리털 자르는 것을 애석해하느냐. 이렇게는 족히 대사를 논하지 못한다. 무릇 내가 한 말을 너는 한 가지도 가능치 못하다 하면서 스스로 믿음직한 신하라고 자처한단 말이냐! 소위 믿음직한 신하라는 것이 과연 이와 같으냐? 너를 베어야겠다!"

그리고는 좌우를 둘러보며 칼을 찾으니 이완이 크게 놀라 도망쳐 죽음을 모면하였다.

다음 날 아침에 다시 허생의 집을 찾아가 보니 이미 집은 텅 비어 있었다. 허생은 떠나가 그 간 곳을 알지 못하였으며 또 그가 어떻게 생을 마쳤는지도 알지 못하였다고 하더라.

十九. 燕雀安知鴻鵠志, 可惜豪傑老林泉(下)

卞이 元來 貞翼公 李浣으로 더부러 善하더니 浣이 時에 御營大將이 되야 孝宗의 眷寵을 蒙하야 嘗히 上意를 乘하야 將次 北伐을 謀할 세 廣히 人材를 求하더니 一日은 卞으로 더부러 時事를 談論하다가 卞다려 謂하되 里巷閭閻의 中에도 或 奇才가 有하야 可히 더부러 大

---

14) 전국시대 진(秦)나라의 무장. 『사기』「자객열전」에 의하면, 그가 연(燕)나라로 망명하여 태자 단(丹)에게 몸을 의탁하고 있을 때 형가(荊軻)가 진시황을 암살하려 하자 자신의 목을 내주어 진시황이 형가를 의심하지 않게 하였다고 한다.

15) 중국 춘추전국시대 조(趙)나라의 임금. 『사기』 '조세가(趙世家)'에 의하면, 그는 지형적으로 오랑캐들에게 둘러싸인 조나라를 부강하게 하기 위해 주위의 비웃음에도 불구하고 호복을 입은 채 기마술과 궁술을 익혔다고 한다.

事를 共히 할 者가 有한가 한즉 卞이 許生으로써 對하니 浣이 大喜하
야 其 名을 問하니 卞이 曰하되 同交한지 二年에 맛참니 其 名을 言치
아니함으로 다만 許生이라 呼할쑨이로다 浣이 曰 此는 異人이라 今夜
에 君으로 더부러 偕往하자 하고 星夜에 浣이 騶從을 屛하고 獨히
卞으로 더부러 共히 許生의 家에 至하얏는대 卞이 浣을 門外에 立하
고 先入하야 李公의 來한 意를 道하니 生이 聽若不聞하고 다만 卞을
留하야 酒를 共飮할 세 卞이 浣의 久立佇待함을 悶하야 屢屢히 言하
나 生이 應치 아니하다가 夜가 旣히 二更에 至함이 生이 卞다려 客을
召入하라 하니 浣이 入하야 禮를 爲함이 生이 安坐不動하는지라 浣이
坐定한 後에 國家求賢의 意를 述하니 生이 手를 揮하며 曰 夜는 短하
고 語는 長하야 聽하기 太遲하니 細碎한 語는 此를 省略하라 汝가
今에 何官에 居하나뇨 浣이 曰 方今 訓練大將의 職에 居하노라 生이
曰 我를 來訪함은 何意이뇨 浣이 曰 方今 聖上께셔 將次 北伐을 謀하
실세 求賢如渴하심으로 今에 先生의 高名을 聞하고 可히 大事를 議
하며 大任을 授하야 大業을 成하리라 하고 將次 先生의 躬을 枉하기
爲하야 來하얏거니와 先生이 旣히 大略과 奇才를 抱하야 不世出의
大器로 凡人에 卓出한 以上에 苟히 國家를 爲하야 上으로 南漢의
耻를 雪하고 下으로 芳名을 當時와 後世에 垂함이 實로 男兒의 事이
라 幸히 先生이 蹶然히 起할진대 國家의 幸이며 生民의 幸일가 하노
라 生이 曰 然한즉 汝는 信臣이라 我가 맛당히 諸葛孔明이 될지니
汝가 能히 聖上께 奏하야 草廬를 三顧케 하겟나뇨 浣이 低頭良久에
乃曰하되 此事는 實難하니 願컨대 其 次를 問하노라 生이 曰 其 次는
不知하노라 浣이 固請하니 生이 乃曰 明의 將士가 朝鮮으로 더부러
舊恩이 有한 者의 其 子孫이 多數히 東來하야 流離孤獨하니 汝가
能히 主上께 請하야 宗室의 女를 出하야 彼의게 遍嫁하고 金瑬張維
의 家를 奪하야 彼等을 處케 하겟나뇨 浣이 沈思良久에 又 曰하되

此도 쏘한 難할지로다 生이 曰 人家 庶孼에게 淸顯의 職을 與하며 士大夫로 더부러 交相 婚嫁하는 制度를 定하겟나뇨 浣이 曰 其 弊가 已痼하애 改하기 實難하도다 生이 怒曰 此도 難하며 彼도 難하다 하면 何事를 可能하다 하겟나뇨 一事의 가장 易한 者가 有하니 汝가 能爲하겟나뇨 浣이 曰 聞하기를 願하노라 生이 曰 大義를 天下에 伸코져 할진대 먼져 天下의 豪傑을 交結치 아니하는 者가 有치 아니하며 人의 國을 伐코져 할진대 먼져 間諜을 用치 아니하고셔는 能히 功을 成치 못할지라 今에 滿洲가 遽然히 天下에 主하미 스사로 中國에 親치 아니하얏는대 我國이 率先하야 彼에 服하얏스니 彼의 信하는 바이라 今에 萬一 國家에셔 子弟를 遣하야 入學遊宦하기를 唐元의 故事와 如히 하고 商賈의 出入을 不禁하면 彼가 반다시 其 見親함을 喜하야 許호리니 國中의 子弟를 選擇하야 薙髮胡服을 爲케 하야 君子는 往하야 賓貢에 赴케 하고 小人은 江湖에 遠商하야 其 虛實을 覘한 後에 廣히 豪傑을 結合하야 事를 擧하면 天下를 可히 圖하며 國耻를 可히 雪하리라 浣이 憮然히 色을 動하야 曰 我國의 士大夫가 皆 禮法을 謹守하야 先王의 法服이 아니면 敢히 服치 아니하나니 誰가 薙髮胡服을 肯爲하리오 生이 大叱하되 國家의 大耻를 雪코져 함이 엇지 區區히 禮法을 論하리오 樊於期는 私怨을 報키 爲하야 其 頭를 惜치 아니하고 趙 武靈王은 其 國을 强케 하로져 하야 胡服을 耻치 아니하얏스니 今에 大明을 爲하야 讐를 期코져 하면셔 尙히 一髮을 惜하려 하니 此等의 者는 足히 써 大事를 論치 못할지로다 무릇 我의 言한 바를 汝가 一도 可能치 못흐다하면셔 스스로 信臣이라 謂하니 所謂 信臣이란 者ㅣ 果然 斯와 如하뇨 汝를 可히 斬할지라 하고 左右를 顧하야 劍을 索하니 浣이 大驚하야 逃走得免하얏는대 明朝에 復往하니 旣히 其 家를 空하고 去하야 其 往한 處를 莫知하며 又 其 所終을 不知하얏다 云하니라.

20. 겉은 어리석으나 안으론 지혜로움을 누가 알리오, 본 듯이 앞일을 잘 헤아리는 유성룡의 치숙(痴叔)(상)

서애(西厓) 유성룡(柳成龍, 1542~1607)[1]이 일찍이 안동(安東)에 살 때였다. 집에 한 아저씨가 있었는데 사람됨이 느릿느릿하니 무식하였다. 이른바 숙맥불변(菽麥不辨)[2]이라 할만하니 집안에서 부르기를 치숙(痴叔, 어리석은 아저씨)라 하였다.

서애가 서울에 있다가 휴가를 얻어 고향집에 돌아와 여러 날을 한가하게 보내었다. 치숙이 서애를 위하여 조용히 할 말이 있다고 하였다.

"자네 집이 늘 시끌시끌하여 말할 기회가 적다네. 만일 손님이 오지 않아 조용하니 일 없을 때가 있거든 나를 청하게나. 내가 몹시 중요하고 간절한 이야기가 있다네."

하루는 마침 손님이 없기에 서애가 즉시 사람을 시켜 치숙을 청하였다. 치숙이 다 부서진 갓과 해진 옷을 입고 기쁜 낯으로 오니 서애가 인사를 하며 말하였다.

"아저씨께서는 무슨 가르침을 주시려 하는지요."

치숙이 웃으며 말했다.

"오늘 내가 자네와 한 판 내기 바둑을 두고자 하는데 자네의 뜻은 어떠한가?"

서애가 말하였다.

---

1) 본관은 풍산(豊山). 자는 이현(而見), 호는 서애(西厓). 경상북도 의성 출생. 자온(子溫)의 증손으로, 할아버지는 공작(公綽)이고, 아버지는 황해도관찰사 중영(仲郢)이며, 어머니는 진사 김광수(金光粹)의 딸이다. 이황(李滉)의 문인으로 김성일(金誠一)과 동문수학했으며 서로 친분이 두터웠다. 묘지는 안동시 풍산읍 수리 뒷산에 있다. 안동의 병산서원(屛山書院) 등에 제향되었다.
2) 콩인지 보리인지 분별하지 못한다는 뜻으로, 어리석고 못난 사람을 말한다.

"아저씨께서 평일에 바둑 두신 일이 없거늘 오늘 갑자기 대국을 청하시니 소질(小姪)[3]의 적수가 안 될까 두렵습니다."

그러며 주저하고 받아들이지 않았다.

대개 서애의 기법(碁法)[4]은 당세에 국수(局手)라고 칭할 만치 수법이 높았던 터였다.

치숙이 말했다.

"조카와 아저씨가 바둑을 대국함에 어찌 높고 낮음을 따지겠는가. 승부가 어떻든지 한 번 대국함이 좋을 듯하니 자네는 사양치 마시게."

서애가 마음에 자못 괴이하게 여기며 억지로 대국을 하였다. 치숙이 바둑 한 알을 먼저 놓으니 풍운의 변화와 매우 많은 군사와 말이 치닫는 기세였다. 반 국을 두지 못하여 서애의 판국 형세는 형편없이 흐트러져 앞뒤를 서로 돌아보지 못하였다. 동패서상(東敗西喪)[5]하여 감히 돌을 던지지 않을 수 없었다. 서애가 크게 놀라 아저씨의 뛰어난 재주와 사람들을 훌쩍 넘는 그릇이면서도 일부러 도회(韜晦)[6]하는 줄 알고 이에 두려워 엎드려서는 말하였다.

"유부유자(猶父猶子)[7]의 친함으로써 반생을 함께 살면서 이와 같이 서로를 속이셨으니 제 마음이 실로 속상함을 이기지 못하겠습니다. 지금부터 소질이 원컨대 기꺼이 가르침을 받고자 합니다. 모든 일을 따라서 잘못을 깨닫게 지도해주시기를 바랍니다."

치숙이 말하였다.

---

3) 조카가 자기(自己)를 낮추어 이르는 말이다.
4) 바둑을 두는 수법을 말한다.
5) 동쪽에서 패하고 서쪽에서 죽는다는 뜻으로 가는 곳마다 실패하거나 하는 일마다 망하는 것을 말한다.
6) 자기의 재간을 감추어 남들의 이목을 속이는 것을 말한다. '도'의 원뜻은 활을 넣어 두는 주머니로 들어간다고 '회'는 암흑 또는 은회(隱晦)의 뜻이다.
7) 아버지 같고 자식(子息) 같다는 뜻으로, 삼촌(三寸)과 조카 사이를 일컫는 말이다.

"내가 어찌 자네를 속일 까닭이 있겠는가. 내기 바둑 일은 곧 우연한 일이라. 자네가 일찍이 나라를 걱정하고 백성을 다스리는 재주로 인생 길에 몸을 내어 임금을 섬김에 지위가 높고 총애가 두텁잖나. 나와 같은 우매하고 무지한 자가 어찌 가르칠 일이 있겠는가."

서애가 더욱 황공무지(惶恐無地)[8]하여 마음이 편치 않고 기운을 잃어 감히 바라보지를 못하였다. 치숙이 서애에게 앞으로 가까이 오게 하고 말하였다.

"내가 비록 용렬하고 어리석어 선견지명은 없으나 자네에게 한 가지 부탁할 일이 있네. 며칠 후 반드시 한 중이 찾아 와 절한 후에 하룻밤 자고 가기를 청할 것이니, 이를 결코 허락하지 말게나. 비록 천만번 애걸하더라도 끝내 거절하고 마을 뒤에 부처님을 모시는 암자에 머무르게 하는 것이 좋을 듯하네. 이 말을 반드시 기억하여 어기지 말게나."

서애가 "가르침을 받들겠습니다." 하고 치숙의 말을 증험하려 하였다. 과연 며칠 후에 한 중이 통자(通刺)[9]하여 배알하기를 청하였다. 서애가 사람을 시켜 들어오게 하니 그 중은 키가 크고 몸이 장대하였고 나이는 서른일곱 여덟가량이었다. 그 사는 곳을 물으니 중이 대답하였다.

"지금 강릉(江陵) 오대산(五臺山)에 사는데 영남(嶺南) 산천을 유람하기 위하여 명산고찰을 두루 답사하여, 이제 장차 돌아가는 길에 이곳에 이르렀습니다. 제가 듣기에 대감의 맑으신 덕과 훌륭하신 인망은 당세의 으뜸이라 함으로 식형(識荊)[10]의 원을 이루고자 감히 당돌함을 무릅쓰고 문간을 찾아 배알하오니 내치지 않기를 바랍니다. 오늘 날이 이미

---

8) 당황스럽고 두려워 몸 둘 바를 모름.
9) 명함을 내밀고 면회를 청함.
10) 평소 흠모하던 사람을 처음 만나 보는 것. 당나라 시인 이백이 「여한형주서(與韓荊州書)」에서 "살아생전에 높은 벼슬을 하는 것보다 다만 한형주 같은 문장가와 사귀고 싶다."라한 데서 온 말. '식한(識韓)'이라고도 한다.

늦었으니 원컨대 귀댁 한 귀퉁이라도 자리를 빌려 한밤을 묵고 가기를
원합니다.

二十. 外愚內智誰能識, 料事如見柳痴叔(上)

柳西厓成龍이 嘗히 安東地에 居할시 家에 一叔이 有하니 爲人이
蠢蠢無識하야 可謂 菽麥不辨이라 할만 함으로 家內에서 號하기를 痴
叔이라 하얏더라 西厓가 京師에 在하다가 休暇를 得하야 鄕第에 歸하
야 數週日間 閑養을 爲하더니 痴叔이 西厓다려 爲하되 我가 從容이
說話할 事가 有한대 君의 家가 每日 喧囂하야 可乘할 機會가 少한지
라 萬一 客이 無하야 靜寂無事한 時가 有하거든 我를 請할지어다 我
가 緊緊切切한 千萬說話가 有하리라 一日은 맛참 賓客이 無함으로
西厓가 卽時 人으로 하야금 痴叔을 請하니 痴叔이 弊冠破衣로 欣然
히 來한지라 西厓가 鞠躬하며 曰 叔父는 何로써 敎示하시려 하나잇가
痴叔이 笑하며 曰 今日에 我가 君으로 더부러 一局의 碁를 賭코자
하노니 君의 意가 何如하뇨 西厓 曰 叔父 平日에 嘗히 圍碁의 戲를
事하신 事가 無하거날 今에 忽然히 對局하시기를 請하시니 小姪의
敵手가 안일가 恐하나이다 하며 躊躇不肯하얏는대 盖 西厓의 碁法은
當世에 局手라고 稱할만치 手法이 高한 터이라 痴叔이 曰하되 叔姪이
局을 對함에 엇지 써 高下를 論하리오 勝負는 何如하던지 一次 對局
리바운드 영화 실화함이 可하니 君은 辭치 말라 西厓가 心에 頗히 怪
訝하야 勉强히 局을 對하더니 痴叔이 一子를 先着함이 風雲의 變化
와 千兵萬馬 騰驤의 勢를 作하더니 半局에 至하지 못하야 西厓의 局
勢는 맛참내 零殘缺裂하야 首尾를 能히 相顧치 못하고 東敗西喪하야
敢히 手를 下치 못함에 至한지라 西厓가 大驚하야 其 叔이 卓出혼
才와 過人의 器가 有하면셔 故意로 韜晦함인줄 知하고 이에 惶恐俯伏

하야 曰 猶父猶子의 親으로써 半生을 同處하시면셔 如是 相欺하시니
下情에 實로 抑冤함을 不勝하겟노이다 今後로부터 小姪이 願컨대 安
意承敎코져 하오니 每事를 逐하야 敎誨 指導하시기를 望하나이다 痴
叔이 曰하되 我가 엇지 君을 欺할 理가 有하리오 賭碁의 事는 卽 偶然
의 事이라 君이 旣히 經國治民의 才로 世路에 身을 出하야 君을 事하
민 位가 高하고 寵이 隆하니 我와 如한 愚昧無知한 者로 何等 可敎할
事가 有하리오 西厓가 더욱 惶恐無地하야 蹙然 喪氣하고 敢히 仰視
치 못하니 痴叔이 西厓를 命하야 前에 近케 하고 曰하되 我가 비록
庸愚無知하야 先見의 明이 無한 者이나 君에게 一事로써 囑할 者가
有하니 數日 後에 必然 一僧이 有하야 踵門納拜한 後에 一夜 寄宿하
기를 請할 터이니 決코 此를 許치 말고 비록 千萬哀乞할지라도 永永
此를 牢拒한 後에 村後 佛庵이 有한즉 此에 投宿케 하는 것이 可하니
此 言을 牢記하야 誤치 말지어다 西厓가 奉敎하겟노라 答하고 痴叔의
言을 驗하러 하더니 果然 數日 後에 一僧이 剌[11]를 通하야 拜謁하기
를 請하거눌 西厓가 人으로 하야금 入來함을 命하니 其 僧의 狀貌가
魁偉하고 年은 三十七八歲 假量이라 其 居住를 問하니 僧이 對하되
現에 江陵 五臺山에 居하는딕 嶺南山川을 遊覽하기 爲하야 名山古
刹을 遍踏하다가 今에 將次 復路하는 途次에 此에 至하얏거니와 伏聞
컨대 大監의 淸德雅望은 當世의 第一이라 함으로 識荊의 願을 遂코
져 하야 敢히 唐突함을 冒하고 踵門拜謁하오니 遐棄치 아니하기를
望하오며 今에 日勢가 已晩하얏ᄉ오니 願컨대 貴宅一區의 席을 借하
야 一夜를 歇宿코져 하나이다.

---

11) 원문에는 '剌'로 되어 있다. 문맥을 고려하여 '剌'로 바로 잡았다.

20. 겉은 어리석으나 안으론 지혜로움을 누가 알리오,
본 듯이 앞일을 잘 헤아리는 유성룡의 치숙(痴叔)(하)

서애는 그 중이 하룻밤 머물러 가기를 청함에 다만 전일 치숙의 가르침대로 하였다. 중을 대하여 조심스럽고 중후한 태도로 "대사의 천 리 고상한 발걸음이 이 누추한 집을 찾아 주셨음은 실로 감사할 바가 많으나 마침 집 안에 뜻 밖에 불행한 일이 있어 잠자리를 드리기 어렵습니다. 결코 처음 뵙는 분이라 거절하는 것이 아니오, 다만 사정상 어떻게 하기가 어려워 그러한 것입니다. 이 마을 뒤에 한 부처님을 모신 암자가 있으니 이곳에 가시면 하룻밤을 묵고 내일 아침에 내려오시면 내가 마땅히 나가 맞겠습니다."라고 하였다.

그 중이 여러 가지로 간청하였으나 서애가 내내 굳게 거절하였다. 중이 이에 부득이하여 동자를 따라 마을 뒤 한 조그만 암자로 갔다. 서애가 중을 보낸 뒤에 마음속으로 치숙의 지혜로움이 귀신같음에 놀라 감탄하며 "우리 아저씨께서는 이인이 아닌가?" 하고 이 일이 어떠한 결과는 낳을지 알지 못하여 심히 번뇌함을 감당치 못하였다. 이날 밤에 한숨도 잠을 이루지 못하고 앉아서 아침을 기다려 치숙의 동정만 기다릴 뿐이었다.

이때에 중이 암자 문에 이르렀다. 치숙이 미리 계집종으로 하여금 사당(娼堂)[1] 모양으로 분단장을 해놓고 자기는 거사(居士)[2]의 모습으로 꾸몄다. 망건을 쓰고 베잠방이 차림으로 문간에 나가 합장하고 맞아 절하며 말했다.

---

1) 몸을 파는 여인.
2) 출가하지 않고 집에서 불도를 수행하는 남자.

"어느 곳에서 오시는 존사(尊師)이신데 이와 같이 누추한 곳에 오셨는 지요."

중을 인도하여 마루에 오르니 중도 또한 합장하고 예를 표한 후에 산천을 유람하던 발걸음이 우연히 이곳을 지나다가 해는 지고 갈 길은 멀어 하룻밤 머물기를 원한다는 뜻을 말하였다.

치숙이 이를 허락하고 상좌에 이끌어 앉히고 사당을 시켜 저녁밥을 내오기 전에 우선 술상을 잘 차려서 극진히 대접하였다. 중이 그 술맛이 달고 향기로우며 맑고 차서 칭찬하고 연하여 여러 잔을 마셨다. 저녁밥을 내오니 산효야속(山肴野蔌)[3]이 매우 정결하고 지극하였다.

중이 이미 취하였는데 또 배가 불러 침상에 정신이 아뜩하여 쓰러졌다. 밤이 깊은 뒤에 홀연히 가슴속이 답답하여 눈을 떠 보니 그 거사(즉, 치숙)가 배 위에 타고 앉아 손에 날카로운 칼을 들고 눈을 부릅뜨고는 크게 꾸짖었다.

"천한 중이 어찌 감히 나를 속이려 드느냐. 네가 바다 건너온 날을 내가 이미 알고 간교한 계획도 내가 또한 간파하였다. 네가 감히 나를 속이려 드느냐. 네가 만일 나에게 그 사실을 털어놓으면 혹 용서할 도리가 있지만 그렇지 않으면 너의 목숨이 당장 이 칼 아래 다하리라."

중이 애걸하였다.

"지금 소승이 죽을 때가 이미 박두하였습니다. 어찌 감히 터럭만큼이라도 속이겠습니까. 소승은 과연 일본인인데 관백(關白)[4] 풍신수길(豊臣秀吉)이 장차 크게 군사를 일으켜 귀국을 함락하려 계획을 세웠습니다. 귀국 조정대신 가운데 유성룡 대감과 상국(國相) 이항복(李恒福, 1556~1618)[5]을 꺼려 소승을 시켜 먼저 건너가서 두 재상을 제거하라는 명령을

---

3) 산에서 나는 나물과 들에서 나는 나물을 조리한 음식.
4) 일본에서 왕을 내세워 실질적인 정권을 잡았던 막부의 우두머리.

받았습니다. 열흘 전에 경성에 왔는데 이 상국은 호남지방에 여행하여 집에 없고 또 존가(尊家)⁶⁾대감은 안동 고향집에 내려가셨다 하기에 즉시 길을 떠나 이곳에 왔습니다. 대감 댁에서 하룻밤 묵기를 청한 것은 오늘 밤에 장차 대감의 목숨을 끝맺고자 하였는데 천만 뜻 밖에도 천사(天師)⁷⁾의 귀신같은 눈 아래 정체가 드러났습니다. 엎드려 바라옵건대 한 가닥 남은 목숨을 보전해주시면 맹세코 이런 일을 하지 않겠습니다."

치숙이 말하였다.

"우리나라가 너희 나라의 병화를 받은 이것은 즉 하늘의 운수이다. 내가 십 년 전부터 예상하였지만 운수는 사람 힘으로 어찌하기가 어려운 것이라. 이 안동 땅은 내가 있는 이상에 네 나라 군대가 만일 이곳에 들어서는 날에는 큰 화를 면치 못 하리라. 너의 누의(螻蟻)⁸⁾같은 목숨을 끊으면 무슨 이익이 있겠느냐. 지금에 네 목숨을 용서하니 너는 귀국하거든 네 나라 집사(執事)⁹⁾에게 이 말을 고하여 안동은 범치 말도록 전하라."

중이 백배사례하고 포두서찬(抱頭鼠竄)¹⁰⁾하여 돌아갔다. 다음 해 임진의 난리에 일본 대군이 건너와 각 고을을 침략하였으나 군중에 조서를 내려 감히 안동은 가까이하지 못하게 하여 지역이 편안하였다고 하더라.

---

5) 본관 경주(慶州). 자 자상(子常). 호 백사(白沙)·필운(弼雲)·청화진인(淸化眞人)·동강(東岡)·소운(素雲). 형조판서와 우참찬을 지낸 이몽량(李夢亮)의 아들이며 권율(權慄) 장군의 딸과 혼인하였다. 어렸을 때, 훗날 함께 재상이 된 이덕형(李德馨)과 돈독한 우정을 유지하여 오성(鰲城)과 한음(漢陰)의 우정과 해학이 얽힌 일화가 오랫동안 전해오게 되었다.

6) 상대방을 높이어 그의 집을 이르는 말이다.

7) 훌륭한 도사(道士)라는 뜻이다.

8) 땅강아지와 개미라는 뜻으로, 작은 힘을 비유적으로 이르는 말이다.

9) 그 집 일을 맡아보는 사람. 여기서는 풍신수길을 말한다.

10) 머리를 감싸 안고 쥐구멍으로 숨는다는 뜻이다.

二十. 外愚內智誰能識, 料事如見柳痴叔(下)

西厓가 其 僧의 一夜 寄宿함을 請함에 對하야 다만 前日 痴叔의 敎示한대로 僧을 對하야 謹厚한 態度로 大師의 千里高躅이 鄙家에 枉屈하얏슴은 實로 感謝할 바ㅣ 多하나 맛참 家內에 事故가 有하야 榻을 下하기 難한지라 此가 決코 生面의 人이라 하야 拒絕하는 것이 아니오 다만 事情上 如何키 難함으로 因함이니 此 村後에 一佛庵이 有한즉 可히 此處에 往하야 一夜를 宿하고 明朝에 下來하면 我가 맛 당히 出迎하리라 其 僧이 萬端으로 懇乞하거날 西厓가 一向 牢拒하니 僧이 이에 不得已하야 童子를 隨하야 村後 一小庵으로 投하얏더라 西厓가 僧을 送한 後로 心中으로 痴叔의 其 知 如神함을 驚嘆하며 我 叔父는 異人이 안인가 하고 此가 如何한 結果를 生할 것인지 未知 하야 甚히 煩鬱홈을 不堪하야 此夜에 一眠을 成치 못하고 坐而待朝 하야 痴叔의 動靜만 俟할 쓴이얏더라 此時에 僧이 庵門에 至함이 痴 叔이 豫히 婢子를 使하야 舍堂의 樣으로 粧出하고 自己는 居士의 樣 으로 作하야 網巾布褐로써 門에 出하야 合掌 迎拜하며 曰 何來 尊師 가 如此한 薄陋혼 地에 降臨하나뇨 僧을 導하야 堂에 上하니 僧도 쪼한 合掌 拜禮를 爲한 後에 山川을 遊覽하든 蹤跡이 偶然히 此에 過하다가 日暮途窮하야 一夜 寄宿을 願한다는 旨를 述함이 痴叔이 此를 許하야 上座에 延하고 舍堂으로 하야금 夕飯을 進하기 前에 爲 先酒肴를 盛設하야 款待하니 僧이 其 酒味의 甘香淸冽함을 嘆賞하 고 連하야 數十盃를 倒하더니 而已오 夕飯이 進함이 山肴野蔌이 甚 히 其 精潔을 極한지라 僧이 旣 醉且飽하야 牀上에 昏倒하얏더니 夜 深한 後에 忽然 胸膈이 悶鬱함을 覺하고 眼을 擧하야 視한 則 其 居士 (卽 痴叔)가 腹上에 騎坐하야 手에 利刀를 執하고 張目 大叱하되 賤 僧이 엇지 敢히 我를 欺하나뇨 汝의 渡海한 日을 我가 旣히 知하고

汝의 奸計도 我가 또한 識破하얏스니 汝가 敢히 我를 瞞하려 하나뇨 汝가 萬一 我의게 其 實을 吐하면 或 容貸할 道가 有하려니와 不然하면 汝의 命이 卽刻에 此 匕首의 下에 盡하리라 僧이 哀乞하야 曰 今에는 小僧의 死期가 已迫하온지라 엇지 敢히 一毫를 相欺하리잇가 小僧은 果然 日本人인대 關白 豊臣秀吉이 將次 大兵을 發하야 貴國을 陷하기를 謀하얏는대 貴國 朝廷大臣의 中 大監과 李國相 恒福을 忌하야 小僧으로 하야금 先期 渡來하야 먼져 二相國을 除去하라는 命을 承하얏기로 十日前에 京城에 來한 則 李相國은 湖南地方에 旅行하야 其 家에 不在하고 又 尊家大監은 安東 鄕第에 下하셧다 하기로 卽時 程을 發하야 此에 至하얏는대 相國宅에 一夜 寄宿을 請한 것은 今夜에 將次 相國의 姓命[11]을 結果코져 홈이더니 千萬 意外에 天師 神眼의 下에 現露하얏스오니 伏望컨대 一縷의 殘命을 保하야 쥬시면 盟誓코 此等의 事를 作치 아니하겟나이다 痴叔이 曰하되 我國이 汝國의 兵火를 受할 것은 此가 卽 天數이라 我가 十年前부터 豫料한 바이지만은 數의 所在에는 人力으로써 如何키 難한 것이라 此 安東의 地는 我가 在한 以上에 汝國의 軍隊가 萬一 此 鄕에 蹯하는 日에는 大禍를 免치 못하리니 汝의 螻蟻의 命을 斷하면 何益이 有하리오 今에 汝의 命을 饒하노니 汝가 歸國하거든 汝國 執事者에게 此 言으로써 告하야 安東의 地는 犯치 말도록 傳하라 僧이 百拜 稱謝하고 抱頭鼠竄하야 歸하얏는대 明年 壬辰의 亂에 日本大軍이 渡來하야 各州郡을 侵掠하얏스나 軍中에 勅하야 敢히 安東의 地는 近치 못하게 하얏슴으로 一境이 賴安하얏다 云하니라.

---

11) 원문에는 '姓名'으로 되어 있다. 문맥을 고려하여 '性命'으로 바로 잡았다.

21. 일찍이 영화롭고 일찍 스러진 남 장군, 하늘이 위인에게 수명을 허락지 않았다

세조(世祖) 때에 병조판서(兵曹判書) 남이(南怡, 1441~1468)[1]는 의산군(宜山君) 남휘(南暉)의 손자요, 태종(太宗)의 외손이었다. 얼굴과 체격이 유난히 우람하여 세상에 뛰어났으며 효용(驍勇)[2]이 절륜하였다. 열대여섯 살에 길가에서 노닐 때였다. 한 어린 종이 푸른 보자기로 싼 작은 상자를 가지고 가는데 그 위에 얼굴에 화장을 하고 붉은 옷을 입은 여자 귀신이 앉았다. 사람들은 모두 이를 보지 못하였으나 남이만이 홀로 보고는 마음으로 괴이히 여겨 그 뒤를 쫓아갔다. 그 작은 종은 한 재상집으로 들어갔다. 잠깐 있으니 그 집 안에서 곡성이 울려 나오는데 주인집에 작은 낭자가 갑자기 죽었다 하였다. 남이가 그 집사람에게 말하였다.

"내가 들어가 보면 살릴 방도가 있으리라."

그러한즉 낭자 집에서 처음에는 믿지 않다가 한참 지나 허락하였다. 남이가 이에 내당에 들어가 문을 여니 분단장한 귀신이 낭자의 가슴에 자리를 틀고 앉았다. 남이를 보고 즉시 달아나니 낭자가 다시 소생하여 평소와 같았다. 온 집안이 심히 놀랍고 기뻐하였는데 남이가 나가니 낭자가 다시 죽고 남이가 다시 들어오면 다시 살아났다. 남이가 물었다.

---

1) 본관은 의령(宜寧). 할아버지는 태종의 부마(駙馬) 의산군(宜山君) 휘(暉), 할머니는 정선공주(貞善公主, 태종의 4녀)이고 아버지는 남빈(南份)이다. 그는 또 조선 초기의 대표적 학자인 권근(權近, 1352~1409)의 손자이자 권제(權踶, 1387~1445)의 아들로서 좌의정까지 오르고 정난(靖難) 및 좌익(佐翼) 1등 공신에 책봉된 당시 가장 권력의 요처에 있었던 권람의 사위였다. 그는 16세(1457년, 세조 3)에 무과에 급제했고, 26세에 적개(敵愾) 1등 공신에 책봉되었으며(1467, 세조 13) 이듬해에 병조판서가 되었지만, 몇 달 뒤 형장의 이슬로 사라졌다.

2) 굳세고 용맹함.

"어린 종의 보자기에 무슨 물건이 있는지요?"

주인이 말하였다.

"홍시를 가져오랬더니 낭자가 먼저 먹고 기체(氣滯)[3]하여 쓰러졌다."

남이가 이에 분단장한 귀신을 본 일을 갖추어 말하고 사악함을 다스리는 약으로 생명을 구하였다. 이 낭자는 곧 좌의정(左議政) 권람(權擥, 1416~1465)[4]의 넷째 딸이었다. 권 상국이 이 일을 기이히 여겨 남이가 범인이 아닌 줄 알고 혼인을 맺고자 하였다. 점쟁이로 하여금 평생의 휴구(休咎)[5]를 점치니 점쟁이가 말했다.

"이 사람이 소년 등과하여 반드시 부귀와 영화가 있으나 다만 횡사를 면하기 어려울지니 혼인을 맺음이 불가합니다."

또 그 딸의 운명을 넣어보니 점쟁이가 말했다.

"이 사람의 목숨은 아주 짧고 또한 자식이 없습니다. 마땅히 복록을 누리고 남편보다 먼저 죽어야 화를 보지 않으리니 혼인을 함이 좋습니다."

권 상국이 이를 따라 그 딸을 남이의 아내로 삼게 하였다. 남이가 나이 열일곱에 무과(武科)에 급제하여 극히 세조(世祖)의 총애를 받았는데 효용이 뛰어났다. 북으로 이시애(李施愛, ?~1467)[6]를 토벌하고 서쪽으로는 건주(建州)의 오랑캐[7]를 정벌할 때 모두 선봉으로 힘써 싸워 일등 군공으로써 병조판서(兵曹判書)를 제수받았다. 이때 나이가 스물여섯이었다. 남이가 북쪽을 정벌하고 공을 이루고 회군하는 날에 시 한 수를

---

3) 기운이 고르게 돌지 못하고 한 곳에 머물러서 생기는 병.

4) 본관은 안동(安東). 자는 정경(正卿), 호는 소한당(所閑堂)이다.

5) 길(吉)한 것과 흉(凶)한 것, 혹은 복(福)과 화(禍).

6) 본관은 길주(吉州). 할아버지는 검교문하부사(檢校門下府事) 원경(原京)이며, 아버지는 함길도첨절제사(咸吉道僉節制使) 인화(仁和)이다. 세조 13년 정해(丁亥), 회령부사(會寧府使)인 그는 커다란 야망을 품고 드디어 반란을 일으켰으나 남이에게 평정 당하였다.

7) 여진족 추장 이만주(李滿住) 정벌을 말한다.

읊었다.

백두산의 돌은 칼을 갈아 다 없애고	白頭山石磨刀盡
두만강의 물은 말을 먹여 다 없애니	豆滿江流飮馬無
남아 스무 살에 나라를 평정 못하면	男兒二十未平國
후세에 누가 대장부라고 부르겠는가	後世誰稱大丈夫

세조가 죽고 예종(睿宗)이 등극하였는데 때에 혜성(彗星)이 나타났다. 간신 유자광(柳子光)[8]이 남이의 재능을 시기하여 '평국(平國)'의 '평(平)' 자를 '득(得)' 자로 바꾸어 모반을 꾀한다고 임금에게 고변하였다. 마침내 역모를 꾀했다는 죄로 형벌을 받게 되었다. 처음에 남이가 북벌을 할 때, 대장군 강순(康純, 1390~1468)[9]이 함께 하였다. 남이의 충의와 기개, 절개가 있음에 허락하였다. 이때에 이르러 남이의 송사가 이루어져 신문을 할 때였다. 강순이 영의정으로 법청(法廳)에 동참하였는데 남이가 잔혹한 형벌을 받아 정강이뼈 중간이 부러졌다. 이에 강순을 끌어들여 무복(誣服)[10]하기를 "강순이도 이 모의에 참여하였다." 하니 강순이 임금에게 아뢰었다.

"신이 본래 미천한 몸으로 다행히도 성명(聖明)[11]을 만나 지위가 신하로서 극함에 달하였습니다. 또 나이가 칠순이 지났으니 무엇이 부족하여 남이의 모의에 참여하였겠습니까."

---

8) 본관은 영광(靈光)이고 자는 우후(于後). 유규(柳規, ?~1473)의 서자로 태어났기에 그의 이름 앞에 붙어 다니는 '간신'이라는 말은 많은 생각이 필요하다.

9) 자는 태초(太初). 음보(蔭補)로 무관에 등용되어 이시애의 난을 평정하고 영의정에 올랐으나, 유자광의 모함으로 처형되었다.

10) 강요에 의하여 하지 않은 것을 했다고 거짓으로 자백함.

11) 임금의 밝은 지혜를 이르는 말.

남이가 아뢰었다.

"주상께서 유사(諛辭)[12]를 믿으시어 강순을 용서한다면 어찌 죄인을 잡겠는지요."

임금이 명하여 강순을 친히 문초하였다. 강순이 나이 많아 고략(拷掠)[13]을 감당치 못하고 이에 자복하였다. 남이가 웃으며 강순에게 말하였다.

"내가 처음에 불복한 것은 죄가 없음을 분명히 밝히기 위해서였소. 지금에 정강이뼈가 이미 부러져 설령 살아난다 할지라도 몸에 탈이나 쓸데없는 사람이 되었소. 살아난들 무엇에 쓰리오. 그리하여 내가 자복한 것이오. 나와 같이 나이 어린 사람도 오히려 죽음을 애석치 않는데, 당신 같은 흰머리의 늙은이는 죽어도 마땅치 않겠소."

강순이 남이와 함께 참수를 당할 때 남이를 부르며 말했다.

"네가 나에게 무슨 원수가 있다고 나를 무고하느냐?"

남이가 웃으며 말하였다.

"원통한 것은 나나 당신이나 일반이오. 당신이 수상이 되어 나의 원통함을 알면서 한마디 말을 하여 구원하려 않았으니 당신도 원통하게 죽어 봐야하오."

남이가 죽으니 그때 나이가 스물여섯이었다. 그 부인 권 씨는 두 해 먼저 죽었으니 점쟁이 말이 과연 징험이 있었다.

외사씨 왈: 강순의 죽음이 원통하지 않은 것은 아니나 남이의 말과 같이 한 나라의 수상으로 남이의 원통함을 안 이상에는 마땅히 이를 구할 것이다. 간언이 받아들이지 않으면 면절정쟁(面折廷爭)[14]을 할지라

---

12) 아첨하는 말.
13) 피의자를 고문하여 때림.

도 임금의 위엄을 돌이키어 남이로 하여금 죽음에 빠지게 하지 말았어야 한다. 남이가 충의의 기백과 절의가 있음을 본디 알면서도 말 한마디를 내어 분별치 않은 죄가 없다 말하지 못하리라. 그 죽음이 마땅할진저!

二十一. 早榮早敗南將軍, 天於偉人不假壽

世祖朝에 兵曹判書 南怡는 宜山君 南暉의 孫子[15]이오 太宗의 外孫이라 魁偉出俗하며 驍勇이 絶倫하더니 十五六歲에 街上에서 遊하더니 一 小奚가 有하야 靑褓로 裹한 小笥를 戴하고 往하는대 其 上에 粉面紅衣의 女鬼가 坐着하얏거늘 人은 皆 此를 不見하얏스나 怡가 獨히 此를 見하고 心에 怪訝하야 其 後를 追하야 往하더니 其 小奚가 一 宰相家로 入하는지라 俄而오 其 家內에서 號哭의 聲이 出하는대 主家의 小娘子가 暴死하얏다 하거늘 怡가 其 家人다려 謂하되 我가 入見하면 可活할 道가 有하리라 한즉 娘家가 初에는 不信하야 肯치 아니하다가 良久에 乃許하거늘 怡가 이에 內堂에 入하야 戶를 開하니 粉鬼가 娘子의 胸에 據坐하얏다가 怡를 見하고 卽走함이 娘子가 復甦하야 平日과 如한지라 擧家가 甚히 驚喜하더니 怡가 出함이 娘子가 復死하고 怡가 更入한 則 還生하는지라 怡가 問하되 小奚 笥中에 何物이 有하뇨 主人이 曰하되 紅柿를 持來하얏더니 娘子가 先食하고 氣滯則倒하얏다 하는지라 怡가 이에 粉鬼를 見한 事를 具言하고 治邪의 藥으로써 救療得生하니 此 娘子는 則 左議政 權擥의 第四女이라

---

14) '면절'은 면대하여 반대하는 것이고 '정쟁'은 조정에서 다투는 것이니 조정에 나아와서 얼굴을 맞대고 간쟁함을 말함.
15) 원문에는 '子'로 되어 있다. 문맥을 고려하여 '孫子'로 바로 잡았다.

權相國이 此事를 奇異히 역녀 怡의 凡人이 안일 줄 知하고 定婚코져
하야 卜者로 하야금 平生의 休咎를 筮하니 卜者가 曰하되 此人이 少
年登科하야 반다시 榮貴할지나 다만 橫死함을 難免할지니 定婚함이
不可하다 하거늘 坐 其 女의 命을 推하니 卜者가 曰하되 命이 極短하
고 且 無子할지니 맛당히 福祿을 享하고 彼보다 先死하야 災禍를 不
見하리니 可히 써 婚을 爲함이 可하다 하거늘 權相國이 此를 從하야
其 女로써 妻하얏더니 怡의 年이 十七에 武科에 登하야 極히 世祖의
寵遇를 得하얏는대 驍勇이 人에 過하야 北으로 李施愛를 討滅하고
西으로 建州虜를 征할세 皆 先登力戰하야 一等 軍功으로써 兵曹判
書를 拜하니 時年이 二十六이얏더라 怡가 北征하야 功을 成하고 回軍
의 日에 一詩를 賦하얏는대 「白頭山石磨刀盡, 豆滿江流飮馬無. 男
兒二十未平國, 後世誰稱大丈夫」라 하얏더니 世祖끠셔 崩하시고 睿
宗이 登極하얏는대 時에 彗星이 見한지라 奸臣 柳子光이 怡의 才能
을 猜忌하야 「平國」의 平 字를 得 字로 改하야 怡의 謀叛으로 變을
上하얏슴으로 맛참니 謀逆의 罪로 誅에 坐하게 되얏는대 初에 怡가
北征의 時에 大將軍 康純으로 더부러 討伐을 同事하얏슴으로 怡의
忠義와 其 氣節이 有함을 許하얏더니 此時에 至하야 怡의 獄이 成하
야 訊問에 就할시 純이 領議政으로써 法廳에 同參하얏는대 怡가 毒刑
을 受하야 脛骨이 中折한지라 이에 純을 引하야 誣服하되 康純이도
此 謀에 預하얏다 하니 純이 上께 奏하되 臣이 本來 微賤한 身으로
幸히 聖明을 遇하야 位가 人臣에 極하고 且 年이 七旬이 過하얏스니
何가 不足하야 怡의 謀에 預하얏스리 怡가 奏하되 上이 誤辭를 信하
야 純을 免할진대 엇지 罪人을 得하리잇가.

　上이 命하야 純을 鞫하시니 純이 年老하야 拷掠을 不堪하고 이에
自服하는지라 怡가 笑하며 純다려 謂하되 我가 初에 不服한 바는 無
罪함을 辨白하기 爲홈이더니 今에 脛骨이 已折하야 設令 生한다 할지

라도 殘疾無用의 人을 作할지라 生한들 安用하리오 그리하야 我가 自服함이니 我와 如한 年少한 者도 尙히 死를 惜치 안이하거던 汝와 如한 白首老輩는 死하야도 宜하니라 純이 怡로 더부러 同斬할 세 純이 怡를 呼하며 曰 汝가 我에게 何怨이 有하야 我를 誣하얏나뇨 怡가 笑하되 冤한 것은 我와 汝가 一般이라 汝가 首相이 되야 我의 冤을 知하면셔 一言을 出하야 救치 안이하얏나니 汝가 冤死함이 可하니라 怡가 死하니 時年이 二十六이라 其 夫人 權氏는 二年을 先하야 死하였으니 卜者의 言이 果驗하얏더라.

外史氏 曰 康純의 死가 冤치 안은 바는 안이나 南怡의 言과 如히 一國의 首相으로써 怡의 冤을 知한 以上에 宜히 此를 力救할지오 諫이 入치 안이하거던 面折廷爭을 爲할지라도 天威를 回하야 怡로 하야금 戮에 陷케 하지 아니할것이어늘 怡가 忠義의 氣節이 有함을 素知하면서 一言을 出하야 辨치 안이 하니 罪가 無하다 謂치 못할지라 其 死함이 宜할진져.

22. 지조 있고 비범한 동정월, 미천한 출신의 이기축(상)

광해(光海) 말엽에 평양에 한 명기(名妓)가 있었으니 그 이름은 동정월(洞庭月)[1]이다. 어렸을 때부터 매우 영리하고 슬기로우며 민첩하고 용모가 아름다울 뿐 아니라 시문(詩文)과 가무(歌舞)를 잘하여 당세에 이름을 드날렸다. 나이 열예닐곱에 정결히 몸을 가지고 눈으로는 도리에 어긋난 것을 보지 않으며 귀로는 음탕한 소리를 듣지 않았다. 일찍이 말하였다.

"기생이라 하는 것이 비록 천하나 맑고 깨끗한 덕만 있다면 사대부 부녀자에게 조금도 부끄러워할 게 없다. 내 마땅히 한 지아비를 종신토록 섬기리라."

그리고 화류계의 모습에는 터럭만큼도 마음을 동요치 않았다. 위로 감사(監司), 목사(牧使)와 아래로 부잣집 자제와 기타 야유랑(冶遊郞)[2]이 그 자색을 기뻐하여 누누이 가깝게 친하려 하였으나 듣지 않았다. 몽둥이로 때리고 목에 칼을 씌워도 흔들리지도 굽히지도 않았으며 그 마음을 바꾸지 않았으니 영읍(營邑)[3]의 위아래 사람들이 한 괴물이라 하였다.

그녀의 부모가 동정월의 뜻과 절개가 있는 행실을 알았다. 그 마음을 빼앗지 못하겠기에 상당한 인물을 택하여 배필을 정하려고 하니 동정월이 항상 말하였다.

"지아비는 백 년의 손님입니다. 이것은 극히 신중치 않으면 안 됩니다. 아버지 어머니께서 아무리 선택을 잘하신다 하여도 사람을 알기

---

1) '중국 동정호에 떨어진 달처럼 예쁘다'는 뜻이다. 동정월에 대한 기록은 거의 없다.
2) 주색에 빠져 방탕하게 노는 젊은이.
3) 감영(監營)이나 병영(兵營)이 있는 고을.

어렵습니다. 제 지아비를 선택하는 일은 일절 간섭을 하지마시고 소녀에게 맡겨 주세요.”

부모가 그 뜻을 억지로 꺾기가 어려워 하는 대로 맡겼다. 이 말이 한번 퍼지자 풍문을 듣고 오는 자가 모두가 잘생긴 사내와 좋은 풍채를 지닌 자며 부귀한 자제 아닌 자가 없었다. 아침저녁에 문간에 그득하였으나 동정월은 한번 보고는 모두 한결같이 허락하지 않았다.

하루는 동정월이 대동강(大同江) 문루(門樓) 위에 올라가 풍경을 구경하였다. 한 총각이 있는데 나이는 삼십에 가까운 자였다. 머리는 쑥대머리처럼 헝클어졌고 때 낀 얼굴로 땔나무를 지고 문루 앞을 지나갔다. 동정월이 이를 보고 즉시 그 총각을 불러 그녀의 집으로 맞아들인 후에 백년가약 맺기를 청하였다. 총각이 황공무지하야 이에 자리를 피하며 말하였다.

“소인은 한 빈한한 거지입니다. 어찌 귀하신 낭자와 짝을 맺겠는지요. 이는 우스갯소리입니다.”

동정월이 손을 잡으며 말했다.

“부부로서 짝을 맺는 것이 중대한 일인데 총각을 대하여 우스갯소리를 하겠는지요.”

총각은 오히려 황공하여 어찌할 바를 몰랐다. 동정월이 총각에게 정결히 목욕케 한 후에 새로 지은 의관을 내와 입히고는 날을 잡아 마당 한가운데서 혼례를 거행하여 삼생(三生)의 연분[4]을 맺었다.

그 부모가 꾸짖었다.

“네 마음이 실로 이상하구나. 부잣집과 귀한 사람들이 모두 너의 자색을 기뻐 사모하여 발꿈치를 문간에 대고 혼인하려는 자가 헤아리기 어

---

4) 전생, 현생, 내생에 걸쳐 만나는 인연으로 언제이고 필연으로 만나게 되어 있는 인연. 여기서는 혼인을 말한다.

려우니 위로는 본관사또의 별실(別室)이 될 것이요, 중간으로 부잣집 자제와 혼인할 것이요, 아래라 해도 아무개 집 신랑은 잃지 않을 것이다. 이를 일절 돌아보지 않고 천하에 흉악한 일개 거지 아이를 취하니 이것이 어찌 된 마음속이냐?"

동정월이 대답하였다.

"이는 아버지 어머니께서 걱정 안 하셔도 됩니다."

그 부모가 딸의 성정을 알기에 어찌하기가 어려워 드디어 불문에 붙였다.

수일 후에 동정월이 지아비에게 말하였다.

"우리 부부가 이곳에 오래 머무르는 것이 옳지 않습니다. 원컨대 그대와 상경하여 산업을 시작하는 것만 못합니다."

드디어 경성으로 올라가 서문(西門) 밖에 한 주점을 차렸다. 주색가(色酒家)로 장안의 제일이 되니 성 안팎의 부자와 귀인 무리가 매일 폭주(輻輳)[5]하야 문 앞이 열뇨(熱鬧)[6]를 다하였다.

하루는 술꾼 대여섯 사람이 와서는 술을 마실 때였다. 가전(價錢)[7]이 있는지 없는지를 가늠치 않고 통음하다가 어언간 술값을 많이 짊어지게 되었다. 술꾼이 '염치없다'고 하니 동정월이 말하였다.

"뒷날 갚으면 될 것을 어찌 염치없다고 하십니까."

그 술꾼은 곧 묵동(墨洞)[8] 김 정언(金正言)과 이 좌랑(李佐郎)의 무리였다. 동정월이 김 정언의 사람됨을 알고 조용히 말하였다.

"이 마을이 낯설어서 장차 남촌(南村)으로 옮기려 합니다. 바라건대 진사님께서 집을 세 주세요."

---

5) 수레 바퀴통에 바퀴살이 모이듯 한다는 뜻으로, 한곳으로 많이 몰려듦을 이르는 말.
6) 시끌벅적함.
7) 물건 값으로 치를 돈.
8) 남촌 아래의 먹절골로 한자로는 묵사동(墨寺洞) 또는 묵동(墨洞).

김 정언이 말하였다.

"아주 좋다. 우리 무리가 멀리 가 술을 마시는 것 또한 불편하였는데
아름다운 여인이 만일 가까운 곳으로 옮겨 살면 우리들이 좋은 주인이
되겠네."

동정월이 이에 즉시 묵동으로 옮겨 김 정언과 날마다 만나게 되었다.

二十二. 志操非凡洞庭月, 微賤出身李起築(上)

光海의 末에 平壤에 一名妓가 有하니 其 名은 洞庭月이라 幼時로
부터 穎悟慧敏하며 容貌가 佳麗할쑨 아니라 詩文과 歌舞를 善히 하야
當世에 名을 擅하얏더라 年이 十六七에 貞潔로써 身을 持하야 目으로
邪色을 視치 아니하며 耳로 淫聲을 聽치 아니하더니 嘗曰하되 妓라
하는 것이 비록 賤物이라 할지나 貞靜의 德만 有하면 士大夫의 婦女
와 何等의 恥할 바ㅣ 無한지라 我가 맛당히 一夫를 守하야 終身함이
可하다 하고 花柳風情에 小毫도 心을 動치 아니하얏는대 上으로 監司
牧使와 下으로 富豪 子弟와 其他 冶遊郎이 其 姿色을 悅하야 屢屢
近昵코져 하되 聽치 아니하야 刑杖枷囚함에 至하야도 맛참니 不撓不
屈하야 其 心을 變易치 아니하니 營邑 上下가 一怪物로 稱하얏더라
其 父母가 洞庭月의 志槩와 素行을 知함으로 其 心을 奪치 못하고
相當한 人物을 擇하야 作配코져 한즉 洞庭月은 輒曰하되 夫는 百年
의 客이라 此를 極히 慎重히 하지 아니치 못할 것이오니 父母끠셔 아
모리 選擇을 善히 하신다 할지라도 人을 知하기 難한 것인즉 擇夫의
事는 一切 干涉을 不爲하시고 小女에게 委任하소서 其 父母가 其
志를 强하기 難하야 드대여 其 所爲대로 任하얏는대 此 言이 一播함
이 風을 聞하고 來하는 者가 無非 美男子好風身이며 豪華富貴의 子
弟가 日夕에 盈門하되 妓가 一見하고는 모다 一並 不許하더니 一日

은 洞庭月이 大同 門樓上에 登하야 風景을 玩賞하더니 一總角이 有하야 年이 三十에 近한 者가 蓬頭垢面으로 柴를 負하고 樓前으로 通過하는지라 洞庭月이 此를 見하고 卽時 其 總角을 招하야 其 家로 邀致한 後에 百年佳約을 結하기로 請하니 總角이 惶恐無地하야 이에 席을 避하며 曰하되 小人은 一 貧寒 丐乞의 賤漢이라 엇지 貴人娘子와 作配함을 得하리오 此는 戲談이로소이다 洞庭月이 手를 握하며 曰 夫婦作配가 何等 重大한 事인대 엇지 總角을 對하야 戲言을 爲하리오 總角은 오히려 惶恐莫措하더니 洞庭月이 總角으로 하야금 精潔히 沐浴케 한 後에 新衣新冠을 出하야 着服하고 日을 擇하야 中堂셔 婚禮를 行하야 三生의 緣을 結하얏더라 其 父母가 責하되 汝의 心情은 實로 異常하도다 富人貴客이 모다 汝의 姿色을 悅慕하야 踵門求婚하는 者가 勝數키 難하니 上으로는 可히 使道本官의 別室이 될지오 中으로는 富豪子弟와 作配함을 得할지오 下으로라도 某 家 郞을 不失할 것이어늘 此를 一並 不顧하고 天下에 凶惡한 一個 寒乞兒를 取하니 此가 如何한 心腸이뇨 洞庭月이 對하되 此는 父母끠셔 知할 바ㅣ 아니로소이다 其 父母가 其 女의 性情을 知하는 터임으로 如何키 難하야 드대여 不問에 付하얏더라 數日 後에 洞庭月이 其 夫다려 謂하되 我 夫婦가 此에 久在함이 不可하니 願컨대 君과 上京하야 産業을 作함만 不如하다 하고 드대여 京城으로 上하야 西門外에 一酒店을 設하얏는대 色酒家로 長安의 第一이 되니 城內城外의 豪貴의 徒가 每日 輻輳하야 門前이 熱鬧를 極하얏더라 一日은 酒客 五六人이 來會하야 酒를 飮할 세 價錢의 有無를 不許하고 痛飮하다가 於焉間 酒債를 多負한지라 酒客이 無廉함을 言한 則 洞庭月이 曰하되 後日에 償함이 好하니 엇지 無廉하다 言하나뇨 하얏더라[9] 其 酒客은 卽 墨洞

---

[9] 원문에는 '하얏더다'로 되어 있다. 문맥을 고려하여 '하얏더라'로 바로 잡았다.

金正言과 李佐郎의 輩이니 洞庭月이 金正言의 爲人을 知하고 從容
히 謂하되 此 洞에 生疎함이 多하야 將次 南村으로 移住하랴 하니
望컨대 進賜主ᄂ 主人을 作하소셔 金正言이 曰하되 甚好하도다 吾輩
가 遠來 飮酒함도 또한 不便하니 佳人이 만일 近隣으로 移居하면 吾
輩가 必히 善主人을 作하리라 洞庭月이 이에 卽時 墨洞으로 移住하
야 金正言과 逐日 相逢하게 되얏더라.

22. 지조 있고 비범한 동정월, 미천한 출신의 이기축(하)

동정월이 묵동으로 옮긴 후에 김 정언의 무리와 날마다 상종을 하였다. 서로 간에 가깝게 교제하였으나 동정월의 정조를 알았기에 감히 예가 아닌 말로 희롱하지 못하였다. 오직 정의만 돈독할 뿐이었다.

하루는 동정월이 김 정언을 보고 말하였다.

"진사님과 이 좌랑은 머지않아 반드시 국가의 원훈(元勳)[1]으로 크게 현달(顯達)하실 것입니다. 첩이 비록 일개 자잘한 여자로 배움이 얕고 아는 게 빠지지만 장차 익찬(翼贊)[2]할 일이 있을지 모릅니다. 또 첩의 지아비가 예의를 모르고 아는 게 없어 낫 놓고 기역 자도 모릅니다. 언문도 해독치 못하여 무턱대고 주채(酒債)[3] 기록만 허구한 날 해댑니다. 다행히도 진사님께서 몽학(蒙學)[4]으로 가르쳐 주시면 마땅히 선생으로 대하여 하루에 한 병 술을 드리겠습니다."

김 정언이 좋아하니, 다음 날 아침 지아비에게 책을 가지고 배우러 보내었다. 그 전에 동정월은 지아비를 시켜 『통감(通鑑)』 제사권을 사오게 하여 그 중간에 표지를 넣고 말하였다.

"이 책을 끼고 김 정언 댁에 가서 가르침 받기를 청하세요. 선생이 첫 장부터 가르치려 할 테니 이 말을 따르지 말고 반드시 이 표지를 붙인 곳부터 가르침을 청하세요."

지아비가 그 말을 따르기로 했다. 그 지아비 성명은 이기축(李起築, 1589~1645)[5]이니 기축년(己丑年)에 태어나 이로 인하여 이름을 지었다.

---

1) 나라를 위한 으뜸 공신.
2) 잘 도움을 줌.
3) 술빚.
4) 어린아이들의 공부.

다음 날 아침에 기축이 책을 끼고 가니 김 정언이 말하였다.

"『천자문』인가? 『유합(類合)』6)인가?"

기축이 대답하였다.

"『통감』 제사권이옵니다."

김 정언이 말하였다.

"이 책은 너에게 적당치 않으니 『천자문』을 가져오너라."

기축이 말하였다.

"이미 이 책을 가져왔으니 이 책으로 배우겠습니다."

김 정언이 말하였다.

"이 책도 또한 글이니, 이로써 배운들 무슨 상관이 있겠느냐."

그리고 첫 장을 가르치려하니 기축이 표시해둔 곳을 열며 말하였다.

"이곳부터 배우기를 원합니다."

김 정언이 말하였다.

"무릇 글을 배우는 자는 처음부터 끝에 이르는 것이요, 근본으로부터 말에 도달하는 것이다. 어찌 처음과 근본을 버리고 끝과 말로부터 시작하려 하느냐?"

기축이 '아내가 그렇게 하라' 하였다며 마침내 듣지 않고 표시한 장을 고집하니, 김 정언이 화를 이기지 못해 책을 바닥에 던지며 말했다.

"천하의 어리석은 놈이로구나. 다만 제 아내 말만 듣는구나."

---

5) 훗날 이기축(李起築)으로 개명. 자는 희열(希說), 시호는 양의(襄毅). 효령대군의 7대손으로 충청도 수군절도사 증 순충보조공신 병조판서 완원군 경유(慶裕)의 아들이다. 무과에 급제, 충좌위(忠佐衛) 부사과(副司果)가 되고, 완풍군 서(曙)와 종형제로 서로 뜻이 맞아 항상 가까이에서 지냈다. 1622년(광해군 14) 완풍군이 장단부사로 갈 적에 역시 따라가 광해군의 실정(失政)을 개탄하고 반정에 참여하였다. 『청구야담』 권지삼, '책훈명양처명감(策勳名良妻明鑑)'에는 박기축(朴起築)으로 동정월은 기녀로만 되어 있다.

6) 기본 한자를 수량 방위 등 종류에 따라 구별하여 새김과 독음을 붙여 만든 조선시대의 한자 입문서로 보통 『천자문』을 배운 다음에 읽는다.

기축이 말하였다.

"대저 사람을 가르침에 배우는 자가 바라는 대로 하는 것이 무슨 불가한 일이 있는지요."

김 정언이 아직도 노기를 띠며 그 표지 한 곳을 보았다. 즉 '한(漢)나라의 곽광(霍光)이 창읍왕(昌邑王)을 폐하던 일'이었다.[7] 김 정언이 이를 보고 마음속으로 깨달은 것이 있어 한참동안을 가만히 있었다. 기축이 책을 챙겨 가버리니, 김 정언이 만류하지 못하였다.

기축이 돌아와 동정월에게 말하였다.

"이후로는 김 정언에게 술을 주지 말게. 동냥은 주지도 않고 바가지만 박살내버렸어."

동정월이 빙그레 웃으며 말했다.

"당신의 인물이 특출하였다면 어찌 이와 같은 치욕을 받았겠소. 이후에 첩이 마땅히 가르치겠소."

다음 날 김 정언이 와서 동정월을 보고 잘못을 사과한 후에 서로 웃었다. 술을 청하여 다시 몇 잔을 하다가 동정월이 김 정언에게 은밀히 말하였다.

"어제 제 지아비로 하여금 『통감』 제사권의 곽광이 창읍왕을 폐한 곳에 표를 붙인 뜻을 아시겠는지요."

김 정언이 얼굴색을 변하며 마음속으로 은밀히 '동정월은 신인이로다. 내 뜻을 능히 아는구나.' 하고는 이에 말하였다.

"그대가 내 속을 들여다보니 어찌 속이겠는가. 과연 지금 임금이 어리석어 만민의 주인이 되지 못하겠기에 장차 시기를 기다려 폐위를 꾀하

---

7) 곽광(霍光, ?~기원전 68)은 전한의 정치가이자 군인으로, 자는 자맹(子孟)이며 하동군(河東郡) 평양현(平陽縣) 사람이다. 소제가 서거한 뒤 창읍왕 유하가 황제로 즉위한다. 곽광은 이 유하가 황제에 오른 지 27일 만에 자리에서 쫓아냈다.

고 있다네."

동정월이 귓속말을 하였다.

"때를 잃지 말아야 합니다(時不可失). 속히 뜻 맞는 선비들을 규합하여 거사를 하세요. 그리고 논공행상하는 때에 주상께 아뢰어 첩의 지아비도 이에 동참시켜 주시기를 바랍니다."

김 정언이 응낙하고 돌아갔다. 김 정언은 즉 승평부원군(昇平府院君) 김류(金瑬, 1571~1648)[8]요, 이 좌랑은 즉 연평부원군(延平府院君) 이귀(李貴)[9]였다. 승평이 동정월의 '시불가실(時不可失)'이란 말을 받아들이고 즉시 이귀와 광해 임금을 폐하고 인조(仁祖)를 추대하는 반정(反正)[10]하였다. 김류와 이귀 두 사람이 중흥공신(中興功臣)으로 국가의 원훈이 되었다. 승평이 천폐(天陛)[11]에 동정월과 기축의 일을 아뢰었다. 임금이 감탄하시고 그 이름이 심히 촌스럽다하여 동음(同音)을 취하야 기축(起築)으로 명명하시고 삼등훈(三等勳)의 녹훈(錄勳)[12]을 내려 완계군(完溪君)에 봉하였다.

그 뒤 병자(丙子)의 난리에 기축이 남한산성을 지켰다. 오랑캐 병사들이 크게 이르니 자원 출전하여 수십여 명의 머리를 베어버리자 감히 어찌지 못하였다. 그 뒤 오랑캐와 강화가 이루어지자 세자를 따라서 심양(瀋陽)에 갔다가 귀국한 후 오래되지 않아 죽자 양의(襄毅)의 시호를 내렸다.

---

8) 본관은 순천(順天). 자는 관옥(冠玉), 호는 북저(北渚)로 인조반정의 주모자였다.

9) 본관은 연안(延安). 자는 옥여(玉汝), 호는 묵재(默齋)로 인조반정의 주모자였다.

10) 조선 광해군 15년(1623)에 이귀·김류 등 서인(西人) 일파가, 광해군 및 집권파인 대북파(大北派)를 몰아내고 능양군(綾陽君)인 인조를 즉위시킨 정변. 흔히 인조반정이라 부른다.

11) 제왕이 있는 궁전의 섬돌로 임금이 사는 궁궐.

12) 공훈이 있음을 기록해 둠.

二十二. 志操非凡洞庭月, 微賤出身李起築(下)

洞庭月이 墨洞으로 移住한 後에 金正言의 輩와 逐日 相從을 爲하
야 互相親密히 交際하얏스나 洞庭月의 貞操를 知하는 터임으로 敢히
非禮의 言으로써 戲치 못하고 오즉 情誼만 篤厚할 뿐이더니 一日은
洞庭月이 金正言을 見하고 謂하되 進賜主와 밋 李佐郎은 不遠하야
必히 國家의 元勳으로 大히 顯達을 致하실지라 妾이 비록 一個 幺麼
의 女子로 學問이 淺短하고 識見이 缺如하오나 將次 翼贊할 事가
有홀는지 未知이오며 且 妾의 夫가 蠢蠢無識하야 目으로 丁字를 不
識하고 쏘한 諺文도 解치 못하야 酒債記錄에 貿貿함이 太多하오니
幸望컨대 進賜主는 蒙學으로 敎하야 주시면 맛당히 先生으로 待하야
一日에 一壺酒式 進排하오리다 金曰 好하니 明日 食前에 冊을 挾送
할지어다 洞庭月이 厥 夫로 하야곰 通鑑 第四卷을 買來케 하야 其
中間에 標를 貼하야 曰 此 冊을 挾하고 金正言宅에 往하야 敎授하기
를 請하되 先生이 반다시 初張으로부터 敎授코져 하리니 此 言을 從
치 말고 반다시 此 標紙를 貼付한 處로부터 敎授하기를 請하라 其
夫가 其 言을 依하기로 하얏는대 其 夫의 姓名은 李己丑이니 己丑年
生임으로 因하야 名함이더라 翌朝에 己丑이 冊을 挾하고 往한대 金正
言이 曰하되 千字인가 類合인가 己丑이 答하되 通鑑第四卷이로소이
다 金曰 此는 汝에게 不當하니 須히 千字文을 持來할지어다 己丑이
曰하되 旣히 此를 持來하얏스니 此 冊으로써 學하기를 願하노이다
金曰 此도 쏘한 文이라 此로써 學한들 何妨이 有하리오 하고 初張으
로부터 敎하려 하니 己丑이 手로 貼標한 處를 開하야 曰 此處로부터
學하기를 願하노이다 金曰 大凡 書를 學하는 者는 初로부터 終에 至
함이오 本으로부터 末에 達하는 것이니 엇지 初와 本을 捨하고 終과
末로부터 始하려 하나뇨 己丑이 其 妻의 敎한 바라 하야 맛참니 聽從

치 아니하고 標張으로 固執하거늘 金正言이 怒함을 不勝하야 冊을 地에 擲하며 曰하되 天下의 愚癡한 漢이로다 다만 其 妻의 言만 聽하는도다 己丑이 曰하되 大抵 人을 敎授함에는 學하는 者의 願하는대로 施行하는 것이 何等 不可한 事가 有하리오 金이 尙히 怒氣를 帶하며 偶然히 其 貼標한 處를 見하니 卽漢의 霍光이 昌邑王을 廢하던 事이라 金이 此를 見하고 中情에 感觸하야 沈吟良久하더니 己丑이 冊을 取하야 挾하고 去하는지라 金이 挽留하지 못하더니 己丑이 歸하야 洞庭月다려 謂하되 此後는 金正言에게 酒를 與치 말지어다 糧도 不給하고 瓢를 反破하는도다 하니 洞庭月이 莞爾히 笑하며 曰 君의 人物이 特出하얏슬진대 엇지 如此한 恥辱을 受하얏스리오 今後에 妾이 맛당히 敎授하리라 하엿더라 翌日에 金正言이 來하야 洞庭月을 見하고 過를 謝흔 後에 相與談笑하며 呼酒更酌하다가 洞庭月이 金다려 密謂하되 昨日에 家夫로 하야곰 通鑑 第四卷의 霍光이 昌邑王을 廢한 處에 標를 貼한 意를 知하시나잇가 金이 色을 動하며 心中에 暗語하되 洞庭月은 神人이로다 我의 意를 能히 知하는도다 하며 이에 曰하되 君이 旣히 我의 肺腑를 見하는터에 엇지 써 相欺하리오 果然 今上이 昏庸하야 萬民의 主가 되지 못하겟기로 將次 時機를 待하야 廢立을 謀하려 하얏노라 洞庭月이 耳를 附하며 曰하되 今에 時를 可히 失치 못할지니 速히 同志의 士를 糾合하야 事를 擧하소셔 그리고 論功行賞하는 時에 主上끠 奏하야 妾의 家夫도 此에 同參케 하기를 望하나이다 金이 應諾하고 歸하얏더라 金正言은 卽 昇平府院 君이오 李佐郞은 卽 延陽君[13] 李貴이라 昇平이 洞庭月의 「時不可失」이란 語를 納하야 卽時 李貴로 더부러 光海主를 廢하고 仁祖를 推戴 反正

---

13) 원문에는 '延陽君'으로 되어 있다. 문맥을 고려하여 '延平府院君'으로 바로 잡았다. 연양군(延陽君)은 이귀의 아들인 이시백(李時白)에게 내려진 녹훈이다.

하얏는대 金李兩人이 中興功臣으로 國家의 元勳이 되얏더라 昇平이 天陞에 奏하야 洞庭月과 己丑의 事를 奏하니 上이 稱嘆하시고 其 名이 太野하다 하야 同音을 取하야 起築으로 命名하시고 三等勳을 錄하야 完溪君을 封하셧더라 其 後 丙子의 亂에 起築이 南漢을 守하다가 胡兵이 大至함이 自願 出戰하야 數十餘級을 斬獲하엿슴으로 胡兵이 敢히 逼치 못하고 其 後 講和가 成함이 世子를 隨하야 潘陽에 往하얏다가 歸國한 後 未幾에 卒하얏는대 襄毅의 諡를 賜하니라.

23. 세상살이 악한 일을 짓지 마라,
화복은 문 없이도 잘만 부른다

　김대운(金大運)의 호(號)는 종암(種菴)이니 고려 때 사람이다. 어릴 적에 집이 매우 가난하여 농사를 지어 생활하는 어려운 삶을 면치 못하였다. 경(慶)씨 성을 가진 한 부잣집에 더부살이를 하며 인근에서 살았다.

　하루는 그 부자가 일하는 사람을 시켜서 밭에 분비(糞肥)를 뿌릴 때였다. 이를 감독하기 위하여 밭에 갔더니 마침 한 걸승(乞僧)[1]이 와서 점심밥을 구걸하니 부자가 크게 성내며 말하였다.

　"네가 어찌 제 힘으로 먹지 않고 남에게 구걸을 하느냐. 지금 너에게 밥을 줄 테니 이 자리에서 배불리 먹어라."

　그러고 삽으로 똥을 던져 주니 중이 바릿대에 이를 받으며 "감사합니다." 하고 가니, 부자가 웃으며 "미친 중!"이라고 조롱하였다.

　중이 대운의 집에 와서 또 구걸하였다. 대운이 이를 보고 심히 불쌍히 여겨 아내에게 한 사발 밥을 새로 짓게 하고 그 바릿대는 깨끗하게 닦아 채소를 주었다. 중이 밥을 다 먹고 대운에게 말하였다.

　"소승의 초리(草履, 짚신)가 이미 해졌습니다. 고초(藁草, 볏짚)를 조금만 주시면 문을 닫고 짚신을 삼겠습니다."

　대운이 허락하고 볏짚 한 묶음을 주었다. 날이 저물자 중이 사례하고는 간 뒤에 대운(大運)이 그 방에 들어가 보니 난데없는 한 노인이 있었다. 노인은 백은(白銀) 일백 덩이로 집을 짓고 전답을 샀다. 또 가구며 여러 물건들을 새로 갖추어 주고는 대운에게 말했다.

　"착하게 살면 좋은 일이 있느니라."

---

1) 모든 생업을 끊고 밥을 빌어먹으면서 수행하는 승려.

그러고 홀연 보이지 않았다. 대운이 매우 놀랍고 이상하여 신의 조화임을 알았다. 이후로 그 부요하고 풍부함이 경씨 부자보다 열 배는 융성하였다. 경씨 부자는 마음속으로 시기하고 몹시 분해하여 그 중이 오기를 기다렸다.

하루는 과연 걸승(乞僧)이 다시 왔다. 경씨 부자가 두 번 절하며 부를 늘려 줄 것을 청하였다. 승이 개연히 이를 허락하고 볏짚 조금을 청한 후에 문을 닫고 '보지 말라' 하더니 날이 저물어 중이 나갔다. 경이 마음속으로 크게 기뻐하여 급히 방에 들어갔다. 돌연 한 사람이 갑자기 뛰어나오며 말했다.

"어떤 놈이 감히 내 신실(神室)에 들어오느냐!"

그러고 마구 때리니 경씨가 목징구태(目瞪口呆)[2]하다가 자기가 주인이라고 하였지만 그 사람은 손을 휘저으며 쫓아내 버렸다. 이때에 집안 사람들이 모여 보았지만 두 사람의 모습이 똑같아서 조금도 차이가 없어 누가 진짜인지 가짜인지를 능히 분별하지 못하였다. 온 동네 사람이 모두 모여 보아도 또한 같았다.

집사람들이 당초에 그 방 안에 먼저 있던 사람이 필시 주인이라 하고 경씨를 때려 쫓아버렸다. 경씨가 호소할 곳이 없어 감히 그 집에 들어가지 못하였다. 가짜 경씨가 인하여 경씨 부인과 함께 살며 모아 둔 금을 흩어 쓰고 매일 소고기와 술로 동리 사람들에게 배불리 먹게 하였으며 전답을 싼값에 팔아 빈궁한 자를 일일이 두루 구휼하였다.

몇 개월을 가지 않아 재산이 거의 바닥이 났다. 경씨가 가슴을 치며 관가에 고소하여 옳고 그름을 청하였다. 관가에서 두 사람을 불러 그 진위를 사문(査問)[3]할 때였다. 가짜 경씨는 밭과 토지의 번지와 결복(結

---

2) 놀라서 눈을 크게 뜨고 입을 벌리다.
3) 진상을 밝히기 위하여 조사하여 따져 물음.

ㅏ)⁴⁾의 많고 적고를 분명히 말하는 것이 물 흐르듯 하였으나 경씨는 한 마디도 하지 못하였다. 관가에서 경씨를 곤장을 쳐 내쫓으니 어찌할 바를 몰랐다. 이에 경씨가 길게 탄식하였다.

"전일에 내가 중에게 똥을 주었더니 이것이 죄를 얻어 하늘이 나를 망하게 하는 것이로다." 하며 가슴을 쳤다.

가짜 경씨가 집안 세간붙이들을 모두 팔아버리고 집은 부숴버렸다. 몇 개월 안에 남은 게 없이 모조리 탕진하여 다만 몸뚱이와 집식구들만 남았다. 경씨가 미친병에 걸려 울부짖기를 그치지 못하니 구걸하던 중이 다시 와서 말하였다.

"업축(業畜)⁵⁾은 인간의 고락을 이제 깨달았는가."

그러고는 석장(錫杖)⁶⁾으로 그 가짜 경씨를 한번 툭 치니 볏짚 조금이 땅에 흩어졌다. 구걸하던 중은 표연히 돌아보지 않고 가버렸다고 하더라.

二十三. 人生莫作人間惡, 禍福無門惟所召

金大運의 號는 種菴이니 高麗時人이라 少時에 家勢가 甚히 貧寒하야 農業으로 資生하는 陋巷의 嘆을 免치 못하얏더라 慶姓의 一 富豪로 더부러 比隣에셔 居하더니 一日은 其 富豪가 役夫를 使하야 田에 糞肥를 施홀세 此를 監督하기 爲하야 田에 往하얏더니 맛참 一乞僧이 來하야 午飯을 乞하거늘 富豪가 大怒하야 謂하되 汝가 엇지 自力으로 食치 아니하고 人에게 乞하나뇨 今에 汝에게 食을 與홀 터이니 卽席에셔 飽食하라 하고 鍤으로 糞을 挑하야 與하니 僧이 鉢盂에

此를 受하며 感謝하다 하고 去하거늘 富豪가 笑하며 狂僧이라고 嘲하얏더라 僧이 大運의 家에 來하야 又 乞하니 大運이 此를 見하고 甚히 矜憐하야 其 妻로 하야곰 一盂의 飯을 新炊하야 其 鉢盂를 淨洗하고 蔬菜로 供하니 僧이 食訖에 大運다려 謂하되 小僧의 草履가 已弊하얏스니 藁草 小許를 與하면 門을 閉하고 履를 結하겟노라 大運이 許하고 藁 一束을 與하얏더니 日이 暮홈이 僧이 辭去하는지라 大運이 其 室에 入하니 忽然 一老人이 有하야 白銀 一百錠을 持하고 家舍를 建築하며 田畓을 買入하고 器具 什物 等을 一新 準備하고 大運다려 謂하되 此로써 善居善處하라 하고 因忽 不見하는지라 大運이 甚히 驚異하야 其 神助임을 知하얏더라 此後로 其 富饒豊阜홈이 慶豪보다 十倍 隆盛하니 慶이 心中에 甚히 猜忌憤悗하야 其 僧의 來하기를 待하더니 一日은 果然 乞僧이 復來흔지라 慶이 再拜하며 益富하기를 請하니 僧이 慨然히 此를 許하고 藁草 小許를 請한 後에 閉門 不見홈을 請하더니 日이 暮홈이 僧이 出去하는지라 慶이 心中에 大喜하야 急히 室에 入하니 忽然 一人이 突出하며 曰 何人이 敢히 其 神室에 入하나뇨 하고 毆打홈이 慶이 目瞪口呆하다가 自己가 主人임을 辨흔則 其 人이 手를 揮하야 逐하는지라 此時에 家人이 會見하야도 兩人의 形貌가 相肖하야 毫末이 不差홈으로 其 眞僞를 能히 辨知치 못하고 一洞의 人이 畢集하야 見하야도 亦然흔지라 家人이 當初 其 室內에 先在하얏든 人이 必是 主人이라 하고 倂力하야 慶을 驅逐하니 慶은 呼訴홀 處가 無하야 敢히 其 家에 入치 못하얏더라 假慶이 因하야 慶婦로 더부러 同處하며 其 貯蓄흔 金을 散用하야 每日 牛酒로써 洞里를 犒饋하며 田畓을 歇價로 放賣하야 貧窮흔 者를 一一히 周恤하더니 幾月을 不出하야 財産이 殆盡홈에 至흔지라 慶이 胸을 搥하며 이에 官에 告하야 辨白을 請하얏더니 官이 兩人을 招하야 其 眞僞를 査問홀시 假慶은 田土의 字號와 結卜의 多寡를 明辯如流하되 慶은

一言을 出치 못하는지라 官이 慶을 笞하야 逐出하니 慶이 如何키 難하야 이에 長嘆하되 前日에 我가 僧에게 糞을 與하얏더니 此로써 天에 罪를 得하야 天이 我를 亡케 하는 것이로다 하며 膺을 撫하얏더라 假慶이 什物을 盡賣하고 家屋을 毁破하야 數月의 內에 蕩敗無餘하고 但히 赤身의 家口만 餘혼지라 慶이 狂惑感疾하야 叫號不已할 따름이더니 其 乞僧이 復來하야 曰 業畜은 人間의 苦藥을 覺悟하얏는가 하고 錫杖으로써 其 假慶을 一打하니 藁草 小許가 地에 散하는지라 乞僧이 飄然히 不顧하고 去하엿다 云하니라.

24. 일찍 궁함 늦은 벼슬 우연 아니니, 신성한 예언 또한 거짓이 아니었다

영조(英祖) 때 경성에 한 김씨 성을 가진 이가 있었다. 잠영(簪纓)[1]의 후예로 나이 오십이 되도록 과거에 합격하지 못하였다. 부모가 차례로 저세상으로 떴고 머지않아 또 부인이 병으로 죽었다. 그때까지 슬하에 일점혈육도 없어 혈혈단신으로 형단영척(形單影隻)[2]하였다. 의지할 곳이 없어 밤낮으로 신세를 한탄하나 특별한 마련이 없었다.

이에 집을 팔고 전토도 팔아 수백 금을 만들어 가지고 곧 동쪽에 인접한 묘 아래에 갔다. 그 묘직(墓直)[3]을 보고 말했다.

"내 신세가 이와 같이 영락하였으니 다시 아내를 얻은들 무슨 즐거움이 있겠나. 이에 기백 금이 있는 것을 자네에게 맡기니 내 생전 생활의식을 이것으로 해주게나."

그리고 인하여 묘직과 함께 한 집에서 함께 살았다.

세월이 흐르는 물처럼 덧없이 흘러 어느덧 수십 년이 되었다. 나이가 이미 여든세 살이 되었다. 하루는 봄날이 화창하기에 지팡이를 짚고 문을 나서 성묘 차 산기슭에 올랐다. 홀연 일신이 번뇌하여 묘 곁에 의지하여 잠깐 잠이 들었다. 비몽사몽간에 사람 말소리가 귀에 들렸다. 이에 눈을 뜨고 보니 한 노승이 혼자 말하기를 "그렇지, 그렇지" 하였다. 김 노인이 심히 괴이하여 일어나 앉으면서 노승을 불러 물었다.

"무슨 일인데 '그렇지, 그렇지'라 하십니까?"

---

1) 높은 벼슬아치가 쓰는 쓰개의 꾸밈이라는 뜻으로, 높은 지위를 이르던 말.
2) 형체가 하나, 그림자도 하나라는 뜻으로, 의지할 곳도 도움을 받을 곳도 없는 지경을 말함.
3) 남의 뫼를 지키고 거기에 딸린 일을 보살피는 사람.

그 중이 웃으며 대답하였다.

"지금에 이 묘를 보니 가위 대지(大地)[4]라. 자손 중에 반드시 여든 셋에 비로소 과거에 급제하여 지위가 이품에 이르고 또 귀한 자식을 셋이나 둘 것이오."

김 노인이 그 말이 허탄함을 책망하니 중이 말하였다.

"소승이 어찌 허망한 말을 하겠는지요. 금년 안에 반드시 뚜렷한 효험이 있을 테니 기다려 보시오."

그러고는 표연히 사라졌다. 김 노인이 반신반의하였더니 수일을 지나 마침 동구릉(東九陵)[5] 행행령(行幸令)[6]이 반포하였다. 날짜가 겨우 며칠 새였다. 김 노인이 묘직을 아무 곳으로 보내 안장 갖춘 말 한 필을 빌려오게 하여 타고 이튿날 경성에 들어갔다. 배회하며 이리저리 살핀 지 한참이었으나 한 사람도 아는 자를 보기 어려웠다. 이에 사람과 말을 버리고 차츰차츰 걷다가 반궁(泮宮)[7] 근처에 이르렀다. 길 곁에 한 오래된 집이 있는데 사립문이 쓰러지고 환도(環堵)[8]가 쓸쓸했다. 여러 시간을 그 문 앞에서 이리저리 방황하였다. 홀연 안에서 한 노인이 나오다가 김 노인을 잠깐 보고는 급히 놀라고 기뻐하며 손을 잡았다.

"자네 김 아무개 아닌가? 수십 년간 소식이 막연하여 얼굴을 아예 잊어버렸나. 홀연히 찾아왔으니 이것이 참인가 꿈인가."

그러고는 급히 손을 잡고 방에 들어가니 그 주인은 곧 김 노인의 속세 벗이었다. 두 사람이 무릎을 맞대고 여러 해 회포를 풀고 하룻밤을 머물렀다. 다음 날 아침에 노인들을 위한 과령(科令)[9]이 반포되었다. 주인이

---

4) 좋은 묏자리.
5) 경기도 구리시에 있는 조선의 아홉 능(陵).
6) 왕이 대궐 밖으로 행차한다는 영.
7) 성균관과 문묘(文廟)를 아울러 이르던 말.
8) 사방이 각각 1도(堵)의 집이라는 뜻으로 가난한 집을 이르는 말.

함께 과거시험에 응시하기를 청하여 처음에는 응하지 않다가 전일 중의 말을 생각하였다. 이에 그 말에 따라 한 권을 시험지로 바쳤더니 주인은 낙방이 되고 김 노인이 과거에 급제하였다. 방을 붙이는 날에 곧 동부승지(同副承旨)[10]를 내리시고 형조참의(刑曹參議)를 의입(擬入)[11]하여 낙점하였다.

그때 마침 주인의 가과갈친(家瓜葛親)[12] 가운데 사십여 세의 한 처자가 있었다. 주인이 김 승지에게 재취하기를 권하여 혼례를 하니 머지않아 아이를 가져 몇 해 사이에 아들 셋을 연달아 낳으니 모두 사람 가운데 용이었다. 그 후에 김 승지가 참판(參判)으로 승진하여 만년의 복록이 무궁하고 나이 구십여 세에 천수를 마쳤다한다.

二十四. 早窮晩達非偶然, 神聖豫言亦不誣

英祖朝에 京城에 一 金姓이 有하야 簪纓의 後裔로써 年이 五十에 近하도록 맛참니 登科치 못하고 父母가 次第로 棄世한지라 未幾에 又 其 夫人이 坐한 病沒하니 其 時싸지 膝下에 一點 血肉이 無혼지라 子子獨身이 形單影集하야 依生홀 處가 無함으로 晝夜로 身世를 恨歎하나 別로 計策이 無혼지라 이에 家를 賣하고 庄을 鬻하야 數百金을 得하야 가지고 곳 東郊 墓下에 往하야 其 墓直을 見하고 謂하되 我의 身世가 此와 如히 零落하얏스니 更히 娶妻혼들 何樂이 有하리오 此에 幾百金이 有하야 汝에게 托하노니 吾의 生前에 生活衣食을 此

---

9) 과거를 시행하는 것에 관한 영.

10) 승정원의 정3품 벼슬.

11) 추천.

12) 덩굴이 벋어 서로 얽힌 오이와 칡이라는 뜻으로, 복잡하게 서로 얽힌 인척 관계를 비유적으로 이르는 말.

로써 供饋하라 하고 因하야 墓直으로 더부러 一家에서 同處홀시 歲月
이 荏苒流水와 如하야 居然히 數十年이 된 則 年이 旣히 八十三歲에
至혼지라 一日은 春日이 和暢홈으로 杖을 扶하고 門을 出하야 省墓次
로 山麓에 登하얏더니 忽然 一身이 困惱하야 墓側에 依하야 少睡하
더니 似夢非夢間에 人語가 耳에 到하는지라 이에 眼을 開히야 視하니
一 老僧이 有하야 獨語하기를 其然其然이라 하거늘 金老人이 甚히
怪訝하야 起坐하면서 老僧을 招하야 問하되 何事를 其然其然이라 하
나뇨 其 僧이 答하되 今에 此 墓를 見하니 可謂 大地라 子孫中에 반다
시 八十三歲에 비로소 科第에 登하야 位가 二品에 至하고 又 貴子
三人을 有홀 것이라 하노라 金老人이 其 虛誕홈을 責하니 僧이 曰하
되 小僧이 엇지 虛妄혼 言을 出하리오 今年 內에 必히 明驗이 有하리
니 第俟할지어다 하고 飄然히 去하는지라 金이 半信半疑하얏더니 數
日을 過함이 맛침 東九陵 行幸令이 頒布하얏는대 日子가 僅히 數天
을 隔한지라 金이 墓直으로 하야금 某處에 送하야 鞍馬一匹을 借來케
하야 乘하고 翌日 京城에 入하야 徘徊瞻顧혼 지 良久에 一人도 平日
의 親知하든 者를 見키 難한지라 이에 人馬를 捨하고 稍稍前行하야
泮宮近處에 至하더니 路傍에 一古屋이 有하야 柴扉가 頹圮하고 環堵
가 蕭然한지라 數時間을 其 門前에서 彷徨하더니 忽然 內로브터 一
老翁이 有하야 出來하다가 金을 瞥見하고 甚히 驚喜하야 手를 握하며
君이 金某가 안인가 幾十年間 信息이 漠然하야 面目을 渾忘하얏엿는
대 今에 忽然히 來訪하니 此가 眞인가 夢인가 하고 急히 手를 携호고
室에 入호니 其 主人은 卽 金의 世交의 友이더라 兩人이 膝을 交하고
積年의 懷를 敍하고 因하야 一夜를 留宿하더니 翌朝에 老人의 科令
頒布가 下함이 主人이 勸하야 共히 入場 應科하기를 請함으로 初에는
不肯하다가 前日 僧의 言을 思하고 이에 其 言을 從하야 一卷을 試呈
하얏더니 主人은 落榜이 되고 金 老人이 登科하야 放榜하는 日에 곳

同副承旨를 拜하고 刑曹參議를 擬入落點하고 하얏더라 其 時에 맛참
主翁의 家瓜葛親中에 四十餘歲의 一處子가 有함이 主翁이 金承旨에
게 再娶하기를 勸하야 婚禮를 成하얏더니 未幾에 懷胎하야 數年內로
三子를 連生하니 皆 人中의 龍이라 其 後에 金承旨가 參判으로 遷하
야 晚年의 福祿이 無窮하고 年이 九十餘에 天年으로 終하얏더라.

25. 사납게 생겼지만 허물 아니고
세상에 드문 충직한 노비 언립(상)

남원(南原) 사람 윤진(尹軫, 1548~1597)[1]은 연안(延安) 이시백(李時白, 1581 ~1660)[2]의 장인이다. 그 집에 한 노비 아들이 있었는데 이름은 언립(彦立) 이었다. 생김생김이 장대하고 우람하였다. 힘이 남보다 뛰어나 하루에 몇 말의 밥을 먹으면서도 늘 부족함을 근심하였다. 처음에 먼 지방에서 와 '비록 여러 일을 하여도 늘 굶주린다' 하고 나태하게 일을 하지 않았 다. 그러다가 만일 식사량대로 포식하는 때에는 나무를 베어 짐 지기를 산과 같이 하였다.

그 주인집이 가난하여 배를 채우기 어려웠고 또 언립의 성질이 사나 워 두려워하여 제 편한 대로 가라 하였다. 언립이 떠나기를 달가워하지 않으며 말하였다.

"상전의 집에 사환이 없어 족히 일을 맡을 자가 없거늘 제가 어찌 떠나겠습니까?"

그 집에서 이를 딱히 여겨 다시는 일을 맡기고 책망치 않았다. 머지않

---

1) 자는 계방(季邦), 호는 율정(栗亭). 아버지는 윤강원(尹剛元)이며, 어머니는 현감 이시영 (李時榮)의 딸이다. 어려서부터 학문에 정진하고, 효행이 뛰어나 음서(蔭敍)에 의하여 사옹원봉사(司饔院奉事)에 임명되었다. 임진왜란이 일어나자, 김경수(金景壽)를 맹주로 한 장성 남문창의에 참여하여 종사로 활약하였다. 1597년 왜적이 남원을 유린하고 장성 에 침입하자, 수백 명의 의병을 지휘하여 입암산성을 사수하려 하였으나 힘이 부쳐 산성의 함락과 함께 순국하였다. 처 권씨도 남편의 비보를 듣고 자결하였다.

2) 자는 돈시(敦詩). 호는 조암(釣巖). 인조반정 때에 공을 세워 연양부원군(延陽府院君)에 봉해졌고, 병자호란 때에 병조 판서로 남한산성을 지켰다. 일곱 번이나 판서를 역임했고 영의정에까지 올랐으나, 청빈해 빈한한 선비집 같았다 한다. 연평부원군(延平府院君) 이귀(李貴)의 장남이다. 장유(張維)·최명길(崔鳴吉)·조익(趙翼)과 교유하였다. 시호는 충익(忠翼)이다.

아 그 주인 아무개가 병으로 죽고 집에는 홀로 외로운 과부와 딸 하나가
방 안에서 슬피 울 뿐이었다. 가까운 친척이 없으니 맡아 볼 자도 없고
송종(送終)[3]의 여러 것들을 준비하고 변통할 도리도 없었다. 언립이 울
다가 나아가 뜰아래에 엎드리며 미망인에게 말하였다.

"부인께서 비록 망극하시나 가까운 친척 중에 믿을 만한 사람이 없습
니다. 초종대사(初終大事)[4]가 잠시도 위급한데 어찌 다만 통곡만 하십니
까. 집안의 가재도구들 중 팔만한 것이 있거든 소인에게 내려주시면
헐값으로라도 팔아 상을 치르고자 합니다."

주모(主母, 부인)가 이에 의복과 여러 가재도구들을 모두 내와 언립에
게 주었다. 언립이 이를 가지고 즉시 시장에 가서 돈을 마련한 후에
염습 도구들과 또 좋은 관 만들 재목을 사서 지고 관장(棺匠)[5]할 사람을
불렀다. 관장이 큰 네 개의 판을 짊어진 것을 보고 그 힘이 남들보다
뛰어난 것을 두려워하여 감히 거절치 못하고 와서는 정성을 다하여 관
을 짰다.

언립이 또 여러 이웃의 부인들을 불러 일시에 바느질을 하게 하였다.
송종의 도구가 하나하나 갖추게 되어 곧 입관을 하고 성복(成服)[6] 따위
절차를 모자람 없이 하였다. 언립이 또 지관 중 유명한 자를 불러 상가의
외로움과 빈한한 사정을 이야기하고 가까운 곳에 점지해 주기를 청하였
다. 지관이 이를 허락하니 언립이 말 한 마리를 내어 스스로 끌며 산을
답사할 때였다. 한 곳에 이르러 지관이 혈(穴)을 점지하였다. 언립이 이
를 한참 보다가 용세(龍勢)[7] 안대(案對)[8] 사수(砂水)[9]의 흠을 지적하며 합

---

3) 장사(葬事)에 관(關)한 온갖 일.
4) 장례의 모든 일.
5) 관 짜는 사람.
6) 상례(喪禮)에서 대렴(大殮)을 한 다음 날 상제들이 복제에 따라 상복을 입는 절차.
7) 용이 지나가는 듯한 산맥.

장치 못할 일로 말하였다. 말이 심히 분명하니 지관이 크게 놀라고 부끄러워하고 또 얼굴 생김이 사나운 것을 보니 혹 욕을 당할까 두려웠다. 이에 한 곳에 가서 마땅한 곳을 택하니 언립도 쓸만한 땅임을 인정하고 돌아와 주모에게 고하였다. 길일을 택하고 발인할 때였다. 초상 치르는 데 드는 모든 물건을 언립이 다 주장하여 터럭만큼이라도 마음에 차지 않음이 없었다.

주모가 이후부터 매사를 오직 언립에게 맡기고 그 계획을 들었다. 장례를 마친 후에 언립이 주모에게 고하였다.

"주인어른께서 돌아가신 이후로 가세가 더욱 영락하여 살아가기 어렵습니다. 서울에서 살아가기 어려우니 청컨대 시골로 내려가 농사를 짓는 것만 못합니다. 제가 마땅히 마음과 힘을 다하여 결코 굶주리는 근심을 면케 하겠습니다. 이와 같이 하여 여러 해에 차츰 재산이 쌓여지기를 기다려 다시 경성으로 돌아오는 것이 좋을까 합니다."

주모가 또한 그 계획을 따라 이에 집을 팔고 식구들을 이끌고 시골에 내려갔다. 언립이 농사 이치에 밝고 또한 근면하게 힘써 일하니 토지 소출이 다른 사람들보다 여러 배에 달하였다. 또 인근 마을에서 언립의 뜻을 가상히 여겨 힘써 일 도와주기를 여공불급(如恐不及)[10]하였다. 이와 같이 한 지 오륙 년 사이에 해마다 재산이 쌓여 점차 가계가 풍족해졌고 십 년을 지나지 않아 드디어 큰 부자가 되었다.

---

8) 안산이 병풍처럼 띠를 두르고 있는 것.
9) 묏자리의 전후좌우에 있는 산과 물.
10) 시키는(하라는) 대로 실행되지 못할까 하여 마음을 죄며 두려워함.

二十五. 莫以兇悍咎其 人, 忠奴彦立世罕有(上)

南原人 尹輅은 延安 李時白의 外舅ㅣ라 其 家에 一 奴子가 有하니 名은 彦立이라 狀貌가 魁偉하고 膂力이 人에 過하야 一日에 數斗의 米를 食하되 常히 其 不足함을 患하더라 初에 遐鄉으로브터 來하야 비록 諸般 使役에 服흐ㄴ 每樣 飢乏흠을 稱하고 懶하야 事에 服치 아니하다가 萬一 其 食量대로 飽食하는 時에ㄴ 木을 拔하야 擔負하기를 山과 如히 하더라 그러나 其 主家가 貧窶하야 其 腹을 充키 難하고 且 其 凶獰함을 畏하야 이에 彦立을 放하야 其 自便하는대로 任하니 彦立이 去하기를 不肯하며 曰하되 上典의 家에 使喚이 無하야 足히 任事할 者가 無하거날 我가 엇지 捨去하리오 함이 其 家가 此를 憫하야 更히 任事로써 責치 아니 하얏더라 未幾에 其 主君 某가 病으로 卒하고 家에는 호을로 孤孀과 一女가 有하야 房中에서 號哭할 ᄯ분이오 强近의 親이 無하야 臨視할 者가 無함으로 送終의 具를 準備辦備할 途가 無한지라 彦立이 號哭하다가 進하야 階下에 伏하며 其 未亡人에게 告하되 廳下ᄭᅥ셔 비록 罔極하시나 至親의 可히 恃할만한 者가 無하니 初終大事에 片時가 爲急한지라 엇지 다만 痛哭만 爲하시나잇가 家間什物에 可히 賣할 者가 有하거든 幸히 小人에게 下付하시면 此를 斥賣하야 經紀治喪을 爲코져 하나이다 主母가 이에 衣服器用 等을 盡出하야 彦立에게 付하니 彦立이 此를 携帶하고 卽時 市에 赴하야 錢을 得한 後에 斂襲의 具를 貿하고 又 棺材의 情好한 者를 買하야 此를 擔負하고 棺匠을 召하니 棺匠이 大四板을 負한 것을 見하고 其 膂力을 過人함을 懼하야 敢히 辭치 못하고 來하야 盡心治棺하얏더라 彦立이 ᄯᅩ 諸 隣婦를 招하야 一時에 裁縫을 爲케 하니 送終의 具가 一一精辦됨이 곳 入棺 成服의 等節을 餘憾이 無히 爲하얏더라 彦立이 ᄯᅩ 地師의 有名한 者를 招聘하야 喪家의 孤獨貧窮한

事情을 述하고 近地에 占하기를 請하니 地師가 此를 許함익 彦立이 一馬를 進하고 스사로 控하며 山을 踏할 세 一處에 至하야 地師가 穴을 占하거늘 彦立이 此를 熟視하다가 龍勢 案對 砂水의 疵를 指摘하야 其 合葬치 못할 事로 言함익 言이 甚히 明切하니 地師가 大驚大慚하고 또한 形貌의 凶悍함을 見함익 或 逢辱함을 懼하야 이에 一處에 往하야 可合흔 處를 擇하니 彦立이 또한 可用할 地임을 認하고 主母에게 歸告하야 吉日을 擇하고 靷을 發할 세 喪需凡百을 渠가 다 主張하야 一毫의 遺憾이 無케 하얏더라 主母가 此後로부터 每事를 오즉 彦立에게 委하야 其 謀를 聽하더라 葬을 畢한 後에 彦立이 主母씌 告하되 家主씌셔 下世하신 以後로 家勢가 더욱 零替하야 資生하기 難하니 洛中에셔 居生하기 難한지라 請컨대 鄕里로 歸하야 農業을 營함만 不如한즉 小僕이 맛당히 心을 盡하고 力을 竭하야 決코 飢寒의 憂를 免케 하오리니 如斯한지 數年에 稍히 其 蓄積함을 待야 更히 京城으로 返함이 好할가 하나이다 主母가 또한 其 計를 從하야 이에 家를 賣하고 眷을 挈하야 鄕에 下하니 農理에 明하고 又 勤勉力作하야 土地의 所出이 他人보다 數倍에 達하고 且 隣里에셔 彦立의 志를 嘉尙이 녁여 助役赴事하기를 如恐不及하니 如斯한지 五六年間에 年年히 蓄하야 漸次 家計가 饒足함이 十年을 過하지 못하야 드대여 大富를 成하니라.

25. 사납게 생겼지만 허물 아니고
세상에 드문 충직한 노비 언립(하)

언립이 하루는 주모에게 말하였다.

"아기(阿只)[1]가 지금 장성하여 시집갈 나이가 지난 지 이미 오래입니다. 마땅히 좋은 사위를 찾아 출가시켜야 하지만 이 고을 안에는 문벌이 상대할만한 집이 없으니 경성에 가서 구하는 것만 못합니다. 하온데 아무 마을 아무 댁이 척숙(戚叔)[2]이 되시지요? 소인이 일찍이 그 영감을 뵈었사오니 부인께서 편지를 쓰셔서 좋은 사윗감을 구하신다고 부탁하심이 좋을 듯합니다."

주모가 그 말에 따라 편지를 쓰고 또 선사할 물건을 후히 주었다. 언립이 즉시 경성에 올라가 그 집 주인을 뵙고 글을 주며 온 사유를 고하였다. 그 집은 곧 당시 높은 벼슬아치의 집이었다. 그 주인이 진심으로 널리 구해보겠다고 허락하였다. 그러나 언립이 머무른 지 여러 날이 지나도록 시일을 지체할 뿐이었다. 하등 일이 끝날 기미가 보이지 않았다. 언립이 이에 좋은 배 한 짐을 사서 배장수로 가장하고 사대부가에 들어가서 신랑 재목감을 자세히 살폈다.

하루는 우연히 서소문 밖에 이르러 한 집 문 앞에 도착하였다. 문과 담장이 무너져 빈한한 상황을 가히 알만하였다. 한 총각 수재(秀才)[3]가 언립에게 배 몇 개를 사서 모두 먹고 또 십여 개를 취하여 소매 속에 넣으며 말했다.

---

1) 어린아이를 가리키는 우리 말.
2) 성이 다른 일가 가운데 아저씨뻘 되는 사람.
3) 미혼 남자를 말함.

"배는 좋은데 지금 가전(價錢)[4]이 없으니 나중에 다시 와야지."

언립이 한참을 보다가 그 생긴 모습과 기개가 범상치 않음을 보고 수재에게 물었다.

"여기가 뉘 집이오."

수재가 말하였다.

"이곳은 이 평산(李平山)[5] 집인데 평산공(平山公)이 곧 나의 엄부(嚴父)이지요."

언립이 이에 걸음을 돌려 당초에 납관(納款)[6]하던 벼슬아치 집에 가서 말했다.

"서소문 밖 이 평산댁 낭자(郎子)[7]가 극히 아름답더이다. 청컨대 혼인을 주선해 주시기를 바랍니다."

벼슬아치가 말하였다.

"이 평산은 나의 가까운 벗이네. 그러나 그 아들이 원래 어리석고 단정치 못하며 자랄수록 더욱 경박하고 사치스러워 오직 방랑만 일삼아 사대부가에서 그 소행을 나쁘다고 여겨 아직 정혼치 못하였으니 어찌 이 자를 사위로 삼겠는가."

언립이 간절히 청하였으나 허락하지 않았다. 언립이 이에 부득이 마을로 돌아와 주모에게 고하고 다시 편지 한 장을 만들어 쓸데없는 말은 말고 간절히 청하였다. 벼슬아치가 이에 이 평산의 집에 가서 그 집의 부유함과 규수의 현숙함을 말하여 정혼하기를 청하였다. 이 평산이 바야흐로 혼인이 늦어짐을 근심하던 차에 이 말을 듣고 심히 기뻐하였다. 즉시 연길(涓吉)[8]을 행하니 이 사람이 곧 이시백이었다.

---

4) 물건의 값으로 치른 돈.
5) 이시백의 아버지인 이귀이다. 평산부사를 지냈기에 '평산공'이라고 불렸다.
6) 온 마음을 다하여 좇음.
7) 남의 집의 총각을 점잖게 이르던 말.

시백이 윤씨(尹氏) 집에서 폐백을 받은 뒤로 더욱 온화하고 점잖은
모습은 없고 처신하기를 단정치 않게 하였다. 언립이 홀로 이를 기이하
게 여기며 책책(嘖嘖)[9]히 칭찬하기를 입에서 떼지 않았다. 이러니 주모
도 심히 기뻐하고 좋게 기다리며 필요한 혼수에 지극 정성을 다하였다.

그 후 폐조계해(廢朝癸亥)[10]에 이르러 승평(昇平) 김류(金瑬) 연평(延平)
이귀(李貴) 등이 바야흐로 반정을 꾀하니 이귀는 곧 시백의 아버지다.
언립의 기재와 용력이 절륜함을 듣고 이에 시백으로 하여금 방으로 불
러 들여 함께 거사하기를 계획하고 또 일의 성공 여부를 물으니 언립이
말하였다.

"신하로서 임금을 폐하는 것이니 권하기도 어려운 것이오. 혼란함을
폐하고 밝음을 세우지 않으면 국가가 장차 망하리니 권하지 않기도 또
한 어렵습니다. 그러나 함께 일을 꾀하는 자들이 어떠한 인물인지 알지
못하겠습니다."

시백이 이에 언립을 머물게 하고 거사를 꾀하는 여러 사람들을 모아
언립으로 하여금 두루 보게 하였다. 언립이 보기를 마치더니 말하였다.

"여러 공들이 모두 장군과 재상의 재목입니다. 가히 거사를 성공할
것이지만 소인은 이에 들어가기를 원치 않습니다."

그러고는 사양하고 갔다. 후에 한 달이 지나도록 소식이 막연하였다.
시백이 그 계획을 헤아리지 못하여 깊이 근심하였다. 머지않아 언립이
와서 뵙거늘 그 까닭을 물으니 언립이 대답하였다.

"지난번에 소인이 간 것은 혹 일이 위태할 것을 염려하여 곧 바다로
가 한 섬을 구했는데 세상을 피할만한 땅이었습니다. 만일 일이 성사되

---

8) 혼인 따위의 경사를 위하여 좋은 날을 고르는 일.
9) (여러 사람이) 칭찬하는 모양.
10) 조선 광해군 15년(1623)에 이귀·김류 등 서인(西人) 일파가, 광해군 및 집권파인 대북파
(大北派)를 몰아내고 능양군(綾陽君)인 인조를 즉위시킨 정변인 인조반정을 말함.

지 않는 날에는 상전을 모시고 이 땅에 들어가 살기 위하여 선척(船隻)[11] 까지도 강가에 이미 준비하였습니다."

시백이 매우 기뻐하였다. 인조께서 반정하신 후에 연평 삼부자[12]가 일시에 책훈(策勳)하여 존귀와 영화로움이 비할 바 없게 되었다.

이후로 시백이 더욱 언립의 충성과 지혜로움과 밝은 견식을 인정하고 는 다시는 하인으로 대하지 않았다. 주인집 또한 문서로 하인의 신분을 거두어 공주에서 살게 하였다. 그 운잉(雲仍)[13]이 자못 많아 세상에 전하여 칭찬하는 바가 되었더라.

외사씨 왈: 마음이나 성질이 굳세고 사납기는 하나 의협심은 두터운 것이오, 부드럽고 공손하며 겸손한 덕이 군자에 가까우나 용맹하고 굳건하며 과감한 힘은 결핍한 것이다. 언립이 만일 오직 온순하고 겸손한 성품만 있었다면 어찌 이에 이르겠는가. 그러므로 나는 그 굳세고 사나움으로써 그 사람을 허물치 않으니 이 또한 염희도(廉希道)[14]의 무리인져.

---

11) 배. 사람이나 짐 따위를 싣고 물 위로 떠다니도록 나무나 쇠로 만든 물건.
12) 이귀는 큰 아들 이시백, 작은 아들 이시방(李時昉, 1594~1660)을 데리고 인조반정에 참여했다.
13) 운손(雲孫)과 잉손(仍孫)이라는 뜻으로, 썩 먼 대의 자손을 이르는 말.
14) 생졸년 미상. 조선 후기 여항인(閭巷人). 남인(南人)의 영수로 현종·숙종 때 영의정을 지낸 묵재(默齋) 허적(許積)의 하인이다. 어느 날 길에 떨어진 은(銀)을 주워 주인을 찾아주었는데, 그가 바로 청성부원군(靑城府院君) 김석주(金錫胄)였다. 김석주가 그 행동을 가상히 여겨 도로 가지라 하였으나 끝내 사양하고 받지 않았다. 1680년(숙종 6) 경신대출척(庚申大黜陟)이 일어나 허적이 그의 아들 허견(許堅)과 함께 사사되고 그들과 관련된 인사들이 모두 연좌되어 화를 입을 때 함께 화를 당할 뻔하였으나, 당시 판의금부사(判義禁府事)로 있던 김석주의 도움으로 풀려났다. 그 뒤 김석주의 도움을 받아 장사를 시작하였으며, 김석주의 집 근처에 살면서 늘 허적의 무죄를 호소하였다. 『기인기사록』 하 33화가 염시도(희도)에 대한 내용이다.

二十五. 莫以兇悍咎其人, 忠奴彦立世罕有(下)

彦立이 一日은 又 主母다려 謂하되 阿只가 今에 旣히 長成하야 笄年이 過한지 已久한지라 맛당히 快婿를 覓하야 出嫁치 아니치 못할지라 그러나 此 鄕中에는 門閥이 相敵치 못한 則 可히 써 京城에 往하야 求함만 不如하온대 某 洞 某 宅이 我宅의 戚叔이 되지 아니하나잇가 小人이 일즉 其 令監을 謁하얏스오니 廳下끠셔 一書翰으로써 郎材를 求得할 事로 托하심이 好할듯 하나이다 主母가 其 言을 依하야 書를 作하야 付하고 且 贈遺를 厚히 하니 彦立이 卽時 京城에 上하야 其 家主를 謁하고 書를 納하야 其 事由를 告하니 其 家는 卽 當時 名宦의 家이더라 其 主人이 盡心 廣求하겟다는 意로써 許하나 彦立이 逼留한 지 多日에 오즉 時日을 遷延할 뿐이오 何等 落着이 無한지라 彦立이 이에 佳梨 一擔을 買得하야 스스로 梨商으로 假裝하고 士大夫家에 遍入하야 郎材를 詳察하더니 一日은 偶然히 西小門 外에 至하야 一家의 門前에 着하얏는대 門牆이 頹圮하야 貧寒의 狀況을 可히 知할만한지라 一總角 秀才가 有하야 彦立에게 購得하야 數顆를 連噉하고 또 十餘顆를 取하야 袖中에 入하며 曰 梨는 好하나 今에 更히 價錢이 無하니 後日에 更來하라 彦立이 熟視한 지 良久에 其 狀貌 氣槪가 凡常치 아니함을 見하고 秀才다려 問하되 此가 誰氏宅이뇨 秀才가 答하되 此는 李平山宅인대 平山公이 卽 我의 嚴父로라 彦立이 이에 步를 回하야 當初에 納款하든 名宦家에 往하야 告하되 西小門外 李平山宅은 郎子가 極佳하니 請컨대 媒介定婚하기를 望하느이다 名宦이 曰하되 李平山은 我의 親信흔 友이라 그러나 其 子가 元來 蒙養不端하고 長益浮靡하야 오즉 放浪만 事함으로 士大夫家에셔 其 素行을 惡하야 尙히 定婚치 못하얏스니 엇지 此 子를 用하리오 彦立이 固請하되 許치 아니하는지라 彦立이 이에 不得已 鄕에 歸하야

主母에게 告하고 更히 一札을 製하야 費辭固請하니 名宦이 이에 李
平山家에 往하야 其 家의 富饒함과 閨秀의 賢淑함을 言하야 定婚하
기를 請혼즉 李平山이 바야흐로 婚事의 晚時함을 患하더니 此 言을
聞하고 甚喜하야 卽時 涓吉을 行하니 此가 卽 李時白이더라 時白이
尹氏를 納한 後로 더욱 雍容의 態가 無하고 處身하기를 端正하게 아
니하되 彦立이 獨히 此를 奇하야 嘖嘖히 稱揚하기를 口에 離치 아니
하니 主母가 甚히 喜하며 善히 待하야 所需를 極히 誠을 致하얏더라
其 後 廢朝癸亥에 至하야 昇平金瑬 延平李貴 等이 바야흐로 反正을
圖할시 李貴는 卽 時白의 父이라 彦立의 奇才와 勇力이 絶倫함을
聞하고 이에 時白으로 하야금 深室로 延入하야 同事하기를 謀하고
또 事의 成就與否를 問하니 彦立이 曰하되 臣으로써 君을 廢하는 것
이니 勸기도 難한 것이오 昏을 廢하고 明을 立치 아니하면 國家가 將
次 亡하리니 不勸하기도 亦難한지라 그러나 同事者 等이 如何한 人物
인지 未知하노이다 時白이 이에 彦立을 留하고 同事 諸 人을 會集하
야 彦立으로 하야금 遍觀케 하니 彦立이 看畢에 謂하되 諸公이 모다
將相의 材이라 可히 事를 濟할지니 小人은 此에 立하기를 不願하노니
이다 하고 辭去한 後에 一個月이 過하도록 音信이 漠然하더니 時白이
其 謀를 測치 못하야 深히 慮하더니 未幾에 彦立이 來謁하거날 其
故를 問하니 彦立이 對하되 曩日 小人의 去한 것은 或 事의 危殆할
것을 慮하야 곳 海中에 走入하야 一島를 求得하얏는대 可히 避世할
地이라 萬一 事가 不諧하는 日에는 上典을 陪하고 此 地에 入處하기
爲하야 船隻꼬지도 江上에 旣히 準備하얏나이다 時白이 甚喜하더니
밋 仁祖께서 反正하신 後에 延平의 三父子가 一時에 策勳하야 尊榮
이 無比하얏더라.

　此後로 時白이 더욱 彦立의 忠智明識을 許하야 更히 僮僕으로 待
치 아니하고 主家가 또한 白文方贖하야 公州에 居케 하얏는대 其 雲

仍이 頻多하야 世에 傳稱한 바ㅣ되얏더라.

外史氏 曰 强悍함이 暴에 近하나 義俠心은 富한 것이오 溫恭謙讓의 德이 君子에 近하나 勇毅果敢의 力이 乏한 것이니 彦立이 萬一 오즉 溫順謙讓의 性만 有하얏슬진대 엇지 此에 至하얏스리오 故로 余는 其 强悍으로써 其 人을 咎치 아니하노니 此 亦 廉希道의 類인져.

26. 높은 자리 있으며 교만하면 군자가 아니요, 너에게서 나온 것은 너에게로 돌아간다[1]

기천(沂川) 홍명하(洪命夏, 1607~1667)[2]는 판서(判書) 김좌명(金佐明, 1616
~1671)[3]과 동양위(東陽尉) 신익성(申翊聖, 1588~1644)[4]의 사위였다. 좌명
은 갑오년에 과거에 급제하여 명성과 인망이 매우 떨쳤고 명하는 마흔

---

1) '너에게서 나온 것은 너에게 돌아간다'라는 말은 『맹자』「양혜왕」하에 있는 증자(曾子)
   의 말이다. 추(鄒)나라 목공(穆公)이 맹자에게 '높은 사람들이 싸우다 서른 세 명이나
   죽었는데 백성들은 한 사람도 그들을 위해 죽지 않았다. 백성들을 모조리 벌하자니
   너무 많고 그냥 두자니 이런 일이 또 있을 테니 이를 어찌하면 좋겠냐?'고 묻는다. 맹자는
   백성들이 굶어 죽어도 위에서 재산만 불리지 않았느냐며 증자의 말을 빌려 "네게서
   나온 것이니 네게로 돌아간다.(出乎爾者 反乎爾也)"라 잘라 말한다.

2) 본관은 남양(南陽). 자는 대이(大而), 호는 기천(沂川). 황해도관찰사 홍춘경(洪春卿)의
   증손으로, 할아버지는 이조판서 홍성민(洪聖民)이고, 아버지는 병조참의 홍서익(洪瑞
   翼)이며, 어머니는 심종민(沈宗敏)의 딸이다. 1630년(인조 8) 생원이 되고, 1644년 별시
   문과에 을과로 급제하여, 검열을 거쳐 1646년 문과중시에 병과로 급제한 뒤 규장각대교,
   정언·교리·부수찬·헌납 등을 지냈다. 그 뒤 1649년 이조좌랑으로 암행어사가 되어
   부정한 관리를 적발함에 있어 당대에 이름을 떨쳤다. 그는 또 성리학(性理學)에 조예가
   깊었으며, 특히 효종의 신임이 두터워 효종을 도와 북벌계획을 적극 추진하였고, 박세채
   (朴世采)·윤증(尹拯) 등 명신들을 조정에 천거하였다. 글씨에도 뛰어났다. 순조 때 여주
   의 기천서원(沂川書院)에 배향되었으며, 저서로는 『기천집』이 있다. 시호는 문간(文簡)
   이다.

3) 본관은 청풍(淸風). 자는 일정(一正), 호는 귀계(歸溪) 또는 귀천(歸川). 비(棐)의 증손으
   로, 할아버지는 참봉 흥우(興宇)이고, 아버지는 영의정 육(堉)이며, 어머니는 윤급(尹汲)
   의 딸이다. 1668년 병조판서 겸 수어사가 되어 노량의 대열병(大閱兵)을 시행해 흩어진
   군율을 바로잡았고, 병기·군량을 충실히 하였다. 한때 호조판서가 되어 크게 국비를
   덜어 재정을 윤활하게 하였다. 사람됨이 총명하고 재주가 많았으며 용모가 단정하였다.
   특히, 호조판서가 되자 서리(胥吏)들의 부정이 줄었고, 병조판서가 되니 무사가 존경하
   면서 따를 정도로 군율이 엄격하고 공정했으며, 모든 업무에 과단성이 있고 공정하였다.
   현종의 비인 명성왕후(明聖王后)의 큰아버지인데도 조정에서는 믿고 중용하였다.

4) 본관은 평산(平山)이고, 자는 군석(君奭), 호는 낙전당(樂全堂)·동회거사(東淮居士)로
   영의정 신흠(申欽)의 아들이며, 선조의 부마이다. 정숙옹주(貞淑翁主)와 혼인하여 동양
   위(東陽尉)에 봉해졌다.

의 군한 선비로 가세가 매우 가난하여 동양위 집안에 혹처럼 붙어서 살았다. 그 장모 이하로 집안사람들이 모두 천대하고 처남 신면(申冕, 1607~1652)[5]이 또한 일찍이 과거에 급제하여 명하 대하기를 더욱 업신여겨 늘 노예처럼 보았다.

하루는 명하가 보니 밥상에 꿩 다리를 반찬으로 만든 것이 있었다. 신면이 이를 들어 개에게 던지며 말하였다.

"천인의 밥에 꿩고기가 어찌 가당하겠는가."

명하는 다만 웃음을 머금고 털끝만큼도 노여운 빛을 띠지 않았다. 동양위는 사람을 알아보는 견식이 있었다. 홀로 명하가 비범하고 또한 만년에 크게 현달할 것을 알고는 늘 아들 면을 책망하고 명하에게 마음을 더 주어 특히 은혜와 예의로써 대하였다.

그 동서 김좌명이 처음에 문형(文衡)[6]이 되었을 때였다. 기천이 표문(表文)[7]을 여러 편 지어 좌명에게 보이며 말했다.

"이것으로 과거에 급제할 만한가?"

좌명이 보지도 않고 땅에 던지며 말하였다.

"그대의 소위 표(表)라는 것이 표범의 표(豹)이냐? 범가죽 무늬의 표(彪)이냐."

그러며 꾸짖고 욕하니 기천이 웃으며 말하였다.

"'표(表)'나 '표(豹)'나 그 음은 같으니 하등 불가한 것이 없도다."

---

5) 자 시주(時周). 1624년(인조 2) 생원이 되고 1637년 정시문과(庭試文科)에 급제하여 1642년 이조좌랑·부제학을 거쳐 대사간에 이르렀다. 1651년(효종 2) 송준길(宋浚吉)의 탄핵을 받고 아산(牙山)에 유배되었다가 이듬해 풀려나와 동부승지(同副承旨)에 복관되었으나 김자점(金自點)의 옥사(獄事)가 일어나자 그 일당으로 몰려 국문(鞠問)을 받다가 자결하였다.

6) 저울로 물건을 다는 것과 같이 글을 평가하는 자리라는 뜻에서, '대제학'을 달리 이르던 말.

7) 마음에 품은 생각을 적어서 임금에게 올리는 글.

그리고 천천히 거두어서는 소매 속에 넣었다.

하루는 동양위가 밖에 나갔다가 날이 저물어 귀가하였다. 작은 사랑에서 생황 반주에 맞춰 노래를 부르는 소리가 들렸다. 집안사람에게 물으니 '댁 영감(신면)이 김 참판 영감(김좌명)과 기타 재상 여러 사람들과 더불어 방금 노래판을 벌리고 논다'고 하였다. 동양위가 홍생(洪生, 홍명하)이 자리에 있는지 없는지를 물으니 비자(婢子)가 대답하였다.

"홍생은 홀로 아랫방에서 잠을 잡니다."

동양위가 그 말을 듣고 눈썹을 찡그리며 말했다.

"이 아이들의 일이 실로 난감하구나."

그러고는 즉시 기천을 청하여 물었다.

"자네는 무슨 연유로 놀음에 참여치 않는 겐가?"

기천이 대답하였다.

"재상의 연회에 유생(儒生)이 참여할 수 없으며 하물며 저 이들이 청치 않은 이상에 어찌 불청객이 스스로 가겠습니까?"

동양위가 말하였다.

"그러면 자네는 나와 함께 노는 것이 좋겠다."

그러고 이에 음악을 펼쳐 기쁨을 다하고는 마쳤다. 그 뒤에 동양위가 병을 얻어 장차 죽으려 할 때였다. 기천의 손을 잡고 한 손으로 잔을 들어 권하며 먹으라 말하였다.

"내가 한마디 자네에게 부탁할 말이 있네. 이 잔을 마시고 나의 임종의 말을 듣게나."

기천이 사양하며 말했다.

"어떠한 하교를 하실지 알지 못하오나 원컨대 가르침을 먼저 받들고 뒤에 이 잔을 마시겠습니다."

동양위가 연하여 권하였다.

"이 잔을 마신 뒤에야 내가 말하겠네."

기천이 끝내 마시지 않고 가르침 받들기만 원하였다. 동양위가 이에 잔을 바닥에 던지며 눈물을 머금으며 말했다.

"우리 집안이 망하리로다."

그리고 곧 운명하니 필시 아들을 부탁한다는 말을 하고자 함이었다. 그 뒤에 기천이 과거에 급제하여 십 년 사이에 관직이 영의정에 이르렀다. 신면과 김좌명은 가위 우러러보아도 미치지 못하게 되었다. 훗날 숙종(肅宗) 때에 이르러 신면의 옥사가 이루어져 장차 형벌에 처해질 때였다. 숙종께서 기천에게 신면의 평소 행동과 그 사람됨이 여하한 지를 물으니 기천이 대답하였다.

"신이 서로 안지 수십 년에 아직도 그 사람됨을 알지 못하옵니다."

이로 인하여 신면이 법복(伏法)[8]하였다. 이는 다 기천이 면에게 원망하는 뜻을 품은 지 오래되었기에 말 한마디를 내어 구하지 않아서였다. 기천이 배명(拜相)[9]한 후로 김좌명이 늘 문형의 자리를 맡았다. 연경(燕京)에 올리는 글을 문형이 지어 가져왔다. 사육(四六)[10]을 지어 먼저 대신에게 감정코자함이었다. 기천이 부채로 치며 말하였다.

"표범의 '표(豹)'이냐? 범가죽 무늬의 '표(彪)'이냐?"

이도 또한 평일에 원망하는 마음이 깊어 이를 보복한 것이더라.

외사씨 왈: 신면과 김좌명이 부형의 세력으로 일찍이 과거에 급제하여 겸양(謙讓)을 지키지 못하여 교만하고 자기 마음대로 사람을 가벼이 여겼으니 이는 족히 논할 바 아니다. 그러나 기천의 일로써 보건대 명망 있는 재상으로서 평일에 이미 동양위에게 인정을 받았으니 신면이 죄를

---

8) 형벌에 복종하여 죽임을 당함.
9) 정승으로 임명을 받음.
10) 사륙문(四六文)으로 4자와 6자의 구(句)로 이루어진 문체.

입을 때 마땅히 말 한마디는 해 구해주어야 했다. 장인에게 인격이나 식견을 인정받아 후대 받은 은혜를 보답할 것이거늘 구해주지 않았으며, 또 좌명에게 '표범의 표(豹)이냐? 범가죽 무늬의 표(彪)이냐?'를 되돌려 주었으니 실로 도량이 좁은 행동이라 일컬을 지로다.

二十六. 處高驕人非君子, 出乎爾者反乎爾

洪沂川 命夏가 金判書 佐明으로 더부러 俱히 東陽尉 申翊聖의 女婿이라 佐明은 甲午에 登科하야 聲望이 蔚然하고 命夏는 四十의 窮儒로써 家勢가 甚貧하야 東陽尉門에 贅居하더니 其 外姑 以下로 家人이 皆 賤待하고 妻男 申冕이 쏘한 早年 登科하야 命夏를 待하기를 더욱 薄하게 하야 常히 奴隷로써 視하얏더라 一日은 命夏가 飯을 對함이 雉脚으로 饌을 爲한 者가 有하거날 申冕이 此를 見하고 擧하야 狗에게 投하며 曰 賤人의 食에 雉肉을 安用하리오 하얏는디 命夏는 다만 笑를 含하고 小毫도 怒色을 帶치 아니하얏더라 東陽尉는 知人의 鑑이 有하야 獨히 其 爲人의 非凡함을 知하며 又 晩年에 大히 顯達할 것을 知하야 常히 其 子 冕을 責하고 意를 命夏에게 加하야 特히 恩禮로써 待하얏더라 其 同壻 金佐明이 初에 文衡이 되얏슬 時에 沂川이 數首 表文을 作하야 佐明에게 示하며 曰 此로서 科第를 可做하게나뇨 佐明이 見치 아니하고 地에 擲하며 曰 君의 所謂 表라는 것이 豹이냐 彪이냐 하며 詬辱하니 沂川이 笑하며 曰 表나 豹나 其 音은 相同하니 何等 不可한 者ㅣ 無하도다 하고 徐徐히 收하야 袖中에 藏하얏더라 一日은 東陽尉가 他에 出하얏다가 日이 暮하야 歸하더니 小舍廊에 笙歌의 聲이 有함을 聞하고 家人에게 問한 則 宅令監(申冕)이 金參判 令監(金佐明)과 其他 宰相 數人으로 더부러 方今 樂을 張하고 遊혼다 하거날 東陽尉가 洪生의 在座 與否를 問하니 婢子가 對하되

洪生은 獨히 下房에 在하야 睡하나이다 東陽尉가 言을 聞하고 眉를
蹙하야 曰 兒輩의 事가 實로 可駭하도다 하고 卽時 沂川을 請하야
問하되 汝는 何故로 兒輩의 遊에 參치 아니하나뇨 沂川이 對하되 宰
相의 宴會에 儒生의 可히 參할 바ㅣ 아니며 허믈며 彼等이 請치 아니
하는 以上에 엇지 不請客而自來를 爲하리잇가 東陽尉가 曰하되 그러
면 汝는 我로 더부러 共遊하는 것이 好하다 하고 이에 樂을 張하야
歡을 盡하고 罷하엿더라 其 後 東陽尉가 疾을 구하야 將次 簀을 易할
세 沂川의 手를 執하고 一手로 盃를 擧하야 勸飮하야 曰 吾가 一言으
로써 汝에게 託할 者가 有하니 此 盃를 飮하고 我의 臨終의 言을 聽하
라 沂川이 辭하야 曰 如何한 下敎를 爲하실지 未知이오나 願컨대 敎
示를 先承하고 後에 此 盃를 飮하겟노이다. 東陽尉가 聲을 連하야
勸하되 此 盃를 飮한 後에야 我가 맛당히 言하리라 沂川이 맛참 니
飮치 아니 하고 承敎하기만 願하니 東陽尉가 이에 盃를 地에 擲하며
淚를 含하야 曰 吾 家가 亡하리로다 하고 곳 隕命하니 必是 托子의
言을 爲코자 함이더라 其 後에 沂川이 登第하야 十年의 間에 官이
領議政에 至함이 申冤과 金佐明의는 可謂 仰望不及이 되얏더라 後
肅宗朝에 至하야 申冤의 獄事가 成하야 將次 誅에 伏할 세 肅宗셔서
沂川다려 申冤의 平日素行과 其 爲人의 如何를 問하시니 沂川이 對
하되 臣이 相知한지 數十年에 尙히 其 爲人의 如何를 不知하노이다
此로 因하야 申冤이 이에 伏法하니 此는 다 沂川이 冤에게 含憾함이
久하얏슴으로 一言을 出하야 此를 救치 아니함이더라 沂川이 拜相한
後로 金佐明이 尙히 文衡의 任을 帶하얏는대 燕京奏文을 文衡이 此
를 製進하되 四六으로써 爲하야 먼져 大臣에게 鑑定코자하니 沂川이
扇으로써 揚하며 曰「豹乎 彪乎」아 하얏는대 此도 쏘한 平日에 含憾
함이 深하야 此를 報復코자 함이더라.

　　外史氏 曰 申冤가 金佐明이 父兄의 勢로 早年 登第하야 謙讓의

節을 不守하고 驕傲自恣하야 人을 輕히 하얏스니 此는 足히 論할 배
안이나 沂川의 事로써 觀하건대 德望이 有한 名相으로써 平日에 旣히
東陽尉에 受知한 배 되얏슨 則 申冕이 被誅할 時에 宜히 一言으로써
救하야 其 外舅 知遇의 恩을 報할 것이어날 此 擧에 出치 안이 하얏스
며 又 佐明에게「豹乎 彪乎」로써 反함과 如함은 實로 量狹한 事라
謂할지로다.

27. 처음엔 성 진사를 위해 넓적다리 지지고
후에는 이 장군을 위하여 손가락 자르다

강계(江界)[1] 기생에 무운(巫雲)이라는 여인이 있었다. 자색과 재예가 일세에 이름을 드날렸다. 경성에 사는 성 진사(成進士)라는 자가 있는데 우연히 하래(下來)[2]하였다가 무운과 정을 통하여 애정이 매우 돈독하였다. 집으로 돌아갈 날짜가 박두하자 피차가 그리워 애태워하는 마음이 깊어 서로 이별하기를 차마 못하였다.

무운이 성생(成生, 성 진사)을 보낸 뒤로 '미타(靡他)하기로 시심(矢心)하여'[3] 이에 쑥으로 양 넓적다리의 살을 지져 악성 종기 자국을 만들고 악질(惡質)이 있다 핑계를 대었다. 이 때문에 관가에 한 번도 수청든 일이 없었다.

그 후에 대장(大將) 이경(李敬懋, 1728~1799)[4]이 강계에 와 진을 치고 있을 때에 무운을 불러 가까이 두고자 하였다. 무운이 상처를 풀어 보이며 말하였다.

"첩이 악질이 있으니 어찌 감히 가까이 모시겠는지요."

"경무가 말하였다.

---

1) 평안북도 강계군에 있는 고을이다. 명승지로 관서 팔경의 하나인 인풍루를 비롯하여 망미정, 북천루 따위가 있다.

2) 서울에서 시골로 내려옴.

3) 『시경』「백주」편에 나오는 구절이다. 원문은 "之死矢靡他"로 죽음에 이르러도 딴마음 없음을 맹세한다는 의미이다. '矢'는 맹세하다이고 '靡他'는 다른 마음이 없다(無二心)는 말로 마음이 변하지 않음을 뜻한다.

4) 본관은 전주(全州), 자는 사직(士直)이다. 1751년 무과에 급제하여 전라도 좌수사로 재임 중 혹정(酷政)하였다는 사헌부의 탄핵으로 파직되었으나 승지로 재등용되었고 이후 황해도 병사에 임명되었다. 이후 여사대장(輿士大將), 경기도 수사(水使), 금군별장, 삼도수군통제사, 어영대장, 포도대장 등 여러 관직을 거쳤다.

"그러면 너는 내 앞에 있으며 사환을 하거라."

이로부터 매일 관청을 지키다가 밤에는 반드시 물러 나왔다. 이와 같이 한 지 사오 개월을 지내었다.

하루는 밤에 무운이 홀연 경무의 앞에 가 말하였다.

"첩이 오늘 밤에는 잠자리 모시기를 원합니다."

경무가 말하였다.

"네가 이미 악질이 있다 하더니 어찌 시침하려느냐?"

무운이 말하였다.

"이것은 첩이 성 진사를 위하여 수절하려 쑥으로 지져 남들이 가까이 오는 것을 피하려 한 것입니다. 사또를 뫼신 지 여러 달에 온갖 행동을 자세히 살펴 뵈오니 사또는 실로 대장부십니다. 첩이 이미 기생 퇴물인데 사또와 같은 호걸남자를 대하여 어찌 마음이 동하지 않겠는지요."

경무가 웃으며 이를 허락하고 이로부터 날마다 매일 가까이 지내었다. 후에 과기(瓜期)[5]가 차서 장차 체귀(遞歸)[6]할 때였다. 무운이 따라가기를 원하니 경무가 허락지 않고 말하였다.

"내가 두 첩이 있는데 네가 또 따라가면 심히 편치 못하다."

그러한 즉 무운이 말하였다.

"그러면 첩이 사또를 위하야 절개를 지키겠습니다."

경무가 웃으며 말하였다.

"수절이라 함은 네가 성 진사를 위하야 수절하듯 하겠느냐."

무운이 몹시 성낸 빛을 보이며 홀연 패도를 들어 왼쪽 손의 무명지를 잘랐다. 경무가 놀라 탄식하여 함께 데려가려 하니 무운이 이를 따르지

---

5) ①기한이 다함. ②여자의 나이가 십오륙 세에 달하여 출가(出嫁)할 시기가 됨. ③관리의 임기가 다함. 여기서는 ③으로 오이가 익을 무렵에 부임했다가 이듬해에 오이가 익을 때 교대한다는 뜻에서 나온 말이다. 유사어로 과만(瓜滿). 과한(瓜限). 사만(仕滿)이 있다.

6) 벼슬을 내어 놓고 돌아옴.

않고 작별하였다.

그 뒤 십 년이 지났다. 경무가 훈련대장으로 성진(城津)[7]에 보직을 받았다. 이때 조정에서 성진을 신설하고 숙장(宿將)[8]의 중망이 있는 사람으로 임명한 것이었다. 경무가 혼자 말을 타고 부임하였다. 성진은 강계와 경계는 인접하였으나 거리는 삼백여 리였다.

하루는 무운이 왔다 아뢰거늘 경무가 흔연히 맞아 소식이 오랫동안 막힌 회포를 풀고 함께 살았다. 밤에 가까이하니 저사(抵死)[9]하고 물리쳤다. 경무가 그 연유를 물으니 무운이 대답하였다.

"사또를 위하여 수절하려 합니다."

경무가 말하였다.

"네가 이미 나를 위하여 절개를 지킨다 하면서 어찌 나를 막는 것이냐?"

무운이 대답하였다.

"첩이 이미 남자를 가까이 않기로 마음에 맹서하였으니 비록 사또라도 가까이하지 못합니다. 만일 가까이하는 날에는 이것이 곧 훼절입니다."

그리고 굳게 말하고는 듣지 않았다. 이와 같이 함께 산 지 일 년여를 지냈으나 끝내 서로 가까이하지 않았다. 그 뒤, 체귀함에 이르러 무운이 또 그 집으로 (가자는 말을) 사양하고 돌아갔다. 그 후에 경무가 죽었다는 말을 듣고 경성 상가에 달려가 상례를 지낸 후에 곧 내려가 백운대사(白雲大師)라 스스로를 부르고 그 집에서 늙어 죽었다.

---

7) 함경북도의 남쪽 끝에 있는 고을.
8) 늙고 공로가 많은 장수. 또는 경험이 많아 군사 지식이 풍부한 장수.
9) 죽기를 작정하고 저항한다는 의미로 저사위한(抵死爲限)의 준말.

二十七. 初爲成生灸其肉, 後以李將斷其指

江界妓에 巫雲이라 하는 者가 有하니 姿色과 才藝가 一世에 擅名하얏더라 京城에 居하는 成進士라는 者가 有하야 偶然히 下來하얏다가 巫雲으로 더부러 情을 通하야 恩愛가 甚篤하더니 밋 還歸함에 及하야 彼此가 戀戀하야 相捨하기를 不忍하더니 巫雲이 成生을 送한 後로 靡他하기로 矢心하야 이에 艾로써 兩股肉을 灸하야 瘡痕을 作하고 惡疾이 有하다 托言하니 此 故로써 前後 官家에 一次도 守廳한 事가 無하얏더라 其 後 李大將 敬懋가 江界에 來鎭할 時에 巫雲을 招하야 近하고져 하니 巫雲이 瘡處를 解示하며 曰 妾이 惡疾이 有하오니 엇지 敢히 近前함을 得하리잇가 敬懋가 曰하되 그러면 汝는 我의 前에 在하야 使喚의 事를 爲하라 하고 此로 從하야 每日 廳을 守하고 夜에는 반다시 退하야 如是한지 四五個月을 過하얏는대 一日의 夜에는 巫雲이 忽然 前에 近하며 曰 妾이 今夜에는 侍寢하기를 願하노이다 敬懋ㅣ 曰하되 汝가 旣히 惡疾이 有하다 하니 엇지 侍寢함을 得하리오 巫雲이 對하되 此는 妾이 成進士를 爲하야 守節하기 爲하야 艾로써 灸하고 人의 侵近함을 避코져 함이더니 使道를 侍한지 數月에 凡百을 微察하오니 使道는 實로 大丈夫시라 妾이 旣히 妓物인즉 使道와 如한 豪傑男子에 對하야 엇지 心이 動치 아니하리가 敬懋가 笑하며 此를 許하고 此로 從하야 每日 狎昵하더니 後에 瓜期가 滿하야 將次 遞歸할 셰 巫雲이 從하기를 願하니 敬懋가 許치 아니하야 曰 我가 兩妾이 有한대 汝가 또 隨去하면 甚히 不緊하다 한 則 巫雲이 曰하되 그러면 妾이 使道를 爲하야 節을 守하겟나이다 敬懋가 笑하며 守節이라함은 汝가 成進士를 爲하야 守節하듯 하겟나뇨 巫雲이 勃然이 色을 作하며 忽然 佩刀를 因하야 左手의 第四指를 斷하거늘 敬懋가 驚嘆하야 率去코져 한 則 巫雲이 此를 不從하고 因하야 作別하얏

더니 後十年에 敬懋가 訓將으로 城津에 補하얏는대 此時 朝廷에셔
城津을 新設하고 宿將의 重望이 有흔 人으로 鎭함이더라 敬懋가 單
騎로 赴任하니 城津이 江界와 界는 接하얏스나 距離는 三百餘里라
一日은 巫雲이 來謁하거늘 敬懋가 欣然히 逢迎하야 久阻의 懷를 敍
하고 더부러 同處할시 夜에 近코져 한즉 抵死 牢却하는지라 敬懋가
其 故를 問하니 巫雲이 對하되 使道를 爲하야 守節코져 하나이다 敬
懋 曰 汝가 旣히 我를 爲하야 節을 守한다 하면 엇지 我를 据하나뇨
巫雲이 對하되 妾이 旣히 男子를 不近하기로 心에 矢하얏사오니 비록
使道라도 可近치 못할지라 萬一 近하는 日에는 此가 곳 毁節함이니이
다 하고 堅辭 不聽하며 如是히 同處한지 一年有餘에 맛참니 相近치
아니하얏더라 其 後 遞歸함에 及하야 巫雲이 又 渠家로 辭歸하얏다가
其 後 敬懋가 卒함을 聞하고 京城에 上하야 喪에 奔하고 喪禮를 過한
後에 곳 下去하야 白雲大師라 自號하고 因하야 其 家에 終老하니라.

28. 천하이인 늘 있는 게 아니거늘,
세속에서 삶 마쳐 애석한 곽생

곽사한(郭思漢)은 현풍(玄風)[1] 사람이니 망우당(忘憂堂)[2]의 후손이다. 어렸을 때부터 학업을 닦더니 일찍이 이인을 만나 천문(天文), 지리(地理), 음양(陰陽) 등 책을 훤하게 꿰뚫어 알았다.

그러나 가세가 심히 가난하였다. 그 부모 산소가 부근 산기슭에 있는데 땔나무를 하고 가축치는 아이들이 날마다 들어와 금양(禁養)[3]하기 어려웠다. 하루는 산에 가 푯말을 세우고 그 앞에다 글을 써놓았다.

"누구나 혹 이 푯말 안에 들어가면 반드시 불측의 화를 입을 것이니 가까이하지 말라."

이러하였는데 산촌의 나무하는 아이와 가축치는 아이들은 모두 이를 비웃었다. 그중에 완악(頑惡)[4]한 자가 있었다. 그 산 아래에서 나무를 하다가 고의로 푯말 안에 나무를 베었다. 홀연 천선지전(天旋地轉)[5]하고 비바람이 크게 일어나며 칼과 창이 촘촘히 늘어서 위태로움이 아슬아슬하였다. 나무꾼이 크게 놀라 정신이 혼미하고 넋이 나가 땅에 엎드렸다. 그 근처에 있는 사람이 이를 보고 크게 놀라 그 집으로 급히 가서 재난을 만난 이유를 고하였다. 그 나무꾼의 아버지가 놀라 당황하여 곽생을 찾아보고 여러 방면으로 애걸하였다. 곽생이 노하여 말했다.

"내가 정녕히 효칙(曉飭)[6]하였거늘 내 뜻을 따르지 않고 스스로 죽음에

---

1) 현재 대구광역시 달성 지역의 옛 지명.
2) 곽재우(郭再祐, 1552~1617)로 임진왜란 때의 의병장이다.
3) 나무나 풀 등을 베지 못하게 말림.
4) 성질이 억세게 고집스럽고 사납다.
5) 하늘은 돌고 땅은 구른다. 하늘과 땅이 핑핑 돈다. 정신이 현란함의 비유.

나아갔거늘 이제 어찌 와서 나를 괴롭게 하느냐. 나는 알지 못하겠다."

그 아비가 애걸하기를 그치지 않으니 곽생이 이에 부득이한 모양이었다. 그 아비와 함께 가서 서서히 구출하니 차후로는 부근의 마을사람들이 감히 가까이 가지 못하였다.

하루는 중부(仲父)[7]가 병이 중하여 치료하기 어려워지자 의원이 말하였다.

"상품(上品) 산삼을 구하면 낫겠습니다."

종제(從弟)[8]가 와서는 간절히 말했다.

"형님의 품은 재주는 아우가 자세히 압니다. 만일 빠른 시일에 산삼을 구하여 병세를 바로잡아 돌이키면 어찌 천만다행이 아니겠는지요."

곽생이 이를 허락하고 그 종제와 함께 뒷동산 기슭에 올라가 한곳에 이르렀다. 소나무 그늘아래에 한 평평한 곳이 있고 언덕 위가 곧 삼밭이었다. 가장 큰 것 세 뿌리를 골라 캐서 돌아온 후에 약으로 쓰게 하였다. 그러고는 종제에게 경계하여 이 일을 발설하지 말고 또 다시 채취할 생각도 하지 말라고 하였다.

그 종제가 이를 허락하고 급히 집으로 돌아가 전용(煎用)[9]하니 과연 약효를 얻었다. 그런데 그 종제가 삼을 채취하여 돌아갈 때에 그 길을 눈여겨 자세히 보았다. 그 후에 곽생이 출타한 틈을 타서 삼을 채취한 곳에 가 보니 접때의 그곳이 아니었다. 몹시 놀랍고 의아스러워 곽생에게 이 사유를 고하니 곽생이 말했다.

"접때 간 곳은 곧 두류산(頭流山)[10]이라. 어찌 그 땅을 밟겠는가. 이러

---

6) 잘못을 저지르지 아니하도록 미리 잘 타일러 경계함.
7) 작은 아버지.
8) 사촌 동생.
9) 약재 등을 끓여서 사용하는 것임.
10) 경상남도, 전라남도, 전라북도에 걸쳐 있는 지리산(智異山)의 이칭으로 백두대간이 흘

한 망령된 생각을 하지 말어라."

하루는 집 안에 있는데 월방(越房)[11]을 깨끗이 청소하고 아내에게 말하였다.

"내가 방 안에서 사나흘 간 있을 이유가 있으니 문을 열지 말고 또 엿보지도 말라. 기간을 정한 날에 내가 스스로 나올 거요."

그리고 방으로 들어가 문을 잠갔다. 집안사람들이 그 말을 따라 감히 문을 열지 못하였는데 며칠 뒤에 아내가 창틈으로 엿보았다. 방 안은 큰 강으로 변하였고 강상에는 누각이 있는데 곽생이 그 누각 위에 앉아서 가야금을 타고 학창의(鶴氅衣)를 입은 뒤 오륙 인이 대좌하였다. 그 아래에는 하상(霞裳)[12]과 무의(霧衣)[13]를 입은 여자가 일어나 춤을 추었다. 그 아내가 심히 놀랍고 기이하게 여겼는데 기한한 날에 생이 나와서 아내를 크게 책망하였다.

한 벗이 있었는데 만고의 명장 등을 얻어 볼까함을 청하니 곽생이 말하였다.

"이것은 어렵지 않으나 그대의 기백이 능히 받아들이지 못하여 도리어 병을 얻을까 두렵네."

그 벗이 여전히 간청하기를 그치지 않으니 곽생이 부득이 벗에게 자기의 허리를 잡게 하고는 말하였다.

"두 눈을 꼭 감았다 내 말을 기다렸다 뜨게나."

벗이 그 말대로 한 즉, 두 귓가로 다만 바람 소리만 들릴 따름이었다. 잠시 있다가 눈을 뜨라고 하였다. 벗이 눈을 뜨자 천 길 낭떠러지 위에 자기가 있었다. 곽생이 의관을 바로잡고 어떤 자를 불러 지휘하더니

러왔다는 뜻으로 붙인 이름이다. 신성한 산이다.
11) 건넌방.
12) 신녀(神女)들이 입는다는 자줏빛 안개 무늬가 있는 치마이다.
13) 신녀들이 입는다는 안개로 지은 옷이다.

홀연 광풍이 크게 일어나며 무수한 신장(神將)이 공중에서 내려왔다. 진나라, 한나라, 당나라, 송나라의 명장들로 위풍이 늠름하고 모습이 당당하였다. 그 사람이 넋을 잃고 곽생 곁에 엎드리니 생이 신장들을 물리쳐 보내고 그 사람이 깨어나기를 기다려 말하였다.

"내가 말하지 않았는가. 그대의 기백이 이와 같아서야 어찌 병을 얻지 않겠느냐고."

그러고 이에 올 때와 같이 집으로 돌아왔다. 벗은 경패증(驚悖症)[14]을 얻어 오래지 않아 죽었고 곽생은 나이 팔십에 이르도록 강건하기 소년과 같더니 하루는 병 없이 앉은 채로 죽었다고 하더라.

二十八. 天下異人不常有, 可惜郭生終林泉

郭思漢은 玄風人이니 忘憂堂의 後孫이라 少時에 學業을 修하더니 曾히 異人을 遇하야 天文 地理 陰陽 等書를 通曉하얏더라 그러나 家勢가 甚貧하야 其 親山이 附近의 山麓에 在한더 樵牧이 日侵하야 禁養하기 難한지라 一日은 山下를 周行하야 標木을 立하고 其 前面에 書하되 「人이 或 此 標木에 入하면 必然 不測의 禍를 被하리니 此에 近치 말나」 하얏는더 山村의 樵童 牧[15]竪 等은 皆 此를 冷笑하고 其 中에 頑惡한 者가 有하야 其 山下에서 樵採하다가 故意로 標木 內에 入하야 木을 伐하더니 忽然 天旋地轉하고 風雨가 大作하며 劍戟이 森列하야 危가 一髮에 在함이 樵夫가 大驚하야 魂이 迷하고 魄이 散하야 地上에 仆하얏는더 其 近處에 在한 人이 此를 見하고 大驚하야 其 家로 急히 往하야 遭難한 事由를 告하니 其 父가 驚惶하야

---

14) 놀라 두려워하는 증세.

15) 원문에는 '收'로 되어 있다. 문맥을 고려하여 '牧'으로 바로 잡았다.

郭生을 見하고 百般으로 哀乞한 則 郭生이 怒하되 我가 丁寧히 曉飭하얏거늘 我 意를 遵치 아니하고 스사로 死에 就하얏거날 今에 엇지 來하야 我를 苦惱케 하나뇨 我는 不知하노라 其 父가 哀乞하기를 不已하니 郭生이 이에 不得已한 貌樣으로 其 父와 同往하야 徐徐히 救出하니 此後로는 附近의 村民이 敢히 近치 못하얏더라 一日은 其 仲父가 病이 重하야 難治함에 至함이 一醫가 云하되 上品 山蔘을 得하면 可히 써 治療함을 得하리라 하는지라 其 從弟가 來懇하야 曰 吾兄의 抱才는 弟의 稔知하는 바이라 萬一 幾根의 山蔘을 得하야 病勢를 挽回하면 엇지 萬幸이 아니리오 郭生이 此를 許하고 其 從弟로 더부러 後麓에 登하야 一處에 至하니 松陰下에 一平原이 有하고 原上이 곳 蔘田이라 其 最大한 者 三根을 擇하야 採歸한 後에 藥用을 作케 하고 其 後 從弟를 戒하되 此事를 發說하지 말고 又 更採할 意를 生치 말라 하얏더니 其 從弟가 此를 許諾하고 急히 歸家 煎用하야 果然 藥效를 得하얏더라 그런디 其 從弟가 蔘을 採하야 歸할 時에 其 路를 熟視한 故로 其 後에 郭生의 出他함을 乘하야 其 採蔘處에 往見한 則 向日의 見하든 處가 아니라 甚히 驚訝하야 郭生에게 此事由를 告하니 郭生이 曰하되 向日에 往하얏든 處는 卽 頭流山이라 엇지 其 境을 躡하리오 此等 妄念을 生치 말라 하얏더라 一日은 家中에 在하야 越房을 精掃하고 其 妻다려 謂하되 我가 房中에 在하야 三四日間 事故가 有하니 戶를 開치 말고 又 窺치 말나 限日에 我가 스사로 出來하리라 하고 因하야 入室閉戶하거날 家人이 其 言을 依하야 敢히 戶를 開치 못하더니 後數日에 其 妻가 窓隙으로 窺視한 則 房中에 一大江을 變做하고 江上에는 樓閣이 有한디 郭生이 其 閣上에 坐하야 琴을 彈하고 鶴氅衣를 披한 後 五六人이 對坐하고 其 下에는 霞裳霧衣의 女子가 起舞하는지라 其 妻가 甚히 驚異하얏더니 其 期日에 生이 出하야 其 妻를 大責하얏더라 一友가 有하야 萬古名將 等을 得

見함을 請하니 生이 曰하되 此가 不難하나 君의 氣魄이 能當치 못하야 反히 害를 受할가 恐하노라 其 友가 尙히 懇請 不已하거늘 生이 不得已 其 友로 하야금 自己의 腰를 抱住케 하고 謂하되 兩眼을 緊閉하얏다가 我言을 待하야 開하라 友가 其 言을 依한즉 兩 耳邊에 다만 風聲만 聞할 싸름이라 而已오 眼을 開하라 흠이 友가 開한즉 千仞岡 上에 自己가 在하얏는대 郭生이 衣冠을 整하고 何者인지 指揮呼名하더니 忽然 狂風이 大作하며 無數 神將이 空中으로 從하야 下來하니 秦漢唐宋의 名將으로 威風이 凜凜하고 狀貌가 堂堂한지라 其 人이 失魂하고 郭生 側에 伏하더니 生이 退送하고 其 人의 醒을 待하야 言하되 我가 엇지 云치 아니하얏는가 君의 氣魄이 如此하고 엇지 病을 得치 아니하리오 하고 이에 來時와 如히 歸家하얏더니 友는 驚悸症을 得하야 不久에 死하고 郭生은 年이 八十에 至하도록 康健하기 少年과 如하더니 一日은 無病坐化하얏다 云하니라.

29. 하루아침에 천고의 한을 씻으니, 하늘은 인간보복 이치를 밝히다

김(金) 상국(相國) 아무개가 어렸을 적에 친구 여러 사람들과 백련암(白蓮庵)[1] 아래 영월암(映月庵)[2]에서 독서를 하였다. 하루는 친구들이 일이 있어 귀가하고 김 상국이 홀로 암자에 있었다. 밤 깊도록 불 밝히고 독서하기를 그치지 않는데 갑자기 창밖에서 여자 곡성이 들렸다. 그 소리가 원망이 서린 것도 같고 하소연하는 것도 같아 공(公)이 심히 괴이하고 의아하여 자리를 움직이지 않고는 물었다.

"귀신이냐? 사람이냐?"

그러자 그 여자가 길게 탄식하고는 대답하였다.

"저는 과연 귀신입니다."

공이 말하였다.

"저승과 이승이 이미 갈라졌거늘 어찌 와서 남을 놀리는 것이냐?"

그 여자가 대답하였다.

"제가 전생의 원통함을 하소연할 일이 있습니다. 공이 아니면 이 철천지 원한을 풀지 못하기에 감히 존위(尊威)[3]를 무릅쓰고 왔습니다."

공이 이에 문을 열고 보니 그 모습은 보이지 않고 다만 공중에서 말을 전하였다.

"모습을 드러내면 공이 놀라실까 두렵습니다."

공이 "모습을 보이라." 하고 말을 마치자 젊은 아낙네가 머리를 풀어

---

1) 현재의 경기도 용인시 포곡면 가실리 산43에 있는 절이 아닌가 한다.

2) 경기도 이천시 관고동 438번지에 있는 절이 아닌가 한다.

3) 감히 범할 수 없는 높은 위엄.

헤치고 피를 흘리며 앞에 섰다.

공이 물었다.

"무슨 원한을 하소연하려는 게요?"

여자가 대답하였다.

"저는 역관(譯官)의 딸로 아무개 역관에게 시집갔습니다. 혼인한지 얼마 되지 않아 가부(家夫)[4]가 음부(淫婦)[5]에게 빠져 꾸짖고 구타하지 않는 날이 없었습니다. 끝내는 음부의 참언(讒言)[6]을 믿고 저에게 순분(鶉奔)의 행실[7]이 있다며 한밤중에 칼로 저를 찔러 죽이고 시신을 영월암 절벽 사이에 버렸습니다. 그러한 후에 제 부모를 속여 제가 음분(淫奔)의 행실이 있어서 밤을 틈타 도주한 것으로 거짓 꾸몄습니다. 제가 비명에 죽은 것도 실로 원통하거니와 하물며 청백(淸白)한 몸에 불결한 죄명을 뒤집어썼으니 천고천양(千古泉壤)[8]에 이 원한을 씻기가 어렵습니다. 다행히도 공과 같은 영명한 호걸에게 이를 부탁하여 이 천고의 원한을 씻을까 합니다."

공이 말하였다.

"부인의 원통함은 실로 애달프나 나와 같은 백면서생이 어찌 이를 해결할 수 있겠소."

여자가 말하였다.

"공이 아무 해에 반드시 과거에 급제하시고 형조참판(刑曹參判)에 제

---

4) 남에게 자기 남편을 이르는 말.
5) 음란한 여인.
6) 거짓으로 꾸며서 다른 사람을 헐뜯어 일러바치는 말.
7) 여인의 음란한 행실로『시경(詩經)』「용풍(鄘風)」'순분(鶉奔)'에, "메추리는 서로 짝을 지어 다정하게 날고 까치도 서로 짝을 지어 다정하게 나는구나.(鶉之奔奔 鵲之彊彊)"라고 한 데서 온 말이다. 위(衛)나라 사람들이 선강(宣姜)의 음란함을 풍자하면서 메추리나 까치만도 못하다 하였다.
8) 영원한 저승.

수되실 것입니다. 추조(秋曹)[9]는 형옥(刑獄)[10]의 관리입니다. 이때 즈음에 다행히 저를 위하여 원통함을 풀어주신다면 구천(九泉)에 가서라도 은덕을 갚겠습니다."

공이 이를 허락하니 그 여자가 돌아갔다.

다음 날 아침에 여자가 말하던 곳에 가보니 절벽 사이에 과연 한 여자의 시체가 있었다. 어젯밤에 들은 바와 같았다. 선혈이 흥건히 흘러 방금 죽어 얼굴이 살아있는 것 같았다.

공이 한참을 멍하니 있었다.

그러고는 돌아가 전과 같이 글을 읽고 비밀히 발설하지 않았다.

몇 해 후에 과연 귀신의 말과 같이 과거에 급제하여 오래지 않아 형조참판으로 제수되었다. 늘 원통한 귀신이 하소연하였던 이야기를 잘 기억해 두었기에 즉시 관아에 부임하여 자리를 배설하고 아무개 역관을 잡아다가 사실을 캐물었다.

"너는 영월암 기슭에서 원통하게 죽은 여인을 아느냐?"

그 사람이 저뢰(抵賴)[11]하여 승복하지 않으니 곧 영월암에 함께 가서 시체를 꺼내어 보이니 그때서야 죄를 자백하였다. 이에 원통한 여인의 부모를 불러 후히 매장케 하고 그 역관 부부는 즉시 사형에 처하였다. 그날 밤에 그 여자 귀신이 다시 창밖에 와서 울며 무수히 사례하였는데, 빈발(鬢髮)[12]이 정돈되고 의복이 정결하여 예전의 모습이 아니었다.

공이 얼굴빛을 바로잡고 그 마음을 위로하고 다시 앞일을 물으니 여자가 대답하였다.

"공이 아무 관직과 아무 해 아무 일을 거치고 또 아무 해에 이르러서

---

9) 형벌이 가을 서리와 같다는 뜻으로 '형조(刑曹)'를 달리 이르던 말.
10) 형벌과 감옥을 아울러 이르던 말.
11) 변명하여 신문에 복종하지 않음.
12) 살쩍과 머리털을 아울러 이르는 말.

는 지위가 대관(大官)에 올라 영화와 부귀가 극에 달할 것입니다. 또 나라를 위하여 한번 죽음을 바친 뒤에 영명(令名)[13]이 무궁하고 자손이 크게 창설할 것입니다."

그러고는 즉시 사거(辭去)[14]하였다.

그 뒤 공이 평생을 묵묵히 그것을 속으로만 알았는데 부계(符契)[15]처럼 조금도 차이가 없었다. 과연 아무 해에 이르러 마침내 당론(黨論)에 의해 죽고 아름다운 명성을 드리웠다고 말하더라.

二十九. 一朝洗盡千古恨, 人間報復天理昭

金相國 某가 少時에 親友 數人으로 더부러 白蓮庵 下 映月庵에서 讀書하더니 一日은 親友가 다 事故가 有하야 歸家하고 金相國이 獨히 寺에 在하야 夜가 深토록 燭을 明하고 讀書하기를 不撤하더니 忽然 戶外에서 女子의 哭聲이 有하야 如怨如訴하거늘 公이 甚히 怪訝하야 坐處를 動치 안이하고 問하되 鬼이냐 人이냐 한 則 其 女子가 長吁一聲에 對하되 我는 果然 鬼로라 公이 語하되 幽明이 旣殊하거늘 엇지 來하야 揶揄하나뇨 其 女子가 對하여 妾이 前生의 業冤을 訴할 事가 有하온디 公이 안이면 此 徹天의 恨을 解치 못할 것임으로 敢히 尊威을 冒하고 來하얏나이다 公이 이에 戶를 排하고 視하니 其 處는 現하지 안코 다만 空中에서 言을 傳하되 現形하면 公이 驚動할 가 慮하노라 公이 現하라 한 則 言罷에 少婦가 髮을 披하고 血을 流하

---

13) 좋은 명성이나 명예.

14) 인사를 하고 떠나감.

15) 나무 조각이나 두꺼운 종잇조각에 글자를 새기거나 쓰고 증인(證印)을 찍은 뒤에 두 조각으로 쪼개어 한 조각은 상대에게 주고 다른 조각은 자기가 보관하여 서로 맞추어 증거로 삼은 물건. 부절(符節)과 같은 말로 '꼭 들어맞는 말'이란 뜻.

야 前에 立하거늘 公이 問하되 何冤을 訴하려 하나뇨 女子가 對하되
妾은 譯官의 女로 某 譯官에게 出嫁하얏더니 婚한지 未幾에 家夫가
淫婦에게 沈惑하야 罵之毆之를 無所不至하다가 終也에는 淫婦의 讒
言을 信하고 妾다려 鶉奔의 行이 有하다 하야 夜半에 劍으로써 妾을
刺하야 殺하고 屍身을 映月庵 絶壁間에 棄한 後에 妾의 父母를 給하
야 妾이 淫奔의 行이 有하야 乘夜 逃走한 樣으로 假飾하얏스니 妾이
非命에 死흔 것도 實로 冤痛하거니와 허물며 淸白흔 身上에 不潔한
罪名을 蒙하얏스니 千古泉壤에 此 冤을 洗하기 難한지라 幸히 公과
如한 英明한 豪傑에게 此를 託하야 此 千古의 冤恨을 雪하려 하나이
다 公이 曰하되 夫人의 冤은 實로 矜惻하나 我와 如한 白面書生이
엇지 此를 解함을 得할고 女가 曰하되 公이 某年에 반다시 登科하고
刑曹參判을 拜하리니 秋曹는 刑獄의 官이라 此時에 際하야 幸히 妾
을 爲하야 雪冤하시면 九泉의 下에셔 德을 報하려 하나이다 公이 此
를 許하니 其 女子가 辭去하는지라 翌朝에 女가 言하든 바 絶壁間을
往視하니 果然 一 女屍가 有하야 昨夜에 視하던 바와 同한디 鮮血이
淋漓하야 新死함과 如하고 面目은 生함과 如한지라 公이 憮然하기를
不已하다가 室로 返하야 前과 如히 書를 讀하고 秘不發說하얏는디
數年後에 果然 鬼의 言과 如히 科에 登하고 未幾에 刑曹參判으로
陞拜한지라 常히 冤鬼의 訴하얏던 바를 牢記하얏슴으로 卽時 衙에
赴하야 坐를 設하고 某 譯官을 捉致訊問하되 汝가 映月庵 麓에 冤死
한 女를 知하나뇨 其 人이 抵賴不服하거늘 곳 映月庵에 同往하야 屍
體를 出하고 驗하니 其 人이 語塞 卽 服하는지라 이에 冤女의 父母를
招하야 厚히 埋葬케 하고 其 譯官의 夫妻는 卽時 死에 處하얏더니
當夜에 其 女鬼가 更히 窓外에 至하야 泣하며 無數히 謝를 致하는디
鬢髮이 不整[16]하고 衣服이 楚楚하야 舊日의 容이 아니라 公이 愀然히
色을 動하야 其 情을 慰하고 更히 前程을 問하니 女가 對하되 公이

某 官 某 職과 某年 某事를 經하고 又 某年에 至하야는 位가 大官에
至하야 榮貴가 極하고 又 國을 爲하야 一死를 辦한 後에 令名이 無窮
하고 子孫이 大昌하리이다 하고 卽時 辭去하얏더라 其 後 公이 平生
을 默驗함이 符契를 合함과 如히 不差하더니 果然 某年에 至하야 맛
참니 黨論에 死하고 令名을 垂하얏다 云하더라.

---

16) 원문에는 '不整'으로 되어 있다. 문맥을 고려하여 '整'으로 바로 잡았다.

30. 신임의 사람 보기 귀신같아,
평소 예언이 모두 들어맞다(상)

　중판서(中判書) 신임(申銋, 1639~1725)[1]의 호는 한죽당(寒竹堂)이니 숙종 때 사람이다. 일찍이 사람을 알아보는 능력이 있었다. 외아들을 잃고 유복(遺腹)[2]인 딸만 있었다. 나이가 이미 계년(笄年)[3]에 이르렀는데, 청상과부 며느리가 늘 공에게 청하였다.

　"이 딸아이 신랑감은 시아버님께서 반드시 친히 관상을 본 뒤에 택하셔야 합니다."

　신 공이 말하였다.

　"너는 어떠한 신랑감을 구하는 게냐."

　며느리가 대답하였다.

　"나이는 팔십에 이르도록 해로하고 지위는 큰 벼슬에 이르고 또 부유하고 사내아이가 많으면 다행입니다."

　공이 웃으며, "어찌 이런 것을 모두 갖춘 사람이 있겠느냐. 만일 네가 원하는 신랑감을 구한다면 쉽게 찾기는 어려울 게다." 하였다.

　그 뒤에 신 공(申公, 신임)이 출타하였다 돌아오면 그 며느리가 반드시 신랑감에 적합한 자를 보셨느냐고 묻기를 일상으로 하였다.

　하루는 신 공이 우연히 장동(壯洞)[4]을 지나갈 때였다. 여러 아이들이

---

1) 본관은 평산(平山). 자는 화중(華仲), 호는 한죽(寒竹). 대사성 신민일(申敏一)의 증손으로, 할아버지는 장령(掌令) 신상(申恦)이고, 아버지는 집의 신명규(申命圭)이다. 어머니는 남호학(南好學)의 딸이다. 박세채(朴世采)의 문인이다.

2) 아비가 죽을 때 어미 배 속에 있던 자식으로 여기서는 신임의 손녀딸이다.

3) 비녀를 꽂을 만한 나이. 여자가 시집갈 나이인 15세이다.

4) 현재의 서울시 종로구 통의동·효자동·창성동에 걸쳐 있던 마을. 원래 이곳에 창의문이 있어 창의동이라 하던 것이 변해서 장의동이 되고, 이것이 줄어 장동으로 되었다.

즐거워하며 놀고 있었다. 그 무리들 중 한 아이가 나이는 열두서너 살쯤 된 듯한데 봉두돌빈(蓬頭突鬢)[5]으로 죽마(竹馬)를 타고 좌우로 깡충깡충 뛰었다. 공이 교자를 멈추고 그 아이를 한참 바라보았다. 옷차림은 몸을 가리지 못하였으나 하목해구(河目海口)[6]에 골격이 비범하였다. 이에 복종(僕從)[7]에게 명하여 불러오게 하니 머리를 흔들며 응하지 않았다. 그래 공이 여러 종들에게 붙잡아 오게 하니 그 아이가 목 놓아 슬피 울며 말했다.

"누구 허락을 받은 관원이기에 갑자기 나를 붙잡아가는 것이냐."

여러 종들이 교자 앞으로 잡아 오니 공이 물었다.

"네 문벌(門閥)이 어떠한 가문이냐?"

아이가 답하였다.

"제 문벌은 물어 장차 무엇 하려 합니까? 저는 양반의 후예입니다."

공이 또 물었다.

"네 나이가 몇 살이며, 네 집은 어디며, 네 성은 무엇인고?"

아이가 답하였다.

"제 성은 유(俞)가이며 제 나이는 열세 살이고 제 집은 월동(越洞)[8]에 있습니다. 그런데 무슨 연고로 이같이 사는 곳과 성명을 자세히 물으십니까? 속히 저를 풀어주세요."

공이 이에 아이를 풀어주고 아이가 가리켜준 대로 그 집을 찾아가 보았다. 몇 칸의 초가집에 비바람을 가리지 못하고 다만 과부만 있었다. 공이 계집종을 골라 보내어 전갈하기를 '나는 아무 동에 사는 신 판서(申

---

5) 쑥대머리에다 돌출한 귀밑털이란 뜻으로 거칠고 단정치 못한 모습.
6) 강만 한 눈과 바다만 한 입이라는 뜻으로 눈과 입이 매우 큼을 이르는 말.
7) 종으로 부리는 남자.
8) 현재의 동대문구 답십리동에 있던 마을이다. 원마을에서 산을 넘어 다닌다 하여 너머마을·너머말이라 하고 한자명으로 표기한 데서 마을 이름이 유래되었다.

判書) 아무개이다. 내가 한 손녀딸이 있는데 나이가 이미 열다섯이 되기에 요즈음 구혼하는 중이다. 오늘 그 집 도령에게 혼처를 정하러 가노라.' 하였다.

그러고는 인하여 하인들에게 집에 돌아가서는 이 일을 발설하지 말라고 단단히 타일렀다. 다른 곳으로 갔다가 날이 저물어 집에 돌아가니 며느리가 또 신랑감을 찾으셨느냐고 물었다. 공이 웃으며 말하였다.

"오늘에야 비로소 찾았다."

며느리가 기뻐하여 물었다.

"뉘 집의 아들이며 어느 곳에 사는지요?"

공이 말하였다.

"지금 미리 그 집이 있는 곳까지 알 필요 없다. 훗날 마땅히 알게 되리라."

끝내 말하지 않았다. 그 뒤 납채(納采)[9]하는 날을 맞아 비로소 며느리에게 말을 하였다. 그러니 며느리가 급히 사리에 영리한 한 늙은 종을 보내어 그 집의 빈부와 신랑감의 용모가 아름다운지 추한지를 보고 오게 하였다. 종이 돌아와서 보고하기를 '집은 몇 칸의 초옥에 비바람조차 가리지 못하고 부엌 바닥은 이끼가 앉고 솥 안에는 거미줄이 엉켰습니다. 신랑감의 눈은 크기가 광주리만하고 머리카락은 어지럽기가 쑥과 같아 하나도 취할만한 것이 없으며 가히 볼만한 것도 없습니다. 우리댁 아기씨가 문을 들어선 당일부터 절구질을 직접할 뿐 아니라 동뇌(凍餒)[10]를 면치 못할 겁니다. 아기씨가 꽃 같고 금 같은 자태로 부귀한 가문에서 생장하였거늘 어찌 저와 같은 빈한한 집안에 시집을 보내려 하십니까."

---

9) 혼인 때 신랑 집에서 신부 집으로 예물을 보냄.
10) 입을 것과 먹을 것이 없어서 춥고 배고픔.

며느리가 늙은 종이 돌아와 하는 말을 듣고는 간담이 떨어지고 넋이 나갔다. 이날은 즉 납채를 받는 날이니, 어찌하기가 어려울 지경이었다. 이에 울음을 삼키고 신랑을 맞을 채비를 차렸다.

다음 날 신랑이 안에 들어와 정당(正堂)[11]에서 전안성례(奠雁成禮)[12]를 할 때 며느리가 이를 자세히 보니 과연 늙은 종의 말과 같이 용모가 미웠다. 마음이 찢어지는 것 같았으나 일이 이 지경에 이르렀는데 도리가 없어 가슴만 칠 따름이었다.

그날 며느리가 신 공에게 말하였다.

"시아버님께서 천하에 극히 아름다운 사내를 얻으신 줄 알았더니 저와 같이 의탁할 곳 없는 남루한 거지에 용모도 아름답지 못한 자를 택하셨는지요. 천금 같은 딸아이를 일평생 그릇되게 할 뿐이니 어찌 한심치 않겠습니까."

신 공이 말하였다.

"이는 네가 몰라 하는 소리다. 나는 네 소원에 맞게 하였다. 이 아이가 지금은 비록 빈천하나 훗날에 복록이 무궁하여 수부(壽富)[13] 다남자(多男子)[14]의 오복을 갖춘 상이니 네 생전에 이를 보게 되리라."

三十. 申公識鑑如著龜, 平日豫言如合符(上)

中判書 鈺의 號는 寒竹堂이니 肅宗朝 人이라 嘗히 知人의 鑑이 有하더니 일즉이 獨子를 喪하고 遺腹의 女만 有하야 年이 旣히 笄年

---

11) 여러 건물 중에서 주가 되는 집채.
12) 대례를 치르는 제일 처음의 절차로 신랑을 신부의 집에서 맞아들이는 의식이다. 신랑이 목안(木雁, 나무기러기)을 상 위에 놓고 원앙같이 살겠다고 맹서하는 의식이다.
13) 수명이 길고 재산이 많음.
14) 아들이 많음.

에 及한지라 其 婿婦가 每樣 公에게 請하되 此 女의 郎材는 尊舅끠셔
반다시 親히 觀相한 然後에 擇하소셔 申公이 曰하되 汝가 如何한 郎
材를 求코져 하나뇨 其 婦가 對하되 壽는 八十에 至하도록 偕老하고
位는 大官에 至하고 또 家가 富하고 男子가 多하면 幸이니이다 公이
笑하며 曰하되 世에 엇지 如此히 兼備한 人이 有하리오 萬一 汝의
願에 副코져 할진대 猝然히 求하기 難하리라 하얏는디 後에 申公이
出門하얏다가 歸하면 其 婦가 必히 郎材의 可合한 者를 見하얏나냐고
問하기를 常例로 爲하얏더라 一日은 申公이 偶然히 壯洞으로 過할
세 群兒가 有하야 互相 嬉戲하는디 其 叢中에 一兒가 有하야 年이
十二三歲 假量에 達하얏는대 蓬頭突鬢으로 竹馬를 騎하고 左右로
跳踉하거날 公이 轎子를 留하고 其 兒를 熟視한 則 衣는 體를 掩치
못하얏스나 河目海口에 骨格이 非凡하거날 이에 僕從을 命하야 招來
케 한 則 頭를 掉하며 不肯하는지라 公이 諸隸로 하야금 扶持하야
來하니 其 兒가 號哭하되 何許官員이 空然히 我를 捉하얏나뇨 諸隸
가 轎前에 擁至한대 公이 問하되 汝의 門閥이 如何한 人이뇨 兒가
答하되 我의 門閥은 問하야 將次 何爲하려 하나잇가 我는 兩班의 後
裔로소이다 公이 又 問하되 汝의 年이 幾何이며 汝 家가 何在하며
汝의 姓이 何인고 兒가 答하되 吾 姓은 兪이며 吾 年은 十三이며 吾
家는 越洞에 在하니이다. 그러나 何故로 如斯히 居住姓名을 詳問하
시나잇가 速히 我를 放送하소셔 公이 이에 兒를 放送하고 兒의 指한
디로 其 家를 尋한 則 數間草屋에 風雨를 不蔽하고 다만 寡母夫人만
有혼지라 公이 婢子를 抄出하야 傳喝하되 我는 某 洞 居하는 申判書
某라 我가 一個 孫女가 有하야 年이 旣히 笄年에 及하얏기에 方今
求婚하는 中인디 今日에 宅都令에게 定婚하고 去하노라 하고 因하야
自己의 下隸를 飭하야 家에 歸하야 此 言을 先發치 말나 하고 因하야
他로 適하얏다가 日이 暮하야 家에 歸한 則 婿婦가 또 郎材의 有無를

問하는지라 公이 笑하되 今日에야 비로소 得하얏노라 婦가 欣然히 問하되 誰 家의 子며 家가 何處에 在하니잇고 公이 曰하되 今에 豫히 其 家의 所在處꺄지 知홀 必要가 無하니 後日에 맛당히 自知하리라 하고 맛참ᄂᆡ 言하지 아니하얏다가 其 後 迎采[15]의 時를 當하야 비로소 婦에게 言훈 則 其 婦가 急히 事理에 怜悧한 一 老婢를 遣하야 其 家의 貧富와 郞子의 姸醜를 見케 하얏는대 婢子가 回告하되 家는 數 間斗屋에 不蔽風雨하야 廚下에는 苔가 生하고 鼎中에는 蛛絲를 結하 얏스며 郞子의 目은 大하기 筐과 如하고 髮은 亂하기 蓬과 如하야 一도 可히 取할 者ㅣ 無하며 一도 可히 觀훌 者ㅣ 無하더이다 我 宅 小姐가 入門하는 當日부터 杵臼의 役을 반다시 親執홀 뿐 아니라 凍 餒를 免치 못하리니 小姐가 如花如玉의 姿態로 富貴의 門에셔 生長 하얏거늘 엇지 彼와 如한 貧寒한 家門으로 出嫁케 하리잇가 孀婦가 老婢의 復命하는 言을 聞하고 膽이 落하고 魂이 飛훌 만치 되얏는디 此 日은 卽 受彩하는 날임으로 如何키 難훈 境에 在훈지라 이에 泣을 飮하고 迎郞의 具를 治하더니 翌日에 新郞이 內에 入하야 正堂에서 奠雁成禮할 세 孀婦가 此를 審視한 卽 果然 婢子의 言과 如히 容貌가 可憎한지라 心이 碎함과 如하나 事가 此에 至하야는 如何키 難하야 膺만 撫할 따름이더니 當日에 孀婦가 申公다려 謂하되 尊舅께셔 天下 極佳의 男子를 得하신 줄로 知하얏더니 彼와 如한 寒乞無倚하고 又 容貌가 佳麗치 아니한 者를 擇하셧스니 千金과 如한 女兒로 一平生 을 誤了케홀뿐인즉 엇지 寒心치 아니하리가 申公이 曰하되 此는 汝의 知홀 바ㅣ안이로다 我는 汝의 所願에 副케 하얏나니 此 兒가 今日에는 비록 貧賤하나 他日에 福祿이 無窮하야 壽富 多男子의 五福이 具備 할 相이니 汝의 生前에 此를 見하리라 하얏더라.

---

15) 원문에는 '迎綵'로 되어 있다. 문맥을 고려하여 '迎采'로 바로 잡았다.

30. 신임의 사람 보기 귀신같아,
평소 예언이 모두 들어맞다(하)

　며느리는 시아버지 신 공의 소견과 인식이 이와 같음으로 다만 '예예' 복종할 뿐이었다.

　신랑을 맞이하고 보내는 예를 행하고 신랑집이 빈한함으로 아직 우례(于禮)[1]만은 하지 않았다.

　이틀이 지난 후에 유생(俞生)이 처가인 신 공 집에 다시 왔다. 신 공이 흔연히 이를 맞아 내실에 따로 방을 정하고 그 손녀딸과 함께 거처하게 하였다. 신부가 섬약한 자질로써 연일 사내에게 괴로움을 당하여 거의 병이 날 지경에 이르렀다. 공이 이를 근심하여 유생을 불러 타일렀다.

　"네가 아직 혈기가 정해지지 않은 아이로 연일 내침(內寢)[2]을 함은 불가하니 오늘 밤은 사랑채로 와 나와 함께 자자꾸나."

　그러니 유생이 얼굴로는 승낙하였으나 마음으로는 그러고 싶지 않았다. 그날 밤에 공이 신랑의 침구를 앞에 펴고 잠이 깊이 들었다. 유생이 잠자리에 들어 거짓 자는 듯하면서 잠버릇이 있는 체하고 손으로 공의 가슴을 치거늘 공이 놀라 깨서 말하였다.

　"네가 무슨 연고로 이렇게 하는 것이냐."

　유생이 대답하였다.

　"소서(小婿)[3]가 어릴 때부터 잠버릇이 있습니다. 꿈결에 매양 이러한

---

1) 신부가 시집으로 가는 신행(新行)의 의식으로 우귀(于歸)라고도 한다. 옛날에는 초례(醮禮) 후 수개월 또는 수년씩 있다가 우귀하기도 하였다. 1960~70년만 하여도 첫날밤을 신부 집에서 지낸 다음 날이나 또는 사흘 후에 신랑 집으로 가는 경우도 많았다.

2) 남편이 아내의 방에서 잠.

3) 사위가 자기 자신을 일컫는 말.

일이 있습니다."

공이 말하기를, "다시 이런 일이 없도록 하라." 말하고 또 깊은 잠에 빠졌는데 오래지 않아 또 발로 차서 공이 또 놀라 깨어 꾸짖었으나 그뿐이었다. 유생이 또 손과 발로 혹은 때리고 혹은 치거늘 공이 그 고통을 견디지 못하여 유생을 일으켜 '내당에 들어가서 자라'라 하였다.

유생이 속으로 매우 기뻐하며 '외구(外舅)[4]가 내 술수에 떨어지셨다' 하고 이에 침구를 말아가지고 내실로 들어갔다. 그런데 마침 그 집의 친척 부인들이 와서 신부 방에서 머무르다가 한밤중에 갑자기 신랑이 들어오는 것을 보고 모두 놀라 일어나 피하니 유생이 소리 높여 말하였다.

"여러 부인들은 모두 다른 방으로 가고 다만 유서방 댁만 남거라."

이러니 여러 부인들이 일변 황망하며 일변 입을 막고서 웃음 참기를 그치지 못하였다.

오래지 않아 신 공이 해변(海蕃)의 안찰사가 되어 장차 내행(內行)[5]을 거느리고 부임할 때였다. 유생으로 하여금 함께 오게 하니 며느리가 간하였다.

"새신랑은 아직 함께 가는 것이 불가하니 몇 개월 간 경성에 머무르게 하여 딸아이를 잠시 휴양케 함이 좋을 듯합니다."

공이 이를 허락지 않고 손녀도 또한 원치 않아서 이에 유생도 함께 데리고 갔다.

먹을 진상할 때에 공이 유생을 불러 물었다.

"네가 먹을 갖고 싶으냐?"

유생이 대답하였다.

---

4) '장인'을 이르는 말로 여기서는 아내의 할아버지이다.
5) 부녀자의 나들이. 또는 먼 길을 나선 부녀자를 말함.

"아주 좋아합니다."

신 공이 유생으로 하여금 마음대로 선택하였다. 유생이 직접 택하기를 큰 것 백 동(百同)[6]을 따로 두었다. 해당 감영의 비장(裨將)이 전달하였다.

"만일 이와 같이 하면 궐봉(闕封)[7]의 염려가 있을까 두렵습니다."

신 공이 비장으로 하여금 급급히 장부를 다시 고쳐 만들게 하였다.

유생은 책방에 돌아가 이를 종에게 나누어 주고 하나도 남겨두지 않았다고 한다.

유생은 곧 상국(相國)을 지낸 유척기(俞拓基, 1691~1767)[8]이니 호는 지수재(知守齋)요, 시호는 문익(文翼)이다. 숙종(肅宗) 갑오년(甲午年, 1714)에 과거에 급제하여 한림(翰林), 부제학(副提學), 이랑주사(吏郞籌司)를 역임하고 영조 기미년(己未年, 1739)에 재상이 되니 이때 나이가 49세였다. 그때에 그 외고(外姑)[9]가 아직 살아있었다. 비로소 시아버지 신 공의

---

6) 먹 10장이 한 동.

7) 임금에게 진상하는 물건을 거른다는 뜻.

8) 본관은 기계(杞溪). 자는 전보(展甫), 호는 지수재(知守齋). 유성증(俞省曾)의 증손으로, 할아버지는 대사헌 유철(俞㯙)이다. 아버지는 목사 유명악(俞命岳)이며, 어머니는 이두악(李斗岳)의 딸이다. 김창집(金昌集)의 문인이다. 1714년 증광 문과에 병과로 급제하여 검열이 된 후 정언·수찬·이조정랑·사간 등을 역임하였다. 1721년(경종 1) 세제(世弟)를 책립하자 서장관으로 청나라에 다녀왔다. 이듬해 신임사화 때 소론의 언관 이거원(李巨源)의 탄핵을 받고 해도(海島)에 유배되기도 하였다. 1725년(영조 1) 노론의 집권으로 풀려나서 이조참의·대사간을 역임하고, 이듬해 승지로 참찬관을 겸하다가 경상도관찰사·양주목사·함경도관찰사·도승지·원자보양관(元子輔養官)·세자시강원빈객(世子侍講院賓客)·평안도관찰사·호조판서 등을 두루 지냈다. 1739년 우의정에 오르자, 신임사화 때 세자 책봉 문제로 연좌되어 죽은 김창집(金昌集)·이이명(李頤命) 두 대신의 복관(復官)을 건의해 신원(伸寃)시켰다. 그러나 신임사화의 중심 인물인 유봉휘(柳鳳輝)·조태구(趙泰耈) 등의 죄를 공정히 다스릴 것을 주청하다가 뜻을 이루지 못하고 사직하였다. 그 뒤 몇 차례 임관(任官)에 불응해 마침내 삭직 당해 전리(田里)에 방축되었다. 만년에 김상로(金尙魯)·홍계희(洪啓禧) 등이 영조와 그 아들 사도세자(思悼世子) 사이를 이간시키자 이를 깊이 우려했고, 이천보(李天輔)가 영의정에서 물러나자 영조에 의해 중용되어 영상으로 임명되었다. 그는 기국(器局)이 중후하였고 고금의 일에 박통했으며 노론 중에서 비교적 온건파에 속하였다.

9) 장모로 흔히 편지글에서 일컫는 말이다.

사람 보는 능력에 감복하였더라.

그 뒤 유 상국은 영의정으로 벼슬을 사직하고 기사(耆社)¹⁰⁾에 들어가 77세에 천수를 마치고 죽었다. 네 명의 아들을 두었으며 또 집이 부유하여 일일이 신 공의 말과 똑같았더라.

유 상국이 일찍이 황해감사(黃海監司)가 되어 부임할 때에 사위인 남원(南原) 홍익빈(洪益彬)을 데리고 갔는데 또 먹을 진상하는 때였다. 홍 랑(洪郎)을 불러 마음대로 가져가라하였는데 홍 랑이 큰 것 두 동과 작은 것 다섯 동을 택하여 따로 두었다. 유 공이 묻기를 "어찌 더 가져가지 않느냐?"

홍 랑이 대답하였다.

"대저 물품은 또 그 쓰이는 곳이 한정되어 있는 것이니 소서(小婿)가 만일 주어진 수량을 모두 고른다면 장차 진상을 무엇으로써 하며 낙중(洛中)¹¹⁾의 친구들께는 또 무엇으로 인사를 드리겠습니까. 소서는 10동이면 족히 잘 쓰겠습니다."

유 공이 흘겨보며 웃으며 말했다.

"너는 실로 삼갈 줄 아는 단아한 선비이나 권변(權變)¹²⁾은 부족하니 가히 음관(蔭官)¹³⁾의 재목이 될 만하구나."

고질대관(高秩大官)¹⁴⁾의 그릇은 아니라 하더니 과연 그 말과 같이 후에 부사(府吏)로 삶을 마쳤다.

---

10) 기로소(耆老所)이다. '기(耆)'는 연고후덕(年高厚德)의 뜻을 지녀 나이 70이 되면 기, 80이 되면 '노(老)'라고 하였다. '기소(耆所)'라고도 하였다. 나이가 많은 임금이나 70세가 넘는 정2품 이상의 문관들이 모여서 놀도록 마련한 곳이다.

11) 서울 안.

12) 그때그때의 형편에 따라 임기응변으로 일을 처리하는 수단.

13) 공신 및 고위 관원의 자제에게 벼슬을 제수하던 자.

14) 많은 녹을 받는 큰 벼슬.

三十. 申公識鑑如蓍龜, 平日豫言如合符(下)

甥婦는 其 舅 申公의 所見과 所執이 如斯함으로 다만 唯唯 服從홀
쑨이오 新郎 迎送의 禮를 行하고 郎家가 貧寒홈으로써 아즉 于禮만
停止하얏더라 二日을 過한 後에 兪郎이 其 妻家되는 申公家에 至하
얏거늘 申公이 欣然히 此를 接하야 內室에 別房을 定하고 其 孫女로
하야금 共處케 하얏는디 新婦가 纖弱한 質로써 連日 丈夫에게 見惱하
야 거의 生病할 境에 至한지라 公이 此를 憂하야 兪生을 招하야 喩하
되 汝가 血氣未定한 兒로써 連日 內寢을 爲홈은 不可하니 今夜는
外舍에 出하야 我로 더부러 同寢하자 한즉 兪生이 面으로는 諾하나
心으로는 不欲하더니 當夜에 公이 兪郎의 寢具를 其 前에 舗하고 熟
睡하더니 兪郎이 枕에 就하야 假寐하면셔 眠癖이 有한 體하고 手로써
公의 胸部를 搥하거늘 公의 警覺하며 曰 汝가 何故로 如斯히 하나뇨
兪生이 對하되 小婿가 幼詩로부터 眠癖이 有하야 昏憒의 中에 每樣
此等의 事가 有하니이다 公이 曰하되 更히 如是치 말나하고 또 熟眠
하더니 未幾에 又 足으로써 蹴하는지라 公이 又 警覺하야 責하얏더니
而已오 兪生이 又 手足으로써 或은 打하며 或은 擲하거늘 公이 其
苦를 不堪하야 이에 兪生을 起하야 內堂에 入하야 宿하라 하니 兪生
이 內心에 甚喜하야 外舅가 我의 術中에 墮하얏다 하며 이에 其 寢具
를 捲하야 持하고 內室로 入한 則 맛참 其 家의 族黨 婦女 等이 來하
야 新婦의 房에셔 留宿하다가 中夜 三更에 忽然 兪生이 入홈을 見하
고 모다 驚起하야 避하는지라 兪生이 聲을 高하야 言하되 諸 家의
婦女는 모다 他房으로 避去하고 獨히 兪書房宅만 留케 하라 하니 諸
家 婦女가 一邊 慌忙하며 一邊 掩口而耐笑하기를 不已하얏더라 未
幾에 申公이 海蕃[15]을 按하기로 되야 將次 內行을 携伴하고 赴任홀시
兪生으로 하야금 陪來케 하니 甥婦가 諫하되 兪郎은 아즉 率去홈이

不可하니 幾月間 京城에 留케 하야 女兒로 하야금 暫時 休養케 함이 好홀듯 하외다 公이 此를 不許하고 孫女도 쏘한 欲치 아니함으로 이에 兪生을 率去하얏더니 墨을 進上할 時에 公이 兪生을 呼하야 問하되 汝가 墨을 取하려 하나뇨 兪生이 對하되 甚好하니이다 公이 兪生으로 하야금 任自 擇去하라 하니 生이 親히 自擇하야 大折 墨百同을 別置하거늘 該監 裨將이 前達하되 萬一 此와 如히 하면 關封의 慮가 有할가 恐하나이다 公이 裨將으로 하야금 急急히 更造케 함을 命하얏는더 兪生은 冊室에 還하야 此를 下隷에게 散給하야 一도 餘치 안케 하얏더라 兪生은 卽 兪相國拓基이니 號는 知守齋이오 諡는 文翼이라 肅宗 甲午에 登科하야 翰林副提學吏郞籌司를 歷하고 英祖 己未에 入相하니 時年이 四十九歲라 其 時에 其 外姑가 尙存하야 비로소 其 舅 申公의 識鑑을 服하얏더라 其 后 兪相國은 領議政으로 致仕하고 耆社에 入하야 七十七에 天年으로써 終하얏고 四人의 子를 有하얏스며 又 家가 富하야 一一히 申公의 言과 符하얏더라.

兪相國이 曾히 黃海監司가 되야 赴任할 時에 女婿 洪南原 益彬을 率去하더니 又 墨의 進上하는 時를 當하야 洪郞을 呼하야 任自擇去하게 한 則 洪郞이 其 大折 二同과 小折 五同을 擇하야 別置하거날 兪公이 問하되 엇지 加擇아니하나뇨 洪郞이 對하되 大抵 物品은 皆 其 用處가 限히 有한 것이니 小婿가 萬一 盡數 擇去하면 將次 進上을 何로써 爲하며 洛中의 知舊를 又 何로서 問하리잇가 小婿는 十同이면 足히 써 優用하겟나이다 兪公이 睨視하며 笑하되 汝는 實로 謹節端雅의 士오 權變은 乏한 人이니 可히 蔭官의 材는 作할지나 高秩大官의 器는 아니라 하더니 果然 其 言과 如히 後에 府吏로써 終하얏나니라.

---

15) 원문에는 '外蕃'으로 되어 있다. 문맥을 고려하여 '海蕃'으로 바로 잡았다.

31. 투기하는 부인 종년 손목 자르고
소년은 젊은 나이에 재상이 되다

상국(相國) 송질(宋軼, 1454~1520)[1]의 호(號)는 취춘당(醉春堂)이니 여산(礪山)[2] 사람이다. 성종(成宗) 정유년(丁酉, 1477)에 과거에 급제하고 중종(中宗) 임신년(壬申, 1512)에 재상이 되어 관직이 영의정(領議政)에 이르렀고 여원부원군(礪原府院君)에 봉(封)해졌다.

그 부인의 성품이 질투가 심하여 공(公)도 늘 두려워 조심하였다. 하루는 공이 세수하는데, 한 계집종이 있어 용모와 자태가 매우 아름다움을 보고 잠시 기뻐하고는 손목을 잡았다.

아침이 되어 아침밥이 나와 밥뚜껑을 여니 안에 사람의 손이 있고 붉은 피가 그릇에 넘쳤다. 송질이 크게 놀라서 이유를 물으니 세수할 때 희롱하여 잡았던 계집종의 손이었다. 송질이 크게 뉘우치고 한탄하였으나 마침내 어찌할 수 없었으니 그 부인의 질투와 잔인함이 이와 같았다.

송질은 일찍이 세 딸을 두었는데, 그 성질과 행실이 모두 어머니를 닮았다. 막내딸이 아직 시집가기 전이었는데 하루는 송질이 시커먼 물 세 그릇을 세 딸에게 내리며 말하였다.

"너희들은 투기가 심하여 여자의 덕이 없으니 마땅히 이를 마시고 죽어라."

---

1) 본관 여산(礪山). 자 가중(可仲). 시호 숙정(肅靖). 1476년(성종 7) 생원시와 진사시에, 1478년 알성문과(謁聖文科)에, 1482년 진현시(進賢試)에 합격하였다. 형조참판·경기도 관찰사를 거쳐 우찬성(右贊成)·이조판서 등을 지내고, 1506년 중종반정 때 정국공신(靖國功臣) 3등에 책록되고 여원부원군(礪原府院君)에 봉해졌다. 1513년(중종 8) 우의정에, 이어 영의정에 이르렀으나 양사(兩司)로부터 탐욕스럽고 무능하다고 하여 탄핵받았다.
2) 지금의 전라북도 익산시 여산면.

두 딸은 모두 땅에 엎드려 죄를 자백하였으나 막내딸은 곧 그릇을 당겨 마시려 하였다. 송질이 크게 걱정하고는 이를 만류하고 장차 그 딸을 제압할 기개 있는 사내를 찾아 사위 삼아야겠다고 생각했다.

하루는 조정에서 집에 돌아오니 한 총각이 사랑채에서 나오거늘 송질이 책망을 하니 그 사내가 대답하였다.

"저는 사대부가 아들입니다. 마침 대감댁 계집종을 따라 방에 들어가 호사(好事)³⁾를 좀 만들었거늘, 탐화봉접(探花蜂蝶)⁴⁾을 어찌 이토록 심하게 하십니까? 장자(長者)⁵⁾의 기풍이 없으시군요."

송질이 이 말을 듣고 사람됨이 속되지 않음을 알고 그 성명을 물으니, 이 사람이 즉 홍승지(洪承旨)⁶⁾의 아들인 홍언필(洪彦弼, 1476~1549)⁷⁾

---

3) 여기서는 육체관계를 의미한다.

4) 꽃을 찾아다니는 벌과 나비란 뜻으로 '여색을 좋아하며 노니는 사람'을 비유한 말.

5) 어른 혹은 덕망이 있고 노성한 사람.

6) 홍형(洪泂, 1446~1500)이다. 홍형은 문무를 겸비한 재주 있는 선비였다. 1477년에 식년시(式年試)에 병과(丙科)로 합격하였다. 같은 해 알성시에 사돈인 송질도 합격하였다.

7) 본관은 남양(南陽). 자는 자미(子美), 호는 묵재(默齋). 승지 형(泂)의 아들이다. 1504년(연산군 10) 문과에 급제하였으나, 갑자사화에 연루되어 진도로 귀양 갔다가 중종반정 이후 사면되었다. 이후 부수찬, 부교리를 지내고 지평, 헌납 등을 역임하였다. 1519년 병조에서 참지·참의를 지내고, 우부승지에 재임 중 기묘사화가 일어났다. 이때 조광조(趙光祖)와 내외종간이기 때문에 그 일파로 지목되어 옥에 갇혔으나 영의정 정광필(鄭光弼)의 변호로 풀려났다. 1524년 도승지, 대사헌을 역임하고 그 뒤 호조참판에서 시작하여 참판을 다섯 차례 역임하였다. 1534년 우찬성에 올랐으나 당시의 권신 김안로(金安老)와 사이가 멀어져 남양으로 하향하였다가 1537년 김안로가 몰려나자 다시 호조판서로 들어와, 이어 우의정에 올랐다가 곧 좌의정을 거쳐 1545년(인종 1) 영의정이 되어 영중추부사·영경연사를 겸하였으며, 명종이 즉위하여 문정왕후(文定王后)가 수렴청정하자 윤원형(尹元衡)이 윤임(尹任)·유관(柳灌)·유인숙(柳仁淑) 등을 제거하려고 을사사화를 일으키니, 이에 가담하여 추성위사홍제보익공신(推誠衛社弘濟保翼功臣) 1등에 책록되고, 익성부원군(益城府院君)에 봉해졌다. 인종의 묘정에 배향되었다. 몸가짐이 검소하고 화려한 것을 좋아하지 않아 청빈하기로 유명하였다. 집안 법도가 엄하여 그의 아들 섬(暹)이 큰 옷을 입지 않고서는 들어가 만나보지 못하였으며, 성현들의 글을 즐겨 읽었다. 그러나 성품이 나약해서 위태로운 말은 하지 않고 해될 것을 보면 반드시 피하였다. 기묘사화 이후 조광조를 싫어하여, 그의 신원 요청이 있어도 이를 제지하였다. 시호는 문희(文僖)이다.

이었다.

송질이 말했다.

"너는 후일 마땅히 흑두재상(黑頭宰相)[8]이 될 것이다. 나에게 딸이 하나 있는데 너에게 시집보내려하니 이 뜻을 다른 사람은 알게 하지 말라."

그러고는 여러 날 뒤에 면포(綿布) 열 필과 세단(紬緞) 열 필을 보내어 혼사비용으로 쓰게 하였다.

며칠 후에 언필이 와서 사례하니 공이 은밀하게 이르기를 '딸년이 매우 군세고 강하여 제어하기가 어려울 것이니, 여차여차한 연후에야 다시는 후환이 없으리라.' 하면서, 단단히 이르니 그렇게 하기로 하였다.

전안(奠雁)[9]할 때에 종들이 '신랑은 아무개 계집종의 남편이라'고 떠들어 대는 소리를 마님이 들었다.

부인이 듣고는 급히 공을 청하여 말했다.

"아니, 어찌 계집종의 사내를 사위로 삼는단 말이요. 파혼해야 합니다."

이럴 즈음에 혼례를 마치고 신방으로 들어갔거늘, 부인이 소리를 지르고 울며 말하였다.

"상공이 무슨 까닭으로 귀중한 딸을 계집종의 남편에게 주는 것입니까. 내 딸을 차라리 죽일지언정 맹서코 이놈에게는 시집보내지 않겠나이다."

언필이 이 말을 듣고 종을 시켜서 말을 끌어오게 하니, 공이 여러 말로 억지로 권하여 부득이 머물게 하였다.

부인이 과연 그 딸을 보내지 않거늘, 언필이 홀로 하룻밤을 보내고

---

8) 나이가 젊은 재상이 됨을 말함.
9) 혼례 때 신랑이 신부집에 기러기를 가지고 가서 상위에 놓고 절하는 예(禮). 산 기러기를 쓰기도 하지만 흔히 나무로 깎아 만든 것을 씀.

다음 날 아침에 집으로 돌아가려 하였다. 공이 '요기나 한 후에 가라' 말리니 언필이 말하였다.

"홀로 잔 신랑이 아침은 먹어 어디에 쓰겠습니까."

그러며 '대령하라' 하기를 그치지 않으니 공이 부득이 말을 내주었다. 언필은 한 번 간 후로는 일체 소식을 끊어버렸다.

하루는 부인이 화가 풀려서 공에게 말을 보내어 언필을 맞아오게 하였다. 언필이 화를 내며 종을 매를 때려 쫓아 보내니 부인이 심히 민망하였다. 하루는 부인이 사사로이 말을 보내니 언필이 또 성을 내며 쫓아내니 이것은 다 송 공이 지도한 때문이더라.

이로부터 부인 모녀가 눈물 마를 날이 없었다.

세월이 덧없이 흘러 3년이 지났다. 언필이 힘써 공부하여 알성제(謁聖第)[10]에 급제하니 공이 부인을 대하여 혀를 차며 탄식하였다.

"홍 아무개가 영특하고 위엄이 있어 창방(唱榜)[11]할 때에 풍채가 전보다 갑절이나 준걸차고 호탕합디다. 부인이 일을 벌려 나오는 길 가는 사람과 다를 바 없게 되었으니 실로 애석하오."

부인이 크게 잘못을 뉘우치고 남몰래 눈물만 흘렸다.

다음 날 언필이 유가(遊街)[12]할 때 일부러 그 문 앞을 지나니 송 공집 남녀종들이 엎어지고 넘어지며 보니 거리가 시끄러웠다. 부인이 공에게 간청하여 맞아 오자고 하니, 공이 두세 번 뿌리치다가 부득이한 모양으로 언필을 맞아왔다.

언필이 빨리 당에 올라 공에게 절을 하였다. 부인이 나와 앉아 허물을 사과하였다.

---

10) 국왕이 문묘(文廟)를 전알할 때에 성균관에서 시행하는 문무과 시험.
11) 국가에서 과거 시험을 치른 후 합격자를 발표하는 것.
12) 과거급제자들이 시가를 행진한 풍습.

"내 전일 허물은 금일에 족히 논할 바 아니거늘 유식한 군자로 어찌 깊이 노하여 이와 같이 하는 건가."

언필이 옷을 떨치고 일어나려 하니 부인이 소매를 잡고 울며 놓지 않았다. 공이 또한 누누이 간청하니 언필이 이에 부득이 머물렀다.

이날 밤에 언필을 맞이하여 신방에 들어가게 하고 여러 날 후에 비로소 신부를 맞는 예를 행하였다. 신부가 홍씨 가문에 들어와 시어머니를 섬기되 효로써 하며 군자 받들기를 도리를 따라 하여 세상의 현명한 부인이 되었고 언필은 후에 관직이 영의정에 이르렀다.

외사씨 왈: 집안에 강샘이 있고 사나운 아낙이 있으면 능히 그 집안의 법도를 바르게 하기 어려운 것이라. 그러므로 군자는 집안을 다스리되 은혜와 위엄을 병행하여 차근차근 조정과 같이해야 한다. 송질이 당당한 일국의 수상으로 일개 부인에게 억눌려서 능히 기강을 엄히 세우지 못하고 구구한 작은 꾀를 써서 부녀들의 강샘과 투기를 막으려는 것은 정당한 군자가 취할 바가 아니라 하노라.

三十一. 妬婦斷却婢子手, 少年能作黑頭相

宋相國 軼의 號는 醉春堂이니 礪山人이라 成宗 丁酉에 登科하고 中宗 壬申에 入相하야 官이 領議政에 至하고 礪原府院君을 封하얏더라 其 夫人의 性이 甚 妬하야 公으로도 常히 畏하더니 一日은 公이 盥洗하다가 一婢子가 有하야 容貌가 甚美함을 見하고 暫時 戲하야 手를 握하얏더니 朝에 及하야 朝飯이 到하거날 飯盖를 開하니 內에 人의 手가 有하고 赤血이 器에 充溢하얏거늘 公이 大驚하야 理由를 問하니 卽 盥洗할 時에 戲握하얏던 婢子의 手라 公이 大悔大恨하얏스나 맛참너 如何키 難하얏는대 其 夫人의 嫉妬 殘忍함이 如斯하엿더

라 公이 曾히 三女를 有하얏는대 其 性行이 皆 母를 學하고 季女는
아즉 人에게 適치 아니하얏는대 一日은 公이 墨水 三椀으로써 三女에
게 賜하며 曰하되 汝輩가 甚妬하야 女子의 德이 無하니 汝等은 宜히
此를 服하고 死하라 함이 二女는 皆 地에 伏하야 罪를 服하고 季女는
곳 器를 引하야 飮코져 하는지라 公이 大憫하야 此를 挽止하고 將次
其 女를 制할만한 丈夫의 氣槪가 有한 者를 求하야 婿를 作하려 하얏
더니 一日은 退朝하야 家에 歸하니 一個의 總角이 有하야 舍郎으로부
터 出하거날 公이 責하니 其 兒가 對하되 我도 쏘한 士夫의 子라 맛참
大監宅 婢子를 逐하야 房에 入하야 好事를 做하얏거늘 探花蜂蝶을
엇지 深責하나잇가 長者의 風이 無하도소이다 公이 此 言을 聞하고
爲人의 不俗함을 知하고 其 姓名을 問하니 此가 卽 洪承旨의 子 彦弼
이라 公이 謂하되 汝가 他日에 맛당히 黑頭宰相이 되리로다 我가 一
女가 有하야 汝에게 妻코져 하노니 此 意를 他人으로 하야금 知치
말게 하라 하고 數日 後에 綿布 十疋과 紬緞 十疋을 送하야 婚資를
作케 하얏더니 數日 後에 彦弼이 來謝하거날 公이 密謂하되 鄙女의
性이 甚히 剛勇하야 制御키 難하니 須히 如此如此히 한 然後에야 更
히 日後의 患이 無하리라 彦弼이 此를 從하기로 하얏더니 奠鴈할 時
에 奴婢 等이 相謂하되 彼가 某 婢의 夫라 하거늘 夫人이 聞하고 急히
公을 請하야 謂하되 엇지 婢夫로써 婿를 作하리오 곳 破婚함이 可하
다 하얏더니 如此 할 際에 旣히 禮를 行하고 新房으로 入하얏거늘
夫人이 聲淚가 交發하며 言하되 相公이 何故로 貴重한 女를 婢夫에
게 棄하얏나잇가 吾 女가 寧死언정 盟誓코 此 漢에게는 適치 안케
하겟노이다 彦弼이 此 言을 聞하고 奴子를 使하야 牽馬以來케 하니
公이 千般으로 强勸하야 不得已 黽勉留宿하더니 夫人이 果然 其 女
를 送치 아니하거늘 彦弼이 獨宿하고 早朝에 還家하려 하거날 公이
挽하야 療飢한 後에 去하라 하니 彦弼이 曰하되 獨宿한 新郞이 朝飯

을 安用이리오 하며 請馬하기를 不已하거늘 公이 不得已하야 馬를
給하얏더니 去한 後로는 一向音信을 斷하얏더라 一日은 夫人이 怒가
解하야 公을 勸하야 馬를 送하야 洪郎을 邀케 하얏더니 彦弼이 怒하
야 奴를 杖하야 逐하얏거날 夫人이 甚憫하야 一日은 私私로히 馬를
送하얏더니 彦弼이 又 怒逐하얏는대 此가 皆 宋公의 指導이더라 自此
로 夫人이 夫人母女가 淚乾할 日이 無하더니 荏苒 三歲에 彦弼이
力學하야 謁聖第에 魁하니 公이 夫人을 對하야 咄嘆하기를 洪某가
英偉하야 唱榜할 時에 風神이 倍前 俊爽하거날 夫人의 故로써 我와
는 路人과 無異하게 되얏스니 實로 可惜하도다 夫人이 大히 悔恨하야
潸然히 淚만 下하더니 明日에 彦弼이 遊街할세 故意로 其 門에 歷하
니 宋公家의 婢僕이 顚倒觀光하며 閭巷이 騷然한지라 夫人이 公에게
懇請하야 招邀코져 함이 公이 再三 推辭하다가 不得已한 樣으로 彦
弼를 迎來하니 彦弼이 趨進上堂하야 公에게 拜하는지라 夫人이 出坐
하야 過를 謝하되 我의 前日 所失은 今日에 足히 論할바ㅣ 아니어날
有識혼 君子로써 엇지 深怒하기 如是히 하나뇨 彦弼이 衣를 拂하고
起코져 하니 夫人이 袂를 執하고 泣하며 捨치 아니하고 公이 쏘한 屢
屢懇請함이 彦弼이 이에 不得已 留하더니 是夜에 彦弼을 邀하야 新
房에 入케 하고 數日 後에 비로소 迎婦禮를 行하얏더니 新婦가 洪門
에 入함으로브터 姑를 事하되 孝로써 하며 君子를 奉하되 順으로써
하야 世의 賢夫人이 되얏고 彦弼은 後에 官이 領議政에 至하니라.

　外史氏 曰 家에 妬悍의 婦가 有하고 能히 其 家度를 正히 하기를
難한 것이라 故로 君子는 家를 治하되 恩威가 竝行하야 斬斬焉 朝廷
과 如히 할 것이어날 宋軼이 堂堂한 一國의 首相으로써 一個 婦人에
게 牽制되야 能히 紀綱을 嚴立치 못하고 區區한 小計를 施하야 婦女
의 輩의 悍妬를 制함과 如함은 此가 正當한 君子의 取할 바ㅣ 아니라
하노라.

32. 담력이 몹시 뛰어난 박영,
사람을 잘 알아보는 유 부인

송당(松堂) 박영(朴英, 1471~1540)[1]은 밀양(密陽) 사람이니 양녕대군(讓寧大君, 1394~1462)의 외손이다. 타고난 용모와 성격이 호탕하고 인품이 뛰어났으며 또 집이 부유하였다. 영이 17세 되던 때에 친히 요동(遼東)에 가 비둘기를 무역하고 돌아왔는데 그 행함이 호방하여 거리낌이 없는 게 많았다. 성종(成宗)께서 친히 불러 이를 경계하셨는데 얼마 지나지 않아 무과에 올라 선전관(宣傳官)을 제수받았다.

하루는 영이 준마를 타고 경구(輕裘)[2]를 입고 남소동(南小洞)[3] 입구를 지나갈 때였다. 길 걷는 한 여자가 있는데 용모가 아름답고 얼굴 가득 웃음을 머금었다.

공이 말을 멈추고 한참을 바라보니 그 여자가 손짓으로 오라 하였다. 공이 말에서 내려 사내종에게 말하였다.

"너는 돌아갔다가 내일 아침에 다시 오너라."

그리고 드디어 여자의 뒤를 따라가니 집이 후미져 사람이 없는 곳에 있었다. 공이 도착하니 날이 이미 저물었으므로 행장을 푸니 그 여자가 홀연히 공을 대하고 눈물을 똑똑 흘렸다. 공이 심히 기이하여 그 연유를 물으니 여자가 눈물을 훔치고는 낮은 음성으로 귀에 대고 속삭였다.

"공의 풍채를 보니 필시 보통 사람이 아니신데, 오늘 밤 저로 인하여

---

1) 자는 자실(子實), 이조참판 수종(壽宗)의 아들이며, 어머니는 양녕대군의 딸이다. 벼슬은 병조참판을 지낸 문무겸전한 이다.
2) 안감을 털가죽으로 댄 가벼운 옷.
3) 현재의 중구 쌍림동·장충동1가·장충동2가·광희동1가·광희동2가·을지로6가에 걸쳐 있던 마을로서, 도성의 남소문(南小門)이 있던 데서 유래되었다.

왕사(枉死)[4]함을 면치 못할 것이니 몹시 애석합니다."

공이 놀라 괴이하여 그 까닭을 물으니 여자가 이어 말을 하였다.

"이곳은 강도의 소굴입니다. 도적이 저를 미끼로 만들어 사람을 유인하여 이곳에 들어온 후에는 밤에 죽이고 그 의복과 말을 뺏는 것을 일삼은 지 여러 해입니다. 제가 밤낮으로 탈출하기를 생각하나 도적 무리가 아주 많아 죽을까 두려워 감히 꾀를 내지 못합니다. 그러니 공이 영용(英勇)[5]의 위엄으로써 능히 저를 구해주시면 마땅히 결초보은을 하겠습니다."

공이 이에 검을 뽑아들고 벽상 네 귀퉁이를 살피며 잠들지 않고 앉았다. 한밤중에 방 위 다락에서 도적이 여자를 부르며 큰 밧줄을 내렸다. 공이 몸을 떨쳐 일어나 온 힘을 다하여 그 벽을 차고 급히 여자를 업고 벽 구멍으로 탈출하여 여러 길 담장을 뛰어넘어 달아났는데 담을 넘을 때 옷자락이 찢어졌다.

다음 날 공이 벼슬을 버리고 선산(善山)[6]에 돌아가 뜻을 꺾고 책을 읽은 지 여러 해에 기질을 변화하여 일세의 순유(醇儒)[7]가 되고 그 여자는 공을 시중들며 그 몸을 마쳤다.

공이 평생에 그 앉은 곁에 찢어진 옷을 두고 자제에게 보여 경계를 삼았다.

송파(松坡) 임식(林植, 1539~1589)[8]은 금호(錦湖) 임형수(林亨秀, 1514~

1547)[9]의 조카이다. 그 계실(繼室)[10] 유씨(俞氏) 부인은 어려서부터 총명하고 지혜가 많고 사람을 보는 능력이 있었다. 만년에 과부로 나주(羅州)[11]에 살 때 가세가 심히 부유하고 막내딸이 있었는데 혼인할 나이가 되었다. 유씨 부인이 늘 말하였다.

"내가 마땅히 동상(東床)[12]을 친히 택하리라."

그러고 이에 경성(京城)에 올라갔다. 임시로 집을 사방으로 통하는 도로의 곁에 정하고 거문고를 타고 노래 잘하는 계집종으로 하여금 매일 길가에서 거문고를 타고 노래하여 길을 오가는 교관가(敎官家)[13] 아동을 맞아들이게 하였다. 혹은 호통치고 가는 자도 있고 혹은 계집종을 따라서 마지못해 잠시 들어왔다가 부끄럽게 여겨 되돌아 도망하는 자도 있어 한 번도 뜻에 맞는 자가 없었다. 마지막에 한 동자가 있는데 나이는 십사오 세에 달하였다. 풍채가 준수하고 미목이 그린 듯하였다. 터럭만

거쳐 공조좌랑에 승진되었다. 그 뒤 성균관전적·이조좌랑·병조정랑·홍문관교리·예조정랑 등을 역임하고, 외직으로 영변판관과 구성부사를 거쳐 강계부사가 되었다가 모함을 받아 파직당하여 고향인 결성(結城)에 돌아갔다. 조정에서 여러 번 불렀으나 나아가지 않고 그곳 부해정(浮海亭)이라는 정자에 은거하며 일생을 마쳤다. 시문에 능하였으며, 서북지방의 명승을 대상으로 읊은 시가 전한다. 저서로는 『송파유고』 1권이 있다.

9) 자는 사수(士遂), 호는 금호(錦湖). 나주 출생. 아버지 북병사 준(畯)의 2자이며, 어머니는 안동권씨로 현감 석(錫)의 딸이다. 어려서부터 총명하고 성격이 강직하였다. 1531년(중종 26)에 진사가 되고, 1535년 문과에 병과로 급제하여 주서·기사관·사서 등을 지내고, 사가독서(賜暇讀書)한 뒤 설서·수찬·회령판관·전한 등을 거쳐 부제학에 승진되었다. 1545년 명종이 즉위하자 을사사화가 일어나면서 제주목사로 쫓겨났다가 파면되었다. 1547년(명종 2) 양재역 벽서사건이 일어나자, 소윤 윤원형(尹元衡)에게 대윤 윤임(尹任)의 일파로 몰려 절도안치(絶島安置)된 뒤 곧 사사되었다. 생전에 호당(湖堂)에서 함께 공부하였던 이황(李滉)·김인후(金麟厚) 등과 친교를 맺고 학문과 덕행을 닦았다. 문장에도 뛰어나 많은 사람들의 칭송을 받았다. 뒤에 신원되었고, 1702년(숙종 28) 나주의 송재서원(松齋書院)에 제향되었다. 저서로는 『금호유고』가 있다.

10) 남의 후처를 높여 이르는 말.

11) 지금의 전라남도 나주.

12) 새신랑.

13) 어린이를 가르치기 위해 각 군현에 둔 벼슬아치.

큼도 어려운 빛이 없이 들어와 앉아서는 술을 청하여 여러 잔을 잔뜩
마신 후에 인하여 노래와 춤으로 거문고에 화답하고 잠시 후에 곧 몸을
일으켜 옷을 떨치고 가려 하였다. 이미 부끄러운 마음이 없고 또한 여인
에게 미련을 버리지 못하는 뜻도 없었다.

유씨 부인이 그 뜻에 크게 맞거늘, 그 집의 소재를 물어 신랑감으로
정하니 이가 곧 임석촌(林石村, 1570~1624)[14]이라. 귀래정(歸來亭) 붕(鵬,
1486~1553)[15]의 손자이니 나주(羅州) 사람이다. 임생이 선조 기해에 과거
에 급제하여 관직이 황해감사(黃海監司)에 이르고 사내 둘을 낳았는데
또한 지위가 높고 자손이 창성하였다. 유씨의 조감(藻鑑)[16]은 문곡(文谷)
김수항(金壽恒)의 나씨(羅氏) 부인[17]에게 양보치 못한다.

三十二. 膽力絶倫朴松堂, 識鑑過人兪夫人

朴松堂 英은 密陽人이니 讓寧大君의 外孫이라 天姿가 豪邁하야
膽氣가 有하며 又 家가 富한지라 英이 十七歲되든 時에 親히 遼東에
往하야 鳩鴿을 貿하야 還하얏는대 其 所爲가 殆히 落拓不羈한 者가
多하거날 成宗께서 親히 召하사 此를 戒하셧는대 未幾에 武科에 登하
야 宣傳官을 拜하얏더라 一日은 英이 駿馬를 騎하고 輕裘를 着하고

---

14) 본명은 임업(林㦿), 후일 임서(林㤦)로 개명, 자는 자신(子愼), 호는 석촌(石村)으로 선조
   23년(1590) 경인(庚寅) 증광시(增廣試) 진사 3등을 하였다.

15) 자는 중거(仲擧), 호는 귀래당(歸來堂). 시소(始巢)의 증손으로, 할아버지는 귀연(貴椽)
   이고, 아버지는 평(枰)이며, 어머니는 김로(金潞)의 딸이다. 명종 때 승문원정자를 지낸
   복(復)의 아버지이고, 선조 때 정랑을 지내고 시인으로 유명한 제(悌)의 할아버지이다.
   1510년(중종 5) 생원이 되었다. 1519년 기묘사화로 조광조(趙光祖) 일파가 화를 입게
   되자 그를 구출하기 위하여 많은 사람들이 노력하였다. 유생들이 대궐 마당에 들어가
   호곡(號哭)하자 왕은 주모자를 감금하기까지 하였다.

16) 사람을 겉만 보고 그 인격을 분별하는 식견.

17) 15화 참조.

南小洞 口를 過홀싀 路上에 一 女子가 有한대 容姿가 美麗하야 笑容을 可掬할 만한지라 公이 馬를 駐하고 熟視하더니 其 女子가 手[18]로써 公을 招하거날 公이 馬에서 下하야 僕隸다러 謂하되 汝는 歸하얏다가 明朝에 早來하라 하고 드대여 女子의 後를 隨하야 去하니 家가 深僻 無人한 處에 在한지라 公이 旣到함이 天이 旣히 昏黑함으로 裝을 解하더니 其 女子가 忽然히 公을 對하고 泫然히 淚를 下하는지라 公이 甚怪하야 其 故를 問하니 女가 手를 擧하야 止하고 低聲附耳하야 公다러 謂하되 公의 風采를 見하니 必是 非常흔 人이어날 今夜에 我로 由하야 枉死함을 免치 못하리니 可惜하도소이다 公이 驚駭하야 其 故를 問하니 女가 乃曰하되 此는 强盜의 窟이라 賊이 我로 하야금 餌를 作하야 人을 誘하야 此處에 入한 後에는 夜에 此를 殺하고 其 衣服鞍馬를 奪하는 것으로 業을 爲한지 數年이라 妾이 日夜로 脫出 하기를 思하느 賊徒가 甚多함으로 死함을 怖하야 敢히 計를 生치 못 하얏스니 公이 英勇의 威로써 能히 我를 救하시면 맛당히 結草報恩을 爲하겟나이다 公이 이에 劍을 拔하야 持하고 壁上四隅를 按하야 寐지 아니하고 坐하얏더니 夜半에 房上樓로부터 賊이 女를 呼하고 大繩을 下하거늘 公이 身을 奮하야 平生의 力을 盡하야 其 壁을 蹴하고 急히 女를 負하고 壁穴로부터 脫出하야 數墻을 超越하야 走하얏는대 越墻 홀 時에 其 裾가 絶하얏더라 明日에 公이 職을 解하고 善山에 歸하야 折節讀書한지 數年에 氣質을 變化하야 一世의 醇儒가 되고 其 女는 公을 服事하야 其 身을 終하얏더라 公이 平生에 其 坐側에 絶裾衣를 置하고 子弟를 示하야 戒를 爲하니라.

林松坡 植은 錦湖 亨秀의 從子이라 其 繼室 兪氏는 自幼로 聰明多 智하고 又 知人의 鑑이 有하더니 晚年에 未亡人으로 羅州에 居할싀

家勢가 甚히 富饒하고 季女가 有하야 婚齡에 達하여거날 兪씨가 常日하되 我가 맛당히 東床을 親擇하리라 하고 이에 京城에 上하야 臨時로 屋을 通衢의 傍에 定하고 鼓琴善歌의 婢로 하야금 每日 街上에서 援琴作歌하야 路上으로 往來하는 教官家兒童을 邀하야 入케 하얏는대 或은 叱呵하고 去하는 者도 有하고 或은 婢를 隨하야 勉强히 暫入하얏다가 羞愧하야 旋去하는 者도 有하야 一도 意에 稱合하는 者가 無하더니 最後에 一 童子가 有하야 年이 十四五에 達하얏는대 風采가 俊爽하고 眉目이 如畵한대 小毫도 難色이 無하고 入坐하야 酒를 請하야 數盃를 滿飮한 後에 因하야 歌舞로써 琴을 和하고 小頃에 곳 身을 起하야 袖를 拂하고 去하는대 旣히 羞嫌의 心이 無하고 또한 顧戀의 意가 無하거날 兪夫人이 其 意에 大히 稱合하야 其 家의 所在를 問하야 東床을 定하니 此가 卽 林石村이라 歸來亭 鵬의 孫이니 羅州人이라 林生이 宣祖 己亥에 登科하야 官이 黃海監司에 至하고 二男을 育하얏는대 또한 顯達하고 子孫이 昌盛하얏는대 兪氏의 藻鑑은 文谷 金壽恒의 夫人 羅氏에게 不讓하다 할지로다.

33. 입신출세는 누구 덕분인가,
스님 스승 은덕 잊지마라(상)

중고시대에 합천(陜川)[1] 원님 이(李) 아무개가 나이 이순이 지났는데 다만 독자만 두어 사랑하기를 지나치게 하였다. 바야흐로 나이가 열세 살이 되도록 제멋대로 해도 내버려두니 날로 방종을 일삼고 글 한 자도 알지 못하게 되었다. 원님이 그제야 후회하는 마음이 들었다.

하루는 해인사(海印寺)[2]에 한 사승(師僧)[3]이 있었는데 관아에 들어와서 아뢰었다. 이 사승은 이전부터 원님과 친절히 왕래하는 사람이었다. 사승(대사)이 원님에게 말하였다.

"영윤(令胤)[4]의 나이가 이미 성동(成童)[5]이 되었는데 아직도 배움에 들지 않으니 이를 장차 어찌하려고 그러십니까?"

원님이 말했다.

"과연 대사의 말과 같으나 비록 문자를 가르치려고 한들 따르지 않소. 내 하나밖에 없는 늦게 얻은 사랑하는 자식을 매질할 수도 없고 심히 근심할 따름이오.

대사가 말하였다.

"사대가 자제로 어려서 배움을 잃으면 필경 세상에 버린 사람이 될 것입니다. 오직 사랑에 빠져 이 아이를 가르치지 않으면 이는 도리어 자식을 사랑하는 본뜻이 아닙니다. 영윤의 인물과 행동을 본즉 장래에

---

1) 경상남도 합천군에 있는 읍. 군청 소재지이다.
2) 경상남도 합천군 가야면 가야산에 있는 절이다.
3) 수행자를 지도하는 승려.
4) 남의 아들에 대한 경칭.
5) 열다섯 살 된 사내아이를 이르는 말.

가히 재주를 펼 것입니다. 교육을 소승에게 일임하시면 마땅히 데리고 가서 배움을 가르칠 터이니 사또께서는 이를 허락하시겠는지요?"

원님이 말하였다.

"이는 감히 청하지 못하지만 진실로 원하는 바이오. 대사가 만일 나를 위하여 내 자식을 가르쳐주신다면 그 공덕이 적지 않으리다."

대사가 말하였다.

"만약 그러하시다면 한 가지 질문할 것이 있습니다. 영윤을 이미 소 승에게 맡긴 이상에는 가르치는데 어떠한 방법을 쓰든지 사또께서는 이를 책망치 마십시오. 또 영윤이 한번 산문(山門)에 들어온 이후에는 등내(等內)[6]를 기한하고 관례(官隸)[7]붙이들은 일절 서로 소통하는 것을 금하여 은애(恩愛)를 모두 끊은 연후에 가히 가르치겠습니다. 먹고 입는 것 일체는 소승이 부담할 것입니다. 만일 보낼 물건이 있으시거든 승도 (僧徒)[8] 왕래 편을 이용하여 소승에게 보내 주시면 됩니다. 이를 따르시 겠는지요?"

원님이 이를 허락하였다. 이날로부터 아이는 산문에 들여보내고 이 후로 일절 왕래하지 않았다. 아이가 한번 산문에 들어온 후로 이리저리 날뛰면서 노승을 거만스런 태도로 업신여기고 꾸짖어 욕하는 것이 그치 지 않았다. 그러나 대사는 보고도 못 본 척하는 대로 내버려두었다.

사오일이 지난 후에 대사가 옷깃을 바로잡고 책상 앞에 앉았다. 제자 삼사십 인이 경전을 펼쳐놓고 시립하니 위의가 엄숙하였다. 대사가 이 에 사람을 시켜 아이를 데려오게 하니 아이가 울면서 욕을 해대며 크게 꾸짖었다.

---

6) 벼슬아치가 벼슬을 지내는 동안을 이르던 말로 여기서는 공부하는 동안 정도의 의미.
7) 관가에서 부리던 하인들.
8) 중에 대한 총칭.

"네가 천한 중으로 어찌 감히 양반을 모욕함이 이토록 심하냐! 내가 장차 돌아가 아버지께 고하여 한 매에 때려죽일 거다."

그러며 죽기로 오지를 않으려 하니 대사가 여러 중을 성내어 꾸짖었다.

"너희들이 어찌 결박하여서라도 데려오지 않느냐!"

여러 중이 즉시 붙잡아 데려오니 대사가 아이를 꾸짖었다.

"네 부친이 너를 나에게 맡긴 이상에는 너의 생사는 오직 내 손에 달려있다. 네가 양반가 자제로 낫 놓고 기역 자도 모르고 날로 패악만 일삼으니 장차 어디에 쓰겠느냐. 이 습관을 버리고 학업을 닦지 않으면 네 집안을 망하게 할 것이니 내 형벌을 받아라."

그러고는 이에 송곳 끝을 불에 달구어서 아이의 다리를 지지니 아이가 반나절을 혼절하였다가 간신히 숨을 돌렸다. 대사가 또 다시 "지져라!" 하니 아이가 넋이 나가 애걸하였다.

"지금 이후로 오직 대사의 명을 따르겠으니 저의 죄를 용서해주십시오."

대사가 이에 순순히 꾸짖고 깨우친 지 잠시 후에 아이를 가까이 오게 해서 우선 『천자문』[9]을 가르치고 매일 과정을 엄히 세워 조금도 쉴 틈을 허락지 않았다. 사오 개월이 지나니 천자문과 『통감(通鑑)』[10] 등 책을 모두 환히 깨달아 알았고 오히려 밤낮으로 부지런히 공부하기를 쉬지

9) 양(梁)나라의 주흥사(周興嗣)가 무제(武帝)의 명으로 지은 책으로 우리나라에서 초학(初學) 교재로 널리 쓰였다.

10) 송나라 때에 소미 선생 강지(江贄)가 『자치통감(資治通鑑)』을 요약하여 『통감(通鑑)』을 만들기도 하였다. 우리나라에서는 조선 초기부터 『통감』이라는 이름으로 초학(初學) 교재로 널리 쓰였다. 『자치통감』은 중국 송(宋)나라 사마광(司馬光)이 영종(英宗)의 명으로 편찬한 중국의 편년체(編年體) 역사서이다. 기원전 403년 주나라 위열왕(威烈王)으로부터 960년 후주(後周)의 세종에 이르기까지 1362년간의 역사를 1년씩 묶어서 편찬하였다. 처음에는 『통지(通志)』라고 일컬었는데 치세(治世)에 도움이 되고 위정(爲政)의 귀감이 된다 하여 이 이름이 하사되었다. 모두 294권이다.

않았다. 이와 같이 한 지 일 년여에 문리가 크게 진보하였고 삼 년 뒤에
는 학업이 크게 성장하였다. 아이가 늘 책을 읽을 때에는 혼잣말을 하
였다.

"내가 양반의 자제로 산승에게 욕을 받음은 배우지 못한 까닭이다.
내가 장차 부지런히 공부하여 과거에 급제한 후에는 반드시 이 고을에
어사나 혹은 감사(監司)가 되어 이 중을 때려 죽여 내 원한을 갚으리라."

이러며 이 마음을 갈수록 뼈에 새기고 느슨해지지 않도록 하며 더욱
힘써 학업에 경주하니 대사가 또 과거문체를 가르쳤다.

三十三. 出身成名伊誰力, 師僧恩德不可忘(上)

中古時代에 陜川守 李某가 年이 耳順이 過함이 다만 一個 獨子를
有하고 溺愛하기를 過히 하야 方年이 十三에 至하도록 其 自行自止
대로 任하니 其 兒가 日로 放縱을 事하고 一字도 識치 못함에 至하얏
는대 李倅가 그계야 悔恨하는 心이 有하더니 一日은 海印寺에 一 師
僧이 有하야 衙中으로 來謁하얏는디 此 師僧은 從前으로 李倅에게
親切來往하는 者이라 大師가 李倅다려 謂하되 令胤의 年이 旣히 成
童에 近하얏는디 오히려 入學치 아니하니 此를 將次 如何히 하려 하나
잇가 李倅가 曰하되 果然 大師의 言과 如하나 비록 文字를 敎코져한
들 從命치 아니하니 我의 一個 晚得의 愛子를 楚撻할 슈도 無하고
甚히 憫惜할 짜름이로다 大師가 曰하되 士大家의 子弟로 少하야 學을
失한 則 畢竟 世에 棄人이 되는 것이니 오즉 愛에 溺하야 此를 敎치
아니하면 此는 反히 愛子하는 本意가 아니라 令胤의 人物 凡百을 見
한 則 將來에 可히 有爲의 材를 作할 것이니 敎育하는 事를 小僧에게
一任하시면 小僧이 맛당히 率往하야 學業을 授할 터이니 使道끠셔
此를 肯許하시릿가 李倅가 曰하되 此는 不敢請이언정 固所願이니 大

師가 萬一 我를 爲하야 我子를 訓育할진디 其 功德이 不淺하리로다 大師 曰 若然하면 一事를 可質할 者가 有하니 令胤을 旣히 小僧에게 許한 以上에 訓育上 如何한 方法을 用하든지 使道께서 此를 責치 마시며 且 令胤이 一次 山門에 入한 以後에는 等內를 限하고 官隷 等屬은 一切히 相通홈을 禁하야 恩愛를 割斷한 然後에 可히 하겟고 衣食奉供의 節은 小僧이 自擔할지며 萬一 所送物이 有하시어든 僧徒 往來便을 利用하야 小僧에게로 送致함이 可하다 하노니 此를 肯從하시리가 李倅가 此를 許諾하고 是日로브터 兒를 山門에 入하고 此後로 一切 相通치 아니 하얏더라 李童이 一自上山한 後로 左右跳踉하면셔 老僧을 侮慢하야 詬辱이 無所不至하되 大師가 視若不見하고 其 所 爲디로 任하얏다가 四五日을 過한 後에 大師가 其 弁袍를 正히 하고 案을 對하야 跪坐함이 弟子 三四十人이 經을 橫하고 侍立하니 威儀 가 嚴肅한지라 大師가 이에 人으로 하야금 李童을 拿致하니 李童이 號泣詬辱하며 大叱하야 曰하되 汝가 賤僧으로써 엇지 敢히 兩班을 侮辱함이 此에 至하나뇨 我가 將次 大人끽 歸告하야 一杖에 打殺하 리라 하며 抵死하고 來치 아니하려 하거날 大師가 諸 僧을 怒叱하되 汝等이 엇지 縛來치 아니하나뇨 諸 僧이 一齊히 下手하야 大師前에 拿致하니 大師가 責하되 汝의 父親이 汝를 我에게 許한 以上에는 汝 의 生死는 오즉 我의 手에 在한 것이라 汝가 兩班家 子弟로써 目不識 丁하고 日로 悖惡만 專事하니 將次 何에 用하리오 此 習을 去하야 學業을 修치 아니하면 汝의 門戶를 亡할치니 吾의 刑罰을 受하라 하 고 이에 錐末로써 火에 灸하야 李童의 股를 刺하니 李童이 半晌을 昏絶하얏다가 僅히 回蘇ㅎ는지라 大師가 쏘 다시 刺하라 하니 李童이 魂不附身하야 이에 哀乞하되 從玆 以後로는 오즉 大師의 命을 是從 하리니 我의 罪를 容恕하기를 望하노라 大師가 이에 循循히 責之諭之 한 지 食頃後에 李童을 近前케 하고 爲先 千字文을 敎授ㅎ고 每日課

程을 嚴立하야 小休를 許치 아니하더니 四五個月이 過함이 千字와
通鑑 等書를 모다 通曉하고 尙히 晝夜孜孜하야 不輟케 하니 如是혼
지 一年 有餘에 文理가 大進하고 三年 後에는 學業이 大就하얏더라
李童이 每樣 讀書할 時에는 獨語하야 曰 我가 兩班의 子弟로써 辱을
山僧에게 受함은 不學한 所致이라 我가 將次 勤工 登科한 後에는
반다시 此 郡에 御史 或은 監司를 做得하야 此 僧을 打殺하야 我의
宿怨을 報하리라 하며 此 心이 愈久할스록 刻骨 不懈하야 더욱 力을
學業에 傾注하더니 大師가 又 科擧文體를 敎授하얏더라.

33. 입신출세는 누구 덕분인가,
##　　스님 스승 은덕 잊지마라(하)

하루는 대사가 좋은 말로 깨우쳤다.

"네 공부는 이미 진취하였을 뿐 아니라 과유(科儒)[1]들 중에서도 뛰어
난 글을 지으니 내일은 나를 따라서 하산함이 좋겠다."

다음 날 아침에 대사가 관아로 함께 가서 원님에게 고하였다.

"지금 영윤의 문리가 크게 나아졌으니 후일 과거에 급제한 후에는
문임(文任)[2]도 타인에게 양보치 않을 것입니다."

원님이 그 아들의 문학이 성취하였다는 말을 듣고 맘속으로 매우 기
뻤다. 대사를 대하여 무수히 사례를 치하하고 또 몇 년이 지나 부자가
상봉함에 그 애정 넘치는 기쁜 마음을 실로 어떻게 표현하기가 어려웠
다. 오래지 않아 원님은 그 아들 혼례를 치렀다. 아들은 상경 후에 과장
(科場)에 출입한 지 몇 해만에 드디어 급제하고 또 몇 해 후에 영백(嶺伯)[3]
을 제수받았다. 아들은 비로소 마음속으로 크게 기뻐 말했다.

"이번에 부임하면 해인사 아무개 중을 때려죽여 묵은 분함을 풀리라."

그리고 상영(上營)[4]에 부임한 후에 각 군에 순시를 할 때 형리(刑吏)에
게 명하여 특별히 형장을 갖추게 하였다. 또 집장사령(執杖使令)[5] 가운데
무르익은 자를 골라서 수행케 하였다. 장차 해인사에 도착하여 대사를
때려죽이려 함이었다.

---

1) 과거를 보는 선비를 이르던 말.
2) 홍문관, 예문관의 제학을 이른다.
3) 경상도관찰사(慶尙道觀察使)를 달리 이르던 말.
4) 관찰사가 직무를 보던 관아.
5) 죄인을 심문할 때, 장형(杖刑)을 집행하는 사령.

행차한 지 며칠 만에 홍류동(紅流洞)[6]에 도착하니 그 대사가 여러 중의 무리를 이끌고 길가에 나와 맞이하였다. 이 감사(李監司)가 이를 보고 하교(下轎)[7]하여 국궁(鞠躬)[8]의 예를 다하고 평일의 은덕을 치사하니 대사가 흔연히 접대하며 말하였다.

"노승이 다행히 죽지 않아 순사또(巡使道)[9]의 성대한 위의를 보니 실로 흔행만만(欣幸萬萬)[10]입니다."

그리고 즉시 길을 인도하여 산사에 들어간 후에 대사가 이 감사를 대하여 말했다.

"소승의 거실은 곧 사또가 지난해에 공부하던 곳입니다. 오늘 밤에는 하처(下處)[11]를 옮겨 소승과 함께 주무심이 어떠할까 합니다."

이 감사가 이를 허락하고 함께 자는데 한밤중에 대사가 물었다.

"사도께서 이곳에 있으며 수학하던 때 소승을 죽이고자 하는 마음이 있었는지요?"

"그러하였소."

대사가 또 말했다.

"과거에 급제한 한 후에 건절(建節)[12]하기 까지도 이 마음이 그대로였는지요?"

"그러하였소."

대사가 또 말했다.

"이번 순행하실 때에도 시심(矢心)[13]코 소승을 때려죽이려 특별히 형

---

6) 해인사가 있는 가야산 계곡물로 계곡 전체가 핏빛으로 붉게 물이 들어 붙여진 이름이다.
7) 말에서 내리는 곳.
8) 극진히 공경하여 몸을 굽혀 절을 하는 것을 말함.
9) 각 도의 순찰사(巡察使). 곧 감사를 높이어 이르던 말.
10) 기쁘고 다행스러움이 이루 말할 수 없음.
11) 손이 객지에서 묵는 곳.
12) 각 도의 수령인 관찰사로 등용되던 일.

장을 차려가지고 집장자를 택한 일까지 있으시지요?"

이 감사가 말했다.

"그러하였소."

대사가 말했다.

"이와 같을진대 어찌 나를 때려죽이지 않고 도리어 말에서 내리시고 정성을 다해주셨는지요."

이 감사가 말했다.

"지난날 한을 잊기 어려우나 대사 얼굴을 대하니 이 한이 얼음 녹듯 사라지고 자연히 경애하는 마음만 생기는 고로 이러한 것이오."

대사가 말하였다.

"소승이 이미 헤아려 안 것이고 사또가 후일에 대관(大官)에 이르실 것입니다. 아무 해 몇 월 며칠, 사또가 기성(箕城)[14]에 관찰사가 되시면 그때 소승이 마땅히 상좌(上佐)[15] 아무개를 보내겠습니다. 사또는 마땅히 특별히 대우하시어 먹고 자기를 함께 하는 게 좋을 듯합니다. 잊어버리지 마소서."

감사가 '잘 기억하겠다' 하니 대사가 다시 종이 한 장을 꺼내어 보이며 말했다.

"이것은 소승이 사또를 위하여 평생을 미루어 판단한 그해의 운수입니다. 한평생 벼슬이 어느 품계에 이르는 지를 분명히 기록하였으니 한번 보십시오. 그리고 앞서 말한 기성의 일은 천만 망각치 마소서."

감사가 "예예" 하고 후히 예를 차린 후에 돌아갔다.

그 후에 과연 기성의 관찰사가 되었는데 하루는 모시는 사람이 들어

---

13) 마음속으로 맹세함.

14) ①평양(平壤)의 다른 명칭. ②전라도 영광군(靈光郡)의 다른 명칭. ③전라도 함풍현(咸豐縣)의 다른 명칭. ④경상도 평해군(平海郡)의 다른 명칭.

15) 사승(師僧)의 대를 이을 사람 가운데 가장 높은 승려.

와 보고하였다.

"합천사의 중이 왔습니다."

감사가 문득 깨달아 곧 불러들여 당에 오르게 한 후에 손을 잡고 대사 안부를 먼저 묻고 저녁을 함께 먹었다. 그날 밤에 중과 함께 잤다. 밤이 깊어지자 구들장이 너무 뜨거워 감사가 이부자리를 중이 누워있는 바깥쪽으로 옮기고 깊은 잠에 들었다. 꿈자리가 뒤숭숭한 가운데 비린내가 코를 찔렀다. 손으로 중의 등을 더듬으니 중이 누워있는 자리에 물기가 배어 있었다. 급히 통인(通引)[16]을 불러 불을 켜고 보니 어떤 자가 칼로 중의 배를 찔러 오장이 밖으로 쏟아져 나와 유혈이 낭자했다.

감사가 크게 놀라 바깥으로 시체를 옮기고 급히 관속을 불러 모아 범인을 철저히 조사한 즉, 이러했다. 감사가 사랑하는 기생이 한 관가 노비와 좋아하는 사이였는데 서로 깊이 사랑에 빠져 이러한 연유로 원한을 품고 감사를 죽이려 들어왔다가 윗자리에 누워있는 것이 감사인 줄 착각하고 중을 찔러 죽인 것이었다. 감사가 일일이 엄히 조사한 후에 그 범인을 중형에 처하고 중의 상을 잘 치러 해인사로 보내었다.

대개 대사는 감사의 이 액운이 있음을 미리 알고 상좌를 보내어 대신 죽게 한 것인데, 이 상좌는 전생의 묵은 업으로 감사의 은혜를 입어 대신 목숨으로 갚을 것으로 정해져 있었다. 이 감사는 그 후에 이름을 들날리고 수명이 다하여 대사가 헤아린 운수와 꼭 맞았다.

三十三. 出身成名伊誰力, 師僧恩德不可忘(下)

一日은 大師가 好言으로써 諭하되 君의 工夫는 旣히 進就하엿슬 뿐아니라 科儒를 優作하리니 明日에는 我를 隨하야 下山함이 好하다

---

16) 지방관아에 딸려 수령의 잔심부름을 하던 사람.

하고 翌朝에 大師가 衙中으로 伴來하야 李倅에게 告하되 今에는 令胤
의 文辭가 大就하얏스니 他日 登科 後에는 文任ᄭ지도 ᄯ한 他人에게
讓치 아니하리이다 李倅가 其 子의 文學이 成就하얏다 함을 聞하고
心中에 甚喜하야 大師를 對하야 無數히 謝를 致하고 又 積年의 後에
父子가 相逢함에 其 愛情에 溢한 歡善의 心은 實로 如何라 謂키 難하
더라 未幾에 李倅는 其 子를 爲하야 議婚成親하고 上京 後 科場에
出入한지 數年에 곳 登科하고 又 數年 後에 嶺伯을 拜하니 비로소
心中에 大喜하야 曰 今行에는 海印寺 某 僧을 打殺하야 宿憤을 雪하
리라 하고 上營後 各 郡에 出巡할세 刑吏를 飭하야 特別刑杖을 作하
고 又 執杖使令中에 善熟한 者를 擇하야 陪行케 하얏는대 將次 海印
寺에 到하야 大師를 打殺코져 함이더라 行한지 幾日만에 紅流洞에
到하니 其 大師가 諸 僧徒를 率하고 道左에 出迎하는지라 李監司가
此를 見하고 下轎하야 鞠躬의 禮를 致하고 平日의 恩德을 致謝하니
大師가 欣然히 接하여 曰 老僧이 幸히 死치 안이하얏다가 巡使道의
盛儀를 及見하니 實로 欣幸 萬萬이로소이다 하고 卽時 路를 引導하
야 山에 入한 後에 大師가 李監司를 對하야 謂하되 小僧의 居室은
곳 使道가 向年에 工夫하든 處라 今夜에 下處를 移하야 小僧과 同宿
하심이 如何하니잇고 李監司가 此를 許하고 더부러 同宿하더니 深更
後에 大師가 問하되 使道끠서 此에 在ᄒ야 受學하든 當時에 小僧을
殺코져 하는 心이 有하더잇가 曰 然하얏노라 大師가 又 曰하되 登科
하야 建節하기ᄭ지도 此 心이 有치 아니 하얏나잇가 曰 然하얏노라
今番 行巡時에도 矢心코 小僧을 打殺하라 하야 特別刑杖을 製하고
執杖者를 擇한 事ᄭ지 有하지 아니하얏나잇가 曰 然하얏노라 大師ㅣ
曰 萬一 如斯할진대 엇지 我를 打殺치 아니하고 反히 下轎致款을 爲
하시니잇고 監司 曰 向日의 恨을 忘키 難하나 師顔을 對함에 及하야
는 此 恨은 氷釋雪消하고 自然敬愛하는 心만 生하는 故로 如是하얏

노라 大師 曰 小僧이 旣히 揣知한 바어니와 使道가 他日에 大官을
致하실지라 某年 月日에 使道가 箕城에 按節하시면 其 時에 小僧이
맛당히 上佐 某를 送하리니 使道는 宜히 優禮로 待하야 더부러 同食
同宿함이 可하니 幸히 忘域에 置치마소셔 監司가 此를 牢記하니 大師
가 更히 一紙를 出示하야 曰 此가 小僧이 使道를 爲하야 平生을 推演
한 年運이라 享年 幾何와 位至幾品을 昭然 記入하얏스니 一覽하시고
先言한 箕城事는 千萬 忘却치 마소셔 監司가 唯唯하고 厚禮를 致한
後에 歸任하얏더라 其 後에 果然 箕伯이 되얏더니 一日은 侍者가 告
하되 陝川寺 僧이 來하얏다 하는지라 監司가 况惚覺悟하야 곳 招入昇
堂케 한 後에 手를 把하야 大師의 安否를 先問하고 夕食을 共히 하고
其 夜에 因하야 同所에 宿하더니 夜가 深함이 房突이 過熱한지라 監
司가 枕席을 僧이 臥한 外邊으로 移하고 熟睡하더니 昏夢中에 腥穢
의 氣가 臭를 觸하는지라 手로 僧背를 撫하니 僧 臥한 席에 水가 有하
거날 急히 通引을 呼하야 燭을 執하고 一見한 則 何者가 刀로써 僧腹
을 刺하야 五臟이 外出하고 流血이 滿地한지라 監司가 大驚하야 外
室로 死屍를 移하고 急히 官屬을 會集하야 犯人을 窮査한즉 監司의
嬖妓가 一官奴의 所眄으로 彼此 沈惑한지라 是로 由하야 憾을 含하
고 監司를 刺하려 入來하야 上席에 臥한 것을 監司인줄 誤認흐고 僧
을 刺殺흠이더라 監司가 一一히 嚴査한 後에 該 犯人을 重辟에 置하
고 僧의 喪을 治하야 海印寺로 送하니 大槪 大師는 監司의 此 厄運이
有함을 豫料하고 上佐를 送하야 代死케 함인대 此 上佐는 前生의 宿
業으로 監司의 恩을 殉報흘 定限이 有함이더라 李監司는 其 後에 功
名 壽限이 다 大師의 推數와 符合하니라.

34. 부인의 식견이 장부보다 나으니,
중국 사신은 욕심을 못 드러내다

정충신(鄭忠信, 1576~1636)[1]의 호는 금남(錦南)이니 인조(仁祖) 때의 이름난 무장이다. 선사포(宣沙浦)[2] 첨사(僉使)를 제수받아 여러 재상을 역사(歷辭)[3]할 때였다. 한 노재상이 있었는데 은근히 치관(致款)[4]하며 말하였다.

"내가 그대의 앞길이 한량없음을 알고 또한 그대가 아직 아내를 얻지 않음도 아네. 내가 측실에서 낳은 딸 하나가 있으니 그대의 소실되어 건즐(巾櫛)[5]을 받들게 함이 어떠한가?"

금남이 그 뜻에 감격하여 이를 허락하니 늙은 재상이 말했다.

"그러면 남의 이목이 번거로워 좋지 못하니 떠나는 날에 홍제교(弘濟橋)[6] 앞에서 기다리게."

---

1) 본관은 금성(錦城), 자 가행(可行), 호 만운(晩雲), 시호 충무(忠武)로 도원수를 지낸 정지(鄭地, 1347~1391)의 후손이라 하는데, 아전과 계집종 사이에서 태어났다고 전해진다. 정충신은 임진왜란 당시 권율장군을 따라 종군하다가, 16세의 나이에 왜군의 포위를 뚫고 의주까지 가서 권율장군의 장계를 선조에게 올렸다. 이러한 의기를 기려 백사 이항복이 그에게 충신이라는 이름을 지어 주었고 선조는 노비에서 면천을 시켜주었다고 한다. 1592년 무과 급제. 1623년(인조 1) 안주목사 겸 방어사가 됐다. 이듬해 이괄의 난 때 전부대장(前部大將)으로 황주(黃州)와 서울 안현(鞍峴)에서 싸워 이겨서 진무공신(振武功臣) 1등에 책록되어 금남군(錦南君)에 봉해지고, 이어 평안도병마절도사 겸 영변대도호부사(寧邊大都護府使)가 됐다. 조선시대 법규상 어머니가 종이면 아들도 종의 신분을 세습 받았다. 철저한 신분제 사회에서 본인의 의지와 노력으로, 천인 노비에서 위인이 된 입지전적인 인물이다. 하권 44화 참조.
2) 평안북도 철산군 백량면 기봉동에 있었던 포구.
3) 원(員)이 부임하기 전에 각 관아에 돌아다니며 인사하던 일을 말함.
4) 공경하는 듯을 보이는 것.
5) 수건과 빗을 아울러 이르는 말로 아내나 첩의 비유적 표현.
6) 서대문구 홍제제3동 266번지와 홍은제1동 48번지 사이 홍제천 위에 놓여 있는 다리.

금남이 이를 응낙하였다.

떠나는 날 채비를 하고 다리 앞에서 기다리니 과연 가마와 가마를 끄는 말 일행이 가볍게 와서는 선사포 첨사의 행차임을 물었다. 금남이 드디어 그 부인을 친히 맞이해보니 체격이 심히 크고 말하는 게 재미없었다. 속임을 당하였음을 알았지만 또한 거절하여 물리치기도 어려웠다.

그러므로 부지런히 동행하여 선사포에 도착한 후에 다만 주궤(主饋)[7]를 하게 할 따름이요, 살펴줄 뜻이 할 전연 없었다.

하루는 저녁에 병영에서 비첩(秘牒)을 가져왔거늘 그 서한을 열어보니 그 글은 이러하였다.

"군무로 급히 상의할 일이 있으니 성화같이 빨리 달려오라."

드디어 저녁밥을 빨리 먹고 별실로 들어가 소실과 작별을 하니 소실이 말했다.

"영감이 지금 가는 길에 무슨 일이 있을 줄 아시는지요."

금남이 말했다.

"알지 못하오."

소실이 말하였다.

"장부가 이 난세를 당해 거취를 할 때에 능히 일의 기미를 앞서 헤아리지 못한다면 어떻게 일을 하겠는지요?"

금남은 그 말을 기이하게 생각하고 까닭을 물으니 소실이 말하였다.

"반드시 이러 이러한 일이 있을 테니 이리이리 대응하면 일을 처리할 수 있습니다."

그리고 곧 붉은 비단으로 만든 천익(天翼)[8]을 내주었다. 입어보니 이 갑옷이 몸에 꼭 들어맞았으므로 금남은 몹시 놀라고 이상하게 여겼다.

---

7) 안살림 가운데 음식에 관한 일을 책임 맡은 여자.
8) 옛 무관의 공복(公服)의 하나.

말을 달려 영문에 이르니 순사(巡使)가 좌우를 물리치고 말하였다.

"지금 명나라 사신이 돌아가는 길에 이 성에 머무르면서 백은(白銀) 만량을 토색(討索)[9]하고 있다오. 만약 그들의 청을 들어주지 않는다면 효수(梟首)하겠다고 하니 일이 심히 당황스럽고 백은 만량도 마련키 어렵소. 백번 생각보아도 그대가 아니면 이 변고에 대응할 수 없기에 그러므로 오라한 것이오."

금남이 이 말을 들은 즉 과연 소실의 말과 같았다. 이에 연광정(練光亭)[10]에 나가 앉아 영리한 감영의 군교를 뽑아 귀엣말을 하고 보낸 뒤에 즉시 관가의 지혜롭고 예쁜 기생 4, 5명을 뽑아 명나라 사신들에게 노래도 하고 술시중도 들게 하였다. 술잔이 낭자해지자 또 감영 군교를 불러 귓속말을 하였다.

"지금 은을 내놓지 않으면 순사가 죽임을 당하고 온 성은 어육(魚肉)이 될 것이니 네가 나가서 성 안 집집마다 화약을 꽂아놓고 연광정 위에서 대포를 세 번 쏘면 불을 붙여라."

감영 군교가 명령을 받들고 물러났다가 잠시 후에 들어와 보고하였다.

"화약을 모두 꽂았습니다."

이에 금남이 포수로 하여금 대포 소리를 나게 하니 여러 기생들이 사신 옆에 있다가 이를 듣고 크게 두려워하며 거짓 핑계를 대고 조금씩 조금씩 물러 나가 각각 그들 집에 돌아가 이 말을 전하니 잠깐 사이에 온 성이 이 사실을 모두 알게 되었다. 아버지를 부르고 어머니를 부르며 처의 손을 잡고 자식을 끼고는 성 밖으로 다투어 나가니 시끌벅적한

---

9) 돈이나 물건 따위를 억지로 달라고 함.
10) 평양에 있는 정자로 대동강의 물결이 마치 비단처럼 눈부시게 비친다고 하여 붙여진 이름이다.

소리가 땅을 진동시켰다.

명나라 사신은 처음엔 대포소리를 듣고 몹시 의아하게 여기다가 시끌벅적한 소리를 듣고 그 까닭을 묻고는 깜짝 놀라 일어나 감영 군교에게 무슨 일인가 탐문하니, 한 사람이 대답하였다.

"선사포 첨사께서 여차여차하라고 하셨습니다. 만약 또다시 대포를 쏘게 된다면 온 성이 장차 재가 될 것입니다."

명나라 사신이 넋이 나가 놀라고 당황하여 신발도 채 신지 못하고 연광정으로 달려가서 금남의 손을 붙잡고 자기의 죄를 사한 후에 목숨을 살려달라고 애걸하였다. 금남은 이에 의리를 들어 꾸짖었다.

"그대는 천조(天朝)의 사신으로 와서 조명(詔命)을 널리 펼치는 사람이오. 사신이 오고 가는 길가에 배신(陪臣)[11]들이 정성을 다해 부지런히 접대를 하거늘, 의롭지 못한 금을 내놓으라하니 이는 행치 말아야 할 정사이오. 한 성안 사람들이 죽기는 일반이니 차라리 잿더미 속에서 함께 죽겠소이다."

명나라 사신이 이에 애걸복걸하였다.

"우리 목숨이 어르신 손에 달려 있소. 마땅히 오늘밤 즉시 말을 달리면 3일 이내에 마땅히 압록강을 건너갈 터이니 원하옵건대 한번 남은 대포소리를 멈추어 주시오."

금남이 노하여 말하였다.

"명나라 사신께서 무례하니 나는 말을 믿지 못하겠소."

그러며 포수를 연달아 불러대니 명나라 사신이 금남을 안고 천번만번 애걸하였다. 금남이 부득이한 모습으로 허락하니 사신 일행이 일제히 말에 올라 바람이 몰아치고 번개가 치듯 과연 3일 내에 강을 건넜다.

---

11) 예전에, 공경대부(公卿大夫)의 집에 딸려 그들을 섬기는 사람을 이르던 말.

순사가 크게 기뻐하며 금남에게 무수히 사례하고 잔치를 베풀어 사례하였다. 이로 말미암아 금남의 이름이 일세(一世)에 진동하게 되었다. 금남이 본진으로 돌아와 매사를 소실에게 물었고 소실을 신의 사자처럼 대우하였다.

三十四. 婦人識見勝丈夫, 華使不敢逞其慾

鄭忠信의 號는 錦南이니 仁祖朝의 名武ㅣ라 宣沙浦 僉使를 除拜하야 諸 宰를 歷辭할 세 一 老宰가 有하야 慇懃히 致款하며 曰 吾가 君의 前進이 無量할 줄을 知하고 또한 君이 尙히 室家를 有치 아니함도 知하는 바이라 吾가 側室에 一女가 有하니 君의 小室을 作하야 巾櫛을 奉함이 何如하뇨 錦南이 其 意를 感하야 此를 許하니 老宰가 曰하되 然하면 人의 耳目에 煩함이 不可하니 發行하는 日에 弘濟橋 頭에셔 待하라 錦南이 此를 應諾하고 治行啓發하야 橋頭에 至한 則 果然 轎馬 一行이 翩翩히 來하야 宣沙의 行次를 問하거날 錦南이 드대여 其 夫人을 迎親하니 軀殼이 甚大하고 言語가 無味한지라 스스로 見欺함을 嘆하나 또한 排却키 難한 故로 黽勉同行하야 到鎭한 後에 다만 主饋를 爲케 할 따름이오 顧念할 意가 頓無하더니 一夕에는 營門秘牒이 來到하얏거날 其 書翰을 析見한 則 其 書에 曰하얏스되 軍務로 至急히 相議할 事가 有하니 星火馳進하라 한지라 드대여 夕飯을 催하야 喫하고 小室을 入別한즉 小室이 曰하되 令監이 今行에 何事가 有할줄 知하니잇가 曰 不知하노라 小室이 曰하되 丈夫가 亂世를 當하야 去就의 際에 能히 事機를 豫料치 못하면서 엇지 濟事하리오 錦南이 其 言을 奇히 녀여 其 理由를 探問하니 小室이 曰하되 必然 如許如許한 事가 有하리니 應變의 策은 如是히 한 後에 可히 濟事하리라 하고 因하여 紅錦緞 天翼을 出하야 着하니 此 品製가 適

中한 지라 錦南이 甚히 驚異하고 營下에 馳到하니 巡使가 左右를 屛
際하고 言하되 今에 華使가 回路에 此 城에 逗留하며 白銀 萬兩을
討하되 萬一 聽施치 아니하면 梟首하리라 하니 事가 甚히 罔措하고
物도 坯한 辨得키 難한지라 百爾思之하야도 君이 아니면 應變할 슈
無한 故로 請來하얏노라 하거눌 錦南이 其 言을 聽한즉 果然 少室의
言과 如한지라 이에 練光亭에 出坐하야 伶俐한 營校를 抄하야 耳語
혼 지 良久에 旋送하고 卽時 慧艷한 官妓 四五人을 選하야 或歌 或
舞하며 杯酒 浪藉하다가 營校를 又 招하야 耳語하되 今에 銀을 不出
하면 巡使가 死를 被하고 滿城이 魚肉이 될지니 汝가 出하야 城內
家家에 火藥을 揷하고 練光亭 上에셔 放砲 三聲하거든 火를 衝하라
營校가 命을 奉하고 退去하더니 少頃에 入告하되 火藥을 盡揷하얏나
이다함이 錦南이 砲手로 하야금 一聲을 放하니 諸 妓가 傍에 在하얏
다가 此를 聽하고 大히 驚懼하야 事故를 假託하고 稍稍出去하야 各
各 其 家에 歸하야 此 言을 傳하니 須臾에 滿城이 皆知하고 呼爺喚
孃하며 挈妻携子하야 城外로 爭出함이 喧囂의 聲이 地를 動하는지라
華使가 砲聲을 初聞하고 甚訝하다가 喧聲을 又 聞하고 驚起하야 營
校에게 探問한 즉 一人이 對하되 宣沙浦 僉使가 如此如此 하는대
萬一 一砲를 又 放하면 滿城이 將次 灰燼을 成하리라 하니 華使가
神魂이 錯忙하야 履를 밋쳐 着치 못하고 練光亭으로 走到하야 錦南
의 手를 握하고 己의 罪를 謝한 後에 活命하기를 請하거날 錦南이
이에 義理를 擧하야 責하되 君이 天朝의 使臣으로 來하야 詔命을 宣
함에 沿路의 陪臣 等이 恪勤히 接待하거날 無義한 金을 責出하니 此
는 行不得의 政이라 一城의 人이 死함은 一般이니 寧히 灰燼中에 共
死할지어다 華使가 이에 伏地 哀乞하되 我의 命이 大爺의 手에 懸한
지라 맛當히 卽夜 疾馳하야 三日 以內에 鴨綠江을 渡去하리니 願컨
대 一砲를 停하소서 錦南이 怒하되 華使가 無禮하니 我는 不信하노

라 하며 砲手를 連呼하니 華使가 錦南을 抱하고 千萬哀乞하는지라
錦南이 不得已하는 樣으로 許하니 華使 一行이 一齊히 上馬하야 風
馳電走하야 果然 三日 內에 江을 渡하얏더라 巡使가 大喜하야 錦南
에게 無數 致謝하고 設宴款待하니 此로 由하야 錦南의 名이 一世에
振하얏더라 錦南이 本鎭으로 歸하야는 每事를 其 小室에게 問하야
神使와 如히 待하더라.

35. 대담한 사내 죽음을 두려워 않으니,
흉적이 감히 악함을 펼치지 못하다(상)

정익공(貞翼公) 이완(李浣, 1602~1673)[1]이 어렸을 때 홀로 산중에서 사냥을 하였다. 짐승을 쫓아 깊은 산으로 들어갔다. 날이 이미 저물고 사방을 둘러보아도 인가가 없었다. 마음에 심히 당황스러워 고삐를 잡아당기며 풀길을 찾아 나왔다. 여러 등성이를 넘어 한 곳에 이르니 산이 움푹 파인 곳에 한 커다란 집이 있었다.

말에서 내려 문을 두드리니 여러 겹 문은 굳게 잠겨있고 한 사람도 대답하는 자가 없었다. 한 식경 후에 한 여자가 안에서 나와 말하였다.

"이곳은 나그네가 잠시 머무를 땅이 아니니 속히 가는 것이 좋습니다."

공이 그 여자를 보니 나이는 20세가량으로 용모가 자못 단정하고 어여뻤다. 공이 여자에게 말하였다.

"산골짜기는 깊고 날이 저물어 호랑이와 표범이 돌아다니는데 간신히 인가를 찾아왔소. 이렇게 거절함은 무슨 까닭인지요."

여자가 대답하였다.

"귀하신 나그네께서 이곳에 계시다가는 반드시 헤아릴 수 없는 화를 당하기에 나그네의 청함을 받아들이지 못하는 것입니다."

공이 말했다.

"문을 나서 맹호에게 죽는 것보다는 차라리 이곳에서 죽는 것만 못합니다."

---

1) 효종·현종 때의 명신으로 자는 징지(澄之), 호는 매죽헌(梅竹軒), 정익공(貞翼公)은 시호이다. 경주 사람으로 효종 때 훈련대장을 지냈으며, 왕의 밀명을 받아 송시열과 함께 북벌의 대업을 도모했으나, 효종의 죽음으로 무산되었다. 현종 때에는 우의정을 지냈다. 16화 참조.

그러고 마침내 문을 밀치고 들어가니 여자도 어찌하기가 어려워 드디어 내당으로 맞아들였다. 그 여자 이외에는 남녀노소가 한 사람도 없었다. 마음에 심히 괴이하여 앉은 후에 여자가 홀로 사는 이유와 화를 입는다는 까닭을 물어보니 눈물을 주르르 흘리며 말하였다.

"이 집은 적괴(賊魁)[2]가 사는 곳입니다. 저는 원래 양가의 여자인데 몇 해 전에 이 적괴에게 잡혀와 이곳에 있은 지 여러 해가 흘렀으나 아직도 호랑이 소굴에서 벗어나지 못하고 실오라기 같이 남은 목숨을 겨우 지키고 있습니다. 오늘은 적괴가 마침 사냥하기 위하여 산에 올라간 뒤 아직 돌아오지 않았으나 밤에는 반드시 돌아옵니다. 존객이 이곳에 있는 것을 본다면 첩은 객과 함께 한칼 아래 머리를 내줘야 합니다. 존객의 풍채와 위의를 보건대 보통 사람이 아닙니다. 평범한 사람이 아닌데 한 몸을 적의 칼 아래 헛되이 내어던지시면 어찌 애석치 않겠습니까."

공이 웃으면서 말했다.

"죽을 때가 다와 가지만 끼니를 거를 수 없으니 저녁밥을 빨리 짓는 게 어떠한지요."

여인이 이에 저녁을 하러 나갔다.

공이 배불리 먹은 후에 여자를 안고 누우려 하니 여자가 거절하면서 말하였다.

"이와 같이 하다가 후환을 어떻게 하시려고 이러십니까?"

공이 말했다.

"이런 지경에 이르렀으니 가위 '깎아도 반이요, 깎지 않아도 반이라(削之亦反 不削亦反)'[3] 하였소. 고요한 밤 아무도 없는데 남녀 두 사람이 한

---

2) 도둑의 우두머리.
3) 『통감절요(通鑑節要)』 권8에 보이는 것으로 원문은 "영토를 깎아도 반란하고 깎지 않더

방에 함께 있으니 비록 혐의가 없고자 한들 누가 이를 믿을 것이며 또 사람이 죽고 사는 게 운명에 있으니 두려워한들 무슨 이득이 있겠소."

인하여 함께 잠자리에 들어 드러눕기를 태연자약하게 하였다. 이렇게 있은 지 얼마 후에 홀연 문밖에서 문 두드리는 소리가 들렸다. 여자가 몸을 떨며 얼굴에 핏빛이 없어지며 말했다.

"적괴가 왔으니 이를 장차 어찌하나요?"

공은 못들은 것처럼 태연자약할 뿐이었다. 한 사내가 들어오는데 신장이 십 척이요, 하목해구(河目海口)[4]에 생긴 모습은 우람하고 풍채와 위의가 흉하고 사나워보였다. 손에 장검을 잡고 술이 반쯤 취해서는 방에 들어와 공이 누워 있는 것을 보고 큰소리로 꾸짖었다.

"네가 어떠한 사내놈인데 감히 이곳에 와 남의 아내를 범하며 또 내가 들어오는 것을 보고도 태연히 누워 일어나지도 않느냐."

공은 얼굴빛을 흔들리지 않고 천천히 말하였다.

"산에 들어가 사냥을 하다가 날이 저물어 집에 돌아갈 수 없기에 부득이 이곳에 묵는 것이네. 뭐, 하지 못할 일이라도 했는가."

三十五. 大膽男兒不畏死, 兇賊不敢肆其凶(上)

李貞翼公 浣이 少時에 獨히 山中에서 射獵을 爲하더니 獸를 逐하야 深山으로 轉入하얏슴이 日色이 已暮하고 四顧하야도 人家가 無하

라도 또한 반란할 것이나, 영토를 깎으면 반란은 빨라도 화는 적고, 깎지 않으면 반란은 더디나 화는 크다.(削之亦反 不削亦反 削之反亟禍小 不削反遲禍大)"이다. 즉 손을 써도 일이 벌어지고 손을 쓰지 않아도 일이 벌어지나 손을 쓰지 않으면 화가 더 커짐을 비유하는 말이다.

4) 크고 억실억실한 눈에 바다처럼 커다란 입을 하목해구라 한다. 『마의상서』에서는 이런 상을 큰 부자가 될 상이라고 하였다.

기인기사록(奇人奇事錄) 상

거날 心에 甚히 慌忙하야 轡를 按하고 草路를 尋하야 出하더니 數岡
을 越하야 一處에 至한 則 山凹한 內에 一大 瓦家가 有하거날 因하야
馬에 下하야 門을 叩한 則 重關이 深鎖하야 一人도 應하는 者가 無하
더니 食頃 後에 一 女子가 內로부터 出하야 曰하되 此處는 客子의
暫留할 地가 안이니 速히 出去함이 好하다 하거날 公이 其 女子를
見한 則 年이 二十歲 假量으로 容貌가 頗히 端麗한지라 公이 女子다
려 謂하되 山谷은 深하고 日勢가 暮한지라 虎豹가 橫行하는 地에 艱
辛히 人家를 尋覓하야 來하얏거날 如是히 拒絕함은 何故인고 女가
對하되 尊客이 此에 在하시다가는 必然 不測의 禍를 被할터이기로
客의 請求를 容치 아니함이다 公이 曰하되 門에 出하야 猛虎에게
死하는 것보다는 찰아리 此處에서 死함만 不如하다 하고 遂히 門을
排하고 入하니 女子가 쏘한 何如키 難하야 드대여 內堂으로 延入하는
대 其 女子 以外에는 男女老少 間에 一人도 無한지라 心에 甚히 怪訝
하야 坐를 定한 後에 女子의 獨處하는 事故와 被禍한다는 理由를 叩
하니 汍然히 流涕하며 曰하되 此 家는 卽 賊魁의 所居地이니 妾이
元來 良家의 女子로 年前에 此 賊魁에게 擄掠한 바가 되야 此에 在한
지 數年에 尙히 虎口를 得脫치 못하야 一縷의 殘命을 苟支하는 바
今日은 賊魁가 맛참 射獵하기 爲하야 登山한 後에 아즉 還來치 아니
하얏스나 夜에는 必返하리니 萬一 尊客이 此에 在함을 見할진대 妾이
客으로 더부러 一劍의 下에서 首를 授하리니 尊客의 風儀를 觀하건대
凡人이 아니며 俗子가 안인터에 一身을 賊鋒의 下에 虛擲하시면 엇지
可하랴 如惜치 아니하리잇고 公이 笑曰하되 死期는 비록 迫하얏스나
可히 闕食치 못할지니 夕飯을 斯速히 備來함이 如何할가 이에 夕飯을
炊하야 進하거늘 公이 飽喫한 後에 因하야 女를 抱하고 臥하니 其
女가 牢拒하야 曰 如此히 하다가 後患을 將次 如何히 흐려 하나잇가
公이 曰하되 到此 地頭하야는 可謂「削之亦反이오 不削亦反」이라

靜夜 無人의 際에 男女 兩人이 一室에 同處하야 비록 別嫌코져 한들 誰가 此를 信할 것이며 且 人의 死生이란 元來 命이 有한 것이니 恐懼한들 何益이 有하리오 하고 因하야 더부러 同寢하고 偃臥하기를 自若하더니 居한지 數食頃에 忽然 門外에 剝啄의 聲이 聞함이 女가 戰慄하야 面에 人色이 無하며 日하되 賊魁가 至하얏스니 此를 將次 奈何하리오 公이 聽若不聞하고 泰然自若ᄒ더니 而已오 一大漢이 有하야 身長이 十尺이오 河目海口에 狀貌가 雄偉하고 風儀가 兇悍한지라 手로 長劍을 執하고 半醉을 帶하고 門에 入하다가 公의 臥함을 見하고 이에 高聲大叱하되 汝가 何許의 漢子이완대 敢ㅣ 此處에 來하야 人의 妻를 奸하며 又 我가 入함을 見하고 泰然히 偃臥하야 起치 안이하나뇨 公이 顏色을 不動하고 徐日하되 山에 入하야 射獵을 爲하다가 天氣가 已晚하야 歸家함을 不得하겟기로 不得已 此處에 寄宿함이니 何等 不可한 事가 有하리오.

35. 대담한 사내 죽음을 두려워 않으니,
흉적이 감히 악함을 펼치지 못하다(하)

적괴는 공의 안색이 조금도 변하지 않음을 보고 더욱 노기가 치솟아 또 큰소리로 꾸짖었다.

"네 놈이 실로 대담한 사내로구나. 네가 만일 머물 곳이 없어 이 집에 왔다면 바깥사랑채에서 머무는 게 옳거늘 감히 여인의 내실에 들어가 남의 아내를 범하니 네가 죽음이 두렵게 않느냐."

공이 말하였다.

"사방을 둘러보아도 사람 하나 없는 곳에서 오직 남녀 두 사람만 있을 뿐이다. 내가 비록 마음을 정결히 하여 남녀가 자리를 나누고 앉았다 하여도 네가 어찌 이 말을 믿겠느냐. 사람이 이 세상에 태어나 반드시 한번은 죽는 것인데 어찌 족히 죽음을 두려워하겠느냐. 네 마음대로 하라."

적괴가 이에 큰 새끼줄로 공을 결박하여 대들보에 매달고 그 여자를 돌아보고 말했다.

"대청마루에 새로 사냥해온 산짐승 고기가 있으니 너는 이것을 삶아 오너라."

그녀가 떨리는 다리로 문을 나서 산돼지와 사슴, 노루 따위 고기를 베어 이것을 충분히 익힌 후에 한 커다란 쟁반에 담아 적괴 앞에 놓으니 적괴가 또 술을 내오라고 하였다. 큰 사발에 여러 잔을 연달아 들이키고서 칼을 뽑아 고기를 베어서 게걸스럽게 먹더니 다시 고깃덩어리 하나를 칼끝에 꽂아서 말했다.

"어찌 사람을 곁에 두고 혼자 먹겠는가. 네가 비록 오늘 밤에 마땅히 죽어야 하나 고기 맛은 알게 하리라."

그리고 칼끝의 고기를 공에게 주니 공이 머뭇거리지 않고 즉시 입을 벌리고 먹으며 털끝만큼도 염려하거나 두려워하는 빛이 없었다. 적괴가 한참을 보더니 공에게 말했다.

"너는 가히 대장부라 이를만하구나."

그러자 공이 성을 내었다.

"네가 나를 죽이려거든 빨리 죽이지 어찌 이렇게 끄는 것이며, 또 대장부니 소장부니 하는 말을 하느냐."

적괴가 칼을 던지고 일어나 결박을 풀어주고 손을 잡으며 윗자리에 앉히고 사죄하며 말했다.

"공과 같은 천하의 기남자는 내 오늘 처음 보았소. 나의 불민한 죄를 마음속에 품어두지 말기를 바라오. 공은 장차 이 세상에 크게 쓰여 국가의 간성이 될 위인이니 내가 어찌 감히 그대를 죽이리오. 지금부터 내가 벗으로서 허하겠소. 저 여자는 비록 내 처이나 그대가 이미 가까이하였으니 그대의 안사람이라. 내 어찌 내 것이라 하겠소. 그리고 또 곳간에 쌓아둔 재물과 피륙을 하나하나 그대에게 주니 사양치 마시오. 대장부가 세상에 나 사업과 공명을 성취하려면 손에 재물이 없고서야 어찌 일을 꾀해나가겠소. 나는 이제 가겠소. 이후에 만일 내 몸에 화가 미치거든 나를 구해주면 다행이겠소."

말을 마치고 드디어 칼을 잡고 표연히 일어나서 총총히 문을 나서서는 가니 가는 방향을 알지 못하였다.

적괴가 간 뒤에 공이 웃으며 그 여자에게 말했다.

"내 담력과 지략이 어떠한가?"

여자가 탄복하여 말했다.

"공은 실로 천신입니다. 첩이 다시 살아난 은혜는 실로 산과 바다와 같아 보답할 바를 알지 못하겠습니다. 다행히 내치지만 않으신다면 원컨대 측실이 되어서 건즐(巾櫛)을 받들겠습니다."

공이 이를 허락하고 그 여자를 말에 태우고 또 마구간에 매어 있는 말에 재물을 가득 싣고 산에서 나와 그 여자를 측실로 삼고 극히 총애하였다.

그 뒤 인조 시절에 공이 무과에 급제하여 현종(顯宗) 갑인년(甲寅年)에 훈련대장(訓練大將)으로 포장(捕將)을 겸임하였다. 그때 마침 외읍에서 한 적괴를 붙잡아 올렸다. 장차 죄를 조사하여 다스리려 할 때 그 용모를 찬찬히 살펴보니 곧 그 사람이었다. 공이 이에 지난 날 소조(所遭)[1]의 일을 낱낱이 임금에게 아뢰고 인하여 백방(白放)[2]하고 병영에 두었더니 차차 추천되어 무과에 급제하여 지위가 곤수(梱帥)[3]에 이르렀다 하더라.

三十五. 大膽男兒不畏死, 兇賊不敢肆其凶(下)

賊魁는 公의 顔色을 不動함을 見하고 더욱 怒氣가 勃勃하야 쏘 大叱하되 汝는 實로 大膽한 漢子로다 汝가 萬一 留宿할 處가 無하야 旣히 此處에 來하엿슬진대 外廊에 處하는 것이 可할 것이어날 敢히 人의 內室에 入하야 人의 妻를 犯하니 汝가 死함을 畏치 아니하나뇨 公이 曰하되 四顧無人한 地에셔 오즉 男女 兩人만 有할 뿐아니라 我가 비록 一心을 貞白히 하야 男女가 席을 分하고 坐하엿거슬지라도 汝가 엇지 此를 信하겟나뇨 人이 斯世에 生하야 반다시 一死가 有흔 것이니 엇지 足히 死함을 畏하리오 汝는 汝의 任意대로 爲하라 賊魁가 이에 大索으로써 公을 縛하야 樑上에 懸하고 其 女를 顧하며 謂하

---

1) 고난이나 치욕을 당함.

2) 죄가 없음이 밝혀져서 놓아줌.

3) '곤(梱)'은 외지에 나가 있는 병사와 수사를 뜻한다. 병사(兵使)는 병마절도사(兵馬節度使, 각 지방의 군사권을 지휘하던 종2품의 무관 벼슬)이고 수사(水使)는 수군절도사(水軍節度使, 각 지방의 수군을 지휘하기 위해 정3품 무관벼슬)이다.

되 廳上에 新히 獵來한 山獸의 肉이 有하니 汝는 此를 烹宰하야 來하
라 其 女가 戰흐는 脚으로 戶를 出하야 山猪와 獐鹿 等의 肉을 宰割하
야 此를 爛熟한 後 一大盤에 盛하야 賊의 前에 進하니 賊魁가 又 進酒
하기를 命하야 大椀으로써 數十盃를 連倒하고 劍을 拔하야 肉을 切하
야 啗하더니 更히 一塊肉으로 劍端에 挿하야 曰하되 엇지 人을 傍에
置하고 獨喫하리오 彼가 비록 今夜에 當死할 人이나 可히 써 味를
知케 하리라 하고 因하야 劍頭의 肉으로써 公을 與하니 公이 躊躇치
안코 卽時 口를 開하야 喫하며 小毫도 疑慮恐懼의 色이 無하니 賊魁
가 熟視하며 公다려 謂하되 汝는 可히 大丈夫라 謂하겟도다 公이 怒
하되 汝가 我를 殺하려거든 速히 殺함이 可하거날 엇지 如是히 遲延
하며 又 엇지 大丈夫이니 小丈夫하는 言을 爲하나뇨 賊魁가 劍을 擲
하고 起하야 其 縛을 解하고 手를 握하야 上坐에 延하고 이에 罪를
謝하며 曰 公과 如한 天下의 奇男子는 我가 今日에 初見하얏노라 余
의 不敏한 罪는 幸히 掛懷하지 말지어다 公은 將次 當世에 大用하야
國家의 干城이 될 偉人이니 我가 엇지 敢히 君을 殺하리오 從今 以後
로는 我가 知己로써 許하리라 彼 女子는 비록 我의 妻이나 君이 旣히
此를 近하얏슨 卽 君의 內眷이라 我가 엇지 我의 有를 爲하리오 그리
고 且 庫內 所積의 財帛을 ──히 君에게 付하노니 君은 辭치 말라
大丈夫가 世에 出하야 事業과 功名을 成就하랴면 手에 錢財가 無흐
고서야 엇지 營爲함을 得하리오 我는 此로 從하야 逝하겟노라 日後
萬一 我의 身에 禍가 及하거든 幸히 我를 救하라 하고 語를 罷하고
드대여 劍을 杖하고 飄然히 起하야 望望히 門을 出하야 去함이 其
去向을 莫知하얏더라 賊魁가 去한 後에 公이 笑하며 其 女다려 謂하
되 我의 膽略이 何如하뇨 女가 敬服하야 曰 公은 實로 天神이로소이
다 妾의 再生의 恩은 實로 山海와 如하야 報할 바를 不知하오니 幸히
遐棄치만 아니시면 願컨대 側室이 되야 巾櫛을 奉하겟노이다 公이

此를 許하고 이에 其 女를 馬에 載하고 且 廐上의 所繫馬匹로써 其 財帛을 盡載하고 山에 出하야 其 女로써 副室을 爲하고 極히 寵愛를 加하얏더라.

其 後 仁祖朝에 公이 武科에 登하야 顯宗 甲寅에 訓練大將으로 捕將을 兼任하얏더니 其 時에 맛참 外邑으로부터 一 大賊魁를 捉上 하얏거날 將次 按治할 際에 其 狀貌를 細察하니 곳 其 人이라 公이 이에 往日 所遭의 事로써 ──히 榻前에 奏達하고 因하야 白放하고 校列에 置하얏더니 次次 推遷되야 武科에 登하야 位가 梱帥에 至하 얏다 云하니라.

36. 말 한마디에 원수는 뜻 돌리고 후처가 도리어 정실이 되었네

　상국(相國)¹⁾ 홍윤성(洪允成, 1425~1475)²⁾이 도원수(都元帥)³⁾로 호남(湖南)에 출진할 때였다. 평소에 전주(全州) 사람 아무개가 대대로 망족(望族)⁴⁾으로 집이 부자이며 또 딸 셋을 두었는데 모두 미모가 뛰어나다는 말을 들었다. 윤성이 그 딸을 첩으로 삼으려고 출발하기 전에 먼저 호남 방백(湖南方伯)⁵⁾과 전주부윤(全州府尹)⁶⁾에게 편지를 내려보내 그 뜻을 알렸다. 또 숙차(宿次)⁷⁾를 그 집에 정하게 하라 명했다.

　감사와 부윤이 그 아버지를 불러 윤성의 글을 보이며 말하였다.

　"네가 만일 이를 내친다면 화가 너의 집안에 미칠 뿐만 아니라 감사와

---

1) 영의정, 좌의정, 우의정을 통틀어 이르는 말로 상신(相臣)과 같다.

2) 자는 수옹(守翁). 시호는 위평(威平). 본관은 회인(懷仁). 1450년(세종 32) 문과에 급제, 승문원 부정자(承文院副正字)가 되었고 문과에 급제하였으면서도 무인의 기질이 있어 사복시(司僕寺, 궁중의 가마나 말에 관한 일을 맡아보던 곳)의 직을 겸했다. 이어 한성 참군(漢城參軍)에 올라 통례문 봉례랑(通禮門奉禮郞)·사복주부(司僕主簿)를 역임했다. 1453년(단종 1) 수양 대군(首陽大君)을 좇아 공을 세워 수충협책 정난공신(輸忠協策靖難功臣)의 호를 받았다. 세조 즉위 후에도 예조 판서·경상 우도 도절제사(慶尙右道都節制使) 등을 두루 역임하였다. 1460년(세조 6) 모린위(毛憐衛)에 여진족이 침입하여 변경을 소란케 하므로 신숙주(申叔舟)의 부장(副將)으로 이를 토벌하였다. 1467년(세조 13)우의 정이 되었으며, 이어 좌의정에 올라 사은사로 명나라에 다녀와 영의정이 되었다. 성종 즉위 후 인산 부원군(仁山府院君)에 봉군되었다. 용모가 크고 힘이 장사였으나 재물을 탐하고 횡포한 성질이 있어 온양(溫陽)에 땅을 많이 장만하고 종을 부리면서 심히 학대하고 함부로 죽이므로 백성들의 원성이 높았다. 세조가 듣고 크게 노했으나 지난날 공이 크다 하여 아랫사람들만 10여 명 죽이는 선에서 그쳤다.

3) 전쟁이 났을 때 군무를 통괄하던 임시 무관 벼슬.

4) 명망이 있는 집안.

5) 호남관찰사. 관찰사를 감사(監司)라고도 한다.

6) 전주부를 다스리는 우두머리.

7) 하룻밤 묵는 것을 '숙(宿)', 이틀 묵는 것을 '신(信)', 사흘 이상 묵는 것을 '차(次)'라 한다.

부윤이 모두 죄를 얻으니 내가 급히 집에 돌아가 혼인채비를 새롭게 해야겠네."

그 아비가 "예!예!" 하고 물러나 집에 돌아와 그 아내와 더불어 울며 탄식하니, 셋째 딸이 그 연유를 묻자 아버지가 말하였다.

"이것은 네가 알바 아니다."

딸이 말했다.

"한집에 살며 자식들이 알지 못할 게 뭐 있습니까."

아비가 이에 그 사실을 알려주니 딸이 말했다.

"이 일은 처리하기 쉬우니 소녀가 마땅히 이에 응하겠습니다."

그 부모가 그 말을 기이히 여겨 계획을 물으니 딸이 대답했다.

"마땅히 이러이러하게 하겠습니다."

윤성이 오니 그 딸이 용모 꾸밈을 성대히 하고 중문(中門) 사립짝 뒤에서 있었다. 윤성이 융복(戎服)[8]을 입었거늘 딸이 그 팔을 잡아당겼다. 윤성이 쳐다보니 한 아름다운 처녀가 자기의 팔을 잡아당기는 것을 보고 이유를 묻고자 하는데, 그 여자가 예를 표하며 말하였다.

"공은 한 나라의 상신(相臣)으로 지금 대원수(大元帥)가 되셨고 나도 또한 이곳에서 이름난 우성(右姓)[9]의 딸입니다. 공이 만일 장가들어 처를 삼으시려한다면 가하지만 들은 즉, 공이 나를 첩으로 점찍었다 하니 어찌 이러한 모욕을 주시는지요."

공이 기어코 나를 첩으로 삼으시려한다면 오늘 원컨대 공의 앞에서 죽으리다. 공이 당당한 일국의 재상으로 어찌 이와 같은 무례한 일을 행하여 사람을 왕사(枉死)[10]케 함을 스스로 달갑게 여기는지요."

---

8) 무관들이 갖추어 입던 군복.
9) 세력 있고 훌륭한 가문.
10) 억울한 죄로 벌을 받거나 재앙으로 죽음.

윤성이 그 처녀의 말을 들으니 낙락(落落)[11]한 여장부의 말이었다. 감히 비례로는 굴복시키지 못할 것을 알고 이에 완언순사(婉言順辭)[12]로 위로하였다.

"소저의 말을 들으니 확실히 이치가 있는 말이라. 내 마땅히 천폐(天陛)[13]께 아뢰어 소저로 하여금 나의 정실이 되게 하겠소."

그러고 예를 표하고 나갔다. 그 뒤에 윤성이 조용히 기회를 엿보아 세조 임금에게 아뢰었다.

"신이 처가 있사오나 심히 영리하지 못하여 중궤(中饋)[14]를 감당하지 못하여 이를 바꾸려 한지가 오래되었습니다. 지난번에 전주에 갔다가 아무개의 딸이 현명하고 아름답다는 말을 듣고 신이 이 여인을 맞아 계실(繼室)[15]로 삼고자 하여 감히 말씀을 여쭙고자 합니다."

세조가 말했다.

"이것은 경의 집안일이다. 어찌 반드시 나에게 묻겠는가."

이러시니 윤성이 이에 예를 갖추어 아내로 삼았는데 그 부인(후처)이 단정하고 순일한 마음이며 또 영리하고 지혜가 많아 크게 윤성의 뜻에 잘 맞았다.

그 뒤에 윤성이 죽은 뒤에 전처후처 간 정실 다툼이 오래도록 결정되지 못하니 후처가 말하였다.

"아무 해 아무 달 아무 날에 대감이 살아있을 때 성상께서 내 집에 거동하셨지요. 그때 나에게 만일 '이첩행주(以妾行酒)'[16]로 글을 썼다면

---

11) 대범하고 솔직한.
12) 따뜻하고 부드러운 말씨.
13) 임금이 있는 궁전의 섬돌.
14) 집안 살림 가운데 특히 음식에 관한 일을 맡아 하는 여자. 여기서는 아내로서의 직분 정도이다.
15) 두 번째로 얻은 부인.
16) '첩이 술을 올려라'라는 뜻이다.

마땅히 정실의 지위를 양보하려니와 만일 '부인행주(夫人行酒)'[17]라 써 있다면 내가 정실의 지위를 잃지 아니하리라."

그리고 이에 정원일기(政院日記)[18]를 내어 보니 과연 그 글은 이렇다.

"아무 해 아무 달 아무 날에 임금이 홍윤성의 집에 행차하여 술자리를 하시고 술이 얼큰해짐에 '윤성 부인이 술을 올리라(允成夫人行酒)' 하였다."

이를 임금에게 아뢰니 성종께서 드디어 후처로써 정실을 삼게 하였다.

三十六. 片言能回元帥志, 後妻反爲正室人

洪相國 允成이 都元帥로써 湖南에 出鎭할 時에 平日에 全州人 某가 世世로 望族이 되고 家가 富하며 又 三女를 有하야 모다 美麗且婉하다함을 聞하고 成이 其 女를 妾으로 允ᄒ고져하야 出發하기 前에 먼져 湖南方伯과 全州府尹에게 下牒하야 其 意로써 告하고 또 宿次를 其 家에 定하게 하라 하얏는대 監司와 府尹이 其 父를 招하야 其 書로써 示하며 曰하되 汝가 萬一 此를 排却하면 禍가 汝 家에 及할 뿐만 아니라 監司와 府尹이 모다 罪를 得하리니 我가 急히 家에 歸하야 婚具를 準備하야 一新히 整理하라 其 父가 唯唯하고 退하야 家에 歸하야 其 妻로 더부러 涕泣嘆嗟하고 其 第三女가 其 故를 問하거늘 父가 曰하되 此는 汝의 知할 바ㅣ 아니니라 女가 曰하되 一家를 엇지 子女가되야 知치 못할 者가 有하리잇가 其 父가 이에 其 事實을 告하니 女가 曰하되 此事가 甚히 應變하기 易하니 小女가 맛당히 此에 應하리이다 其 父母가 其 言을 奇히 여기여 其 計를 問하니 女가 對하

---

17) '부인이 술을 올려라'라는 뜻이다.

18) 왕명의 출납을 관장하던 승정원에서 날마다 다룬 문서와 사건을 기록한 일기.

되 맛당히 如此如此 하겟노이다 하얏더라 允成이 來훔이 其 女가 容飾을 盛히 하고 中門 扉後에 立하얏더니 允成이 戎服으로써 入하거날 女가 其 臂을 掣하니 允成이 轉眄하다가 一美娥가 有하야 自己의 臂을 掣훔을 見하고 將次 口를 開하야 問하려 홀 際에 其 女가 揖하며 曰하되 公은 一國의 相臣으로 今에 大元帥가 되셧고 我도 또훈 此 地에 名이 有훈 右姓의 女이니 公이 萬一 聘하야 妻를 爲하면 可한다 하려니와 聞훈 則 公이 我로써 妾을 卜훈다 하오니 엇지 我를 侮辱하 기를 如斯히 하나뇨 公이 期於코 我를 妾하려 홀진대 今日에 願컨대 公의 前에서 死하리니 公이 堂堂훈 一國의 宰相으로써 엇지 如此 훈 無禮훈 事를 行하야 人을 枉死케 훔을 自甘하리잇가 允成이 其 女의 言을 聞훔이 落落훈 女丈夫의 語이라 敢히 非禮로써 屈치 못훌줄 知 하고 이에 婉言順辭로써 慰하되 小姐의 言을 聞하니 確實히 理가 有 훈 言이라 我가 맛당히 天陛에 奏하야 小姐로 하야금 我의 正室을 作케 하리라 하고 이에 揖하고 出하얏느대 其 後에 允成이 從容히 乘間하야 世祖씌 奏하되 臣이 妻가 有하오나 甚히 不慧하야 中饋에 堪치 못훔으로 此를 易하려 한 지 久하옵더니 向에 全州에 往하얏다가 某人의 女가 賢하고 美훔을 聞하얏슴이 臣이 此를 聘하야 繼室을 作 하려하와 敢히 聞하노이다.

世祖ㅣ 曰하스대 此은 卿의 家事이니 何必 予에게 問하리오 하시니 允成이 이에 禮를 備하야 娶하얏는대 其 夫人이 端裝誠一하고 又 明 慧多智하야 大히 允成의 意에 稱合하얏더라 其 後 允成이 卒훈 後에 前後妻가 嫡을 爭하야 久ㅎ도록 決定되지 못훈지라 後妻가 曰하되 某年 月日 先大監 生存의 時에 聖上끠셔 我의 家에 幸臨하스 我로 하야금 萬一「以妾行酒」로 書하얏슬진대 我가 맛당히 嫡의 位를 讓하 려니와 萬一「夫人行酒」라 書하얏슬진대 我가 嫡位를 失치 아니하리 라 하고 이에 政院日記를 出하야 觀하니 果然 其 書에 曰 하얏스되

「某年月日에 上이 幸洪允成家하사 置酒하시고 酒酣에 令出允成夫
人行酒」라 하얏거늘 이에 此로써 奏聞하니 成宗끠셔 드대여 後妻로
써 正室을 爲케 하시니라.

37. 지고는 못 산다는 두 자매,
    권 아무개도 속되지 않다[1]

안동(安東) 강(姜)씨 성을 가진 녹사(綠事, 아전) 아무개가 딸 둘을 두었는데 그 용모와 재질이 서로 우열을 가리기 어려웠다. 그 자매가 초령(齠齡)[2]부터 출가하기에 이르도록 서로 남과 겨루어 이기기를 좋아하는 성벽이 있어 추호도 서로 지지 않았다. 그 뒤에 장녀는 김씨에게 출가하고 차녀는 안씨에게 시집을 갔는데 각각 지아비를 섬기고 그 자녀를 양육하면서도 이 호승지벽(好勝之癖)은 그대로 있었다.

김씨는 문벌이 점점 높아져 사마(司馬)[3]가 되었다가 벼슬이 침랑(寢郎)[4]에 이르렀고 안씨는 지체와 문벌이 점점 낮아져 비록 사마는 되었으나 침랑은 할 힘이 없었다. 안씨 부인이 그 언니보다 오직 한 가지 일에 미치지 못함을 통한각골하여 마침내 음식을 끊고 살 뜻이 없어 말하였다.

"내가 어릴 때부터 출가하기에 이르도록 한 일도 언니에게 진 것이 없거늘, 이제 가장의 문벌이 수준에 미치지 못하였으니 내가 무슨 면목으로 이 세상에 살아가리오."

그리고 연일토록 먹지 않으니 그 아들 안생(安生)이 간하였다.

"이와 같이 하지 마시고 저에게 수천 금을 주시면 부친 첫 벼슬길을 구하겠습니다."

그 어머니가 이를 허락하니 아들이 가 재촉하여 행장을 꾸려서는 나

---

1) 뒷부분(권 아무개도 속되지 않다)은 내용이 보이지 않는다.
2) 어린아이가 머리를 늘어뜨리는 때라는 뜻으로, 어린 나이나 그러한 때를 이르는 말이다.
3) 생원과 진사를 뽑던 사마과(司馬科)를 말하는 듯. 초시와 복시가 있었다.
4) 조선 시대, 종묘, 능침, 원의 영과 참봉 등을 통틀어 이르는 말이다.

갔더라. 이때에 백인걸(白仁傑, 1497~1579)[5]이 호남의 현감으로 추조(秋曹, 형조) 아당(亞堂, 참판)이 되어 출발하여 상경하는 길에 장차 점사(店舍)에 들어가려 하였다. 안생이 먼저 들어가니 인걸이 뒤이어 들어왔다. 안생이 한 방에 함께 앉아 피하지 않았다.

초경 후에 문밖에서 흐느끼는 소리가 들리거늘 안생이 까닭을 물었다. 종이 대답하기를 "아무 군의 유리(由吏, 지방 관아에 딸린 이방의 아전)가 이곳에서 경모(京耗, 서울 소식)를 기다리다가 지금 서울 소식이 낭패함을 듣고는 슬퍼 우는 것입니다." 하였다.

안생이 그 유리를 불러 자세히 물으니 대답하였다.

"소인이 아무 군 유리 직에 있으며 여러 해 포흠(逋欠, 관가의 재물)을 사사로이 소비한 것이 만여 금이옵니다. 이제야 겨우 세금을 거두어 모두 납부하려 하나 삼천 금이 모자라, 경성 아무 소중한 곳에서 돈을 빌려주겠다는 허락을 얻어 소인 아들을 남겨둔 뒤, 이 점사에 와 기다렸습지요. 지금 경성의 낭패함을 들었으니 죽을밖에 다른 도리가 없어

---

5) 본관은 수원. 자는 사위(士偉), 호는 휴암(休菴). 왕자사부 익견(益堅)의 아들이다. 조광조 아래에서 사림계 인물들과 교유하며 학문연구에 몰두했다. 1519년(중종 14) 기묘사화가 일어나자 금강산에서 은거했다. 1537년 식년문과에 급제했으나, 기묘사림의 일파라는 이유로 성균관에 오래 있다가 예문관검열·예조좌랑·남평현감 등을 역임했다. 1545년 인종이 즉위해 사림을 등용하자 지평·호조정랑을 거쳐 헌납이 되었다. 그러나 이해에 인종이 죽고 나이 어린 명종이 즉위하자 문정왕후와 윤원형이 실권을 잡고 인종을 받들던 사림세력을 몰아내려고 을사사화를 일으켰다. 이에 반대하다가 파직되었으며, 1547년에는 양재역 벽서사건에 연루되어 유배되었다. 1551년 풀려나 고향으로 가서 학문연구에만 몰두하다가, 1565년 문정왕후가 죽고 사림세력이 대두하자 승문원교리로 등용되었으나. 선소가 16세에 즉위해 인순왕후(仁順王后)가 수렴청정을 하자, 이듬해 대사간으로 있으면서 상소를 해 수렴청정을 철폐시켰다. 그 뒤 대사헌이 되어 권신들의 비위를 논핵하다가 사임했다. 1579년(선조 12) 지중추부사가 되었는데, 당시 사림관료들 사이에 분열이 일어나자 이이(李珥)와 함께 붕당이 나라를 망칠 것이라 하며 조화를 이룰 것을 주장했고, 또한 군비강화를 강조했다. 동지춘추관으로 『명종실록』 편찬에 참여했으며, 청백리(淸白吏)로 뽑히기도 했다. 저서로는 『휴암집』이 있다. 파주 파산서원, 남평 봉산서원 등에 제향되었다. 처음 시호는 충숙(忠肅), 후일 문경(文敬)으로 고쳤다.

운겁니다."

안생이 듣고 불쌍하여 한참을 있다가 유리에게 말하였다.

"삼천 냥이 적잖은 돈이라. 만일 이천 냥을 준비해준다면 나머지는 완납할 도리가 있소?"

유리가 대답하였다.

"이천 냥만 있으면 그 나머지는 채울 도리가 있습니다."

안생이 이에 가지고 있던 이천 냥을 꺼내 주었다.

이때 인걸이 방에 있다가 안생의 처사가 심히 가상함을 보고 마음속으로 깊이 감동하여 안생에게 그 거주지, 성명과 문벌이 어떠한지를 물은 후에 또 그 선대의 과환(科宦, 과거에 합격한 벼슬아치)을 물은즉, 그 아버지가 사마로 있다 하였다. 인걸이 그 아버지의 성명을 잘 기억하였다가 상경한 후 곧 침랑(寢郎)을 꾀하여 얻어주니, 안씨 부인이 이에 크게 기뻐하여 말했다.

"이제는 김 참봉보다 일급이 높다."

하루는 안생이 그 어머니에게 말하였다.

"들으니 백 상공이 지금 유배를 당했다합니다. 평일에 은혜를 받고 구하니 않을 수 없습니다. 만일 이천 금을 쓰시면 구할 도리가 있습니다."

그 어머니가 이를 좇으니 안생이 상경하야 화뢰(貨賂, 뇌물)를 써서 사람들로 하여금 소문을 퍼뜨렸다.

"백 아무개가 근일에 왜국과 서로 통하고 꾀어서 우리나라에 쳐들어오게 하려고 해상으로 미곡을 다수히 운송하였다."

대관이 이 말을 듣고 조정에 아뢰어 그 죄를 고발하였다. 조정에서 그 흔적을 찾아보니 허무맹랑한 말이라 임금이 판단하여 명을 내리셨다.

"백 아무개의 청빈함은 일세에 모두 아는 데, 그 소위 왜국과 연통하여 곡식을 운송하였다는 일은 날조한 말인즉, 우선 그 언관을 죄하고 또 당초 죄안(罪案)도 이로써 근거하면 그 사실이 허위임이 명백하다."

그리고 귀양을 거두고 관직을 다시 주었다. 기묘년에 사화가 크게 일어나 한 시대의 청류(淸流)[6]들이 거의 태반이 살육되었으나 인걸은 마침내 안생으로써 면함을 얻었다.

三十七. 兩個姉妹不相下, 書生權謀亦不俗

安東 姜綠事 某가 二女를 有하얏ᄂ대 其 容貌才質이 互相 莫上莫下하야 其 姉妹가 髫齡으로부터 出嫁하기에 至하도록 셔로 好勝의 癖이 有하야 秋毫도 相負치 아니하더니 其 後에 長女ᄂ 金姓에게로 出嫁하고 次女ᄂ 安姓에게로 嫁하얏ᄂ대 各히 其 夫를 事하고 其 子女를 育하면셔도 此 好勝의 癖이 各有하더니 金은 門閥이 稍可하야 司馬가 되얏다가 官이 寢郞에 至하고 安은 地閥이 稍下하야 비록 司馬ᄂ 得爲하얏스나 寢郞에 至하야ᄂ 可爲홀 勢가 無한지라 安婦가 其 姉보다 오즉 一事의 不及으로써 痛恨刻骨하야 맛참ᄂ 食을 絶하고 生意가 無하야 曰하되 我가 幼時로부터 出嫁하기에 至하도록 一事를 吾姉에게 負혼 者가 無하얏거날 今에 家長의 門閥不逮로서 阿姉에게 不及하얏스니 我가 何 面目으로 此世에 生하리오 하고 連日토록 食치 안이하니 其 子가 諫하되 如是치 마시고 子에게 數千金을 與하시면 父親 初仕의 道를 求하겟노이다 其 母가 此를 許하니 其 子가 促裝하고 出하얏더라 伊時에 白仁傑이 湖南宰로써 秋曹 亞堂이 되야 出發 上京하는 路次에 將次 店舍에 入하려 하거놀 安生이 先入하니 仁傑이 追後하야 入하는지라 安生이 一室에 同坐하야 避치 안이하더니 初更後에 門外에셔 呼哭의 聲이 聞하거놀 安生이 此를 問하니 僕이

---

6) 명분과 절의를 지키는 깨끗한 사람들을 비유적으로 이르는 말.

對하되 某 郡 由吏가 此에셔 京耗를 待하다가 今에 京耗의 狼狽홈을
聞하고 哀哭한다 하거늘 安生이 其 由吏를 招하야 詳聞하니 對하되
小人이 某 郡 由吏의 任으로 積年逋欠이 萬餘金이온대 今에 僅히
收刷盡納코져 하나 三千金이 未納홈으로 京城 某 切緊흔 處에 諾을
得하고 小人의 子를 遣한 後 此 店에셔 來得하얏더니 今에 京城의
狼狽홈을 聞하온지라 死홀 外에 他道가 無홈으로 哭하노이다 安生이
聞하고 憫然 良久하다가 由吏다려 謂하되 三千兩이 不少흔 金錢이라
萬一 二千兩을 備給홀진대 其 餘는 汝가 充納홀 道가 有하뇨 由吏가
對하되 二千兩만 有하면 其 餘는 可히 充數홀 道가 有하니이다 安生
이 이에 行中에 携帶흔 二千兩을 出給하니 此時에 仁傑이 傍에 在하
다가 安生의 處事가 甚히 嘉尙홈을 見하고 中情에 甚히 動感하야 安
生다려 其 居住 姓名과 門閥 如何를 問흔 後에 又 其 先代의 科宦을
問한즉 其 父가 司馬로 在하다 하거날 仁傑이 其 父의 姓名을 牢記하
얏다가 上京흔 後 곳 寢郎을 圖得하야 與하니 安婦가 이에 大喜하야
曰하되 今에는 金參奉보다 一級이 高하다 하얏더라 一日은 安生이
其 母에게 言하되 聞한즉 白相公이 今에 被謫하얏다 하오니 平日의
恩을 受하고 可히 救치 안이치 못홀지라 萬一 二千金을 費하면 可救
홀 道가 有하나이다 其 母가 此를 從하니 安生이 上京하야 貨賂를
行하야 人으로 하야금 流言을 布하야 曰하되 白某가 近日에 倭國으로
相通하고 誘하야 我國을 入寇케 하기 爲하야 海上으로 米穀을 多數
히 運送하얏다 하니 臺官이 此 言을 聞하고 朝廷에 奏하야 其 罪를
劾하얏는대 朝廷에셔 其 情跡을 探搜흔 則 虛無孟浪의 說이라 上으
로부터 判敎하사대 白某의 淸儉貧寒은 一世의 共知하는 바인대 其
所謂 倭國을 締結하야 米穀을 運送하얏다는 事는 捏造흔 語인즉 爲
先 其 言官을 罪하고 且 當初 罪案도 此로써 據하면 其 事實의 虛僞
됨이 明白하다 하고 謫을 鮮하야 官을 復하얏더라 己卯에 士禍가 大

起하야 一代의 淸流가 殺戮 殆盡하얏스되 仁傑은 맛참니 安生으로써 免흠을 得하얏나니라.

38[1]. 삼 년 동안 한 자도 해득치 못한 사람, 훗날 문장가가 될 줄 누가 알았으리오(1)

김안국(金安國, 1478~1543)[2]은 판서 대제학 연(璉)[3]의 아들이다. 연의 삼대 이상은 모두 그 문장의 재능과 명망으로써 대대로 문형(文衡)[4]을 펼쳤다. 안국이 처음 태어났을 때 미목이 청수하고 용모가 뛰어나거늘 연이 심히 사랑하여 늘 말하기를 "이 아이는 실로 우리 집안의 연성벽(聯城璧)[5]이라." 하였다.

능히 말할 때가 되자 문자로써 가르치니 삼 개월이 되도록 '하늘 천 땅 지' 두 자를 해석치 못하는지라 연이 심히 괴이하고 의아스러워 말하였다.

"이 아이 용모와 미목이 이렇듯이 맑고 아름답거늘 그 총명함과 재주는 어찌 이같이 어리석고 어두울까. 혹 나이가 어려 재주가 미처 드러나

---

1) 원문에는 '39'라 하여 '38'로 수정하였다.
2) 본관 의성(義城). 자 국경(國卿). 호 모재(慕齋). 시호 문경(文敬). 참봉 연(璉)의 아들. 조광조(趙光祖)·기준(奇遵) 등과 함께 김굉필(金宏弼)의 제자로서 도학에 통달하여 지치주의(至治主義) 유학파를 형성하였다. 1503년(연산군 9) 문과에 급제, 홍문관 박사를 지내고, 중종조에 들어와 예조참의를 지냈으며, 한때 경상감사가 되어 영남에 가 있을 때는 모든 읍의 향교에다 소학(小學)을 나누어 주어 가르치게 하고, 농서(農書)·잠서(蠶書) 등을 가르치게 하여 교화사업에 힘썼다. 다시 서울에 올라와 1519년(중종 14) 참찬이 되었으나, 이 해에 기묘사화(己卯士禍)가 일어나고, 조광조 일파의 소장파 명신들이 잡혀 죽을 때 겨우 죽음을 면하고, 관직에서 쫓겨나 경기도 이천(利川)에 내려가서 후진들을 가르치며 한가히 지냈다. 1532년(중종 27) 다시 조정의 부름을 받아 좌찬성·대제학 등을 역임했다. 성리학(性理學)에 깊어 많은 저서를 남겼으며, 유학 진흥에 공이 크다.
3) 원문에는 숙(淑)으로 되어 있어 모두 연(璉)으로 바로 잡았다. 김연의 벼슬도 판서 대제학이 아닌 예빈시 참봉(禮賓寺參奉)이었다.
4) 홍문관대제학(弘文館大提學)으로 홍문관에 둔 정2품 관직이다.
5) 연성벽(連城璧)으로 전국 시대 때 진(秦)나라 소왕(昭王)이 15성(城)과 바꾸자고 청했던 조(趙)나라 소장의 화씨벽(和氏璧)을 말한다.

지 못함이 아닌가. 몇 해 뒤를 기다려 가르쳐야겠구나."

그러고 일시 중지하였다가 열 살 되는 해가 되어 다시 가르쳤지만 의연히 전과 같아 이해를 못하였다. 연이 이에 크게 답답하고 탄식하였다.

"이 아이가 마침내 이와 같을 진대 다만 제 몸만 불행할 뿐만 아니라 집안의 명성을 떨어뜨림이 이보다 큰 자가 없다."

그러고 이에 화가 치밀어 밥 먹는 것도 잊고 밤낮으로 가르치고 훈계하며 시도 때도 없이 정신 차리도록 꾸짖어 깨우칠 방도를 이루 헤아릴 수 없이 찾았으나 끝까지 하늘 천 땅 지 두 자를 해석치 못하였다.

이렇게 한 지 한 달 두 달, 일 년 이 년을 지나 안국의 나이가 이미 열네 살에 이르렀다. 연이 통한이 뼈에 사무쳐 눈물을 흘리며 말하였다.

"내가 당초에 저 아이가 나이가 어려 그러한 줄 알았더니 지금 이미 열네 살이 되도록 종시 이와 같으니 이것은 필시 하우불이(下愚不移)[6]의 인물이라. 우리 선조의 혁혁한 명성을 이 아이가 장차 없어지게 하리니 선조를 욕되게 하는 자손을 두는 것보다 차라리 자식이 없어 대를 끊는 것만 못한지라. 내가 이 물건을 볼 때마다 분한 마음이 솟구쳐 얼굴이 스스로 달아오르니 이를 결코 집안에 기르지 못할 것이라."

그러고 이에 내칠 계책을 생각하였으나 인정상 제 손으로 죽이기도 어렵고 또 어느 곳에 버리고자 하나 그 종적이 드러날까 두려워하여 다만 눈앞에만 보이지 않도록 하였다.

이에 앞서 연이 차자 안세(安世)를 낳으니 나이가 이미 다섯 살이었다.[7] 용모의 준수함은 비록 인국에 미치지 못하나 그 영오하고 총명함은

---

6) '하우'는 가장 어리석은 사람을 말한다. 공자가 말하기를, "오직 상지와 하우는 변화시킬 수 없다.(唯上智與下愚不移)" 하였다. 『논어(論語)』 「양화(陽貨)」에 보인다.

7) 김안국에게 '안세'라는 동생은 없다. 김안국의 동생은 7살 차이인 김정국(金正國, 1485~1541)이다. 정국은 예조·병조·형조참판을 역임하고 형의 전(傳)인 '김안국전'을 지었다.

안국보다 크게 낫거늘 연이 차자로서 대를 잇고자 하였다. 그런데 안국이 집에 있은 즉 예법에 마음이 편치 못하여 소식을 들을 수 없는 먼 곳에 안국을 내쫓고자 하였으나 그 방편을 얻지 못하였다. 마침내 종제(從弟)[8] 청(淸)[9]이 안동(安東)에 벼슬살이하기로 되었다. 안동은 서울에서 멀리 떨어져 있고 본 고을에는 또 부유한 사람이 많은 터였다. 청이 장차 부임할 때에 연을 방문하니 연이 이에 안국을 부탁하여 말했다.

"이 아이의 본디 자질이 이만이만하기에 죽여 없앨 마음이 하루에도 세 번이나 솟으나 차마 어쩌지 못하는 마음이라. 장차 먼 곳으로 내치고자 하였으나 또 그 방편을 마련치 못하였네. 이제 그대가 다행히도 안동백(安東伯)이 되었으니 원컨대 이 아이를 데리고 가 영영 안동 백성이 되게 하여 세상 사람으로 하여금 알지 못하게 해주시게."

청이 위로하여 말했다.

"이 어찌 이런 말씀을 하십니까. 예로부터 지금까지 대대 문장의 집에 글 모르는 자식이 많았지만 내쫓았다는 말을 듣지 못했습니다. 형께서 어찌 이렇게 하리오. 또 이 아이가 비록 총명치 못하나 그 사람됨은 비범하니 설령 종신토록 낫 놓고 기역 자를 몰라도 반드시 가업을 지키고 제사를 이을 겁니다. 안세는 비록 재주가 있다할지라도 그 그릇이 적고 또 차자입니다. 어찌 이 아이로써 저 아이를 바꾸시렵니까? 형의 이번 일은 즉 상도를 어그러뜨리는 것입니다."

그러고 곧 사양하고 일어나거늘 연이 손을 잡고 강요하였다.

"그대가 만일 내 말을 듣지 않으면 나는 이 세상에 살고 싶지 않다."

청이 거절하지 못하고 이를 허락하였다. 연이 이에 안국을 불러 영원히 이별하되, "지금으로부터 내가 너를 자식으로 여기지 않을 것이니

---

8) 아버지의 친형제의 아들딸 가운데 자기보다 나이가 어린 아우이다.
9) 누구인지 알 수 없다.

너 또한 나를 아비로 여기지 말아서 한 번 시골에 내려간 후에는 다시는
경사에 오지 말거라. 오면 곧 죽이리라." 하였더라.

三十八. 三年不解一字人, 誰知他日文章家(一)

金安國은 判書大提學 璉[10]의 子이니 璉의 三代 以上은 皆 其 文章
才望으로써 世世로 文衡을 典하더니 安國이 始生홈이 眉目이 淸秀하
고 容貌가 峻茂하거날 璉이 甚히 鐘愛하야 常曰하되 此 兒는 實로
我家의 聯城璧이라 하얏더라 其 能言의 時를 及하야 璉이 文字로써
敎하니 三個月이 되도록「天地」二字를 解치 못하는지라 璉이 甚히
怪疑하야 曰하되 此 兒의 容貌眉目이 如斯히 淸婉하거늘 其 聰明
才分은 엇지 如是히 蒙昧하뇨 其 或年이 幼하야 才가 밋쳐 顯發되지
못홈이 안인가 數年 後를 待하야 敎하리라 하고 一時中止 하얏다가
十歲되는 時에 及하야 更히 敎授혼 則 依然히 前日과 如히 解치 못하
는지라 璉이 이에 大히 悶歎하되 此 兒가 맛참니 此와 如홀진대 徒히
渠身의 不幸만 될 뿐아니라 家聲을 墮홈이 此에 大홀 者ㅣ 無하다
하고 이에 發憤忘食하고 晝夜敎訓하며 時時警責하야 其 解得홀 道를
千萬其方으로 하얏스나 맛참니「天地」二字를 解치 못하야 如是혼
지 一月二月이오 一年二年을 經하야 安國의 年이 旣히 十四를 算홈
에 至하얏더라 璉이 痛恨刻骨하야 涕를 流하며 曰하되 我가 當初에
彼가 年幼홈으로 然혼줄 知하얏더니 今에 年이 旣히 十四가 되도록
終始 如此 하니 此가 必是 下愚不移의 人物이라 吾 祖先의 赫赫혼

10) 원문에는 '淑'으로 되어 있다. 문헌을 고려하여 '璉'으로 바로 잡았다. 이하 모두 같다.
백두용 편, 『동상기찬』, 한남서림, 1918, '김안국/안동랑전(安東郎傳)'에도 아버지를 '숙
(淑)'이라 하였다.

聲名을 此 兒가 將次 滅홀지니 祖先을 辱되게 하는 子孫을 有홈보다 차라리 無子 絶嗣홈만 不如한지라 我가 此 物을 見홀 時마다 忿火가 心을 衝하야 頭面이 스사로 痛하니 此를 決코 家中에 畜치 못홀 것이라 하고 이에 棄却홀 策을 思하얏스나 人情上 自手로 殺하기도 難하고 又 地處에 逐去하고자 하나 其 蹤跡이 現露할가 恐하야 다만 目前에만 見치 안토록 하얏더라 先是에 璉이 次子 安世를 生하니 年이 旣에 五歲라 容貌의 俊秀는 비록 安國에 及치 못하나 其 穎悟聰明은 安國보다 大勝하거늘 璉이 此로서 嗣를 爲코져 하얏는대 安國이 家에 在혼 則 禮에 未安하다 하야 無聞의 遠地에 安國을 逐去코져 하얏스나 其 方便을 得치 못하더니 맛참 從弟 淸이 安東을 通判하기로 되얏는대 安東은 遠邑이라 京師로 더부러 遠히 相隔하고 本鄕에 又 富人이 多혼 터이라 淸이 將次 赴任홀 時에 璉을 訪하니 璉이 이에 安國으로써 託하야 曰하되 此 兒의 素行이 如此如此 하기로 殺却홀 心이 一日에도 三時로 出하니 不忍의 心이 有하야 將次 遠方으로 逐去코져 하얏스나 쏘혼 其 方便을 未得하얏더니 今에 君이 幸히 安東 伯을 作하얏스니 君은 願컨대 此 兒를 帶하고 去하야 永永 安東의 氓이 되게 하야 世人으로 하야금 知치 못하게 하라 淸이 辭하며 쏘慰하야 曰하되 兄이 엇지 此言을 出하시나잇가 自古及今으로 世世 文章의 家에 不文의 子가 多하얏스되 放逐하얏다는 說을 聞치 못하얏스니 兄이 엇지 此를 肯爲하리오 且 此 兒가 비록 聰明치 못하나 其 作人은 非凡하니 設令 終身토록 目不識丁홀지라도 반다시 家業을 保하고 先祀를 承홀 것이오 安世는 비록 才가 有하다 홀지라도 其 器局이 小하고 且 次子이니 엇지 此로써 彼를 易하리잇고 兄의 此 擧는 卽 悖常의 擧이니이다 하고 곳 辭起하거늘 璉이 手를 執하고 迫하되 君이 萬一 我의 言을 聽치 아니하면 我가 此世에 生코져 아니하노라 淸이 辭却홈을 不得하야 此를 許하니 璉이 이에 安國을 召하야 永訣

하되 自今으로 我가 汝를 子로 爲치 아니하노니 汝 또흔 我를 父로
爲치 말아셔 一次 鄕에 下흔 後로 更히 京師에 來치 말나 來하면 곳
殺하리라 하얏더라.

38. 삼 년 동안 한 자도 해득치 못한 사람, 훗날 문장가가 될 줄 누가 알았으리오(2)

청이 부임한 후에 스스로 생각하기를 '안국의 용모와 미목이 이렇듯 범상치 않은데 어찌 가르치지 못할 까닭이 있으리오. 내가 마땅히 가르쳐보리라' 하였다. 이에 공무를 보는 여가에 안국을 불러 천자문을 가르치니 과연 석 달이 지나도록 '하늘 천 땅 지' 두 자를 해석치 못하였다. 청이 이에 길게 탄식을 하였다.

"과연이구나. 마땅히 판서 형께서 쫓아낼 것이로다."

하루는 조용히 그 까닭을 물으니 안국이 대답하였다.

"제가 어릴 때부터 만일 한담과 잡설을 들으면 정신이 스스로 밝아져 밤낮으로 천만어라 할지라도 한번 들으면 이를 모두 암송하는데 문자에 이르러서는 능히 해석치 못 합니다. 뿐만 아니라 서책을 대할 때는 정신이 저절로 갈피를 잡지 못하고 두통이 또 일어나오니 아저씨께서 죽이신다면 죽거니와 문자에 이르러서는 과연 어찌하기가 어려웠습니다."

청이 어찌하지 못함을 알고 드디어 책방으로 돌아가라 하고는 다시는 가르치지 않았더라.

청이 본 읍 좌수 이유신(李有信)의 집이 넉넉하고 또 딸이 있음을 듣고는 안국으로 하여금 이 집에 데릴사위를 만들려고 이에 유신을 불러 말하니 유신이 대답하였다.

"감히 묻자옵건대 책방도령은 과연 뉘 집의 도령인지요."

청이 대답하였다.

"즉 내 판서 종형의 장자이니 이와 혼인을 맺으면 어찌 당신네 가문의 광영이 아니리오."

유신이 물러나 가만히 속으로 의심하였다. '김연은 경화의 귀족이라.

대대로 문형을 관장하여 나라 안 사족이 우러르지 않는 자가 없다. 만일 저 집의 장자면 필연 지추덕제(地醜德齊)[1]한 경화의 대가와 혼인을 맺을 것이오. 안동좌수에게 혼사를 구할 까닭이 없다. 혹 그 서자가 아닌가?' 가 하고 다시 청에게 가서 물어보니 곧 돌아가신 상국 허연(許捐)의 외손이라.

청이 또 의심하되, '이가 서자가 아니라면 반드시 병든 사람이니, 맹인이 아니면 벙어리며, 벙어리가 아니면 거세당한 놈이로다' 하였다. 다시 그 병신 여부를 물으니 청이 안국을 불러내어 유신에게 보이게 하였다. 신장이 팔 척 여요, 눈썹과 눈이 그림 같고 목소리가 맑고 시원한데 실로 번화한 서울의 미남자라. 유신이 마음속으로 심히 기이하고 기쁘나 아직 그 환자(宦者)[2] 여부를 알지 못하여 장차 물어보려 할 때였다. 청이 그 뜻을 헤아리고 안국에게 바지를 벗도록 하니 환자도 아니라. 유신이 이미 그가 서자가 아님을 알고 또 병자가 아님을 안 후에 또 의아한 마음이 들어 청에게 물었다.

"종씨(從氏)[3] 대감은 경화의 귀족으로 아들 두기를 저와 같이 청수한 준걸인데 무슨 까닭으로 안동 천리 밖에서 혼처를 구하고자 하십니까? 감히 그 연유를 묻고자 합니다."

청이 속이지 못할 줄 알고 드디어 그 아버지가 내쫓은 사연을 이야기하였다. 유신이 내심에 그 마음을 미루어 헤아려서는 말하였다.

"안동좌수의 딸로 현재 대제학의 아들에게 시집간다면 광영됨이 극함이니 어찌 글이 능치 못함을 혐의할 것입니까. 또 쫓아냈다 하더라도 제가 마땅히 거두면 되니 하등 해로운 일은 없을 것입니다."

---

1) 서로 상대되는 두 집안의 지위나 덕망이 서로 같음.
2) 내시. 여기서는 사내구실을 못하는 고자의 뜻.
3) 남 앞에서 자기의 사촌형을 높여 이르는 말.

그러고는 드디어 두 말 없이 승낙하였다. 청이 그 집안 재산이 넉넉하여 족히 근심을 없을 줄 알고 또 그 집안에서 문벌을 탐한 즉 사족의 후예라. 뜻밖의 성과에 매우 기뻐하고 즉시 택일하여 혼례를 치렀다.

머지않아 청이 임기가 차 만료되니 벼슬을 그만두고 서울로 와 연에게 안국의 혼사 조치한 일을 말하였다. 연이 기뻐하며 사례하기를 "잘 처리했네. 잘 처리했어." 하였다.

안국이 아내를 얻은 뒤로 유신의 별실에 거하며 석 달이 되도록 집 뜰에도 나가지 않으니 그 아내가 조용히 물었다.

"대장부가 늘 방 안에만 있으니 어찌 마음이 답답함이 없으신지요. 입신양명하여 부모의 이름을 드러내게 하는 도리는 문자보다 나은 것이 없는데, 지금 당신은 이곳에 있은 지 이미 석 달이 지났으나 글도 읽지 않고 문밖출입도 안 하는 것은 무슨 까닭입니까?"

안국이 눈썹을 찌푸리며 말했다.

"당초 내가 말을 능숙하게 할 때 부친이 문자를 가르쳤으나 나이가 열넷이 되도록 한 자를 해독치 못했소. 나를 집안을 망칠 물건이라고 죽이고자 하였으나 인정에 차마 하지 못하고 이곳으로 쫓아버려 종신토록 부모의 눈앞에 나타나지 못하게 하셨소. 나는 실로 세상에 용납지 못할 죄인이라 무슨 면목으로 하늘에 떠 있는 해를 보겠소. 또 책을 읽으라는 말만 들어도 머리가 깨지는 듯하오. 지금부터는 글공부라는 말을 나에게 일절 하지 마시오."

이러하니 그 처가 탄식하고 물러갔다.

三十八. 三年不解一字人, 誰知他日文章家(二)

淸이 赴任혼 後에 自思하되 安國의 容貌와 眉目이 如此히 不凡하니 엇지 可敎치 못홀 理由가 有하리오 我가 맛당히 訓敎하리라 하고 이에 公務 餘暇에 安國을 召하야 千字文을 敎하니 果然 三月이 過하도록 「天地」의 二字를 解치 못하는지라 淸이 이에 長嘆하되 果이로다 宜乎 判書 兄이 放逐홀 것이로다 하고 一日은 從容히 其 故를 問하니 安國이 對하되 姪이 幼時로부터 萬一 閑談雜說을 聞하면 精神이 自明하야 晝夜 千萬言을 爲홀지라도 一次 聽하면 此를 盡誦하되 文字에 至하야는 能히 解치 못홀 뿐아니라 書冊을 對홀 時에는 精神이 스스로 眩迷하고 頭痛이 又 起하오니 叔主가 殺하시면 死하려니와 文字에 至하야는 果然 如何키 難하니이다 淸이 其 無可奈何임을 知하고 드대여 冊室로 命還하야 更히 敎授치 아니하얏더라.

淸이 本邑 座首 李有信의 家가 富하고 또 女가 有홈을 聞하고 安國으로 하야금 此에 贅케 하고져 하야 이에 有信을 招하야 言하니 有信이 曰하되 敢問하옵건대 冊室 郎子는 果然 誰 家의 郎子이니 잇고 淸이 曰하되 卽 我 判書 從兄의 長子이니 汝가 此와 結婚하면 엇지 汝 家의 光榮이 안이리오 有信이 退하야 竊히 自疑하야 曰하되 金埴은 京華의 貴族이라 世世로 文衡을 典하야 國內의 士族이 景仰치 안이하는 者가 無하니 萬一 彼의 嫡子이고 보면 必然 地醜德齊흔 京華의 大家와 聯婚홀 것이오 安東座首에게 婚을 求홀 理가 無하니 或은 其 庶子가 안인가 하고 更히 淸에게 就하야 探問하니 卽 故 相國 許捐의 外孫이라 淸이 又 自疑하되 此가 庶子가 안일진대 반다시 病人이니 盲者가 아니면 啞者이며 啞者가 아니면 宦者이로다 하고 更히 其 病身與否를 問하니 淸이 安國을 招出하야 有信에게 見케 홈이 身長이 八尺餘오 眉眼이 畫와 如하고 聲音이 爽朗흔데 實로 京華의 美男子이라 有信이 心中에 甚히 奇喜하나 尙이 其 宦者與否를 未知하야 將次 發問흐려 홀 際에 淸이 其 意를 度하고 安國을 命하야 袴를 脫흔 則 또흔 宦者도 아니라 有信이 旣히 其 庶子가 아님을 知하고 且 其 病人이 아님을 知흔 後에는 又 疑訝가 生하야 淸에게 問하되

從氏 大監은 京華의 貴族으로 生子하기를 彼와 如히 淸秀俊傑하거늘 何故로 安東 千里의 外에 婚을 求코져 하나잇가 敢히 其 故를 問하나니다 淸이 諱하지 못홀 줄 度하고 드대여 其 父 放逐한 事로써 告하니 有信이 스사로 內心에 忖度하야 曰하되 安東座首의 女로써 現在 大提學의 子에게 出嫁혼진딘 光榮됨이 極홈이니 엇지 能文치 못홈을 嫌홀 것이며 且 放逐하얏다 홀지라도 我가 맛당히 率育홀지니 何等 妨害되는 事가 無홀 것이로라 하고 드대여 滿口 應承하니 淸이 旣히 其 家産이 殷富하야 足히 憂를 忘홀 줄 知하며 又 其 世代의 門閥을 探혼 則 士族의 裔이라 이에 大喜過望하고 卽時 擇日 成婚하얏더니 未幾에 淸이 瓜期의 滿了로써 罷官 歸京하야 璉다려 安國의 處置혼 事를 言하니 璉이 喜하야 謝하되 善處善處하얏다 하더라 安國이 娶妻혼 後로 有信의 別室에 舍하야 三月이 되도록 戶庭에 出치 아니하니 其 妻가 從容히 問하되 大丈夫가 常히 房中에만 蟄伏하니 엇지 鬱鬱홈이 無하며 立身揚名하야 父母를 顯케 하는 道는 文字에 過홀 者가 無하거날 今에 夫子가 此에 處혼 지 旣히 三月이 過하얏스되 書도 讀치 안코 門庭도 出치 안이홈은 何故이뇨 安國이 眉를 蹙하며 曰하되 當初 我가 能言홀 時에 父親이 文字로써 敎하되 年이 十四에 至하도록 一字를 能解치 못홈으로 我를 亡家의 物이라 하야 殺코져 하얏스나 人情에 不忍홈으로 此 地에 放逐하야 終身도록 父母의 目前에 見치 못하게 하셧나니 我는 實로 世에 容치 못홀 罪人이라 何 面目으로 天日을 見하며 又 讀書하라는 語만 聞하야도 頭骨이 碎코져 하니 自今으로는 文字의 語를 我에게 對하야 一切 開口치 말지어다 其 妻가 嘆息하고 退하얏더라.

38. 삼 년 동안 한 자도 해득치 못한 사람,
훗날 문장가가 될 줄 누가 알았으리오(3)

원래 유신은 자못 문명으로써 향리에서 이름을 날렸고 그 두 아들 또한 글 짓는 솜씨가 뛰어난 터였다. 그러나 일찍이 안국의 일을 들었기에 문자를 가르칠 뜻을 두지 않고 또한 늘 만나려 하지 않았다.

그 아내는 안국의 나이가 점차 장성하되 학업이 떨어짐을 다른 사람들이 업신여길 것을 민망히 여겨 하루는 다시 안국에게 말하였다.

"첩의 부형은 문학에 능하니 원컨대 군자는 사랑채에 나가서 학업을 닦으세요."

안국이 성내어 꾸짖기를 "접때 내가 이미 내 심사를 말하였거늘 다시 이런 말을 꺼내는 까닭이 무엇이오." 하며 이에 머리가 아프다며 눕거늘 아내가 실망하여 물러나 감히 입을 열지 못하였다.

원래 안국의 처 이씨(李氏) 부인은 규중의 문장 대가로 시서 육례(詩書六藝)의 글과 제자백가(諸子百家)의 말을 달통치 않음이 없었다. 그러나 원래 천성이 온유하고 사리의 대체(大體)[1]를 통달하였기에 속으로 생각하기를 '문장은 여자가 종사할 것이 아니라' 하여 스스로 마음속에 간직할 뿐이오, 평일에 입을 열어 사람들에게 말하지 않았다. 그 부모형제라도 문자의 뜻을 대충 깨친 줄로만 알 뿐이지 그 문장이 섬부(贍富)[2]한 줄은 알지 못하였다. 늘 안국이 그 아버지에게 죄 지었음을 한하여 문자 가르치기를 생각하였으나 여자로 장부를 교육하는 예법이 없고 또 안국의 심사가 이와 같은 즉 소위 '어쩔 도리가 없는' 지경에 처하였다.

---

1) 일이나 내용의 큰 줄거리.
2) 흡족하게 풍부하다.

하루는 말로 풍유(諷諭)[3]하여 그 재주가 어떠한지를 시험코자 하였다. 안국에게 말하였다.

"사람이 돌부처나 나무로 만든 사람이 아닐진대 어찌 종일토록 입을 다물고 한마디 말도 없는지요?"

안국이 말하였다.

"비록 말하고자 한들 누구와 더불어 말을 주고받으리오."

이씨 부인이 말하였다.

"청컨대 첩과 더불어 고담(古談)[4]을 주고받음이 어떠합니까?"

안국이 이를 허락하니 이씨 부인이 이에 천황씨(天皇氏)[5] 이하로부터 『사략(史略)』, 『통감(通鑑)』 따위 역사를 고담으로 풀어 말하니 안국이 마음을 가라앉히고 깊이 생각하여 곁에서 들으면서 절절히 그 말의 좋음을 칭찬하였다. 이씨 부인이 한 권을 모두 풀어 이야기하고 말했다.

"비록 이러한 한화잡설(閑話雜說)[6]이라도 잊어버려서는 안 되니 청컨대 첩을 위하여 암송해주세요."

안국이 이에 그 말을 모두 외우니 터럭만큼도 빠지거나 오류가 없었다. 이씨 부인이 심히 놀라 탄식하며 '이는 실로 탁월한 재주로 비교할 만한 이가 없을 것이다. 내 반드시 밝게 점차 깨우쳐 인도하리라' 하고는 드디어 밤낮을 그치니 않고 말하니, 안국이 한번 들어 모두 기억하였다. 『사기』와 여러 학설로부터 시작하여 성경현전(聖經賢傳)에 이르기까지 천언만어를 빠짐없이 외었다.

하루는 안국이 이씨 부인에게 물었다.

---

3) 어떤 개념이나 사실을 직접 표현하지 않고 다른 대상에 빗대어 풍자적이며 암시적으로 표현하는 방법.
4) 옛이야기.
5) 중국 태고 시대의 전설적인 인물.
6) 심심풀이 이야기와 잡된 이야기.

"지금 내가 그대와 더불어 외운 말이 과연 이야기인가?"

이씨 부인이 대답하였다.

"이것은 별개 이야기가 아니라 곧 문자의 말씀입니다."

안국이 또한 놀라고 의아스러워 말했다.

"과연 이것이 문자란 말이요? 소위 문자란 것이 이렇듯 재미가 있는 데 내 어찌 골치를 앓으리오."

이씨 부인이 말하였다.

"원래 문자란 이와 같이 재미가 있는 것이므로 사대부가 자제가 모두 침식을 잊고 이에 힘써 게으르게 하지 않는 것입니다."

안국이 말하였다.

"그렇다면 지금으로부터 원컨대 문자를 배워야겠소."

이씨 부인이 이에 『사략』 첫 권을 가져다 앞에 놓고 천황씨 이하로부 터 자자이 가르치며 해설하였다. "전에 군자께서 기억하여 암송한 것 중, 아무 이야기는 곧 여기라 하고 글자를 따라가며 읽게 하니 일·이권 은 능히 다 해석하여 터럭만큼도 막혀서 걸림이 없었다.

三十八. 三年不解一字人, 誰知他日文章家(三)

元來 有信은 頗히 文名으로써 鄕里에서 見稱하고 其 二子도 쏘한 能文하는 터이라 그러나 夙히 安國의 事를 聞하얏슴으로 文字를 敎흘 意를 生치 아니하고 쏘흔 常常히 就見치 아니하얏더라 其 妻는 安國 의 年은 漸次長成하되 學業이 蔑如흔 것을 憫하야 一日은 更히 安國 다려 謂하되 妾의 父兄은 能히 文學을 能하니 願컨대 君子는 外舍에 出就하야 學業을 修하소서 安國이 怒叱하되 向者에 我가 旣히 我의 心事를 言하얏거날 更히 此等의 言을 提起홈은 何故이뇨 흐며 이에 首를 疾하며 臥하거날 妻가 憮然히 退하야 敢히 口를 開치 못하얏더

라 元來 安國의 妻 李氏는 閨中의 文章大家로 詩書六藝의 文과 諸子百家의 語를 達通치 안이함이 無하나 元來 天性이 溫柔하고 事理의 大體를 達하는 터임으로 內心에 以爲하되 文章은 女子의 從事할 바이 아니라 하야 스스로 中에 藏할 쑨이오 平日에 口를 開하야 人에게 語치 아니하얏슴으로 其 父母兄弟라도 文字의 粗解하는 줄로만 知할 쑨이오 其 文章이 贍富한 줄은 知치 못하야더라 常히 安國이 其 父에게 得罪하얏슴을 恨하야 文字를 敎授하기를 思하얏스나 女子로 丈夫를 敎育하는 禮가 無하고 且 安國의 心事가 如是한 則 可謂 無可奈何의 境에 處한지라 一日은 言語로써 諷諭하야 其 才裏의 如何함을 試코져 하야 이에 安國다려 謂하되 人이 石佛이나 木偶가 아닐진대 엇지 終日토록 口를 閉하고 一縷의 辭가 無하리잇가 安國이 曰하되 비록 言코져 한들 誰로 더부러 交話하리오 李氏 曰하되 請컨대 妾으로 더부러 古談을 相酬함이 何如하니잇고 安國이 此를 許하니 李氏가 이에 天皇氏 以下로부터 史略 通鑑 等의 歷史를 古談으로 解하야 言한즉 安國이 潛心 仄稱하면셔 節節히 其 言의 善함을 稱하거늘 因하야 一卷을 盡解하야 語하고 乃 曰하되 비록 如此한 閑話雜說이라도 可히 忘却하야셔는 不可하니 請컨대 妾을 爲하야 還誦하소셔 安國이 이에 其 言을 盡誦하야 一毫의 遺漏誤謬가 無하니 李氏가 甚히 驚嘆하야 曰하되 此는 實로 卓越한 才로 比倫이 無할 것이로다 我가 반다시 其 明한 者를 因하야 漸次 開牖케 하리라 하고 드대여 晝夜를 不轍하고 더부러 語함이 安國이 一聞輒記함으로 史記諸說로브터 始하야 聖經賢傳에 終하기 ⵉ지 千言萬語를 遺漏함이 無하더니 一日은 安國이 李氏다려 問하되 今에 我가 君으로 더브러 記誦한 바의 言이 果然 何等의 說인고 李氏가 對하되 此가 別個의 言이 아니라 卽 文字의 說이니다 安國이 且驚 且訝하며 曰하되 果然 此가 文字이뇨 所謂 文字이란 者가 如是히 其 滋味가 有할진대 我가 엇지 疾首함이 有하

리오 李氏 曰하되 元來 文字란 此와 如히 滋味가 有한 것임으로 士大
夫家의 子弟가 모다 寢食을 忘하고 此에 孜孜不怠하는 것이니다 安國
이 曰하되 然하면 自今以往으로 願컨대 文字를 學하려 하노라 李氏가
이에 史略 初卷을 持하야 前에 置하고 天皇氏 以下로부터 字字이 指
하며 解說하되 向日 君子의 記誦하는 바에 某 說은 卽 此 이라 하고
드디여 字를 逐하야 其 前에셔 讀케 하니 一卷 二卷에는 能히 다 自解
하야 小毫도 壅滯가 無하얏더라.

38. 삼 년 동안 한 자도 해득치 못한 사람,
훗날 문장가가 될 줄 누가 알았으리오(4)

안국이 문자 맛을 안 이후로는 권하지 않아도 독서하기를 좋아하였다. 이에 잠심(潛心)[1]완색(玩索)[2]하여 낮으로써 밤을 이으며 밤으로써 낮을 이어 짧은 시간이라도 게을리하지 않고, 또 하나를 들으면 열을 알아 몇 해를 문밖 출입을 안 하고 제자백가의 책을 모두 능통하였다. 또 이씨 부인이 속문(屬文)[3] 사자법(寫字法)[4]을 가르치니 안국이 또한 잠심 적려(積慮)[5]하여 글 짓고 글씨 쓰는 것을 연습하였다. 불과 몇 개월 만에 정사(精思)[6]가 첩첩이 나오고 묘법(妙法)[7]이 층층이 생겨 단가(短歌) 장문(長文)과 초서(草書) 해자(楷字)를 모두 통달하였다. 문학을 크게 성취하니 당세 대가라 하기에 부끄러움이 없을 만치 되었다.

이씨 부인이 이에 세상에 나가기를 권하였다.

"고어에 말하기를 '덕불고(德不孤)라 필유린(必有隣)'이라 하였습니다. 문장과 도덕이 그 이치가 다르지 않거늘 지금에 부자(夫子)[8]가 외로이 거한지 십 년입니다. 말하기를 견줄 자가 없으니 이레 밖으로 나가 이택(麗澤)[9]의 도움을 받음이 어떠한지요."

---

1) 어떤 일에 대해 마음을 가라앉히고 깊이 생각함.
2) 글 속에 담긴 깊은 뜻을 생각하여 찾음.
3) 문장을 얽어서 글을 지음.
4) 글자를 베껴 쓰는 법.
5) 여러 가지 일에 대하여 주의 깊은 생각을 짜냄.
6) 정밀한 생각.
7) 절묘한 방법.
8) 남편.
9) 인접해 있는 두 못이 서로 물을 윤택하게 한다는 뜻으로, 벗이 서로 도와 학문과 덕을 닦음을 비유적으로 이르는 말.

안국이 가슴 속이 확 트여 드디어 목욕하고 의관을 갖추고는 사랑채에 나가 유신에게 절을 하였다. 원래 유신은 그 딸이 글에 능한 줄 알지 못하였으므로 어찌 안국을 가르쳐 문장을 이루게 한 일을 알았으리오. 또 안국이 문밖 출입을 안 한 지 거의 여러 해인데 지금 홀연히 앞에 와 절함을 보고 반은 놀라고 반은 기뻐하였다. 그 두 아들도 또한 심히 놀랍고 괴이하여 물었다.

"김 랑(金郎, 김안국)이 문을 나서니 오늘 저녁은 어떤 저녁인고?"

안국이 말하였다.

"그대가 글 짓는다는 말을 듣고 글 한 편 보이기 위하여 나왔소."

유신과 그 두 아들이 모두 웃으며 말하였다.

"그대가 평생에 글 한 글자를 해독치 못하고 또 힘써 공부한 일이 없거늘 지금 글을 써 왔다 하니 심히 기괴한 일이로다. 그러나 그 뜻이 심히 가상하니 한번 시험함이 좋겠다."

이에 그 쓴 글을 보니 글자 글자마다 구절 구절마다 사람을 놀라게 하지 않는 게 없었다. 유신이 글제를 분판(粉板)10) 위에 쓰고 안국에게 지어보라 하였다. 안국이 한번 보고 한 편을 이루어 바치니 문사(文辭)가 맑고 유연하며 필법(筆法)이 정밀하고도 세련되었다.

부자 삼 인이 모두 얼굴색이 변하여 경탄하며 말했다.

"이는 고문장가의 수단이거늘 안국이 능히 이를 하였으니 실로 기이한 일이로다."

이러고는 유신이 넘어지며 안채에 달려 들어가 그 딸을 불러 물었다.

"김 랑이 분자를 해독치 못하는 섯은 일찍이 들은 것인네, 지금 갑자기 문장 명필을 짓고 쓰니 이것이 어찌 된 일이냐?"

---

10) 예전에 아이들이 붓글씨를 익히는 데 쓰는 기름에 갠 분을 발라서 결은 널빤지를 이르던 말.

이씨 부인이 이에 그 전후 사실을 고하니 유신 이하로 경탄치 않는 자가 없었다. 이로부터 안국의 문장학업이 일취월장하여 비록 영남(嶺南)의 노사숙유(老師宿儒)[11]라도 능히 그보다 나은 자가 없었다.

이때에 나라에서 태자가 탄생함으로써 경과(慶科)[12]를 설치하여 날짜를 가려 반포하니 이씨 부인이 안국에게 말하였다.

"이제 경과가 눈앞에 박두하였으니 동방의 선비로서 이름 있는 자는 모두 정성을 들이고 날카로움을 쌓아서 이에 나아가고자 합니다. 군자가 글을 모르는 사람이면 어찌하기 어렵거니와 지금 군자의 문장이 사람들에게 으뜸을 양보치 아니하니 어찌 이와 같은 좀처럼 만나기 어려운 기회를 잃어 영구히 안동 백성이 되겠는지요. 또 부모께서 이곳에 쫓아버린 것은 오로지 문자를 해석치 못한 때문이라, 지금은 전일과 인격이 완전히 다릅니다. 이때에 과거에 나아가 괴탁(魁擢)[13]하고 겸하여 부모를 뵌다면 한 편으로는 무궁한 공명의 길을 개척함이요, 한편으로는 부자간 옛날의 인연을 잇는 것이니 어찌 큰 행운이 아니겠는지요."

안국이 탄식하고 눈물을 흘리며 말했다.

"내가 어찌 울울히 이 땅에 오래 살기를 바라리오. 다만 당초에 내가 이곳에 올 때 부친께서 죽은 사람과 산 사람이 서로 영원히 헤어지는 것처럼 '네가 만일 서울에 오면 곧 죽이리라.' 하셨지만, 어찌 죽음을 두려워하여 가지 아니하리오. 하지만 오직 부친께서 자식을 죽였다는 오명이 있을 것을 두려워하는 것이오. 내가 비록 귀성(歸省)[14]하고자 한들 어찌 가능하며 또 사람의 자식이 되어 부모에게 죄를 득한 이상에는 마땅히 문을 닫아걸고 칩복(蟄伏)[15]하여 그 몸을 마칠 것이지 어찌 안연

11) 나이가 많고 학식이 높은 선비.
12) 조선 시대, 나라에 경사가 있을 때 이를 기념하기 위해 보는 과거를 이르던 말.
13) 과거에서 장원으로 뽑힘.
14) 부모를 뵙기 위하여 객지에서 고향으로 돌아가거나 돌아옴.

(晏然)[16]히 과장에 들어가 공명을 취하리오."

이씨 부인이 말하였다.

"대의(大義)는 그러하다 할지라도 어찌 권도(權道)[17]를 행치 못하겠는지요. 지금 군자가 과장에 들어가 금방(金榜)[18]에 이름이 걸리면 이것은 족히 문서를 만들지 않고도 발명(發明)[19]할 도리가 있으니, 그러한 후에 부모를 배알하시면 어찌 기쁨의 정이 마음에 넘쳐 용서할 마음이 없겠는지요."

안국이 이 말을 듣고 기뻐하여 드디어 행리(行李)[20]를 차려 상경하였더라.

三十八. 三年不解一字人, 誰知他日文章家(四)

安國이 一自文字의 味를 知得한 以後로는 勸하지 아니하야도 讀書하기를 好하며 此에 潛心玩索하야 晝로써 夜를 繼하며 夜로써 晝를 繼하야 斯須의 間을 怠忽치 아니하고 又 一을 聞하면 十을 知하야 幾年을 不出하야써 諸子百家의 書를 모다 能通하얏더라 又 李氏가 屬文 寫字法을 敎하니 安國이 쏘한 潛心積慮하야 其 製作과 寫書를 練習하더니 又 不過 幾月에 精思가 疊出하고 妙法 層生하야 短歌 長文과 草書 楷字를 備解치 아니함이 無함에 至하야는디 文學이 大就하야 當世 大家를 作하기 無愧할만치 되얏는지라 李氏가 이에 出門하

---

15) 자기 처소에 들어박혀 몸을 숨김.
16) 불안해하거나 초조해하지 아니하고 차분하고 침착하게.
17) 목적 달성을 위하여 그때그때의 형편에 따라 임기응변으로 일을 처리하는 방도.
18) 과거에 급제한 사람의 이름을 써서 거리에 붙이던 방.
19) 죄나 잘못이 없음을 말하여 밝힘.
20) 길 가는 데 쓰는 여러 가지 물건이나 차림.

기를 勸하되 古語에 云하되 「德不孤라 必有隣」이라 하니 文章과 道德이 其 理가 不殊하거늘 今에 夫子가 孤居한지 十年에 曰 比肩이 未有하니 自今以往으로 請컨대 舍에 出處하야 麗澤의 益을 受함이 何如하니잇고 安國이 此에 至하야는 胸海가 澗然하야 드대여 沐浴衣冠하고 外舍에 出하야 有信에게 拜하니 元來 有信이 其 女의 能文하는 줄을 未知하얏슴으로 엇지 安國을 敎하야 文章을 成케 한 事를 知하얏스리오 且 安國의 不出門戶한 지가 殆히 數十年에 近하얏섯는디 今에 忽然히 其 前에 來拜함을 見하고 半驚半喜하얏스며 其 二子도 쪼한 甚히 驚怪하야 問하되 金郞이 出門하니 今夕이 何夕인고 安國이 曰하되 君의 做文한다는 說을 聞하고 一篇을 草하야 君에게 示하기 爲하야 出하얏노라 有信과 其 二子가 모다 笑하며 曰하되 君이 平生에 一字를 不解하고 又 其 間에 做工한 事가 無하거늘 今에 書를 草하야 來하얏다 하니 甚히 奇怪한 事이로다 그러나 其 意가 甚嘉하니 一次 試驗함이 可하다 하고 이에 其 草한 書를 見하니 字字와 句句가 無非驚人의 句이라 有信이 更히 題를 粉板上에 書하고 安國을 命하야 作하려함이 安國이 一覽에 곳 篇을 成하야 進하니 文辭가 淸婉하고 筆法이 精練한지라 이에 父子 三人이 모다 失色驚嘆하야 曰하되 此는 古文章家의 手段이어날 安國이 能히 此를 爲하니 實로 奇異한 事이로다 하고 有信이 顚倒하며 內에 入하야 其 女를 招하야 問하되 金郞의 文字를 解치 못하는 것은 前에 旣히 厦聞한 者인디 今에 忽然히 文章 名筆을 做出하니 此가 何等 大變인고 李氏가 이에 其 前後의 事實을 告하니 有信의 以下로 驚嘆치 아니할 者가 無하얏더라 自是로 安國의 文章學業이 日就月將하야 비록 嶺南의 老師宿儒라도 能히 其 右에 出할 者가 無하더니 是時에 國家에셔 太子의 誕降으로써 稱慶 設科하야 擇日頒諭하니 李氏가 安國다려 謂하되 方今에 慶科가 目前에 迫하얏스믹 東方의 儒로써 名하는 者는 모다 精

을 養하고 銳를 蓄하야 此에 赴코져 하는 터인즉 君子가 不文의 人이고 보면 奈何키 難하거니와 今에 君子의 文章이 人에게 頭를 讓치 아니하니 엇지 此와 如한 千載一時의 好機를 失하야 永久히 安東의 氓을 作할 것이며 且 父母끠셔 此 地에 放逐한 것은 專혀 文字를 解치 못하는 故이라 今에는 前日과 人格이 大相不同하니 此時를 及하야 科에 登하야 魁를 擢하고 兼하야 父母에게 覲謁할진딕 一方으로는 無窮한 功名의 路를 開拓함이오 一方으로는 父子間 舊日의 緣을 續함을 得할지니 엇지 大幸이 아니리오 安國이 嘆息 流涕하되 我가 엇지 鬱鬱히 此 地에 久居하기를 欲하리오 다만 當初 我가 此에 來할 時에 父親이 永訣하시되 汝가 萬一 京師에 來하면 곳 殺하리라 하셧스니 엇지 死를 畏하야 往치 아니하리오마는 오즉 父親의 殺子의 惡名이 有할 것을 恐하는 바이니 我가 비록 歸省하고져 한들 엇지 可能하며 且 人子가 되야 父母에게 罪를 得한 以上에는 宜히 戶를 閉하고 蟄伏하야 其 身을 終할 것이니 엇지 晏然히 科場에 入하야 功名을 取하리오 李氏 曰하되 大義는 그러하다 할지라도 엇지 權道의 可行할 것이 無하리오 今에 君子가 먼저 科場에 入하야 金榜에 掛名함을 得하시면 此가 足히 不文을 發明할 道가 有하며 然後에 父母에게 拜謁하시면 엇지 喜悅의 情이 中에 溢하야 容赦할 心이 無하리잇고 安國이 此 言을 聞하고 喜하야 드디여 行李를 束하고 出發 上京하는 擧에 出하얏더라.

38. 삼 년 동안 한 자도 해득치 못한 사람,
   훗날 문장가가 될 줄 누가 알았으리오(5)

이때 안국이 말 한 마리와 노비 한 사람을 데리고 어렵게 산을 넘고 물을 건너 경사에 도착하였다. 그 본가로 가고자 하였으나 아버지가 두려워 감히 생각지도 못하고 다른 곳으로 가려 하나 모두 평생 듣지도 보지도 못한 곳이었다. 도로에서 탄식하고 방황하면서 이리저리 여러 가지로 생각한 즉, 머무를 만한 곳은 오직 유모의 집이었다.

이에 말을 채찍질하여 그 집을 찾아 당도하였다.

유모가 안국을 보고 처음에는 의아하다가 그 용모와 행동을 자세히 보니 곧 안국이었다. 이에 놀라 기뻐하며 거꾸러질 듯이 뜰에 내려와 손을 잡고 울며 말하였다.

"나는 그간 공자의 생사를 알지 못하여 밤낮으로 탄식하였는데 천만 뜻밖에도 다시 만났습니다. 천만다행이나 상공이 만일 공자가 온 것을 들으시면 반드시 큰일이 날테니 침방에 들어가 다른 사람으로 하여금 알지 못하게 하세요."

그러고 안국을 조용한 내실에 숨겨 두었다. 밤이 되자 유모가 부인(안국의 어머니)을 들어가 뵙고 고하였다.

"안동공자가 지금 제 집에 와 머물러 있는데 부인께서는 어떻게 처리하려 하시려는지요?"

부인은 천상 여인의 성격이라. 안국을 안동으로 쫓아버린 이후 밤낮으로 생각이 나서 잊지 못하고 눈물을 흘리며 생각지 않는 날이 없었다. 뜻 밖에 유모 집에 와 머무른다는 말을 듣고는 한편으론 놀라고 한편으론 기뻐 엎어지듯 나가려 하였다. 그러나 상공이 알까 두려워하여 이에 유모에게 은밀히 말하였다.

"상공이 취침하시거든 늦은 밤을 타서 함께 와라."

유모가 그 말에 따라 한밤중 사람이 없는 때를 타서 안국을 데리고 내당으로 들어가니 부인이 손을 잡고 탄식을 하고 눈물을 흘리며 말하였다.

"내가 너를 이별한 지 장차 근 십 년에 소식이 막연하여 생사를 격함과 같아서 구곡 간장이 마디마디 모두 끊어졌다. 이제 다시 네 얼굴을 대하니 기쁨과 슬픔이 교차해 말로 하기 어렵구나."

안국이 우러러 그 어머니를 보니 얼굴은 해쓱하고 백발이 되어 옛날의 모습이 아니었다. 이에 소리 내어 울며 말하였다.

"소자가 불초하야 아버지께 죄를 얻고 오랫동안 먼 지방으로 쫓겨나서 서로 매우 멀리 떨어져 있어 척호(陟岵)[1]의 슬픔이 나날이 더 심하고 간절하였습니다. 어머니로 하여금 불초자식을 밤낮으로 슬프게 하였사오니 이 어찌 사람 된 자식 도리라 하겠는지요."

이러며 서로 울며 이야기할 때 창밖에서 신발 끄는 소리가 나거늘 부인이 안세가 들어옴을 알고 안국에게 은밀히 말하였다.

"네 아버지가 만일 네가 온 것을 아시면 반드시 큰 조치가 있을 것이니 네 아우와 만나지 말거라."

그리고 이불을 덮은 후에 누워 있게 하였다. 안세가 들어와 좌우를 이리저리 보다가 이를 보고 물었다.

"저 이불을 덮고 누워 있는 자가 누구입니까?"

부인이 그 발자취를 가리기 어려움을 알고 안세를 앞으로 가까이 오

---

1) 『시경』 「위풍(魏風)」의 편명으로, 효자가 부역을 나가서 어버이를 잊지 못하는 심정을 노래한 것인데, 그 첫째 장에 "저 민둥산에 올라가서 아버님 계신 곳을 바라본다. 아버님은 아마도 이렇게 말씀하시겠지. '아, 내 아들이 부역에 나가서 밤낮으로 쉬지 못할 터인데, 부디 몸조심해서 죽지 말고 살아서 돌아오기만 해라.'라고.(陟彼岵兮 瞻望父兮 父曰嗟予子行役 夙夜無已 上愼旃哉 猶來無止)"라 하였다.

게 해 소리를 낮추어 말하였다.

"이 사람은 곧 안동에 간 네 형 안국이란다."

안세가 손바닥을 치고 놀라 웃으며 말했다.

"과연 안동 형이 이곳에 있네. 요즈음 아버지께서 꿈에 안동형을 보시고 대단히 골치를 앓으셔서 이 일을 어머니께 말씀드리려 하였더니 안동형이 이곳에 있네."

부인이 안세의 입을 막으며 말했다.

"네 아버지께서 만일 이 일을 아시면 즉각 큰 변이 나니 너는 밖에 나가 이를 말하지 말거라."

원래 안세도 안국의 일을 본디 아는 까닭으로 그 아버지가 알면 반드시 줄일 것이라 헤아리고 마침내 감히 고하지 못하였다.

안국이 부인께 하직하고 다시 유모 집으로 나가 묵었다.

그다음 날이 곧 과거시험 날이었다. 안국이 장차 과거를 보러가려 할 때였다. 십 년을 집을 떠나 있다가 비로소 경성에 들어갔으므로 동서를 분변치 못하였다. 또 과장이 어느 곳인지도 알지 못하여 누구 함께 갈 사람이 없을까 머뭇거릴 때였다. 한 작은 신랑이 있는데 바야흐로 과거 볼 준비를 성대하게 갖추어 과장에 들어가려 하였다. 유모가 그 뒤를 따라가 보니 작은 신랑은 곧 안국의 동생 안세였다. 과장에 도착하니 과거시험을 보는 무리가 모두 재상의 자제라. 안세가 그 형의 글에 대한 지식이 없음을 부끄러워하여 혹 묻는 자가 있으면 형이라 부르지 않고 반드시 향객(郷客)[2]이라 불렀다.

---

2) 시골에서 온 손님.

三十八. 三年不解一字人, 誰知他日文章家(五)

此時에 安國이 一馬 一奴를 帶하고 間關 跋涉하야 京師에 到하얏
는디 其 本家로 歸코져 하얏스나 其 父를 畏하야 敢히 生意치 못하고
他處로 向코져 하나 皆 素昧平生임으로 道路에셔 嘆息 彷徨하면셔
百爾思之한 則 可히 寄留할 만한 處는 오즉 其 乳母의 家이라 이에
馬를 策하야 其 家에 尋到하니 乳母가 安國을 見하고 初에는 疑訝하
다가 其 容貌動作을 細察한 則 安國이라 이에 驚喜顚倒하야 庭에
下하야 手를 携하고 涕泣하되 我는 其 間 公子의 存沒을 不知하야
日夜로 嘆息하얏더니 千萬夢想의 外에 更히 相逢함을 得하얏스니 千
萬喜幸한 바이나 相公이 萬一 公子의 來하심을 聞하시면 반다시 大事
가 出하리니 請컨디 洞房에 入處하야 他人으로 하야금 知見케 마소셔
하고 이에 安國을 幽室의 內에 隱匿한 後에 夜에 至하야 乳母가 夫人
(安國의 母)을 入見하고 告하되 安東公子가 今에 小的의 家에 內留
하얏스니 夫人끠셔는 如何히 處置하시려하나잇가 夫人은 元來 女子
의 性格이라 安國을 安東으로 放逐한 以後로 晝夜로 念念在茲하야
涕思치 아니하는 日이 無하더니 意外에 其 來留한다 함을 聞하고 且
驚 且喜하야 顚倒出迎코 하얏스나 相公(卽 金璉)이 覺할가 恐하야
이에 乳母다려 密謂하되 相公이 就枕하시거든 夜久함을 乘하야 俱來
하라 하니 乳母가 其 命에 依하야 夜半無人의 時를 乘하야 安國을
携伴하고 內堂으로 入하니 夫人이 手를 執하고 嘘唏流涕하며 曰하되
我가 汝를 別한지 將近 十年에 信息이 漠然하야 死生을 隔함과 如함
으로 九曲의 腸이 寸寸 皆斷하얏더니 今에 更히 汝의 顔面을 對하니
喜悲의 交集은 形言하기 難하도다 安國이 仰하야 其 母夫人을 見함
이 蒼顔白髮이 舊日의 容이 아니라 이에 失聲涕泣하며 曰하되 小子
가 不肖하야 父親끠 罪를 得하고 久히 遐鄕에 放하야 天涯地角에셔

陟岵의 悲가 日深日切하얏스며 母親으로 하야금 不肖의 兒를 日夜悲
思케 하얏스오니 此 엇지 人子의 道라 謂하오리가 하며 相泣對話할
際에 窓外에 曳履의 聲이 有하거날 夫人이 安世의 入來함을 知하고
安國다려 密謂하되 汝의 父親이 萬一 汝의 來한 것을 知하시면 必然
大擧措가 有하리니 汝 弟로 더부러 相見치 말나 하고 드듸여 被를
蒙하야 後에 臥케 하얏더니 安世가 入하야 左右를 顧眄하다가 此를
見하고 問하되 彼 蒙被하고 臥한 者가 誰이니잇고 夫人이 其 掩跡하
기 難할 것을 知하고 安世를 前으로 近케 하야 聲을 低하야 謂하되
此가 卽 安東兄 安國이라 하니 安世가 拍掌驚笑하되 果然 安東兄이
此에 在하도다 頃者에 父親의 夢에 安東兄을 見하시고 今에 大段히
疾首하시기로 將次 此事로써 母親에게 告白하려 하얏더니 安東兄이
此에 在하도다 夫人이 安世의 口를 掩하야 止하되 汝의 父親이 萬一
此事를 知하시면 卽刻 大變이 出하리니 汝가 外에 出하야 此를 口에
發치 말나 하얏는듸 元來 安世도 安國의 事들 素知하는 故로 其 父가
知하면 반다시 殺할 것을 料하고 맛침늬 敢히 告치 못하얏더라 安國이
夫人끠 拜辭하고 更히 乳母家에 出宿하얏는듸 其 翌日이 卽 科日이
라 安國이 將次 赴擧코져 할 세 十年을 離家하얏다가 비로소 京城에
入하얏슴으로 東西를 辨치 못하며 又 科場이 何處인지 未知하야 單獨
一身으로 同伴할 者가 無하야 正히 趑趄하든 際에 一小郎이 有하야
바야흐로 盛備 入場하려 하는지라 乳母가 其 後를 隨하라 하니 小郎
은 卽 安國의 弟 安世이라 場中에 至한 則 一接이 모다 宰相의 子弟
이라 安世가 其 兄의 不文함을 恥하야 或 問하는 者가 有하면 兄히라
稱치 아니하고 반다시 鄕客이라 稱하얏더라.

38. 삼 년 동안 한 자도 해득치 못한 사람,
훗날 문장가가 될 줄 누가 알았으리오(6)

이때 벽에 과거제목을 걸었는데 즉 책문제(策問題, 책문의 제목)이었다. 안국이 곧 붓을 뽑아 마음을 가다듬고 생각한 지 잠깐 사이에 한 편을 완성하여 가장 먼저 제출하니 안세가 마음속으로 심히 몹시 놀라 탄복하여 말했다.

"누가 안동형을 가리켜 글을 해독치 못한다고 하였던가? 그 문장 큰 수법은 반드시 장안에 독보적이다."

안국이 물러 나와 다시 유모 집에 머물렀다. 시관(試官)이 방을 거는데 장원은 곧 김연의 아들 안국이었다. 그 시관이 벗의 아들이 으뜸자리를 차지함을 기뻐하여 가마를 재촉하여 연의 집에 가서 하례하려 할 때였다. 그 문 앞에 미처 도착하기도 전에 신래(新來)[1]가 밖으로 나오기를 재촉하니 연은 안세가 장원으로 발탁된 줄 알았다. 마음속으로 크게 기뻐하여 방목(榜目)을 보니 장원랑은 꿈속에서도 생각지 않았던 십 년 전에 안동으로 쫓아버렸던 안국이었다.

연이 또한 놀랍고 성나서 말하였다

"저놈이 종신토록 안동에 틀어박혀 있어야 하는 것이 제 분수이거늘 감히 아비 명을 거역하고 서울에 왔으니 죄가 마땅히 죽을 것이오. 또 제가 급제를 하였다 할지라도 원래 낫 놓고 기역 자도 모르는 놈이라 이것은 반드시 차작(借作)[2]이다. 어찌 당당한 문형(文衡)[3]집안의 사손으

---

1) 문과에 급제하여 새로 부임한 사람.
2) 대리시험.
3) 대제학(大提學)의 별칭.

로 차작급제하는 불초한 자식이 있으리오."

그리고 이에 때려죽이려 동복을 불러 안동놈을 붙들어 오라고 성화였다. 이러하니 안국이 창황히 뜰아래에 와 무릎 꿇거늘 연이 크게 노하여 한마디도 묻지 않고 급히 여러 종에게 명하여 중장(重杖)[4]으로써 때려죽이라 하였다.

이때 시관이 들어와 연에게 말하기를 "신래가 어디에 있습니까?" 하니, 연이 뜰아래에 결박해 놓은 안국을 가리키며 말하였다.

"저놈의 자식인데 지금 장차 때려 죽이려하오. 그대는 나에게 하례할 것 없이 곧 가마를 되돌려 돌아가시오."

시관이 크게 놀래어 그 소매를 잡고 만류하며 말했다.

"이게 무슨 말이요. 지금 영랑(令郎)[5]을 본즉 문장은 이미 넉넉하고 풍채가 준수하여 그대 가문을 크게 흥기시킬 자는 반드시 이 사람이요. 영윤(令胤)[6]이 무슨 죄를 범하였는데 이를 때려죽이려 하오. 이는 윤리에 어긋나는 망령된 행동이니 그 이유를 나에게 말해주시오."

연이 이에 전후의 사실을 자세히 이야기하니 시관이 말하였다.

"그러면 그 차작 여부를 먼저 시험한 연후에 이를 조처함이 어떠하오."

연이 냉소하며 "심하오. 그대 말이 어리석소. 저놈이 나이 열넷에 '천지(天地)' 두 자를 해득치 못하였소. 팔구 년 사이에 제가 어찌 과거 문장을 이루어 급제를 하였으리오. 이런 이치가 만무하거늘 어찌 시험을 기대하리오."

그러고는 여러 종에게 호령하여 "장살하라!" 하니 시관이 만류하여 그치기 어렵다 생각하고 친히 뜰에 내려가 그 결박을 풀고 안국의 손을

---

4) 곤장으로 볼기를 몹시 때리는 형벌을 이르던 말.
5) 남의 아들을 높여 이르는 말.
6) 남의 아들을 높여 이르는 말.

붙잡고 들어오니 연이 시관을 꾸짖었다.

"내가 내 자식을 죽이거늘 자네가 어찌 이를 만류하는 게요. 내 눈앞에서 저놈을 대하면 두통이 일어나더니 지금도 또 그러하오."

인하여 두통을 참지 못하여 이불을 뒤집어쓰고 누웠다. 안국이 아버지가 성냄이 극에 달해 반드시 죽을 줄 알고 겁이 나서 숨을 죽이고 꿇어 엎드려 있으니, 시관이 안국을 일으켜 말하였다.

"내가 묻는 대로 답하라."

그러고 인하여 물었다.

"금일의 과제를 그대는 능히 기억하느냐?"

안국이 일어나 앉아 암송하니 한 자의 착오도 없었다. 이때 연이 이를 누워 듣고 안국이 한 자도 해득치 못하는 자로 능히 책문제를 암송하니 크게 수상하다 하고 심히 의아할 때 시관이 또 물었다.

"금일 작성한 전편의 글을 또한 기억하느냐?"

안국이 "제 손으로 쓰고 제가 지은 것을 어찌 기억치 못 하겠습니까?" 하고 또한 암송하니 빠진 게 없었다. 그 글이 마치 끝없이 넓고 큰 바다에 파도가 스스로 이는 듯하고 천 리 먼 길을 천리마가 치달리는 것 같았다.

三十八. 三年不解一字人, 誰知他日文章家(六)

此時 板上에 科題를 懸하얏는디 卽 策問題이라 安國이 곳 筆을 拔하야 凝思한지 數瞬에 곳 一篇을 成하야 一天에 先呈하니 安世가 心內에 甚히 驚服하야 曰하되 誰가 安東兄을 指하야 文을 解치 못한다고 謂하얏는고 其 文章大手는 必히 長安에 獨擅되리로다 하얏더라 安國이 退하야 更히 乳母家에 舍하얏더니 試官이 榜을 揭함이 壯元은 卽 金璉의 子 安國이라 其 知友의 子가 居魁됨을 喜하야 곳 駕를

促하야 璉의 家에 往하야 賀하려 할 셰 其 門前에 未及하야 新來의
出外하기를 催하니 璉은 安世가 壯元을 擢함인줄 알고 知하고 心中
에 大喜하야 榜目을 見한 則 壯元郎은 卽 夢中에도 想到치 안튼 十年
前에 安東으로 放逐하얏던 安國이라 璉이 且驚 且怒하야 曰하되 這
漢이 終身토록 安東에 蟄伏하는 것이 渠의 分數이거늘 敢히 父의 命
을 逆하고 京師에 來하얏스니 罪가 맛당히 死할 것이오 且 渠가 及第
를 爲하얏다 할지라도 元來 目不識丁의 漢子인즉 此가 必是 借作이
니 엇지 堂堂한 文衡家의 子孫으로 借作及第할 不肖의 子가 有하리
오 하고 이에 其 前에 搏殺코져 하야 僮僕을 呼하야 安東漢을 星火捉
急하라 하니 安國이 蒼黃히 庭下에 來跪하거늘 璉이 大怒하야 一言
을 問치 아니하고 急히 衆僮을 命하야 重杖으로써 打殺하라 하니 此
際에 試官이 入來하야 璉다려 謂하되 新來가 何在하뇨 璉이 庭下에
縛致한 安國을 指하며 曰하되 這漢子인디 今에 將次 打殺하려 하니
君은 我에게 賀할 것 업시 곳 反弔하라 試官이 大驚하야 其 袖를 挽하
며 謂하되 此가 何故이뇨 今에 令郎을 見한 則 文章은 旣히 贍富하려
니와 風采가 俊爽하야 君의 家門을 大興할 者는 必 此人이어늘 令胤
이 何等 罪過를 犯하얏기완디 此를 打殺하려 하나뇨 此는 不倫의 妄
擧이니 其 理由를 我게 述하라 璉이 이에 前後의 事實을 遺漏업시
細述하니 試官이 曰하되 그러면 其 借作의 與否를 先試한 然後에 此
를 措處함이 何如하뇨 璉이 冷笑하되 甚하도다 君 言의 迂함이여 這
漢이 行年 十四에 天地 二字를 不解하얏거날 八九年間에 彼 엇지
科文을 做成하야 及第를 爲하얏스리오 此 理가 萬無하니 엇지 試함
을 待하리오 하고 急히 衆僕을 號令하야 杖殺하라 하니 試官이 挽止
不得하야 親히 堂에 下하야 其 縛을 解하고 安國을 携入하니 璉이
試官을 怨罵하되 我가 我子를 殺하거늘 汝가 엇지 此를 挽止하나뇨
我의 眼前에 這漢을 對하면 頭痛이 大發하더니 今에도 亦然하다 하

고 因하야 頭痛을 忍耐치 못하야 被를 蒙하고 臥하니 安國이 其 父
盛怒의 下에 스스로 必死할 줄을 知하고 屛息跪伏하얏더니 試官이
安國을 起하야 謂하되 我의 問하는 디로 答하라 하고 因問하되 今日
의 科題를 君이 能히 記憶하나뇨 安國이 起坐誦對함이 一字의 差錯
이 無하거늘 此時에 璉이 此를 臥聽하고 彼가 一字도 不解하는 者로
能히 策問題를 誦하니 大히 殊常하다 하고 甚히 疑訝하는 際에 試官
이 又 問하되 今日의 做한 全篇의 文을 쏘한 記憶하나뇨 安國이 曰하
되 自手自作한 者를 엇지 記憶치 못하리오 하고 쏘한 誦對無遺하니
其 文이 맛치 無邊大海에 波瀾이 自作하고 千里長途에 麒驥가 馳騁
함과 如하얏더라.

38. 삼 년 동안 한 자도 해득치 못한 사람,
   훗날 문장가가 될 줄 누가 알았으리오(7)

이때 연이 이불 속에서 벌떡 일어나 급히 안국의 손을 잡고 놀라 기이하여 말했다.

"이것이 꿈이냐 생시냐? 십 년 전 '천지' 두 자도 해석치 못하였던 네가 어찌 문장을 이룩하였느냐. 이게 하늘의 도움이냐 귀신의 도움이냐? 이게 나의 복이냐 너의 복이냐? 애석하도다. 십 년간 부자의 인연을 끊고 타지 등불 아래에서 네가 어찌 서울을 바라보는 마음을 금하였느냐. 우리 선조의 빛나는 명성을 지금 네가 다시 떨쳤구나. 내가 전일 머리 아픈 증세가 지금 청량제를 복용한 것과 같으니 고인의 소위 '부자불책선(父子不責善)이요 역자교지(易者敎之)[1]라는 말이 과연 지금에 이르러 지극한 말인 줄 알겠구나. 다행히도 늙은 아비를 위하여 그 내력을 사실대로 자세히 이야기해봐라."

이러며 슬픔과 기쁨이 뒤섞이니 안국이 또한 울음을 머금고 문장을 배우든 이야기를 처음부터 끝까지 아뢰었다. 곁에 있던 시관도 크게

---

1) 『맹자』「이루 상(離婁上)」에 보이는 말이다. "공손추(公孫丑)가 '군자가 자식을 직접 가르치지 않는 것은 어째서입니까?' 하고 묻자, 맹자가 '형세가 되지 않을 일이기 때문이다. 가르치는 사람은 반드시 정도를 내세우게 마련이니, 정도로써 가르치는데 행해지지 않으면 노기가 뒤따르고 노기가 뒤따르면 서로 해치게 된다. 「아버지는 나를 정도로 가르치면서 정작 아버지의 행동은 정도에서 나오지 않는구나.」 하면 이는 부자간에 서로 해치게 되는 것이니, 부자간에 서로 해치게 되면 나쁜 것이다. 옛날에는 자식을 바꾸어서 가르쳤다. 부자간에는 잘하라고 요구해서는 안 되니, 잘하기를 요구하면 사이가 벌어지게 된다. 사이가 벌어지면 이보다 더 상서롭지 못한 일은 없다.'(公孫丑曰：君子之不敎子, 何也? 孟子曰：勢不行也. 敎者必以正, 以正不行, 繼之以怒, 繼之以怒, 則反夷矣. 夫子敎我以正, 夫子未出於正也, 則是父子相夷也, 父子相夷, 則惡矣. 古者易子而敎之. 父子之間不責善, 責善則離, 離則不祥莫大焉.)"라고 하였다.

놀라 기이하게 여기며 연거푸 칭찬하였다.

연은 손뼉을 치고 크게 기뻐하여 곧 동복으로 하여금 신속히 가마 메는 말을 꾸미게 하여 안동으로 보내 이씨 부인을 맞아 오게 하라 하고는 또 시관에게 사례하였다.

"만일 현명한 벗이 아니었으면 내 문장인 아이를 죽일 뻔 하였소."

마침 청이 밖에서 이 소식을 얻어듣고는 달려와서는 하례한 후에 안국의 글을 얻어 본 즉 희대의 문장이라. 청이 연을 돌아보며 감탄하여 칭찬하였다.

"우리 형제가 평생에 가르치지 못한 것을 그 아내가 능히 가르쳤으니 당당한 대장부로서 일개 아녀자에게 미치지 못함이로다."

이씨 부인이 시댁에 도착하니 연이 종족과 여러 손님을 초대하여 큰 잔치를 연 후에 이를 여러 사람들에게 공개하여 말하였다.

"우리 아이가 문장을 이루어 선조의 유업을 빛나게 한 것은 모두 우리 안동신부의 공이오."

이러니 여러 종족과 손님들이 큰 소리로 칭찬하고 부러워하며 감탄하지 않는 자가 없었다. 이씨 부인이 김씨 문중에 들어온 이후로 시부모를 섬기되 효를 다하며 군자를 공경하되 예로써 하여 부녀자의 도리를 다했다. 일찍이 자기를 내세워 공치사하는 말이 없으니 연의 부부가 더욱 사랑하여 말할 때마다 반드시 '안동 며느리'라 하였더라.

안국의 문명, 재주와 명망이 날로 더욱 성하여 처음에는 한림옥당(翰林玉堂)[2]으로써 시작하여 나중에 대제학(大提學)[3]까지 이르렀다. 그 공명이 혁혁하고 가문이 창대하였다고 전하더라.

---

2) 한림(翰林)은 예문관, 옥당(玉堂)은 홍문관.
3) 홍문관과 예문관에 둔 정2품 벼슬. 문형(文衡)이라고도 한다.

외사씨 왈: 예로부터 명석한 부인과 재주 있는 여인이 세상에 없는 것은 아니다. 주(周)나라 태사(太姒)[4]와 당(唐)나라 장손왕후(長孫皇后)[5]는 그 부군에 대하여 내조의 아름다움이 있었다. 그 밖에는 별로 특별히 칭할 여인이 없고 혹 부인의 도리를 지니고 공경과 효를 다하였다는 일은 많지마는 목불식정(目不識丁)의 지아비를 가르쳐 능히 문장을 이르게 하였다함은 실로 천고에 없는 일이니 우리들은 감탄할 바를 알지 못하겠다. 아름답도다! 이씨 부인이 명예로운 이름은 천추백세를 지날지라도 사라지거나 멸하지 아니할진져.

옛 선비가 일찍이 이를 논하여 말하였다.

기이하다. 안국의 재주여! 아버지는 능히 가르치지 못하였는데 아내는 능히 가르쳤다. 빈 집으로 치면 대문은 안에서 닫혀있고 방으로 치면 문은 닫히지 않았다. 어떤 사람이 그 대문을 열고자 하여 방에 문이 있음을 알지 못하고 종일토록 대문 밖에 서서 무수하게 두드렸으나 마침내 열지 못하였다. 뒤에 한 사람이 대문 앞에 이르러 두드린 후에 그 문이 닫힌 줄 알고 문득 그 방문으로부터 들어가 그 대문을 연 것과 같다.

처음에 안국의 재주는 빈집과 같고 천지 두 자를 이해 못한 것은 즉 대문이 닫혔음이요, 심심풀이 여러 이야기를 잊지 않은 것은 즉 방문이 열린 것이다. 그 아버지는 대문을 열고자 하여 그 방문을 열어야함을

---

4) 주나라 문왕의 부인이자 무왕의 어머니로 현명한 여인상이다. 『시경(詩經)』 「대아(大雅)」 '사제(思齊)'에 주 문왕(周文王)의 부인인 태사(太姒)의 덕을 노래하면서 "시어머니인 태임(太任)의 미덕을 태사가 이어받았나니, 낳은 아들이 무려 백 명이나 되도다.(太姒嗣徽音 則百斯男)"라는 말이 나온다.

5) 당 태종의 황후로, 장손성(長孫晟)의 딸이다. 천성이 인효(仁孝)하고 검소하며 글 읽기를 좋아하였다. 또한 학문이 깊어 황제와 고사(古事)를 상의하면서 착한 일을 하도록 권하고 악한 일을 하지 않도록 간하는 것이 매우 많았으며 궁중 안을 잘 다스린 현명한 여인이다. 태종은 "나에게는 두 거울이 있으니, 하나는 장손 황후요, 하나는 위징(魏徵)이다."라 하였다.

보지 못한 것이요, 그 아내는 방문으로 들어가 대문을 연 것이라. 그런 즉 그 아버지가 능히 가르치지 못한 것을 그 아내가 가르친 것이 어찌 기이하지 않으리오. 그러나 보통 사람으로 도덕이 밝지 못하고 문장이 도달치 못함은 모두 빈집의 닫힌 문과 같은 종류지만 세상에 그 방문을 따라 대문을 열려는 것은 거의 드문 즉, 이 일로써 기이치 않다고 할 자는 찾기 어려울 지로다.

三十八. 三年不解一字人, 誰知他日文章家(七)

此時에 璉이 衾中으로브터 躍然히 起하야 急히 安國의 手를 執하고 驚異하야 曰하되 此가 夢이냐 眞이냐 十年前 天地의 二字를 不解하든 者가 汝 엇지 文章을 致ᄒ엿나뇨 此가 天의 祐이냐 神의 助이냐 此가 我의 福이냐 汝의 福이냐 可惜하도다 十年間 父子의 緣을 絶하고 殊方夜燈에 汝가 엇지 望京의 懷를 禁하얏나뇨 吾先祖 赫赫의 家聲을 今에 汝가 更히 振하얏도다 我 前日 疾首의 症이 今에 至하야는 淸凉劑를 服함과 如하니 古人의 所謂「父子不責善」과「易者敎之」라는 言이 果然 今에 至하야 至言인줄 知하겟도다 幸히 老父를 爲하야 其 來歷의 事實을 詳述하라 하며 悲喜가 交集하니 安國이 쏘한 泣을 飮하며 文章을 致하든 事實의 始終顚末을 陳白함이 在傍하얏든 試官도 大히 驚異하야 嘖嘖稱揚ᄒ고 璉은 鼓掌大喜하야 곳 僮僕으로 하야금 速速히 轎馬를 治하야 安東으로 赴하야 李氏婦를 邀來하라 하고 又 試官에게 謝하되 萬一 賢友가 아니엿드면 거의 我의 文章兒를 殺할번 하얏도다 마참 淸이 外로부터 此 報를 聽得하고 顚倒來賀한 後에 安國의 文을 取하야 見한 則 稀世의 文章이라 淸이 璉을 顧하며 嘆賞하되 我兄弟 平生에 敎치 못한 者를 其 妻가 能히 敎히 하얏스니 堂堂한 大丈夫로써 一兒女子에게 及치 못홈이로다 李氏가 旣歸함이

璉이 宗族과 賓客을 大會하고 一大慶宴을 設한 後에 此를 聲明하야 日하되 吾 兒가 文章을 作成하야 先祖의 遺業을 光케 한 者는 此가 我 安東新婦의 功이라 하니 諸 宗族賓客이 嘖嘖히 稱羨하며 嘆賞치 안는 者가 無하얏더라 李氏가 金門에 入한 以後로 舅姑를 事하되 孝를 盡하며 君子를 敬하되 禮로써 하야 甚히 婦道를 執하고 일즉이 功으로써 自伐의 言이 無하니 璉의 夫婦가 더욱 奇愛하야 言必稱 安東婦라 하얏더라.

安國의 文名才望이 日로 더욱 盛하야 初에 翰林玉堂으로써 終에 大提學싯지 至하야 功名이 赫赫하고 家門이 昌大하얏다 云하니라.

外史氏 日 古來로 哲婦才媛이 世에 乏한 바는 아니로되 周의 太姒와 唐의 長孫皇后 等은 其 夫君에 對하야 內助의 美가 有한 外에는 別로 特稱할 者가 無하고 其 外에도 或 婦道를 執하야 克敬克孝하얏다는 事는 多하지마는 目不識丁의 夫를 教하야 能히 文章을 致하얏다 홈은 實로 千古에 未有한 事이니 吾人은 嘆賞할 바를 不知하겟도다 美哉 ㅣ이라 李氏의 令名은 千秋百世를 經할지라도 泯치아니하며 滅치 아니할진져.

先儒가 曾히 此를 論하야 日하되 奇異하다 安國의 才여 父는 能히 教치 못하얏는대 妻는 能히 教하얏스니 譬컨대 此에 空家가 有하야 大門은 內로부터 閉鎖되고 傍에 在흔 門은 閉치 아니하얏는대 或者가 其 大門을 開코져 하야 傍에 門이 有함을 知치 못하고 終日토록 大門의 外에 立하야 無數 叩拍하얏스나 맛참니 開치 못하얏거날 後에 一人이 有하야 大門의 前에 至하야 叩한 後에 其 閉함인줄 知하고 문득 其 傍門으로부터 入하야 其 大門을 開한 것과 如하니 始者에 安國의 才는 空家와 如하고 天地 二字를 不解한 것은 卽 大門의 閉함이오 閑話雜說을 忘치 아니하는 者는 卽 傍門의 開함이니 其 父는 大門을 開코져 하야 其 傍門의 開함을 不見한 者이오 其 妻는 傍門으로 入하야 大門을 開한 者이라 그런즉 其 父가 能히 敎치 못한 것을 其 妻가 能히 敎한 것이 엇지 奇異하지 아니하리오. 그러나 凡人으로 道德의 不明과 文章의 不達은 다 空家閉門의 類이언마는 世에 其 傍門으로 從하야 大門을 開하는 者는 幾希한 則 此事로써 奇異치 안타 謂키 難할지로다.

39. 재가한 열부 곡산 기생은,
   세상에 드문 여자 중 예양(상)

　매화(梅花)는 곡산(谷山)[1] 기생이다. 자색이 있고 또 가무를 잘하였다. 한 늙은 재상이 해백(海伯)[2]으로 부임한 후에 매화를 사랑하여 감영에 두고 특별히 총애함이 비할 바 없었다. 마침 한 이름난 선비가 곡산 부사가 되어 연명(延命)[3]할 때, 그 부드럽고 아름다움을 보고 반하였다. 매화를 다시 곡산 관아로 오게 하려고 비밀리 그 어미를 불러 뇌물을 후히 주었다. 이후에도 수시로 출입케 하여 쌀, 조, 고기, 비단을 항상 베풀었다. 이와 같이 한 지 몇 개월이 지났다.

　그 어미가 마음에 의심쩍고 괴이하여 하루는 물었다.

　"소인과 같이 미천한 사람에게 이렇게 보살펴 아껴주시니 황송무지로소이합니다. 혹 사또께서 무슨 청탁이 있어 이와 같이 하십니까?"

　곡산 부사가 말했다.

　"그대가 비록 늙었으나 이름난 기생인 까닭에 내가 더불어 적적함을 달래기 위하여 자연 친하게 한 거요. 또 나는 넉넉하고 그대는 부족하여 보충함이 하등 불가한 게 아니라 이와 같이 한 것이니, 특별히 다른 일이 있는 것은 아니요."

　하루는 늙은 기생이 또 물었다.

　"사또께서 반드시 소인을 쓸 곳이 있기에 이같이 매우 정답게 친절을 베푸신 것이니 어찌 가르침을 밝히지 않으십니까? 소인이 사또의 은혜

---

1) 황해도 북동쪽에 있는 군.
2) 황해도관찰사를 달리 이르는 말로 순찰사를 겸하였다.
3) 원이 부임하여 처음으로 하던 의식. 여기서는 황해도 관찰사에게 가서 보고하는 것을 말한다.

를 받음이 이미 여러 번이나 보답할 바를 알지 못하오니, 만일 사또의 명하시는 바가 있으면 비록 끓는 물과 뜨거운 불 속에 갈지라도 감히 사양치 않겠습니다."

곡산 부사가 이에 좌우를 돌아보고 은밀히 말하였다.

"내가 저번에 감영에 갔을 때 그대 딸 매화를 보고 마음으로 심히 사랑하고 연모하여, 날이 가고 날이 갈수록 잊기 어려워 거의 병이 날듯 하다. 그대가 만일 데리고 와 한 번 보게 한다면 죽어도 한이 없겠소."

늙은 기생이 "이는 실로 쉬운 일이니 어찌 일찍이 가르침을 주지 않으셨는지요." 하고는 즉시 집에 돌아가 그 딸에게 글을 썼다.

"내가 방금 이름 모를 병에 걸려 위태로운 지경에 떨어져 사경을 헤매어 아침저녁을 보존키 어렵구나. 만일 너를 보지 못하고 죽으면 죽어서도 눈을 감지 못하겠으니 속히 말미를 얻어 집으로 돌아와 직접 만나보고 이별하기를 바라노라. 운운."

전인(專人)[4]을 보내어 급히 알렸다. 매화가 편지를 보고 순사(巡使)[5]에게 울며 보름 간 가서 어머니 살필 겨를을 청하였다. 순사가 이를 허락하고 물품을 주어 보내니 매우 후하였다.

매화가 말미를 얻고 서둘러 집에 돌아와 어미를 보니 기력이 평소와 다를 바 없고 얼굴에도 터럭만큼도 병색이 없었다. 매화가 한 편으론 놀랍고 한 편으론 기뻐하여 그 이유를 물으니, 어미가 그 사실을 자세히 말하고 억지로 손을 잡고 관아로 함께 들어갔다. 매화가 예를 마친 후에 곡산 부사를 보니 나이는 겨우 삼십 남짓한데 용모와 풍채가 뛰어나고 순사는 늙어 추하여 거의 신선과 보통 사람처럼 판이하게 달랐다. 매화 또한 연모하는 마음이 생겨 이날로부터 동침을 하니 두 사람의 정이

---

4) 어떤 소식이나 물건 등을 전하려고 특별히 보내는 사람.
5) 각 도의 관찰사가 겸임하였다. 여기서는 황해도관찰사이다.

십분 즐겁고 흡족하였다. 이와 같이 한 지 반 달 만에 허가 받은 기한이 이미 다하였으므로 매화가 부득이 곡산 부사에게 사례하고 황해감영으로 갈 때였다.

곡산 부사가 애틋한 마음을 이기지 못하여 이별하기를 차마 못하여 말하였다.

"이로부터 내 한 평생을 어찌할꼬."

매화도 눈물을 흩뿌리며 말하였다.

"첩이 이미 사또께 마음을 허락하였습니다. 청산이 늙지 않고 녹수가 길이 흐르듯 이 마음은 변할 까닭이 만무합니다. 이제 감영에 들어갈지라도 집으로 돌아올 계책이 있으니 머지않아 다시 돌아와 모시겠습니다."

그러고 길을 떠나 해주에 도착해 순찰사를 뵈었다. 순찰사가 모친의 병이 여하한가를 물으니 대답하기를 "병세가 심히 위독하더니 다행히 좋은 의원에 힘입어 지금 완쾌하였습니다." 하고 변함없이 방에서 순찰사를 모셨다.

三十九. 再嫁烈婦谷山妓, 女中豫讓世罕有(上)

梅花란 者는 谷山妓이니 姿色이 有하고 又 歌舞에 善하엿섯는듸 一 老宰가 有하야 海伯으로 赴任한 後에 梅花를 嬖하여 營下에 率置하고 寵幸이 無比하더니 맛참 其 時에 一 名士로 谷山府使가 된 者가 有하야 延命할 時에 其 研美[6]함을 見하고 心中에 此를 欲하야 秘密히 其 母를 招하야 財賄를 厚遺하고 此後로 無間 出入케하야 米粟肉帛을 每每히 補給하야 如是한지 數個月을 經하얏더라 其 母가 心에 疑

---

[6] 원문에는 '硏美'라 하여 '軟美'로 수정하였다.

怪하야 一日은 問하되 小人과 如한 微賤의 物을 如是히 眷愛하시니 惶悚無地로소이다 그러나 使道끠셔 무삼 所託이 有하야 如斯히 하시나잇가

本倅가 曰하되 汝가 비록 老하얏스나 自然 親熟하게 된 것이오 且 我의 裕足으로써 汝의 不足을 補함이 何等 不可한 者가 아임으로 如斯한 것이니 別로 他事가 有한 것은 아니라 하얏는태 一日은 老妓가 又 問호대 使道가 必然 小人을 用할 處가 有하시기로 如是히 款曲하심이니 엇지 明敎치 아니하시니잇가 小人이 使道의 恩을 受함이 旣重且多하야 報할 바를 不知하오니 萬一 使道의 命하시는 바가 有하면 비록 湯火에 赴할지라도 敢히 謝치 아니하겟나이다 本倅가 이에 左右를 屛하고 密語하되 我가 向日 營行하얏든 時에 汝의 女 梅花를 見하고 心에 甚히 愛戀하야 日이 去할지라도 日이 去할사록 忘하기 難하야 殆히 病이 生할듯하니 汝가 萬一 率來하야 我로 더부러 更히 一面을 接케 할진대 死할지라도 恨이 無하깃노라 老妓ㅣ 曰하되 此는 實로 容易한 事이니 엇지 早敎치 아니하셧나잇가 하고 卽時 家에 歸하야 其 女에게 書를 致하야 曰하되 我가 方今 無名의 疾로써 危境에 濱하야 朝夕을 保하기 難한대 萬一 汝를 見치 못하고 死하면 死하야도 目을 瞑치 못하겟스니 速速히 許可를 得하야 歸家面訣하기를 望하노라 云云하야 專人 急報하얏더니 梅花가 書를 見하고 巡使에게 泣告하야 半箇月間 往省의 暇를 請하니 巡使가 此를 許하고 資送이 甚厚하얏더라 梅花가 暇를 得하고 急急히 家에 歸하야 母를 見하니 其 母의 氣力이 平日과 無異하고 面上에도 些毫의 病色이 無한지라 梅花가 一驚一喜하야 其 理由를 問하니 其 母가 其 事實의 詳細를 告하고 强히 其 手를 握하야 衙中으로 偕入하얏는대 梅花가 禮를 畢한 後에 本倅를 見하니 年은 僅히 三十 稍餘하얏는대 容貌와 風采가 俊逸하고 巡使는 容儀가 老醜하야 殆히 仙凡이 逈殊함과 如흔지라 梅

花가 坯한 戀慕의 心이 有하야 伊日로부터 同枕를 始하야 兩情이 十分 歡洽하더니 如是한 지 半月에 請暇한 期限이 已滿흿슴으로 梅花가 不得已 本倅를 謝하고 將次 巡營으로 向할 세 本倅가 戀戀함을 不勝하야 相捨하기를 不忍하며 曰하되 從此로 我의 一世를 如何히 할고 梅花가 淚를 揮하며 曰하되 妾이 旣히 使道께 心을 許하온지라 靑山이 不老하고 綠水가 長存토록 此 心은 變할 理가 萬無하오며 今番 巡營에 入할지라도 脫歸의 計가 有하온즉 不遠하야셔 맛당히 更히 還侍하리이다 하고 因하야 行程에 登하야 海州에 着하야 巡使를 見하니 巡使가 其 母 病의 如何를 問하거늘 對하되 病勢가 甚히 危篤하더니 幸히 良醫의 術을 賴하야 今에는 全快함에 至하얏나이다 하고 依舊히 洞房에 在하야 巡使를 侍하얏더라.

39. 재가한 열부 곡산 기생은, 세상에 드문 여자 중 예양(하)

십여 일이 지난 후에 매화가 홀연 병을 얻어 침식을 모두 폐하고 여러 날을 신음하며 자리에 누워 일어나지 못하였다. 순찰사가 약을 써보지 않은 것이 없으나 터럭만큼도 차도가 없었다. 이와 같이 한 지 열흘 남짓에 갑자기 일어나 쑥대강이 머리와 때 묻은 얼굴로써 발을 구르고 손을 치며 미친 듯이 부르짖고 어지러이 떠들며 혹 울다가 웃다가는 곡하였다. 또 징청헌(澄淸軒)[1]에서 거리낌 없이 날뛰면서 순찰사의 이름을 함부로 부르며 욕을 해대었다. 좌우에서 혹 만류하면 발로 차고 물어 뜯어 사람들이 가까이 못 오게 하니 이것은 즉 미침증이라. 순찰사가 몹시 놀라 괴이하게 여기며 어찌할 수 없음을 알고 사람으로 하여금 가마에 결박하여 태워서는 친정으로 보내었다.

이는 즉 매화가 몸을 벗어나려고 거짓 미친체한 것이다. 그러므로 집에 돌아와서는 즉시 병이 나아 평일과 다름없었다. 매화가 친정으로 돌아온 날 원에 들어가 곡산 부사를 보고 앞뒤 사실을 아뢰었다. 곡산 부사가 크게 기뻐하여 협실(夾室)[2]에 머무르게 하고 사랑하는 마음이 더욱 돈독하였다.

이와 같이 한 지 한두 달이 지나자 자연 소문이 퍼져 감영에 들어가니 순찰사가 성내어 곡산 부사를 원망하였다. 그 뒤에 곡산 부사가 감영에

---

1) 함경도 함흥 소재 감영으로 관찰사의 업무 공간이다. 아마도 저자가 이를 착각한 듯하다. '징청'은 '남비징청(攬轡澄淸)'의 줄임말이다. 관리가 처음 부임하면서 실정을 바로잡고 세상을 맑게 하려는 뜻을 품는 것을 말한다. 후한(後漢)의 범방(范滂)이 혼란스러운 기주(冀州)의 안찰사(按察使)로 떠나면서 뜻을 품던 고사에서 유래한 성어이다. 『후한서』 「범방전(范滂傳)」
2) 안방에 딸려 있는 방이다.

가니 순찰사가 물었다.

"내가 몹시 아끼는 매화가 몸에 병이 생겨 제 집에 돌아가더니 요즈음에는 병세가 어떠하며, 때로 혹은 불러보는가?"

곡산 부사가 대답하였다.

"병은 조금 차도가 있는 듯하나 감영의 수청기생을 하관(下官)이 어찌 감히 불러보겠습니까."

순찰사가 냉소하며 말했다.

"내가 이미 익히 들어 알고 있네. 그대는 좋게 아껴 사랑하라. 나도 조처할 일이 있으리라."

곡산 부사가 일이 탄로 난 줄 알고 마음속으로 두려워하여 말미를 청해 상경하였다. 좌청우촉(左請右囑)[3]으로 한 대관(臺官)[4]에게 부탁하여 순찰사를 탄핵케 하여 파면하고 인하여 매화를 솔축(率蓄)[5]하였다가 벼슬을 마치고 돌아올 때에 손을 잡고는 경성에 올라왔다.

그 뒤 병신(丙申) 옥사(獄事)[6]가 일어남에 전 곡산 부사도 일에 연루되어 장차 법에 따라 형벌을 받을 때 그 아내가 울며 매화에게 말하였다.

"주공(主公)[7]이 지금 이 지경에 이르렀으니 나는 이미 마음에 결단한 바가 있다. 너는 청춘소년의 기생이니 어찌 이곳에 있으리오. 네 집으로 돌아가 다시 앞길을 열어가거라."

매화가 또한 울며 크게 장탄식을 하였다.

"천첩이 영감의 은애를 받은 지 이미 오래되었습니다. 번화하고 부귀

---

3) 갖은 수단을 다 써 가며 여러 곳에 청함.
4) 사헌부의 대사헌 이하 지평까지의 벼슬.
5) 여자 종을 첩으로 들여 동거하던 일.
6) 정조 즉위년인 병신년(1776) 옥사를 말한다. 정조의 즉위를 반대하던 벽파(僻派)와 홍인한(洪麟漢)은 정조가 즉위하자 하옥되어 옥사하였다. 아들 홍신해(洪信海)와 조카 홍이해(洪履海)도 모두 주살(誅殺)당하였다.
7) 지아비.

한 때에는 함께 복록을 편안히 누리고 환난의 즈음에 이르러서는 이를 버린다면 어찌 천도(天道)가 무심하며, 또 인정상 어찌 이를 차마 하겠는 지요. 다만 영감을 따라서 죽음을 결행할 뿐입니다."

며칠 후에 곡산 부사가 죄인과 함께 법에 따라 형벌을 받으니 그 아내는 스스로 목매달아 죽고 매화는 친히 그 부부의 시체를 염하여 관에 넣어 지극히 상을 치르는 예의범절을 다하였다. 부부의 관을 선영의 아래에 합부(合祔)[8]하고 연후에 묘 곁에서 자결하여 하종(下從)[9]하였다.

외사씨 왈: 옛날 전국시대(戰國時代)에 예양(豫讓)이란 자가 있었다. 처음에 중행씨(中行氏)를 섬기다가 지씨(智氏)가 이를 멸함에 예양이 다시 지씨를 섬기었다. 그 뒤에 조양자(趙襄子)가 지씨를 멸함에 이르러서는 몸을 훼손하여 성을 없애 그 주인의 원수를 갚으려다 마침내 절개를 지켜 죽었으니 훗날 사람들은 이를 가리켜서 재가열녀(再嫁烈女)에 비유한 것이라. 지금에 매화의 일로써 볼지라도 순찰사에 있어서는 계교를 써서 그 몸을 벗어났고 곡산 부사에 있어서는 절개를 지켜 의에 죽었으니 이도 또한 예양의 부류로다.

三十九. 再嫁烈婦谷山妓, 女中豫讓世罕有(下)

十有餘日을 過한 後에 梅花가 忽然 病을 得하야 寢食을 俱廢하고 屢日를 呻吟하야 委席不起하니 巡使가 藥으로써 試치 안이혼 者가 無하얏스되 小毫도 差度가 無하더니 如是한지 一旬有餘에 忽然 突起하야 頭垢面[10]으로써 足을 頓하고 手를 拍하며 狂呼亂嚷하야 或 哭하

---

8) 둘 이상의 시신을 한 무덤에 함께 묻음.
9) 죽은 남편의 뒤를 따라 아내가 자결함.

다가 笑하고 或 笑하다가 哭하며 又 澄淸軒의 上에 跳踉하면셔 巡使
의 名을 斥呼詬辱함이 左右가 或 挽止하면 蹴하고 囓하야 人으로 하
야금 前에 近치 못하게 하니 此가 卽 狂病이라 巡使가 甚히 驚駭하야
奈何치 못할 줄 知하고 人으로 하야금 轎中에 縛致하야 親家에 護送
하엿는대 此는 卽 梅花가 脫身의 計를 用하기 爲하야 佯狂을 飾한
者인 故로 家에 歸하야는 卽時 全瘳하야 平日과 無異하얏더라 梅花
가 還家하는 日에 卽時 衛中에 入하야 本倅를 見하고 前後의 事實을
告하니 本倅가 大喜하야 夾室에 留케 하고 情愛가 愈篤하더니 如是
히 한지 一月 二月을 經함이 自然 所聞이 傳播하야 巡營에 入하는[11]
巡使가 怒하야 本倅를 唧하더니 其 後에 谷山倅가 營門에 往한 則
巡使가 問하되 我의 嬖하든 梅花가 身病으로써 渠家에 還하더니 近日
에는 病勢가 何如하며 時로 或은 招見하나뇨 倅가 對하되 病은 少差
한 듯하느[12] 巡營의 守廳妓를 下官이 엇지 敢히 招見하리잇가 巡使가
冷笑하며 曰하되 我가 旣히 熟聞하야 知하얏스니 君은 好好히 嬖幸하
라 我도 措處홀 事가 有하리라 谷山倅가 事狀이 現露된 줄 知하고
心中에 畏懼하야 卽時 請由 上京하야 左請右囑으로 一臺官을 使囑
하야 巡使을 劾ᄒ야 罷免하고 因하야 梅花를 率蓄하얏다가 遞歸할
時에 ᄯ한 携伴하고 京城에 上하얏더니 其 後 丙申의 獄事가 起함이
前 谷山倅에게도 辭가 連하야 將次 法에 伏할 시 其 妻가 泣하며 梅花
다려 謂하되 主公이 今에 此 境에 至하얏스니 我는 旣히 心에 決한
바이 有하거니와 汝는 靑春少年의 妓이니 엇지 此에 在하리오 汝 家
로 還歸하야 更히 汝의 前途를 開하라 梅花가 ᄯ한 涕泣 長嘆하되

---

10) 원문에는 '頭垢面'이라 하여 '蓬頭垢面'으로 수정하였다.
11) 원문에는 '하ᄂ'라 하여 '하는'으로 수정하였다.
12) 원문에는 '하니'라 하여 '하ᄂ'로 수정하였다.

賤妾이 令監의 恩愛를 承하온지 旣久且多하온지라 繁華富貴의 時에
在하야는 共히 福祿을 安享하고 患難의 際에 至하야는 此를 棄할진디
엇지 天道가 無心하며 且 人情上에 엇지 此를 忍爲할 바 이릿가 다만
令監을 從하야 死를 決할 뿐이니이다 數日 後에 谷山倅가 罪人과 共
히 法에 伏함이 其 妻는 自縊하야 死하고 梅花는 親히 其 夫婦의 屍體
를 殯殮하야 棺에 納하고 克히 治喪의 凡節을 盡하야 夫婦의 棺을
先塋의 下에 合祔하고 然後에 墓側에서 自裁하야 下從하니라.

  外史氏 曰 昔에 戰國時代에 豫讓이란 者가 有하야 初에 中行氏를
事하다가 智氏가 此를 滅흠이 讓이 更히 智氏를 事하고 其 後에 趙襄
子가 智氏를 滅함에 至하야는 身을 毁하고 性을 滅하야 其 主의 仇를
報하려하다가 맛참니 節에 殉하얏나니 後人은 此를 指하야 再嫁烈女
에게 比한 것이라 今에 梅花의 事로써 觀할지라도 巡使에 在하야는
計를 用하야 其 身을 脫하고 谷山에 在하야는 節을 立하야 義에 死하
니 此도 쏘한 豫讓의 類인겨.

40. 가난과 부귀는 원래 무상하고
고생 끝에 낙 빈 말이 아니다[1]

성종(成宗) 때 공주(公州) 땅에 이 진사(李進士)라는 자가 있었다. 그 이름은 일실되어 세상에 전하지 않는다. 원래 집안이 가난하여 자급하기가 어려웠다. 정시(庭試)[2]에 응시코져하나 노자가 없어 공주 목사에게 진정서를 올렸으나 한 푼도 주지 않고 각하하였다. 부득이 해진 옷 한 벌을 주막집 노파에게 저당 잡히고 쌀 한 말을 얻어서는 서울로 과거 보러 출발하는 날이었다. 그 아내와 이별하며 '지금 상경하여 다시 낙방하게 되면 마땅히 한강에 빠져 죽으리니 과거 합격자 방을 내거는 날이 죽는 날이 될 것이네' 하고 길을 나섰다.

금강(錦江)[3]에 이르니 주막집 노파의 딸이 옷을 가지고 뒤를 쫓아와 이 진사를 급히 불렀다. 이 진사가 속으로 옷을 되돌려주러 온 줄 알고 곧 강가로 달려가 배를 타고 건너려 할 때 여자가 급히 달려와서는 말하였다.

"진사께서 이 옷이 없으시면 서울에 들어가지 못하실 것입니다. 노모가 사리가 없어 알지 못하고 옷을 전당잡고 쌀을 빌려주셨으니 제가 제 모친에게 갚겠습니다. 아무쪼록 이 이 옷을 입고 올라가소서."

이 진사가 심히 그 덕에 감격하여 이에 옷을 입고 황성에 들어가 또

---

1) 1892년경 편찬된 것으로 추정되는 야담집 『계압만록(鷄鴨漫錄)』과 역시 조선 후기에 필사된 『견첩록(見睫錄)』 3권에 수록된 내용과 유사하다. 보성(寶城) 선씨(宣氏) 가문에서는 선조 때 선시한(宣時翰)의 시라하나 이를 고증할 자료가 없다.
2) 왕실의 경사가 있을 때에 특별히 전정(殿庭)에서 시행하는 문무과. 증광시(增廣試)와 별시(別試)가 있음.
3) 전라북도 장수군에서 발원하여 충청북도 남서부를 거쳐 충청남도와 전라북도의 도계를 이루면서 군산만으로 흐르는 큰 강.

과거에 급제하지 못하고 장차 강에 투신하려 할 때였다. 강에 임하여 하늘을 우러러 통곡하였다. 마침 호남의 상번군(上番軍)[4]이 있어 이를 보고 그 까닭을 물었다. 이 진사가 사실을 고하니 번군이 말했다.

"내가 친병(親病)[5]이 있어 잠시라도 집을 떠나지 못하나 나랏일이 닥쳐 상경하는 중이오. 배낭 안에 수십 전을 줄 테니 다행히도 내 이름으로 대신 번을 들러 들어가면 그 은혜에 감사하겠소."

이 진사가 흔쾌히 응낙하고 서울에 들어가 궐내에서 체직(替直)[6]하였다. 이와 같이 한 지 한 달 지난 후, 마침 늦가을 기망(旣望)[7]의 밤이었다. 혼자 달을 대하여 이리뒤척저리뒤척 잠을 이루지 못하며 길게 탄식을 하다가 우연히 금원(禁苑)[8]에 들어갔다. 밤은 고요하고 사람은 없는데 다만 온갖 초목의 단풍과 국화가 달 아래에 서로 비추고 있었다. 제멋대로 완상하는데 잠깐 스쳐보니 단풍나무 아래에 자리를 펴고 붓과 벼루, 시를 적는 두루마리가 있었다. 누군가 단풍과 국화 시를 읊다가 완성치 못한 것이었다. 이 진사가 취하여 보니 그 시는 이러했다.

가을 서리에 단풍과 국화 누렇고 붉도다	楓菊能黃霜後紅
단풍숲과 국화는 가을바람에 아우르고	楓林菊蕚共秋風
초강[9]의 안개 밖으로 한이 무궁하구나	楚江煙外無窮恨
팽택[10]의 술동이 앞에 몇 개의 꽃송이인가	彭澤樽前有幾叢

---

4) 지방에서 차례가 되어 서울로 올라가던 번병.
5) 부모의 병환.
6) 번병이 순번에 따라 갈마듦.
7) 음력으로 매달 16일, 이미 망월이 지났다는 뜻에서 16일.
8) 대궐 안에 있는 동산이나 후원.
9) 초강은 굴원(屈原)이 몸을 투신한 멱라수(汨羅水)를 가리킨다. 여기서는 시인의 충혼을 표현한다.
10) 팽택령(彭澤令)을 지낸 진(晉)나라 도잠(陶潛)을 말한다. 도잠은 41세 때 팽택령으로

궁궐 정원에는 실바람 불고 향기 짙네　　　　　禁苑微風香馥馥
옥계단에 비끼는 석양에 그림자만 겹겹　　　　　玉階斜日影重重

시는 이런데 결구가 없었다.

이 진사가 읊기를 마치고 시인의 습성이 갑자기 동하여 붓을 잡아
시를 이었다.

임금께서 차마 꽃을 탐하지는 않으셨겠고　　　　君王不是耽花草
오로지 자연의 조화로운 공 알려함이시지　　　　要識乾坤造化功

글을 마치니 사람 말소리가 들렸다. 이 진사가 크게 놀라 피하여 숲속
에 숨었다. 이때에 성종께서 밤에 황문(黃門, 내시) 여러 명과 단풍과 국
화를 완상하시고 시를 짓다가 결구를 완성치 못하고 마침 측간에 갔다
가 돌아와 본즉, 누군가 마지막 구를 지어놓았거늘, 놀라 괴이함을 그치
지 못하고 내시를 불러서 "이곳에 반드시 사람이 있는 게 분명하다. 마
땅히 죄를 면하고 상을 내릴 터이니 속히 자수하라." 하였다. 이 진사가
이에 나와 엎드려 죄를 기다리거늘 임금이 물으셨다. 이 진사가 부복하
여 자초지종을 이야기하니 상이 심히 기이함을 차탄하였다. 즉시 하교
하시기를 "며칠 뒤에 별과(別科)를 특별히 열 것이니 너는 이때에 과거를
보는 게 좋겠다." 하시고 회궁하였다.

사흘 후에 과연 별과가 있거늘 이 진사가 가르침대로 과거장에 들어
갔더니 임금이 친히 금원풍국(禁苑楓菊)이란 시제 네 운을 내셨다. 이
진사가 곧 그 시로써 글을 써서 올리니 임금이 친시(親試)[11]하여 크게

있다가 그릇이 작은 윗사람의 제재가 싫고 전원이 그리워 재직한 지 80일 만에 벼슬을
그만두고 고향으로 돌아갔다.

칭찬하고 상을 내리시고 즉시 장원으로 발탁하신 후에 곧 불러 물으시기를 "네가 무슨 직책을 하고자 하느냐?" 하니 이 진사가 대답하되 "오직 성상의 처분에 따르겠습니다." 하였다.

임금이 하교하시기를 "공주 목사가 너에게 과거 보러 갈 양식을 주지 않았다 하니 특히 이 자는 파면하고 너를 공주 목사로 대신케 하며 번 들러 온 사람은 천총(千總)[12]을 삼고 주막집 딸은 첩으로 주노라." 하였다.

이 진사가 사십의 곤궁한 선비로 하루아침에 달관(達官)[13]으로 변하였더라.

四十. 人間窮達元無常, 苦盡甘來果不誣

成宗時에 公州地에 李進士라는 者가 有하니 其 名은 逸하야 世에 傳치 아니하얏더라 元來 家가 貧하야 自資키 難함으로 庭試에 赴코ㅈ 져하나 行資가 無하야 公州牧使에게 陳情書를 呈하얏더니 一文을 給치 안코 却下하얏슴으로 不得已 一弊袍를 酒媼에게 典執하고 斗米를 得하야 京師로 赴할 셰 出發하는 日에 其 妻로 더부러 訣別하되 今에 上京하야 更히 落科되면 맛당히 漢江에 溺하야 死하리니 榜出하는 日로써 死日을 爲함이 可하다 하고 行하야 錦江에 至하니 酒媼의 女가 袍를 持하고 踵至하야 李進士를 急呼하거늘 李進士가 內心에 袍를 還退하러 來함인줄 知하고 곳 江邊으로 走至하야 渡船하려 할 際에 女가 追至하야 曰하되 進士쩨셔 此 袍가 無하시면 可히 京城에

11) 과거를 보일 때 임금이 몸소 성적을 살펴 평가함.
12) 군영에 소속되어 있던 무관직으로 천총은 정3품.
13) 높은 벼슬이나 관직.

四十. 人間窮達元無常, 苦盡甘來果不誣　417

入치 못할 것이어눌 老母가 事理를 不識하고 衣를 典하야 米를 借하
얏스니 米는 我가 我母에게 償할 터이온즉 阿某조록 此 袍를 着하시
고 上하소서 李進士가 甚히 其 德을 感하야 이에 袍를 着하고 皇城에
入하야 又 科에 登치 못하고 將次 江에 投하려할 세 江에 臨하야 天을
仰하고 大哭하더니 맛참 湖南의 上番軍이 有하야 此를 見하고 其 故
를 問하거날 李進士가 事實을 告하니 番軍이 曰하되 我가 親病이 有
하야 須臾라도 家를 離치 못할터이ㄴ 王事에 迫하야 黽勉上來하얏는
대 囊中에 數十錢이 有하니 幸히 我 名을 假하야 入番하면 其 德을
感하겟노라 李進士가 慨然히 應諾하고 京師에 入하야 闕內에서 替直
하더니 如斯히 一月을 經한 後에 맛참 暮秋 旣望의 夜를 當하야 獨히
月을 對하야 轉輾不寐하며 長吁短嘆하다가 偶然히 禁苑에 潛入하니
夜는 靜하고 人은 無한데 다만 萬朶의 楓菊이 有하야 月下에 交映한
지라 恣意 玩賞하더니 瞥見한 則 楓樹下에 席을 舖하고 筆硯과 詩軸
이 有한대 楓菊의 詩를 詠하다가 完篇치 못한 者가 有하거눌 李進士
가 就하야 見하니 其 詩에 曰하얏스되 「霜後能黃霜後紅, 楓林菊萼共
秋風, 楚江煙外無窮恨, 彭澤樽前有幾叢, 禁苑微風香馥馥, 玉階斜
日影重重」이라 하고 結句가 無하거눌 李進士가 吟하기를 罷함에 詩
人의 氣習이 忽動하야 筆을 取하야 足書하되 「君王不是耽花草, 要識
乾坤造化功」이라 하얏더니 書畢에 人語의 聲이 有하는지라 李進士
가 大驚하야 避하야 林間에 隱하얏더라 此時에 成宗께셔 夜에 黃門
數輩로 더부러 楓菊을 賞翫하시고 詩를 作하시다가 句를 結치 못하시
고 맛참 厠에 如하셧다가 還見하신즉 或者가 其 末句를 結하얏거날
驚怪함을 不已하시고 黃門으로 하야금 呼하사대 此處에 必然 人이
有한 것이 分明한지라 맛당히 罪를 免하고 賞을 下할터이니 速히 自首
하라 李進士가 이에 出伏待罪하거날 上이 問하시니 李進士가 俯伏하
야 首尾를 細陳한대 上이 甚히 嗟異하시고 卽時 下敎하시되 數日 後

에 別科를 特設할 터이니 汝는 伊時에 赴함이 可하다 하시고 回宮하
셧는대 三日後에 果然 別科가 有하거날 李進士가 敎에 依하야 場에
入하얏더니 上이 親히 禁苑楓菊詩 四韻을 出하셧거날 李進士가 곳
其 詩로써 書呈하니 上이 親試하실싀 大히 稱賞을 加하시고 卽時 壯
元을 擢하신 後에 곳 命召하시고 問하사디 汝가 何職을 欲하나뇨 李
進士가 對하되 오즉 聖上의 處分에 依하겟노이다 上이 下敎하ᄉ대
公州牧使가 汝에게 科糧을 不給하얏다 하니 特히 此를 罷免하고 汝
로셔 此 職을 代하게 하노니 禁衛軍으로 千總을 爲하고 酒媼의 女로
妾을 卜하라 하셧는대 李進士가 四十의 窮儒로 一朝에 達官으로 化
하얏더라.

41. 삼일신부가 여종의 목숨을 구하고
명당자리로 주인 은혜에 보답하다(상)

안동(安東) 땅에 한광근(韓光近)이라는 사람이 있었다. 군(郡) 내에서 대대로 살았는데 그 할아버지가 살아있을 때 가세가 부요하여 비복이 많아 일 군에 으뜸이었다. 그 가운데 한 한복(悍僕)[1]이 할아버지를 모욕 준 일이 있었다. 할아버지가 몹시 분노하여 장차 때려죽이려 할 때 그 사내가 도망하였기에 죄를 그의 아내에게 대신 풀려고 곳간에 가두었다.

이때는 바야흐로 그 자부(子婦)의 혼인날이었다. 이러한 좋은 날에 형벌을 다스리는 것은 불가하다 하여 예식을 행한 뒤에 때려죽이려고 작정했다. 신부가 우귀(于歸)[2]한 다음 날 밤에, 뒤뜰에서 잠깐 배회하는데 체읍경열(涕泣哽咽)[3]하는 소리가 아득히 들렸다. 비록 삼일 신부라도 마음에 심히 괴이하여 깊은 밤 사람이 없는 때를 타서 밖으로 나갔다. 사면으로 소리를 따라 두루 살피니 한 귀퉁이 곳간에서 곡성이 났다. 신부가 그곳으로 향하여 가 보니 곳간 문이 자물쇠로 굳게 잠겼다. 들어가기가 어려워 이에 자물쇠를 부수고 들어가 보니 한 여자가 넋을 잃고 소리죽여 울고 있거늘 신부가 물었다.

"그대는 어떤 사람인데 무슨 연고로 이곳에 갇혔으며 슬피 우는 것이냐?"

그 여자가 놀라 움츠리며 대답하였다.

"소인은 주인댁 계집종입니다. 소인의 지아비가 일전에 노생원님을

---

1) 사나운 종.
2) 신부가 혼인한 후 처음으로 시집에 들어감.
3) '체읍'은 소리를 내지 않고 눈물을 흘리며 욺, '경열'은 몹시 슬퍼서 목이 메도록 흐느껴 욺.

욕보이고 그 자리에서 도망한 고로 노생원님이 지아비의 죄로써 저를 가두고 새아씨 혼례를 마친 후에 곧 때려죽이기로 분부하셨기에 이제 명을 기다리는 중입니다. 소인이 죽는 것은 애석하지 않으나 다만 견디지 못하는 것은 제가 안은 어린아이가 태어난 지 겨우 육칠일입니다. 제가 죽으면 가련한 이 아이 또한 죽을 것입니다. 이런 생각을 하니 마음이 비통하고 뼈가 삭는 듯하여 흐느끼는 소리가 자연 밖으로 나가는 것을 알지 못하였습니다."

신부가 측연히 마음이 움직여 인심이 성대히 일어났다. 이에 여종에게 말하였다.

"나는 어제 시집온 신부이라. 지금 내가 너를 내보내니 속히 몸을 피하여 목숨을 구하라."

계집종이 사례하였다.

"우리 모자가 재생의 은혜를 입었거니와 아씨께서는 저로 인하여 죄책이 적지 않을 것이니 이를 어찌합니까?"

신부가 달아나기를 재촉하며 말하였다.

"나는 스스로 막을 도리가 있으니 너는 말하지 말고 빨리 가거라."

계집종이 환천희지(歡天喜地)[4]하여 백배사례하고 급히 문을 나서 도망하였다. 며칠 후에 혼인의 예절이 모두 지나가자 노생원이 전날의 분이 풀리지 않아 추녀 끝에 높이 앉아 곳간에 잡아 가둔 계집종을 끌어오너라 한 즉, 계집종의 행적이 없고 빈 자물쇠만 있었다. 노생원이 크게 화를 내어 한바탕 야료(惹鬧)[5]를 부리니 온 집안이 장차 어떤 지경에 이를지 알지 못했다. 신부가 그 내보낸 일을 말하고 죄를 청하였다. 노

---

4) '하늘을 우러러 기뻐하고 땅을 굽어보고 기뻐한다'는 뜻으로, 대단히 즐거워하고 기뻐함을 이르는 말.
5) '야기요단(惹起鬧端)'의 준말로 까닭 없이 트집을 잡고 함부로 떠들어 대는 행동.

생원이 자세히 들으니 일은 비록 분하나 또한 어찌하기가 어려워 묵묵히 분을 참고 이후 그 일을 일절 다시 거론치 않았다.

여러 해 뒤에 생원은 세상을 떠나고 신부도 점차 나이가 들어 두 아들을 두고 죽었다. 두 아들이 애통함은 지극하나 집안이 빈한하여 산소자리를 마련치 못하고 다만 근심할 따름이었다. 하루는 홀연 한 중이 부르짖으며 뛰어 들어와 엎드려 애통하기를 한나절이 되도록 그치지 않았다. 온 집안사람들이 그 연유를 알지 못하고 심히 놀랍고 의아스럽다가 그 중이 곡을 그친 뒤에 상제 형제가 물었다.

"당신은 어느 승려인데 사대부집 상사에 와서 곡을 하는지요?"

그 중이 흐느껴 울며 대답했다.

"저의 이름은 아무개이니 즉, 아무개 종의 자식입니다. 저의 모자가 다행히 대부인의 은혜를 입어 지금까지 목숨을 보전하였으니 그 은혜는 실로 막대합니다. 제 생전에 머리털로 짚신을 삼아서라도 대부인의 다시 살려주신 은혜에 보답하려 하였더니 이제 불행히도 세상을 떠나셨으니 어찌 분곡(奔哭)[6]치 않겠습니까."

형제가 어릴 때부터 아무개 종이 생원을 욕보이고 도망한 일과 그 모친이 사흘밖에 안 된 신부로 곳간을 부수고 종을 놓아준 일을 들었다. 이 중이 곧 그때 곳간에 갇혔던 갓난아기였다. 형제가 서로 돌아보면서 묵묵히 있다가 그 중에게 도망한 후에 어떠한 일이 있었는지를 자세히 물었다.

四十一. 三日新婦救婢厄, 一穴明堂報主恩(上)

安東地에 韓光近이라 하는 人이 有하야 郡內에 世居하더니 其 祖

---

6) 결혼한 여자가 친정 부모님이 돌아가셨다는 부고를 받고 하는 곡.

父 生時에 家勢가 富饒하야 婢僕의 侈가 一郡에 冠하얏는대 其 中에
一悍僕이 有하야 其 祖父를 詬辱한 事가 有함으로 其 上典된 者가
甚히 忿怒하야 此를 將次 打殺하려 할 際에 厥 漢이 逃走하얏슴으로
其 忿을 厥 漢의 婦에게 移하야 倉庫中에 囚하니 此時는 바야흐로
其 子婦의 聘禮를 行하는 日이라 如斯한 吉日에 刑을 用함이 不可하
다 하야 禮式을 經行한 後에 打殺하기로 作定하얏더니 新婦가 于歸한
지 翌夜에 後庭에서 暫間 徘徊하더니 涕泣哽咽의 聲이 遠遠히 聞하
거늘 비록 三日 新婦이라도 心中에 甚히 怪訝하야 夜深無人한 時를
乘하야 外로 出하야 四面으로 追聞周察한 則 一隅에 倉庫가 有한대
庫間으로부터 哭聲이 出하는지라 新婦가 當地에 向하야 見한 則 庫門
이 堅閉牢鎖하야 可히 闖入하기 難함으로 이에 鎖子를 破하고 入去한
則 一 女子가 有하야 失聲涕泣하거날 新婦가 問하되 君은 何許人이
완대 何故로 此處에 被囚하야 哀呼悲泣하나뇨 其 女子가 驚縮하며
對하되 小人은 卽 主宅의 婢子이온대 小人의 夫가 日前에 老生員主
를 詬辱하고 卽地 逃走한 故로 老生員主가 夫의 罪로써 小婢를 囚하
고 新阿氏 于禮를 經過하신 後에 곳 打殺하기로 分付하심이 今에 待
命中에 在한대 小人의 死하는 것은 足히 可惜할 바ㅣ 아니오나 다만
不忍하는 바는 小女의 抱한 兒孩가 生世한지 僅히 六七日이온대 小
女가 死한 則 可憐한 新生兒가 쏘한 死하겟기로 如此한 情狀을 思하
온 則 心이 痛하고 骨이 酸하야 哽咽의 聲이 自然 外에 出함을 不覺하
얏나이다 新婦가 惻然히 中心이 動하야 藹然히 仁心이 發하야 이에
婢子다려 謂하되 我는 卽 昨日에 新來한 新婦이라 今에 我가 汝를
出送하리니 汝는 速히 身을 避하야 命을 逃하라 婢子가 拜謝하되 小
人은 母子 再生의 恩을 蒙하거니와 阿氏끠셔는 小人으로 因하야 罪責
이 不少하리니 此를 如何히 하리잇가 新婦가 去함을 促하야 曰하되
我는 스스로 防塞할 道가 有하니 汝는 多言치말고 速速히 出去하라

婢子가 歡天喜地하야 百拜千謝하고 急히 門을 出하야 逃命하얏더라 數日 後에 聘禮가 已過함이 老生員이 宿怒가 不解하야 軒頭에 高坐하고 庫中에 捉囚한 婢子를 引出하라 한 則 婢의 形跡은 無하고 空鎖한지라 老生員이 大怒하야 一場을 惹鬧함이 渾室이 將次 何境에 至할지 不知하얏는대 新婦가 其 出送한 事를 自述하고 罪를 請하니 老生員이 細聽함이 事는 비록 憤하나 쪼한 如何키 難하야 默默히 憤을 忍하고 此後 其 事를 一切 更提치 아니하얏더라 後數年에 生員은 謝世하고 新婦도 漸次 年老하야 二子를 有하고 死하니 其 二子가 哀痛함은 極하나 家貧함으로 山地를 得치 못하고 다만 憂慮할 짜름이더니 一日은 忽然 一個의 僧이 有하야 號哭奔入하야 伏地哀痛하며 食頃이 되도록 止치 아니하니 一家가 其 故를 莫知하야 甚히 驚訝하다가 其 僧이 哭을 止한 後에 喪人兄弟가 問하되 汝는 何許 僧侶이완대 士夫家 喪事에 赴哭하나뇨 其 僧이 涕泣하며 對하되 小人의 名은 某이니 卽 某婢의 子ㅣ라 小人의 母子가 多幸히 大夫人의 德澤을 蒙하야 至今토록 命을 保하얏스니 其 恩惠는 實로 莫大한지라 小人이 生前에 草를 結하야셔라도 大夫人의 再生之恩을 報하려 하얏더니 今에 不幸히 下世하온지라 엇지 奔哭치 아니하리잇가 喪人兄弟가 幼時로부터 某 奴의 詬辱逃走한 事와 其 母親이 三日新婦로 庫를 破하야 婢子를 放한 事를 聞하얏더니 此 僧인즉 卽 其 時 庫中의 新孩兒이라 喪人兄弟가 相顧 默然하다가 其 僧을 對하야 逃生後에 經過 事實을 詳問하얏더라.

41. 삼일신부가 여종의 목숨을 구하고
명당자리로 주인 은혜에 보답하다(하)

여러 날이 지나도록 그 중이 여전히 행랑 아래에 머무르더니 어느 날 아침에 홀연히 들어와 고하였다.

"상주께 갑자기 이와 같은 큰일을 당하시고 성복(成服)[1]까지 이미 지났으니 상례(喪禮)는 궁색한 형편에 어떻게 치르시려는지요. 제가 아뢸 일이 있어 지금 말씀드립니다."

상주가 길게 탄식하였다.

"집 오래된 산자리에는 이미 남은 기슭이 없고 집안 형편이 또한 극히 어려워 신점(新占)[2]하기도 심히 곤란하오. 이것이 우리 형제가 밤낮 고민하는 것이나 별다른 묘책이 없어 어찌할지 모르겠소."

중이 말하였다.

"제가 곳간에서 살아난 삶이기에 모친께서 젖을 먹이실 때마다 반드시 제 머리를 어루만지며 말하셨답니다. '우리 말루하주(抹樓下主, 마누라님)[3]의 다시 살려주신 은혜를 내 생전에 갚지 못하거든 내가 죽은 뒤에라도 네가 반드시 갚아라' 하셨습니다. 제가 점점 장성하면서도 이 말을 기억했는데 어머니가 돌아가시는 날에도 재삼 부탁하셨습니다. 제가 돌아가신 어머니의 유언을 저버리기도 어려울 뿐만 아니라 마누라님의 큰 은혜도 이를 보답치 않으면 안 됩니다. 이에 은혜 갚을 계책을 밤낮으로 강구하다가 드디어 머리를 깎고 중이 되어 신사(神師)[4]를 좇아 노닐

---

1) 죽은 지 사흘째 되는 날, 즉 대렴(大殮)을 한 다음 날, 오복(五服)의 친속들은 모두 성복을 하고 지팡이를 짚는 복을 하는 사람은 지팡이를 짚는다.
2) 집터나 묏자리 따위를 새로 잡음.
3) 귀인의 아내를 존대하여 이르는 말.

며 묏자리 가리는 법을 배웠습니다. 이제 이르러 자못 오묘한 묏자리 찾는 이치를 얻었습니다. 제가 죽장망혜(竹杖芒鞋)로 사방으로 돌아다니면서 산 형세를 살펴 길지를 얻으려 전력을 쏟았습니다. 한 해 전에 이곳에서 30리쯤에 한 큰 길지를 구했는지라 바라옵건대 다행히도 다른 지관의 풍수설을 듣지 마시고 묏자리를 이곳에 점지하시면 후일 댁에 복력(福力)이 무궁무진하여 부귀영화와 높은 자리에 오르는 후손이 대대손손 이를 것입니다. 또 저도 이로써 거의 전일의 묵은 빚을 벗어날까 합니다."

상제 형제가 이 말을 듣고 일희일비하여 바짝 다가와 앉으며 말했다.

"과연 당신이 묏자리 잡는 기술이 높다하니 우리 마음이 크게 기쁘오. 당신이 말한 길지는 어느 곳이오?"

중이 대답했다.

"이곳에서 강 하나를 건너면 인천(仁川) 땅이니 저와 함께 가서 보시면 아실 겁니다."

그다음 날 상제 형제가 중과 함께 그곳에 함께 가서 보니 그 중이 손으로 한 쑥대가 우거져 풀이 더부룩한 곳을 가리키며 말했다.

"제가 점지한 길지는 곧 이곳입니다."

상제가 말했다.

"이곳은 무덤이라. 어찌 이를 훼손하겠소."

중이 대답하였다.

"이는 옛사람이 치표(置標)[5]한 땅입니다. 무덤이 아니니 조금도 염려치 마시고 이 땅을 묘터로 하소서."

상제가 가만히 생각해보니 가세는 극히 빈한하고 지관을 부르기도

---

4) 신령스런 스승.

5) 살아 있을 때 미리 묏자리나, 이장할 곳을 선택하여 표적을 묻고 무덤처럼 만들어 둠.

어려울 뿐 아니라 묘터를 구할 방법도 없었다. 미덥고 미덥지 않던 간에 그 말을 따르지 않고는 안 될 형편이었다. 이에 주저치 않고 그 말을 좇아 이 땅에 영폄(永窆)[6]하였다.

그 땅은 과연 고려 때 치표한 곳이었다. 장례를 마친 후에 중이 돌아가겠다고 아뢰고는 말하였다.

"저의 도리는 이에 모두 다하였다 말할 수 있습니다. 마누라님이 복된 땅에 들어가셨으니 이보다 더 큰 행운이 없습니다. 이로부터 10년이 지나면 어린 상제님의 문명(文名)이 점점 더해져 반드시 과거에 급제하여 높은 지위에 오를 것입니다. 그 후부터는 자손이 또한 무한 번창할 것입니다."

어린 상제는 곧 한광근(韓光近, 1735~미상)[7]이다. 과연 그 뒤 무자년(戊子年) 문과(文科)에 급제하여 청질(淸秩)[8]을 여러 차례하고 자손이 또한 번창하였다.

四十一. 三日新婦救婢厄, 一穴明堂報主恩(下)

數日이 過하도록 厥僧이 尙히 廊下에셔 逗留하더니 一朝에 忽然히 入告하되 喪制主가 猝然히 此와 如한 巨創을 當하야 成服까지 已經하얏스니 喪禮는 將次 如何히 拮据하려 하시나잇가 小人이 稟議할

---

6) 완전하게 장사를 지냄.
7) 자는 계명(季明), 본관은 청주(淸州)이다. 증조부는 한성익(韓聖翼)이고, 조부는 한배휴(韓配休)이며, 부친은 한사열(韓師說)이다. 1768년 무사년(戊子年, 영조 44) 성시 문과에 병과로 급제하였다. 1770년(영조 46) 정언으로서 국정에 관한 문제 즉, 대신의 잦은 교체와 예우를 하지 않는 점, 국왕 근신들의 뇌물 성행 등을 제거한 공로로 영조로부터 사슴 가죽을 하사받았다. 1780년(정조 4) 사은사(謝恩使) 서장관으로 청나라에 파견되었다가 돌아왔다. 부수찬으로서 인재와 재용(財用)을 중시할 것, 수령의 신중한 선택, 광범위한 인재 수용 등 시무 10조를 상소하였다. 이후 양주목사와 대사헌 등을 역임하였다.
8) 청렴한 관리.

事가 有하야 今에 告白하노이다 喪人이 長嘆하되 宅 舊山에는 旣히
可奉할 餘麓이 無하고 家計가 쏘한 貧乏하기로 新占하기도 甚히 困難
하니 此가 吾 兄弟의 晝宵 憂悶하는 바이나 別策이 無함에 奈何오
僧이 曰하되 小人이 庫中의 餘生으로 小人의 母가 哺乳할 時에는 반
다시 小人의 頂을 撫하며 曰하되 抹樓下主(마누라님)의 再造하신 德
澤을 我 生前에 報하지 못하거든 我가 死한 後에 汝가 반다시 報하라
하얏는대 小人이 稍稍 長成하기에 及하야는 此 言을 牢記하얏더니
母가 老死하는 日에도 再三 付託하얏는지라 小人이 亡母의 遺言 負
하기도 難할 뿐만 아니라 抹樓下主의 大恩도 此를 報치 아니치 못할
것임으로 이에 報할 策을 日夜 講究하다가 드대여 髮을 剃하고 僧이
되야 神師를 從遊하야 揣宅하는 術을 學하얏더니 今에 至하야는 頗히
奧妙의 源을 探得하온지라 小人이 이에 竹杖芒鞋로 四處에 周遊하면
셔 山地를 相度하야 吉地를 得하기에 全力을 費하얏더니 年前에 此를
距하기 三十里地에 一大休吉의 地를 得하온지라 望컨대 幸히 他 地
師의 言하는 風水의 說을 聽치 마시고 山地를 此에 卜하시면 他日에
宅 福力이 無窮無盡하야 貴榮顯達이 世世子孫에게 及할지오 且 小
人도 此로서 거의 前日의 宿債를 脫了할가 하나이다 喪人 兄弟가 此
言을 聞하고 一喜一悲하야 이에 席을 促하고 坐하야 問하되 果然 汝
가 相地의 術이 高尙하다 하니 我心에 大히 喜悅한지라 汝의 謂한
바 吉地는 何處를 指함이뇨 僧이 對하되 此로부터 一江을 渡한즉 卽
仁川地이니 願컨대 小人과 함끠 往見하시면 可知하시리이다 其 翌日
에 喪人 兄弟가 僧으로 더부러 當地에 同往한 則 厥 僧이 手로 一蓬蒿
가 叢生한 披하며 曰하되 小人의 卜한 吉地는 卽 此處이니이다 喪人
이 曰하되 此는 塚이라 엇지 此를 毀함을 得하리오 僧이 對하되 此는
古人의 置標한 地이오 塚이 아니니 小毫도 念慮치 마시고 此 地를
卜하소셔 喪人이 內念컨대 家勢는 貧寒하야 地師를 延聘하기도 難할

뿐 아니라 山地를 購得할 道가 無하야 實不實間에 渠의 言을 從치 아니치 못할 形便임으로 이에 躊躇치 아니하고 渠의 言을 從하야 此 地에 永窆하얏는대 其 地는 果然 高麗時의 置標한 處이더라 葬禮를 畢한 後에 僧이 歸함을 告하고 乃曰하되 小人의 道理는 今에 至하야 盡行하얏다 謂할지라 抹樓下主가 福地에 入하시니 第一 幸莫大焉이 며 此로 從하야 十年을 過하시면 小喪制主가 文名이 稍優함으로 必 然 登科하야 顯達을 致할 것이오 其 後부터는 子孫이 또한 無限 大昌 하리이다 하얏는대 小喪制主는 卽 韓光近이라 果然 其 後 戊子[9] 文科 에 登하야 淸秩을 屢經하고 子孫이 또한 繁昌하니라.

---

[9] 원문에는 1773년인 '癸巳'로 되어 있어 한광근의 기록과 맞게 '戊子로 바로잡았다.

42. 십 년 공부 나무아미타불 되고
세상에서 송도삼절이라 일컫네[1]

진랑(眞娘)[2]은 객성(開城) 장님 여인의 소생이다. 성품이 척당불기(倜
儻不羈)[3]하여 남자의 기풍이 있으며 또 금가(琴歌)[4]를 잘하여 늘 산수
사이를 노닐었다. 이때 화담선생(花潭先生) 서경덕(徐敬德, 1489~1546)[5]과

---

1) 이 화는 허균(許筠, 1569~1618)의 『성소부부고(惺所覆瓿藁)』 24권 설부3 『성옹지소록하
(惺翁識小錄下)』에 있는 '황진이(黃眞伊)'에 대한 기록을 부연하였다. 황진이에 대한 기
록은 허균의 기록이 가장 믿을 만하다. 허균의 부친인 허엽(許曄, 1517~1580)의 스승이
바로 서경덕이기 때문이다. 황진이가 지족선사를 유혹하는 장면은 허균의 글에는 보이
지 않는다.

2) 황진이(黃眞伊)다. 정확한 출생 연대는 알려지지 않았고 중종·명종 때 인물로 시인이며
기생이다. 아버지는 황 씨 성을 가진 양반으로 일설에는 진사였다고도 한다. 어머니는
기생 또는 천민 출신인 듯한데 '진현금(陳玄琴)'이라고 불리던 맹인이 아닌가 한다. 『성
소부부고』에 "진랑은 해어진 옷에다 때 묻은 얼굴로 바로 그 좌석에 끼어 앉아 태연스레
이(虱)를 잡으며 노래하고 거문고를 타되 조금도 부끄러운 기색이 없으니, 여러 기생이
기가 죽었다." 하였으며, 유몽인(柳夢寅, 1559~1623)이 1622년 저술한 우리나라 최초
야담집인 『어우야담(於于野談)』 「인륜편」 '창기(娼妓)'에는 "가정(嘉靖, 1522~1566) 초
에 송도에 유명한 창기 진이라는 여인이 있었다. 여자들 중에 뜻이 크고 기개가 있는
의협심이 강한 사람이었다(嘉靖初 松京有名唱眞伊者 女中之個儻任俠人)"고 기록하였다.
허균과 유몽인의 기록으로 미루어 보면 황진이는 중종연간(中宗年間, 1506~1544)에
주로 활동한 매우 호기로운 기상을 가진 기생이다. 『어우야담』에는 황진이가 "나는 성품
이 번잡하고 화려한 것을 좋아하니 큰길가에 묻어 주오." 하여 송도 큰길가에 묻었다
하고 평안감사로 부임하는 중도에 이 무덤에 들러 시를 지었다가 파직 당했다는 백호
임제(林悌, 1548~1587)의 일화도 보인다. 현전하는 작품으로 황진이의 작품은 주로 연
회석(宴會席)이나 풍류장(風流場)에서 지어진 것이 많고, 기생의 작품이라는 점 때문에
후세에 전해지지 못하고 사라진 것이 많을 것이다. 현전하는 작품은 5, 6수에 지나지
않으나 시조 〈청산리 벽계수야 수이 감을 자랑마라~〉, 〈동지달 기나긴 밤을 한허리를
베어내어~〉 등은 시상을 세련된 언어로 이미지화 한 뛰어난 작품으로 인정받는다. 현재
북한에서 황진이 무덤을 발굴하여 개성시 선정리에 '명월 황진이의 묘'라 복원해놓았다.

3) 뜻이 크고 기개가 있어 남에게 매이지 않음.

4) 거문고에 맞춰 부르는 노래.

5) 본관은 당성(唐城), 자는 가구(可久), 호는 화담(花潭)·복재(復齋)이다. 개성 오관산(五

지족노선(知足老禪)[6]이 도통(道通)[7]으로 당세에 유명하였다. 진랑이 그 뜻을 시험하려 선사(禪寺, 절)에 이르러 지족에게 두 번 절하여 공경을 표하고 말하였다.

"나는 평생에 남녀 욕정을 끊고 산수 즐거움을 탐하여 명승지를 두루 유람하였는데 지금 이곳 경치를 사랑하여 여러 날 노닐며 감상하고자 합니다. 선사께서는 고절탁행(高節卓行)[8]이 있으신지라 한 방에서 거처하여도 혐의 될 게 없으니 이곳에서 묵어감을 청합니다."

지족이 이를 허락하니 진랑이 저녁밥을 마친 후에 침석에 먼저 들어가 거짓 자는 체하면서 그 동정을 엿보았다. 지족이 벽을 마주하고 등을 돌려 앉아서 조금도 마음을 동요치 않았다.

사흘이 지나자 한밤중에 달빛이 환하여 낮과 같은데 사방을 둘러봐도 사람 하나 없고 온갖 소리가 밤이 깊어 아주 고요하였다. 진랑이 짐짓 얇은 비단으로 지은 치마를 들추어 옥비(玉肥)구슬 같은 뽀얀 살을 드러내고 거짓으로 자는체하면서 코를 고니 지족이 그제야 머리를 돌려 곁눈질로 한참 보다가 돌아앉았다. 진랑이 속으로 말하기를 '저 중이 색념(色念)[9]이 이미 동하였구나' 하고 또 몸을 돌려 가까이 누워 두 다리를 벌리고 또 전과 같이 코를 고니 지족이 또 목을 쑥 빼어서는 두 다리가

冠山) 영통(靈通) 계곡 입구에 있는 화담(花潭)에 서재를 세우고 토정비결로 잘 알려진 이지함(李之菡, 1517~1578), 서예로 유명한 양사언(楊士彦, 1517~1584), 『주역』을 연구하고 『동국지리지』를 지은 한백겸(韓百謙, 1552~1615), 영의정에 올라 약 15년간 재직한 박순(朴淳, 1523~1589), 허엽 등 한 나라의 내로라하는 후학들을 길러냈기에 화담선생이라 불린다. 그는 성리학자로서 기철학(氣哲學)을 주상하여 이황과 논쟁을 하는 한편, 노장사상과 불교에 대한 이해 또한 깊었다. 그래서인지 '전우치 설화'를 비롯한 민담에 도사로 자주 등장한다. 46화 참조.

6) 누구인지 알 수 없다.
7) 사물의 깊은 이치를 깨달아 훤히 통함.
8) 고상한 절개와 탁월한 행실.
9) 여색이나 색정, 색사(色事) 따위에 대한 생각.

벌어진 곳을 한참 바라보다가 위연히 크게 탄식하며 돌아앉아서는 다시 아래를 쳐다보았다.

진랑이 이에 하품을 하고 기지개를 켜는 척 일부로 하며 두 손을 들어 지족을 당겨 안으니 지족이 따라서 드러눕고 진랑을 안으며 말하였다.

"아! 십 년 공부 아미타불!"

그러고 드디어 마음 가는 대로 음란한 짓을 하였다.

이후에 지족이 진랑에게 빠져 미쳐서는 전에 배운 학업을 하루아침에 모두 버렸다. 이로부터 절에서 무한한 놀림감이 되었는데 여러 중들이 부르기를 망석(妄釋)이라 하였다. 지금 풍속에 4월 초 8일에 망석희(妄釋戱)[10]를 연희하는 것이 곧 이 사건이라 한다.

그 뒤에 진랑이 화담이 고통스런 과정을 거쳐 높은 절개가 뛰어나다는 말을 듣고 속으로 '일세의 고명한 선사라 추앙하던 지족도 나에게 절개를 꺾고 혹하였다. 화담선생이 아무리 도통한 군자라 할지라도 나에게야 어찌 능히 그 높은 절개를 지킬 수 있으리오.' 하고 이에 그 뜻을 시험코자 가야금을 가지고 술을 빚어 화담의 집에 갔다. 화담이 흔연히 맞이하거늘 진랑이 또 지족에게 한 것처럼 수작하였다. 한 방에서 거처한 지 십여 일에 화담이 진랑과 더불어 환담하기는 싫증내지 않으나 침석에 이르러서는 조금도 동요치 않았다. 진랑이 지족에게 한 것처럼 시도하여 백방으로 화담의 뜻을 흔들어보려 하였으나 화담은 의연히 욕정을 발하는 모습이 그의 행동에 드러나지 않았다. 진랑이 마음속으로 '저이가 필연 고양(枯陽)[11]일거야' 하고 하룻밤은 손으로 양경(陽莖)[12]

10) '만석승놀이'로 음력 사월 초파일 인형으로 하는 무언극이다. 만석은 승려의 이름이라 하며 『경도잡지(京都雜志)』에 의하면 초파일의 연등제에서 이 놀이를 하였다는 점으로 미루어 불교와 관련이 있다. 만석은 한자로는 망석(妄釋) 또는 만석(曼碩)이라 적는데 이는 '넓고 크다'는 뜻이다. 민간에 전하는 이 놀이의 기원 전설에 의하면, 송도의 명기 황진이가 30년 동안 도를 닦던 지족선사를 유혹하여 파계시킨 것을 풍자하기 위해 만든 놀이라 한다.

을 어루만지니 굳기가 쇠몽둥이 같았으나 끝내 범하지는 않았다.

진랑이 탄복하여 말하였다.

"지족선사는 삼십 년 벽을 바라보고 도를 닦았으나 함께 거한지 불과 며칠 만에 나를 탐하였거늘 선생은 주년(周年)[13]을 한방에서 가까이 지냈거늘 끝까지 흔들리지 않으니 진실로 성인이로다."

그러고 흠모하여 공경하기를 더하였다.

하루는 진랑이 화담에게 말하였다.

"송도에 삼절(三絶)이 있는데 선생님은 아시는지요."

화담이 "무엇을 일러 삼절이라 하는가?" 하니 진랑이 대답하기를 "박연폭포(朴淵瀑布)가 일절이요, 선생님이 이절이시고, 제가 삼절이에요." 하였다.

외사씨 왈: 속어에 이와 같은 말이 있으니 "초패왕(楚覇王)은 만고에 영웅이건마는 해영장중(垓營帳中)[14]에서 우미인(虞美人)을 슬프게 이별 하였고[15] 한(漢) 소무(蘇武)는 일세의 충신이건만 북해(北海)에서 호희(胡

---

11) '마른 버드나무'이나 여기서는 고자라는 의미이다.

12) 남자의 성기.

13) 어떤 일이나 단체가 시작한 날로부터 1년마다 돌아오는 해를 세는 단위를 나타내는 말.

14) '해하(垓下)'에 있는 항우의 진영이다. 해하는 안후이 성(安徽省) 링비 현(靈璧縣) 남동쪽에 있다. 한(漢)나라의 고조(高祖) 군사가 초(楚)나라의 항우(項羽)를 여기에서 포위하였고 사면초가(四面楚歌)라는 고사가 생겼다.

15) 해하에서 우미인과 이별할 때 슬퍼하며 부른 노래가 〈해하가(垓下歌)〉이다.

힘은 산을 뽑고 기개는 세상을 덮었으나	力拔山兮氣蓋世
시운이 불리하니 추(騅, 오추마)도 나아가지 않는구나	時不利兮騅不逝
추도 나아가지 않으니 내 어찌하리오	騅不逝兮可奈何
우미인이여 우미인이여! 내 어찌하리로	虞兮虞兮奈若何

이에 대해 우미인이 답한 〈해하가〉는 이렇다.

한나라 군사가 이미 천하를 다 빼앗으니	漢兵已略地

姬)를 첩으로 삼았다" 한다.[16] 이로써 보면 어떠한 영웅열사라도 여인에 있어서는 이를 멀리하기 어려운 것이다. 그러므로 저 지족선사는 삼십년간 수양한 도를 하루아침에 모두 버리고 아름다운 여인의 운우금중(雲雨衾中)에 떨어지고야 말았다. 그러나 화담선생은 미인의 밀실에서 함께 거처한 지 1년여에 터럭만큼도 그 마음이 흔들리지 않았으니 실로 고금에 드문 일이다. '어찌 보통 사람이 미치겠는가'라고 말할 만하다.

四十二. 十年工夫阿彌佛, 松都三絶世所稱

眞娘은 開城 盲女의 所生이라 性이 倜儻不羈하야 男子의 氣風이 有하며 又 琴歌를 善히 하야 常히 山水의 間에 遨遊하더니 時에 花潭先生 徐敬德과 知足老禪이 道通으로 當世에 有名한지라 眞娘이 其志를 試코져 하야 禪寺에 詣하야 知足에게 再拜 致敬하며 曰하되 我는 平生에 男女의 慾을 斷하고 山水의 樂을 耽하야 名勝의 地를 遍訪 遊覽하더니 今에 此處에 景을 愛하야 數日을 遊賞코져 하오니 禪師는 高節卓行이 有하온지라 一室에 同處하야도 嫌得함이 無하니 借宿함을 請하노라 知足이 此를 許하니 眞娘이 夕飯을 畢한 後에 枕席에 先就하야 假寐하면셔 其 動靜을 偸看하니 知足이 壁을 面하고 背坐하야 小毫도 動念치 아니하얏더라 三四日을 過함이 一夜는 月色이

사방에서 들려오는 것은 초나라의 노랫소리 　　　　四面楚歌聲
대왕의 의기가 다하셨다면 　　　　　　　　　　大王義氣盡
천첩이 살아서 무엇하리오 　　　　　　　　　　賤妾何聊生

　『초한지』에는 우미인이 항우의 걸림돌이 된다며 이 직후 자결하였다는 내용이 나온다.
16) 소무는 한나라 무제 때 흉노에 사신 갔다가 잡혀서 절정을 지켰다. 무제는 "숫양이 새끼를 낳으면 귀국을 허락하겠다." 하며 북해(北海) 근방의 한 섬으로 추방했다. 결국 소무는 19년 만에 고국으로 돌아오는데 그사이에 흉노 여자인 호아에게서 통국(通國)이라는 아들을 낳았다. 여기서 호아가 호희이다. 『한서』 권54 「소건전(蘇建傳) 소무(蘇武)」

明朗하야 晝와 如한대 四顧 無人하고 萬籟가 俱寂한지라 眞娘이 짐
짓 羅裙을 捲하고 玉肥를 露하야 佯睡하면셔 鼻를 鼾하니 知足이 그
졔야 頭를 回하야 轉眄熟視하다가 良久에 返坐하거늘 眞娘이 獨히
心內에 語하되 彼가 色念이 已動하얏도다 하고 又 身을 飜하야 近臥
하며 兩脚을 伸開하고 又 前과 如히 鼻를 鼾하니 知足이 쪼 頸을 伸하
야 雙脚이 開한 處를 熟視하다가 喟然 大息하며 返坐코져 하다가 更
히 俯視하는지라 眞娘이 이에 欠伸의 狀을 故作하며 雙手를 擧하야
知足을 挽하야 抱하니 知足이 隨하야 臥倒하며 眞娘을 抱하야 曰 噫
ㅣ라 十年工夫 阿彌陀佛이라 하고 드대여 恣意淫虐을 無所不至하얏
더라 此後에 知足이 眞娘의게 迷惑狂蕩하야 前에 學한 道를 一朝에
盡棄하니 此로 從하야 寺中에셔 無限한 譏弄을 受하야 諸 僧이 號하
되 妄釋이라 하얏는대 今俗에 四月八日을 當하면 妄釋戲를 演하는
것이 卽 此事이더라.

其 後에 眞娘이 花潭의 苦行高節이 卓異함을 聞하고 心內에 語하
되 一世의 高明한 禪師로 推仰하든 知足도 我에게는 節을 毁하고 迷
惑하얏거던 花潭先生이 아모리 道通한 君子라 할지라도 我에게야 엇
지 能히 其 高節을 保함을 得하리오 하고 이에 其 志를 試코져 하야
이에 琴을 携하고 酒를 釀하야 花潭의 家에 詣하니 花潭이 欣然히
接見하거날 眞娘이 又 知足에게 對하야 酬酌함과 如히 하고 一室에
同處한지 十餘日에 花潭이 眞娘으로 더부러 歡談하기는 無厭하나 枕
席에 至하야는 小毫도 動念치 아니하는지라 眞娘이 知足에게 對하야
試함과 如히 百方으로 花潭의 志를 動코져 히얏스니 花潭은 依然히
發慾하는 態가 其 動靜에 現하지 아니하는지라 眞娘이 心語하되 彼가
必然 枯陽홈이로다 하고 一夜는 手로 陽莖을 試撫하니 堅하기 鐵杖
과 如하되 맛참니 犯亂치 아니하는지라 眞娘이 嘆服하야 曰하되 知足
老禪은 三十年을 道를 修하야 壁을 面하얏스나 同處한 지 不過 幾日

에 我게 懷한 바ㅣ 되얏거날 先生은 周年을 一室에셔 昵處하얏거것마
는 맛참닉 亂치 아니하니 眞實로 聖人이로소이다 하고 欽敬하기를 倍
加하얏더라 一日은 眞娘이 花潭다려 謂하되 松都에 三絶이 有하니
先生이 知하시나잇가 花潭이 問하되 何를 謂하야 松都三絶이라 하나
뇨 眞娘이 對하되 朴淵瀑布가 一絶이오 先生이 二絶이오 我가 三絶
이니이다 하얏더라.

外史氏 曰 俗語에 下와 如한 言이 有하니 楚覇王은 萬古에 英雄이
것마는 垓營帳中에셔 虞美人을 惜別하고 漢 蘇武는 一代의 忠臣이것
마는 北海에셔 胡姬를 畜하얏다 하니 此로써 觀하면 如何한 英雄烈士
이라도 色에 在하야는 此를 遠하기 難한 것이라 故로 彼 知足禪師와
如함도 三十年間 修養한 道를 一朝에 盡棄하고 佳人의 雲雨衾中에
落하고 已하얏도다 그러나 花潭先生과 如함은 美人의 密室에셔 同處
한 지 周年有餘에 小毫도 其 心을 動치 아니하얏스니 實로 古今에
罕有하다 할지로다 엇지 常人의 可及할 바이라 謂하리오.

43. 밥 한 사발로 보답받은 박 동자,
명쾌하게 일 처리하는 박 어사

영성군(靈城君) 박문수(朴文秀, 1691~1756)[1]의 자는 성보(成甫)요, 호(號)는 기은(耆隱)이니 고령인(高靈人)[2]이다. 숙종조에 등과하여 관직이 판돈령(判敦寧)[3]에 이르고 시호를 충헌(忠憲)이라 하였다.

일찍이 수의어사(繡衣御史)[4]로 암행하여 여러 고을을 다닐 때였다. 하루는 한 곳에 이르러 날이 늦도록 밥을 얻지 못하여 자못 굶주린 기색이 역력하였다. 어떤 집에 도착하니 다만 열예닐곱 살된 한 동자가 있거늘 앞에 가서는 밥 한 사발을 구걸하니 대답하였다.

"제가 편모슬하로 가계가 빈궁하여 불을 때지 않은 지 여러 날이니 어찌 객에게 드릴 밥이 있겠습니까?"

영성이 힘이 없어 잠시 앉았더니 동자가 자꾸 사람 눈에 띄지 않는 집 안 어두운 구석에 종이 주머니를 보고 부끄러워하며 괴로워하는 빛을 보였다. 그러더니 곧 주머니는 풀어 가지고는 안으로 들어갔다. 영성이 밖에 있다 들으니 동자가 어머니를 불러 말을 하였다.

"밖에 과객이 있는데 밥을 청합니다. 사람의 굶주림을 돌보지 않을 수 없습니다. 먹을 쌀이 다 떨어져 끼니를 제공하기 어려우니 이것으로 밥을 짓는 게 좋을 듯합니다."

---

1) 강직한 성품으로 고루 인재를 등용할 것을 건의했고 군정과 세제의 개혁을 주장했다. 부패한 관리를 적발한 암행어사로 이름이 높다. 강직한 성품에 적이 많아 관직 생활이 순탄하지는 않았고 끝내 정승이 되지는 못했으나, 이를 안타깝게 여긴 영조가 그의 사후에 영의정을 추증했다.
2) 고령은 경상북도 남서쪽에 있는 군이다.
3) 왕실과 가까운 친척을 위한 사무를 맡아보던 관청인 돈령부의 종1품 벼슬.
4) 암행어사의 별칭.

그 어머니가 말했다.

"이것으로써 밥을 지으면 네 돌아가신 아버지 제사는 장차 안 지내려 하느냐?"

동자가 대답하였다.

"정리는 비록 절박하나 사람의 굶주림을 보고 어찌 구하지 않겠는 지요."

그 어머니가 이에 말을 들어 밥을 지었다.

영성이 그 모자가 주고받는 말을 듣고 심히 측연하였다. 동자가 안에 서 밖으로 나오거늘 그 이유를 물으니 대답하였다.

"존객이 이미 들으셨으니 속이지 못하겠군요. 저의 아버지 기일이 멀지 않았기에 그냥 지나치기가 어려워 미리 쌀 한 되를 구하여 주머니 를 만들어 매달고 비록 끼니를 거를지라도 이것은 먹지 않았습니다. 지금 나그네께서 굶주림이 심하시기에 부득이 이것으로써 밥을 지으려 는 것입니다."

이렇게 말을 주고받을 때 한 노비가 와서 말하였다.

"박 도령은 속히 나오너라."

동자가 애걸하였다.

"금일에는 내가 가지 못하겠소."

영성이 그 성씨와 본관을 물으니 즉 같은 문중이요, 또 그 온 자를 물으니 본읍좌수의 노비이었다. 불러 가려는 이유를 물으니 동자가 대 답하였다.

"제 나이가 이미 장성하여 좌수가 딸이 있다함을 듣고 어머니께서 사람을 놓아 통혼을 하였습니다. 좌수가 이로써 '속임을 당했다' 하고 여러 번 노비를 보내어 저를 붙잡아가 머리채를 움켜잡아 끌며 모욕이 이르지 않음이 없었습니다. 이제 또 잡아가려 온 것입니다."

영성이 이에 노비에게 말하였다.

"나는 즉 이 동자의 아저씨니 내가 대신 가겠다."

밥을 먹은 후에 곧 노비를 따라서 가니 좌수가 마루 위에 높이 앉아 "뜰아래에 붙잡아 둬라." 하였다. 영성이 곧바로 마루 위로 올라가 말하였다.

"내 조카의 양반 문벌이 그대보다 낮지만 집안이 가난하여 그대에게 통혼한 것이라. 그대가 만일 뜻이 없으면 이를 불문에 부치면 되거늘 매양 붙잡다가 욕을 가함은 무슨 이치란 말인가. 그대가 읍중의 수향(首鄕)⁵⁾으로 권력이 있어서 그러함인가."

좌수가 크게 노하여 그 노비를 붙잡아 들여서는 꾸짖기를 "내가 박동자를 잡아 오라 했거늘, 어찌 이 미친놈을 붙잡아와 상전이 욕을 당하게 하느냐. 네 죄가 마땅히 태형에 처할지로다."

영성이 부득이 소매에서 마패를 꺼내며 말했다.

"네가 죽고자 하느냐."

좌수가 크게 놀라 급히 뜰아래 내려가 꿇어 엎드려 죄를 기다리니 영성이 말하였다.

"네가 혼인을 시키겠느냐?"

좌수가 대답하였다.

"어찌 명을 따르지 않겠습니까."

영성이 말하였다.

"내가 날을 택한 즉, 삼명일(三明日)⁶⁾이 곧 길일이라. 그날 내가 마땅히 신랑과 함께 올 것이니 너는 모름지기 혼례 치를 준비를 하고 기다려라."

좌수가 "예! 예!" 복종하니 영성이 곧 읍내에 들어가 어사임을 밝히고

---

5) 좌수의 별칭.
6) 오늘부터 사흘 뒷날. 글피를 말함.

본관사또에게 말하였다.

"내 조카가 아무개동에 사는 데 이 읍 수향과 혼인하는 날짜가 아무 날에 있으니 그때에 혼례 치를 준비와 연수(宴需)[7]를 관부에서 준비하여 공급하라."

본관이 여공불급(如恐不及)[8]하여 만반의 준비를 하였다. 또 인근 읍의 각 수령을 청하고 혼인날을 당하여 어사가 신랑을 자기가 머무는 집의 하처(下處)[9]에 청하여 관복을 입고 친히 위의를 갖춘 후에 뒤를 따르니 좌수의 집에 구름 같은 장막이 드리워 하늘을 이었고 술잔과 쟁반이 낭자하였다.

어사가 혼례를 주관하는 상좌에 앉고 각 군 수령이 나열하여 앉으니 좌수의 집은 한층 빛이 일었다. 행례(行禮)[10]한 후에 신랑이 오거늘 어사가 이졸(吏卒)에게 명하여 좌수를 잡아들이라 하였다. 좌수가 머리를 땅에 두드리며 애걸하였다.

"소인이 분부하신 대로 시행하였사오니 그만 용서하시기를 바랍니다."

어사가 말했다.

"너의 밭과 논이 얼마나 되는가?"

좌수가 대답하기를 "몇 섬지기입니다." 하니 "그러면 네가 이를 분반하여 네 사위에게 주겠느냐." 하였다.

좌수가 대답하였다.

"오직 명령에 따르겠습니다."

어사가 또 물었다.

"노비와 우마가 얼마며 세간붙이가 또 얼마인가?"

---

7) 잔치에 드는 물건과 비용.
8) 시키는 대로 실행하지 못할까 하여 마음을 죄며 두려워함.
9) 임시로 머무는 곳을 말함.
10) 예식을 행함.

좌수가 대답하되 "노비가 얼마이며 세간붙이가 얼마입니다." 하니 "그러면 또 이것을 반분하겠느냐?" 하였다.

좌수가 대답하였다.

"어찌 명대로 아니하겠습니까?"

어사가 곧 문기(文記)[11]를 작성하여 증인으로는 어사 박문수라 맨 처음 사인을 하고 그다음에는 본관사또 아무개와 자리에 있는 여러 고을 수령의 이름을 나란히 써서 마패로 답인(踏印)[12]하여 신랑에게 준 후에 다른 곳으로 발길을 돌렸다.

四十三. 一飯受報朴童子, 處事明快朴御史

朴靈城 文秀의 字는 成甫요 號는 耆隱이니 高靈人이라 肅宗朝에 登科하야 官이 判敦寧에 至하고 諡를 忠憲이라 하얏더라 曾히 繡衣御史로 暗行하야 列郡으로 行할식 一日은 一處에 至하야 日이 晩하도록 食을 不得하야 頗히 飢色이 有한지라 因하야 一人의 家에 抵한 則 다만 十六七歲된 一 童子가 有하거날 드대여 前에 向하야 一盂飯을 乞한 則 對하되 我가 偏親侍下로 家計가 貧窮하야 絶火한지 數日이니 엇지 客에게 供할 飯이 有하리오 靈城이 困憊하야 小坐하더니 童子가 頻頻히 屋漏의 紙囊을 見하고 慚愧의 色이 有하야 곳 囊을 解하야 內로 入하는지라 靈城이 外에 在하야 聞한 則 童子가 母를 呼하되 外에 過客이 有하야 飯을 請하니 人의 飢를 可히 顧치 아니치 못할지라 糧米가 絶乏하야 供飯키 難하니 此로써 飯을 炊함이 可할듯하니이다 其 母ㅣ 曰 此로써 飯을 炊하면 汝의 先考의 忌祀는 將次 厥하려

---

11) 땅이나 집 또는 그 밖의 권리를 증명하는 문서.
12) 관청의 도장을 찍음.

하나뇨 童子가 對하되 情理는 비록 切迫하나 人의 饑함을 見하고 엇
지 救치 아니하리잇가 其 母가 이에 此를 受하야 炊하니 靈城이 其
母子의 問答하는 言을 聞하고 甚히 惻然하다가 童子가 出來하거날
其 理由를 問하니 對하되 尊客이 旣히 聞知하엿시니 可히 欺치 못할
지라 我의 親忌가 不遠하야 經行하기 難함으로 豫히 一升米를 求하야
囊紙를 製하야 懸하고 비록 食을 闕할지라도 此는 喫치 아니하얏더니
今에 客子가 饑餓에 瀕하얏기로 不得已 此로써 飯을 炊함이니이다
如斯히 問答할 際에 一 奴子가 來言하되 朴道令은 斯速히 出來하라
하니 童子가 哀乞하되 今日에는 我가 去하지 못하겟노라 靈城이 其
氏貫을 問한즉 즉 同宗이오 又 其 來한 者를 問하니 本邑座首의 奴이
라 招去하려는 理由를 問하니 童子가 對하되 我의 年紀가 已長하야
座首가 女를 有하엿다함을 聞하고 母親이 人으로 하야금 婚을 通하얏
더니 座首가 此로써 見欺하얏다 云하고 每樣 奴子를 送하야 我를 捉
去하야 捽曳 侮辱이 無所不至하더니 今에 又 拿去하려 來하얏다 하
거늘 靈城이 이에 奴子를 對하야 言하되 我는 즉 此 童子의 叔이니
我가 代往하겟다 하고 飯을 喫한 後에 곳 奴子를 隨하야 往한 즉 座首
가 堂上에 高坐하야 庭下로 捉致하라 하거늘 靈城이 直히 廳에 上하
야 言하되 吾 侄의 班閥이 遙히 君보다 勝하되 家貧의 故로써 君에게
通婚한 것이라 君이 萬一 無意하면 此를 置之不問함이 可하거늘 每
樣 捉來하야 辱을 加함은 此가 何等無理한 事인고 君이 邑中의 首鄕
으로 權力이 有하야 然함인가 座首가 大怒하야 其 奴를 捉入하야 叱
하되 我가 朴童을 捉來하라 하얏거늘 엇지 此 狂客을 拿來하야 上典
으로 辱을 見케 하나뇨 汝 罪가 맛당히 笞에 處할지로다 靈城이 不得
已 袖中으로부터 馬牌를 出하며 曰 汝가 死코져 하나냐 座首가 大驚
하야 急히 階下에 降하야 俯伏待罪하니 靈城이 乃曰하되 汝가 可히
結婚하겟나냐 座首가 對하되 엇지 命을 服치 아니하리잇가 靈城이

曰하되 我가 日을 擇한 則 三明日이 卽 吉日이라 伊日에 我가 맛당히
新郎으로더부러 偕來하리니 汝는 須히 婚具를 備하야 待하라 座首가
唯唯 服從하니 靈城이 곳 邑內에 入하야 出道하고 本官다려 謂하되
我의 族侄이 某 洞에 居하야 此 邑 首鄕으로 結婚하야 成親의 期가
某日에 在하니 伊時에 婚具와 宴需를 官府로브터 備給하라 하니 本
官이 如恐不及하야 萬般準備를 爲하얏더라 又 隣邑의 各 守令을 請
하고 婚日을 當하야 御史가 新郎을 自家下處에 請하야 冠服을 具하
고 親히 威儀를 備하야 後를 隨하니 座首의 家에 雲幕이 連天하고
杯盤이 浪藉하얏더라 座上에 御使가 主席하고 各 郡 守令이 列坐하
니 座首의 家에는 一層光輝가 生하얏더라 行禮한 後에 新郎이 出來
하거날 御史가 吏卒을 命하야 座首를 拿入하라 하니 座首가 叩頭哀
乞하되 小人이 依分付 施行을 하얏사오니 特히 容恕하시기를 望하나
이다 御史ㅣ 曰하되 汝의 田與畓이 幾何인고 對하되 幾石落이니이다
그러면 汝가 此를 分半하야 女婿를 給하겟나뇨 座首가 對하되 惟命是
從하리이다 御史가 又 問하되 奴婢 牛馬가 幾何며 器皿什物이 又
幾何인고 對하되 幾口 幾匹이며 幾件幾個니이다 그러면 又 此를 分
半하겟나뇨 對하되 엇지 命대로 아니하리잇가 御史가 곳 文記를 作成
하야 證人으로는 御史 朴文秀라 首書하고 其 次에는 本官 某와 當席
한 列邑 首令의 名을 列書하야 馬牌로 踏印하야 新郎에게 與한 後에
他處로 轉向하니라.

44. 천고의 뛰어난 인물 강감찬,
세상을 품고 나라 구한 재주(1)[1][2]

문헌공(文獻公) 강감찬(姜邯贊, 948~1031)[3]은 고려 현종(顯宗) 때의 중흥 공신이다. 아버지는 강궁진(姜弓珍)이다. 궁진이 고려 태조(太祖)를 보좌하여 삼한벽상공신(三韓壁上功臣)[4]이 되어 묘당(廟堂)에 일이 없고 행년(行年)[5]이 들어감에 관직에 뜻이 없었다. 강호의 즐거움을 탐하여 늙어서 벼슬에서 물러나 고향으로 내려와 슬하에 혈육이 없어 부부가 서로 탄식하였다.

---

1) 이 화는 1908년 출판된 역사전기물인 〈강감찬전〉(우기선 편집·박정동 교열, 일한인쇄주식회사, 1908. 7)의 내용을 그대로 가져왔으나 어휘는 자신의 문체에 맞게 많은 부분을 바꾸었다.

2) 이 글을 번역하며 많은 부분에서 멈칫거린다. 인터넷을 보니 '강감찬(姜邯贊)'을 '강한찬'으로 독음을 달아야 한다는 글들을 보았다. 뜬금없이 일제치하와 연결하여 우리 정기를 말살하려 하였다는 것이 그 한 이유다. 또 한 이유는 '邯'의 음이 고을 이름 '감' 고을 이름 '한' 따위로 나오는 데 대부분 '한'을 쓴다며 '강한찬'으로 읽어야 한다는 의견이다. 결론부터 말한다. 두 이유 모두 근거 없다. '강감찬'이 맞다. '姜邯贊'을 한글로 독음을 단 최초는 한글 창제 이후이다. 어느 문헌에도 일관되게 '강감찬'이다. 그 첫 기록은 조선 숙종 때 편찬된 조선시대 편년사(編年史) 『조야첨재(朝野僉載)』를 번역한 18세기 문헌 『조야첨지』 권9에 보이는 '강감찬'이다. 이후 서문중(徐文重, 1634~1709)이 편찬한 『조야기문(朝野記聞)』을 19세기 어간에 한글로 번역한 『됴야긔문』 2 「뎐녜고 (典禮故事)」이다. 역시 '강감찬'이다. 그 후 20세기로 넘어와 1901년 〈뎨국신문〉(04.10.), 1904년 〈대한매일신보〉(01), 1907년 『유년필독』(2권, 37), 1907년 〈애국부인전〉(08), 1912년 〈명월정〉(1), 1913년 박건희가 편집한 〈고려강시중전〉에도 '강감찬'으로 표기하고 있다. 더욱이 대대로 구전되는 우리나라 구전설화집인 임석재의 『한국구전설화—경기도편』에도 '강감찬과 호랑이'(1942년 9월 경기도 여주군 북내면 현암리에서 채록)에서도 '강감찬'으로 독음을 달고 있다.

겸하여 '姜邯贊'의 도울 '찬(贊)' 자가 아니라 제기 '찬(瓚)'이 맞다는 견해를 소개한다. 『정조실록』 20년 병진(1796) 7월 21일(갑자)에 보이는 기록이다. 예조 판서 민종현이 아뢰기를, "현충사의 위차(位次)에는 이미 고려 태사(太師) 강감찬(姜邯贊) … 또 아뢰기를, "송경(松京) 흥국사(興國寺)의 옛터에 탑 하나가 있는데, 탑면에 음기(陰記)가 남아 있습니다. 이는 곧 강감찬이 쓴 것인데 그 이름이 찬(瓚) 자로 적혀 있어 공사 서적에

하루는 갈건야복(葛巾野服)[6]으로 부인과 함께 뒷동산에 올라 풍광을

실려 있는 바와 다릅니다. 대개 석각(石刻)은 목각 판본에 비하여 훨씬 더 믿을 만한 것입니다. 지금 이후로 강감찬의 이름을 모두 찬(瓚) 자로 쓰는 것이 좋을 듯합니다." 하니, 따랐다. 이러한 견해는 옥유당(玉蕤堂) 한치윤(韓致奫, 1765~1814)의 『해동역사』 에도 보인다. 『해동역사』는 한치윤이 중국과 일본의 각종 전적(典籍) 540여 책에 나오는 우리나라 관계의 기사를 뽑아 편찬한 기전체(紀傳體) 양식의 한국 통사(韓國通史)이다. 이 책 제32권 「석지(釋志)」 '사찰(寺刹)' 항에 아래와 같은 기록이 있다. 홍국사를 … 금상(今上) 무진년(1748, 영조 24)에 내가 송경을 유람하면서 유적을 찾아보니, 절의 옛터가 부내(府内) 북부(北部) 병부교(兵部橋) 서남쪽에 있는 해온루(解愠樓)의 북쪽에 있었다. 3층의 부도(浮屠)가 밭 가운데에 있는데, 높이가 겨우 어깨에 미쳤으며, "보살계 (菩薩戒)를 받은 자제(子弟)인 평장사(平章事) 강감찬(姜邯瓚)이 나라가 태평하고 국내가 안정되기를 빌기 위해 공경히 이 탑을 만들어서 영원히 공양에 충당한다. 때는 천희 5년(1021, 현종 12) 5월이다.(菩薩戒子弟 平章事姜邯瓚 奉爲邦家永泰 遐邇常安 敬造此塔 永充供養 時天禧五年五月日也)"라는 38자가 새겨져 있었다. … 혹자는 강감찬이 직접 쓴 것이라고 하는데 이에 대해서는 정확하게 알 수 없다. 강감찬(姜邯瓚)의 이름자 가운 데 찬(瓚) 자를 『고려사』에서는 모두 찬(贊) 자로 써서 구슬 옥(玉) 변이 없는데, 탑에 새겨진 것을 정확한 것으로 보아야 할 것이다. 이 견해는 상당히 설득력이 있었다. 유득공 (柳得恭, 1748~1807)의 『고운당필기(古芸堂筆記)』, 성해응(成海應, 1760~1839)의 『연경 재전집(研經齋全集)』, 홍석주(洪奭周, 1774~1842)의 『연천집(淵泉集)』 등, 실학자들의 글에서 종종 목격된다. 관심 있는 연구자들의 고증학적인 접근이 필요하다.

3) 본관은 금천(衿川). 어릴 때 이름은 은천(殷川). 삼한벽상공신(三韓壁上功臣) 궁진(弓珍) 의 아들이다. 983년(성종 2) 진사시에 합격하고, 임헌복시(任軒覆試)에서 갑과에 장원한 뒤 관직에 올라 승진을 거듭하여 예부 시랑이 되었다. 그 뒤 국자제주(國子祭酒)·한림학 사·승지·중추원사·이부상서를 역임했고, 1018년 서경유수와 내사시랑평장사를 겸했 다. 고려 현종 때 거란의 침략을 물리치고 귀주대첩을 승리로 이끈 고려의 문신이자 장군. 거란 성종이 강조의 정변을 구실로 고려를 침공하고 고려가 그에 패배한 후 대신들 의 항복을 반대하고 왕을 나주로 피신시켰다. 8년 후 거란이 다시 10만 대군을 이끌고 고려를 침략하자 곳곳에서 거란을 격파해 승리했다. 이후 특진 검교태부 천수현개국자 식읍 오백 호에 봉해진 뒤 나이가 많음을 이유로 벼슬에서 물러났다. 죽은 후 현종의 묘정에 배향됐다.

4) 936년(태조 19) 고려가 후삼국을 통일한 뒤 940년 신흥사(新興寺, 神興寺)를 중수하면서 이곳에 공신당(功臣堂)을 두고 동쪽과 서쪽 벽에 삼한공신을 그려 넣었다고 한다. 그 수효는 명확하게 전하지 않으나, 태조 대의 공신이 3,200명 정도라는 것을 감안한다면, 대략 이에 버금갈 만큼 많은 숫자였을 것으로 짐작된다. 이에 책봉된 사람들은 통일전쟁 에 직접 참여한 태조의 측근뿐만 아니라, 태조에게 협력한 각 지방의 대소 호족 및 그의 막료들까지도 포함되어 있었을 것이다.

5) 그해까지 먹은 나이.

6) 갈건과 베옷이라는 뜻으로, 은사나 처사의 거칠고 소박한 의관을 이르는 말.

감상하니 이때는 중양절(重陽節)[7]이었다. 땅에 가득한 황화(黃花)[8]는 앵삼(鶯衫)[9]으로 갈아입고 사면에 둘러 있는 산의 단풍은 붉은빛이 막 마르니 이곳저곳에 겹겹이 쌓인 황폐한 무덤엔 잡초만 무성하여 처량한데 성소(省掃)하는 남녀노소는 삼삼오오 분주하였다.

궁진이 처연히 바라보며 앉았다가 좌우를 이리저리 볼 때 슬픈 생각이 마음에 절로 일어나 원근을 가리키며 부인을 돌아보고 말하였다.

"저 무수한 산소 가운데 자손이 있는 자는 전배(展拜)[10]하는 사람이 있지만 자손이 없는 자는 다만 휘파람이나 불며 오르내리는 나무하는 아이와 소치는 아이들의 놀이터가 될 뿐이오. 나와 같은 사람은 이 세상을 한 번 뜨면 저 어지러운 무덤 같을 것이라. 어찌 슬프고 서럽지 않겠소."

어언간 석양이 서산으로 내려오고 흰 달이 동쪽에서 떠올라 하늘이 밝아지며 별들이 역력하였다. 궁진이 집에 돌아가 난간에 의지하여 있는데 삼경이 이미 다하였다. 홀연 정신이 아득해지며 비몽사몽간에 종남산(終南山)[11]이 입안으로 들어왔다. 놀라 깨어 마음속으로 가만히 생각하였다. 옛사람들 말에 "유악강신(惟岳降神)하여 생포급신(生甫及申)이라."[12] 하며, "재천(在天)에 위성신(爲星辰)이요 재지(在地)에 위하악(爲河岳)이라. 유칙위귀신(幽則爲鬼神)이오 명즉부위인(明則復爲人)이라."[13] 하

음력 9월 9일로 산에 올라가 산수유 열매를 따서 붉은 색 주머니에 담고 국화주를 마시며 나쁜 기운을 물리치는 세시 풍습이 있었다.

8) 누른빛의 국화.

9) 생원이나 진사에 합격한 나이 어린 소년이나 과거에 새로 합격한 사람이 입던 황색의 예복이다. 여기서는 노란 국화를 비유한 표현이다.

10) 산소에 절함.

11) '남산'의 옛 이름.

12) 『시경』 「대아(大雅)」 '숭고(崧高)'에 "산악에서 신령스러운 기운을 내려보내, 보후(甫侯)와 신후(申侯)를 태어나게 하였다.(維嶽降神 生甫及申)"라는 말이 나온다.

13) 소동파(蘇東坡)의 「조주한문공묘비(潮州韓文公廟碑)」에 보이는 구절이다. "하늘에 있어

기인기사록(奇人奇事錄) 상

였으니, 이 산은 나라의 중심 남산이요, 그 위에 첨성대가 있어 달과 별들이 항상 세상을 내리비치는 곳이라. 지금 내 입 속으로 들어왔으니 정녕히 황천(皇天)[14]이 감동하시어 귀한 자식을 점지하심이다.

그러고는 인하여 내당에 들어갔더니 과연 그 달부터 잉태하여 열 달이 찼다. 하루는 향기가 나고 온 방 안에 채운(彩雲)[15]이 둘러싸더니 내당에서 아이의 울음소리가 나며 사내아이가 태어났음을 알렸다.

궁진이 크게 기뻐하여 내당으로 곧장 들어가니 과연 한 사내아이가 고고한 울음소리를 내었다. 이에 은천(殷川)이라 이름 짓고 손바닥 안의 구슬같이 귀애하여 온 집안이 온화한 기운으로 세월을 경과하였다.

그러나 은천의 온몸이 점점 자라며 형체가 작고 왜소하고 용모가 추루한데 사람이 어찌 그 자식의 나쁨을 알겠는가. 궁진 부부의 안목에는 봄이 오자 성안에는 새로운 꽃이 만발하여 웃음을 머금은 듯 가을 푸른 하늘에 밝은 달이 구름을 헤치듯 하여 애지중지하였다.

그 뒤에 이름을 바꿔 감찬(邯贊)이라 하고 서울로 이사하였다. 감찬이 총명하고 뛰어나 천문지리와 도술서, 병법서를 모두 통달하여 천지를 두루 돌며 풍우를 부르는 재주가 있었다. 금수미물에 이르기까지 감히 감찬의 명령을 어기는 자가 없으니 실로 귀신을 부르는 천고에 드문 인물이었다.

감찬의 나이가 삼십오 세가 되던 때는 성종(成宗)[16]이 즉위하신 지 2년

서는 별이 되고 땅에 있어서는 강과 산이 되고 저승에서는 귀신이 되고 이승에서는 다시 사람이 된다.(在天 爲星辰 在地에 爲河嶽 幽則爲鬼神 而明則復爲人)"

14) 크고 넓은 하늘.

15) 여러 빛깔이 아롱져서 무늬가 있는 고운 구름.

16) 성종(成宗, 960~997)은 고려 6대 왕(재위, 981~997)이다. 성종의 치세동안 고려는 지방 제도 및 중앙관제를 정비하였으며 새로운 사회를 이끌기 위한 정치이념으로 유교를 받아들이는 등 정치·사회·문화 전반에 걸친 개혁을 통해 중앙집권적 국가체제의 기틀을 마련하였다.

이라 이때에 성상께서 삼성(三省)¹⁷⁾·육조(六曹)¹⁸⁾·칠시(七寺)¹⁹⁾를 설치하
시고 직접 과시장에 임하여 진사(進士)과를 시취(試取)²⁰⁾하실 때였다. 감
찬이 시험에 응하였는데 임금이 친히 보시니 필법은 만경창해(萬頃滄
海)²¹⁾에 교룡(蛟龍)²²⁾이 날아오르는 듯하고 문체는 팔첩병풍에 수를 놓은
비단이 찬란한 듯 천인의 조화를 이룩하였으며 세상을 경륜하는 뜻을
품었다.

성종이 크게 기뻐하여 "이 사람이 누구의 아들인데 이와 같은가?"
하시고 장원으로 발탁하여 즉시 용지(龍墀)²³⁾에 불러보시니 곧 삼한벽상
공신 강궁진의 아들이라 더욱 감탄하시었다. 감찬의 손을 잡으시고 어
주(御酒)를 내리며 말했다.

"경의 아버지는 우리 태조를 보좌하여 창업공신이 되었으니 경은 짐
을 보필하여 아비의 업을 이으라."

그러시고 즉일에 한양판관(漢陽判官)을 제수하시니 이것이 곧 영웅의
첫걸음이요, '무성(武城)의 우도(牛刀)'²⁴⁾라. 도임한 후에 한양의 지형을
두루 살펴보니 수목은 공중으로 높이 솟아 늘어서 일월을 가리고 층암
절벽은 사면에 깎아지른 듯이 서 있어 병풍이 빙 둘러싼 듯한데 정중앙

---

17) 당나라의 제도를 본뜬 것으로, 중서성(中書省)·문하성(門下省)·상서성(尚書省)이다.
18) 이조·호조·예조·병조·형조·공조를 일컫는다. 육부(六部), 또는 육관(六官)으로도 불
   린다.
19) 중앙의 여러 정사를 맡아보던 주요 관청. 고려 초 당나라의 3성 6부 9시 제도를 본떠
   만들었는데, 성종 2년(983)에 칠시(七寺)로 개편하였다.
20) 시험을 치러 인재를 뽑음.
21) 만 이랑의 푸른 바다라는 뜻으로, 끝없이 넓고 넓은 바다를 이르는 말.
22) 모양이 뱀과 같고 몸의 길이가 한 길이 넘으며 넓적한 네발이 있다는 상상의 동물.
23) 대궐 뜨락으로 임금을 가리킨다.
24) 고을을 잘 다스림을 비유한 말이다. 공자의 제자 자유(子游)가 무성(武城)의 원이 되었을
   때, 공자가 그곳에 가서 음악소리를 듣고 웃으면서 이르기를 "닭 잡는 데에 어찌 소
   잡는 칼을 쓰리오.(割鷄焉用牛刀)"라 한 데서 온 말이다. 『논어』「양화(陽貨)」에 보인다.

에 이현(梨峴)[25]이라는 고개가 있어 호랑이와 이리의 소굴이 되었다. 이런 까닭으로 사람들이 이 고개를 지나가면 백 명 이상 모인 연후에야 통행하기 때문에 세속에서 부르기를 '백고개'라 하였다. 이 이름이 훗날 '이현'으로 바꿔 부르게 되니 즉 '이(梨)'와 '백(百)'의 어음이 같은 까닭이다. 백성의 생활거처를 두루 돌아보니 두세 집, 혹은 네댓 집 촌락이 숲 사이로 은은히 보이는데 풀을 엮어서 망을 설치하여 호환을 방비하며 백주에도 숲 근처에 가까이 가지 못하였다. 그러하니 백성들이 점점 병이 들어 천연한 하나의 홍몽세계(鴻濛世界)[26]를 만들었다.

四十四. 千古偉人姜邯贊, 抱懷濟世經國才(一)

文獻公 姜邯贊은 高麗 顯宗 時의 中興功臣이니 其 父는 姜弓珍이라 弓珍이 高麗 太祖를 佐하야 三韓壁上功臣이 되야 廟堂에 事가 無하고 行年이 隆高함이 仕宦의 志가 無하고 江湖의 樂을 貪하야 故鄕에 退老함이 膝下에 血肉이 無함으로 夫婦가 相嘆하더니 一日은 葛巾野服으로 夫人과 함끠 後園에 登하야 風光을 玩賞하니 此時는 重陽 佳節이라 滿地한 黃花는 鴛衫을 新着하고 西山의 丹楓은 猩血이 初乾하며 此處 彼處에 累累 荒墳은 宿草가 凄凉한대 省掃하는 男女老少는 三三兩兩으로 奔走雜還하는지라 弓珍이 凄然히 凝坐하얏다가 左右를 流眄할 세 悲感의 心이 自生하야 遠近을 指點하며 夫人을 顧謂하되 彼 無數한 墳墓中에 子孫이 有한 者는 展拜하는 人이

25) 현재의 종로구 인의동 112번지 현재 해운항만청 동쪽에 있던 고개이다. 고개 입구에 배나무가 있어 배나무고개, 이를 한자명으로 이현(梨峴)이라고 하였다. 일설은 도깨비가 있어 백 사람이 모여야 지나갈 수 있다 하여 백고개에서 음이 변하여 배고개ㆍ배오개가 되고 한자명으로 '이현'이 되었다고도 한다.
26) 여러 가지 뜻이 있으나 혼돈 상태를 말한다.

有하거니와 子孫이 無한 者는 다만 嘯歌蹦躅하는 樵牧의 遊戲場이
될 뿐이니 我와 如한 者는 此世를 一別하면 彼 亂塚과 同할지라 엇지
悲愴치 아니하리오 하더니 於焉間 夕陽이 四下하고 素月이 東昇하야
天氣가 明朗하며 星辰이 歷歷한지라 弓珍이 家에 歸하야 欄干에 倚
하야 三更이 已盡함이 忽然 精神이 暗暗하며 似夢非夢間에 終南山
이 口中으로 入來하는지라 忽然 警覺하야 心內에 暗思하되 古人의
言에 惟岳降神하야 生甫及申이라 하며 在天에 爲星辰이오 在地에
爲河岳이라 幽則爲鬼神이오 明則復爲人이라 하얏스니 此 山은 國都
의 南山이오 其 上에 瞻星臺가 有하야 星辰이 恒常 照臨하는 處라
今에 我의 口中으로 入來하얏슴이 丁寧히 皇天이 感動하사 貴子를
點指하심이라 하고 因하야 內堂에 入하얏더니 果然 其 月브터 孕胎하
야 十朔이 滿함이 一日은 香氣가 遍室하고 彩雲이 擁圍하더니 內堂
으로 兒啼의 聲이 出하며 家人이 生男함을 告하거늘 弓珍이 大喜하야
內堂으로 直入하니 果然 一個 男子가 呱呱하는지라 이에 殷川이라
名하고 掌中의 玉과 如히 貴愛하야 滿堂和氣로 歲月을 經過하더라
然이나 殷川의 軀殼이 漸大함이 形體가 短矮하고 容貌가 陋醜한대
人이 엇지 其 子의 惡을 知하리오 弓珍 夫婦의 眼目에는 和氣春城에
新花가 笑를 含흔듯 秋空碧落에 晧月이 雲을 披한듯이 愛之重之하얏
더라 其 後에 名을 改하야 邯贊이라 하고 京師로 搬移함에 邯贊이
聽[27]明穎悟하야 平生에 初見하는 書籍이라도 一次 目에 經하면 문득
聯誦하야 一生을 忘치 안이하고 天文地理와 術書兵法을 모다 通達하
야 天地를 斡旋하며 風雨를 呼喚하난 才가 有하야 禽獸微物에 至하
기 쪼지 敢히 邯贊의 命을 違越하는 者이 無하니 實로 役鬼使神하는
千古에 稀有한 人物이얏더라 邯贊의 年이 三十五歲되든 時는 成宗의

27) 원문에는 '聽'이라고 하여 '聰'으로 바로 잡았다.

卽位하신지 二年이라 是時에 聖上끠셔 三省六曹七寺를 設하시고 軒에 臨하사 進士를 試取하실셰 邯贊이 試에 應함이 上이 親覽하시니 筆法은 萬頃滄海에 蛟龍이 飛騰하는듯 文體는 八疊屛風에 錦繡가 燦爛한듯 天人의 造化를 奪得하며 濟世의 經綸을 懷有한지라 成宗이 大喜하소 是 誰의 子가 如此한가 하시고 壯元을 擢하소 卽時 龍墀에 召對하시니 卽 三韓壁上功臣 姜弓珍의 子이라 더욱 感嘆하소 邯贊의 手를 握하시며 御酒를 賜하소 曰 卿의 父는 我太祖를 翊贊하야 刱業功臣이 되얏스니 卿은 朕을 輔弼하야 乃父의 業을 纘하라 하시고 卽日에 漢陽判官을 除授하시니 此가 卽 英雄의 初步오 武城의 牛刀라 到任한 後에 漢陽의 地形을 周覽하니 樹木은 參天하야 日月을 掩翳하고 層巖絶壁은 四面에 削立하야 畫屛을 環繞한듯한대 正中에 梨峴이라 하는 嶺이 有하야 虎狼의 窟穴이 된 故로 人이 此 嶺을 過하면 百名 以上을 集合한 然後에야 通行하는 故로 俗名에 「백고기」라 하얏는대 此가 後에 梨峴으로 變稱됨이니 卽 梨와 百의 語音이 同한 故이라 人民의 生活居處를 顧瞻하니 二三家 或 四五家의 村落이 樹林間으로 隱隱히 露出하얏는대 家家마다 草網을 設하야 虎患을 防備하며 白晝에도 林間에 近往치 못하는 故로 人民이 漸漸 罷病하야 天然한 一鴻濛世界를 幻成하얏더라.

44. 천고의 뛰어난 인물 강감찬,
세상을 품고 나라 구한 재주(2)

한양은 원래 심산유곡으로 인가는 희소하고 호랑이와 이리가 횡행하여 거주하는 백성이 살아가지 못할 지경에 이른 까닭으로 상이 특히 감찬에게 판관(判官)을 제수하셨다. 공(公, 감찬)이 한 지역을 두루 살핀 후에 형리(刑吏)를 불러서 분부하였다.

"문 아래에 담력이 크고 걸음걸이가 빠른 자를 선발하여 기다리게 하라."

이러하니 형리가 즉시 사령(使令) 한 명을 선발하여 기다리거늘 말했다.

"이 땅에 가장 높은 산 이름을 들어보거라."

사령이 고하였다.

"이 군(郡)의 삼각산(三角山)[1]이 있는데 그 산봉우리를 백운대(白雲臺)라 합니다."

공이 즉시 패지(牌旨)[2] 한 장을 주면서 말했다.

"이를 가지고 삼각산 상봉에 가면 형용이 기괴한 노승이 있으니 즉각 잡아 오너라."

사령이 고하였다.

"이 산은 나라 안에 유명한 큰 산입니다. 몇 리쯤에서 멀리 바라보면

---

1) 삼각산은 백운대(836.5m), 인수봉(810.5m), 만경대(787m)로 구성되어 있다. 고려의 수도인 개성에서 볼 때 이 봉우리들이 마치 세 개의 뿔처럼 보인다 하여 삼각산이라고 불렀다고 한다. 북한산이라고도 한다.
2) 지위가 높은 사람이 낮은 사람에게 어떤 일을 맡기기 위해 권한을 위임하는 증거로 주던 공식적인 글.

항상 구름과 안개가 걷히지 않으며 예로부터 내려오는 전설에 신선이 하강하여 간혹 천기가 청명하고 달빛이 밝게 비치는 때를 당하면 왕왕 사관(絲管)[3]의 소리가 들린다고 말들 할 뿐입니다. 예로부터 가장 높은 봉우리에 올라간 사람을 듣지 못하였으며 또 수목이 어지러이 자라 길이 나지 못하고 호환(虎患)이 아주 많이 일어나 그 산의 근방에 사람 그림자가 없으니 감히 명령을 따르지 못하겠습니다."

공이 다시 분부하였다.

"내가 임금의 명리(命吏)[4]로서 이 땅에 부임하였으니 이 땅에 있는 자는 금수초목일지라도 어찌 감히 명리가 차송(差送)[5]한 사람을 침해하리오. 곧 명령에 따라 거행하라."

사령이 부득이 명령을 받들고 집으로 돌아가 사실을 이야기하니 한집안 식구들이 늙은이에서부터 어린아이까지 낙담치 않는 자가 없었다. 그러나 이 사람은 원래 담력이 있는 자였다. 판관의 패지를 휴대하고 장차 길에 오를 때였다. 그 아내가 두 발로 땅을 두드리며 길을 막아서며 말하였다.

"삼각산은 호랑이와 이리의 굴혈이거늘 판관의 한쪽 종이 문서를 가지고 어찌 죽을 곳에 가려 합니까. 관(官)은 인민의 판관이요, 호랑이와 이리의 판관은 아닌 즉, 차라리 사령의 임무를 포기하고 다른 지방으로 식솔들을 데리고 도망가는 것만 못합니다."

그러나 사령은 이를 따르지 않고 길을 떠났다. 수목을 헤치며 돌벽을 감아 돌며 한걸음 한걸음 전진하며 상봉을 치어다보니 겹겹이 쌓인 기암괴석은 사면에 빽빽이 서 있고 중앙에 한 큰 석대(石臺)가 흰 구름을

---

3) 현악기와 관악기를 아울러 이르는 말.
4) 왕명을 받은 관리.
5) 관리를 뽑아 파견함.

헤치고 서 있었다. 이에 정신을 가다듬어 석대 위에 오르니 원근의 나열한 고을이 눈앞에 바둑판처럼 나열하고 바다 가운데 여러 섬들은 다리 아래에 떴다 잠겼다하는 듯한데 과연 그 위에 한 노승이 머리를 수그리고 깊은 잠에 빠졌다. 사령이 속으로 생각하기를 '이렇듯 높은 봉우리 정상에 어찌 노인이 머물러 있겠는가? 판관은 과연 신인이로다' 하고 흠!흠! 기척하는 소리로 중을 일어나게 하였다. 이에 중이 하품하고 기지개를 켜며 사령을 가만히 쳐다보았다. 눈빛이 번갯불 같고 길게 드리운 머리가 양 살쩍을 덮고 전신에 비단털이 길고 짧게 들쭉날쭉하여 형용이 극히 흉악해 보였다.

사령이 판관의 패지를 보여주니 승이 이를 보고 갑자기 머리를 수그리고 넋을 잃고는 굽실굽실 불안해하더니 공손히 예의를 행하고 일어나서는 앞길을 인도하였다. 사령이 스님을 뒤따라 대 아래에 가니 조금도 위험한 곳이 없고 완연히 평지와 같았다. 잠깐 사이에 관문(官門)에 대령하니 아직 한낮이 다하지 않았다.

공이 노승을 나입(拿入)⁶⁾하여 수죄(數罪)⁷⁾하였다.

"하늘이 만물을 내시며 사는 각자 구역을 정하셨거늘, 너는 감히 강령(綱領)⁸⁾을 문란하여 사람들의 삶을 침해하니 그 죄가 가볍지 않다. 이제 너를 귀양 보내어 황폐하고 한적한 지방에 안치하니 백두산(白頭山) 이북으로 제한하여 다시 넘어오지 말아라."

노승이 그 죄를 자복하고 용서하기를 애걸하였다. 공이 큰 소리를 지르고 호령이 추상과 같으니 노승이 혼비백산하여 한 번 대성통곡하고는 부득이 물러갔다.

---

6) 죄인을 법정으로 잡아들임.
7) 범죄 행위를 일일이 들어 책망함.
8) 일을 하여 나가는 데 으뜸 되는 줄거리.

이날 밤에 달빛은 희미하고 음풍(陰風)[9]은 소슬한데 홀연 산악이 원한을 품은 듯 천병만마가 질주하는 듯 앞뒤로 날뛰고 좌우로 어지러이 소리를 내더니 잠깐 사이에 천지가 고요하며 동방이 밝더니 완연한 큰 바람과 티끌이 지나가고 태평스런 해와 달을 다시 본 듯하였다.

공이 이에 그 지역에 전령(傳令)[10]하여 일제히 호망(虎網)[11]을 철거케 하니 인민의 이러니저러니 하는 말들이 여기저기서 일어나 세상 사람들이 떠드는 말들이 분분하였다. 조상 이래로 지금까지 풀을 엮어 망을 설치하여 호환을 방비함으로 생명을 보전하였거늘 하루아침에 이를 철거하라 하니 이는 판관이 인민의 생명을 돌보지 않는 것이라 하고 원망하고 탄식하는 소리가 넘쳤다. 하지만 이로부터 호환이 영원히 끊어짐에 인민이 산과 들은 물론하고 밤낮으로 왕래하여 일군이 크게 다스려졌다. 이에 이르러 비로소 '내모(來暮)의 노래'[12]를 부르며 태평을 칭송하였다.

四十四. 千古偉人姜邯贊, 抱懷濟世經國才(二)

漢陽은 元來 深山幽谷으로 人家는 稀少하고 虎狼이 橫行하야 居

---

9) 음풍(陰風)은 요풍(凹風)이라고도 하며 오목하게 파이고 꺼진 곳이나 긴 골짜기에서 거세게 몰아닥치는 곡풍(谷風)을 말하는데 산세가 험준하고 골짜기가 깊어서 자연적으로 생기는 찬바람이다.

10) 훈령이나 명령 따위를 전하여 보냄.

11) 호랑이의 침입을 막기 위하여 쳐 놓는 굵은 올의 그물.

12) 선정을 찬미하는 백성의 노래라는 말이다. 내모는 '왜 이렇게 늦게 왔느냐'는 뜻의 '내하모(來何暮)'의 준말이다. 동한(東漢)의 염범(廉范)이 촉군 태수(蜀郡太守)로 부임하여 선정을 펼치자, 백성들이 "우리 염숙도여 왜 이리 늦게 오셨는가. 불을 금하지 않으시어 백성 편하게 되었나니, 평생토록 저고리 하나 없다가 지금은 바지가 다섯 벌이라네.(廉叔度 來何暮 不禁火 民安作 平生無襦今五袴)"라는 찬가를 지어 불렀다고 한다. 숙도(叔度)는 염범의 자(字)이다. 『후한서』 권31 「염범열전」에 보인다.

民이 支保치 못할 境遇에 至한 故로 上이 特히 邢贊으로 判官을 除授하심이더라 公이 一境을 周覽한 後에 刑吏를 召하야 分付하되 門下에 膽力이 大하고 行步가 迅捷한 者를 等待케 하라 하니 刑吏가 卽時 使令 一名을 等待하거늘 公이 問하되 此 地에 第一高大한 山名을 擧하라 使令이 告하되 此 郡의 三角山이 有하야 其 上峯은 白雲臺라 하나이다 公이 卽時 牌旨 一張을 付與하되 此를 持하고 三角山 上峯에 往하면 形容이 奇怪한 老僧이 有하리니 卽刻 捉來하라 使令이 告하되 此 山은 國內에 有名한 巨山이라 數里에서 遙遙히 望見하면 恒常 雲霧가 不霽하며 古來傳說에 神仙이 下降하야 間或 天氣가 淸明하고 月色이 照耀한 時를 當하면 往往絲管의 聲이 聞한다 云云할 뿐이오 自古로 上峯에 上한 人을 未聞하얏스며 且 樹木이 叢雜하야 道路를 通치 못하고 虎患이 熾盛하야 該 山의 近方에 人影이 無하오니 敢히 命을 服從치 못하겟노이다 公이 更히 分付하되 我가 聖上의 命吏로 此 地에 來莅하얏슨 則 此 境內에 在한 者는 禽獸草木일지라도 엇지 敢히 命吏의 差送한 人을 侵害하리요 곳 命에 依하야 擧行하라 使令이 不得已 命令을 領諾하고 家에 歸하야 事實을 談話하니 一家 老少가 落膽치 아니하는 者가 無하나 此人은 元來 膽力이 有한 者이라 判官의 牌旨를 携帶하고 將次 程에 登할시 其 妻는 兩足으로 地를 蹴踏하며 道를 遮遏하야 曰 三角山은 虎狼의 窟穴이라 判官의 一紙 文書를 恃하고 엇지 死地에 往코자 하나뇨 判官은 人民의 判官이오 虎狼의 判官은 안인즉 寧히 使令의 任을 棄하고 他邑으로 率去逃走함만 不如하다 하거늘 使令이 此를 不從하고 因하야 發程할시 樹木을 披撥하며 石壁을 攀緣하야 步步前進하며 上峯을 仰視하니 重重疊疊한 奇巖怪石은 四面에 簇立하고 中央에 一大石臺가 白雲을 披立하얏더라 이에 精神을 更勵하야 臺上에 登하니 遠近의 列邑은 眼前의 碁列하고 海中의 群島는 脚下에 浮沈하는듯한대 果然 其 上에 一老

僧이 有하야 頭를 垂하고 熟睡하거늘 使令이 暗想하되 如此한 高峯絶頂에 엇지 老物이 此에 住着하얏나뇨 判官은 果然 神人이로다 하고 咳嗽 一聲에 僧을 喚起하니 이에 僧이 一欠 一伸하고 使令을 注視하는대 目光이 閃電과 如하고 垂髮이 兩鬢을 覆하고 全身에 錦毛가 參差하야 形容이 極히 兇頑한지라 使令이 身邊으로 判官의 牌旨를 付與하니 僧이 此를 見하고 忽然 垂頭喪氣하며 踟躇不安하더니 恭順히 禮를 行하고 起立前導하거늘 使令이 僧의 步後를 躡하야 臺에 下하니 小毫도 危險한 處가 無하고 宛然히 平地와 如한지라 頃刻間에 官門예 待令하니 아즉 白日이 未盡하얏더라 公이 老僧을 拿入하야 數罪하되 天이 萬物을 生하심이 各히 區域을 定하엿거날 汝는 敢히 綱領을 紊亂하야 人生을 侵害하니 其 罪가 輕少치 아니한지라 今에 汝를 謫하야 荒閑한 地方에 安置하노니 白頭山 以北을 限하야 다시 越境치 말지어다 老僧이 其 罪를 自服하고 容赦하기를 哀乞하거늘 公이 大喝一聲에 號令이 秋霜과 如하니 老僧이 魂飛魄散하야 一聲痛哭에 不得已 退去하얏더라 是夜에 月色은 稀微하고 陰風은 蕭瑟한대 忽然 山岳이 掀憾하는듯 千兵萬馬가 疾走하는듯 前後跳踉에 左右亂吼하더니 俄而오 天地가 寂廖하며 東方이 旣白하니 宛然 一大風塵을 經過하고 太平日月을 復見한듯 하더라 公이 이에 一境에 傳令하야 一齊히 虎網을 撤去케 하니 人民의 物議가 沸騰하며 巷說이 紛紜하되 先世 以來로 至今꼬지 草網을 設하야 虎患을 防備함으로 生命을 保全하얏거늘 一朝에 此를 撤去하라 하니 此는 判官이 人民의 生命을 不恤함이라 하고 怨嗟의 聲이 溢하더니 自此로 虎患이 永絶함이 人民이 山野를 勿論하고 晝夜 往來하야 一郡이 大治하니 此에 至하야 비로소 來暮의 歌를 唱하며 太平을 訟하얏더라.

44. 천고의 뛰어난 인물 강감찬,
세상을 품고 나라 구한 재주(3)

어언간 과기(瓜期)[1]가 되어 체귀(遞歸)[2]하니 백성이 길을 막고 머무르기를 원하는지라 감찬이 좋은 말로 위로할 때였다. 길가 한 민가에 풀로 엮은 호랑이를 잡으려는 초망이 아직도 있거늘 속으로 심히 이상하여 관리에게 물었다.

"이 마을은 호환이 아직도 있는가?"

관리가 대답하였다.

"이 군은 원래 산중에 끼어있어 고을이 만들어진 이래로 호환에 피곤하여 집을 지으면 으레 지붕의 모서리에 새끼로 그물을 만들고는 해마다 지붕을 이을 때 새로운 새끼로 바꿉니다. 노약자는 한낮이라도 그물 밖으로 나가지 못하더니 명부(明府)[3]가 지방관으로 오신 이래로 호환이 종식되어 집 식구가 증식하고 산야가 개벽하여 그사이 새로 지은 집이 한 배 이상 달하였습니다. 하지만 아직도 옛 습속을 고치지 못해 호망을 설치한 자가 많습니다."

공이 듣기를 마치자 아연(啞然)[4]히 웃으며 "인민의 습관이 이같이 심하구나. 전에 호환이 있을 때 초망을 설치했다지만 이제 호환이 이미 그쳤거늘 의연이 옛 풍속을 답습하여 바꿀 줄 알지 못하는구나. 이는 세상에 대정(大政)[5]으로 습관을 개량코자 하는데 반드시 한 커다란 환난

---

1) 관리의 임기가 다하였다는 말. 오이가 익을 무렵에 부임했다가 이듬해에 오이가 익을 때 교대한다는 뜻에서 나온 말이다.
2) 관직을 벗고 고향으로 돌아가는 것을 말함.
3) 고을 원에 대한 존칭.
4) 맥없이 웃는 모양, 혹은 놀라 입을 벌리고 있는 모양.

의 문제가 될 것이다."

이러고는 수레에 올랐다. 이와 같이 한양을 개척하여 인물을 번화하고 성대하게 한 것은 모두 강 공(姜公;강감찬)의 공이더라. 공이 경성으로 출발할 때 앞에서 한 성초(星軺)[6]가 표연히 오거늘 공이 수레에서 내려 길 곁에서 맞아 절하였다. 이때에 성상께서 공의 치적을 들으시고 사신을 보내어 조서를 내리신 것이었다. 공이 조서를 배독(拜讀)[7]하니 조서에 이렇게 쓰여 있었다.

"짐이 들으니 경이 한양에 있으면서 호환이 영원히 끊어지고 호구 수가 배나 증가하여 수화(水火)의 가운데서 구하였다 하니 심히 가상하도다. 경주는 원래 신라 도성으로 민속이 대개 옛 풍습을 생각하여 복종하지 않으려는 마음이 늘 있으니 이는 짐의 덕화가 널리 퍼지지 못한 까닭이라. 이제 경을 특히 군수(郡守)로 임명하니 모름지기 충심으로써 무마하여 짐의 근심을 나누라."

공이 천은에 감격하여 북향 사배하고 경주로 떠나니 이때에 공의 치적이 온 나라에 널리 퍼졌다. 한 고을의 남녀노소가 인산인해를 이루어 어깨를 부딪치며 눈길을 주고 정녕 남해관음(南海觀音)[8]이 고해(苦海)[9]에 배를 타고 건너며 천상선학(天上仙鶴)이 인간세상에 하강한 듯 우러러 받들었다. 그 영접하는 날에 풍채를 보니 즉 일개 키는 작고 누추한 인물이라. 인민이 왕왕 머리를 맞대고 짝을 지어 하는 말이 "저 사람의 모습이 무슨 재주가 있겠는가? 전에 들은 말들이 분명히 근거 없는 헛소

---

5) 해마다 음력 12월에 행하는 도목정사(都目政事). 도목정사는 6월과 12월에 두 차례 행하는데 12월의 것이 규모가 커서 대대적으로 행하므로 이 이름이 생겼다. 천하의 정치.
6) 사신의 수레.
7) 남의 편지를 존경하는 마음으로 읽음.
8) 관음은 흔히 남해의 저우산(舟山)군도 중 푸퉈산(普陀山)에 있다고 여겨지는 데서 나온 말임.
9) 고통의 세계라는 뜻으로, 괴로움이 끝이 없는 '인간 세상'을 이르는 말.

문이 아닌가?" 하여 온 고을에 물의(物議)[10]가 분분하였다.

경주는 원래 조서(詔書)[11]와 같이 고려에 불복하였다. 군수의 행정이 풍속에 불편한 것이 조금이라도 있으면 민란이 발발하여 명리(命吏)[12]를 쫓아 보내는 폐해가 많았다. 땅의 형세가 낮아 사면에 연못이 빙 둘러 있어 봄과 여름 사이에 개구리 울음소리가 성하여 밤마다 시끄러우므로 인민이 편안한 잠자리를 하지 못했다. 하루는 백성들의 송사가 들어왔다.

"본 고을은 개구리 울음소리로 밤에 잠을 자지 못하여 인민의 불편함이 극에 달했사오니 성주(城主)의 신명함으로써 이를 금지케 하소서."

공이 마음속으로 생각하되 '완명(頑冥)[13]한 백성들이 분명 나의 재주를 시험코자함이다. 그러나 세계 어느 곳이든지 미개한 인민을 복종케 하는 방법은 신도(神道)[14]가 아니면 불가할 것이다' 하고 즉시 사령에게 명하여 연못의 한 큰 개구리를 잡아와 그 머리 위에 용 머리글자를 그리고 분부하기를 "지금 너희들의 입을 잠그니 이 성내에서는 다시 울지 말라." 하고 전에 있던 곳에 놓아주니, 온 성 인민들이 떼를 지어서는 이를 코웃음 치지 않는 자가 없었다.

이때는 여름 사월 초순이었다. 숙우(宿雨)[15]가 신청(新晴)[16]하니 사방 연못에 누런 물이 그득 차 푸른 개구리밥풀은 새잎이 점점 자라며 여항 간에는 부엌을 잠긴 집이 과반이나 되었다. 전날 밤 같으면 개구리세상이었거늘 삼경이 다되도록 사방이 적막하고 고요하여 개구리 한 마리도

---

10) 어떤 사람의 행동에 대해 많은 사람이 이러쿵저러쿵 논란하는 상태.
11) 임금의 명령을 일반에게 알릴 목적으로 적은 문서.
12) 임금이 임명한 벼슬아치.
13) 완고하고 어리석은.
14) 영묘한 도리.
15) 여러 날 계속해서 내리는 비.
16) 오랫동안 계속하여 오던 비가 새로 갬.

울지 않으니 인민들이 각자 의아하여 "이것이 군수의 도술인가? 그렇지 않으면 우리들의 귓구멍이 막혔는가?" 하였다. 밤을 지낸 후에 집집마다 서로 머리를 맞대고 이야기를 하니, 다른 것이 아니라 곧 거짓 개구리 울음소리가 떠들썩했다고 한다. 이후로 인민이 두려워하여 말하였다.

"군수는 실로 천신이야. 무지한 미물도 감히 명령을 어기지 못하는데 우리들이 어찌 복종치 않으리오."

이러하고는 명령을 내리면 행하고 금하면 하지 않아 교화가 크게 행해지고 온 고을이 크게 다스려졌다.

四十四. 千古偉人姜邯贊, 抱懷濟世經國才(三)

於焉間에 瓜期가 已滿하야 遞歸함을 當함이 百姓이 道를 遮하고 願留하는지라 邯贊이 好言으로써 撫慰할 셰 道傍 一民家에 草網이 尙有하거늘 心內에 甚히 疑怪하야 官吏에게 問하되 此 洞은 至今ᄭᅵ지 虎患이 尙有하뇨 官吏가 對하되 此 郡이 元來 山中에 介在하야 設邑한 以來로 虎患에 困憊하야 家屋을 建築하면 依例히 屋角에 草索으로써 網을 設하야 年年히 屋을 盖할 時에는 新索으로 換設하며 老弱은 白晝라도 網外에 出치 못하더니 明府가 下車한 以來로 虎患이 終熄하야 戶口가 增殖하고 山野가 開闢하야 其 間 建築한 家屋이 一倍 以上에 達하얏스되 尙히 舊慣을 改치 못하야 其 間에 虎網을 設한 者이 多하오이다 公이 聽罷에 啞然히 笑하되 人民의 習慣이 如此히 甚하도다 昔日에 虎患이 有할 時에는 草網을 設하얏거니와 今에 虎患이 旣息하되 依然히 古俗을 蹈襲하야 變革할 줄을 不知하니 此 는 世에 大政을 執하야 習慣을 改良코져 할진대 반다시 一大極難한 問題가 될 것이로다 하고 因하야 車에 就하니 此와 如히 漢陽을 開拓하야 人物을 殷盛케 한 것은 全혀 姜公의 功이더라 公이 京城으로

發向할 세 前面에 一個 星軺가 節을 持하고 飄然히 來하거날 公이
車에 下하야 道左에서 迎拜하니 是時에 聖上께셔 公의 治績을 聞하
시고 使臣을 遣하야 詔書를 降하심이더라 公이 詔書를 拜讀하니 詔書
에 曰하얏스되 朕은 聞하니 卿이 漢陽에 在함이 虎患이 永絶하고 戶
口가 倍增하야 百姓을 水火의 中에서 救하얏다 하니 甚히 嘉尙허도다
慶州는 元來 新羅 都城으로 民俗이 大槪 舊朝를 思하야 不服의 心이
尙有하니 此는 朕의 德化가 普洽치 못한 所以라 今에 卿으로 特히
郡守를 除하노니 卿은 須히 衷心으로써 撫摩하야 朕의 憂를 分하라
하셧더라 公이 天恩을 感激하야 北向 四拜하고 慶州로 發向하니 是
時에 公의 治績이 一國에 膾炙한지라 一郡의 男女老少가 人山人海
를 致하야 肩을 磨하며 目을 注하야 丁寧 南海觀音이 苦海에 渡航하
며 天上仙鶴이 人間에 下降하는듯 仰望하더니 及 其 迎接하는 日에
風儀를 觀한 則 一個 短矮陋醜한 人物이라 人民이 往往 聚首偶語하
되 這樣人物이 何等 才華가 有하리오 前日에 聞한 바는 分明한 無據
謊說이 아인가 하야 一郡의 物議가 紛紜하얏더라 慶州는 元來 詔書
와 如히 麗朝를 不服하야 郡守行政이 風俗에 不便한 端이 少有하면
民亂이 勃發하야 命吏를 逐送하는 弊가 多하며 地勢가 低下하야 四
面에 沼澤이 環繞홈으로 春夏의 交를 當하면 蛙聲의 鼓吹를 成하야
夜夜 喧聒함으로 人民이 安眠함을 不得하더니 一日은 一度 民狀이
入來하얏는대 本郡은 蛙聲으로써 夜에 睡眠치 못하야 人民의 不便함
이 極하오니 城主의 神明함으로써 此를 禁하소셔 하얏거늘 公이 內念
에 思量하되 頑冥한 蒼生이 分明 我의 才를 試驗코져함이로다 그러나
世界에 何處이든지 未開의 人民을 服從케 하는 方法은 神道가 아니
면 不可할 것이로다 하고 卽時 使令을 命하야 池塘의 一大蛙를 捉來
하야 其 頭上에 龍頭篆을 寫하고 分付하되 今에 汝等의 吻을 鎖하노
니 此 城內에서는 更히 鳴치 말나하고 舊所에 放置하니 滿城人民이

逐逐隊隊로 此를 鼻笑치 아니하는 者가 無하얏더라 是時는 夏 四月 初旬이라 宿雨가 新晴함이 四澤에 黃水가 漲滿하야 綠蒲浮萍은 新葉이 添長하며 閭巷間에 竈를 沈한 者이 過半이나 되얏는대 前 夜 갓흐면 蛙世界를 便作하얏슬것이어놀 三更이 近하도록 四方이 寂寂廖廖하야 一蛙의 聲도 聞치 아니하니 人民 等이 各自 疑訝하되 此가 郡守의 道術인가 不然이면 我等의 耳膜이 聲閉하얏는가 하며 夜를 經한 後에 街街마다 互相 聚首談話홈애 便是 假踏聲이 喧聒하얏더라 此後로 人民이 畏服하야 曰하되 郡守는 實로 天神이로다 無知한 微物도 敢히 令을 違치 못거든 我等이 엇지 服從치 아니하리오 하고 令하면 行하고 禁하면 止하야 敎化가 大行하고 一郡이 大治하얏더라.

44. 천고의 뛰어난 인물 강감찬,
세상을 품고 나라 구한 재주(4)

임기가 또 다 차서 조정에서 내직으로 소환하였다. 공이 경사에 도착하여 성종께 복명(復命)하니 성종이 즉시 인견(引見)하시고 궁궐에 봄빛이 퍼진 듯 얼굴에 기쁨을 띠시며 지방 민정이 어떠함과 행정하던 경략(經略)[1]을 일일이 하문하셨다. 공이 전후 사실을 세세히 아뢰니 상이 칭찬하시며 "만일 경의 포부가 아니었다면 어찌 이와 같이 지방을 안도케 하여 일세의 치적을 이루었으리오. 가히 '백리(百里)의 명(命)'[2]을 부탁할지로다. 짐과 같이 부덕함으로 경을 얻었음은 어찌 국가의 행복이 아니리오. 경이 먼 지방에 오래도록 현로(賢勞)[3]함은 짐의 본뜻이 아니라."

이러시고 즉시 예부 시랑(禮部侍郞)[4]을 제수하시니 공이 천은에 감격하여 머리를 조아리고 임금에게 아뢰었다.

"성덕(聖德)이 천지와 같으심으로 금수미물까지라도 귀화치 않은 것이 없으니 신의 노둔한 자질로 무슨 공이 감히 있겠는지요."

상이 더욱 칭찬하심을 그치지 못하셨다.

오래지 않아 성종이 붕어하시고 목종(穆宗, 980~1009)[5]이 즉위하심에

---

1) 나라를 경영하여 다스림.
2) '백 리'는 중국 주(周)나라 때 제후 나라의 면적, '명'은 백성의 운명이라는 뜻으로, '한 나라의 정치'를 일컫는 말.
3) 여러 사람 중에서 홀로 힘써 수고함.
4) 예부의 차관급 보직에 해당되는 직책으로, 예부는 오늘날의 외교, 문화, 교육을 담당하는 외교부, 교육부, 문화체육관광부 등에 해당.
5) 고려 제7대 왕(재위 997~1009). 경종의 맏아들로 관리 봉급제도인 전시과를 개정하고 학문을 장려하는 등 치적이 많았으나 아들이 없었다.

나라가 태평하고 날이 오래되니 백성이 안락하고 사방에 일이 없어 변진(邊鎭)[6]에 장비와 군사시설이 해이해졌다. 조정은 임시방편으로 일삼고 인민은 허문(虛文)[7]으로 풍속을 이루어 나라 밖에 나라가 있는 것을 알지 못하였다.

오호라! 다스림이 극에 달하면 어지러움이 오고 외란이 장차 일어남에 나라 안에서 변고가 먼저 일어났다. 이때 대장 강조(康兆, ?~1010)[8]의 권력이 조정을 기울어지게 하고 위력으로 복종시켜 제 마음대로 하여 목종을 시해하였다. 태자가 즉위하니 이가 현종(顯宗, 992~1031)[9]이다.

---

6) 국경 지방의 방어를 위하여 군대가 머무를 수 있도록 쌓은 성채나 진(鎭)·보(堡) 따위를 가리킴.

7) 겉만 꾸미는 쓸데없는 예의나 법제.

8) 거란의 침입에 대항하다 살해된 무신. 목종 때 중추사 우상시로서 서북면도순검사가 되었는데, 1009년(목종 12) 김치양(金致陽)이 목종의 어머니 천추태후와 사통하여 낳은 아들을 왕으로 세우려 난을 일으킬 때 목종의 명을 받고 궁궐 수비를 위해 개경으로 오게 되었다. 그러나 개경의 정세가 복잡하게 얽히게 되자 궁궐을 점령한 뒤 현종을 옹립하였다. 그리고 군사를 보내 도망간 김치양 부자 등 7인을 죽이고, 천추태후의 친속 30여 인을 귀양 보냈다. 또한, 목종은 폐위시켜 태후와 함께 충주로 보내는 도중 시해하게 하고 대권을 쥐었다. 이후 거란의 성종은 강조가 정변을 일으켜 목종을 죽인 죄를 묻겠다는 이유를 내세워 40만의 병력을 이끌고 쳐들어왔다. 이에 강조는 행영도통사가 되어 30만의 군대를 이끌고 통주에서 거란군에 대비하다 양규와 이수화의 용전으로 흥화진전투를 단념하고 통주로 내려온 거란군을 맞아 대승을 거두었다. 당시 통주성 남쪽까지 와서 물을 사이에 두고 세 군데 진을 치게 하고 거란군이 중앙을 찌르면 양쪽에서 호응하는 전략을 취하는 한편, 새로운 무기인 검차를 만들어 거란군을 대파한 것이다. 그러나 계속적인 승리에 자만심이 쌓여 거란군이 공격해온다는 보고를 듣고도 경계를 하지 않다가 결국 같은 해 11월 수많은 적군이 들이닥치자 대항할 겨를도 없이 패하고 강조는 거란군에 잡혀 포로가 되었다. 거란의 성종은 강조에게 자신의 신하가 되어 달라고 권유하였으니 강조는 "나는 고려 사람인데 어찌 너의 신하가 되겠는가?" 하며 단호히 거절하여 고려인의 늠름한 자세를 보여주었다 한다. 그의 부장 이현운이 성종의 신하가 되겠다고 하자 발길로 차면서 고려인의 긍지를 잃지 말라고 나무랐다는 일화를 남기고 최후를 마쳤다.

9) 재위 1010~1031. 아버지는 태조(太祖)의 여덟 째 아들인 안종(安宗) 왕욱(王郁)이다. 처음에는 승려가 되어 숭교사(崇敎寺)와 신혈사(神穴寺)에 있다가 강조의 정변에 의해 목종이 폐위되자, 1009년 2월에 왕위에 올랐다. 고려 왕조가 성립한 지 거의 1세기가 지난 시기에 왕위에 오른 현종은 고려 왕조의 기틀을 다지는 데 크게 기여한 군주였다.

즉위 원년에 서북방으로 무수한 병마가 압록강(鴨綠江) 건너 온 산과들을 뒤덮고 풍우같이 갑자기 몰아쳐들어 왔다. 의주(義州) 흥화진(興化鎭)[10]을 급습하여 포위하니 이는 거란 임금(契丹主)[11]이었다. 도순무사(都巡撫使) 양규(楊規, ?~1011)[12]와 진사(鎭使) 정성(鄭成)과 부사(副使) 이수화(李守和) 등이 성을 지켰으니 거란 임금이 감히 접근하지 못하였다. 다만 한때 병사들을 통주(通州)[13]에 이르러 성 밖의 농가 남녀를 포획하여 각자에게 비단 옷을 내리며 금과 비단 따위를 주어 그 환심을 산 뒤에 흰 종이로 두 개의 화살을 봉하여 군병 삼백으로 농부를 호위하여 흥화진에 보내었다. 양규들이 이 화살을 열어 보니 글이 있었다.

"짐이 역신 강조의 찬시(簒弑)[14]함에 노하여 친히 정병과 맹장을 인솔하고 너의 국경에 임하였다. 너희들은 강조를 사로잡아 진지 앞에 송치하면 즉시 회군하지만 만일 그렇지 않다면 송경에 직접 들어가 너의 처자를 모두 죽이리라."

그러고 또 글을 화살에 매어 성문에 꽂아서는 말하였다.

"너의 흥화진 성주와 군사 백성에게 고하노니 너희들이 선왕의 어루

---

10) 평안북도 의주군 위원면 지역에 설치되었던 고려시대의 성보(城堡). 993년(성종 12) 거란의 1차 침입 직후에 적장 소손녕(蕭遜寧)과 담판을 통하여 압록강 동쪽의 여진족 거주지 280여 리를 양여 받은 서희(徐熙)가 이곳에 있던 여진족을 몰아내고 곽주(郭州)·구주(龜州)·선주(宣州) 등의 여러 성을 쌓아, 이른바 강동육주(江東六州)를 개척하기 시작하였는데, 흥화진 역시 그 하나로 995년에 축조되었다.

11) 거란 임금인 성종(聖宗).

12) 1010년(현종 1) 거란의 성종 군사에게 흥화진이 포위되자 진사 정성, 부사 이수화 등과 완강히 저항하였다. 이에 거란군은 남하하여 통주에서 고려 주력부대를 격파, 항복을 권했으나 일축하였다. 그는 곽주(郭州)를 공격하여 적을 몰아내고, 성안의 남녀 약 7,000명을 통주로 이동하게 하는 등 여러 군공을 세우고 애전(艾田)에서 적을 기습하여 약 1,000명을 베었으나 대군의 공격을 받아 김숙흥과 함께 전사하였다. 삼한후벽상공신(三韓後壁上功臣)에 추봉되었다.

13) 평북 선천군에 있는 성.

14) 임금을 죽이고 임금 자리를 빼앗음.

만져 편안한 은혜를 알며 역대 순종과 거역의 뜻을 알거든 마땅히 짐의 뜻을 몸 받아 후회를 남기지 말라."

이러거늘 양규들이 듣지 않고 성 지키기를 더욱 엄하게 하였다. 거란 임금이 유인치 못할 줄 알고 부득이 포위를 풀고 동산(銅山) 아래에 군진을 옮겼다가 강조를 성토함에 자탁(籍託)[15]하고 국경을 침입하였다. 이때에 여러 장수들이 군병을 인솔하고 통주 성 남쪽에 이르니 이들은 모두 태평세월을 누리든 인민이니, 전쟁의 용법을 어찌 알겠는가. 소위 장교와 하사들은 동쪽 밭에서 서쪽 밭에서 호미와 삽을 쓰든 상농사꾼이었다. 말 달리기를 소 부리는 것과 같이 하였다. 이른바 참모 명칭은 숲속 궁벽한 마을에서 심오한 이야기나 무수히 해대든 유생과 세속적인 선비 부류였다. 어찌 당세의 급한 형세를 분별하며 병법의 맞고 변함을 알겠는가. 양 진영이 창을 겨눔에 두려운 마음이 먼저 생겨 미처 손쓸 새고 없이 일패도지(一敗塗地)[16]하니 저 국권을 제 맘대로 하여 감히 누구도 이를 어찌하지 못했다. 강조와 행영도통사(行營都統使) 이현운(李鉉雲)들이 모두 사로잡혔고 기타 여러 장수들은 어지러운 군중에서 피살되었다.

거란 임금이 대군을 몰아쳐서 승승장구하니 아군이 감히 그 칼날에 성을 지키지 못하여 풍채와 인망 있는 사람을 버리고 싸움에 져 뿔뿔이 흩어져 달아났다. 백성은 늙은이를 부축하고 어린아이를 끌며 거꾸러지고 우니 차마 그 정경을 눈 뜨고는 못 볼 지경이었다. 해와 달은 빛이 없고 적병은 도처마다 가옥에 불을 지르며 인명을 살육하여 연기와 불꽃이 하늘을 가렸고 혈육이 땅에 흩어져서 잔인 포학함이 이르지 않는 곳이 없었다. 또 거침없이 무인지경으로 짓밟으며 서경에 침입하여 궁

---

15) 다른 구실을 내세워 핑계를 댐.
16) 여지없이 패하여 다시 일어날 수 없게 됨.

궐을 불태우고 인민을 도륙하니 나라의 형세는 위기일발로 계란을 쌓아 놓은 것같이 위태로웠다.

四十四. 千古偉人姜邯贊, 抱懷濟世經國才(四)

瓜期가 又 滿함으로 朝廷에셔 內職으로 召還하거늘 公이 京師에 到하야 成宗의 復命하니 成宗이 卽時 引見하시고 九重 春色에 天顔이 喜悅하시며 地方 民情의 如何함과 行政하던 經略을 一一히 下問하시거날 公이 前後 事實을 細細히 奏達하니 上이 稱讚하심을 不已하사대 萬一 卿의 抱負가 아니얏더면 엇지 如此한 地方을 安堵케 하야 一世의 治績을 擧揚하얏스리오 可히 百里의 命을 付托할지로다 朕과 如히 不德함으로 卿을 得함은 엇지 國家의 幸福이 아니리오 卿의 遠方에 久히 賢勞함은 朕의 本意가 아니라 하시고 卽時 禮部侍郎을 除授하시니 公이 天恩을 感激하야 稽首伏奏하되 聖德이 天地와 如하심으로 禽獸微物꼬지라도 歸化치 안이한 者이 無한 것이니 臣의 駑劣한 質로 何功을 敢有하리잇가 上이 더욱 稱讚하심을 不已하셧더라 未幾에 成宗이 崩하시고 穆宗이 卽位하심이 昇平이 日久하야 百姓이 安樂하고 四方이 無事하야 邊鎭에 武備가 解弛하며 朝廷은 姑息으로 爲事하고 人民은 虛文으로 成俗하야 國外에 國이 有함을 不知하얏더라.

嗚呼ㅣ라 治함이 極하면 亂함이 來하고 外亂이 將起함에 內變이 先作하는 것이로다 時에 大將 康兆의 權力이 朝廷을 傾動하며 威服을 專擅하야 穆宗을 殺하얏거늘 太子가 位에 卽하니 是가 顯宗이 되시니라 卽位 元年에 西北方 으로 無數한 兵馬가 鴨綠江을 渡하야 滿山遍野하게 風雨와 如히 驟至하야 義州 興化鎭을 急圍하니 此는 契丹主더라 都巡撫使 楊規와 鎭使 鄭成과 副使 李守和 等이 城을 固守하니 契丹主가 敢히 遍近치 못하고 一枝兵으로 通州에 至하야 城外의 農家 男女를 捕獲하야 各 其 錦衣를 賜하며 金帛을 與하야 其 心을 買한

後에 白紙로 二箭을 封하야 付與하고 軍兵 三百人으로 農夫를 擁護하야 興化鎭에 送하거늘 楊規 等이 該箭을 開視하니 書가 有하되 朕이 逆臣 康兆의 簒弑홈을 怒하야 親히 精兵 猛將을 率하고 汝의 國境에 已臨하얏스니 汝等은 康兆를 生擒하야 陣 前에 送致하면 卽時 回軍하려니와 萬一 不然하면 松京에 直入하야 汝의 妻子를 盡殺하리라 하고 又 書를 矢에 繫하야 城門에 揷하야 曰 汝의 興化鎭 城主 並 軍人 百姓에게 告하노니 爾等이 先王의 撫綏한 恩惠를 知하며 歷代 順逆의 義를 知하거든 맛당히 朕의 意를 體하야 後悔를 貽치 말나 하얏거늘 楊規 等이 聽치 아니하고 城을 守하기를 益嚴하니 契丹主가 其 誘引치 못할줄 知하고 不得已 圍를 解하야 銅山下에 移陣하얏다가 康兆를 聲討함을 藉託하고 國境을 侵入함이 時에 諸將이 軍兵을 率하고 通州 城南에 至하니 此가 皆 太平을 久享하든 人民이라 干戈의 用法을 豈知하리오 所謂 將校下士 等은 東畝西疇에셔 揮鋤荷鍤하든 上農夫라 馳馬하기를 牛를 驅함과 如히 하며 所謂 參謀名稱은 林下 窮谷에셔 談玄數黃하든 儒生俗士의 流이라 엇지 當世의 時務를 識하며 兵法의 合變을 知하리오 兩陣이 鋒을 交함이 懼心이 先生하야 措手不及에 一敗塗地하니 彼 國權을 專擅하야 莫敢 誰何라 하든 康兆와 行營都統使 李鉉雲 等이 모다 生擒을 被하고 其他 諸將은 亂軍中에셔 被殺하얏는대 契丹主가 大軍을 揮動하야 乘勝長驅함이 我軍이 敢히 其 鋒 嬰치 못하야 風을 望하고 奔潰하며 百姓은 老를 扶하고 幼를 携하야 顚倒號哭에 悲慘不忍見의 狀은 日月이 無光한대 敵兵은 到處마다 家屋을 燒蕩하며 人命을 殺戮하야 烟焰이 天에 漲하고 血肉이 地의 塗하야 殘忍暴虐함이 無所不至하며 又 蕩蕩히 無人의 境을 蹜함과 如히 西京에 侵入하야 宮闕을 燒燼하며 人民을 屠戮함으로 國家의 形勢는 危機一髮로 累卵과 如히 殆하얏더라.

44. 천고의 뛰어난 인물 강감찬,
세상을 품고 나라 구한 재주(5)

이때 적군이 긴 뱀의 형세와 같이 침입하였다. 임금이 정보가 급함을 들으시고 크게 놀라 백관을 소집하고 앞뒤 계책을 물으셨다. 여러 신하가 일제히 주품(奏稟)[1]하였다.

"저 적국의 용한(勇悍)[2]한 병사와 정예로운 병기를 막아내지 못합니다. 온 나라를 들어서 잠시 저에게 항복함이 가합니다."

이러며 온 신하들이 부화뇌동하여 극력 이를 주장하였다.

이때에 감찬이 여러 신하들 가운데 홀로 나아가 아뢰었다.

"금일의 일은 죄가 강조에게 있는지라 족히 염려할 바가 없습니다. 다만 중과부적하고 강약이 큰 차이가 나니 잠시 그 기세를 피했다가 다시 일어나기를 꾀해야 합니다. 금일의 현상으로 보면 저 정예로운 무기와 용맹한 병사들을 대적하기 어려우나 천하의 총명한 인물이 우리 나라보다 나은 나라가 없거늘 어찌 한때 좌절로 당당한 국가로서 저 의리도 신용도 없는 원수들에게 백기를 들고 두 무릎을 꿇겠습니까."

이러는데 말과 얼굴빛이 늠름하며 언어가 솔직하고 적절하였다. 임금이 이에 공의 말을 흔쾌히 받아들여서 남으로 복주(福州)[3]에 파천(播遷)[4]하신 후에 사신을 보내 큰 뜻으로 깨우치고 타일러서 화친을 청하였다. 다음 해 거란 임금이 끝내 고려를 빼앗지 못할 줄 알고 마침내 포위를 풀고 물러갔다.

---

1) 임금에게 아뢰는 것을 이르던 말.
2) 두려움이 없이 날쌔며 사나움.
3) 지금의 경상북도 안동.
4) 임금이 도성을 떠나 난리를 피하는 일을 이르던 말.

임금이 궁성으로 되돌아오신 후에 감찬에게 국자좨주(國子祭酒)[5]를 내리고 인하여 한림학사 좌산기상시(翰林學士 左散騎常侍)로 전보하였다가 중추사(中樞使) 벼슬을 내렸다. 공이 이에 임금에게 아뢰어 사직단(社稷壇)을 수리하고 예관(禮官)[6]으로 하여금 의주(儀注)[7]를 마련한 후에 이부상서(吏部尙書)로 자리를 옮겼다. 공의 사전(私田)[8] 십이 결이 개령현(開寧縣)에 있어 천폐(天陛)[9]에 아뢰었다.

"현재 국가가 거란의 난리를 겪어 부상당한 자가 모두 일어나지 못하고 과부와 고아가 몹시 곤경에 처하여 방황합니다. 거란이 물러 갈 때에 아군이 그 뒤를 쫓다 다시 돌아온 자도 십분의 한둘에 불과합니다. 또 빼앗겼던 성지(城池)[10]를 판도(版圖)[11]에 복귀시키고 이제 변경이 점점 편안해짐은 저의 세력이 돈좌(頓挫)[12]하여 다시 일어나지 못함입니다. 금일은 아군이 문(文)을 눕히고 무(武)를 닦을 때입니다. 이때를 당하여 우선 무비(武備)[13]를 정돈하고 군사들의 마음을 장려한 연후에야 가히 외환을 예방할 것입니다. 대저 국가를 위하여 목숨을 바친 자에게는 구렁텅이에서 고통을 겪게 하고 신과 같이 공이 없는 자가 국결(國結)[14]을 향유하면 훗날 나라를 위하여 죽을 자가 없을 것입니다. 원컨대 이

5) 국자감(國子監)의 종3품 벼슬. 좨주란 옛날에 향연을 베풀 때 존장이 먼저 술을 땅에 따라 신을 제사 지낸 데서 나온 말이다.
6) 예의(禮儀)·제향(祭享)·조회(朝會)·교빙(交聘)·학교·과거에 관한 일을 관장하던 중앙 관서.
7) 여러 가지 의식의 상세한 절차. 또는 이를 기록한 서첩.
8) 국기에서 지정한 사인에게 귀속되는 토지, 또는 소유권이 사인에게 있는 토지.
9) 제왕이 사는 궁궐의 섬돌. 곧 계단을 의미함. 전하여 임금이 사는 궁궐을 가리키는 용어로도 사용됨.
10) 적의 접근을 막기 위하여 성의 둘레에 깊게 파 놓은 연못.
11) 한 나라의 영토. 어떤 세력이 미치는 영역. 범위.
12) 기세가 갑자기 꺾임.
13) 모든 군사 시설이나 장비.
14) 국가에 등록된 논밭에 매기는 조세.

조세로써 군호(軍戶)[15]에 나누어 지급케 하소서."

임금이 얼굴빛을 변하시며 말하였다.

"나라를 위해 집안을 돌보지 않으니 경은 가히 사직(社稷)[16]의 신하라 일컬을만하다. 짐이 비록 부덕하나 어찌 이에 감동치 않겠는가."

이러시고 즉시 어선(御膳)[17]을 감하시고 각 도에 명하야 월름(月廩)[18]으로 군호를 불쌍히 여기어 은혜를 베푸시고 무변(武弁)[19]을 등용하며 군기를 수선하였다.

오륙 년이 지나자 전일에 군호를 면코자 하는 자가 군호에 편입하기를 자원하니, 이제야 군비가 충실하고 무기가 정예하여 가히 외환을 방어할 만큼 되었다. 이는 모두 공이 계획한 것이었다.

이때에 임금이 감찬에게 서경유수 내사시랑 동평장사(西京留守 內史侍郎 同平章事)를 제수하시고 친히 시를 지어 나라 안에 반포하시니 그 시는 이러하였다.

경술년 오랑캐 난리 때   庚戌年中有虜塵
한강가까지 침입하였지   干戈深入漢江濱
당시 강감찬의 계책을 쓰지 않았다면   當時不用姜公策
온 나라가 오랑캐가 되었으리라   舉國皆爲左衽人

이때는 즉 현종 9년이었다. 거란 부마 소배압(蕭排押, ?~1023)[20]이 다

---

15) 군복무자인 군인과 이를 경제적으로 뒷받침하는 사람인 양호(養戶)로 구성되어, 군인 1인에 양호 2인이 배정되었다.

16) 나라 또는 조정.

17) 임금에게 바치는 음식.

18) 월급으로 주는 곡식.

19) 무인.

20) 원문에는 '소손녕(蕭遜寧, ?~997)'으로 되어 있어 모두 '소배압'으로 수정하였다. 현종

시 정병 백만을 거느리고 대거 쳐들어오니 변방이 소동하고 봉화가 경성까지 이르니 서울이 크게 흔들렸다. 원래 거란은 백두산 동북에서 일어났는데 그 지방에 탐랑성(貪狼星)[21]이 비췬 까닭으로 기풍이 탐욕만을 숭상하고 예의를 알지 못하며 서로 쟁탈하여 약육강식하는 전쟁으로 수백 년을 보냈다. 그중에 가장 강하고 사나운 자가 태어나 부락을 합하고 원근을 힘으로 복종시켜 당당히 한 나라를 만들어 서북으로 송(宋)에 접하고 동남으로 우리나라에 인접하였다. 문자와 기계를 서로 교류함에 이웃 나라를 점령하려는 탐욕이 날로 자라 현종 원년에 우리나라를

9년, 1018년 거란의 침입은 소배압(蕭排押, ?~1023)을 도통으로, 소굴렬(蕭屈烈)을 부통으로 삼아 10만의 대군이 내침한 3차 침입이다. 강감찬과 싸운 거란 장수는 소손녕이 아니라 그의 형인 소배압이다. 소배압은 당시 거란의 뛰어난 명장이었다. 이때 강감찬의 나이가 71세였고 소배압도 그 정도 나이였을 듯하다. 소손녕은 소배압의 동생으로 본명은 소항덕(蕭恒德, ?~997) 또는 소긍덕(蕭恆德)이다. 우리나라에서 부르는 소손녕(遜寧)은 소항덕의 자(字)로『고려사』에 본명이 아닌 소손녕으로 나오기에 이 이름으로 더 알려졌다. 소씨(蕭氏)는 대대로 요의 황족(皇族)인 야율씨(耶律氏)와 결혼했는데, 형인 소배압은 요 경종의 딸인 위국공주와 결혼했으며, 소손녕도 경종의 막내딸인 월국공주와 결혼해 부마도위(駙馬都尉)가 되었다. 소손녕이 고려를 쳐들어온 것은 거란의 1차침입인 993년이다. 이때 서희(徐熙)와 담판으로 강동 6주를 내주고 강화한 뒤 철군하였다. 소손녕은 997년 아내 월국공주가 병에 걸리자 소태후가 궁녀를 보내 간병을 시켰는데 소손녕은 이 궁녀와 간통했다. 월국공주는 이를 알고 분에 못 이겨 끝내 회복하지 못한 채 죽었고 이 사실을 듣고 격노한 소태후는 소손녕을 잡아서 처형했다고 한다. 이 글에서 소손녕이라 한 것은『고려사절요』의 잘못이다.『고려사절요』제3권 '현종 9년(1018), 송 천희 2년·거란 개태 7년 12월 무술일' 항목에 "거란의 부마 소손녕이 군사를 거느리고 와서 침략하면서 군사 10만 명이라고 소리쳤다. 왕은 평장사 강감찬을 상원수로, 대장군 강민첨을 부원수로 삼아 군사 20만 8천 3백 명을 거느리고 영주(寧州, 평남 안주)에 주둔하게 하였다. 흥화진에 이르러 기병 1만 2천 명을 뽑아 산골 속에 매복시키고 또 큰 밧줄로 소가죽을 꿰어 성 동쪽의 큰 냇물을 막아두고 적을 기다렸다가, 적이 이르자 막은 물을 터놓고 복병을 내어서 적을 크게 패퇴시켰다. 손녕이 군사를 이끌고 바로 서울로 들어오자 민첨이 자주(慈州) 내구산(來口山, 평남 순천)까지 뒤쫓아와서 적을 크게 패퇴시키고, 시랑 조원이 또 마탄에서 적을 쳐 머리 1만여 급을 베었다." 라고 기록되어 있으며 1450년에 편찬한『동국병감』, 실학자 안정복(安鼎福, 1712~1791)이 쓴 단군조선부터 고려 말기까지를 다룬 통사적인 역사책인『동사강목』같은 경우도 이 기록을 그대로 따랐다. 따라서 이 글에서 소손녕을 모두 소배압으로 수정하였다.

21) 북두칠성의 첫째 별.

침략하다가 수만 생명을 살육하고 조금도 이익을 얻지 못하여 절치부심 묵은 원한을 갚고자 하였다. 지난 9년간 병사를 양성하여 정예화 한 뒤에 소배압으로 도원수를 삼아 온 나라의 병사들을 이끌고 우리나라를 다시 침입한 것이다. 깃발과 창검은 해와 달을 가리고 말이나 수레 따위에 실은 군수 물자는 천 리를 잇고 북소리와 함성소리는 천지를 진동하였다.

四十四. 千古偉人姜邯贊, 抱懷濟世經國才(五)

此時 敵軍이 長蛇의 勢와 如히 侵入함이 上이 此 情報의 急함을 聞하시고 이에 大驚하스 百官을 召集하고 善後의 策을 下詢하시니 諸臣이 一齊히 奏稟하되 彼 敵國의 勇悍한 兵力과 精利한 器械를 抵當치 못할지니 全國을 擧하야 暫時 彼에게 降함이 可하다 하며 此에 萬口가 附和하야 極力 此를 主張하는지라 此時에 邯贊이 獨히 班에 出하야 奏하되 今日의 事는 罪가 康兆에게 在한지라 足히 念慮할 바이 無하나 다만 衆寡不敵하고 强弱이 懸殊하니 暫時 其 鋒을 避하얏다가 興復하기를 圖謀할지라 今日의 現狀으로써 觀하면 彼 精利한 機械와 勇壯한 士卒을 敵하기 難하나 天下의 聰明한 人種이 我國에 過할 者가 無하거늘 엇지 一時의 挫折로 因하야 堂堂호 國家로써 彼 無義無信호 仇敵에게 白旗를 飜하고 兩膝을 屈하리오 하고 辭氣가 凜烈하며 言語가 激切호지라 上이 이에 公의 言을 嘉納하스 南으로 福州에 播遷하신 後에 使臣을 遣하야 大義로 曉諭하고 和親을 請하니 明年에 契丹主가 拔치 못홀줄 知하고 맛참너 圍를 解하야 退去하얏더라 上이 還御하신 後에 邯贊으로 國子祭酒를 拜하시고 因하야 翰林學士 左散騎常侍로 轉하얏다가 中樞使에 進호지라 公이 이에 上쎄 奏하야 社稷壇을 修하고 禮官으로 儀注를 磨鍊한 後에 吏部尙書

로 遷홈이 公의 私田 十二結이 開寧縣에 在혼지라 公이 天陛에 奏하되 現今 國家가 契丹의 亂을 經하야 傷痍혼 者가 盡起치 못하고 寡妻孤子가 窮途에셔 彷徨하며 契丹이 退軍홀 時에 我軍이 其 後를 躡하야 生還한 者가 十分의 一二에 不過혼지라 且 被奪하얏든 城池가 版圖에 復歸하고 今에 邊境이 稍安홈은 彼의 勢力이 頓挫하야 更起치 못홈이니 今日은 我軍이 文을 偃하고 武를 修홀 秋라 此時를 當하야 爲先 武備를 整頓하고 軍心을 獎勵한 然後에야 可히 外患을 豫防홀지니 大抵 國家를 爲하야 生命으로 犧牲을 作한 者는 溝壑에 顚連하고 臣과 如히 無功혼 者가 國結을 享有하면 後來에 國家를 爲하야 死홀 者가 無홀지니 願컨대 此 結로셔 軍戶에 分給케 한쇼셔 上이 容色을 動하시며 日 國家를 爲하야 家를 不顧하니 卿은 可히 社稷의 臣이라 謂홀지로다 朕이 비록 不德하나 엇지 此에 感치 아니하리오 하시고 卽時 御膳을 減하시고 各道에 令하야 月廩으로 軍戶를 愛恤하시고 武弁을 登庸하며 軍器를 修繕하야 五六年을 經過홈이 前日에 軍戶를 免코져 하는 者이 軍戶에 編入하기를 自願하니 於是乎 軍備가 充實하고 武器가 精銳하야 可히 外患을 防禦홀만 홈에 至하얏는대 此는 모다 公의 畫策혼 바이더라.

是時에 上이 邯贊으로 西京留守 內史侍郎 同平章事를 除授하시고 親히 詩를 題하야 國中에 頒布하시니 其 詩에 曰하되 庚戌年中有虜塵, 干戈深入漢江濱. 當時不用姜公策, 擧國皆爲左衽人.이라 하엿는더 此時는 卽 顯宗 九年이라 契丹駙馬 蕭排押[22]이 更히 精兵 百萬을 率하고 大擧 入寇홈이 邊境이 騷動하고 烽火가 京城에 通하니 京師가 大震하얏더라 元來 契丹은 白頭山 東北에셔 起홈이 其 地方에

---

22) 원문에는 '소손녕(蘇遜寧)'으로 되어 있어 모두 '소배압(蕭排押)'으로 수정하였다. 이하 모두 같다.

貪狼星이 照臨흔 故로 風氣가 貪慾을 專尙하고 禮義를 不知하며 互相 爭奪하야 弱肉强食홈이 蝸角風雲으로 幾百年을 經過하얏더니 其中에 最大 强悍흔 者가 出生하야 部落을 組合하며 遠近을 力服하야 堂堂히 一國을 形成하니 西北으로 宋에 接하고 東南으로 我國을 隣하야 文字와 器械를 相通홈이 隣國을 呑倂코져하는 貪慾이 日長하야 顯宗 元年에 我國을 侵略허다가 幾萬生靈을 殺戮하고 秋毫의 利益을 得치 못하얏슴으로 切齒腐心의 宿怨을 報復코져 하야 爾來 九年間을 養兵하야 精銳를 致흔 後에 蕭排押으로 都元帥를 拜하야 全國의 兵을 傾하야 我國을 再寇홈인대 旗幟鎗劍은 日月을 掩映하고 軍資輜重은 千里를 連絡하고 金鼓喊聲은 天地를 震動하얏더라.

44. 천고의 뛰어난 인물 강감찬,
세상을 품고 나라 구한 재주(6)

또 국경에 떠도는 말이 '소배압은 구척장신에 만부무당(萬夫不當)[1]의 용력이 있고 어릴 때부터 이인(異人)을 따라서 호풍환우 술법과 신출귀몰한 계교를 통하여 깨닫지 못하는 게 없다. 적을 대적하는 기이한 꾀가 백출하며 산을 오르고 산골짜기에서 흐르는 계곡물에 들고 나는 것이 나는 새와 같이 번쩍하여 실로 당시에 유명한 귀신같은 장수다'라고 이러이러하니 문무백관이 이를 듣고 모두 얼굴빛을 잃고 놀라지 않는 자가 없었다.

이때에 감찬이 서북면 행영도통사(西北面 行營都統使)로 있었다. 이보다 앞서 감찬이 상소하였다. 거란을 염려하여 군사 키울 계략을 숭상케 헌의(獻議)[2]해 이 벼슬을 제수받았다. 임금이 정사를 다스리는 전각에 나오셔서 백관을 모으시고 원수(元帥) 자리에 적당한 자를 물으시니 백관이 연합하여 아뢰기를 '금일의 일은 감찬이 아니면 가히 감당할 자가 없습니다' 하였다. 임금이 이에 감찬으로 상원수를 제수하시고 대장군 강민첨(姜民瞻)으로 부원수를 배하시고 내사사인(內史舍人) 박종검(朴從儉)과 병부랑중류참(兵部郎中柳參)으로 병마판관(兵馬判官)을 배하신 후에 조서를 내려 팔도에 근왕병(勤王兵)[3]을 반포하셨다. 영을 들은 지 열흘이 못되어 자원응모한 자가 20만 인에 달하였다.

감찬이 영주(寧州, 평남 안주)에 이르러 서울을 향하여 바라보고 사배한

---

1) 만 명의 남자가 덤벼도 당하지 못함.
2) 임금의 정사에 관한 물음에 대한 의견을 올리는 글.
3) 임금에게 충성을 다하는 군대를 모집하는 령.

후에 상원수의 관인을 받고 장단(將壇)[4)에 올라가 여러 장수에게 호령하니 실로 영웅이 무용을 펼칠 땅이요, 지사가 나라 은혜에 보답할 성숙한 때였다. 원수가 군중을 둘러보니 20만 인이 대개 자원한 자 중에서 뽑은 군사들이었다. 여러 날을 잘 먹이고 군진에 머무르게 한 뒤에 흥화진으로 옮기니 이 진은 두 나라 이후(咽喉)[5)에 해당하였다. 산천이 험악하고 수림이 울창하여 수만의 사람과 말을 감출만하며 성 동쪽에 큰 내천이 가로 흘러 우수(雨水)[6)의 절기가 아니면 물이 말 배까지 잠기지 않으니 옷을 들어 올리고 건널만하였다. 원수가 땅의 형세를 깊이 살핀 후에 속으로 헤아리되 '오늘 적이 손바닥 안에 들어왔도다' 하고 즉시 안명수쾌(眼明手快)[7)한 돌격 기병 1만2천인을 선정하여 삼경에 밥을 짓게 하고 사경에 명을 듣게 할 때였다. 부원수 강민첨을 불러들여 말하였다.

"아무 산 아무 계곡에 군사를 매복하였다가 아무 날 아무 시에 하천가에 사람의 함성과 말 울음소리가 나거든 즉시 돌격하되 이러이러히 하라."

분부하니 민첨이 명령을 수령하고 군중에 영하여 군사들이 무기를 품고 목적지로 떠났다. 원수가 군중에 전령하야 호군(犒軍)[8)할 때 쓰던 소가죽을 이어 붙여 성 동쪽 큰 내천을 가로로 절단하고 대군을 둘로 나누어 매복시켰다. 백성 노약자들로는 천변을 따라 나무꾼으로 꾸며 흥화진 성안에는 백성 남녀 수백을 모집하여 성문을 굳게 닫고 징과 북을 어지러이 울리며 기치를 지휘하여 수만 인마(人馬)를 조련하는 모

---

4) 대장이 지휘할 때 올라서는 단.
5) '목구멍과 같은 땅'이라는 뜻으로, 매우 중요한 목을 이루는 지대를 비유한 말.
6) 24절기의 하나. 양력 2월 19일 무렵으로 입춘과 경칩 사이에 있음. 날씨가 많이 풀려 초목이 싹트는 시기.
7) 눈치가 빠르고 손놀림이 매우 좋은.
8) 군사들에게 음식을 베풀어 위로함.

양을 만들어 적병의 동정을 기다렸다.

　머지않아 징과 북소리가 천지를 진동하며 적군이 크게 이르니 병장기와 군대의 행동거지가 질서정연한 법이 있었다. 매복한 군사들이 나뭇가지 사이로 가만히 엿보니 개개가 모두 막강한 정예로운 병사였다. 중군(中軍)[9]에 대장기를 나무에 높이 달았는데 그 깃발 아래에 한 대장이 갑옷을 입고 손에 황금도끼를 잡고 허리엔 팔 척 장검을 가로로 차고 금안준마(金鞍駿馬)[10]에 높이 앉았다. 위풍이 늠름하고 생긴 모양이 당당한데 실로 오랑캐 가운데 명장이요, 일세의 영웅이었다.

　감찬이 마음속으로 가만히 그 기이함을 칭송하였다.

　적진 선봉이 천변에 이르러 좌우를 관망한 지 한참 만에 중군에 회보하였다.

　"전면 흥화진에 기치가 휘날리며 징과 북소리가 일제히 울리고 큰 내천 좌우에는 적적히 사람이 없는데 단 수십 명의 늙은이들이 아군을 보고는 놀라 달아났습니다. 큰 내천의 수심이 일 척이 되지 못하니 의심컨대 전면에는 허장성세의 약함을 보이고 천변에는 매복이 있는 듯합니다."

　이러니 배압이 금 채찍을 들며 크게 웃었다.

　"선봉은 실로 자질구레한 일에까지 지나치게 걱정이 많은 사람이구나. 저 태평세월을 오래도록 누리던 인민이 무슨 지혜와 꾀가 있어 이같은 계획을 쓰며, 또 설령 나약한 무리들이 비록 팔면에 매복하였다한들 우리 백만 웅사(雄師)[11]로 무엇을 두려워하겠는가. 또 물이 얕은 것은 여러 개월 이래로 한발(旱魃)[12]로 인하여 큰 내천이 고갈된 것이니

---

9)　전체 군대의 한가운데에 있는 중심 부대.
10)　금 안장을 달고 빠르게 잘 달리는 말.
11)　강력한 군대.
12)　오래도록 계속해서 비가 내리지 않아 땅이 바싹 마르는 상태.

어찌 괴이할 바가 있겠느냐."

선봉이 고하였다.

"병법에 허즉실(虛則實) 실즉허(實則虛)[13]라 하였으니 원수는 깊이 생각하소서."

배압이 성내어 말했다.

"병법의 허허실실(虛虛實實)[14]을 너는 어찌 알지 못하느냐. 저 유약한 장졸이 우리의 군성(軍聲)[15]을 듣고 원근의 사람들을 모아 외로운 성을 사수하려 함이니 무슨 괴이하다고 의심하겠는가."

그러고 즉시 군졸을 휘동하여 전진하였다.

四十四. 千古偉人姜邯贊, 抱懷濟世經國才(六)

又 邊境이 遺傳ㅎ되 蕭排押은 九尺長身에 萬夫不當의 勇이 有하고 少時로부터 異人을 隨ㅎ야 呼風喚雨의 術과 神出鬼沒의 計를 無不通曉ㅎ야 臨陣對敵에 奇謀가 百出하며 山坂에 上홈과 溪澗에 出入홈이 飛鳥와 如히 閃忽하야 實로 當時에 有名혼 神將이라 云云홈이 文武百官이 此를 聞ㅎ고 모다 失色驚愕치 아니하는 者가 無하얏더라 是時에 邯贊이 西北面 行營都統使로 在하니 先時 邯贊의 上疏에 契丹을 慮하야 武畧을 崇尙홀 事를 獻議하얏슴으로 此 官을 得拜하얏더라 上이 政殿에 出御하스 百官을 會集하시고 元帥의 任에 適當혼 者를 問하시니 百官이 聯合上奏하되 今日의 事는 邯贊이가 아니면 可히 堪任헐 者가 無하니이다 上이 이에 邯贊으로 上元帥를 拜하시고

---

13) 겉보기에 허술하면 속은 충실하고 겉보기에 충실하면 속은 허술하다.

14) 허실의 계책을 써서 싸움. 서로 계략이나 기량을 다하여 적의 실을 피하고 허를 찔러 싸움.

15) 군사와 군마가 한데 얼려 떠드는 소리.

大將軍 姜民瞻으로 副元帥를 拜하시고 內史舍人 朴從儉과 兵部郞中 柳參으로 兵馬判官을 拜하신 後에 詔書를 下하야 八道에 勤王令을 頒布하시니 令을 聞혼 지 旬日이 못되야 自願應募혼 者가 二十萬人에 達하얏더라 邯贊이 寧州 至하야 京師를 向하고 瞻望 四拜혼 後에 上元帥의 印을 受하고 將壇에 登하야 諸將을 號令하니 實로 英雄의 用武혼 地이오 志士의 報國혼 秋이더라 元帥가 軍中을 環視하니 二十萬人이 大槪 自願應募 혼 者中에서 拔萃起群한 者이라 數日을 犒饋留連혼 後에 興化鎭에 移屯하니 此 鎭은 兩國의 咽喉에 當하야 山川이 險惡하고 樹林이 叢雜하야 數萬의 人馬를 可伏홀만하며 城東에 大川이 橫流하야 雨水의 節이 아니면 水가 馬腹을 沒치 못ᄒ야 可히 衣를 褰하고 涉홀만한지라 元帥가 地勢를 深察한 後에 內心에 思量하되 今日에 敵이 我의 掌中에 入하얏도다 하고 卽時 眼明手快혼 突擊 騎兵 一萬二千을 選定하야 三更에 飯을 造하고 四更에 令을 聽케 홀세 副元帥 姜民瞻을 召入하야 謂하되 某 山 某 谷에 軍을 伏하얏다가 某日 某時에 川邊으로 人喊馬嘶의 聲이 出하거든 卽時 突擊을 行하되 如此如此히 하라 分付홈이 民瞻이 將令을 受領하고 軍中에 令하야 各히 枚를 含하고 目的地로 發向하얏더라 元帥가 軍中에 傳令하야 犒軍홀 時에 用하든 牛皮를 連幅하야 城東大川을 橫截하고 大軍을 兩翼에 分하야 大川의 西에 伏하고 土民老弱으로 川邊을 沿하야 樵夫의 狀을 飾하며 興化鎭 城中에는 士民男女 數百을 募集하야 城門을 堅閉하고 金鼓를 亂鳴하며 旗幟를 麾動하야 數萬人馬를 操練하는 狀을 作하야 敵兵의 動靜을 待하더니 俄而오 金鼓가 震天하며 敵軍이 大至홈이 器械兵仗과 進退坐作이 井井한 法이 有한지라 埋伏한 軍士 等이 樹杪間으로 窺覰하니 箇箇 是 莫强의 精兵이오 中軍에 大將旗를 高樹하얏스며 旗下에 一員大將이 銀鎧金甲으로 手에 黃金鉞을 執하며 腰間에 八尺長劍을 橫着하고 金鞍駿馬에

高跨하얏슴이 威風이 凜凜하고 狀貌가 堂堂한대 實로 蠻中의 名將이
오 一世의 英雄이라 心中으로 暗暗히 稱奇하더니 敵陣先鋒이 川邊에
至하야 左右를 觀望훈 지 良久에 中軍이 回報하되 前面 興化鎭에
旗幟가 揮動하며 金鼓가 齊鳴하고 大川 左右에는 寂寂히 人이 無훈
대 但 數十 老翁이 我軍을 見하고 驚走하며 大川의 水深이 一尺에
不滿하오니 疑컨대 前面에는 聲勢의 弱홈을 示하고 川邊에는 埋伏이
有훈듯허다 하니 排押이 金鞭을 擧하며 大笑하되 先鋒은 實로 多心훈
人이로다 彼 太平을 久享하든 人民이 무슴 智謀가 有하야 如此 훈
計를 用하며 又 設令 如干의 懦弱輩로 비록 八面에 埋伏하얏슨들 我
의 百萬雄師로 何를 畏하며 又 水의 淺훈 것은 數月以來 旱魃로 因하
야 大川이 枯渴홈이니 엇지 怪훌 바이 有하리오 先鋒이 告하되 兵法
에 虛則實하고 實則虛라 하얏스니 元帥는 深히 思慮하쇼셔 排押이
怒하되 兵法의 虛虛實實이라는 意義를 汝 엇지 知치 못하나뇨 彼 懦
弱훈 將卒이 我의 軍聲을 聞하고 遠近을 收合하야 孤城을 死守코져
홈이니 무슨 疑怪훌 바이 有하리오 하고 卽時 軍卒을 揮動하야 前進
하얏더라.

44. 천고의 뛰어난 인물 강감찬,
세상을 품고 나라 구한 재주(7)

이때 배압이 대군을 휘동하여 일제히 물을 건널 때 앞에 군사는 남쪽 기슭을 오르고 뒤에 군사는 북쪽 기슭을 떠나려 하였다. 원수가 사람을 시켜서 상류를 가로막아 놓았던 소가죽을 일시에 터놓으니 갑자기 미친 듯한 성난 파도가 왕왕(汪汪)[1]히 큰 내천으로 뒤집히며 흐르니 적병이 태반이나 죽었다. 배압은 말을 뛰어 기슭에 올랐으나 마침 양 기슭에 매복한 군사가 일시에 떨쳐 일어나 협공하고 또 강민첨이 만여 기병으로 앞쪽을 맞받아치니 굳센 활에서 갑자기 날아오는 화살은 우박이 쏟아지는 듯하고 긴 창과 검은 눈발이 날리는 듯하였다. 적군의 수가 서풍의 낙엽같이 어지러이 떨어져 피는 흘러 내를 이루고 시체가 쌓여 산과 같았다. 사면으로 철통(鐵桶)같이 겹겹으로 포위하고 삼군(三軍)[2]이 목소리를 크게 하여 부르짖었다. "소배압은 솥 안의 고기요, 함정에 빠진 호랑이!"라 하고 앞을 다투어 잡으려 하였다. 때에 날은 저물고 달빛은 없어 얼굴을 분별치 못하였다.

원수가 민첨을 불러 말하였다.

"적군이 비록 일차 패하였을지라도 남은 군사가 아직도 수십만이요, 하물며 소배압은 만 명의 사내가 당해내지 못하는 용맹이 있다. 마땅히 한쪽을 터놓아 저들이 달아날 길을 열어준 후에 뒤쫓아 가 습격하고 궁지에 몰린 적은 위협하지 마라."

이러며 또 시랑(侍郞)[3] 조원(趙元)에게 명하였다.

---

1) 물이 끝없이 넓고 깊음.
2) 군대의 좌익(左翼), 중군(中軍), 우익(右翼)의 총칭.

"너는 일부 병사들을 데리고 마탄(馬灘)에 매복하였다가 거란이 패하여 돌아갈 때 요격하되 이러이러하게 행하라."

이날 밤에 배압이 나간 넋을 진정시킨 후에 패한 군사를 수습하여 장차 도망가려 할 때였다. 중군까지 태반 이상은 익사하고 그 나머지는 과반이나 복병에게 도륙된 터였다. 배압이 하늘을 우러르고 통곡하였다.

"내가 선봉의 말을 듣지 않고 수십만 군졸을 모두 고기 배에 장사지내고 칼날에 죽게 하였으니 무슨 면목으로 선봉을 대하며 임금을 돌아가 보겠는가." 이러고 자문(自刎)[4]하려 하니 선봉이 급히 만류하였다.

"한번 이기고 한번 지는 것은 병가(兵家)의 상사(常事)입니다. 지금 비록 한번 패하였으나 남은 군사가 모두 무예가 뛰어난 용맹한 정병입니다. 진실로 장군의 신비한 용력으로써 족히 부끄러운 치욕을 갚을 수 있습니다. 어찌 하루아침의 분함을 참지 못하여 천금 같으신 몸을 허망이 던지려 하십니까."

배압이 이에 눈물을 걷고 검을 칼집에 넣은 후에 군대를 수습하여 남으로 달아났다. 이때 대장군 강민첨이 원수의 전략을 받들고 배압의 동정을 살펴보니 이날 밤 삼경에 과연 남으로 달아나거늘 이에 날랜 기마병 만여 인을 인솔하고 그 뒤를 쫓았다. 배압이 자주(慈州)[5]에 이르렀다. 흥화진이 점점 멀어지고 또 사면에 매복이 없어 이에 마음을 놓고 군사는 갑옷을 벗고 나무 아래에서 휴식하며 땀 흘린 말 안장을 벗기고 초원에 방목하면서 여러 장수와 더불어 작전을 논의할 때였다.

홀연 후면에 흙먼지가 크게 일어나며 민첩의 추격군이 이미 이르렀

---

3) 육부(六部)와 육조(六曹)의 버금 벼슬.
4) 스스로 자신의 목을 베거나 찌름. 또는 그렇게 하여 죽음.
5) 평남 자산(慈山).

다. 날랜 송골매가 참새를 냅다 후려치는 듯하며 사나운 호랑이가 지친 토끼를 확 나꿔채는 듯했다. 일시에 갑자기 몰아치니 배압의 나머지 군졸들이 어찌 능히 막아내겠는가. 담이 떨어지고 정신이 흩어져서 각자 목숨을 건지려 도망하니 군기마필(軍器馬匹)[6]과 죽거나 포로된 군사가 헤아릴 수 없었다. 배압이 단기로 탈출하여 밤낮을 가리지 않고 목숨을 구해 도망하였다.

며칠 지나니 흩어져 도망한 군졸이 차례로 모여들었다. 십여 만에 모자라나 그마저 모두 상처를 입어 거의 죽을 지경인 자들이었다. 능히 군진으로서 형세를 이루지 못하고 패린잔갑(敗鱗殘甲)[7]의 모양이 심히 궁박하였다. 배압이 잔졸을 끌고 마탄(馬灘)[8]에 이르니 갑자기 일원대장이 몸에 금갑을 입고 장검을 휘두르며 크게 호령하였다.

"나는 고려병부시랑(高麗兵部侍郎) 조원이다. 강 원수의 장령(將令)을 받들고 이곳에서 여러 날을 기다리고 있었다. 네가 죽음이 두렵거든 곧 말에서 내려 투항하라!"

배압이 크게 놀라 감히 싸움에 미련을 두지 못하고 말을 채찍질하여 달아나거늘 조원이 한바탕 습격하여 만여 급을 참획하고 원수에게 보고하였다.

배압이 탈출한 뒤에 한 계책을 생각하기를, '지금 우리 군대가 타국에 들어와 구원병이 오지 않고 물자와 식량 또한 부족하여 도처에서 패전하니 한번 여차하면 한 사람도 살아 돌아가지 못하겠다. 지금 이 나라의 강력한 군대는 태반이 외지에 주둔하고 도성은 비어 있다. 우리 군사가

---

6) 전쟁에 쓰이는 무기와 말.
7) '상한 비늘 해진 갑옷'으로 싸움에 진 군사들의 몰골을 형용한 말. 송(宋)나라 장원(張元)의 시 〈설(雪)〉에 "싸움에서 후퇴한 옥룡 삼백만 마리, 상한 비늘 해진 갑옷 하늘 가득 날리누나.(戰退玉龍三百萬, 敗鱗殘甲萬空飛)"라는 구절이 있다.
8) 지금의 평양부(平壤府) 동쪽 40리에 있는 지명.

비록 패하였으나 아직 십여 만인즉, 마땅히 각 처로 나누어 진군하여 동시에 경성에 모여 공략하여 취한다면, 이것이 병법에서 말하는 소위 '출기불의(出其不意)하며 공기무비(攻其無備)'[9]함이다. 이와 같이하면 가히 연패한 치욕을 풀리라' 하고 인하여 삼삼오오 무리 지어 흩어져, 낮에는 숨어 있다가 밤에는 행군하여 곧장 경성에 가까이 갔다.

四十四. 千古偉人姜邯贊, 抱懷濟世經國才(七)

此時 排押이 大軍을 揮動하야 一齊히 水를 渡홀세 前軍은 南岸에 登하고 後軍은 北岸을 離하얏는대 元帥가 人을 使하야 上流를 橫截하얏든 牛皮를 一時에 決去하니 忽然 狂瀾怒濤가 汪汪히 大川을 覆流홈이 敵兵이 太半이나 掩死하고 排押은 馬를 躍하야 岸에 登하는지라 맛참 兩岸에 埋伏하얏든 軍兵이 一時에 奮起하야 兩翼으로 挾擊하고 又 姜民瞻이 萬餘騎로써 前面을 逆擊홈에 勁弩冷箭은 雨雹이 傾注하는듯 하고 長鎗大劍은 雪片이 紛飛하는듯하야 敵軍의 首가 西風의 落葉과 如히 紛紛히 墜落하야 血은 流하야 川을 成하고 屍는 積하야 山과 如혼지라 四面으로 鐵桶갓치 重圍하고 三軍이 大呼하되 蕭排押은 釜中의 魚오 陷中의 虎라 하고 先을 爭하야 捉하기를 要하더니 時에 日은 暮하고 月은 黑하야 顏面을 分辨치 못하는지라 元帥가 民瞻을 呼하야 曰하되 敵軍이 비록 一次 摧敗하얏슬지라도 餘衆이 尙히 數十萬이오 하물며 蕭排押은 萬夫不當의 勇이 有하니 맛당히 一面을 開放하야 彼의 走路를 許혼 後에 追襲하고 窮寇를 逼치 말나 하며 又 侍郎 趙元을 命하되 汝는 一枝兵을 引하고 馬灘에 埋伏하얏

---

9) 『군지(軍志)』에서 "적이 대비하지 않았을 때 공격하고 생각하지 못한 틈에 공격한다.(攻其無備, 出其不意)"고 하였다.

다가 契丹의 敗歸홈을 邀擊하되 如此如此히 行하라 分付하얏더라 是
夜에 排押이 鎭魂定神훈 後에 敗軍을 收拾하야 將次 走路에 赴훌세
後軍으로 中軍尺지 太半 以上은 洪水에 渰沒하고 其 餘는 過半이나
伏兵에게 屠戮된지라 排押이 天을 仰하고 痛哭하되 我가 先鋒의 言
을 聽치 아니하고 數十萬 軍卒을 모다 魚腹에 葬하며 刀劍에 倒케
하얏스니 何 面目으로 先鋒을 對하며 主上을 歸見하리오 하고 自刎코
져 하거날 先鋒이 急히 挽止하되 一勝과 一敗는 兵家의 常事이라 今
에 비록 一敗하얏스나 餘存훈 者는 모다 驍勇絶倫한 精兵이니 苟히
將軍의 神勇으로써 足히 羞辱을 報償홀지라 엇지 一朝의 憤을 不忍
하야 千金의 軀를 虛擲하리오 排押이 이에 淚를 收하고 劍을 韜한
後에 軍旅를 整束하고 南으로 走하더니 此時에 大將軍 姜民瞻이 元
帥의 方略을 受하고 排押의 動靜을 伺察하더니 是夜 三更에 果然
南으로 走하거날 이에 輕騎 萬餘人을 率하고 其 後를 追하더니 排押
이 慈州에 至하야 興化鎭이 稍遠하고 또 四面에 埋伏이 無홈으로 이
에 心을 放하야 戰士는 甲을 解하고 樹下에서 休息하며 汗馬는 鞍을
脫하야 草原에 放牧하면서 諸將으로 더부러 兵略을 議論홀 際에 忽然
後面에 塵土가 大起하며 民瞻의 追軍이 已及홈이 急鷹이 鳥雀을 搏
擊하는듯하며 猛虎가 困兎를 攫取하는 듯하야 一時에 驟至하니 排押
의 散亡훈 餘卒이 엇지 能히 抵當하리오 膽이 落하고 魄이 散하야
各히 命을 逃하니 軍器馬匹과 俘虜斬獲은 可히 勝數치 못하얏더라
排押이 單騎로 得脫하야 晝夜를 不分하고 亡命逃走하야 幾日을 經
過홈이 散亡하얏든 軍卒이 次第로 會合하야 十餘萬에 不下하나 모다
抱瘡瀕死훈 者ㅣ라 能히 陣勢를 成치 못하고 敗麟殘甲에 形勢가 甚
히 窮迫훈지라 排押이 殘卒을 引하고 馬灘에 至하니 忽然 一員大將
이 身上에 金甲을 披하고 長劍을 揮하며 大呼하되 我는 高麗兵部侍
郞 趙元이라 姜元帥의 將令을 受하야 此處에서 多日을 等候하얏스니

汝가 死를 畏하거든 곳 馬에 下하야 投降하라 排押이 大驚하야 敢히 戰을 戀치 못하고 馬를 鞭하야 走하거늘 元이 一場 掩殺에 萬餘級을 斬獲하고 元帥에게 命을 復하얏더라 排押이 得脫혼 後에 一計를 思하되 今에 我軍이 他國의 內地에 深入ᄒ야 援兵이 至치 안이하고 資糧이 又 乏하야 到處마다 喪敗를 遭하니 一向 如此하면 一人도 生還치 못홀지라 現今 此 國의 重兵은 殆히 外方에 留鎭하고 都城은 空虛하얏스니 我衆이 비록 連敗하얏스나 오히려 十餘萬인즉 맛당히 各處로 散進하야 同時에 京城으로 會集하야 攻略을 取하면 此가 兵法의 所謂 出其不意하며 攻其無備홈이니 如此히 하면 可히 連敗혼 恥辱을 雪하리라 하고 因하야 三三五五로 隊隊逐逐히 散布하야 晝에눈 伏하고 夜에는 行하야 直히 京城에 近逼하얏더라.

44. 천고의 뛰어난 인물 강감찬,
세상을 품고 나라 구한 재주(8)

이때에 원수가 밖에 있다가 거란 병사가 서울을 몰래 습격할 줄 알았다. 곧장 병마판관(兵馬判官) 김종현(金宗鉉)으로 정병 일 만을 인솔하고 주야로 배도(倍道)[1]하여 서울에 들어가 지킬 때였다. 동북면병마사가 또한 정병 삼천삼백 인을 보내어 서울에 들어가 방어를 하니 배압이 흉계가 탄로나 서울을 침범치 못할 줄 알고 이에 진군을 중지하고 본국으로 도망하여 돌아갈 계책을 꾀하였다. 사방으로 말을 퍼뜨려 '서울을 곧바로 쳐 부끄러운 모욕을 갚는다' 거짓 칭하고는 암암리 군병을 서북으로 향하여 위주(渭州)[2]에 이르렀다.

원수는 배압의 계획을 이미 알고 장계취계(將計就計)[3]하여 또한 '서울로 들어가 방비하려 한다' 뜬소문을 내고는 몰래 서북을 엄중히 지키다가 위주에서 곧바로 요격하여 오백여 급을 참하였다. 배압이 계획은 무너졌고 살길은 궁하여 패잔병을 이끌고 귀주(龜州)[4]로 들어가 은거하였다. 원수가 정병을 휘동하여 동쪽 교외에서 맞아 싸웠으나 승부를 결정짓지 못하였다.

먼저 각지에서 거란군이 대파될 때 그 패망한 나머지 병사들이 배압을 따르지 못하고 사방으로 흩어져 산야 간에 출몰하면서 촌락을 강탈하다가, 배압이 귀주에 있다는 말을 듣고 찾아간 자가 수만에 달하여 군세가 다시 떨쳤다.

---

1) 이틀에 갈 길을 하루에 걸음.
2) 평안북도 영변의 서북쪽 40리 되는 지역.
3) 상대편의 계교를 미리 알아채고 그것을 역이용함. 또는 그 계교.
4) 평안북도 구성(龜城)의 고려시대 이름.

원래 배압이 강을 건넌 이래로 첫 싸움에서 겁을 먹고 흉중의 꾀를 펼쳐볼 틈 없이 연전연패하여 정신을 수습치 못하여 우리 군사를 보면 두려운 마음이 먼저 생겨 기개를 잃고 한 계책도 적중치 못하였다. 휘하 장수들이 명령을 복종치 않아 두 해를 궁지에 몰린 도적이 되었다가 용주(龍州)[5]에 이르니 본국이 가깝고 또 흩어져서 따로 떨어졌던 군사가 다시 모여 군세가 잠시 올랐다. 양 진영이 대적할 때, 적군이 기운을 내 온 힘을 다하니 전일 만만하게 보던 적의 마음이 변해 망동치 않았다.

원수의 동정까지 살펴서는 방편에 따라 임기응변하는 고로 아군도 또한 뜻대로 하지 못하였다. 원수가 속으로 생각하기를 '저 배압이 거란에서 나고 자라 어리석은 부락에서 적수가 없음을 스스로 뻐기다가 금일까지 낭패한 것이다. 그러나 그의 권모술수와 병사를 쓰고 일을 계획할 때는 실로 일세의 호걸이니 적을 가벼이 여겨서는 안 된다. 하지만 제가 내 땅에 들어와 밖으로 구원병이 없고 식량이 다하였으니 하룻밤에 몰래 달아나 숨어서 본국으로 귀환함이 상책이다. 그런데도 밤낮으로 흥화진의 패함을 보복하려고 나에게 이길 기회를 엿보니 이것이 거란인의 성질이라. 주도면밀한 방도를 세우지 않으면 저에게 패함을 면치 못 하리라.' 하였다.

서로 거리를 둔 지 몇 개월에 배압이 한 계책을 내면 원수가 이미 알아차렸고 원수가 한 계책을 펴면 배압이 또한 방비하였다. 아군이 동남을 공격하면 적군은 서북으로 준비하니 이렇듯 한 달여를 서로 지탱하며 승부를 결정짓지 못하였다.

이때 병마판관 김종현이 거란이 북쪽으로 향하는 것을 듣고 본부기병 일만이 천으로 원수의 병영에 이르렀다. 원수가 며칠을 호궤하야 병사들의 기운을 장려한 후에 적군의 동정을 살펴보니 홀연 풍우가 남쪽에

---

5) 평북 용천(龍川).

서 불며 정기(旌旗)[6]가 북쪽으로 날렸다. 원수가 대희하여 여러 장수들에게 말하였다.

"이것은 남쪽 군사가 북쪽 군사를 북방으로 축배(逐北)[7]할 조짐이다."

그리고 즉시 삼군을 호령하였다.

"오늘밤 거란을 무찔러 국경을 소탕하고 성상의 소간(宵旰)[8] 근심을 풀어드리며 백성들을 도탄에서 구하자. 나라의 안위는 곧 오늘 밤에 있다. 만일 여러 장수들이 이 명령을 따르지 않으면 대사를 그르치게 된다. 절월(節鉞)[9]이 이곳에 있으니 각자 힘을 다하여 시석(矢石)[10]을 피하지 말라."

이러며 사기가 격렬하니 삼군이 감격하여 왕사(王事)[11]에 죽기를 맹세하였다. 원수가 이에 삼군을 휘동하여 적진을 포위할 때, 동서남 삼문에는 각각 철갑을 입은 기병 수만을 배치하고 북방 한쪽은 열어 둔 뒤에 강민첨에게 명하여 "석천(石川) 양 방향에 매복하였다가 석천변에 인마의 소리가 나거든 일제히 쇄도하라." 하였다. 또 "일군은 반령(盤嶺)에 매복하였다가 배압이 도망가는 길을 끊어 대군을 맞이하라." 명했다.

---

6) 정(旌)과 기(旗). 깃발.

7) 패주하는 적을 추격.

8) '소의간식(宵衣旰食)'의 줄인 말. 임금이 정사에 부지런힘을 뜻함. 해뜨기 전에 일어나 성복(正服)을 입고 해가 진 뒤에 저녁밥을 든다는 뜻에서 온 말.

9) 지방에 관찰사(觀察使)·유수(留守)·병사(兵使)·수사(水使)·대장(大將)·통제사(統制使) 등이 부임할 때 임금이 내어 주던 절(節)과 부월(斧鉞). 절은 수기(手旗)와 같고, 부월은 도끼같이 만든 것으로 생살권(生殺權)을 상징한다.

10) 화살과 돌팔매. 옛날 전쟁에 썼음.

11) 임금을 위하여 하는 나랏일.

四十四. 千古偉人姜邯贊, 抱懷濟世經國才(八)

　此時에 元帥가 外에 在하야 契丹의 兵이 京師를 暗襲홀 줄 知하고
直히 兵馬判官 金宗鉉으로 精兵 一萬을 率하고 晝夜로 倍道하야 京
師에 入衛홀시 時에 東北面兵馬使가 또흔 精兵 三千三百人을 遣하
야 京師에 入衛하니 排押이 凶計가 綻露하야 京城을 侵犯치 못홀 줄
知하고 이에 進軍을 中止하고 本國으로 逃歸홀 計를 生하야 四方으로
流言을 布하되 京城을 直衝하야 羞辱을 報한다 假稱하고 暗暗히 軍
兵을 西北으로 向하야 渭州에 至하거늘 元帥는 排押의 計를 旣히 曉
得하고 將計就計하야 또흔 京師로 入衛혼다 揚言하고 暗暗히 西北을
嚴備하얏다가 渭州에서 直前 邀擊하야 五百餘級을 斬하니 排押이 計
가 破하고 路가 窮하야 敗殘의 兵을 引하고 龜州로 遁去하거날 元帥
가 精兵을 揮動하야 東郊에서 邀戰하다가 勝負를 決치 못하얏더라
先是 各地에서 契丹을 大破홀 時에 其 敗亡혼 餘卒이 排押을 追隨치
못하고 四處로 散亡하야 山野間에 出沒하면셔 村閭를 劫掠하다가 是
에 至하야 排押이 龜州에 在홈을 聞하고 次第로 歸附하는 者가 數萬
에 達하야 軍勢가 復振혼지라 原來 排押이 江을 渡한 以來로 第一戰
에 怵을 喫하야 胸中의 謀畧을 施措홀 暇隙이 無하고 連戰連敗홈이
精神을 收拾치 못하야 我國의 軍兵을 見하면 懼心이 先生하고 意氣
가 沮喪하야 一計도 中치 못홈으로 麾下壯士 等이 令을 服從치 아니
하야 積年을 窮寇가 되얏다가 龍州에 至홈이 本國地方이 近하고 且
散落하얏든 軍士가 復集하야 軍勢가 稍震홈으로 兩陣이 對圓홈이 精
神을 奮勵하야 前日 輕敵의 心이 變하야 妄動치 아니하고 元[12]의 動
靜을 伺察하며 方便을 隨하야 臨機應變하는 故로 我軍도 또한 得意

─────────────

12) 원문에는 '原'으로 되어 있어 문맥을 고려하여 '元帥'로 수정하였다.

치 못하얏는대 元帥가 內念에 思하되 彼 排押이 契丹에셔 生長하야 野味훈 部落에셔 敵手가 無홈을 自恃하다가 今日꼬지 連敗한 것이나 其 權謀術數와 兵籌武畧은 實로 一世의 豪傑이니 此를 輕敵치 못할 것이라 然이나 彼가 我의 內地에 深入하야 外으로 救援이 無하고 內으로 資糧이 盡하얏스니 一夜에 逃遁하야 本國으로 歸還홈이 上策이 어날 日夜로 興化鎭의 敗홈을 報復코져하야 我의 可乘훌 機를 窺하니 此가 卽 契丹의 土性이라 周到훈 防備를 爲치 아니하면 彼에게 敗홈 을 免치 못하리라 하고 相距훈 지 數月에 排押이 一計를 出하면 元帥 가 旣히 曉得하고 元帥가 一計를 設하면 排押이 또한 防備하야 我軍 이 東南을 功하면 彼는 西北으로 準備홈으로 如斯히 月餘를 相持홈 이 勝負를 決치 못하얏더라 是時 兵馬判官 金宗鉉이 契丹의 北向홈 을 聞하고 本部騎兵 一萬二千으로 元帥의 營에 至하니 元帥가 數日 을 犒饋하야 壯士의 志氣를 獎勵훈 後에 彼의 動靜을 伺察하더니 忽 然 風雨가 南으로 來하며 旌旗가 北으로 指하거날 元帥가 大喜하야 諸將다려 謂하되 此는 南軍이 北軍을 逐北훌 兆候라 하고 卽時 三軍 을 號令하되 今夜에는 契丹을 剿滅하야 國境을 掃淸하고 聖上의 宵 旰의 憂를 解하며 生民을 塗炭에셔 救홀지니 國家의 安危는 正히 此 夜에 在훈지라 萬一 諸將이 命을 用치 아니하면 大事가 休훌지니 節 鉞이 此에 在훈 則 各히 力을 努하야 矢石을 避치 말나하며 辭氣가 激烈하니 三軍이 感激하야 王事에 死하기를 盟誓하는지라 元帥가 이 에 三軍을 揮動하야 敵陣을 包圍홀셰 東西南 三門에는 各히 鐵騎數 萬을 排置하며 北方一面을 開放훈 後에 姜民瞻을 命하야 石川兩傍 에 埋伏하얏다가 石川邊에 人馬의 聲이 有하거던 一齊히 殺到하라 하며 又 一軍은 盤嶺에 埋伏하얏다가 排押의 敗歸하는 路를 橫截하 야 大軍을 接應하라 하얏더라.

44. 천고의 뛰어난 인물 강감찬,
세상을 품고 나라 구한 재주(9)

원수가 구름사다리를 높이 설치하여 적진을 부감(俯瞰)할 때였다. 이날 밤 한밤중에 전령하였다.

"너희들은 각기 금고(金鼓)[1]를 어지러이 울려 소리를 과장하다가 나의 북소리를 기다려 일제히 성을 넘어라."

인하여 삼문에서 고각(鼓角)[2]이 하늘을 진동하며 함성이 크게 일어나니 배압이 대경하여 사문(四門, 북쪽 문)을 탐문한 후에 군중에 호령하였다.

"병법에 성동격서(聲東擊西)[3]라 하였으니 삼문을 버리고 북문을 엄히 지켜라."

원수가 이를 탐지하고 대희하여 말하였다.

"오늘 적이 내 계략에 들어맞았도다."

그리고 큰 북을 한 번 울리니 삼문의 철기병이 일시에 날아 넘어 좌우로 부닥쳐 들어가니 배압이 이에 계략에 빠진 것을 알고 급히 북문을 열고 달아났다. 원수가 삼군을 휘동하여 소리를 치며 추격하니 비바람은 군사의 형세를 돕고 군사는 비바람 소리를 빌려 징과 북, 함성이 지축을 진동하였다.

적군은 풍성학려(風聲鶴唳, 바람 소리나 학의 울음소리)[4]와 같이 바람소리

---

1) 옛날, 군대의 징과 북. 전진할 때는 북을 치며 후퇴할 때는 징을 쳤다.
2) 군중에서 호령할 때 쓰던 북과 나발.
3) 동쪽에서 소리를 내고 서쪽에서 적을 친다는 뜻으로, 동쪽을 쳐들어가는 듯하면서 적을 교란시켜서 실제로는 서쪽을 공격하는 것을 이르는 말.
4) 『진서(晉書)』「사현전(謝玄傳)」에 보인다. "진(晉)나라 때 부견(苻堅)의 군대가 흩어져

가 귓가를 지나쳐도 문득 뒤통수에 도끼 그림자가 번쩍하는 듯 했다. 정신은 허공을 날고 혼백은 하늘에 들어간 듯하여 서로 밟고 밟히면서 겨우 석천에 당도하였다. 홀연 포 소리 일성에 일대병마가 하늘에서 내려왔는지 땅에서 솟았는지 수효가 많은지 적은지도 알지 못하며 맥연 (驀然)⁵⁾히 부닥뜨리는 우각(雨脚)⁶⁾은 화살 같고 화살은 빗줄기 같으며 긴 창 큰 검은 번갯불처럼 뒤섞여서 번쩍번쩍하였다.

배압이 크게 부르짖기를 "사세가 이렇게 된 바에야 부득불 한 번 죽음을 결정지으리라." 하고 한편으로는 싸우면서 한편으로는 달아나면서 북방으로 향해 갈 때였다. 십 리에 한 번 큰 대전이요, 오 리에 한 번 작은 전투였다.

이보다 앞서 강민첨이 원수의 계획을 받아 석천에 매복하였다가 군사를 둘로 나누어 등을 서로 접하고 적진의 중간을 짓쳐 들어갔다. 일군(一軍)은 적의 전진(前陣)을 쏘고 일군은 적의 후진을 쏘다가 적의 전군(前軍)이 되돌아서고 후군이 힘써 싸울 때 양군이 일제히 잠시 뒤로 물러났다. 이러하니 적의 전군은 후군을 쳐 서로 죽이게 하고 민첨은 원수의 큰진에 합하여 서서히 전진하였다.

배압이 달아나 반령 지방에 이르니 비바람이 잠시 멎고 동방이 장차 밝아왔다. 배압이 바야흐로 정신을 수습하야 후군을 살펴보니 거란 군사가 모두 부상을 입고 비틀거리며 왔다. 배압이 이를 보고 마음과 몸이 모두 부서지는 듯하여 한때 혼절하였다가 반나절 만에 다시 소생하였

달아나 저희끼리 서로 짓밟으며 물에 떨어져 죽은 자가 이루 헤아릴 수 없었고, 남은 군대는 무기를 버리고 밤중에 도망치다가, 바람 소리와 학의 울음소리를 듣고는 모두 왕사(王師)가 이미 당도했다고 여기어 대단히 놀라고 두려워하여 허둥지둥 어쩔 줄을 몰랐던 데서 온 말이다.
5) 지나는 결에 잠깐 나타나는 모양. 언뜻. 갑자기.
6) 빗발. 비가 내리칠 때에 줄이 죽죽 진 것처럼 떨어지는 빗줄기.

다. 얼마 후에 전·후군이 차례로 회동하여 쓸어져서는 능히 떨쳐 일어
나지 못하였다.

배압이 크게 호통을 쳤다.

"추격병이 장차 이를 것이니, 속히 발행치 않으면 너희들은 모두 저들
의 도륙을 면치 못한다."

이에 병든 자, 상처를 입은 자들이 비틀거리며 일어나니 형세가 심히
가련하였다. 길을 떠나 반령에 이르니 군사들이 피곤하여 고개를 오르
지 못하였다. 배압이 군중에 영을 내려 계곡 중 조금 평평한 곳에 노구솥
을 묻고 밥을 할 때였다. 첩첩이 겹쳐진 깊고 큰 골짜기의 나는 듯, 성난
듯한 폭포는 영웅의 눈물을 흩뿌리게 하였다. 사방을 둘러싼 산은 슬픔
을 자아내는 구름이요, 한스런 안개는 잠깐 거두었다 펴졌다 하니 장수
의 슬픈 마음을 부추겼다.

갑자기 산중턱으로 무수한 인마가 은은히 나타나니 배압이 크게 놀래
어 손발이 황란(慌亂)[7]하며 혼이 몸에 붙어있지 못하여 두는 곳을 알지
못했다. 사면을 둘러보니 이미 철통같이 에워쌓으며 후면으로 대군이
바닷물같이 갑자기 밀려들었다. 배압이 하늘을 우러르고 크게 통곡하
였다.

"황천(皇天)[8]이 이미 소배압을 낳으시고 어찌 또 강감찬을 낳으셨는
가. 거란 명장 소배압이 이곳에서 죽는구나."

이러고 인하여 검을 짚고 말하기를 "금일은 나의 죽음을 결단할 때로
구나." 하며 비분강개하였다. 원수의 대군이 구름처럼 이르고 복병이
모두 일어나 사방을 겹겹으로 에워싸니 나는 새도 들어오지 못하고 물
도 새서 나가지 못했다. 원수가 크게 호령하였다.

---

7) 정신이 얼떨떨하고 뒤숭숭함.
8) 하늘의 경칭(敬稱).

"너희 거란이 천시(天時)[9]를 알지 못하고 상국(上國)을 침범하여 생명을 살육하며 재산을 약탈하여 필부의 탐욕을 방자히 하기에 내가 천명을 받들어 너희들을 토벌한다. 마땅히 남김없이 살육할 것이나 너희의 목숨을 애석히 여겨 특별히 놓아주니 항복하려는 자는 오고 대항할 자는 가거라."

이에 귀순하는 자가 과반이었다.

원수가 또 배압을 꾸짖었다.

"네 죄를 논하면 마땅히 참륙(斬戮)[10]을 면치 못할 것이나 특히 너의 지략을 애석히 여겨 목숨을 관대하게 용서하니 네 임금에게 돌아가 보고하여 다시는 국경을 침범치 말라."

그리고 군중에 영을 내려 한 지역을 개방하니 배압이 원수의 은덕에 감격하여 머리를 조아려 사례한 뒤에 몇 명의 패군한 나머지 군사들을 끌고 포두서찬(抱頭鼠竄)[11]하여 북경으로 도망갔다.

四十四. 千古偉人姜邯贊, 抱懷濟世經國才(九)

元帥는 雲梯를 高設하야 敵陣을 俯瞰홀세 是[12]夜 將半에 大雨는 注홈과 如하고 天地는 晦冥하야 咫尺을 辨키 難혼지라 元帥가 三門에 傳令하되 汝等은 各히 金鼓를 亂鳴하야 聲勢를 誇張하다가 我의 鼓聲을 待하야 一齊히 城을 越하라 하얏는대 因하야 三門으로셔 鼓角이 天을 震하며 喊聲이 大振하니 排押이 大驚하야 四門을 探問혼 後에 軍中에 號令하되 兵法에 「聲東擊西」라 하얏스니 三門을 放棄하고

北門을 嚴守하라 하ᄂᆞᆫ지라 元帥가 此를 探知하고 大喜하야 曰 今에야 敵이 我의 計에 中하얏도다 하고 因하야 大鼓를[13] 一擊홈ᄋᆡ 三門의 鐵騎가 一時에 飛越하야 左右로 衝擊하니 排押이 이에 中計홈인줄 知하고 急히 北門을 開하고 逃走하거ᄂᆞᆯ 元帥가 三軍을 揮動하야 奮 呼追擊하ᄆᆡ 風雨ᄂᆞᆫ 壯士의 勢를 助하고 壯士ᄂᆞᆫ 風雨의 聲을 藉하야 金鼓喊聲이 地軸을 震動하ᄆᆡ 敵軍은 風聲鶴唳와 如히 風響이 耳邊 으로 纏過하야도 문득 腦後에 斧影이 閃忽하ᄂᆞᆫ듯 精神은 飛空하고 魂魄은 朝天하야 自相踐踏하면셔 僅히 石川을 當到하ᄆᆡ 忽然 放砲 一聲에 一隊兵馬가 天으로 下하얏ᄂᆞᆫ지 地로 上하얏ᄂᆞᆫ지 多寡도 不知 하며 驀然 衝突하ᄂᆞᆫ대 雨脚은 箭과 如하고 箭勢ᄂᆞᆫ 雨와 如하며 長鎗 大劒은 電光을 混雜하야 往來 閃忽하ᄂᆞᆫ지라 排押이 大呼하되 事勢가 此에 到하ᄆᆡ 不得不 一死를 決하리라 하고 且戰且走하면셔 北方으로 向進홀셰 十里에 一大戰이오 五里에 一小戰이 되얏더라 先時에 姜民 瞻이 元帥의 方畧을 受하야 石川에 埋伏하얏다가 兩軍에 分하야 背 를 相接하고 彼陣의 中間을 衝突하야 一軍은 彼의 前陣을 射擊하고 一軍은 彼의 後陣을 射擊하다가 彼의 前軍이 回擊하고 後軍이 力戰 홀 時에 兩軍이 一齊히 潛退홈ᄋᆡ 彼의 前軍은 後軍을 擊하야 自相 屠戮케 하고 民瞻은 元帥의 大陣에 合하야 徐徐히 前進을 爲하얏더 라 排押이 走하야 盤嶺地方에 至홈에 風雨가 稍息하고 東方이 將曙 하ᄂᆞᆫ지라 排押이 바야흐로 精神을 收拾하야 後軍을 覷視하니 契丹의 軍兵이 總히 瘡을 負하고 跟踵[14]히 來하ᄂᆞᆫ지라 排押이 此를 見하고 心骨이 俱碎하야 一時 昏絶하얏다가 半晌에 方甦하얏더라 俄而오 前 後軍이 次第 會同홈ᄋᆡ 披靡委臥하야 能히 振起치 못하거ᄂᆞᆯ 排押이

---

13) 원문에는 '들'로 되어 있어 문맥을 고려하여 '를'로 수정하였다.
14) 원문에는 '跟踵'으로 되어 있어 문맥을 고려하여 '跟踵'으로 수정하였다.

大呼하되 追兵이 將至하니 速히 發行치 아니하면 汝等은 모다 彼의 屠戮을 免치 못하리라 하니 於是에 病者瘡者가 陸續 連發홈이 形勢가 甚히 可憐하더라 行하야 盤嶺에 到하니 軍士가 疲困하야 能히 嶺에 登치 못하는지라 排押이 軍中에 號令하야 山谷中 稍平혼 處에 鍋를 埋하고 飯을 造홀시 萬壑의 飛泉怒瀑은 英雄의 涕淚를 釀하며 四山의 愁雲恨霧는 暫捲暫舒하야 壯士의 悲懷를 助하는대 忽然 山腹으로 無數혼 人馬가 隱隱히 露出하니 排押이 大驚하야 手脚이 慌亂하며 魂이 體에 附치 못하야 所措를 莫知하더니 四面을 環視혼 즉 旣히 鐵桶과 如히 圍繞하얏스며 後面으로 大軍이 潮水와 如히 驟至하는지라 排押이 天을 仰하고 大慟하되 皇天이 旣히 蕭排押을 生하시고 엇지 또 姜邯贊을 生하얏는가 契丹名將 蕭排押이 此에서 死하는도다 하고 因하야 劍을 杖하고 曰 今日은 我의 死를 決홀 時라 하며 悲憤慷慨하더니 元帥의 大軍이 滐至하고 伏兵이 盡起하야 四面을 重圍홈이 飛鳥도 入치 못하고 水도 泄하야 通치 못하얏는대 元帥가 大呼하되 汝 契丹이 天時를 不知하고 上國을 侵犯하야 生命을 殺戮하며 財産을 掠奪하야 匹夫의 貪慾을 自恣하기로 我가 天命을 奉하야 汝等을 討伐홈이니 맛당히 殲滅無遺케 할 것이나 汝等의 生命을 愛惜하야 特히 放送하노니 降者는 來하고 抗者는 去하라 홈이 於是에 歸順하는 者가 半에 過하는지라 元帥가 又 排押을 呼하되 汝의 罪를 論하면 맛당히 斬戮을 免치 못홀지나 特히 汝의 才畧을 惜하야 生命을 寬饒하노니 汝主에게 歸告하야 다시 國境을 侵犯치 말나 하고 軍中에 令하야 一面을 開放하니 排押이 元帥의 德을 感激하야 俯首拜謝혼 後에 幾個 敗軍殘卒을 引하고 抱頭鼠竄하야 北京으로 逃去하얏더라.

44. 천고의 뛰어난 인물 강감찬,
세상을 품고 나라 구한 재주(10)

배압을 놓아준 후 여러 장수들이 일제히 원수 장막으로 들어와 말하였다.

"저 소배압은 흉적의 두목이거늘 지금 새장 속으로 들어온 것을 놓아줌은 무슨 까닭입니까?"

원수가 천천히 말하였다.

"이 사람의 안광을 보니 분명히 탐랑성의 정기요, 또 용도호략(龍韜虎略)[1]의 임기응변과 만부부당의 용력이 있으니 어찌 쉽게 포획하겠는가. 배압이 백만이나 되는 정예로운 병사들을 끌고 왔다가 살아 돌아간 이 몇 사람에 불과하니 귀국하여도 살지 못한다. 어찌 내 손을 더 해야겠는가."

수일 지나 배압을 따라갔던 군사가 돌아와 투항해서는 "배압이 반령 북쪽에서 검을 빼서 자살하였다."고 하였다.[2] 원수가 현연(泫然)히[3] 눈물 흘리는 것을 깨닫지 못하였다. 여러 장수들이 그 군사에게 배압의 자문한 사실을 물으니 군사가 대답했다.

"거란 임금이 배압이 패했다는 말을 듣고 사신을 보내어 몹시 책망하기를 '네가 적국을 가벼이 보고 내지에 들어가 이 지경에 이르렀으니 무슨 면목으로 나를 보겠는가. 내가 마땅히 너의 얼굴 가죽을 벗겨 죽이

---

1) 병서(兵書)의 대칭(代稱)으로 용병전략(用兵戰略)을 뜻한다.
2) 『요사(遼史)』의 기록은 이와 다르다. 소배압은 귀주에서 대패하고 귀국하였다가 이로 인해 면직되었다. 4년 뒤인 요 성종 태평(太平) 3년(1023)에 복위되었지만 그해에 사망하였다.
3) 눈물을 줄줄 하염없이 흘리는 모양.

리라' 한 까닭으로 배압이 용납치 못할 줄 알고 스스로 목을 찔러 자살하였습니다."

원수가 이에 삼군을 데리고 개선할 때였다. 사로잡은 군사와 갑옷, 투구, 병장기가 수를 헤아리지 못할 정도였다. 우선 첩보를 조정에 올리고 이어 길에 올라 돌아오니 고을의 남녀노소가 소쿠리에 담긴 밥과 장 등을 가지고 군대 앞에 바치면서 원수의 공을 칭송하며 태평가를 다투어 불렀다.

이와 같이 여러 날을 보내고 서울에 도착하였다. 성상께서 원수가 첩보를 올린 날부터 맞이하기를 준비하였다가 선진이 서울에 가까이 왔다는 말을 들으시고 즉시 거가(車駕)[4]를 움직여 친히 영파역(迎波驛)에 나아가 영접하실 때였다.[5]

길가 좌우에 금보장(錦步障)[6]을 펼쳐 놓고 능라금수(綾羅錦繡)[7]로 군막을 화려하게 꾸며놓고 좌우에 등붕(燈棚)[8]을 세워놓고 빛깔이 아름다운 꽃으로 싼 뒤에 그 가운데에 장수 단을 높이 설치하고 그 안에 군악과 기악(妓樂)[9]을 연주하니 하니, 정말 이곳이 소위 금수강산이요 화려한 세상이었다.

임금이 황금으로 만든 꽃 여덟 가지를 원수의 머리에 꽂으시며 좌측 손으로 감찬의 손을 잡으시고 우측 손으로는 술잔을 들며 말하였다.

"나라에 만일 경이 없었다면 삼천리강토가 거란의 소굴이 되며 이천

---

4) 임금이 타는 수레.
5) 현종 10년(1019) 2월 갑오일의 일이다. '영파역'은 황해도 금천군에 있었는데 이때 승전을 기념하여 '흥의역'으로 바꾸었다.
6) 비단으로 만든 보장. 보장은 높은 자리에 있는 자가 출행할 때에 바람과 먼지를 가리기 위하여 길 좌우에 치는 휘장이다.
7) 명주실로 짠 피륙을 통틀어 이르는 말.
8) 등을 달기 위해 설치한 시설물.
9) 기생과 풍류를 아울러 이르는 말.

만 생명이 고기밥이 되었을 테니 이는 황천이 우리나라를 권우(眷佑)[10] 하시어 거란 난이 있을 줄 아시고 경과 같은 천하위인을 짐에게 내려보내셨도다."

원수가 황망히 땅에 엎드려 말하였다.

"국궁진췌(鞠躬盡瘁)[11]는 신하의 본분이요, 양구제흉(攘寇除兇)[12]은 나라의 행복입니다. 신과 같은 노둔한 재주로써 천위(天威)[13]를 의지하여 쥐 같은 무리들 작은 도적을 즉시 초멸(勦滅)치 못하고 근왕(勤王)[14] 장수로 오랫동안 변방에 드러냈다가 하느님의 잠잠히 도우심으로 요행히 적군을 쓸어버렸으니 신이 무슨 공이 감히 있다고 하겠습니까?"

임금이 탄식하시며 말하였다.

"경은 실로 삼한을 다시 만든 중흥공신이오."

그러시고 더욱 특별히 대우하는 예를 더하신 후에 즉시 여러 장수에게 차례로 중한 상을 내리시고 인하여 영파역을 흥의역(興義驛)이라 바꾸시고 역리(驛吏)에게 관례를 내리셔서 주현(州縣)의 관리와 품계를 동등하게 하였다.

상이 환궁하여 사흘 동안 큰 잔치를 베풀고 원수의 공로를 경하하시고 즉시 검교위문하시랑평장사 천수현개국남(檢校尉門下侍郎平章事天水縣開國男)을 봉하시고 식읍(食邑)[15] 삼백 호를 하사하시고 추충협모안국공신(推忠協謀安國功臣)이란 호를 내리셨다.

그 후에 나이 칠십이 됨에 글을 올려 벼슬 내놓기를 구하니 상이 윤허

---

10) 친절히 보살펴 도와줌.
11) 마음과 몸을 다하여 나랏일에 이바지함.
12) 도적을 몰아내고 흉한을 제거하여 나랏일에 이바지함.
13) 하늘에서 타고 난 위엄.
14) 임금에게 충성을 다함.
15) 예전에, 국가에서 왕족이나 공신들에게 내려 주어 조세를 받아쓰게 하는 마을을 이르던 말.

치 않으시고 궤장(几杖)[16]을 내려 사흘에 한 번 조회에 참여케 하셨다. 특별히 특진검교태부천수현개국자(特進檢校太傅天水縣開國子)를 더하시고 식읍 오백 호를 내리셨다. 그 후 여러 차례 상소하여 휴퇴(休退)[17]를 구한 후, 오직 갈건야복으로 성남(城南)의 따로 지은 한적한 집에 귀와(歸臥)[18]하였다. 부귀공명을 뜬 구름 같이 탐탁찮게 여기고 백발로 강호에서 물고기, 새와 노니는 즐거움을 이로부터 찾았다. 때로 시골 늙은이와 촌아이들과 더불어 임금의 덕을 노래하여 『교거집(郊居集)』[19]과 또 『구선집(求善集)』을 지어 세상에 전하니 수천 언이 모두 태평을 칭송하며 바르고 착한 도리를 창도(唱道)[20]하였다.

四十四. 千古偉人姜邯贊, 抱懷濟世經國才(十)

排押을 放흔 後에 諸將이 一齊히 入帳하야 告하되 彼 蕭排押은 凶賊의 巨魁이거늘 今에 籠中에 入흔 者를 放送흠은 何故이닛고 元帥가 徐徐히 答하되 此人의 眼光을 見흠이 分明히 貪狼星의 精氣오 且 龍韜虎畧의 機變과 萬夫不當의 勇이 有하니 엇지 容易히 捕獲하리오 彼가 百萬精兵을 率하고 來하얏다가 生還흔 者이 幾人에 不過흐니 歸國하야도 생치 못흘지라 엇지 我의 手를 加하리오 하더니 數日을 經過흠이 排押을 隨還하얏던 軍士가 歸降하야 告하되 排押이 盤

---

16) 나라에서 국가에 유공한 늙은 대신에게 내려 주던 안석과 지팡이.

17) 벼슬을 내놓고 돌이가시 쉼.

18) 벼슬을 사양하고 고향으로 돌아감.

19) 『낙도교거집(樂道郊居集)』이다. 이에 대한 기사는 『고려사』 권94 「강감찬열전」, 『해동문헌총록』의 「제가시문집(諸家詩文集)」 등에 보인다. 강감찬이 벼슬에서 물러난 후 성남의 별장에서 살면서 『구선집』과 함께 지었다고 한다. 문집이 현전하지 않아 서지와 내용은 모른다.

20) 앞장 서서 솔선함.

嶺以北에서 拔劍自殺하얏다 하거늘 元帥가 泫然히 淚下홈을 不覺하
얏더라 諸將等이 該軍士에게 排押의 自刎혼 事實을 問하니 軍士가
對하되 契丹主가 排押의 兵敗홈을 聞하고 使臣으로 切責하되 汝가
敵國을 輕視하고 內地에 深入하야 此 境에 至하얏스니 何 面目으로
我를 見하리오 我가 맛당히 汝의 面皮를 剝하야 殺하리라 혼 故로
排押이 容納치 못홀줄 知하고 自刎하얏다 하더라 元帥가 이에 三軍을
凱旋홀세 俘獲혼 人口와 甲冑兵杖이 이로 勝數치 못할너라 爲先 捷
報를 朝廷에 獻하고 繼하야 路에 登하야 歸홀세 沿路 州郡의 男女老
幼가 簞食壺漿으로 軍前에 獻饗하야 元帥의 功을 頌하며 太平歌를
爭唱하얏더라 如此히 多日을 費하야 京師에 到하니 聖上께압셔 元帥
의 獻捷하든 日부터 迎接하기를 準備하얏다가 元帥의 先陣이 京城에
近함을 聞하시고 卽時 車駕를 動하야 親히 迎波驛에 出하야 迎接하
실시 沿路左右에 錦步障을 排張하며 綾羅錦繡로 軍幕을 華飾하고
左右에 燈棚을 植立하야 彩花로 裹纏혼 後에 其 當中에 將壇을 高設
하고 其 內에 軍樂가 妓樂을 迭奏하니 眞所謂 錦繡江山이오 華麗乾
坤이얏더라 上이 金花八技로써 元帥의 首에 揷하시며 左手로 邯贊의
手를 執하시고 右手로 觴을 擧하스 曰 國家에 萬一 卿이 無하얏더면
三千里 疆土가 契丹의 窟穴이 되며 二千萬 生靈이 魚肉이 되엿슬지
니 此는 皇天이 我邦을 眷佑하스 契丹의 亂이 有홀줄 知하시고 卿과
如혼 天下偉人을 朕에게 下遣홈이로다 元帥가 慌忙히 地에 拜伏하야
曰 鞠躬盡瘁는 臣子의 本分이오 攘寇除兇은 國家의 幸福이오니 臣
과 如혼 駑劣의 材로써 天威를 憑仗하와 鼠輩의 小寇를 卽時 勦減치
못하고 勤王 將士로 久히 邊鎭에 暴露하얏다가 上帝의 默祐하심으로
僥倖히 敵軍을 掃除하얏스오니 臣이 何功을 敢有하리잇가 上이 動容
嗟嘆하시며 曰 卿은 實로 三韓을 再造혼 中興功臣이라 하시고 더욱
優禮를 加하신 後에 卽時 諸將軍士를 次第로 重賞하시고 因하야 迎

波驛을 興義驛이라 改號하시고 驛吏에게 冠禮를 賜하사 州縣의 吏와 同品케 하셧더라.

上이 還宮하사 三日大宴을 設하야 元帥의 功勞를 慶賀하시고 卽時 檢校尉門下侍郞平章事天水縣開國男을 封하사 食邑三百戶를 賜하시고 推忠協謀安國功臣의 號를 賜하셧ᄂᆞᆫ대 其 後에 年이 七十에 滿홈이 書를 上하야 解官을[21] 乞하니 上이 允許치 아니 하시고 几杖을 賜하시고 三日에 一朝케 하시고 又 特히 特進檢校太傅天水縣開國子를 加하시고 食邑五百戶를 加封하셧더니 其 後 屢次上疏하야 休退를 乞ᄒᆞᆫ 後에 오즉 葛巾野服으로 城南別墅에 歸臥하야 富貴功名을 浮雲과 如히 等棄하고 白首江湖에 魚鳥의 樂을 是尋하며 時로 或은 野老村童으로 더부러 聖德을 歌詠하야 郊居集을 著하며 又 求善集을 作하야 世에 傳하니 累累ᄒᆞᆫ 數千言이 皆太平을 頌하며 善道를 唱道하얏더라.

---

21) 원문에는 '骸骨를'으로 되어 있어 문맥을 고려하여 '解官을'로 수정하였다.

44. 천고의 뛰어난 인물 강감찬,
세상을 품고 나라 구한 재주(11)

　하루는 임금이 사신을 보내어 문하시중(門下侍中)으로 부르시며 성지(聖旨)[1]를 선유(宣諭)[2]하시었다.

　"지금 송(宋)나라가 사신을 보내어 겉으로는 우방의 두터움을 돈독히 한다고 핑계를 대나 그 실은 우리나라의 허실을 엿보며 현 조정의 인물을 살피고자 함이다. 만일 경이 일어나지 않으면 뒤에 올 나라의 염려가 적지 않을지니 늙고 병들었지만 힘을 내서 즉시 입조하라."

　이러시거늘 공이 부득이 조서를 받들고 곧 조정에 나아가 입시하였다. 이때 송나라 사신이 임금을 알현한 지 여러 날에 현 조정의 인물들을 본 뒤에 별로 임금을 보좌할 만한 재주 지닌 자가 없음으로 속으로 고려를 경시하였다. 이날 임금이 송나라 사신을 청하여 감찬과 서로 보게 하였다. 송나라 사신이 자국의 광대함을 믿고 거만하게 자기를 높여 거드름을 피우고 걸터앉았다가 감찬이 당당하게 당에 오르는 것을 보고 스스로 놀라 위축이 듦을 깨닫지 못하여 황망히 당 아래로 내려와 절하며 말했다.

　"내가 천문(天文)[3]을 관찰함에 오랫동안 문곡성(文曲星)[4]이 보이지 않더니 지금 이곳에 있도다."

　그리고 인하여 예를 마친 후에 감히 우러러보지 못하고 사신이 묵는

---

1) 임금의 뜻.
2) 임금의 훈계와 깨우침을 백성들에게 널리 공포함.
3) 하늘에서 일어나는 온갖 현상.
4) 북두칠성 또는 구성(九星) 중의 넷째로, 녹존성의 다음이며 염정성(廉貞星)의 위에 있는 별이다. 학문을 관장하는 별로 알려져 있다.

곳으로 물러나 종자들과 더불어 말하였다.

"나는 원래 천상의 이름 없는 작은 별로 상제(上帝)의 좌우에 참여하여 항상 이름 없음을 원망하였더니 상제께서 진노하시어 송나라에 귀양을 보내어 영영토록 후세에 이름을 없애셨다. 당시 하늘 옥에 죄수로 있던 탐랑성이 망명하여 북방 거란의 땅에 떨어져 소배압으로 태어나 장차 세계에 대경쟁 대분란을 일으켜 백성들로 하여금 무한한 참화를 당하게 하겠기에 상제께서 이를 염려하시었지. 이때 문곡성이 옥경(玉京)[5] 조회에 들어가다가 길가를 지나가는 자의 생김새가 극히 왜소하고 추루함을 보고 마음속으로 비웃었지. 소리가 없는 데도 들으시며 형체가 없는데도 보시는 상제께서 이미 이를 듣고 보시고 문곡성을 동방 고려국에 귀양보내시어 마음을 괴롭히고 정신을 수고롭게 하여 탐성의 악한 독을 막게 하시었지. 또 생김새가 왜소하고 추루하여 길 가는 자로 하여금 비웃게 하며 천하 후세의 괴뢰(傀儡)[6]를 연극케 하여 보는 자로 하여금 봉복(捧腹)[7]함을 진공(陳供)[8]케 하심이라."

이러이러한 이야기를 하였다.

이 해에 현종이 붕어시고 하시고 덕종(德宗, 1016~1034)[9]이 즉위[10]하여 다시 감찬으로 천수현개국후(天水縣開國侯)를 제수하시고 식읍 일천 호를 더해 주셨다. 공이 그 은혜에 정숙히 사례하고 조정에서 물러나 집에 갔다가 오래지 않아 갑자기 장서(長逝)[11]하니 나이가 84세였다.

---

5) 옥황상제가 산다는 서울.
6) 꼭두각시.
7) 배를 끌어안고 몹시 웃다. 배꼽이 빠지도록 웃다.
8) 죄 저지른 사람이 그 죄상을 사실대로 말함. 이실직고.
9) 고려 제9대 왕(재위 1031~1034). 압록강부터 동해안의 도련포까지 천리장성을 축성하게 하여 동여진인과 거란인들의 투항이 속출하였다. 국자감시를 실시하고 현종 때 시작한 국사편찬사업을 완성하였다.
10) 1031년.

임금이 매우 슬퍼하셨다. 즉위하신 지 얼마돼지 않았기에 원로대신의 홍서(薨逝)[12]함을 애통해하여 사흘을 철조(輟朝)[13]하시고 예관(禮官)[14]을 보내어 조문하시며 뇌문(誄文)[15]과 부증(賻贈)[16]을 후히 하시고 인헌(仁憲)이라는 시호를 내리셨다. 방방곡곡의 백성들도 일제히 먼지를 털어 청소를 하고 친척 상을 당한 것과 같이 비통해하였다.

사신(史臣)[17]이 공을 평하되, "감찬은 웅대한 계략과 큰 다스림이 있었으며 천성이 또한 맑고 검소하여 산업을 경영치 아니하며 체모가 작고 인물이 없어 보통 사람을 넘지 않으나 얼굴빛을 단정이 하고 조정에 들어와 나라 대책을 정할 때에는 흘연(屹然)[18]히 국가 기둥이 되었다." 하였다.

외사씨 왈: 옛사람의 말에 '비상한 사람이 있는 연후에 비상한 공을 이루며 비상한 명예를 드리운다' 하였으니 과연 그렇다. 강인헌과 같은 비상한 사람이 있는 까닭에 나라를 다시 일으켜 세운 비상한 공을 성취하였다. 나라를 다시 일으켜 세운 비상한 공을 성취한 까닭에 만고에 사라지지 않을 비상한 명예를 드리웠다. 손바닥 안에 주판을 놓듯이 이리저리 꾀를 내어 천리 밖에 승패를 결정하는 것은 장자방(張子房)[19]과 같고 전투를 하면 반드시 승리했고 공격하면 반드시 취하는 것은 한신

---

11) 영영 가고 돌아오지 않는다는 뜻으로, 사람의 죽음을 완곡하게 이르는 말.
12) 임금이나 왕족, 귀족 등 신분이 높은 사람의 죽음을 높여 이르는 말.
13) 나라에 큰일이 있을 때, 임금이 일정한 기간 동안 조회를 폐하는 일을 이르던 말.
14) 고려 시대, 육관의 하나.
15) 죽은 사람의 명복을 빌거나 생전의 공덕을 기리는 글.
16) 초상집에 보내는 조의금.
17) 사초를 쓰는 신하를 이르던 말.
18) 위엄 있게 우뚝 솟은 모양을 나타내는 말.
19) 자방은 장량(張良)의 자(字)이다. 한고조를 도와 항우를 멸하고 천하 통일을 이루었으며, 만년에 황로(黃老)를 좋아하여 신선 벽곡(辟穀)의 술법을 닦았다 한다.

(韓信)[20]과 같고 천리를 밝게 보는 지혜가 있어 계책을 운용하고 책략을 결정하는 것은 신출귀몰하여 제갈무후(諸葛武侯)[21]와 같고 나라의 안위를 맡은 지 수십 년에 소위 '공은 천하를 덮었지만 임금은 그를 의심하지 않고 지위는 신하 중에 가장 높았지만 사람들이 미워하지 않았다' 하는 곽분양(郭汾陽, 697~781)[22]과 같다고 할만하다. 공과 같은 이는 고금을 거슬러 올라가고 오늘날 구한다 하더라도 그 짝할 사람을 드물게 본다 할만하다.

四十四. 千古偉人姜邯贊, 抱懷濟世經國才(十一)

一日은 上이 使臣을 遣하사 門下侍中으로 召하시며 聖旨를 宣諭하사대 今에 宋國이 使臣을 遣하야 外面으로는 友邦의 誼를 敦睦히 혼다 藉託하나 其 實은 我國의 虛實을 窺視하며 當朝의 人物을 閱覽고 져 함이니 萬一 卿이 起치 안이하면 後來 國家의 念慮가 不少홀지니 老病을 力作하야 卽時 入朝하라 하시거날 公이 不得已 詔를 奉하고 곳 朝에 赴하야 入侍하얏더라 是時에 宋使는 陛見혼 지 數日에 當朝의 人物 等을 見한 後에 別로 王佐의 才를 有혼 者가 無홈으로 內心에 高麗를 輕視하얏더니 是日에 上이 宋使를 請邀하야 邯贊과 相見케 홈이 宋使는 自國의 廣大홈을 恃하고 傲然히 尊大하야 偃然히 倨坐하얏다가 邯贊의 昻然 升堂함을 見하고 스사로 驚縮함을 不覺하야

20) 한나라의 개국공신으로 소하, 장량과 함께 한조삼걸이라 불린다.
21) 삼국 시대 촉나라의 정치가인 제갈량(諸葛亮). 자는 공명으로 흔히 제갈공명이라고도 불린다. 무후는 제갈량의 시호(諡號)인 충무후(忠武侯)의 준말이다.
22) 당 숙종 때 안녹산과 사사명의 반란을 평정하고 분양왕(汾陽王)에 봉해진 곽자의(郭子儀)이다. '공은 천하를 덮었지만 임금은 그를 의심하지 않고 지위는 신하 중에 가장 높았지만 사람들이 미워하지 않았다(功蓋天下而主不疑 位極人臣而衆不疾)'는 것은 『통감절요』 44권에 보인다. 당나라 사신 배기(裴垍)가 곽자의를 찬미한 말이다.

慌忙히 下拜하며 曰 我가 天文을 觀察홈이 久히 文曲星이 見치 아니
하더니 今에 此에 在하도다 하고 因하야 禮를 畢혼 後에 敢히 仰視치
못하고 使舘으로 退去하야 其 從人으로 더브러 語하되 我는 元來 天
上의 無名小星으로 上帝의 左右에 參列하야 恒常 無名홈을 怨恨하
얏더니 上帝끠옵셔 震怒하스 宋國에 謫下하야 永永後世에 無名케 하
심이라 當時 天獄中에 在囚하얏든 貪狼星이 亡命하야 北方 契丹의
地에 墜落하야 蕭排押이 化生홈이 將次 世界에 大競爭 大紛亂을 起
하야 蒼生으로 하야곰 無限혼 慘禍를 遭케 하겟기로 上帝끠셔 此를
念慮하시더니 是時에 文曲星이 玉京에 入朝하다가 路傍으로 過去하
는 者의 狀貌가 極히 矮短陋醜홈을 暗笑하얏더니 無聲혼데셔 聽하시
며 無形혼데셔 視하시는 上帝끠셔 早已聽視하시고 文曲星으로 東方
高麗國에 謫下하사 勞神焦思하야 貪狼의 流毒을 防禦케 하시며 且
狀貌가 矮短陋醜하야 行路者로 하야금 鼻笑케 하며 天下 後世의 演
劇傀儡를 作하야 玩賞者의 捧腹홈을 陳供케 하심이라 云云하더라 是
歲에 顯宗이 崩하시고 德宗이 卽位하스 更히 邯贊으로 天水縣開國侯
를 授하시고 食邑 一千戶를 增封하셧더니 公이 天恩을 肅謝하고 退
朝하야 家에 歸하얏다가 未幾에 掩然히 長逝하니 壽가 八十四歲를
享하얏더라 上이 震悼하시며 卽位하신지 日淺에 元老大臣의 薨逝홈
을 痛惜하스 三日을 輟朝하시고 禮官을 遣하야 弔問하시며 誄文과
賻贈을 厚히 하시고 仁憲이라 諡하시며 閭巷坊曲의 常民[23]들도 一齊
히 塵을 掃하고 親戚의 喪을 當홈과 如히 悲痛하얏더라 史臣이 公을
評하되 邯贊은 雄謀大畧이 有하며 天性이 又 淸儉하야 産業을 經營
치 아니하며 體貌가 矮陋하야 常人에 踰치 아니하나 色을 正하고 朝
廷에 立하야 國家에 對策을 定홈에는 屹然히 邦家의 柱石이 되얏다

---

23) 원문에는 '商民'으로 되어 있어 문맥을 고려하여 '常民'으로 수정하였다.

하니라.

　外史氏 曰 古人이 言을 有하되 非常흔 人이 然後에 非常한 功을 成하며 非常의 名을 垂흔다 하얏스니 果然하도다 姜仁憲과 如한 非常흔 人이 有한 ᄭ닭에 國家를 再造한 非常의 功을 遂하얏스며 國家를 再造흔 非常한 功을 遂한 까닭에 萬古 不朽홀 非常의 名을 垂하얏도다 掌中에 籌를 運하야 千里의 外에 勝을 決하는 것은 張子房과 如하고 戰ᄒ면 반다시 勝하고 攻하면 반다시 取하는 것은 韓信과 如하고 千里를 明見하는 智가 有하야 謀를 運하고 策을 決하야 神이 出하고 鬼가 沒하는 것은 諸葛武侯와 如하고 國家이 安危를 任흔 지 數十年에 所謂 功盖天下 而主不疑하고 位極人臣 而衆不嫉흔 것은 郭汾陽과 如하다 홀지니 公과 如흠은 溯古求今홀지라도 其 儔를 罕見흔다 홀지로다.

45. 촌구석에서 신발 짜던 사내,
오늘은 선전관[1]이 되었다네(상)

오(吳) 아무개[2]는 양산(梁山)[3] 사람이다. 용렬하고 어리석으며 또 집이 가난하여 일찍이 신발을 짜서 살아갔는데 신발 모양이 심히 거칠었다. 하루는 낙하(洛下)[4]의 어린아이가 마침 그 신발을 보고 희롱하였다.

"이 신발이 만일 경성에 있으면 백금의 중한 값을 받겠는걸."

이러니 오 아무개가 진심으로 하는 말인 줄 곧이 듣고 신 일곱 죽(竹)[5]을 묶어 메고 경성에 들어가 길 곁에 풀어놓고 팔려 하였다. 혹 값을 물으면 '한 쌍(속칭 한 켤레)에 한 냥(兩)'이라 하니 사람들이 모두 웃고는 지나가 버렸다. 여러 날 시장에 앉아 팔려 했으나 한 짝도 사가는 자가 없었다.

이때에 한 재상가 계집종이 있었는데 용모가 아름답고 성품이 영민하고 지혜로웠다. 나이는 열여섯이 되었는데 혼인하기를 내켜 하지 않으며 항상 말하기를 '마음에 맞는 사람을 택하여 짝을 삼겠다'고 하였다.

하루는 우연히 오 아무개가 신발을 늘어놓고 파는 곳을 지나다가 그 값을 부르는 것이 크게 지나쳐서 사려는 자가 없음을 보았다. 마음에

---

1) 선전관은 임금을 옆에서 모시는 직임으로 서반승지(西班承旨)로 지목되어 청요직(淸要職)으로 간주하였다. 특히, 선전관 가운데 당상관·당하관을 막론하고 4인을 승전기(承傳岐)로 정하여 전명을 전담시켰는데, 그들은 6개월 만에 전직하도록 하였지만, 가장 핵심적 존재였다.

2) 『동야휘집(東野彙輯)』 권5에는 '채삼전 수기기화(採蔘田 售其奇貨)'라고 수록되어 있는데 내용이 대동소이하다. 오 아무개의 이름이 석량(碩梁)이라 하였다.

3) 경상남도 동북부에 있는 시.

4) 서울 안을 이르는 말.

5) 옷, 짚신, 그릇 따위 열 개.

자못 괴이하여 여러 날을 가서 보아도 이와 같은지라 계집종이 오 아무개에게 말했다.

"내가 모두 사겠으니 모두 얼마요."

오 아무개가 대답하였다.

"일곱 죽이니 도합 70냥이요."

계집종이 말하였다.

"그러면 나와 함께 가서 값을 받으면 어떠오."

오 아무개가 이를 응낙하고 신발을 메고 따라가 한 곳에 이르니 집채가 크고 화려하고 문간이 높고도 컸다. 계집종이 오 아무개를 사랑채 아랫방으로 이끌었다. 오 아무개가 들어가 앉은 후에 신발값을 달라하니 계집종이 말하였다.

"내일 아침에 마땅히 그 셈을 쳐 줄 테니, 오늘은 이곳에서 하룻밤을 묵으시지요."

그리고는 인하여 좋은 술과 안주를 내왔다. 잠깐 있다가 또 저녁밥을 내왔는데 그릇이 청결하고 찬거리도 유별나게 진기하였다. 오 아무개가 저 시골에서 푸성귀만 먹던 창자로 평생에 처음 보는 음식이기에 몇 숟가락에 모두 먹어버렸다. 밤이 깊어지자 계집종이 비단이불을 안고 와서는 말했다.

"오늘 밤에 나와 함께 잠자리를 같이하는 게 어떤지요."

오 아무개가 심히 당황하여 말하였다.

"말은 비록 좋으나 나와 같은 시골구석의 천한 사내가 어찌 재상가 시비(侍婢)와 힘께 즐거움을 바라겠소."

계집종이 말하였다.

"이는 족히 관계할 바가 아닙니다."

그리고 드디어 불을 끄고 옷을 벗고는 함께 잠자리에 들었다. 계집종이 아침 날이 새기 전에 일어나 옷장을 열고 새 옷을 꺼내어 오 아무개에

게 입히니 얼굴이 아주 준수하여 전연 몰라볼 만큼 변하였다. 계집종이
이에 무릎을 대고는 말했다.

"나는 이 집의 사환비(使喚婢)[6]에요. 금년에 열일곱 살이 되었으나 아
직 몸을 허락하지 않고 내 뜻에 맞는 사람을 구하였지요. 어제 다행히도
그대와 우연히 만났는데 자못 내 뜻에 꼭 맞아 택함을 받은 겁니다.
당신은 이미 내 지아비가 되었으니 이 집 대감을 뵙는 게 좋겠습니다.
그러나 들어가 뵐 때에는 뜰에서 절하지 마세요."

오 아무개가 응낙하니 계집종이 들어가 재상에게 고하였다.

"소비(小婢)가 밤에 지아비를 얻었기에 지금 마땅히 뵙게 하겠습니다."

재상이 허락하니 오 아무개가 곧장 들어가 뜰아래에서 마루로 올라가
예를 행하였다. 시종이 안색을 변하며 오 아무개에게 다가와 "꿇어라."
하였다. 오 아무개가 우뚝 서서는 움직이지 않으며 말했다.

"나는 우리 고향의 사족(士族)이니 설령 여종의 지아비가 되었을지라
도 결코 뜰아래에서 절하지는 못하겠소."

재상이 웃으며 말하였다.

"이러한 행동거지를 보건대 아무개 여종의 택함이 마땅하도다."

그러고는 드디어 행랑채에 머물게 하였다.

하루는 계집종이 오 아무개에게 말하였다.

"그대가 심히 지혜롭지 못하니 만일 돈을 쓰면 자연 안목이 높아지고
흉도(胸度)[7]가 넓어질 겁니다."

그리고 백금을 내어 주며 "이를 가지고 가 다 쓴 후에 돌아오세요."
하였다. 오 아무개가 밤에 돌아와 말하였다.

"내가 배 속이 비지도 않으니 술과 떡을 사먹을 일도 없고 의복을

---

6) 사환 노릇하는 여종.
7) 마음의 도량.

잘 차려 입었으니 포목을 구입할 일도 없기에 종일 돌아다니며 돈쓸 곳이 없어 일문(一文)도 쓰지 않고 왔소."

계집종이 말하였다.

"길가에 반드시 걸인도 많을 텐데 어찌 이 사람에게 주지 않았는지요."

오 아무개가 대답했다.

"이것은 내가 생각지 못하였소."

다음 날 돈을 가지고 한 곳에 이르니 여러 걸인들이 모여 있기에 돈을 길바닥에 뿌리니 걸인 무리가 다투어 이를 줍거늘 매일 이렇게 일상 일을 삼았다.

四十五. 窮鄕前日捆屨夫, 朱門今朝宣傳官(上)

吳某는 梁山人이라 爲人이 庸蠢하고 且 家가 貧하야 常히 屨를 捆하야 資生하는 터인대 屨樣이 甚히 麤粗혼지라 一日은 洛下의 年少가 맛침 其 屨를 見하고 戱謂하되 此 屨가 萬一 京城에 在하면 百金의 重價를 受하리라 하니 吳가 眞正의 言인줄 認하고 곳 七竹을 捆出하야 此를 負하고 京城에 入하야 路傍에 解置하고 放賣홀셰 人이 或 其 價를 問하면 一雙에(俗稱 혼 켸레) 一兩 이라 홈에 人이 모다 笑하고 過하는지라 數日을 市에 坐하야 賣⁸⁾코져 하얏스나 一隻을 買하는 者이 無하더니 時에 一宰相家의 婢子가 有하야 容貌가 佳麗하고 性度가 敏慧하야 年이 二八에 至하얏스나 人에게 許婚하기를 不肯하며 常言하기를 스스로 合意혼 者를 擇하야 配를 作하리라 하더니 一日은 偶然히 吳의 列屨혼 處를 過하다가 其 呼價홈이 太過하야 買하는 者가 無홈을 見하고 心에 頗히 怪異하야 數三日을 連往하야 見하야도

---

8) 원문에는 '買'라고 하여 '賣'로 바로 잡았다.

此와 如호지라 婢子가 이에 吳다려 謂하되 我가 맛당히 盡買하겟스니
總價가 幾何이뇨 吳가 對하되 七竹價가 都合 七十兩이라 하니 婢가
曰하되 그러면 我로 더부러 同往하야 價金을 受홈이 何如하뇨 吳가
此를 應諾하고 이에 屨를 負하고 隨하야 一處에 往하니 第宅이 宏麗
하고 門軒이 高大훈지라 婢子가 吳를 引하야 廊下의 房으로 入하거놀
坐定훈 後에 屨價를 索하니 婢子가 謂하되 明朝에 맛당히 其 數에
依하야 出給하리니 今日은 此處에셔 一夜를 留宿하라 하고 因하야
美酒와 佳肴를 進하더니 俄而오 又 夕飯을 進하는대 器皿이 淸潔하
고 餐品이 珍異훈지라 吳가 一見홈이 遐鄕의 荣腸으로 平生에 初見
하는 者임으로 數匙에 喫盡하얏더라 夜가 深홈이 婢子가 衾을 擁하고
來하야 曰 今夜에 我로 더부러 枕席을 共히 홈이 何如하뇨 吳가 甚히
惶恐하며 曰 言은 비록 佳하나 我와 如호 遐鄕의 賤踪으로 엇지 宰相
家의 侍婢와 同歡홈을 望하리오 婢子가 言하되 此는 足히 關係홀 바
ㅣ아니라 하고 드대여 火를 滅하고 解衣同寢을 爲호 後에 未明에 起하
야 衣籠을 開하고 新衣을 出하야 衣하니 相貌가 甚히 俊秀하야 全然
骨態를 換脫호지라 婢가 이에 膝을 促하고 言하되 我는 此 家의 使喚
婢라 今年이 十七에 至하얏스나 尙히 人에게 身을 許치 아니하고
我 意에 合호 者를 求하얏더니 昨日에 幸히 君과 邂逅홈이 君이 頗히
我 意에 適홈으로 今日의 擧에 出훈 것이라 君이 旣히 我의 夫가 되얏
스니 맛당히 此 宅의 大監을 現謁홈이 可홀지라 그러나 入謁홀 時에
는 庭下에셔 拜치 말지어다 吳가 應諾하니 婢가 入告하되 小婢가 夜
에 夫를 得하얏기로 今에 맛당히 現身케 하겟노이다 宰相이 許하니
吳가 直히 入하야 庭下에셔 拜치 아니하고 廳에 升하야 禮를 行하니
侍者가 色을 變하며 吳를 逼하야 下하라 훈대 吳가 植立不動하며 曰
我는 吾 鄕의 士族이니 縱令 婢夫는 되얏슬지라도 決코 庭下拜는 爲
치 아니하리라 宰相이 笑하되 此 行儀動作을 見하건대 某 婢의 擇홈

이 宜하도다 하고 드대여 廊下에 出留케 하얏더니 一日은 婢가 吳다려 謂하되 君이 甚히 不慧하니 萬一 錢을 用하면 自然 眼目이 高하고 胸度가 宏濶하리라 하고 이에 百金을 出하야 與하되 此를 持하고 去하야 用盡한 後에 歸하라 하얏더니 吳가 夜에 歸하야 曰 我가 肚中이 不飢하니 酒餠을 買喫홀 事도 無하고 衣服이 鮮明하니 布木을 購홀 事도 無홈으로 終日 周行홈이 用錢홀 處가 無하야 一文을 費치 아니하고 來하얏노라 婢가 曰하되 路上에 必然 乞人도 多하리니 엇지 此에게도 給치 아니하얏나뇨 吳가 答하되 此는 我가 思치 못하엿노라 하고 翌日에 錢을 持하고 一處에 至호야 衆乞人을 聚會하고 錢을 地上에 散擲하니 乞人의 輩가 競爭으로 此를 拾取하야 去하거늘 每日 此로써 常事를 爲하얏더라.

45. 촌구석에서 신발 짜던 사내,
오늘은 선전관이 되었다네(중)

하루는 오 아무개가 '허다한 금전을 무의미하게 걸인들에게 나눠주는 것이 옳지 않다.'생각하였다. 그러고는 이에 사장(射場)[1]에 가서 한량무리들을 사귀고 매일 술과 고기를 사서 여러 사람들에게 나눠주었다. 이렇게 한 지 여러 날에 드디어 막역한 벗을 사귀게 되었다. 그 뒤에 또 봉필독서(蓬蓽讀書)[2]의 궁벽한 선비를 찾아가 왕래하고 교유를 맺은 뒤에 늘 술과 찬거리를 베풀고 혹 아침저녁으로 재물을 주고 지필묵을 살 돈을 주니 사람들이 모두 말하였다.

"오 아무개는 실로 지금 사람 중에 옛사람이다."

이렇게 떠들며 그 덕을 칭찬하였다. 계집종이 이후로 오 아무개에게 『사략』과 경전 따위 책을 끼고 그 궁한 선비에게 나아가 배우게 하니 가난한 선비들이 평일의 덕을 감격하여 정성을 다해 가르쳤다. 이와 같이 한 지 여러 해에 문리가 크게 이루어지고 전후 소비한 금은 거의 수만금이 되었다.

계집종이 또 활쏘기를 배우라고 권하며 '후일 이름을 날릴 길을 꾀하라' 하였다. 오 아무개는 원래 건장한 사내였고 또 한량들과 더불어 서로 너나들이하는 터였다. 여러 사람이 자진하여 활쏘기를 다투어 가르쳤다. 이와 같이 한 지 일 년에 활쏘기 법을 모두 익혀 백발백중의 재주를 갖게 되었다. 사서오경을 또한 능히 통달한지라 계집종이 시험에

---

1) 활 쏘는 곳.
2) 가난한 독서군자. '봉필'은 쑥대나 잡목의 가시로 엮어 만든 문이라는 뜻으로, 가난한 사람이 사는 집을 이른다.

나가기를 권하니 과연 무과에 급제하여 홍패(紅牌)³⁾를 안고 돌아왔다. 계집종이 홍패를 상자 속에 감추어 두고 집안사람들이 알지 못하게 하였다. 그러고 오 아무개에게 말하였다.

"내가 저축해 둔 돈이 십만에 불과한데 그대가 소비한 것이 거의 칠만을 써 지금 삼만이 남았습니다. 그대는 마땅히 이로써 행상하여 재화를 불릴 도리를 찾으세요."

오 아무개가 말했다.

"내가 원래 상업에 어리석으니 지금 어떤 물건을 사야 이문을 획득할지 알지 못하겠소."

계집종이 말했다.

"지금 전국에 대추농사가 흉년인데 오지 호서지방(海西地方)⁴⁾ 아무 읍대추나무가 결실을 맺었다합니다. 그대는 이 지역에 가서 대추를 모두 사 오세요."

오 아무개가 그 말을 따라 그곳에 가 대추 수십 짐을 사가지고 돌아오다가, 아무 군을 지날 때였다. 가을 농사가 흉년이 들어 곳곳에 적지(赤地)⁵⁾를 이루고 사람은 굶주렸다. 오 아무개가 이를 보고 측은한 마음이 들어 대추를 굶주리는 사람들에게 전부 나누어 준 후에 빈손으로 돌아오니 계집종이 말하였다.

"그대의 적선한 일은 크다 할지라도 다만 제가 저축한 금전이 모두 없어졌으니 장차 무엇으로 생활을 꾸려나가리오."

그러고는 다시 만전을 주며 말하였다.

"방금 팔도에 면(綿) 농사가 모두 흉년이 들고 오직 해서시방(海西地

方)[6]이 조금 거두었다 하니 이곳에 가서 면을 사가지고 오세요."

오 아무개가 또 해서지방에 가서 호서지방에서와 같이 전부 가난한 사람에게 나누어 주고 또 빈손으로 돌아오니, 계집종이 말했다.

"돈이 이제 오직 만전이 있을 뿐입니다. 이제 돈주머니를 털어 드리니 이것으로 해진 옷 따위들을 모조리 사서 북도(北道)[7]에 들어가 베와 삼, 짐승 가죽들로 바꿔 오세요. 다시는 전번처럼 낭비치 마세요."

오 아무개가 이 말에 대답하고는 시장에 가서 헌 옷가지를 사서 수십 여 짐을 싣고는 함경도 지방에 들어갔다. 함경도는 원래 목면이 풍토에 맞지 않아 귀하기가 금과 같았다. 백성들이 수의(授衣)[8]의 계절임에도 옷을 얻지 못하여 겨울이 따뜻한 때에도 추위를 호소하는 터였다. 오 아무개가 평일에 일찍이 돈 쓰기를 물 쓰듯이 하던 매끄러운 수단으로 그 아내가 부탁하던 말을 전혀 고려치 않고 안변(安邊)[9]에서 육진(六 鎭)[10]에 이르기까지 그 수십여 짐을 모조리 흩어 옷이 없어 추위를 부르 짖는 사람에게 모두 주니, 그 나머지 것은 다만 치마저고리 각 하나만 남았다.

오 아무개가 이에 한숨을 쉬고 길게 탄식하였다.

'내가 비록 사람들에게 좋은 일을 하였다 해도 집 사람의 십만이나 큰돈을 모두 허비하였다. 이제 또 빈손으로 돌아가게 되었으니 무슨 면목으로 다시 돌아가 집 사람을 보겠는가. 차라리 산속으로 들어가 호랑이나 표범의 배 속에 장사지내는 것만 못하다.'

---

6) 지금의 황해도를 말함.

7) 지금의 함경도를 말함.

8) 겨울옷을 준비함. 또는 겨우살이를 준비하는 음력 9월을 달리 이르는 말.

9) 함경남도 안변군의 군청 소재지.

10) 세종 때 여진족의 침입에 대비해 두만강 하류에 설치한 국방상의 요지. 종성·온성· 회령·경원·경흥·부령의 6진을 말함.

그리고 깊은 밤 한밤중에 홀로 산속에 들어가 바위와 나무를 잡고 올라가 깊은 곳에 닿았다. 홀연 빽빽한 나무숲 가운데 등불 빛이 깜빡깜 빡하였다. 이에 그 집을 찾아 하룻밤 묵어가기를 청하니 한 노파가 문을 열고 나와 말했다.

"이런 깊은 밤, 이런 험한 두메산골에 나그네가 어떻게 오셨는지요."

그러고는 드디어 오 아무개를 맞아들여 밥상을 내오며 접대가 극진하 였다. 오 아무개가 가지고 있는 저고리와 치마를 주니 노파가 크게 기뻐 하여 풀어 보고는 백배치사를 하였다.

四十五. 窮鄕前日捆屨夫, 朱門今朝宣傳官(中)

一日은 吳가 自思하되 許多한 金錢을 無意味하게 丐乞에게 散給함 이 不可하다 하고 이에 射場에 往하야 閑良輩等을 交結하고 每日 酒 와 肉을 買하야 衆人에게 分饋하니 如是한지 數日에 드대여 莫逆의 親을 成하얏더라 其 後에는 又 蓬蓽讀書의 窮儒寒士를 訪하야 往來 交結한 後에 常히 酒饌을 饗하고 或 朝夕의 供을 資하고 紙筆墨의 費를 資하니 人이 皆謂하되 吳某는 實로 今人中의 古人이라 하야 嘖 嘖히 其 德을 稱揚하얏더라 此後로는 吳를 勸하야 史畧과 經傳 等書 를 挾하고 其 窮儒에게 就學케 하니 其 窮儒 等이 平日의 德을 感하고 熱誠으로 敎授함이 如是한지 數年에 文理가 大就하고 前後消費한 金은 殆히 數萬錢을 算하얏더라 婢가 又 學射하기를 勸하야 日後成 名할 道를 圖하라 하니 吳는 兀來 健夫이며 且 閑良輩로 더부러 相善 하는 터임으로 諸 人이 自進하야 射法을 爭敎하니 如斯히 一年에 射 法을 進透하야 百發百中의 才가 有하고 四書五經을 쏘한 能히 通曉 한지라 婢가 이에 試에 赴키를 勸하얏더니 果然 登第하야 一個 紅牌 를 抱하고 還하얏거늘 婢가 紅牌를 笥中에 潛藏하야 家人으로 하야금

知치 못하게 하고 因하야 吳다려 謂하되 我의 儲置한 錢이 十萬에 不過한대 君의 前後 消費한 것이 殆히 七萬으를써 計하고 今에 三萬이 餘하얏스니 君은 宜히 此로써 行商하야 貨를 殖할 道를 爲하라 吳가 曰하되 我가 我가 元來 商業에 昧하니 今에 何物을 貿하여야 利를 獲할지 未知하노라 婢가 曰하되 現今 全國에 棗農이 大歉한대 오즉 湖西 某 邑에 棗樹가 結實하얏다 하니 君은 須히 此 地에 往하야 此를 盡貿하야 來하라 吳가 其 言을 從하야 當地에 赴하야 數十駄를 貿來하다가 某 郡으로 過할 세 秋事가 大歉하야 處處에 赤地를 成하고 人은 饑色이 有한지라 吳가 此를 見하고 惻然한 心이 動하야 此를 饑民에게 全部 散盡한 後에 空手로 歸하니 婢가 曰하되 君의 積善한 事는 大하다 할지라도 다만 我의 貯蓄한 金錢이 將罄하게 되얏스니 將次 何로써 聊生하리오 하고 更히 萬錢을 與하며 曰 方今 八道에 綿農이 皆歉하고 오즉 海西地方이 稍登하얏다 하니 須히 此處에 往하야 多數히 綿을 貿하야 來하라 吳가 쏘 海西에 往하야 湖西의 事와 如히 全部 貧民에게 散給하고 又 空手로 返하니 婢가 曰하되 我의 錢이 今에는 오즉 萬錢이 有할 쑌이라 今에 槖를 傾하야 與하노니 此로서 弊衣 等物을 盡貿하고 北道에 入하야 布蔘 皮物 等을 換하야 來하고 다시 前日과 如히 浪費치 말나 吳가 此를 應諾하고 市上에 往하야 弊衣를 貿易하야 數十餘駄를 載하고 咸境道 地方에 入하니 北道는 元來 木棉이 風土에 適치 아니하야 貴하기가 金과 如함으로 人民이 授衣에 節에도 衣를 得치 못하야 冬이 暖한 時에도 寒을 呼하는 터이라 吳가 平日에 曾히 用錢하기를 水와 如히 하든 濶手段임으로 其 妻의 付託하든 言을 全혀 顧念치 아니하고 安邊으로 브터 六鎭에 至하기 꼬지 其 數十餘駄를 盡散하야 無衣呼寒의 人에게 盡給하고 其 餘한 者는 다만 裳袴 各一件이라 吳가 이에 喟然히 長嘆하되 我가 비록 人에게 善事는 行하얏다 할지라도 人의 十萬大錢을 空費하

고 今에 又 實로 往하야 虛로 還하게 되얏스니 何 面目으로써 更히
歸하야 家人을 見하리오 차라리 山中에 入하야 虎豹의 腹中에 葬함만
不如하다 하고 深夜三更에 獨히 山中에 入하야 崖를 攀하고 木을 緣
하야 深處에 轉到하니 忽然 萬樹叢中에 燈光이 耿耿하거늘 이에 其
家를 尋하야 一夜 經宿하기를 請하니 一老嫗가 門을 開하고 出語하
되 此와 如한 深夜와 比와 如한 絶峽에 客은 엇지 此에 到하얏나뇨
하며 드대여 吳를 延ㅎ야 飯을 饋하며 接待가 慇懃하거늘 吳가 이에
其 所ㅎ 持裳袴로서 給하니 老嫗가 大喜하야 卽地에 解着하고 百拜
致謝를 爲하얏더라.

45. 촌구석에서 신발 짜던 사내,
오늘은 선전관이 되었다네(하)

노파가 접대할 때 오 아무개가 내온 채소를 보니 곧 인삼이기에, 오 아무개가 물었다.

"이 채소를 어느 곳에서 가져오셨소."

노파가 대답했다.

"이 부근에 길경(吉更)[1]의 밭이 있는 고로 이를 캐서 반찬을 만들었지요."

오 아무개가 "그러면 집에 또 캐서 둔 것이 있나요?" 하니 노파가 수십 근을 꺼내 오는데 작은 것은 손가락만하고 큰 것은 정강이만 하였다. 잠깐 있으니 문밖에서 어떤 물건을 풀어헤치는 소리가 나니 노파가 말했다.

"우리 아이가 왔나 봅니다. 아이가 출생하든 처음에 겨드랑이 아래에 작은 날개가 있었지요. 왕왕 날아서 벽에 붙으니 제 아비가 이것은 상서롭지 못한 것이라며 쇠를 달구어 지져버렸으나 오래지 않아 날개가 다시 돋았답니다. 장성하니 그 용력이 뛰어난지라 평시에 있어 화가 미치기 쉬워 우리 부부가 아이를 데리고 이 깊은 골짜기 속으로 들어와 짐승을 사냥하여 먹고 살았지요. 그 뒤에 오래지 않아 아비는 세상을 떴고 나 홀로 우리 아이와 더불어 살아간답니다."

그러며 이어 아이를 불러 말했다.

"귀한 손님께서 오셨으니 너는 들어와 인사를 드려라. 이 객이 나에게 치마와 저고리를 주어 이와 같이 추운 날 몸을 감싸게 하였으니 실로

---

1) '길경(桔梗)'으로 도라지임.

큰 은혜를 입은 분이다."

그 아들이 곧 들어와 절하고는 은혜에 사례하였다.

그다음 날 오 아무개가 노파에게 말하였다.

"길경 밭을 나에게 한번 보여주겠소."

노파가 응낙하고 오 아무개와 함께 고개 하나를 넘어 한 곳에 이르러, 이곳이 길경 밭이라 하였다. 오 아무개가 이를 자세히 보니 인삼이 온 산을 덮어 기뻐하며 노파에게 말했다.

"저 바깥세상에는 이런 산삼이 귀하니 원컨대 나로 하여금 이것을 채취케 하는 것이 어떠하오?"

노파는 원래 이것이 인삼인 줄을 알지 못하였기에 오 아무개에게 말했다.

"이러한 산나물을 어찌 귀한 물건이라 하리요마는 세상에는 많지 많다하니 뜻에 따라 모두 채취하셔도 무방합니다."

이러거늘 오 아무개가 날이 저물도록 채취하니 크고 작고는 비록 같지 않으나 그 가운데 또한 동자삼(童子蔘)[2]도 많아 합하여 대여섯 짐이 될 만하였다. 오 아무개가 노파에게 말하였다.

"산에 말이 없으니 이를 장차 어떻게 가져가면 좋겠소?"

그러자 아들이 "내가 마땅히 등에 지고 원산(元山)까지 갈 테니 원산 이후는 나그네께서 말을 구해 싣고 가시오."라 하였다. 오 아무개가 기뻐하여 그 말과 같이 원산에 도착하여 말 한 필을 세내어 싣고 돌아와 그 아내에게 전후 사정을 이야기하였다. 아내가 또한 크게 기뻐하며 "우리 남편이 평일에 적선한 일이 많았기에 하느님께서 특히 이 보물을 주셨나 봅니다. 내일은 대감의 회갑생신이라 온 조정의 공경(公卿)들이 모두 모일 것입니다. 당신께서는 여러 공경들에게 인사할 겨를을 얻을

_____

2) 어린아이 모양과 비슷이 생긴 산삼.

테니 후일 관리가 되기에 어찌 용이하지 않겠는지요." 하였다.

그다음 날 아침에 조금 큰 인삼 대여섯 뿌리를 택하여 그 주인집 재상에게 드리며 말하였다.

"소비(小婢)[3]의 지아비가 행상 차로 관북지방에 갔다가 마침 이 물건을 얻어 왔기에 감히 대감과 말루하주(抹樓下主)[4]께 봉헌합니다."

재상이 이를 보니 과연 아주 좋은 인삼이었다. 이에 기뻐하여 오 아무개를 불러들여 보이게 하라고 하였다. 계집종이 미리 실로 짠 갓을 준비하였다가 오 아무개로 하여금 이를 쓰게 하고 들어가니 재상이 물었다.

"이게 무슨 복장인고?"

오 아무개가 대답하였다.

"소인이 연전에 무과에 급제하였으나 장사꾼으로 먹고 살아 집에 있지 않았으므로 홍패를 감춰두고 지금껏 대감께 고백치 못하였습니다."

재상이 심히 기이하여 "너도 훗날에 녹록한 장부로 몸을 마치지는 않겠구나."라 할 뿐이었다.

공경 여러 대관이 차례로 와 인삼을 보고 모두 말하였다.

"이렇듯 희귀한 물건을 대감이 홀로 보는 것이 옳지 못하니 우리들에게 한 뿌리씩 나누어 주는 게 어떠신지요?"

재상이 말하기를 "내가 얻은 게 이 몇 근 뿐이니 어떻게 다른 분들께 나눠 주겠소."

오 아무개가 곁에 있다가 말했다.

"소인에게 아직 남은 삼이 몇 뿌리 있사오니 마땅히 여러 공들께 나누어 드려 작은 정성을 표하고자 합니다."

---

3) 옛날 여종이 자기를 일컫은 말.
4) 우리말로 마님에 해당되는 말인데, 주로 상류층에 속하는 '중년 이상의 부인'을 높여 부르는 호칭.

그러고는 집에 돌아가 각각 세 뿌리씩 여러 재상에게 나누어 주었다. 여러 재상이 크게 기뻐하여 "저 사람이 누구요?" 물었다. 재상이 대답하기를 "이 사람은 곧 내가 아끼는 계집종의 지아비인대 지벌(地閥)[5]이 향족(鄕族)[6]이라오. 또 무과에도 합격하였지요." 하니 여러 재상이 모두 말하였다.

"대감댁 계집종의 지아비가 이와 같이 특출함이 있는데 아직도 초사(初仕)[7] 일과(一窠)[8]를 얻지 못하였으니 어찌 대감 책임이 아니겠소."

날이 이미 기울어 여러 재상이 모두 취하여 흩어졌다.

아무개는 그 삼을 척매(斥賣)[9]하여 수십만을 얻고 여러 재상이 서로 천거하여 머지않아 선전관을 제수받았다. 그 후에 또 변방 영장(營將)[10]으로 나아가 벼슬이 수사(水使)[11]에까지 이르고 그 아내를 속량(贖良)[12]하여 평생을 해로하였다고 한다.

四十五[13]. 窮鄕前日捆屨夫, 朱門今朝宣傳官(下)

老嫗가 饗應할 際에 吳가 其 饌進한 菜를 見하니 卽 人蔘이라 吳가 問하되 此 菜를 何處로 從하야 得來하얏나뇨 老嫗가 對하되 此 附近

---

5) 지체와 문벌을 아울러 이르는 말.
6) 좌수나 별감 따위의 향원(鄕員)이 될 자격이 있는 집안.
7) 처음으로 벼슬길에 오름.
8) 하나의 벼슬자리. 규정에 의하여 정해 놓은 벼슬자리 가운데서 그 한 자리를 이른다.
9) 헐값으로 마구 팖.
10) 각 진영(鎭營)의 으뜸 벼슬. 정3품 벼슬로 중앙의 총융청·수어청·진무영에 속한 것과 각 도의 감영(監營)·병영(兵營)에 속한 것 두 가지 계통이 있는데, 모두 지방 군대를 관리하였다.
11) 수군절도사(水軍節度使).
12) 종을 풀어 주어서 양민(良民)이 되게 함. 속신(贖身).
13) 원문에는 '四十七'로 되어 있다. 문맥을 고려하여 '四十五'로 바로 잡았다.

에 吉更의 田이 有한 故로 此를 採하야 菜蔬를 作하노라 吳가 問하되 그러면 家中에 又 採置한 者가 有하뇨 老嫗가 數十根을 出示하는대 小한 者는 指와 如하고 大한 者는 脛과 如한지라 俄而오 門外에 荷物을 釋하는 聲이 聞하거날 老嫗가 曰하되 吾 兒가 來하는도다 兒가 出生하든 初에 腋下 兩傍에 俱히 小翅가 有하야 往往히 飛하야 壁上에 附함으로 其 父가 此로써 不祥의 物이라 하야 鐵을 燒하야 此를 灸하얏는대 未幾에 翅가 復生하야 其 長成함에 及하는 勇力이 倫에 絶한지라 平時에 在하야 禍及하기 易함으로 我 夫妻가 此를 携伴하고 深峽의 中에 入하야 獸를 獵하야 此로써 資生하얏더니 其 後 未幾에 其 父는 旣히 棄世하고 我가 獨히 吾 兒로 더부러 資生하노라 하며 因하야 兒를 呼하야 曰 尊客이 맛참 來하셧스니 汝는 須히 入拜하라 此 客이 我에게 裳袴를 與하야 如此한 寒天에 掩身함을 得하얏스니 我에게는 實로 大恩을 垂한 人이로다 其 子가 곳 入拜하야 恩을 謝하얏더라 其 翌日에 吳가 老嫗다려 謂하되 吉更田을 可히 我로 하야금 一見케 하겟나뇨 老嫗가 應諾하고 吳로 더부러 同行하야 一嶺을 踰하야 一處에 至하더니 手로써 指하야 此가 곳 吉更田이라 하거늘 吳가 此를 審視하니 人蔘이 一山에 遍한지라 吳가 大喜하야 老嫗다려 謂하되 野地에는 此等 山菜가 貴하니 願컨대 我로 하야금 此를 採取케 함이 何如하뇨 老嫗는 元來 此가 人蔘인줄 未知하얏엿는 故로 吳다려 謂하되 此等 山菜를 엇지 貴物이라 하리오마는 野地에는 多有치 못한다 하니 意를 隨하야 盡採함도 無妨하다 하거날 吳가 이에 日이 盡토록 採取하니 大小는 비록 不同하나 其 中에 쏘한 童子蔘도 多하야 都合 五六駄가 될만한지라 吳가 이에 老嫗에게 請하되 山에 馬가 無하니 此를 將次 如何히 輪去하면 好할고 其 子가 告하되 我가 맛당히 擔負하야 元山 꺼지 去하리니 元山 以後는 客이 馬를 得하야 輪去하라 吳가 大喜하야 其 言과 如히 元山에 至하야 一馬를 貰하야 輪歸한 後에 其 妻에게 前後 事實의 顚末을 述하니 其 妻가 쏘한 大喜하며

我 夫 平日에 積善한 事가 多하얏슴으로 皇天이 特히 此 寶物로써 與하심이로다 明日은 大監의 回甲生辰이라 滿朝公卿이 모다 來會하리니 君子가 君是에 諸公에게 參拜함을 得할진대 他日에 身을 出하야 官을 做함이 엇지 容易치 아니하리오 하고 其 翌朝에 人蔘의 稍大한者 五本을 擇하야 其 主家宰相에게 獻하며 曰 小婢의 夫가 行商次로 關北地方에 往하얏다가 適히 此 物을 得하야 來하얏기로 敢히 大監과 抹樓下主에게 奉獻하노이다 宰相이 此를 見하니 果然 好箇의 人蔘이라 이에 大喜하야 吳를 招하야 入現하라 하니 婢가 豫히 紗笠을 備置하얏다가 吳로 하야금 此를 着케 하고 入하니 宰相이 問하되 此가 何服이뇨 吳가 對하되 小人이 年前에 武科에 登하얏스나 商賈로 資生하야 家에 在치 아니하얏슴으로 紅牌를 匿置하고 尙今 大監께 告白치 못하얏나이다 宰相이 甚奇하야 曰 汝도 他日에 碌碌한 丈夫로 身을 終치 아니하리로다 而已오 公卿 諸 大官이 次第로 至하야 人蔘을 見하고 皆曰하되 如此한 稀貴한 物을 大監이 獨賞함이 不可하니 我等에게 一莖式 分給함이 何如하뇨 宰相이 曰하되 我의 所得이 此 數根뿐이니 엇지 他에 波及함을 得하리오 吳가 傍에 在하다가 乃 曰하되 小人에게 尙히 餘蔘數本이 有하오니 맛당히 諸公에게 分獻하야 微誠을 表코져 하노이다 하고 이에 其 家에 歸하야 各히 三根으로 諸 宰에게 分給하니 諸 宰가 大喜하야 問하되 彼가 何人이뇨 宰相이 答하되 此는 卽 我의 愛婢의 夫인대 地閥인즉 鄕族이오 又 武科 出身을 爲하얏다 하니 諸 宰가 皆 曰하되 大監宅 婢夫에 此와 如한 特出이 有한대 尙히 初仕 一窠를 得치 못하얏스니 엇지 大監의 責이 아니리오 曰이 旣 戾함이 諸 宰가 盡醉하야 散하고 吳는 其 蔘을 斥賣하야 累十萬의 錢을 得하고 諸 宰가 互相 薦引하야 未幾에 宣傳官을 得除하얏다가 其 後에 又 邊地 營將으로 進하야 官이 水使에 至하고 其 妻를 贖良하야 平生을 偕老하얏다 云하니라.

46. 접신하여 도를 통한 서경덕,
불경 한번 읊어 사람 구하다

  화담(花潭) 서경덕(徐敬德, 1489~1546)[1]은 중종(中宗) 때 사람이다. 어려서부터 박학다문(博學多聞)하여 천문지리와 음양술수(陰陽術數)를 환하게 깨달아 알지 못한 게 없었다. 조정에서 여러 차례 불렀으나 응하지 않고 장단(長湍)[2] 화담 상류에 집 짓고 살았기에 이로 인하여 화담으로서 호를 삼았다.

  하루는 제자들을 모아 경의(經義)[3]를 강론할 때였다. 홀연 한 노승이 와 절하고 가거늘 화담이 중을 보낸 후에 갑자기 탄식하기를 그치지 않았다. 제자들이 그 이유를 물으니 화담이 말하였다.

  "너희들이 그 중을 아느냐?"

  제자들이 대답하였다.

  "알지 못하옵니다."

  화담이 말하였다.

  "이 중은 아무 산의 신호(神虎)[4]이다. 지금 아무 곳에 사는 사람이 그 딸을 위하여 장차 사위를 맞을 터인데 필연 그에게 해를 입힐 것이니 실로 가련하구나."

  한 제자가 물었다.

---

1) 개성 출신. 본관은 당성(唐城). 자는 가구(可久), 호는 복재(復齋)·화담. 아버지는 부위(副尉) 호번(好蕃)이며, 어머니는 한씨(韓氏)이다. 이(理)보다 기(氣)를 중시하는 독자적인 기일원론(氣一元論)을 완성하여 주기론(主氣論)의 선구자가 되었다. 황진이와 사제 관계이며, 황진이, 박연폭포와 송도삼절로 불린다. 42화 참조.
2) 경기도 장단군. 이 장단 우물고개 남쪽에 황진이 묘가 있다고 한다.
3) 경서(經書)의 뜻.
4) 신령스런 호랑이.

"선생님께서 이를 이미 아시니, 혹 구할 방법이 있으십니까?"

화담이 말하였다.

"구할 방법이 없지는 않으나 다만 보낼만한 사람이 없구나."

제자가 말하였다.

"제자가 원컨대 가겠습니다."

화담이 "그러면 좋다." 하고 이에 한 글을 주며 말하였다.

"이것은 불경이니 그 집에 가서 먼저 누설치 말고 다만 상탁(床卓)[5]을 갖추고 촛불을 상청에 밝힌 후에 이 글을 읽되 구두를 그릇 떼지 말라. 이와 같이 닭이 울 때를 지나면 자연 무사할 것이니 모두 계신(戒愼)[6]하여 이를 행하라."

제자가 가르침을 받들어 그 집으로 달려가니 즉 과연 한 집안 위아래가 분주하게 움직이며 다음 날 장차 사위를 맞는다 하였다. 이에 주인을 들어가 보고 한훤(寒暄)[7]을 마친 후에 말하였다.

"오늘 밤 이 집에 큰 액운이 있기에 지금 제가 구하기 위해 온 것이니 아무 아무 설비를 이렇게 이렇게 갖추어 주시오."

주인이 믿지 못하며 말했다.

"어느 곳에 사는 과객이 이러한 미친 말을 지어내느냐."

제자가 얼굴빛을 변하며 말했다.

"내 말이 미친 사람 말인지 여부는 오늘 밤 지나면 자연 명백히 알게 될 것이오. 만일 내 말을 증험치 못하거든 그때 나를 쫓아내거나 고소하는 것도 좋으니 지금은 원컨대 내 말대로 하시지요."

주인이 심히 의심스럽고 괴이하지만 하나하나 그 말에 따라 설비를

---

5) 제상과 향탁을 아울러 이르는 말.

6) 경계하여 삼감.

7) 일기의 춥고 더움을 묻는 인사.

갖춰주고 그 딸도 또한 그의 지시대로 방 안에 감추고 여러 계집종으로
하여금 에워싸게 하였다. 제자는 대청 위에 앉아서 경을 읽었다. 삼경이
지나자 갑자기 일성 벽력이 들리며 한 큰 호랑이가 들어왔다. 집 사람들
이 대경실색하야 몸을 떨려 달아나니 호랑이가 뜰아래 웅크리고 앉아
포효하였다. 제자는 안색을 변치 않고 불경 읽기를 그치지 않았다. 이때
에 그 처녀는 소변이 급하다며 한사코 문을 나가려 하였다. 여러 계집종
이 좌우로 만류하고 잡으니 처녀가 방 안에서 팔짝팔짝 뛰었다. 호랑이
가 갑자기 크게 포효하면서 창문을 물어 부수었다. 이와 같이 한 지
세 번에 인홀불견(因忽不見)[8]하였다. 이때에 처녀는 이미 혼절하였다.
　제자가 따뜻한 물을 입에 흘려 넣으니 잠시 후에 숨이 돌아왔다. 제자
가 그제서야 경 읽기를 그치니 집안의 남녀가 일제히 앞에 꿇어앉아서
는 백배치사를 하며 신인(神人)이라 하여 수백 금을 주어 그 은혜를 갚고
자 하니 제자가 물리치며 말하였다.
　"내가 재물을 탐하여 온 게 아닙니다."
　그러고 드디어 소매를 떨치고 표연히 돌아가 선생에게 복명(復命)[9]하
니 화담이 말하였다.
　"네가 사람의 액운을 구하기는 하였으나 불경을 송경(誦經)할 때에 세
곳을 잘못 읽은 줄 아느냐?"
　제자가 대답하였다.
　"알지 못하였습니다."
　화담이 말하였다.
　"잠시 전에 그 중이 나를 찾아와 사람 살린 공을 사례하고 또한 말하
기를 '경문(經文)의 세 곳을 잘못 읽었기 때문에 창문을 부수었다'고 말하

---

8) 언뜻 보이다가 갑자기 없어짐.
9) 명령받고 일을 처리한 사람이 그 결과를 보고함.

였기에 내가 아노라."

제자가 깊이 생각해보니 과연 오독한 곳이 있었다. 그 뒤에 화담의 이름은 전국에 퍼져 세상 사람들이 모두 화담선생으로 칭하며 종사(宗師)[10]하는 제자들이 많았다. 후에 화담이 죽은 뒤에 좌의정을 추서(追敍)하고 문강(文康)이라 시호(諡號)하였다.

四十六. 接神通道徐花潭, 佛經一偈能活人

徐花潭 敬德은 中宗朝時人이니 自少로 博學多聞하야 天文地理와 陰陽術數의 學을 通曉치 안은 者가 無하얏는대 朝廷에서 屢召하얏스되 起치 안이하고 長湍 花潭의 上에 卜居하야 因하야 花潭으로서 號하얏더라 一日은 學徒를 會하고 經義를 講論할 세 忽然 一老僧이 有하야 來拜하고 去하거늘 花潭이 僧을 送한 後에 忽爾히 嗟嘆하기를 不已하니 學徒가 其 故를 問한대 花潭이 曰하되 汝等이 其 僧을 知하나뇨 對하되 知치 못하나이다 花潭이 曰하되 此는 卽 某 山의 神虎이라 今에 某處의 人이 其 女를 爲하야 將次 婿을 迎할 터인대 必然 彼에게 害를 被하리니 實로 可憐하도다 一學徒가 問하되 先生이 旣히 此를 知하시니 或은 可救할 道가 有하리잇가 花潭이 曰하되 可救의 方이 無치 안은 바는 아니나 다만 可送할 만흔 人이 無하도다 學徒가 對하되 弟子가 願컨대 往하겟나이다 花潭이 曰하되 그리면 好하다 하고 이에 一書를 授하며 曰 此는 佛經이니 其 家에 往하야 幸히 先洩치 말고 다만 床卓을 具하고 燭火를 廳上에 點케 한 後에 此 書를 讀하되 幸히 句讀를 誤치 말나 如斯히 鷄鳴의 時를 過하면 自然 無事함을 得하리니 十分 戒愼하야 此를 行하라 學徒가 其 敎를 承하야

10) 모든 사람들이 높이 우러러보는 스승.

其 家에 馳往한 則 果然 一家上下가 紛紜하면셔 明日에 將次 婿를 迎한다 하거늘 이에 主人을 入見하고 寒暄을 罷한 後에 主人다려 謂하되 今夜 主家에 大厄이 有하겟기로 今에 我가 救하기 爲하야 來한 것인데 則 某某設備를 如斯如斯히 하라 主人이 不信하며 曰 何處의 過客이 此等 病風의 言을 作하나뇨 學徒가 色을 變하며 曰 吾 言의 病風 與否는 今夜를 過하면 自然 明白히 可知할 道가 有할지니 萬一 我의 言이 無驗하거든 伊時에 我를 驅逐함도 可하며 呈訴함도 可하니 今에는 願컨대 我의 言더로 依하라 主人이 甚히 疑怪하야 一一히 其 言을 從하야 設備를 爲하고 其 女도 또한 其 指導에 依하야 房內에 處케 하야 諸 婢로 하야금 擁護케 하고 學徒는 廳上에 坐하야 經을 讀하더니 三更時候에 忽然 一聲의 霹靂이 聞하며 一 大虎가 入하거늘 家人이 大驚失色하야 戰慄走避함이 虎가 庭下에 蹲坐하얏다가 咆哮 當前하니 學徒가 顏色을 不變하고 誦經하기를 不撤하더니 此時에 其 處女는 便事를 稱하고 限死 出門코져 하거날 諸 婢가 左右로 挽執하니 處女가 房中에서 跳踉하는지라 虎가 忽然 大吼하면셔 窓門을 嚙破하더니 如斯히 한 지 三回에 因忽不見하얏는대 此時에 處女는 旣히 昏絶하얏더라 學徒가 溫水로써 口에 灌하니 須臾에 復甦하는지라 學徒가 이에 經을 撤하니 擧家의 男女가 一齊히 前에 跪하야 百拜致謝를 爲하며 神人이라 하야 數百金으로써 其 恩을 酬코져 하니 學徒가 辭却하며 曰 我가 財를 貪하야 來한 者가 아니라 하고 드디여 袖를 拂하고 飄然히 歸하야 先生의게 復命하니 花潭이 謂하되 汝가 人의 厄을 救하기는 하얏스나 誦經할 時에 三處를 誤讀한줄 知하나뇨 學徒가 對하되 不審하겟노이다 花潭이 曰하되 頃者의 其 僧이 又 我에게 訪하야 我에게 活人의 功을 謝하며 又 云ᄒ되 經文의 三處를 誤讀하얏는 故로 窓門을 嚙破하얏다 云함으로 我가 知하노라 學徒가 審思한즉 果然 誤讀한 處가 有하얏더라 其 後 花潭의 名은 全國에

播揚하야 世人이 모다 花潭先生으로 稱하며 宗師하는 者가 多하얏는
대 後에 左議政을 贈하고 文康이라 諡하니라.

47. 사악한 귀신 쫓아버린 송 상서,
충성을 잡고 절개 세운 사람(상)

상서(尙書) 송(宋) 광보(匡輔)[1]의 호는 죽계(竹溪)니 고려 공양왕 때 사람이다. 5세에 계집종이 등에 업고 뒤뜰을 거닐 때였다. 마침 담을 이웃한 집의 밤나무 한 가지가 담장을 넘어왔다. 계집종이 밤송이 몇 개를 잡아서는 껍질을 벗겨 공에게 주니 공이 받아서 담 밖으로 던지며 말했다.

"물건은 각각 그 주인이 있으니 남의 물건을 가지면 안 돼!"

계집종이 매우 놀랍고 기이하게 여기며 이후로는 보통 아이가 아님을 알았다. 10세 때에 일찍이 「백이전(伯夷傳)」[2]을 읽다가 책을 덮고 길게 탄식하였다.

"옛날에 맹자께서 말씀하시기를 '사람들은 누구나 요임금이나 순임금처럼 될 수 있다.'라고 하였으니 내 어찌 백이숙제(伯夷叔齊)[3]가 되지 못하리오."

글방선생이 이 말을 듣고는 크게 기이하게 여기며 말했다.

"이 아이의 골격과 언어가 비상하니 훗날 국가를 위하여 큰 절개를 세울 자는 반드시 이 아이로다."

18세에 글공부를 잠시 접어두고 산수 풍경을 구경하기 위해 호남지방을 이곳저곳으로 두루 돌아다닐 때였다. 하루는 한 곳에 다다르니 날은

---

1) 본관은 진천(鎭川), 찬화공신(贊化功臣) 상산백(常山伯) 송인의 7세손이며, 할아버지는 직제학(直提學)을 지낸 송지백(宋之伯)이고, 아버지는 평리(評理)를 지낸 송소(宋玿)이다. 형제로는 전서(典書) 벼슬을 지낸 송광우(宋匡祐), 낭장(郎將)이었던 송광도(宋匡度)가 있다. 송광보가 안성군(安城君)에 봉해지고, 그 후손들은 안성공파로 분파하였다.

2) 『사기(史記)』「백이열전(伯夷列傳)」이다.

3) 백이(伯夷)와 숙제(叔齊)를 아울러 이르는 말. 백이와 숙제 모두 중국 은(殷)나라 말기의 현인이다.

저물고 몸은 피곤하여 한 부잣집에서 쉬어가기를 청했다.

저녁을 먹은 뒤 밤경치를 감상하기 위하여 홀로 짧은 막대를 짚고 그 집의 뒷동산에 올라 원근의 풍경을 바라보다가 문득 자기가 머무는 부잣집 안채를 바라보니 용마루 위에 요사한 기운과 살기가 넘쳐 하늘로 오를 형세였다. 마음속으로 매우 괴이하여 경치를 감상하던 것을 그치고 그 집으로 돌아와 자기가 본 것을 말하였다. 주인은 믿지 않으면서 안에 들어갔다가 나와서는 공에게 말하였다.

"내 눈에는 요상한 기운이든지 상서스런 기운이든지 보이지 않는데 그대는 무엇을 근거로 요기와 살기를 보았다는 것인가?"

공이 말하였다.

"이 기운이 지극히 요사스럽고 악하여 보통 사람 눈에는 보이지 않습니다. 이는 반드시 그대 집안에 요사스런 물건이 있음이 분명합니다. 이를 제거하지 않으면 올해 안으로 집안에 큰 화가 있을 겁니다. 내가 이를 보고 안 이상에야 그 사실을 말해주지 않으면 안 되겠기에 일러드립니다."

주인이 말하였다.

"내가 이 집을 새로 지은 후에 사람은 병이 없고 집에는 변고가 없을 뿐 아니라, 해마다 재화가 늘어나 오늘과 같이 부유하게 되었소. 만일 내 집안에 요사스런 물건이 있다면 결코 이와 같은 복록을 누리지 못할 것이니 나그네 말이 틀리지 않소이까."

공이 말하였다.

"옛사람들의 말에, '오늘이 있다고 내일의 없음을 잊지 말며 오늘이 편안하다고 내일의 위태로움을 잊지 말라' 하였소. 그대의 이른바 온 집안의 안락태평과 재물이 늘어나는 풍요로움은 오늘로써 보면 이미 과거의 복에 속한 것이오. 내일부터는 즐거움이 변하여 근심으로 되며 복이 굴러 화가 될 것이오. 그대가 내 말을 믿지 않는 이상에는 나도 어쩔 수가 없거니와 만일 내 말이 이치에 맞는다고 여긴다면 나로 하여금 이 요사한 기운을 없애도록 한번 시험함이 어떻겠소?"

주인이 이 말을 듣고 매우 놀랍고 겁이 나서는 액을 물리칠 계책을 구하니 공이 물었다.

"집안의 사람 수가 몇이나 되오?"

주인이 대답하였다.

"아내와 첩, 아내 소생인 올해 열다섯 된 맏아들, 그리고 계집종과 하인 약간 명이 있을 뿐이오."

공이 물었다.

"그대의 부실(副室)⁴⁾은 어느 해, 어느 달에 어느 지방 어느 곳에서 맞아들였소?"

주인이 대답하였다.

올봄에 내가 약초를 캐기 위하여 아무 산에 들어갔다가 하루는 날이 저물었소. 산중이라 마을은 없고 산기슭 아래에 조그만 초가집이 있기에 이곳에 가 하루 묵어가기를 청했다오. 한 묘령의 아름다운 여인이 나와 흔연히 맞아주기에 기쁨을 이기지 못하여 따라 들어갔지요. 그 집에는 남자도 없고 다만 그 여자 한 사람뿐이기에 홀로 거처하는 이유를 물었더니 산에 치성을 드리러 왔다 하며 밤에 잠자리를 하자고 청하지 않겠소. 그래 운우의 정을 나눈 뒤에 다시 백년가약을 맺고 그 여자를 데리고 와 지금 함께 살고 있는 것이라오."

공이 이 말을 듣더니 이윽고 주인에게 말하였다.

"나를 내실로 안내하여 주시오. 나에게 요사스런 기운을 누를 방술이 있소."

주인이 공을 인도하여 내실로 들어가니 그 첩이 공이 들어오는 것을

---

4) 남의 첩을 높여 부르는 말.

보고 갑자기 크게 놀라 고꾸라졌다. 주인이 놀라 급히 일으키려 하며 자세히 보니 사람이 아니요, 한 마리의 구미호였다. 이에 크게 놀라 공에게 물으니, 공이 말하였다.

"내가 아까 말한 요사스런 물건은 바로 이 구미호라오. 원래 여우라는 악한 물건은 천년이 지나면 사람으로 변하여 화를 준다오. 그대가 불행히도 이 여우에게 혹한 것이오. 내가 이를 제지하지 아니하였다면 금년 안에 그대의 집은 사람이 죽어 나가는 액을 면치 못할 것이었소. 내 일찍이 평소에 성인의 도를 배웠기에 이러한 사악한 것이 감히 바름을 범하지 못하게 한 것이오. 이에 주인 이하 모든 사람들이 '신인(神人)이다'라 부르며 백배사례하였다.

四十七. 驅邪役鬼宋尙書, 此是秉忠立節人(上)

宋尙書 匡輔의 號는 竹溪니 高麗 恭讓王時 人이라 五歲時에 婢子가 背에 負하고 後庭에셔 徘徊할 세 맛참 隔墙한 隣家에 栗木이 有하야 其 一技가 墙에 過함이 婢子가 栗子 數個를 摘하야 皮를 脫한 後에 公에게 與하니 公이 受하야 墙外에 投하야 曰 物이 各各 其 主가 有하니 人의 物을 可히 取치 못할 것이라함이 婢子가 甚히 驚異하야 此後로 其 凡兒가 안임을 知하얏더라 十歲時에 嘗히 伯夷傳을 讀하다가 卷을 掩하고 長嘆하되 古者에 孟子는 言을 有하되「人皆可以爲堯舜이라」하얏스니 我는 엇지 伯夷叔齊가 되지 못하리오 함이 塾師가 大奇하야 曰 此 兒의 骨骼과 言語가 非常하니 他日에 國家를 爲하야 大節을 立할 者는 반다시 此 兒일 것이로다 하얏더라 十八에 文章을 解하고 嘗히 山水의 風景을 翫賞하기 爲하야 湖南地方에 漫遊할새 一日은 一處에 至함이 日은 暮하고 身은 憊함으로 一富豪의 家에 投宿하더니 夕飯을 喫한 後에 夜景을 賞하기 爲하여 獨히 短策을 携하

고 其 家의 後園에 登하야 遠近의 風景을 眺望하다가 문득 其 富豪의
內舍를 望하니 其 屋脊의 上에 妖氣와 殺氣가 充溢하야 騰空의 勢가
有하거늘 心中에 甚히 怪訝하야 賞景을 罷하고 곳 其 家로 歸하야
自己의 所見한 바를 言하니 主人이 信치 아니하며 內에 入하얏다가
出하야 公다려 謂하되 我의 眼에는 妖氣이던지 祥氣이던지 見하는
바가 無하니 君은 何에 據하야 其 妖氣와 殺氣가 有함을 見하얏나뇨
公이 曰하되 此의 氣됨이 至妖至惡하야 常人의 眼에 見치 아니하는
것이니 此는 必是 君의 家中에 妖物이 有한 것이 明白한 것이라 此를
除치 아니하면 今年 內에 君의 家中에 大禍가 有할지니 我가 此를
見하고 知한 以上에는 其 實로써 告치 아니치 못할 것임으로 此를 言
하는 바이로다 主人이 言하되 我가 此 家屋을 新構한 後로 人은 病이
無하고 家에는 故가 無할 뿐만 아니라 年年히 財貨가 增殖하야 今日
과 如히 富饒를 致하얏스니 萬一 我의 家中에 妖物이 有할진대 決코
此와 如한 福祿을 享치 못할지라 客子의 言이 或은 謬想됨이 안인가
公이 曰 古人이 言을 有하되 今日의 存으로써 明日의 亡함을 忘치
말며 今日의 安으로 他日의 危함을 忘치 말나 하얏스니 君의 所謂
擧家의 安樂太平과 生財의 富庶라 함은 此가 今日로써 觀하면 旣히
過去의 福에 屬한 者이라 名日브터는 樂이 變하야 憂로 되며 福이
轉하야 禍가 되리니 君의 我의 言한 바를 信치 아니하는 以上에는 奈
何키 難하거니와 萬一 我의 言으로 無理하다 아니할진대 我로 하야금
此等의 妖氣를 除하도록 一次 試驗함이 何如한고 其 主人이 此를
聞하고 甚히 驚怯하야 이에 禱厄할 計를 求하니 公이 問하되 君家의
人口가 幾何이뇨 主人이 對하되 一妻一妾을 有한 外에 嫡室의 所生
인 方今 十五歲된 長子가 有하고 又 婢僕 若干名이 有할 뿐이로라
公이 問하되 君의 副室은 何年 何月에 何地何處에서 聘來하얏나뇨
主人이 對하되 本年 春에 我가 採藥하기 爲하야 某 山에 入하얏더니

一日은 日이 暮함이 山中에 村落이 無하고 오즉 山麓 下에 數間草屋
이 有함으로 此에 赴하야 經宿하기를 請하니 一個 妙齡의 美人이 出
하야 欣然히 迎接함으로 欣喜함을 不勝하야 隨入한 則 其 家에는 男
子도 無하고 다만 其 女子 一人뿐인대 我가 其 獨處하는 理由를 問하
니 禱山致誠하기 爲하야 來하얏다하며 夜에 合歡하기를 求함으로 遂
히 雲雨의 夢을 成한 以後로 更히 百年의 約을 定하고 드대여 其 女子
를 率하고 來하야 今에 同居하노라 公이 이에 主人다려 謂하되 君은
須히 我를 導하야 內室로 入케 하라 我가 마당히 此 妖氣를 壓홀 方術
이 有하리라 主人이 公을 導하야 內室로 入하니 其 妾이 公의 入홈을
見하고 忽然 大驚하야 地에 仆하거날 主人이 또한 驚하야 急히 救하
려 하더니 詳看혼 則 人이 아니오 一個의 九尾虎가 地에 倒하얏는지
라 이에 大驚大怪하야 公의게 問하니 公이 謂하되 我가 頃者에 言혼
바 妖物이 卽此 이니 元來 狐라는 惡物이 千年을 經하면 人으로 化하
야 人에게 禍를 與하는 者이라 君이 不幸히 此에 惑혼 바ㅣ 되얏슨
則 我가 此를 除호지 아니하얏슬진대 今年 內에 君의 家는 喪亡의
患을 免치 못홀 것이라 我는 曾히 平日에 聖人의 道를 學혼 者임으로
此等의 邪가 敢히 正을 犯치 못홈이니 此가 今日에 君을 救혼 바이로
라 이에 主人 以下가 모다 神人이라 稱하야 百拜 稱謝를 爲하얏더라.

47. 사악한 귀신 쫓아버린 송 상서,
충성을 잡고 절개 세운 사람(중)

그 뒤에 공이 또 영남지방을 돌아다닐 때였다. 하루는 한 곳에 이르니 큰 골짜기는 깊으나 구역은 평탄하여 약 수십 호의 촌락을 이루었다. 사람의 모습은 보이질 않고 논밭은 황폐하여 보기에 매우 참담하고 쓸쓸하였다. 공이 배회하다 멀리 바라보더니 황폐한 폐허를 손가락으로 가리키며 동구를 벗어났다. 산기슭 아래에 한 채의 수간초옥이 있었다. 공이 황폐한 촌락이 된 사연을 묻기 위해 청려(靑藜)[1]로 껍질 벗긴 대나무로 만든 삽짝을 두드렸다. 안에서 예순쯤 넘은 한 늙은이가 지팡이를 짚고 허리를 구부리고 나오거늘 공이 문 앞에 서서 늙은이더러 물었다.

"나는 강산 유람하는 과객입니다. 사방을 돌아다니다가 오늘 우연히 이곳에 왔는데 이 땅이 비록 산골짜기이지만 지형이 평탄하고 토지가 광활하여 가히 한 커다란 촌락을 형성할만한데 오직 폐허만 황량하고 사람 그림자가 보이지 않으니 이 무슨 까닭입니까?"

노인이 한숨을 쉬며 서글프게 긴 탄식을 하며 말했다.

"이 땅이 지난날에는 과연 가옥이 즐비하고 촌락이 심히 번화하였지요. 거금 십 년 이래로 저 산골짜기 안에 한 폐사가 있는데 망량(魍魎)[2]이 출몰하고 사악한 요물이 발호하여 한밤중에 인가를 불에 태워 없앴다오. 혹 집 안에도 침입하여 가구와 집물을 파괴하여 작폐가 심하여 이 동네에 사람들이 살아갈 도리가 없어 차례로 집을 헐어버리고 마을을 떠나 다른 곳으로 옮겨갔지요. 지금은 한 집도 없으니 자연히 폐허가

---

1) 명아줏대로 만든 지팡이.
2) 도깨비.

된 마을이 되었구려. 지금 내가 사는 곳은 약간 큰 길가에 인접하고 저 폐사와 거리가 조금은 멀기에 요물의 폐해가 적다오. 그래 홀로 이곳에서 살아가는 거라오."

공이 듣기를 마치고 늙은이에게 말하였다.

"사악함이 감히 바름을 범하지 못합니다. 나는 저 요물을 두려워하는 자가 아니니 오늘 밤에 마땅히 저 폐사 안에 들어가 요물의 동정을 살피고 도리가 있으면 이 한 몸을 바칠지라도 요물을 없애버려 백성들의 근심을 없애겠습니다."

늙은이가 소매를 잡고 만류하였다.

"그대가 비록 나이 어려 혈기가 용감하지만 악귀 앞에서는 영웅이 없다오. 전일 수십 호의 큰 마을이 오늘날 황폐한 마을이 된 것만 보아도 알지 않소. 그대가 어찌 몸을 가볍게 움직여 천금 같은 몸을 해치려 하오."

공이 웃으며 말하였다.

"사람의 생사는 목숨이 하늘에 달렸으니 사악한 마귀가 감히 좌우할 게 아닙니다. 이는 족히 두려워할 바가 아니며 또 사람의 용력으로 사악함을 내치려는 게 아니요, 오직 심령(心靈)으로써 이것을 제거하려는 것입니다. 노인장께서는 심려할 바가 아닙니다."

이렇게 말하고 공이 표연히 청려를 짚고 그 폐사를 찾아갔다. 도착해 보니 집과 방이 무너졌고 건물은 아주 쓸쓸하여 다만 가을 풀만이 여기저기 자라고 차가운 바람만 불었다. 뿐만 아니라 날 비린내가 코를 찌르며 사람의 해골 같은 게 겹겹이 나뒹굴었다.

공의 콧마루가 시큰한 것이 극에 달하나 터럭만큼도 두려워하지 않고 우뚝하니 서서 동정을 엿보았다. 이경이 지나니 과연 산 계곡에서 천병만마(千兵萬馬)가 모여드는 듯, 청벽(靑碧)[3]의 화광이 비치며 섬광이 번쩍하면서 절 문을 향하여 밀려왔다. 공이 더욱 정신을 가다듬어 의연히 움직이지 않고 앞만 바라보았다. 수십 명의 귀신 무리가 모두 머리를 흔들고 손바닥을 치며 혹은 노래를 부르고 혹은 웃으면서 각자 막대기를 가지고 마당 가운데로 들어왔다. 한 귀신 병졸이 먼저 와 공을 보고 곧 황망한 걸음으로 물러나 여러 귀신들에게 알렸다.

"저 대청 위에 사람이 있다."

이러니 여러 귀신이 펄쩍펄쩍 뛰면서 서로 "오늘 밤은 다행히 놀거리를 얻었다." 하였다. 그중에 한 큰 귀신이 검을 가지고 들어오다가 공을 보고 홀연 두려워 벌벌 떨며 뒷걸음질 쳐 여러 귀신에게 외쳤다.

"보통 사람인 줄 알았더니 천만뜻밖에도 송 상서가 왔다. 이 사람은 귀신을 부리는 재주가 있으니 오늘 밤 우리들은 마음대로 할 때가 아니다. 각자 물러가는 게 좋겠다."

그리고 장차 걸음을 돌리려 할 때에 공이 하늘을 우러러 주문을 한번 외우고 문득 큰 소리로 꾸짖기를 "너희들 사악한 귀신이 감히 어디로 도망가려 하느냐!" 하였다. 여러 귀신이 크게 놀라 일시에 공 앞에 꿇어 엎드리며 죄를 용서해달라고 하였다. 공이 노하여 말하였다.

"너희들의 죄가 적잖으니 하늘이 밝을 때까지 이곳에서 명령을 기다려라."

여러 귀신들이 감히 말 한마디 못하고 밤이 새도록 꿇어 엎드렸다. 하늘이 밝으니 점차 그 형태가 사라졌다. 일찍이 절 벽에 걸려있던 오래된 화상(畵像)의 종잇조각이 바람을 타고 땅에 뒹굴거늘 공이 이것을 주워 하나하나 불살라버린 후에 그 폐사에도 불을 놓아 재와 흔적을 없앤 뒤에 떠났다. 이후로는 귀신으로 인한 근심이 사라지고 백성들이 점차 옮겨와 지난날처럼 다시 마을을 이루었다 한다.

---

3) 푸른색의 옥돌.

四十七. 驅邪役鬼宋尙書, 此是秉忠立節人(中)

其 後에 公이 又 嶺南地方을 巡遊홀세 一日에 一處에 至하니 洞壑
은 深邃하나 地帶는 平坦하야 約 數十戶의 村落을 形成홀만한데 人
影이 杜絶하고 田野가 荒廢하야 一見에 甚히 蕭條慘憺혼지라 公이
徘徊瞻望하다가 荒落혼 廢墟를 指點하며 洞口를 出하니 山麓 下에
一戶의 數間草屋이 有혼지라 公이 荒廢한 村落의 事實譚을 問하기
爲하야 靑藜로써 白竹의 扉를 叩하니 內로부터 耳順의 年이 稍過혼
一 老翁이 杖을 扶하고 傴僂히 出하거날 公이 門頭에 立하야 老翁다
려 謂하되 我는 江山遊覽의 客으로 四方을 巡回하다가 今日에 偶然
히 此處에 至한 則 此 地가 비록 山峽이라 홀지라도 地形이 平坦하고
土地가 廣濶하야 可히 써 一大村落을 形成하얏슬터인대 오즉 廢墟만
荒凉하고 人影이 稀少하니 此가 何故이뇨 老翁이 喟然히 長嘆하며
曰 此 地가 往日에 在하야는 果然 家屋이 櫛比하고 村落이 甚히 繁華
하더니 距今 十年以來로 彼 山谷中에 一廢寺가 有혼대 魍魎이 出沒
하며 邪孼이 跋扈하야 夜間에 人家를 燒燬하며 或 家內에 侵入하야
家具什物을 破壞하야 作弊가 甚홈으로 此 洞中에 居民이 料生홀 道
가 無하야 次第로 家를 毁하며 戶를 撤하야 他處로 移居하얏슴으로
今에 至하야는 一家도 無하고 自然 廢墟荒村이 되얏스며 今에 我의
住居혼 處는 稍히 大道의 邊을 隣하고 彼 廢寺를 距하기 稍遠홈으로
兒孼의 弊가 稀하야 獨히 此 地에서 居住하노라 公이[4] 聽罷에 老翁다
려 謂하되 邪가 敢히 正을 犯치 못하나니 我는 彼鬼孼를 畏하는 者이
안인즉 今夜에 我가 맛당히 彼 廢寺의 內에 入하야 彼의 動靜을 伺察
하고 可爲홀 道가 有하면 我의 一身을 擲홀지라도 此等 邪孼을 一掃

---

4) 원문에는 '히'로 되어 있다. 문맥을 고려하여 '이'로 바로 잡았다.

하야 人民의 患을 除하리라 老翁이 袖를 挽하야 止하되 公이 비록 年少 血氣의 勇이 有하다 홀지라도 惡鬼의 前에는 英雄이 無홀 것이니 前日 數十戶의 大村이 今日에 廢洞이 된 것만 見하야도 可知홀지라 公이 엇지 身을 輕動하야 써 千金의 軀를 戕賊하리오 公이 笑하되 人의 死生은 命이 天에 在한 것이라 邪鬼의 敢히 左右홀 바이 아니니 此는 足히 畏홀바ㅣ 아니며 又 人의 勇力으로써 邪를 治홈이 아니오 오즉 心靈으로써 此를 除艾홈을 得홀 것이니 老翁의 深慮홀 바가 아니라 하고 公이 이에 飄然히 短策을 携하고 其 廢寺를 尋하야 至흔 則 房屋이 頹圮하고 殿宇가 荒落하야 다만 秋草가 離離하고 冷風이 瑟瑟홀 쑨 아니라 腥穢의 氣가 鼻를 觸하며 人의 骸骨과 如흔 者가 累累 相枕흔지라.

公이 一見에 酸鼻홈이 極하나 小毫도 恐縮치 아니하고 挺然히 立하야 動靜을 俟하더니 二更이 過홈이 果然 山谷中으로부터 千兵萬馬가 驟至하는듯 靑碧의 火光이 炫耀閃忽하면서 寺門을 向하야 至하는지라 公이 더욱 精神을 奮厲하야 毅然히 動치 아니하고 前面만 望見하더니 數十의 鬼群이 모다 頭를 搖하고 掌을 鼓하며 或歌或笑하면셔 各히 大棒을 持하고 中庭으로 入하다가 一鬼卒이 先至하야 公을 見하고 곳 忙步로 退하야 群鬼에게 告하되 彼 大廳의 上에 人이 有하다 하니 輩鬼가 踊躍하면서 相謂하되 今夜는 幸히 遊戱의 具를 得하얏도다 하며 其 中에 一大鬼가 劍을 杖하고 入하다가 公을 見하고 忽然 惝惝히 步를 退하야 群鬼다려 謂하되 吾等이 俗客으로 知하얏더니 千萬意外에 宋尙書가 來하얏도다 此人은 役鬼使神하는 才가 有하니 今夜는 吾等의 得意홀 秋가 아니라 各自 退去홈이 可하다 하고 將次 步를 回하려 홀 際에 公이 天을 仰하야 念呪흔 지 一回에 문득 高聲大喝하며 汝等의 邪鬼가 敢히 何處로 逃하려 하나뇨 群鬼가 大驚하야 一時의 公의 前에 俯伏하며 罪를 謝하거늘 公이 怒하되 汝等의 罪가

不淺하니 汝等은 天明홀 時ᄭ지 此處에셔 命을 待하라 群鬼가 敢히 一言을 發치 못하고 終夜토록 俯伏하얏더니 天이 明홈이 漸次 其 形이 消하고 曾히 寺壁에 揭하얏던 古代畵像의 紙片이 風을 隨하야 地面에 飄蕩하거늘 公이 此를 拾取하야 一一히 燒棄흔 後에 其 廢寺에도 火를 放하야 灰燼을 作한 後에 歸하얏더니 此後로ᄂ 鬼患이 終熄하고 人民이 漸次 移住하야 往日의 村落이 復活하얏더라.

47. 사악한 귀신 쫓아버린 송 상서,
충성을 잡고 절개 세운 사람(하)

그 뒤에 공이 경사에 돌아와 과거에 나아갈 때였다. 그날 밤에 한 꿈을 꾸었는데 친히 벼를 베어 말(斗)로 되었다. 다음 날 이른 아침 일어나 공이 스스로 풀어보니 '벼화 변의 두(禾 邊의 斗)'는 즉 과거의 과(科)자이니 '내가 과거에 급제하는 걸 의심치 않도다' 하였다. 과연 이날에 과거에 급제하여 즉시 한림학사(翰林學士)를 제수받았다.

이때는 공민왕(恭愍王, 1330~1374)[1] 만년이었다. 왕이 친히 어전으로 명소(命召)[2]하시어 어주를 내리시며 말하였다.

"경의 선조 진천백(鎭川伯)[3]은 우리 인종(仁宗)[4]을 보좌하야 태평을 이뤘으니 경은 모름지기 집을 보필하여 이 위축되어 펼치지 못하는 국세를 만회하라."

그리시고 총우(寵遇)[5]가 날로 두터워져 얼마 되지 않아 예부 상서(禮部尙書)[6]로 탁배(擢拜)[7]하고 국사를 물었다. 공도 지우(知遇)[8]의 은혜에 감

---

1) 고려 제31대 왕.
2) 임금이 신하를 은밀히 불러들임.
3) 고려시대 평장사(平章事)를 지낸 송인(宋仁, ?~1126)이다. 송인은 진천 송씨 1세조로 지금의 충청북도 진천군 덕산면 두촌리 두루지마을에서 태어났다. 고려 인종 때 이자겸의 난이 일어나자 왕을 호위하다가 척준경이 이끄는 군대에 의해 피살되었다. 이자겸의 난이 평정된 이후 찬화공신(贊化功臣)에 기록되었고, 상산백(常山伯)에 봉해졌다. 상산이 지금의 진천이다.
4) 고려 제 17대 왕. 예종과 이자겸의 둘째 딸 순덕왕후 사이에서 태어났다. 인종이 이자겸의 셋째 딸과 넷째 딸을 비로 맞아들이면서 이자겸의 권세가 크게 성장하는 배경이 되었다. 이자겸 세력을 제거하고 난 뒤에는 묘청의 서경천도론에 공감하여 수시로 서경을 순행했으나 김부식 등 문벌귀족 반대로 좌절되었다.
5) 특별하게 받는 대우.
6) 예부의 으뜸 벼슬.

격하여 온 정성을 다하여 보좌하였다. 공은 성품이 또한 강직하고 거리낌 없이 말하며 일을 처리하는데 알지 못하는 게 없으며 알고서 말하지 않는 게 없었다.

왕이 일찍이 경탄하며 포은(圃隱) 정몽주(鄭夢周, 1337~1392)[9]가 일찍이 공의 재주를 칭찬하여 '왕좌(王佐)[10]의 재주가 있다' 하였다며 또 친경(親敬)[11]하기를 그치지 않았다.

그 후에 조선 태조(太祖)의 위권(威權)[12]이 날로 성함을 보고 하루는 왕에게 은밀히 아뢰었다.

"이 시중(李侍中, 이성계)이 장차 국가에 이롭지 않으리니 청컨대 그 권위를 깎아 후일 뜻밖의 변란을 방비하소서."

누누이 이를 역설하였는데 왕이 입으로는 "그러마. 그러마." 하였으나 마침내 그 말을 따르지 못하였다. 이 말이 여러 신하 사이에 돌게 되니 정도전(鄭道傳, 1337~1398)[13]이 이를 핵주(劾奏)[14]하여 '국가의 원훈(元勳)[15]을 망령되이 무고한다' 하고 왕에게 청하여 중전(重典)[16]으로 다스려야 한다고 하였다. 왕이 그 사람됨을 본디 알기에 특별히 용서하여

---

7) 발탁되어 제수됨.

8) 재주를 알고 대접함.

9) 고려 말기의 문신으로 자는 달가(達可)이고 시호는 문충(文忠)이다. 1392년 조준, 정도전 등이 이성계를 왕으로 추대하려 하자, 이를 반대하다가 선죽교에서 이방원의 부하에게 죽임을 당하였다. 의창(義倉)을 세워 가난한 사람을 구제하고 유학을 보급하였으며, 성리학에 뛰어났다. 저서에 『포은집(圃隱集)』이 있고, 시조로 〈단심가(丹心歌)〉가 전한다.

10) 임금을 보좌함.

11) 몸소 공경함.

12) 위세와 권력을 아울러 이르는 말.

13) 고려 말 조선 초 문신·학자·개국공신. 자는 종지(宗之), 호는 삼봉(三峰). 본관은 봉화(奉化).

14) 관원의 죄를 탄핵하여 임금이나 상관에게 아뢰던 일.

15) 나라를 위하여 훌륭한 일을 하여 임금이 아끼고 믿어 가까이하는 신하.

16) 엄하고 무거운 법률.

공을 안성 군수(安城郡守)로 외번(外蕃)[17]에 내치니 공이 명령을 듣고 즉시 나아갔다. 안성군에 부임한 뒤로 늘 국사의 잘못됨을 통탄하여 근심하고 즐겁지 않았으나 백성을 다스리는 목민관으로서 임무가 또한 중하였다. 백성 다스리기를 너그럽게 하며 사람 사랑하기는 덕으로써 하여 예의를 숭상케 하며 농상(農桑)을 권하였다. 이와 같이 한 지 몇 해에 한 고을이 크게 다스려져 곳곳에 '우리 군수 내모(來慕)의 노래'[18]를 부르며 소부두모(召父杜母)[19]의 덕을 칭송하였더라.

이때는 공양왕 말년이니 그사이에 국운이 크게 어지러워지고 왕의 운수가 이미 끊어졌다. 공양왕이 자리를 양위하고 태조께서 선양을 받아 높은 지위에 오르셨다. 공이 안성에서 이 보고를 듣고 송경(松京)을 바라보고 사흘을 통곡하다가 이에 관인을 풀어 걸어놓은 후에 진천(鎭川) 선영의 아래에 집을 얽고 은거하며 거문고와 책으로 스스로 즐거워하며 오직 사람들이 알까 근심하였다.

태조는 원래 공의 재주와 덕망을 사모하여 평일에도 항상 추앙하였는데 공이 한 번 안성에 내쳐진 이후로 늘 염려하였다. 다시 천거하여 발탁하여 쓰려 했지만 겨를이 없었다. 마침내 등극하신 후에 사방으로 물색하여 공이 진천에 은거함을 들으시고 현훈사마(玄纁駟馬)[20]로 초빙

---

17) 본래 국경 밖의 자기 나라 속지(屬地)이나 여기에서는 '지방' 정도의 의미임.

18) 선정을 찬미하는 백성의 노래라는 말이다. 내모는 '왜 이렇게 늦게 왔느냐'는 뜻의 '내하모(來何慕)'의 준말이다. 동한(東漢)의 염범(廉范)이 촉군 태수(蜀郡太守)로 부임하여 선정을 펼치자, 백성들이 "우리 염숙도여 왜 이리 늦게 오셨는가. 불을 금하지 않으시어 백성 편하게 되었나니, 평생토록 저고리 하나 없다가 지금은 바지가 다섯 벌이라네.(廉叔度 來何暮 不禁火 民安作 平生無襦今五袴)"라는 찬가를 지어 불렀다고 한다. 숙도(叔度)는 염범의 자(字)이다. 『후한서』 권31 「염범열전」에 보인다.

19) 부모와 같은 소두라는 뜻으로 선정을 말한다. 한(漢)의 소신신(召信臣)과 두시(杜詩)가 전후하여 남양 태수(南陽太守)를 지내 선정을 베풀었기에 남양 사람들이 "전에는 아버지 같은 소신신이 있었고, 나중에는 어머니 같은 두시가 있었네.(前有召父 後有杜母)"라고 노래하였다. 『한서』 권89 「소신신」, 『후한서』 권31 「두시열전」에 보인다.

20) '현훈'은 검붉은색, 또는 검붉은 비단으로 장사지낼 때 산신(山神)에게 바치거나 산신제

하여 벼슬길에 나오기를 촉구하였으나 공은 응하지 않았다. 그 후에 또 삼징칠벽(三徵七辟)[21]을 하였으나 끝내 임금의 명령을 받들지 않고 사자(使者)에게 말하였다.

"나는 부귀에 욕망이 없고 산수에 즐거움이 있으니 이로써 일생을 마칠 따름이오. 돌아가 주상께 아뢰시오. 만일 나를 억지로 명령을 따르게 한다면 차라리 이 몸을 황해(黃海)에 던져 물고기 배 속에 장사지낼지 언정 결코 몸을 굽혀 종남(終南)의 길[22]을 밟지는 않을 것이라고."

사자가 돌아가 이 말을 복명(復命)[23]하니 임금이 억지로 굴복시키지 못함을 알고 탄식하기를 그치지 못하였다.

공이 만년에 이르러 가세가 자연 가난해져 계옥(桂玉)의 탄식[24]을 면치 못하였다. 하루는 공이 여러 비복들을 불러 말하였다.

"너희들이 상전 때문에 굶주림을 면치 못하니 내 마음이 실로 슬프구나. 이제 너희들을 속량(贖良)[25]하니 행여 상전을 마음 쓰지 말고 각기 근면히 일하여 생활을 안전케 하여라."

노복들이 머리를 두드리고 슬피 울며 대답하였다.

를 마치고는 이 비단을 거두어다가 광중(壙中)에 묻는다. 또 사람을 초빙할 때 예물로도 쓰인다. '사마'는 한 채의 수레를 메고 끄는 네 필의 말로 결국 예의를 갖추어 인재를 초빙한다는 말이다.

21) 세상을 피하여 숨어서 사는 선비를 임금이 부르던 말이다. 진(晉)나라 왕부(王裒)는 자기 부친이 비명에 세상을 떠난 것을 애통하게 여겨 은거한 채 학생을 가르치면서 조정에서 세 차례 소명을 내렸고(三徵) 주군(州郡)에서 일곱 차례 불렀으나(七辟) 모두 나아가지 않았다고 한다. 『진서(晉書)』 권88 「왕부열전(王裒列傳)」에 보인다.

22) 종남산(終南山)은 장안(長安)의 남쪽에 있는 산 이름으로 우리나라에서 서울의 남산 별칭이다. 장안 북쪽에 있는 강 이름이 위수(渭水)이기에 우리나라에서 한강의 별칭으로 흔히 써 왔다. 여기서는 결코 벼슬길에 나가지 않겠다는 말이다.

23) 명령 받은 일을 집행하고 나서 그 결과를 보고하는 일.

24) 식량 구하기가 계수(桂樹)나무 구하듯이 어렵고, 땔감을 구하기가 옥을 구하기만큼이나 어렵다는 뜻으로 매우 가난함을 말함.

25) 종을 풀어 주어서 양민(良民)이 되게 함.

"신하가 그 임금을 위하는 것과 종이 그 주인을 위하는 것은 그 뜻은 하나입니다. 대감은 옛 임금을 위하여 그 절개를 훼손치 않으셨거든 소인들이 어찌 상전이 가난하다고 그 마음을 바꾸겠습니까. 종신토록 이 집에 머무르며 감히 다른 뜻을 두지 못할 것입니다."

오호라! 공의 밝고 밝은 큰 뜻은 위로는 하늘에 부끄럽지 않고 아래로 이제(夷齊)[26]에게 부끄럽지 않으니 그 군은 뜻과 당당한 절개는 실로 해와 달과 함께 그 밝음을 다투고 산의 멧부리와 그 높이를 다툴 것이로다. 그 노비에 있어서도 또한 각기 의를 지켜 옛 주인을 저버리지 않았으니, 이 어찌 공의 평소 큰 의리와 매운 절개가 사람을 감화시켜 천한 아랫사람에게까지 이른 것이 아니리오.

四十七. 驅邪役鬼宋尙書, 此是秉忠立節人(下)

其 後에 公이 京師에 歸하야 科에 赴홀세 其 夜에 一夢을 得하니 親히 禾를 刈하야 斗로 量혼 事가 現하얏거날 翌朝에 起하야 公이 自解하되 「禾 邊의 斗」는 卽 科字이니 我가 登科홈이 無疑하리로다 하얏더니 果然 是日에 登第하야 卽時 翰林學士를 拜하얏더라 此時는 恭愍王의 晩年이니 王이 親히 御前으로 命召하사 御酒를 賜하시며 曰 卿의 先祖 鎭川伯은 我 仁宗을 佐하야 太平을 致하얏스니 卿은 須히 朕을 輔하야 此 萎微不振혼 國勢를 挽回하라 하시고 寵遇가 日로 隆하야 未幾에 禮部尙書를 擢拜하고 國事로써 咨흠이 公도 知遇의 恩을 感하야 竭忠輔佐하며 性이 又 强直敢言하야 事에 知치 못하는 者가 無하며 知하고셔는 言치 아니하는 者가 無하니 王이 常히 敬憚하며 圃隱 鄭夢周가 常히 公의 才를 稱하야 王佐의 才를 有하얏다

하야 ᄯᅩ한 親敬하기를 不已하얏더라 其 後에 朝鮮 太祖의 威權이 日
盛홈을 見하고 一日은 王에게 密奏하되 李侍中이 將次 國家에 利치
아니하리니 請컨대 其 權을 削하야 他日의 不虞의 變을 防하소셔 하
야 屢屢 此를 力說하얏는대 王이 口로는 唯唯하나 맛참니 其 言을
從치 못하고 早히 此 言이 群僚의 間에 知혼 바ㅣ 됨이 鄭道傳이 此를
劾奏하야 國家의 元勳을 妄誣하얏다 하고 王ᄭᅴ 請하야 重典에 置코져
하니 王이 其 爲人을 素知홈으로 特히 宥하야 公을 貶하야 安城郡守
로 外藩에 出케 하니 公이 聞命 卽行하야 此 郡에 赴任혼 後로 常히
國事의 日非홈을 痛嘆하야 忽忽히 樂치 아니하얏스나 牧民의 任이
ᄯᅩ한 重하고 大홈으로 民을 治하기를 寬으로써 하며 人을 愛하기를
德으로써 하야 禮義를 尙케 하며 農桑을 勸하야 如斯히 혼 지 數年에
一境이 大治하야 處處에 我侯 來暮의 歌를 唱하며 召父 杜母의 德을
頌하얏더라 此時는 恭讓王 末年이니 其 間에 國步가 多艱하고 王祚
가 已斷하야 恭讓王이 位를 讓하고 太祖ᄭᅴ셔 禪을 受하야 大位에 陟
하셧는대 公이 郡에 在하야 此 報를 聞하고 松京을 望하고 三日을
痛哭하다가 이에 印을 解하고 冠을 掛혼 後에 鎭川 先塋의 下에 屋을
搆하고 此에 隱居하야 琴書로써 自誤하며 오즉 人이 知홀가 慮하더니
太祖는 元來 公의 才德을 慕하야 平日에도 常히 推仰하얏는대 公이
一自 安城에 貶한 後로 常히 留意는 하야스나 更히 薦引擢用하기를
未遑하얏더니 맛참 登極하신 後에 四處로 物色하야 公이 鎭川에 隱居
홈을 聞하시고 玄纁駟馬로써 聘하야 出仕하기를 促하얏스나 公이 起
치 아니하고 其 後에 又 二徵七辟을 爲하얏스되 밋참내 詔를 奉지
아니하고 使者를 對하야 謂하되 我는 富貴의 慾이 無하고 山水의 樂
이 有하야 此로써 一生을 終홀 而已니 歸하야 主上ᄭᅴ 奏하되 萬一
我로 하야금 强히 命을 從케 홀진대 찰아리 身을 黃海에 投하야 魚鼈
의 腹에 葬홀지언정 決코 身을 屈하야 終南의 徑을 踏치 아니하리라

使者가 歸하야 此 言으로써 復命하니 上이 强屈치 못홀줄 知하시고 嗟嘆하기를 不已하얏더라.

公이 晩年에 至하야 家勢가 自然 貧寠홈으로 桂玉의 嘆을 免치 못하얏는대 一日은 公이 諸 婢僕 等을 前에 召하야 謂하되 汝等이 上典의 故로서 飢寒을 免치 못하니 我心에 實로 惻然한지라 我가 今에 汝等을 贖良하노니 汝等은 幸히 上典을 顧念치 말고 各히 勤勉 作業하야써 其 生을 安케 하라 奴僕 等이 叩頭涕泣하며 對하되 臣이 其 君을 爲홈과 奴가 其 主를 爲홈이 其 義가 一이니 大監은 舊君을 爲하야 其 節을 毀치 아니 하셧거든 小人 等이 엇지 上典의 貧寒으로써 其 心을 易하리잇고 하고 終身토록 門下에 留하야 敢히 他志를 有치 못하더라 嗚呼ㅣ라 公의 昭昭혼 大義는 上으로 皇天이 愧치 아니하고 下로 夷齊가 愧치 아니홀지니 其 桓桓한 志와 堂堂한 節은 實로 日月로 더부러 其 明을 爭하고 山嶽으로 더브러 其 高를 爭홀지로다 其 奴婢에 至하야도 쏘한 各히 義를 守하야 舊主를 背치 아니하니 此 엇지 公의 平日의 大義烈節이 人을 感化하야 下賤에게 ᄭ지 及홈이 아니리오.

48. 부귀도 그 마음 빼앗지 못했네, 아름다운 여인, 재주 있는 사내

일지매(一枝梅)는 평양(平壤) 명기이다. 문장에 능하며 가무를 잘하고 겸하여 용모가 매우 아름다워 평양 일경에 제일로 이름을 드날린 지 이미 오래되었다. 감사(監司) 네댓 명을 거치며 수청하기를 응하지 않고 항상 몸을 깨끗하게 스스로를 지켜 그 뜻을 뺏는 자가 없었다.

그 뒤 신 감사가 내려갈 때 조전(祖餞)[1]하는 객이 천연정(天然亭)[2]에 모였다. 우연히 일지매가 말끝에 나왔다. 어떤 이는 가무음률을 말하고 어떤 이는 문장과 용모를 칭찬하는 소리가 온 좌중을 떠들썩하게 하였다.

마침 임 백호(林白湖, 1549~1587)[3] 곁에 있다가 여러 재신들에게 말했다.

"저 일지매는 당세 이름난 기생으로 감사 수청을 응하지 않는다 하니 그 몸을 자처함이 심히 높은지라. 그러나 내가 가면 반드시 나를 따를 것이니 이때에는 여러 공들이 장차 어떻게 하시려오."

여러 재신들이 모두 말하였다.

"공이 만일 일지매를 데려오면 우리들이 공과 일지매가 함께 살림 차릴 비용을 일체 부담하리라."

---

1) 노제(路祭)를 지내고 전송하는 것을 말한다.
2) 현재 서울시 서대문구에 천연동에 있는 동명여자중학교 자리에 있던 정자이다. 무악재를 오가는 관원들을 맞이하고 전송하는 연회장이었다.
3) 임제(林悌)로 자(字)는 자순(子順), 호(號)는 백호(白湖)·겸재(謙齋)·벽산(碧山). 많은 서정시와 풍자시를 남겼으며, 〈수성지(愁城誌)〉, 〈원생몽유록(元生夢遊錄)〉, 〈화사(花史)〉 따위 소설과 문집으로 『백호집(白湖集)』이 전한다. 일찍이 속리산에 들어가 성운(成運)에게 배웠으며 문장과 시에 뛰어났다. 당파 싸움을 개탄하고 명산을 찾아 시문을 즐기며 지내다가 37세에 요절하였다.

이러하였는데 신 감사가 도임한 후에 수청을 분부하니, 과연 아주 거절하며 목숨을 걸고 응하지 않았다.

이에 임 백호가 내려가니 때는 칠월 중순이었다. 평양에 들어가 몸에 입은 화려한 의복을 벗고 해진 도포와 찢어진 갓을 쓰고 여러 날을 실컷 노닐다가 하루는 석양 무렵을 타서 약간의 해물을 짊어지고 집집문전을 오가며 사라고 외쳤다. 어둠이 들자 일지매의 문간에 이르니 한 소녀 사환이 나와서 어물 값이 얼마임을 물었다. 설왕설래 말을 주고받으니 이때 하늘빛은 이미 저물었는지라 백호가 하루 머물러 갈 것을 청하였으나 집에 들이지 아니하였다. 여러 가지 사정으로 애걸하여 겨우 문간 한 곳을 빌려 해진 자리를 깔고 한 구석 돌을 베고 거짓으로 잠든체했다.

달빛은 뜰에 가득하고 시원한 바람은 발을 통해 들어왔다. 일지매가 적적하고 쓸쓸함을 이기지 못해 이에 거문고를 안고 달 아래에 단정히 앉아 한 곡을 연주하였다. 또 맑은 노래를 부르거늘 백호가 허리에 차고 있던 옥퉁소를 꺼내어 그 노래에 화답하였다. 퉁소의 운과 노랫소리가 세상에 없는 지음(知音)[4]이었다.

일지매가 한편으론 놀랍고도 기뻐하며 뜰 가를 오가면서 소리가 나는 곳을 알려 하니 홀연 퉁소소리가 끊어졌다. 퉁소소리의 여음은 허공으로 날아오르고 밝은 달은 대낮과 같았다. 사방을 둘러보니 적막하였다. 이에 탄식을 하며 문득 계단에 서서 한 구 시를 읊조렸다.

창가에 복희씨 시절 달이 밝기도 하네   窓白羲皇月

홀연 사람이 말소리가 들렸다.

---

4) 본래 거문고 소리를 듣고 안다는 뜻으로, 자기의 속마음까지 알아주는 친구지간에 쓴다. 여기서는 백호의 퉁소소리와 일지매의 노래가 서로 조화로움을 이른다.

마루에 태곳적 바람 맑기도 하네 軒淸太古風

일지매가 크게 놀라 근처에 사람이 있는 줄 알고 사방을 둘러보아 종적을 찾으려 하였으나 소용이 없었다. 다만 문 곁에 어물상이 코 고는 소리만 들렸다. 바야흐로 흑첨향(黑甜鄕)[5]에 들었거늘 일지매가 몹시 서운함을 금치 못하여 다시 읊조렸다.

비단이불을 뉘와 함께 덮을꼬? 錦衾誰與共

어물상이 또 이어 읊었다.

나그네 베갯머리 한 쪽이 비어 있네 客枕一隅空

이러하거늘 일지매가 듣기를 마치기도 전에 한 걸음에 문 앞에 이르러 어물상을 발로 차 일으키며 말했다.
"어느 곳에 사는 쾌남아가 이와 같이 미인의 연약한 심장을 뒤흔들어 놓는 게요."
그리고 곧 임 백호의 손을 끌고 방으로 들어가 정결하고 화려한 의복으로 갈아입혔다. 그러고는 밤이 다하도록 노래를 불러 기쁨을 다하다가 잠자리를 함께 하였다.
일지매가 동방이 이미 밝은 것도 깨닫지 못하고 조회에도 **빠져버렸**다. 해가 높이 떠 관가의 사령이 성화같이 문밖에 이르러 두 사람을 함께 붙잡아갔다. 그 감사가 보니 곧 임 백호였다. 이에 창황히 내려가 친히 결박을 풀고 당상에서 나란히 앉은 후에 일지매와 결연한 사실을

---

5) 잠나라. 흑첨(黑甜)은 잠자는 것을 말하는데 캄캄하고도 맛이 달다는 뜻이다.

듣고 서로 크게 웃다가 감사가 일지매에게 말했다.

"내 인물 풍채가 네 새신랑만 못하지 않거늘 당초에 내 수청은 응하지 않았음은 무슨 까닭이냐?"

일지매가 대답하였다.

"사또는 부귀한 세력을 갖고 첩에게 수청을 들라 하였을 뿐이지요. 또 첩은 사또의 문장과 음률이 어떠한지 알지 못합니다. 첩이 부귀한 사람을 원하는 것이 아닌 이상 어찌 가벼이 사또의 명령에 따르겠습니까."

감사가 소리 높여 칭찬하고 드디어 임 백호와 함께 하루를 기쁘게 술자리 하고는 가마와 말을 준비하여 상경케 하였다. 백호는 마침내 일지매를 부실로 삼아 한평생을 해로하였다.

외사씨는 말한다.

"속어에 '천하에 상대함이 없는 것은 없다'라는 말이 있다. 그러므로 백두산의 상대는 한라산이라 하는 것과 같이 재주 있는 사내의 상대는 아름다운 여인이요, 아름다운 여인의 상대는 재주 있는 사내이니, 즉 일지매의 상대는 임 백호가 된다. 대저 명문가 규수와 슬기로운 여인은 부귀로도 그 마음을 빼앗지 못하며 위세와 무력으로도 그 뜻을 굴복시키지 못한다. 만일 그 당시에 감사 무리가 일지매가 명을 거절한다고 무리한 죄를 가하여 중형으로 묶었을지라도 일지매는 결코 그 마음을 바꾸지 아니하였을 것이다. 또 일지매로 말하면 한 도의 당당한 방백(方伯)[6]에게는 수청을 응하지 않고 임 백호가 진실로 일개 어물상으로 한 걸인임에도 불구하고 이에 몸을 허락한 것은 무슨 까닭인가? 이것은 두 사람의 문장 풍류가 서로 맞아서다. 근래 보통 여자가 다만 사람

_____
6) 각 도의 으뜸 벼슬아치.

품이 윤택함을 보고 가볍게 백 년 약속을 맺는 것에 비하니 어찌 하늘과 땅 차이가 아니겠는가."

四十八. 富貴不能奪其 志, 佳人才子兩相得

一枝梅란 者는 平壤의 名妓이라 能히 文章을 解하며 歌舞를 善하고 兼하야 容貌가 佳麗하야 平壤 一境에 第一로 擅名혼 지 已久혼지라 監司 四五等에 守廳하기를 不應하며 常히 潔身自守하야 其 志를 奪하는 者가 無하얏는대 其 後 新監司가 下去홀셰 祖餞客이 天然亭에 會集홈이 偶然히 一枝梅의 話端이 出하야 或은 歌舞音律을 言하고 或은 文章 容貌을 稱하야 一座을 聳動하얏더니 맛참 林白湖가 傍에 在ᄒ다가 諸 宰다려 謂ᄒ되 彼 一枝梅는 當世의 名妓로 監司의 守廳을 應치 아니한다 하니 其 身을 自處홈이 甚高혼지라 그러나 我가 下去하면 반다시 我를 從홀지니 伊時에는 諸公이 將次 如何히 하려나뇨 諸 宰가 皆 曰하되 公이 萬一 一枝梅를 率來하면 我等이 公과 一枝梅의 同居홀 設備費를 一切 負擔하리라 하얏는대 新監司가 到任ᄒ 後에 守廳을 分付하니 果然 牢拒하야 命의 應치 아니하는지라 이에 林白湖가 下去하니 時는 七月 中旬이라 平壤에 入하야 身上에 着用혼 華麗한 衣服을 脫去하고 弊袍破笠을 換着한 後에 數日을 遊玩하다가 一日은 夕陽時를 乘하야 若干의 海物을 負荷하고 家家門前으로 來去 叫賣하다가 薄昏時候에 一枝梅의 門首에 至하니 一 小女 使喚이 出하야 魚物의 價가 幾何임을 問하야 彼此 說往說來하니 時에 天色이 已晩혼지라 白湖가 託宿홈을 請하되 納치 아니하거늘 百般으로 懇乞하야 門間의 一處를 借得하야 破席一片에 石을 枕하고 佯睡하더니 此時에 月色은 庭에 滿하고 凉風은 簾에 入하는지라 一枝梅가 寂廖혼 心懷가 動홈을 堪키 難하야 이에 尺琴을 携하고 月下에

端坐하야 一曲을 細奏하고 又 淸歌를 唱하거늘 白湖가 腰間에 帶하얏든 玉簫를 出하야 其 歌를 依和하니 簫韻과 歌響이 眞實로 絶世의 知音이라 一枝梅가 且驚且喜하야 庭畔에서 彷徨하면서 簫聲의 來하는 處를 知코져 하얏스나 忽然 簫聲이 中斷하야 餘音은 空外로 飛去하고 明月은 白晝와 如흔지라 四顧寂廖흠으로 이에 嘆息을 發하고 更히 階上에 立하야 一句의 詩를 吟하되「窓白羲皇月」이라 하니 忽然 人語가 有하야 曰「軒淸太古風」이라 하거날 一枝梅가 大히 喫驚하야 近處에 人이 有흔줄 知하고 四面으로 踪跡을 尋하얏스나 影響이 無하고 다만 門側에 魚物商이 鼻를 鼾하는 聲만 聞하야 바야흐로 黑甛鄕에 在하거날 一枝梅가 悵然흠을 不禁하야 更히 吟하되「錦衾誰與共」고 하얏더니 魚物商이 又 續吟하되「客枕一隅空」이라 하거날 一枝梅가 聽하기를 了치 못하야 一步로 躍然히 門前에 至하야 魚物商을 蹴起하며 曰하되 何許 好漢子가 如何히 美人의 軟腸을 攪亂케 하나뇨 하고 곳 林白湖의 手를 携하고 房中으로 入하야 精潔華麗흔 衣服을 換着케 하고 夜가 終토록 唱樂하야 歡을 盡하다가 枕席을 共히 하야 東方이 旣白흠을 覺치 못하고 朝査에 闕參하얏더니 日이 高흠이 營中의 使令이 星火와 如히 門外에 至하야 二人을 並히 捉去하얏는대 及 其 監司가 見흔 則 林白湖이라 이에 蒼黃히 下하야 親히 縛을 解하고 堂上으로 延坐흔 後에 一枝梅와 結緣흔 事實을 聞하고 相視大笑하다가 監司가 一枝梅다려 謂하되 我의 人物 風采가 汝의 新郎主만 不如흔 바ㅣ 無하거늘 當初에 我의 守廳은 此를 應치 아니 하얏슴은 何故이뇨 一枝梅가 對하되 使道는 富貴의 勢를 挾하고 妾으로 守廳을 擧行하셧슬 쑨 아니라 且 妾이 使道의 文章과 音律의 解否를 知치 못하오니 妾이 富貴의 人을 願하는 者이 아닌 以上 엇지 輕輕히 使道의 命을 服從하리잇가 監司가 嘖嘖히 稱揚하고 드대여 林白湖로 더브러 一日을 歡飲하다가 轎馬를 備하야 上京케 하얏는대 白湖는

遂히 一枝梅로써 副室을 爲하고 一生을 偕老하니라.

　外史氏 曰 俗語에「天下에 無不對」라는 言이 有하니 故로 白頭山의 對는 漢拏山이라 홈과 如히 才子의 對는 佳人이오 佳人의 對는 才子이니 卽 一枝梅의 對는 林白湖가 될지로다 大抵 名媛과 哲婦에게는 富貴로도 其 心을 奪치 못하며 威武로도 其 志을 屈치 못하는 것이니 萬一 其 當時에 監司輩가 一枝梅의 拒命으로써 無理훈 罪責을 加하야 重刑으로써 繩하얏슬지라도 一枝梅가 決코 其 心을 易치 아니하얏슬 것이로다 又 一枝梅로 言하면 一道의 堂堂훈 方伯에게는 守廳을 應치 안이하고 林白湖를 眞個의 魚物商으로 認하야 一乞丐의 漢子임을 不拘하고 此에 身을 許하얏슴은 何故인가 此는 兩人의 文章風流가 相得홈이니 近來 凡俗의 女子가 다만 人의 懷中이 潤澤홈을 見하고 輕輕히 百年의 約을 結하는 者에 比하야 엇지 天壤의 相距가 아니라오.

49. 남녀 혼인은 중천금, 신의가 가상한 부부[1]

신라 진흥왕(眞興王)[2] 개국 연간에 두 사람의 달관(達官)이 있었다. 같은 동네에서 살았는데 일시에 두 사람이 남녀를 낳으니 남아 이름은 백운(白雲)이요, 여아 이름은 제후(際厚)였다.

두 사람 아들딸이 점점 장성하니 모두 뛰어나게 총명하여 각기 그 부모에게 몹시 사랑을 받았다. 이에 두 집안이 혼인하기를 기약하여 진실한 맹서가 매우 간곡하였다. 또 백운과 제후도 평일에 그 부모에게 약혼하였다는 말을 이미 들어 알고 있었다. 두 사람 간에는 오직 도요(桃夭)의 기일[3]을 기다릴 뿐이었다.

백운이 열네 살 되던 해에 국선(國仙)이 되었다가 열다섯에 불행히 두 눈이 멀었다. 이때 제후 부모는 백운이 장님이 된 것을 싫어하여 십여 년 동안이나 지켰던 굳은 맹서를 저버렸다. 그러고는 백운의 부모에게 파혼 글을 보낸 후에 무주 태수(茂朱太守) 이준평(李俊平)의 풍채와 위의가 단아하고 아름다우며 또 아직 아내를 얻지 않았다는 말을 들었다. 이에 매파를 보내어 혼인을 약속한 후에 머지않은 날 제후를 이

---

1) 이 이야기는 『삼국사절요』, 『동국통감』들에 보인다. 기록을 보면 『증보문헌비고』에는 제23대 임금 법흥왕 27(540)년 경신년 일로 『동사강목』에는 제24대 임금 진흥왕 27(566)년 병술년에 보인다. 이 이야기는 꽤 널리 퍼져 내려왔다. 18~19세기에 서울을 중심으로 활동했던 문인 무명자(無名子) 윤기(尹愭, 1741~1826)의 시에도 보인다. 그 시는 이렇다.

백운과 옛 약속이 마음속에 분명하여　　白雲舊約在心明
제후는 여인의 정절을 잊지 않았다오　　際厚不忘女道貞
김천이 협객 죽이고 제후를 찾아오니　　殺俠毎還賴金闡
셋에게 관작 내려 이름을 길이 전했네　　三人賜爵壽芳名

2) 신라의 제24대 왕(재위 540~576)이다.
3) '도요의 기일'은 복숭아꽃이 필 무렵이라는 뜻이니 혼인을 올리기 좋은 시절을 이르는 말이다.

사람에게 다시 시집보내려 짬짜미하였다.

제후가 이 말을 듣고 크게 놀라 부모에게 간하려 하다가 그 부모의 계획이 이미 오래되어 말로써 다투지 못할 줄 알았다. 이에 가위로 자살하여 그 절개를 훼손치 않으려다가 또 깊이 생각해보니 다만 자기의 정절을 위하여 몸을 죽인다면 부모에게 비통함을 끼치는 것이었다. 그래 임기응변 꾀를 써서 몸과 목숨을 훼손치 않고 정절을 보전함만 못하다 생각하고 그 부모에게 대하여는 오직 명을 따르겠다는 말씀을 드렸다.

하루는 비밀히 백운에게 가서 말하였다.

"첩이 부모 명에 의하여 그대와 부부되기를 약속한 지 이미 오래되었습니다. 그런데 지금 첩의 부모가 그대 눈이 먼 것을 싫어하여 옛 약속을 저버리고 새로이 혼인을 꾀하려 합니다. 첩이 부모의 명을 어기면 불효를 면치 못할 것이요, 만일 부모의 명이 중하다 하여 이를 순종하면 여자 절의에 부끄러움이 있으니 그 형세가 실로 모두 난감하군요. 그러나 첩이 무진(茂榛)으로 시집간다면 죽고 사는 것이 오직 나에게 있으니 그대는 아무 날에 무진에 와서 나를 찾으세요. 첩이 임기응변 방법으로 절개를 온전히 지켜 그대를 따르겠습니다."

그러고 정녕히 새로운 약속을 남기고 이별하였다. 그 뒤 길일을 당하여 준평이 수레와 말, 복식의 위의를 성대히 하여 여러 대 수레를 끌고 와 제후를 짝하여 무진으로 데리고 갔다.

우귀(于歸)[4]하든 당일 밤에 준평이 신방에 들어가 화촉의 아래에서 장차 제후의 옥 같은 손을 끌어 잠자리의 즐거움을 즐기려 하니 제후가 몸을 굳게 막으며 말했다.

"첩이 마침 달거리가 있어 몸이 불결하니 며칠만 기다려주세요."

준평이 이 말을 믿고 부득이 그 청대로 따랐다. 그다음 날 제후가

---

4) 신부가 혼인한 후 처음으로 시집에 들어감.

은밀히 시비를 시켜 백운의 소식을 탐문하니 과연 약속한 날에 맞춰 백운이 와 읍내에서 방황한다 하였다. 이에 시비로 하여금 백운을 인도하여 은밀한 곳에서 기다려라 하였다. 이날 밤 삼경이 지나 집안 사람들이 깊이 잠든 때를 타 시비와 함께 문을 나서 곧 백운이 기다리는 곳으로 가니 백운이 과연 삼경에 약속을 지키고 기다렸다. 두 사람이 서로 보고 크게 기뻐하여 함께 손을 잡고 큰 길을 따라 수십 리를 도망하였다. 하늘이 이미 밝고 붉은 해가 막 떠오르니 준평에게 잡힐까 염려하여 낮에는 숨고 밤에 가며 계곡으로 도망할 때였다.

갑자기 한 강도가 나타나 백운을 겁박하고 제후를 등에 업고 달아났다. 이때 백운의 종자인 김천(金闡)이 뒤에 오다가 이를 보고 크게 놀라 큰 몽둥이를 가지고 발자취를 추적하여 드디어 강도를 죽이고 제후를 빼앗아 돌아왔다.

이에 백운 부부와 종자 남녀 두 사람이 무사히 본 고향으로 돌아왔다. 곧 백운의 집에 도착하자 제후가 시어머니를 뵙고 아뢰었다. 백운의 집에서 제후의 집에 사람을 보내어 그 부모에게 전후 사실을 알렸다. 그 부모도 심히 놀랍고 기이하게 여겨 이 일의 전말을 갖추어 왕에게 아뢰니 왕이 삼 인 신의가 가상하다 여겨 각기 관작 일급을 주어 이를 칭찬하였다.

외사씨 왈: 삼국시대에는 날마다 전쟁을 일삼아 예의를 숭상할 겨를이 없음으로 대개 풍속이 퇴폐하고 기강이 해이하여 예를 알고 의리를 지키는 자가 드물었다. 그런데 제후 같은 일개 규중 처자가 능히 그 신의의 중함을 알고 지사미타(之死靡他)[5]의 의리를 지켜 임기응변의 계책을 써 마침내 백운을 따랐다. 그것은 절개요, 신의요, 의리이니 실로

---

5) 죽어도 마음이 변치 않음을 말한다.

가상하다. 그 당시에 있어 어찌 드물게 있는 여자라 말하지 않겠는가.

四十九. 男女婚約重千金, 信義嘉尙兩夫婦

新羅 眞興王 開國 年間에 二人의 達官이 有하야 同隣에서 居하얏
는대 一時에 兩人이 男女를 生하니 男曰 白雲이오 女曰 際厚ㅣ라 此
兩人의 男女가 稍稍 長成홈이 皆 總明穎悟하야 各히 其 父母에게
鍾愛흔 바가 되얏는대 이에 兩家가 結婚하기를 約하야 信誓가 丁寧하
고 且 白雲과 際厚도 平日에 在하야 其 父母에게 約婚ᄒ얏다는 事를
旣히 聞知하얏슴으로 兩人間에는 오즉 桃夭의 期를 待홀 뿐이니 白雲
이 十四歲 되는 時에 國仙이 되얏다가 十五에 不幸히 兩眼이 閉흔지
라 此時에 際하야 諸 厚의 父母는 白雲의 眼盲홈을 嫌하야 이에 十餘
年 以來 牢守하얏든 金石의 前約을 棄하고 白雲의 父母에게 破婚의
書를 送흔 後에 茂朱 太守 李俊平의 風儀가 端麗하고 且 아즉 娶妻치
아니홈을 聞하고 이에 媒를 送하야 結婚을 約흔 後에 不日間 際厚로
하야금 此에 改聘하기를 謀하얏는디 際厚가 此를 聞하고 大驚하야
父母에게 諫하려 하다가 其 父母의 謀計가 已熟하야 可히 口舌로써
爭치 못홀줄 知하고 이에 剪刀로써 自裁하야 其 節을 毁치 아니하려
하다가 又 更히 深思흔 則 다만 自己의 貞節을 爲하야 其 身을 殺홀진
대 徒히 父母에게 悲痛을 貽홈이니 此時에 權變의 策을 用하야 身命
을 毁치 아니하고 貞節을 保全홈만 不如하다 하고 이에 其 父母에게
對하야는 惟命是從하겟다는 言을 提하고 一日은 秘密히 白雲 往見하
고 謂하되 妾이 父母의 命에 依하야 君으로 더부러 夫婦되기를 約흔
지 已久흔지라 今에 妾의 父母가 君의 眼盲홈을 嫌하야 舊約을 廢하
고 新婚을 圖코져 하니 妾이 父母의 命을 違흔 則 不孝를 免치 못홀
것이오 萬一 親命이 重하다 하야 此를 順從흔 則 女子의 節義에 愧홈

이 有하니 其 勢가 實로 兩難ᄒᆞ지라 妾이 茂榛으로 歸하ᄂᆞᆫ 時ᄂᆞᆫ 死하
고 生하ᄂᆞᆫ 것이 오즉 我에 在하니 君은 願컨대 某日에 茂榛에 來하야
我를 尋하라 妾이 맛당히 權變의 道로써 其 節을 全하야 君을 從하리
라 하고 丁寧히 信約을 留하고 別하얏더라 其 後 吉日을 當하야 俊平
이 車馬服飾의 威儀를 盛히 하야 百兩으로써 來御ᄒᆞᆫ 後에 際厚를 伴
하야 茂榛으로 歸하얏ᄂᆞᆫ대 其 于歸하든 當夜에 俊平이 新房에 入하야
華燭의 下에서 將次 際厚의 玉手를 援하야 衽席의 歡을 爲코져 하니
際厚가 牢拒하며 曰하되 妾이 맛참 月事(月經을 謂홈)가 有하야 身이
不潔하니 請컨대 數日의 後를 俟하라 俊平이 此를 信하고 不得已 其
所請대로 從하얏더니 其 翌日에 際厚가 暗히 侍婢를 使하야 白雲의
消息을 探ᄒᆞᆫ 則 果然 期日에 白雲이 來하야 邑內에서 彷徨ᄒᆞᆫ다 하ᄂᆞᆫ
지라 이에 侍婢로 하야금 白雲을 導하야 某處에서 待하라 하고 此夜
三更後에 家人이 熟睡하ᄂᆞᆫ 時를 乘하야 獨히 侍婢로 더부러 門을 出
하야 곳 白雲의 待하ᄂᆞᆫ 處로 赴하니 白雲이 果然 三亭[6]의 約을 守하
고 待하거늘 兩人이 相見大喜하야 共히 手를 携하고 大路를 由하야
數十里를 走하다가 天色이 已明하고 紅日이 方昇홈이 俊平에게 捕獲
홀가 慮하야 晝伏夜行하며 山谷中으로 逃하더니 忽然 一强盜가 出하
야 白雲을 劫하고 際厚를 背에 負하고 走하ᄂᆞᆫ지라 白雲의 從者 金闖
이란 者가 後에 來하다가 此를 見하고 大驚하야 手에 大棒을 持하고
踪을 追하야 드대여 盜를 擊殺하고 際厚를 奪還하얏ᄂᆞᆫ대 於是에 白雲
의 夫婦 兩人과 從者의 男女 二人이 無事히 本鄕에 歸하야 곳 白雲의
家에 抵하야 際厚가 舅姑에게 見謁하고 本家에 人을 送하야 其 父母
에게 前後 事實을 告ᄒᆞᆫ즉 其 父母도 甚히 驚異하야 此事의 顚末을
具하야 王ᄭᅴ 奏達하니 王이 三人의 信義가 俱히 嘉尙하다 하야 各히

---

6) 원문에는 '三亭'으로 되어 있다. 문맥을 고려하여 '三更'으로 바로 잡았다.

官爵 一級을 與하야 此를 褒獎하시니라.

外史氏 曰 三國時代에 在하야는 日로 干戈를 爲事하야 禮義를 尙
홀 遑이 無홈으로 大槪 風俗이 頹廢하고 綱紀가 解弛하야 禮를 知하
고 義를 守하는 者가 幾希하얏는대 際厚와 如홈은 一個 閨中의 處
子로 能히 其 信義의 重홈을 知하고 之死靡他의 義를 守하야 權變의
策을 用하야 맛참니 白雲을 從하얏스니 其 節也 信也 義也에 實로
嘉尙하도다 其 當時에 在하야 엇지 罕有의 女子라 謂치 아니하리오.

50. 임금이 어찌 심수공주의 뜻을 알리오! 성남의 걸인이 임금의 사위가 됐다네!¹⁾

심수공주(瀋水公主)는 고구려 평원왕(平原王, 고구려 제25대 왕으로 재위 559~590)의 어린 딸이니 단희(檀姬)라 한다. 공주가 어려서 울기를 잘하여 왕이 항상 장난삼아 말했다.

"너는 항상 울어 내 귀를 시끄럽게 하는구나. 자라서 재상집으로 출가할 수 없으니 성 남쪽에 사는 바보 온달(溫達)의 아내가 되게 하리라."

온달은 성 남쪽에 사는 비렁뱅이 아이였다. 용모는 못생겼고 매우 가난하여 시장을 오가면서 밥을 빌어 어머니를 봉양하였다. 당시 사람들이 바보 온달이라 불렀다.

그 후 공주가 처음으로 비녀를 꽂는 15세가 되니 왕이 부마를 하부경 (下部卿) 고밀(高密)의 아들 고백(高白)으로 정하였다. 고백은 용모가 미려하고 또 재품이 남보다 뛰어났다. 아버지 고밀은 본래 공자의 문인인 고자고(高子羔)²⁾의 후예였다. 고자고는 중국 공손연(公孫淵)³⁾의 난에 조부가 고구려에 포로로 잡혀 왔는데, 왕이 현인의 후손이라 하여 관작과 전답을 하사하고 그 자손이 또한 귀하게 되어 문벌이 자못 혁혁하였다.

공주가 이를 듣고 왕에게 말했다.

"아바마마께서는 항상 저를 바보 온달에게 시집보낸다고 하시더니,

---

1) 이 화(話)는 『삼국사기』 권145와 『삼국사절요』 권7, 평원왕 32년 조에 실려 있는 〈온달〉이야기이나 평강공주를 심수공주라 하고 이름을 단희라 하며 『시경』의 시를 패러디하여 싣는 등 작가 송순기의 윤색이 뚜렷한 작품이다. 심수(瀋水)는 요령성에 있는 강으로 일명 만천하(萬泉河)라고도 하니, 심양(瀋陽)이라는 이름이 여기에서 연유하였으며 청 태조가 도읍을 정한 곳이기도 하다.
2) '자고'는 공자의 제자 고시(高柴)의 자(字)이다.
3) 삼국시대 위나라 사람으로 후한 강(康)의 아들로 스스로 연(燕)나라 왕이 되었다.

지금에 와서는 전의 말을 바꾸어 다른 곳으로 시집가라는 것은 무슨 까닭이신지요?"

왕이 말했다.

"바보 온달은 비렁뱅이 아니냐. 전에 한 말은 네가 하도 울기에 우스갯소리로 한 게지."

공주가 말하였다.

"혼인은 만복의 시작이요, 오륜에서도 중한 것이기에 우스갯소리로 할 게 아닙니다. 저는 바보 온달에게 시집가겠어요."

그리고는 화형(畵形)하기를 거부하였다. 화형은 고구려 시절에 혼폐(婚幣, 혼인 폐백)에 붉은 모래로 만든 채료로 그린 그림이니, 초상화를 서로 교환하는 중한 일이었다. 왕이 크게 성내었다.

"내 가르침을 따르지 않는다면 내 딸이 아니다. 너 하고 싶은 대로 속히 바보 온달에게 시집가라."

공주가 이에 팔찌 수십 개를 두 팔꿈치에 이어 매고, 시비 연개(緣介)와 함께 궁문을 나서 온달을 성 남쪽으로 찾아갈 때, 멀리 대동강을 바라보고 〈강유주(江有舟)〉 4장을 지었다. 그 노랫말은 이러했다.

강물에 배는 떠 있는데,	江有舟
배에는 상앗대가 없구나!	舟無篙
비록 상앗대가 없지마는,	雖則無篙
님을 따라 성 밖에 둘러 판 못이라도 건너리라.	從子于壕

흥(興)이면서 비(比)요, 또 부(賦)이다.[4] 온달에게 종사하려 하나 인도

---

4) 흥, 부, 비는 『시경』의 작법이다. 주자(朱子)의 견해에 따르면, '흥'은 먼저 다른 대상을 읊은 다음 읊고 싶은 대상을 읊는 것이고 '부'는 대상을 직접 길게 펼쳐 쓰는 것이요,

하여줄 매파가 없음을 말함이다.

강에는 배가 있건만,   江有舟
배에는 노가 없구나!   舟無楫
비록 노가 없지마는,   雖則無楫
님을 따라 진펄이라도 건너리라.   從子于隰

흥이면서 비요, 또 부이다.

강에는 배가 있는데,   江有舟
배에는 새는 물을 막을 뱃밥이 없구나!   舟無袽
비록 뱃밥이 없지마는,   雖則無袽
님을 따라 도랑이라도 건너리라.   從子于渠

흥이면서 비요, 또 부이다.

강물에는 배가 떠 있는데,   江有舟
배에는 키가 없구나!   舟無柁
비록 키가 없더라도,   雖則無柁
님을 따라 강하라도 건너리라.   從子于河

흥이면서 비요, 또 부이다.
〈강유주〉 4장이라.

'비'는 빗대는 것이다.

공주가 이 시를 짓고 바로 온달 집에 이르렀다. 온달의 늙은 어머니가 계신데 눈도 멀고 몹시도 여위었다. 공주가 온달 어머니에게 온달이 있는 곳을 묻고 찾아온 연유를 말하였다. 온달 어머니는 심히 놀라며 괴이하다 여기고는 말했다.

"그대 냄새를 맡으니 향기가 짙어 우리네와 다르고 그대 손을 잡아보니 뼈마디가 부드럽기 비단 같으니 반드시 천하 귀인이 분명하오. 내 아들은 가난하고 또 누추하여 가까이할 수 없는데 귀인이 내 아이인 비렁뱅이 사내와 인연을 맺는다 함은 마땅치 않으오. 그리고 지금 우리 집 아이는 굶주림이 심해 느릅나무 껍질이나 벗겨다 먹으려 산에 가서 아직 돌아오지 않았다오."

공주가 온달이 돌아오기를 기다렸다가 온 까닭은 말하고 물 한 모금 떠놓고 혼례를 치러 부부 연을 맺었다. 그러한 후에 금팔찌를 팔아 집과 밭, 세간붙이들을 사들이고, 또 말을 많이 길러 온달을 도왔다.

왕이 어느 날 사냥을 나갈 때였다. 온달이 말을 타고 수행하여, 말달리기를 잘하니 하루는 그 성명을 물어 온달임을 알고는 심히 이상하게 여겼다.

그 후에 북주(北周)의 무제(武帝, 560~578)가 요동을 공격함에 온달이 앞서 나아가 적을 대파하니 공이 제일 높았다.

왕이 크게 기뻐하여 '나의 사위됨이 부끄럽지 않다.'고 하며, 대형(大兄)의 벼슬을 내리고 총애와 대우가 날로 더하였다.

온달의 자(字)는 응팔(鷹八)이니, 그의 아버지는 본래 여진인으로 일찍이 살인하고 원수를 피해 고구려로 흘러 들어오다가 길에서 사망하고 온달이 홀로 되신 어머니와 살아가며 비렁뱅이질을 하여 봉양하며 지냈다. 하루는 오룡산(五龍山)에서 나뭇짐을 할 때 홀연히 이인이 와서는 병서(兵書)를 주었다. 온달은 밤에 항상 이 책을 읽었는데 뜻밖에도 공주와 인연을 맺고 〈강유주〉 시를 듣고 『시경』 〈소아(小雅)〉편 〈홍안우비(鴻

雁于飛)〉라는 시를 차용하여 화답했다. 그 노랫말은 이렇다.

기러기가 나는데,	鴻雁于飛
대들보에 앉았네.	亦止于梁
줄풀이 사방에 떨어져버려,	菰之方落
쪼아보지만 알곡은 없어라.	載喙無糧

흥이면서 비이다. 이 말은 지극히 가난한 집에 와 비단과 구슬 속에 편안하게 지낼 수 없음을 읊은 것이다.

기러기가 나는데,	鴻雁于飛
하늘로 치솟아 오르네.	亦戾于天
안색을 보고 날아가니,	色斯之舉
주살이 아니고 거문고 줄이어라.	非繳伊絃

이것은 자기가 장차 멀리 도망가려 하였으나, 공주가 와서 나를 해치려 하는 것이 아니기에 부부의 연을 맺겠다는 말이다.

기러기가 나는데,	鴻雁于飛
언덕에 모였도다.	亦集于原
할미새를 그리워하니,	戀彼脊令
형제가 서로 도와준다.	兄弟相援

흥이면서 비이다. 이 말은 집이 가난한데 형제 없음을 읊었다.

기러기가 날다가,	鴻雁于飛

그 짝을 돌아보도다.	亦顧其侶
마땅히 외면하고 떠나고 싶지만,	宜敢睽離
그대와 맹서한 것이 두렵구려.	畏爾信誓

흥이면서 비이다. 이 말은 이미 부부간에 화합하여 감히 맹세를 어길 수 없음을 말한다.

이후로 온달이 대장이 되어 군공(軍功)을 많이 세웠는데, 신라와 싸우다가 마침내 충절을 위해 죽었다. 장차 장례를 치르려 하자 널이 움직이지 않았다. 공주가 와서 통곡하며 어루만지면서, '국사를 위하여 사생결단하였으니 돌아가세요.' 하니 관이 그제야 움직여 돌아가 장례를 치렀다.

五十. 君王豈識公主志, 城南乞夫爲駙馬

潘水公主는 高句麗 平原王의 小女이니 名은 檀姬라 公主가 幼時에 常히 善啼홈으로 王이 常戲호되 汝가 恒常 啼하기를 好하야 我의 耳를 聒하니 長成한 後에는 宰相의 家로 出嫁치 아니하고 城南 愚溫達의 婦가 되게 하리라 하얏는대 愚溫達이란 者는 城南의 乞兒이니 容貌가 龍鐘하고 家勢가 甚히 貧寒하야 市井으로 往來하면셔 乞食養母하는 者임으로 時人이 指하야 愚溫達이라 稱하는 터이더라 其後에 公主가 笄年에 及홈이 王이 駙馬를 下部卿 高密의 子 高白에게 定하얏는대 容貌가 美麗하고 又 才品이 人에 過한지라 高密은 本 孔子의 門人 高子羔의 後裔이니 中國 公孫淵의 亂에 高密의 祖가 高句麗에게 被俘하야 來하얏는대 王이 賢人의 後라 하야 官爵과 田宅을 賜하고 其 子孫이 坯한 榮貴하야 門地가 頗히 爀爀하얏더라 公主가

此를 聞하고 王께 問하되 王이 常히 我를 愚溫達에게 出嫁케 ᄒ다
하시더니 今에 至하야 前言을 改하고 他에 適코자홈은 何故이냐뇨
王이 曰하되 溫達은 乞兒이니 前言은 我가 戲홈이니라 公主가 曰하되
婚姻은 萬福의 始오 五倫의 重한 것인즉 可히 戲치 못홀 것이라 願
컨대 溫達에게로 適하겟노이다 하고 畵形하기를 不許하얏ᄂ디 畵形
은 高句麗時 婚幣에 丹書式으로 爲重하니 丹書式이란 者ᄂ 肖像으
로써 交換하는 것이라 王이 大怒하되 我의 敎를 不從하면 我의 女가
아니니 汝의 所欲디로 速히 溫達에게로 嫁하라 公主가 이에 寶釧 數
十枚를 肘後에 繫하고 侍婢 綠介로 더브러 宮門을 出하야 溫達을 城
南에 訪홀세 速히 淇水를 望하고 江有舟(詩名) 四章을 作하니 其 詞
에 曰

△ 江有舟。 舟無篙。 雖則無篙。 從子于壕。 興而比又賦也 此
　　欲從溫達 而無媒可導也
△ 江舟舟。 舟無楫。 雖則無楫。 從子于隰。 興而比又賦也
△ 江有舟。 舟無枻。 雖則無枻。 從子于渠。 興而比又賦也
△ 江有舟。 舟無柁。 雖則無柁。 從子于河。 興而比又賦也
　　　　　　　　　　　　　　　　　　　　　(江有舟 四章)

公主가 此 詩를 作하고 直히 溫達 家에 至하니 家에 老母가 有하야
眼이 盲하고 且衰한지라 公主가 其 母를 向하야 溫達의 所在를 問하
고 又 其 所懷를 言하니 其 母ᄂ 甚히 驚怪하야 曰하되 子의 臭를
聞하니 芬馥이 異常하고 子의 手를 接하니 柔滑하기 綿과 如ᄒ즉 必
是 天下의 貴人이라 吾 兒ᄂ 貧하고 且 陋하야 接近홀 바이 아니어눌
貴人이 吾 兒의 如ᄒ 丐乞의 漢子와 緣을 結혼다홈은 實로 其 所宜가
아니로다 今에 吾 兒가 飢가 甚하야 楡皮를 取하여 山에 往하야 返치

아니하얏노라 公主가 溫達의 歸홈을 待하야 其 所懷를 言하고 드디여 勺水로서 禮를 成하야 夫婦의 緣을 結흔 後에 公主가 金釧을 賣하야 田宅과 器物을 買하고 또 馬를 多養하야 溫達을 資하얏는디 王이 嘗히 出獵흘 時에 溫達이 문득 馬로서 遂行하야 馳騁을 善히 홈으로 一日은 王이 召하야 姓名을 問하야 溫達임을 知하고 甚히 驚異하얏더 니 其 後에 周武帝가 遼를 攻홈이 溫達이 先進하야 敵을 大破하얏슴 으로 功이 第一에 居흔지라 王이 이에 大喜하야 曰 眞實로 我의 外甥 됨이 無愧하다 하고 大兄의 爵을 授하야 日로 寵遇를 加하얏더라 溫 達의 字는 鷹八이니 其 父는 本 女眞人이라 嘗히 人을 殺하고 仇를 避하야 高句麗에 流入하다가 中道에서 死亡하고 溫達이 獨히 其 母 로 더부러 同居하야 乞食 養母하다가 一日은 五龍山에서 採樵흘세 忽然 異人이 來하야 兵書를 授홈으로 夜에 常히 此를 讀習하더니 意 外에 公主와 緣을 結홈이 江有舟의 詩를 聞하고 「鴻雁于飛」의 詞로 和하니 其 詞에 曰

  △ 鴻雁于飛○ 亦止于梁○ 菰之方落○ 載啄無糧○
    興而比也 此言貧窮之至 不可與綺王宴安也
  △ 鴻雁于飛○ 亦戾于天○ 色斯之擧○ 非繳伊絃○
    興而比也 此言吾將遠去 而今公主之來非欲以繳害我 而琴瑟相
    求也

  △ 鴻雁于飛○ 亦集于原○ 戀彼脊令○ 兄弟相援○
    興而比也 此言貧 而無兄弟也
  △ 鴻雁于飛○ 亦顧其侶○ 宜敢睽離○ 畏爾信誓○
    興而比也 此言旣以琴瑟相求 不敢違信誓也

此 後로 溫達이 大將이 되야 軍功을 多立하얏더니 其 後 新羅와 戰하다가 竟이 節에 殉홈이 葬하려 하야도 柩가 動치 아니하니 公主가 來하야 哭하야 柩를 撫하야 曰 國事를 爲하야 死生을 決하얏스니 可히 歸홀지어다 흔즉 柩가 이에 動하야 還葬을 爲하니라.

51. 사내가 어느 곳에선들 만나지 않으리,
   덕으로 덕을 갚는 게 군자의 일이라 (상)

통제사(統制使) 유진항(柳鎭恒, 1720~1801)[1]이 젊은 시절 선전관으로 입직할 때였다. 이 해는 임오년(壬午年, 1762)인데 주금(酒禁)[2]이 극히 엄하였다. 하루는 달 밝은 밤에 입시(入侍)하라는 명이 있었다. 진항이 명을 받들고 입시하니 상감께서 장검을 내리시면서 말하였다.

"들으니, 백성들의 집에서 아직도 술을 담그는 자가 많다고 하니, 너는 나아가 사흘 안에 그 범법자를 잡아 바쳐라. 그렇지 않으면 네 머리를 바쳐라."

이러하시거늘, 진항이 정중히 절하고 집에 돌아와 이불로 얼굴을 덮고 누웠다. 그 첩이 "임금님의 명을 받아 가셨다가 이제 돌아와 넋을 잃고는 즐겁지 아니하시니 무슨 까닭이신지요?"라 물으니 진항이 대답하였다.

"내가 평일에 술을 즐기는 것은 자네도 알지. 술을 끊은 지 이미 오래되어 목구멍에 갈증이 심하여 견디기 어려우니 차라리 죽는 것이 낫겠다."

이러자 그 첩이 말하였다.

"술을 몰래 담근 집을 아는데, 제가 직접 가지 않으면 사 올 수 없습니다."

그리고는 술병을 차고 웃옷을 입은 후에 나갔다.

---

1) 진주 사람으로 1753년 무과에 급제하여 선전관·삼도수군통제사·지중추부사·도총관 등을 역임하였다. 80세로 숭록대부에 올랐다.
2) 술을 빚거나 팔지 못하게 법령으로 금한 것을 말한다.

공이 몰래 뒤를 밟으니 동촌의 한 초가집에 들어가 술을 샀다. 진항이 이를 보고 그 첩이 돌아서기 전에 발걸음을 돌려 집에 먼저 돌아와서 기다렸다.

잠시 후에 첩이 술병을 들고 들어오니 진항이 여러 잔을 마신 뒤 곧 술병을 가지고 일어났다. 그 첩이 괴이히 여겨 그 까닭을 물으니 진항이 말했다.

"아무 곳에 사는 아무 벗은 나와 평소에 막역한 술벗이다. 지금 이같이 귀한 물건을 얻었으니 어찌 혼자만 마시겠는가. 이를 가지고 가서 함께 마시려 한다."

그러고는 곧 문을 나와 동촌으로 곧장 가서 술 판 집에 들어가니 두서너 칸밖에 안 되는 아주 작은 집이 비를 가리지도 못하는데 한 유생(儒生)이 등불의 심지를 돋우고 책을 읽다가 진항이 들어오는 것을 보고 이상히 여겨 일어나 맞이하며 말했다.

"나그네께서는 어떻게 이 깊은 밤에 이곳에 오셨는지요?"

진항이 허리에서 술병을 꺼내며 말하였다.

"이것이 그대 집에서 사 온 것인데, 내가 일전에 주상께 이러이러한 하교를 받들었다. 이제 범인을 잡았으니 동행하지 않을 수 없다."

주인이 크게 놀라 반나절이나 말이 없다가 '제가 금주법을 어겼으니 어찌 회피하리오. 그러나 집에 노모가 계시니 잠시 겨를을 주시면 이별이나 하고 가는 게 어떠하신지요?' 하니 진항이 이를 허락하였다.

유생이 안에 들어가 낮은 소리로 어머니를 부르니 어머니가 놀라 물었다.

"밤이 이미 깊었는데 무슨 까닭으로 잠자지 않고는 들어왔느냐?"

유생이 대답하였다.

"전에 소자가 이미 어머니께 말씀드렸거니와 선비가 비록 굶어 죽을지언정 법을 어김은 불가하다 하였거늘 어머니께서 끝내 이를 믿지 않으시더니 이제 관헌에게 발각되었습니다. 소자는 이제 죽을 곳에 가오니 어머니께 불효함이 큽니다."

그 어머니가 이를 듣고는 목을 놓아 통곡하였다.

"하늘이시여! 땅이시여! 이 무슨 일입니까? 내가 술을 몰래 담근 것은 재산을 탐해서가 아니라 네가 아침저녁으로 마시려는 것인데 천만 뜻밖에도 이 지경에 이르렀으니 이는 내 죄이다. 이를 장차 어찌할꼬? 너는 실상 죄가 없으니 내가 너를 대신하여 죽으리라."

이러하며 진항에게 말했다.

"술을 몰래 담근 것은 나이니 나를 붙들어 가시오."

이럴 즈음에 그 아내가 또 놀라 일어나 가슴을 치며 크게 곡하면서 "이는 나의 잘못입니다. 원컨대 관인은 나를 잡아가시오. 모자는 이를 용서하시고 법에 허물이 없도록 해주시오."라 하였다.

유생이 이 말을 듣고 아내에게 천천히 말했다.

"일이 이미 이렇게 되었으니 곡한들 무슨 이익이 있겠소. 다만 나는 자식이 없으니 내가 죽은 후에 당신은 늙은 어머니를 봉양하여 내가 있을 때와 같이 하오. 아무개 댁의 아무개 형은 자식이 많으니 아들 하나를 솔양(率養)[3]하여 내 뒤를 잇게 하시오. 죄는 호주(戶主)에 있는 것이니 어찌 당신이 대신 죽겠는가."

그리고는 온 가족이 죽음을 다투며 결정치 못하였다.

五十一. 男兒何處不相逢, 以德報德君子事(上)

統制使 柳鎭恒이 少時에 宣傳官으로 入直홀시 此 歲는 壬午年이라 酒禁이 極嚴하더니 一日은 月夜에 문득 入侍의 命이 有훈지라 鎭

---

3) 양자(養子)를 삼는 것을 말한다.

恒이 命을 承하고 入侍호 則 上이 長劒을 賜하시며 曰 聞호 則 閭閻에
셔 尙히 釀酒하는 者가 多하다 하니 汝는 可히 出去하야 三日 以來에
該 犯者를 捉納하되 不然하면 汝의 頭를 來納하라 하시거늘 鎭恒이
拜辭하고 家에 退歸하야 衾으로 面을 掩하고 臥하니 其 妾이 問하되
君命에 赴하얏다가 今에 歸하야 忽忽히 樂치 아니하심은 何故이니고
鎭恒이 答하되 我가 平日에 酒를 耆飮하는 바는 汝의 知하는 바이어
니와 斷飮호 지 已久에 喉渴이 甚하야 堪키 難하니 찰아리 死홈만
不如홀지로다 其 妾이 이에 告하되 妾이 酒를 密造하는 家를 知하오
니 妾이 躬往치 아니하면 沽來홀 수 無하다 하고 因하야 壺를 佩하고
襖를 蒙호 後에 出去하거늘 鎭恒이 潛히 其 後를 躡호 則 東村 一
草家에 入하야 沽하는지라 鎭恒이 此를 見하고 其 妾이 回步하기 前
에 곳 趾를 回하야 家에 先歸하야 待호더니 有頃에 其 妾이 酒壺를
携하고 入하거늘 鎭恒이 數盃를 飮호 後에 곳 其 酒壺를 佩하고 起하
니 其 妾이 怪히 녁여 其 故를 問호더 鎭恒이 曰하되 某處 某 友는
我와 平日에 莫逆호 酒朋이라 今에 如此 호 貴物을 得하야 엇지 可히
써 獨飮하리오 此를 携하고 往하야 共飮코져 하노라 하고 곳 門을 出
하야 東村으로 直向하야 沽酒하든 家에 入하니 數間斗屋이 風雨를
不蔽하는디 一 儒生이 燈을 挑하고 書를 讀하다가 鎭恒의 入홈을 見
하고 怪히 녁여 起迎하며 曰 客子는 如此 深夜에 엇지 此에 到하나뇨
鎭恒이 腰間으로브터 酒壺를 出하며 曰 此는 君家에서 沽來호 바ㅣ라
我가 日前에 主上끠 如是如是호 下校를 奉하얏더니 今에 旣히 犯人
을 捉하얏스니 可히 同行치 아니치 못홀지로다 主人이 大驚하야 半晌
토록 語가 無하다가 乃 曰하되 我가 法禁에 旣犯하얏스니 엇지 回避
홈을 得하리오 그러나 家에 老母가 在하니 願컨더 片時의 暇를 得하
야 永訣하고 行홈이 何如하뇨 鎭恒이 此를 許하니 儒生이 內에 入하
야 低聲으로 母를 呼하니 其 母가 驚問하되 夜가 旣히 深하얏는디

何故로 眠치 아니하고 入하얏나뇨 生이 對하되 前者에 小子가 旣히 母親에게 上達하얏거니와 士夫가 비록 餓死홀 지언정 法에 犯홈은 불가하다 하얏거늘 母親이 맛참너 此를 信치 아니하시더니 今에 此가 官憲에게 現露되야 捕獲혼 바ㅣ 되얏슴으로 小子는 將次 死地에 就하오니 母親에게 不孝를 貽홈이 莫大하오이다 其 母가 此를 聞하고 放聲大哭하되 天이여 地ㅣ여 此가 何事이뇨 我가 酒를 密造혼 것은 財를 貪홈이 아니라 汝의 朝夕食飮의 資를 爲코져 홈이러니 千萬 意外에 此 境에 至하얏스니 此는 我의 罪이라 此를 將次 如何히 홀고 汝는 實狀 罪가 無하니 我가 汝를 代하야 死하리라 하며 鎭恒을 對하야 曰 酒를 密釀혼 者는 我이니 願컨더 我를 捉하야 去하라 如是홀 際에 其 妻가 又 驚起하야 胸을 搥하며 大哭하되 此는 我의 罪이라 願컨더 官人은 我를 捉하야 去하고 家長의 母子는 此를 赦하야 法으로 하야금 無辜에 及치 말게 하라 儒生이 徐言하야 曰 事가 旣히 到此 하얏스니 哭혼들 何益이 有하리오 다만 我는 子가 無하니 我가 死혼 後에 君은 老親을 奉養하야 吾의 在時와 如히 하며 某宅 某 兄은 子가 多하니 一子를 率養하야 我의 後를 繼하라 罪는 戶主에 在혼 것이니 엇지 君의 代死홀 바이리오 하고 一門이 死를 爭하야 決치 못하얏더라.

51. 사내가 어느 곳에선들 만나지 않으리,
덕으로 덕을 갚는 게 군자의 일이라 (하)

진항이 이 광경을 보고 마음속으로 매우 측은하여 유생에게 말했다.

"이와 같은 광경은 차마 눈뜨고는 보지 못하겠소. 나는 다행히 두 자식이 있고 부모를 모시지 않으니 내가 그대 대신해 죽으리라."

그러고는 술병을 풀어 마음 놓고는 술을 먹고 그 그릇을 깨어 마당에 묻고 또 유생에게 말했다.

"그대가 어머니를 모시는데 집안 살림이 빈궁하니 이 칼로 한 때의 정을 표하니 이 칼을 팔아서 늙은 어머니에게 음식을 드리시오."

유생이 고사하였지만 진항은 돌아보지 않고 그냥 갔다.

다음 날이 바로 한계 날이었다. 진항이 범인을 잡지 못하고 대궐에 들어가 죄를 기다리니 상께서 물으셨다.

"금주령을 어긴 자를 잡아 왔느냐?"

진항이 대답하였다.

"신이 불민하여 범죄자를 찾지 못하였습니다."

상이 노하여 말했다.

"네 머리는 어디에 있느냐?"

진항이 엎드려 아무 말 없이 오직 처분을 기다리니 상이 명하여 곧 삼일배도(三日倍道)[1]로 제주에 안치하였다. 진항이 귀양 간 곳에서 몇 년 만에 비로소 풀려 나 십여 년을 불우하게 지내다가 만년에 복직되어 초계 군수(草溪郡守)[2]를 제수받았다. 군수로 있은 지 여러 해에 제 몸만

---

1) 사흘을 주야로 쉬지 않고 길을 가는 것을 말한다.
2) 현 경남 합천군 초계면으로 청계는 별호이다.

살찌고 이롭게 함을 모든 일에서 그러하거늘, 백성들이 모두 지껄여 시끄럽게 되었다.

하루는 수의어사가 출두하여 정당(政堂)[3]에 높이 앉아, 좌수와 이방, 그 밖의 관속배들을 일체 잡아들여 형장을 막 시작하려 하였다. 진항이 문틈으로 살펴보니 적실히 전일 동촌의 술집 유생이었다.

그리하여 어사에게 뵙기를 청하나 어사는 대답하지 않고 말했다.

"본관이 어찌 나를 보자고 하느냐. 몰염치한 사람이로다."

그리고는 허락하지 않으니 진항이 직접 들어와 어사에게 배알하며 말했다.

"사또께서는 본관을 알지 못하시는지요?"

어사가 얼굴빛을 바로잡고 바르게 앉아 깊이 신음을 하고 대답치 않고 있다가 한참 만에 혼잣말을 하였다. '내가 어찌 본관을 알리오.' 하였다.

진항이 말하였다.

"사또께서 전에 동촌 아무 마을에 살지 아니하였는지요?"

어사가 놀라며 말하였다.

"무슨 까닭으로 이를 묻는가?"

진항이 말하였다.

"아무 해, 아무 달, 아무 날 밤에 내가 임금님의 뜻을 받들고 금주령을 어긴 자를 잡기 위하여 사또의 집에 갔던 선전관을 혹 기억하시는지요."

어사가 더욱 놀랍고 의아하며 말하였다.

"내가 과연 이를 기억하노라."

진항이 말하였나.

"본관이 곧 그 사람이로소이다."

어사가 이를 듣고 급히 일어나 진항의 소매를 당기며 눈물을 흘리면

---

3) 시골의 관아이다.

서 말했다.

"그러면 본관은 나를 재생시킨 사람이구려. 그때 성명을 나에게 말하지 않고 가버려 막연히 소식을 접하기 어려워 그 이래 십여 년을 오직 한마음으로 이 일에서 배회하지 않은 때가 없었지요. 어떻게 하면 이 은인을 다시 만나 은혜의 만분지일을 갚을까 하였더니 천만 뜻 밖에도 어찌 이곳에서 만나기를 알았겠소. 이것은 하늘이 나로 하여금 은인을 만나게 하심이로다."

그러고는 즉시 여러 죄인을 모두 결박을 풀어 방송한 후 잔치를 베풀어 즐거움을 펼쳐 특별한 만남의 예를 다하였다. 밤늦도록 서린 회포를 펼친 후에 인하여 초계 군수의 치적을 포계(褒啓)[4]하니, 상감께서 그 치적의 우량함을 가상히 여겨 벼슬을 높여 부사를 제수하셨다.

어사는 과연 그때 술집의 유생이었으니 성명은 잃어 세상에 전하지 아니하였다. 그때 선전관의 은혜를 입어 살아난 이후 힘써 공부하여 문장을 크게 성취한 후로 발신(發身)[5]할 길을 얻으려 하였다. 그 후 예상한 것처럼 과연 과거에 급제하고 수의어사가 되었으며, 그 후에 어사의 지위가 대신에 이르렀다. 특히 진항을 천거하여 통제사(統制使)를 제수하였다. 그 뒤에 늘 사람을 대하면 그 일을 말하니 세상 사람들이 이러쿵 저러쿵 그 의로움을 칭찬하지 않는 이가 없었다 한다.

외사씨 왈: 남에게 은혜를 베푼 자는 반드시 그 보답을 받고자 함은 아니나, 남에게 은혜를 받은 자는 그 크고 작음을 묻지 않고 반드시 이를 갚지 않으면 의리가 없는 것이다. 그러나 어사가 은혜를 갚은 일은 사사로움으로 공적인 것을 폐한 것이니 이것은 작은 의리에선 조금도

---

4) 각 도의 관찰사나 어사가 고을 원의 선정을 포장하는 글이다.
5) 천하거나 가난한 환경에서 벗어나 앞길이 펴는 것을 말한다.

흔들림이 없으며 여유가 있으나 큰 의리에는 있어야 할 것이 없는 것이니, 즉 나라 법에는 죄인 됨을 면할 수 없다.

五十一. 男兒何處不相逢, 以德報德君子事(下)

鎭恒이 此 光景을 見하고 心中에 甚히 惻然하야 儒生다려 謂하되 如此 혼 情景은 人의 忍見홀 바ㅣ 아니로다 我는 幸히 二子가 有하고 쏘혼 侍下가 아닌지라 我가 能히 써 君을 代하야 死하리라 하고 이에 酒壺를 解하야 放心 對酌하고 其 器를 打破하야 庭에 埋하고 又 儒生다려 謂하되 君이 老親 侍下에 家計가 甚히 窮困하니 此 劍으로 一時의 情을 表하노니 須히 此를 賣하야 老親을 供饋하라 하고 佩劍을 解하야 與하니 儒生이 固辭하거놀 鎭恒이 顧치 아니하고 去하니라 翌日은 卽 限日이라 鎭恒이 犯人을 捉치 못하고 闕에 入하야 罪를 待하니 上이 問하시되 果然 犯酒者를 捕獲하야 來하얏나냐 鎭恒이 對하되 臣이 不敏하야 犯罪者를 搜得치 못하얏나이다 上이 怒 曰 그러면 汝의 頭는 何在하냐 鎭恒이 俯伏 無語하고 오즉 處分을 待하니 上이 命하사 곳 三日 倍道로 濟州에 安置하셧더라 鎭恒이 適所에 在 혼 지 數年에 비로소 解配하야 十餘年을 落拓하얏다가 晩年에 復職하야 草溪郡守를 得除하얏는디 在郡 혼 지 數年에 肥己홈을 全事홈이 吏民이 모다 嗷嗷하얏더라 一日은 繡衣御史가 出道하야 政堂에 高坐하고 首鄕首吏와 食色諸吏를 一並 拿入하야 刑杖을 方張하려 하얏는디 鎭恒이 門隙으로 窺見혼 則 的實히 前日 東村의 酒家 儒生이라 因하야 御史에게 謁하기를 請하니 御史가 駭然 不答하며 曰 本官이 엇지 我를 見코져 하나뇨 可謂 沒廉혼 人이로다 하고 此를 許치 아니하니 鎭恒이 直入하야 御史에게 拜謁하며 曰 使道는 本官을 知치 못하나잇가 御史가 正色 危坐하야 沈吟不答하고 良久에 獨自 口語하되

我가 엇지 本官을 知하리오 鎭恒이 曰 하되 使道가 前日에 東村 某洞의 在치 아니하얏나잇가 御史가 驚하며 曰 何故로 此를 問하나뇨鎭恒이 答하되 某年 某月 某日의 夜에 我가 聖旨를 奉하고 犯酒者를捉하기 爲하야 使道의 家에 入하얏던 宣傳官을 或 記得하나잇가 御史가 더욱 驚訝하며 曰 我가 果然 此를 記得하노라 鎭恒이 曰하되 本官이 卽 其 人이로소이다 御史가 此를 聞하고 急起하야 鎭恒의 袖를挹하고 淚를 下하며 曰 그러면 本官은 我를 再生케 혼 恩人이라 其時에 姓名을 我에게 言치 아니하얏슴으로 漫然히 消息을 接하기 難하야 爾來 十餘年에 오직 一念이 此에 徘徊치 아니혼 時가 無하야 如何히 하면 此 恩人을 更히 遇하야 重恩의 萬一을 報홈을 得홀가 하얏더니 千萬意外에 엇지 此處에셔 邂逅하기를 知하얏스리오 此는 天이我로 하야금 恩人을 逢케 하심이로다 하고 卽時 諸 罪人을 解縛하고並 放送혼 後에 宴을 設하고 樂을 張하야 殊遇의 禮를 加하고 終夜도록 幽懷를 暢敍혼 後에 因하야 草溪의 治績을 褒啓하니 上이 其 治績의 優良하다 홈을 嘉尙히 여겨 府使를 除授하셧더라 御史는 果然 其時 酒家의 儒生이니 姓名은 逸하야 世에 傳치 아니하얏스나 其 時宣傳官의 恩을 蒙하야 得活혼 以後로 刻意做工하야 文章을 大就혼後로 發身의 路를 得하려 하얏더니 豫想홈과 如히 果然 科에 登하야繡衣御史를 得拜홈이더라 其 後에 御史가 位가 大臣에 至홈이 特히鎭恒를 薦引하야 統制使를 除拜하고 常히 人을 對하야 其 事를 言하니 一世가 譁然하야 其 義를 稱치 아니하는 者가 無하얏더라.

外史氏 曰 人에게 恩을 施하는 者가 必히는 其 報홈을 得코져 홈이아니나 人에게 恩을 受혼 者는 其 大小를 不問하고 반다시 此를 報치아니하야셔는 義가 無한 것이라 그러나 御史의 報恩혼 一事는 私로써公을 廢홈이니 此가 小義에는 綽綽히 餘가 有하다 홀지라도 大義에는缺如홈이니 卽 公法에 罪人을 免치 못홀지로다.

『기인기사록』 상·하권 분류와 원천문헌 관련 양상

『기인기사록』 상·하권 분류와
원천문헌 관련 양상

『기인기사록』 상권

화	화소명	중심인물	분류	오백	동상	기문	실사	청구	기타
1	明見千里婦人智 功成一世丈夫榮	김천일	현부담 (명장)			301		193	『일사유사』와 유사
2	爲主報讐忠義婢 代人殺仇義俠兒	동계 정온	징치담 (취첩)			295			
3	奇遇分明前生緣 悍婦不敢生妬忌	안동인 진사 권모	취첩담 (엄부, 투부)		5권15	304			
4	夕陽窮途亡命客 托身賤門配淑女	이 교리	성혼담 (현부, 피화)		3권2	292			
5	十年新婦五十郎 長壽富貴又多男	해풍군 정효준	성혼담 (몽조)			289	권2(1)		
6	三個女娘事一人 此是人間天定緣	경성인 유모	취첩담, 우애담		2권9	214	「38」	175	
7	靈卜能知鬼所爲 邪孽不敢犯正人	백사 이항복	명복담, 연명담(명관)			198	「58」		
8	人間命數難可逃 死後精靈亦多異	감사 김치 (백곡김득신 의 부)	예지담, 혼령담 (반정, 연명)			294			
9	野老豈是盡愚夫 一代名將喪氣魄	이여송과 일노옹	이인담			300			
10	一代名士沈一松 天下女傑一朵紅	일송 심희수	연애담 (현부)		2권11	290			
11	君子獨處遠其色 淫婦行奸喪厥身	남파 홍우원	피화담 (음부)			291			
12	尹家娘子徹天恨 人間必有報復理	윤씨 남원부사	귀신담, 복수담	「영남 루윤 낭자」					

일러두기

( ) : 화소는 비슷하나 내용은 다른 경우

「　」: 일부의 내용과 문장이 거의 동일한 경우

표시가 없는 것은 내용이 동일한 경우

오백 : 『오백년기담』, 동상 : 『동상기찬』, 기문 : 『기문총화』, 실사 : 『실사총담』, 청구 : 『청구야담』

화	화소명	중심인물	분류	오백	동상	기문	실사	청구	기타
13	豪傑豈是終林泉 名妓元來識英雄	옥계 노진	연애담 (치사)		2권10	302		176	
14	一國首相非所望 但願天下第一色	이여송과 김 역관	결연담 (구인,보은)	「기우」	(3권11)	256		247	
15	夫人明鑑勝於龜 言人窮達如合符	문곡 김수항의 부인 나씨	지인담 (성혼)		1권 9	207	「50」		
16	可憐豪傑終林泉 十年經營一朝非	정익공 이완	명장담 (실의)			306		174	
17	積善家中必有慶 投以木桃報瓊球	강릉 김씨 일 사인	보은담			251	「51」		
18	見得思義是君子 聞善感化亦不俗	경성 김씨 성	개과담	빈궁한 경성의 김씨가 은 세봉을 습득하고 돌려주는 가운데 결의형제를 맺고 도둑을 개과시킨 이야기					알 수 없음
19	燕雀安知鴻鵠志 可惜豪傑老林泉	경성 묵적동의 허생	이인담 (치부, 실의)			249	(12)	289	『동패락송』 12
20	外愚內智誰能識 料事如見柳痴叔	서애 유성룡의 치숙	이인담 (피화)			298			
21	早榮早敗南將軍 天於偉人不假壽	남이	귀물담	「粉鬼爲媒」	1권3	569			
22	志操非凡洞庭月 微賤出身李起築	명기 동정월/이기축	명기담	「生年作名」		(196)		52	
23	人生莫作人間惡 禍福無門惟所召	종암 김대운	고승담 (변신)				「165」 (권2)		

화	화소명	중심인물	분류	오백	동상	기문	실사	청구	기타
24	早窮晩逢非偶然 神聖豫言亦不誣	영조 때 김씨	기인담, 예지담				151		
25	莫以兇捍咎其人 忠奴言立世罕有	남원인 윤진의 노비 언립	충복담 (용력)		1권16	427			
26	處高驕人非君子 出乎爾者反乎爾	기천 홍명하	보수담 (지인,박대)		1권10				
27	初爲成生灸其肉 後以李將斷其指	강계 기생 무운/이경무	연애담 (열녀)		5권14	237	75		
28	天下異人不常有 可惜郭生終林泉	현풍인 곽사한	방사담 (초혼)			240	「61」		
29	一朝洗盡千古恨 人間報復天理昭	김 상국 모	해원담 (혼령)			252	「24」	64	
30	申公識鑑如蓍龜 平日豫言如合符	한죽당 판서 신임	지인담 (성혼)		1권11	212			『계서야담』127
31	妬婦斯却婢子手 少年能作黑頭相	취춘당 상국 송질	귀신담, 복수담		1권17				
32	膽力絶倫朴松堂 識鑑過人兪夫人	송당 박영/임식의 계실 유씨	피화담		1권20/ 1권18	580			박영: 『계서야담』 280
33	出身成名伊誰力 師僧恩德不可忘	그리 오래되지 않은 옛날 합천수 이모	고승담 (치사, 피화)			213	39		
34	婦人識見勝丈夫 華使不敢逞其慾	금남 정충신	현부담, 명장담	「이포 대은」	1권23	244	(48)		
35	大膽男兒不畏死 凶賊不敢肆其凶	정익공 이완	담대담, 보은담		1권24	307			
36	片言能回元帥志 後妻反爲正室人	상국 홍윤성	지략담 (성혼)		2권3	567			
37	兩個姊妹不相下 書生權謀亦不俗	안동지방의 강녹사	경쟁담 (치사, 보은)		2권4	260	72		
38	三年不解一字人 誰知他日文章家	김안국	기인담		2권12				
39	再嫁烈婦谷山妓 女中豫讓世罕有	곡산 기생 매화	연애담 (열녀)		5권12	230	9(권2)	195	

화	화소명	중심인물	분류	오백	동상	기문	실사	청구	기타
40	人間窮達元無常 苦盡甘來果不誣	성종시절 공주 땅에 이 진사	급제담		3권1				
41	三日新婦求婢厄 一穴明堂報主恩	안동 땅의 한광근	구인담, 보은담			253	「25」	260	
42	十年工夫阿彌佛 松都三絶世所稱	진랑은 개성 맹녀의 소생	명기담	「송도 삼절」		334			
43	一飯受報朴童子 處事明快朴御史	영성군 박문수	중매담		3권7	271	(43)		
44	千古偉人姜邯贊 抱懷濟世經國才	문헌공 강감찬	기인담			(377) (380)	(146) (권2)		〈강감찬전〉 (우기선 편집· 박정동 교열, 일한인쇄주식 회사, 1908.7)을 일부 산삭·부연
45	窮鄕前日捆屨夫 朱門今朝宣傳官	양산인 오모	결연담, 현부담		5권9				
46	接神通道徐花潭 佛經一偈能活人	서화담 경덕	거유담, 구인담(변신)			189			
47	驅邪役鬼宋尙書 此是秉忠立節人	상서 송광보	기인담	고려 말 사람 송광보가 한 노옹의 제가된 구미호를 물리치고 마을을 폐허로 만든 악귀를 쫓고 과거에 급제해서는 대의열절을 지켜 태조의 부름에도 응하지 않았다는 이야기					알 수 없음
48	富貴不能奪其志 佳人才子兩相得	평양의 명기 일지매	명기담				「28」		
49	男女婚約重千金 信義嘉尙兩夫婦	신라 진흥왕 년간 백운과 제후	결연담						『삼국사절요』 권6, 진흥왕 27년조. 『동사 강목』 권1
50	君王豈識公主志 城南乞夫爲駙馬	온달과 평강공주	결연담						『삼국사기』 권145, 『삼국사절요』 권7, 평원왕 32년조
51	男兒何處不相逢 以德報德君子事	통제사 유진항	구인담 (보은)	「이덕 보덕」		285		226	

『기인기사록』 하권

화	화소명	중심인물	분류	오백	동상	실사	일사	기문	청구	기타
1	致誠三日夢黃龍 易資當夜騎異獸	참판 이진항/ 허 상국 허목	급제담 (몽조)	「초룡주 장」/「이 모취서」					(204) 이진항	
2	勇冠三軍金德齡 可憐最後杖下死	김덕령	용력담, 실의담	「석저장 군」						동야휘집 (22)
3	生前忠義宋府使 死後精靈慶將軍	함흥 명기 김섬/이경류	충신담, 열녀담/혼 령담	「김섬」 「효귀투 귤」		71		(71) 이경류 (415) 김섬		
4	處事明哲權夫人 一朝防杜淫祀風	우재 이후원	현부담 (퇴치)		2권8					원문에는 '이원후' 로 되어 있다.
5	假新郎爲眞新郎 此是人間天定緣	동악 이안눌	악한담, 피화담 (반정)		4권4	(76)			32	
6	山中隱逸是異人 平日豫言皆合符	우복 정경세	이인담			「95」				
7	縱令沈氏悍妬性 名物之前亦無奈	상국 조태억의 처 심씨	명기담 (한인, 피화)		5권8				188	
8	見得思義眞君子 賢妻一言萬戶竄	일포수	현부담			「42」				
9	兩度夢事甚奇異 吉婦不愧貞女名	영변인 길정녀	열녀담 (남녀이합)		2권13				80	
10	名雖無學實有學 解得異夢又定都	태조와 무학대사	몽조담 (신인)			「무학해 몽/삼인 봉/枉尋 /伐李」			49	

화	화소명	중심인물	분류	오백	동상	실사	일사	기문	청구	기타
11	發奸摘伏李趾光 吏民莫不服其神	이지광	명관담 (송사)	「罰紙覓 紙」					125	
12	重義輕色誠君子 弄假成眞莫非緣	판서 송반	지인담 (취첩)	판서 송반이 젊은 시절 과부의 유혹을 거절하고 나이 들어 형리의 딸 매희라는 소녀를 별실로 맞아들이게 된 이야기						알 수 없음
13	棄暗投明丈夫志 能文兼武英雄才	모하당 김충선	충신담 (항왜)							『모하당 실기』, 『병세재언록』(우예록,김충선조)
14	伐槐斬蛇修大樑 一代神勇張兵使	대장 장붕익	호협담						(217) (275)	알 수 없음
15	狗峴下一壺靑絲 半空中兩道白虹	감사 박엽	예지담 (명장)			「55, 56」				
16	半夜避難騎白虎 百年佳約配紅娘	중고 때 한 재상의 동비	충비담		4권6					
17	千里關山續舊緣 九重宮闕拜新恩	중고 때 한 재상의 아들	연애담 (부자이합)		3권10					
18	雖知弄假竟成眞 淑女原來配君子	봉래 양사언의 부	취첩담		3권4	241				
19	愛物遠色君子志 發奸摘伏良吏政	참판 김니	기인담	잉어를 구해주고, 자신을 붙따르는 기생들을 콩을 이처럼 꾸며 쫓고, 혀 잘린 소에게 한 사람씩 물을 먹이게 하여 범인을 잡는 등의 유당 김니가 기지를 발휘한 이야기						알 수 없음
20	十年恩情同父子 一穴明堂昌子孫	상서 김모	명당담 (지인, 보은)			「28」 (권2)				
21	黜太子骨肉相殘 還舊都君臣重會	태종대왕	충신담	「咸興差使/子馬諷諫/僞盟成識/大木爲柱」						
22	誤入冥府遷陽界 死而復生權尙書	판서 권적	명부담 (환생)					311		
23	有何神童來相濟 一個輪圖致萬金	안동인 이생원	기인담 (치부)			「32」 (권2)				

화	화소명	중심인물	분류	오백	동상	실사	일사	기문	청구	기타
24	練光亭上蛾眉落 矗石樓下香魂飛	평양명기 계월향/논개	명기담(충절)	「연광정계월향」/「촉석루 논개」				(64)/논개	(252)논개	
25	救死父小女陳情 釋罪囚老伯感義	공주인 김성달의 딸	효자담(효녀)				「권5, 취매담」			
26	醮禮後新郎奔喪 葬奉日新婦得標	중고 때 한 선비	현부담		2권14					
27	富時誰知呼驚嘆 絶處自有逢生路	황해도 봉산 이씨 성의 무변	결연담(담대, 치사)		5권16				54	
28	訴夫寃崔婦隕身 脫父死洪童殉孝	동자 홍차기	효자담(신령)						25	
29	救父徒行六千里 養親未嫁四十歲	평양 이효녀	효자담(효녀)				「권5,이효녀전」			『차산필담(此山筆談)』의「이효녀전」과 동일
30	淸白公正金守彭 一朝防杜民間弊	김수팽	충신담				「권2, 김수팽」			
31	事王李相椒顔 間齊楚名妓巧辯	송경 명기 설매/소춘풍	명기담	설중매「소춘풍」					(515)설중매 602 소춘풍	
32	誦經傳丘生得官 善書賦金童救父	찬성 구종직	현군담(급제)	「투간경회루」						
33	廉士獲財還本主 孝女許身報舊恩	묵재 허적	강직담, 성혼담(이승)		4권9(염희도,염시도로 되어 있음)					
34	太守戲五女出嫁 牧使政一郡頌德	연안부원군 이광정	중매담(작희)		3권6					
35	奠雁日大虎入門 委禽夕新娘救夫	그리 오래되지 않은 옛날 일사인	성혼담, 현부담		2권15					

화	화소명	중심인물	분류	오백	동상	실사	일사	기문	청구	기타
36	萬里關山明鏡破 一隅江亭香魂消	백천인 복흥 조반	연애담 (지략)		5권10	61				
37	三日夜老翁借胎 廿年後古者還生	그리 오래되지 않은 옛날 경성 일 사인	특이 (대신 아이를 낳아 줌)		4권10					
38	訪窐穴名妓知人 拜綉衣寒士得官	상국 김우항	지인담, 취첩담 (원조, 치사)		3권5				67	
39	背道枉學堪輿術 積善自有明堂報	가산인 성거사	명풍담 (성혼)		4권7				65	속성은 장취성
40	享晚福老郎得配 得早榮少年聯璧	안동권씨 모	중매담 (보은)		3권9					
41	通古今閨門博學 辨是非婦人明見	고흥 유당의 딸 유 부인	현부담				「권6, 유부인」			
42	角戱場少年睹婦 糞窐中頑僧殞命	그리 오래되지 않은 옛날 곽운	용력담				용력을 자랑하던 곽운이, 힘으로 악행을 일삼던 중을 조그만 소년이 씨름으로 제압하고 채권을 빼앗아서는 백성들에게 돌려주는 것을 보고 다시는 힘자랑을 하지 않았다는 이야기			원전은 조선 후기의 역관인 밀산(密山) 변종운(卞鍾運, 1790~ 1866)의 시문집인 『소재집(嘯齋集)』에 실려 있는 〈각저소년전(角觝少年傳)〉
43	通詩書婦人博學 善文詞閨門絶唱	홍율정익 부인 유씨 등/허난설헌 /신사임당/ 유희준 부인 송씨/이옥봉 /홍인모부인 서씨/					「1, 권6. 최부인, 윤부인, 심부인, 정부인, 성부인, 이부인/ 2. 권6. 허씨난설.			

화	화소명	중심인물	분류	오백	동상	실사	일사	기문	청구	기타
43	通詩書婦人博學 善文詞閨門絶唱	부안명기 계생/성천명기 부용	현부담				이부인, 심씨,3, 권6, 신사임당, 정문영의 처, 해서 사인, 4권6, 이옥봉」			
44	討國賊娘子從戎 患金寇婦人料事	평안도 자성 여자 부랑	충신담				「권6, 부랑」			
45	萬里域夫婦相逢 卄年後父女重會	남원 정생	남녀이합담, 부자이합담				「권6, 정생처 홍도」			「신한민보」1918년 8월 1일자, 작가미상의 '홍도'와 비슷
46	報舊主忠婢殺仇 陷大臣奸人遭禍	문정 유인숙	충비담				「권5, 柳家忠婢」			
47	三門外烈婦割乳 九重闘寃女訴恨	경상도 염열부	열녀담				「권5, 염열부」			
48	七年後舊緣更續 百里地新官得除	병사 우하형	열녀담, 현부담		5권13			296	149	
49	神卜豫算吉凶機 人間命數難可逃	상신 윤필상/조위/홍계관	명복담	「삼림일지/낭과 출암하숙/아차현」		(387)				
50	失節婦爲夫守節 未嫁女爲人不嫁	영동의 일상민 부부/경성 賣粉 媼/황진이	열녀담, 명기담				「권5, 영동의부/賣粉媼」			
51	識禍機名媛料事 謀國事哲婦畫策	충정공 허종의 부인/조부인/	현부담				「권6, 허부인」			

화	화소명	중심인물	분류	오백	동상	실사	일사	기문	청구	기타
52	莫以狂誕咎其人 此是慷慨不遇士	최북 (최칠칠)/ 임희지	이인담				「권3, 최 북/임희 지」			
53	萬古綱常三父子 五城風雨一男兒	덕원 정시	충신담 (의기, 의마)				「권1, 정시」			
54	意氣兒千金贖娼 窈窕女三年報恩	당성군 홍순언	구인담, 보은담					(89)	(114)	
55	治身家君子有法 現祠堂新婦敎禮	평양 황고집	이인담				「권1, 황고집」			
56	感微物誠孝出天 褒孝子朝廷旌閭	高靈人 김려택/ 晉州人 강천년/ 庇仁人 임응정	효자담 (이호담)				• 고령 사는 김려택이란 효자가 호랑이의 도움을 받고 도와 준 이야기 • 진주 사는 강천년이란 효자가 서울에 갔다가 모 친이 위독하다는 급보를 받고 호랑이의 도움으 로 돌아온 이야기 • 비인 사는 임응정이란 효자가 여막살이를 하는 데 호랑이가 배행하여 '기호효자'라 불린 이야기			알 수 없음

찾아보기

송순기(宋淳夔, 1892~1927) 편저

강원도 춘천 생. 봉의산인(鳳儀山人)과 물재(勿齋), 혹은 물재학인(勿齋學人)이라는 필명으로 활동. 1919년에서 1927년까지 〈매일신보〉 기자, 논설부 주임, 편집인 겸 발행인을 지냈다. 고뇌하는 근대적 지식인이며 한학에 조예가 깊은 유학자로 야담·소설·한시·논설·기행문 등 다양한 장르를 섭렵하였다. 자식을 잃은 슬픔을 이기지 못해 36세로 생을 마감했다.

간호윤(簡鎬允, 1961~) 역주

경기 화성 생. 순천향대 국문과와 한국외국어대 교육대학원을 졸업하고 인하대 대학원에서 문학박사 학위를 받았다. 현재 인하대 초빙교수이다. 『한국 고소설 비평연구』(문화관광부 우수학술도서), 『아름다운 우리 고소설』, 『다산처럼 읽고 연암처럼 써라』(문화관광부 우수교양도서), 『그림과 소설이 만났을 때』(세종학술도서), 『기인기사록』 하, 『연암 박지원 소설집』, 『송순기 문학 연구』 외 50여 권. 연암 선생이 그렇게 싫어한 사이비 향원(鄕愿)은 아니 되겠다는 것이 그의 소망이라 한다.

기인기사록(奇人奇事錄) 上

2023년 5월 25일 초판 1쇄 펴냄

편저자 송순기
역주자 간호윤
발행인 김흥국
발행처 보고사

책임편집 황효은
표지디자인 김규범

등록 1990년 12월 13일 제6-0429호
주소 경기도 파주시 회동길 337-15 보고사
전화 031-955-9797(대표), 02-922-5120~1(편집), 02-922-2246(영업)
팩스 02-922-6990
메일 kanapub3@naver.com / bogosabooks@naver.com
http://www.bogosabooks.co.kr

ISBN 979-11-6587-442-1 94810
       979-11-5516-265-1 (세트)
ⓒ 간호윤, 2023

정가 38,000원